D1723546

Richard Hayer

Der schwarze Garten

2. Auflage
Februar 2023
© 2023 Buch&media GmbH, München
© am Text liegen beim Autor
Layout und Satz: Mona Königbauer
Umschlaggestaltung: Maja Bechert
Gesetzt aus der Sabon LT Pro
Printed in Europe
ISBN print 978-3-95780-266-8
ISBN epub 978-3-95780-268-2
ISBN PDF 978-3-95780-269-9

Buch&media GmbH
Merianstraße 24 · 80637 München
Fon 089 13 92 90 46 · Fax 089 13 92 90 65

Weitere Publikationen aus unserem Programm finden Sie auf
www.buchmedia-publishing.de
Kontakt und Bestellungen unter info@buchmedia.de

Weitere Informationen zum Autor finden Sie auf:
www.richard-hayer.de

Fern, fern geht die Weltgeschichte vor sich, die
Weltgeschichte deiner Seele.

Franz Kafka

Prolog

»Lenotschka«, flüsterte ihr Vater. »Wir müssen los.«

Erst als er das Zimmer bereits verlassen hatte, schaffte sie es, sich Schritt für Schritt in Richtung der Tür zu bewegen. In der Luft schwebte der Duft ihres warmen Bettes, durch das Fenster fiel das kalte Licht eines halbierten Mondes. Von einem Stuhl zog sie die am gestrigen Abend von ihrem Vater bereitgelegten Kleidungsstücke, ihr flauschiges weißes Lieblingshemd für die kalte Jahreszeit, einen grauen Pullover und dunkelblaue Hosen. Vom Haken an der Zimmerseite der Tür hob sie eine hellblaue gefütterte Jacke, die sie offen stehen ließ. Das Nachthemd warf sie auf das aufgeschlagene Bett.

Ihr Zimmer unter dem Dach des zweistöckigen Hauses, das ganze Haus, die ganze Stadt würde für immer aus ihrem Leben verschwinden, ahnte sie. In einem spontanen Impuls griff sie kurz vor der Tür zur Treppe den alten Spielzeugfisch aus kariertem Stoff, in dessen zugeknöpftem Bauch etwas Schweres steckte, und stopfte ihn zu den zwei Büchern und dem anderen Krimskrams in die Tasche, die ihre Großmutter aus gelbem Stoff für sie genäht hatte.

Sie bewegte sich, wie von etwas gesteuert, das nicht sie selbst war, ausgehöhlt von dem Gefühl, sich von allem, was sie im Leben kannte, trennen zu müssen. Außer von ihrem Vater, ihm würde sie überallhin folgen und sich dafür von allem trennen, genau, wie es jetzt von ihr gefordert wurde.

Sie hob die Tasche an. Was da schwer im Bauch des alten Fisches lag, würde sie allerdings niemals aus der

Hand geben. Jetzt, wo alles auseinanderbrach, erst recht nicht.

Durch die Fenster erkannte sie den hellgrünen Wolga, in dem ihr Vater geduldig auf der Straße vor dem Haus wartete. Er war immer geduldig, egal, wie spät sie kam, egal, wie versunken sie in sich selbst die Anforderungen ihrer Umwelt ignorierte, Mikhail, ihr Vater, blieb geduldig wie ein Fels.

Jetzt stieg er aus dem Auto in den Wind der späten Septembernacht und winkte, sie solle sich beeilen. Auf dem Weg nach unten lief Jelena durch sein Zimmer, das nach Büchern und Zigarettenrauch roch. Im Zimmer der Großmutter im Erdgeschoss hing der ewige Geruch von gekochtem Gemüse und kalter Asche im Ofen.

Für einen Moment blieb sie in der Türöffnung stehen. Das Haus stand da wie immer, unter der Platane, die in dem sandigen Wind ihre letzten Blätter von sich schüttelte. Es war warm in dem Haus, es roch genauso wie immer und doch war alles so endgültig anders, dass sie für einen Moment in der Eingangstür in die Knie ging. Sie wusste, dass ihr Vater sie aus dem Auto beobachtete, sie war müde, ihre Augen brannten. Sie hockte im Eingang und tat so, als müsse sie sich die Schnürsenkel zubinden. Sie atmete tief ein. Der Sand, den der Wind aus nordwestlicher Richtung in die Stadt wehte, knirschte zwischen ihren Zähnen.

Was sie ihr ganzes Leben lang für untrennbar voneinander gehalten hatte, trennte sich nun. Ihr Zimmer, das Haus, die Großmutter, ihr Vater, sie selbst, traf sie die Erkenntnis wie ein Blitz, alle und alles trennten sich jetzt voneinander, wurden zu einem Schwarm verschiedener Dinge, die von diesem Moment an in verschiedene Richtungen taumelten.

Ihr Vater langte über die Lehne des Fahrersitzes zurück, um die hintere Tür zu öffnen. Jelena stieg ein. Sie kuschelte sich in die bereitliegende Decke, ihre Tasche fest umklammert.

Als der Wolga die Ulitsa Chalkabad hinunterfuhr, warf sie einen Blick auf das Haus. Sie war sicher, dass sich alles, der Aufbruch, der Abschied von der Schule, von der Stadt, von dem eingeübten Zusammenspiel aller Menschen, die ihr wichtig waren, letztlich als ein vorübergehender Irrtum herausstellen würde. Mit dem Gedanken, dass dann immer noch Zeit genug sein würde, ihr Bett zu machen und ihr Zimmer aufzuräumen, schlief sie ein, kurz nachdem sich das Auto in Bewegung gesetzt hatte.

Es donnerte, sie saß allein in dem Wolga. Das Auto klapperte, aber es bewegte sich nicht. Wolken tobten über den Himmel, um den halbierten Mond und um etwas Anderes, Dunkles, das unförmig groß war wie ein Haus, das sich aber im Himmel dazwischen schob. Vier grelle Scheinwerfer stachen von der riesigen Maschine mit nicht endenden Tragflächen in das Dunkel, aus dem die Wolken anrollten. Ein betäubender Donner krachte über ihr hin, als wäre die Hölle aus der Erde gekrochen, um sich in den Himmel zu stürzen. Sie kam sich vor, als wäre sie es, die alles mit ihrem Blick in Lärm und schwerfällige Bewegung verwandelte. Zuerst war die Maschine direkt über ihr, dann war sie in den Wolken verschwunden, in denen ihre Scheinwerfer wie die Glut erlöschender Zigaretten noch eine Weile glommen, bis auch die verschwunden waren.

Mit einem Zipfel ihrer Decke wischte Jelena ihren kondensierten Atem von der Scheibe, um genauer sehen zu können. Es war kalt in dem Auto, es musste schon eine ganze Weile her sein, dass sie angekommen waren. Einige Regentropfen setzten sich von außen an die Scheiben.

Es regnete sehr selten im September in der Wüste, aber was war in diesen Wochen schon normal, in denen die Leute in der Schule und sogar auf der Straße sich gegenseitig spontan fragten, ob alle verrückt geworden waren. Etwas Großes war zerbrochen, neue Leute tauchten plötzlich in der Schule auf und waren wichtig. Der Direktor und ihre Klassenlehrerin waren von einem Tag auf den anderen verschwunden, Pionierfeiern wurden abgesagt, Kindergeburtstage feierte jeder für sich allein, dumme und dreiste Mitschüler gerieten außer Rand und Band, weil niemand sie mehr zur Ordnung rief.

Gestern hatten sie Großmutter Olga zum Bahnhof gebracht, weil Mikhail darauf bestanden hatte, dass seine Mutter den letzten Zug nach Moskau erwischt.

»Alle haben den Verstand verloren«, hatte die Fahrkartenverkäuferin im Bahnhof erklärt. »Ab morgen fährt der Zug plötzlich alle naslang durch ein anderes Ausland.« Das hatte sie immer wieder gehört. Alle sind verrückt geworden!

Ihr Vater hatte ihr erklärt, dass heute Nacht von Muynak, einem Kaff am Rand der Wüste, die vor ein paar Jahren noch von einem Meer bedeckt gewesen war, ein Flugzeug sie und seine Arbeitskollegen nach Moskau bringen würde. Dann wollten sie zu ihrer Oma fahren, die dort zwei kleine Zimmer bewohnte.

»Dann werden wir alle wieder beisammen sein«, hatte ihr Vater erklärt.

Jetzt war sie allein.

Es roch nach Benzin, die Türen des Autos waren verschlossen, sie musste die Fenster geschlossen halten, wenn sie nicht nass werden wollte. Sie musste sie abwischen, wenn sie sehen wollte, was draußen vor sich ging.

Mit einem Zipfel der Decke hielt sie eine handtellergroße Fläche der Scheibe einigermaßen frei, sodass sie wie durch einen Tunnel in eine Richtung hinausblicken konnte. Sie blickte in die finstere Ruinenlandschaft der alten Konservenfabrik, was offenbar die falsche Richtung war. Sie musste sich hinüber auf die andere Seite bewegen und wischte dort einen Teil der Scheibe frei. Auf dieser Seite erstreckte sich vor ihr ein Flugfeld, auf dem häuserblockgroße Flugzeuge standen, die ihre hinteren Laderampen aufgesperrt hielten wie die Mäuler urzeitlicher Meeresungeheuer. Riesige Zugmaschinen bugsierten ihre unter flatternden Planen verborgenen Anhänger hinein und rauschten in Staub und Regen davon, sobald sie aus den Bäuchen der Flugzeuge wieder auftauchten. Jelena legte die Stirn an die Scheibe und ihre Augen nah an das Glas, um mehr zu erkennen. Wie ein kleiner Schwarm verlorener Vögel wanderte ein Häuflein von Menschen zwischen den haushohen Fliegern umher.

Der halbierte Mond erkämpfte sich einen freien Platz zwischen den Wolken, der Regen ließ nach, der Wind frischte auf. Rollende Sträucher tobten aus der Wüste heran. Sie kamen ihr vor wie die letzten verspäteten Passagiere, die übereinander stürzten, um noch einen Platz an Bord zu ergattern. Männer, die aus den Flugzeugen stiegen, schickten die Gruppe, in der sie auch ihren Vater vermutete, immer wieder in eine andere Richtung.

War ihr Vater der Mann links vorn, der mit einem Uniformierten mit Klemmbrett voller Papiere in der Hand redete? War er der Mann ohne Mütze? Es musste kalt dort draußen sein, mindestens so kalt wie hier in der Blechkiste, in der sie wartete.

»Du bleibst im Auto«, hatte er ihr am Abend vorher eingeschärft, »du öffnest die Fenster nicht, auf gar keinen Fall! Du wartest, bis ich dich hole und an Bord des Fliegers bringe. Hab keine Angst, es kann dauern, aber ich werde kommen. Was immer geschieht, ich werde kommen!«

Ihr Vertrauen in ihren Vater war größer als ihr Zuhause, größer als alle diese Flieger zusammen, vielleicht war es größer als ihr ganzes Leben. Es gab keinen Zweifel, bevor es losging, würde er sie holen und sie würden in Moskau ihre Großmutter treffen.

Eine zweite Maschine klappte ihr Lademaul zu, während sie sich in Bewegung setzte. Als sie die Rollbahn erreichte, schaltete sie die Scheinwerfer ein: Mit ohrenbetäubendem Lärm in der Luft und mit begleitendem Geklapper und Gerassel des Wolga erhob sich die Maschine in die Luft. Das Häuflein der Wartenden war nicht kleiner geworden, weil niemand an Bord gestiegen war. Sie bewegten sich weiter in ihre Richtung.

Am Rand der Gruppe fiel ihr ein Junge auf, der sich inmitten der spürbar zunehmenden Unruhe auf den nassen Beton des Flugfeldes kniete und sich in aller Seelenruhe die Schnürsenkel seiner festen Schuhe löste. Auf der Suche nach ihrem Vater verlor sie ihn für einen Moment aus den Augen. Dann entdeckte sie ihn wieder. Er kniete noch immer, zog seine Schuhe vollkommen aus und auch seine Strümpfe. Niemand der Umstehenden nahm davon Notiz. Schließlich stand er mit nackten Füßen auf dem eiskalten Betonboden. Als wollte wenigstens die Natur Einspruch erheben, rollten Gebüschfetzen heran, die er aber seelenruhig ignorierte. Er zog seine Jacke aus, warf seine Mütze von sich und seinen Schal.

Jelena glaubte ihn zu kennen, Bojan, ein stiller großer Junge aus der zehnten Klasse, den einige kannten, weil er gelegentlich Kostproben seines Klavierspiels gegeben hatte. Sie versuchte, die Türen des Autos zu öffnen, vergeblich, aber sie konnte aus dem Fenster klettern. Jemand muss ihn aufhalten, dachte sie mit zunehmender Panik.

Die Kurbeln sämtlicher Fenster waren abmontiert. Es war unfassbar grausam, was sie mitansehen musste. Sie schlug die Hände vor die Augen, aber immer wieder linste sie durch die Finger. Was geschah dort draußen, wo war ihr Vater?

Als der Junge seine gesamte Kleidung von sich geworfen hatte, lief er vollkommen nackt gegen den Sturm ans Ende der Rollbahn und darüber hinaus. Seine weiße Gestalt verlor sich im scharfkantigen Geröll und dem Gestrüpp der Wüste, das ihn nach wenigen Metern zerfetzen musste. Gnadenlos beleuchtete der halbe Mond die Szenerie, als würde er direkt ins Innere der Hölle leuchten.

Weitere Männer und Frauen und einige Kinder zogen sich aus und liefen als weiche weiße Gespenster wie von Furien gejagt in die fleischfressende Dunkelheit.

Ein dick vermummtes Mädchen hielt plötzlich ein Messer in der Hand. Einer nach dem anderen aus dem Haufen der Wartenden fiel zu Boden. Jelena konnte nicht erkennen, was genau mit jedem von ihnen geschah, nur eins war sicher, jeder stand für sich allein und brachte sich selbst den Tod.

Längst hatte sie es aufgegeben, nach draußen rennen zu wollen. Sie hatte schreiende Angst, sie biss sich auf die Hände, bis sie das Blut schmeckte. Sie wickelte ihren Kopf in die Decke, um keinen einzigen Regentropfen mehr zu sehen, die dort draußen im immer stärker gewordenen Sturm durch die Luft flogen. Sie bekam kaum noch genug Luft zum Atmen, geschweige denn zum Weinen und Schreien, als wäre sie selbst auf dem Weg in die Steinsplitter der Wüste. Jetzt, nach langer Qual, nach dem Gefühl, in die Hölle geraten zu sein, zweifelte sie zum ersten Mal an ihrem Vater. Noch befestigte sein felsenfestes Versprechen ihr Herz, noch wollte sie glauben, dass alles, was dort draußen ablief, von ihm berücksichtigt worden war, als er sein Versprechen gab. Aber wo war er dort draußen? Sie musste es über sich bringen, wieder hinauszusehen, es musste sein, so schrecklich es war. Egal, was es war, er hatte sie niemals vergessen.

Die dritte Maschine hob sich in die Luft gegen den tobenden Sturm. Als ihre Scheinwerfer im Sturm und Regen und Staub und Unwetter verglüht waren, rollte die letzte Maschine an die Startbahn. Bald gab es keinen Menschen mehr, der auf dem Flugfeld stand. Viele waren in der Dunkelheit verschwunden, viele lagen unbeweglich unter den Strauchfetzen.

Eine Gestalt im wehenden Mantel lief in Richtung des Autos, in dem sie saß. Jelena bemühte sich, die Scheibe so blank zu wischen, wie es nur irgend ging. Sämtliche Scheiben waren von Tränen und Atem und Angst beschlagen, die Feuchtigkeit tropfte herab. Sie wischte eine winzige Fläche klar und legte ihre Augen daran wie an ein Schlüsselloch. Die Gestalt lief, taumelte, fing sich wieder, kam näher.

Vater!

Sie drückte das ganze Gesicht an die Scheibe. Er musste sie doch sehen. Er lief an dem Wolga vorbei.

Die Heckscheibe!

Ehe sie etwas freigewischt hatte, durch das sie sehen konnte, war das Blickfeld leer. Die Scheibe auf der anderen Seite, die den Blick in das Gebüsch am Rand des kleinen Flughafengebäudes und in die Ruinen der alten Fischkonserven-Fabrik freigab! Nichts, auch die war leer!

So fest es ging, wickelte sie sich in die Decke auf der Rückbank. Noch jetzt sah sie sein angsterfülltes, weißes Gesicht vor sich. Niemals in ihrem ganzen Leben hatte sie ihn so gesehen, so voller Angst, so gehetzt, als hätte ihn die Hölle ausgespuckt.

Die Hölle hat ihn ausgespuckt, dachte sie. Sie verkroch sich in sich selbst. Was soll nun geschehen? Wohin war er gelaufen? Wollte er Hilfe holen, wovor war er auf der Flucht?

Die Maschinen waren durch die Luft auf und davon. Sie war allein in der Wüste, in einem abgeschlossenen Auto, zu dem nur ihr Vater den Schlüssel besaß, und der war verschwunden. Was sollte in den nächsten Minuten geschehen, und was in den nächsten Stunden? Sie wagte nicht, an die nächsten Tage und Wochen zu denken, während sie sich auf die Lippen und die Zunge biss, um keine einzige Sekunde von dem zu verpassen, was geschah. Sie hatte das Gefühl, mit dem Schließen ihrer Augen würde sie in die dunkelsten Abgründe der Hölle gezogen.

Irgendwann musste sie doch eingeschlafen sein. Im Mund spürte sie den Geschmack von Blut, als die Wagentür auf der Fahrerseite geöffnet wurde. Etwas in ihrem Bauch riet ihr, sich weiter schlafend zu stellen. Geruch nach Blut und nassem Fell füllte das Innere des Wagens. Sie linste durch die Falten der Decke, die sie um ihren Kopf gewickelt hatte.

Wer ist das, schoss es ihr durch den Kopf. Nicht ihr Vater hatte den Wagen geöffnet, aber nur ihr Vater hatte den Schlüssel gehabt.

Was geschieht hier?

Im weiten Bogen warf der Mann ein blutiges Taschenmesser in Richtung der Ruinen der alten Fischkonservenfabrik und ließ sich dann in den Fahrersitz fallen. Blut hämmerte in jedem Teil ihres Körpers. Noch stellte sie sich schlafend, dabei wusste sie nicht einmal, ob der Mann sie überhaupt bemerkt hatte.

Vor ihr sah sie einen Rücken, der in einen nassen Fellmantel gehüllt war. Noch hatte er sich nicht in die richtige Position gebracht, um sie im Rückspiegel betrachten zu können, der Schlüssel steckte bereits im Zündschloss. Jetzt war das Auto entriegelt, das war der große Unterschied: Egal, was dort draußen geschah, ihre Bewegungsfreiheit war zurück. Für einen Moment jedenfalls. Wenn das Auto losfuhr, würden auch die Türen wieder verschlossen sein. Das hieß, sie musste sofort handeln.

Sie wickelte sich aus der Decke. Ihre suchende Hand bewegte sich durch die gelbe Stofftasche und tastete im Innern des karierten Kinderfisches herum, bis sie in einem dichten Filzstoff hängen blieb. Langsam zog sie ihre alte schwarze Kappe hervor und setzte sie auf. Draußen war es stürmisch und kalt und sie konnte nicht ausschließen, dass die feinen Regentropfen bald wieder durch die Gegend flogen. Sie wusste nicht, wohin sie ohne das Auto eigentlich sollte und wie lange der Weg ins Nichts dann dauern würde. Von dem, was da draußen geschehen war und was noch geschehen sollte, wusste sie ebenso überhaupt nichts.

Wie von einer Feder getrieben schnellte sie nach vorn.

Den Zündschlüssel in der Hand, ließ sie sich aus der hinteren Tür fallen, rappelte sich auf und lief weit weg durch den Sturm, in dem sich Sand und Gestrüpp miteinander verflochten. Weit vor dem Auto stellte sie sich unter das Dach einer verfallenen Laderampe, den Schlüssel in der rechten Hand hochgestreckt.

»Wo ist mein Vater?«, rief sie so laut sie konnte. Es war nicht laut, im Sturm war es kaum zu hören. Der Mann im Fellmantel stieg aus dem Auto und kam näher. Jeden Schritt, den er auf sie zuging, beantwortete sie mit einem Schritt, mit dem sie sich weiter entfernte. Nach einiger Zeit hatte er das Spiel durchschaut und blieb stehen.

Seit die Flugzeuge auf und davon waren, seit Totenstille auf dem Flugfeld herrschte, hatte sich der Mond endgültig hinter die Wolken verzogen, als wäre er nur ein Köder gewesen, den jemand an den Himmel gehängt hatte, um die Wartenden anzulocken. Jetzt herrschte Finsternis. In dem kleinen Flughafengebäude gab es eine einzige taumelnde Glühbirne, die durch alles Chaos hindurch weiter geleuchtet hatte und nun einen nebligen, schwankenden Schein auf ihre Umgebung warf. Der Mann im Fellmantel wartete. Jelena bemühte sich, sein Gesicht zu erkennen, aber zwischen Fellmütze und dem Kragen des Fellmantels war nicht viel zu sehen. Er stand dort auf der Hälfte des Weges zwischen ihr und dem Wolga. Wenn er darauf gesetzt hatte, mit dem herrenlosen Wagen davonzukommen, hatte er jetzt ein Problem.

Dasselbe Problem wie ich, dachte sie.

»Wo ist mein Vater?«, rief sie immer und immer wieder. »Nicht ohne ihn!«

Ihre Stimme war heiser vor Angst und Erschöpfung. Als die feinen Regentropfen wieder waagerecht durch die Luft flogen, kehrte er um und setzte sich zurück ins Auto. Die regenabgewandte rückwärtige Tür ließ er offen stehen.

Jelena zog sich unter das Vordach der alten Rampe zurück, wo sie vor Regen und Sturm einigermaßen geschützt war. Sie hatte einen Plan, sie zog sich die alte schwarze Kinderkappe fest über den Kopf und hüpfte mit den Armen schlagend auf und ab. Sie musste warten, bis es heller wurde.

Zwei Stunden später würde die Morgendämmerung anbrechen. Jelena war außer Atem, sie legte nur wenige Pausen ein. Sobald der Regen aufhörte, drehte sie Runden um das kleine Flughafengebäude, wenn es wieder regnete, hüpfte sie flügelschlagend weiter unter dem Verladedach für Fischkonserven.

Als der Regen nachgelassen hatte, verließ der Mann für einen kurzen Ausflug auf das Flugfeld das Auto, genauestens von ihr beobachtet. Unschlüssig nahm er verschiedene verstreute Gegenstände auf dem Flugfeld in die Hand und warf sie wieder weg, schließlich hob er einen aufgeplatzten Aktenkoffer auf. Zurück im Wolga legte er sich den Koffer auf den Schoß, öffnete ihn und entnahm ein Blatt Papier nach dem anderen. Es war eine seltsame, beunruhigende, entrückte Szene, die sich ihr bot. Wie im Sekundentakt einer Uhr warf der Mann jedes einzelne Blatt in den Wind, der es in den frühen Morgen über der Wüste wirbelte. So ging es weiter in einem sinnlosen Takt des Wartens, als würde er mit den Fingern auf das Lenkrad des Wagens trommeln.

Jelena musste etwas erledigen, bevor sie zurück ins Auto steigen durfte. Für alle Fälle hatte sie einen handgroßen, messerscharfen Metallsplitter aus einem Schutthaufen in den Ruinen geborgen, den sie nun, in eine dicke Plastikfolie gewickelt, in ihrer Jacke trug. Für den anderen Teil ihres Planes musste sie allen Mut zusammennehmen, den sie noch in sich fand, und sie war erstaunt, wie viel Mut und Kraft noch in ihr steckte. Es war, als hätte sie die Fähigkeit, auf dem ansteigenden Berg des Schreckens immer höher und höher zu klettern. Je größer der Schrecken, desto höher der Berg, desto weiter der Abstand, aus dem sie alles sah. Sie hatte das Gefühl, sich inzwischen fast so hoch wie der unsichtbare Mond zu befinden. Das, was da unten an Schrecken herrschte, war nicht ihr Leben, es war etwas anderes, eine fremde furchtbare Welt, in der sie jetzt gerade gelandet war. Aber sie musste hinunter. Es gab etwas Wichtiges dort unten zu tun.

Sie sprang von der Rampe und lief hinaus auf die Rollbahn.

Im ersten Licht des Morgens, aber noch lange vor dem Sonnenaufgang, breitete sich vor ihr ein Schlachtfeld aus. Mit jedem Schritt, den sie voranging, entdeckte sie weitere reglos auf dem Betonfeld umherliegende Menschen. Einige bedeckt von den rollenden Gebüschen, an denen sich Papiere aus aufgeplatzten Koffern festgesetzt hatten, einige in dunklen Lachen, die sich um sie ausgebreitet hatten wie verlorene Kleidung, einige auf dem Bauch, andere auf dem Rücken. Einige hatten es wenige Meter tief in die Wüste geschafft, von anderen war nur noch in Gebüschen verhakte Kleidung übrig geblieben. Es half nichts, sie musste sich jedes einzelne Gesicht ansehen und jedes herrenlose Kleidungsstück. Jetzt war die Zeit, nach ihrem Vater zu suchen.

Auf ihrem Weg zwischen den Toten kam sie sich so klein und zugleich so versteinert vor wie noch nie in ihrem Leben. Alles, was gewärmt hatte, war von ihr abgefallen, alles, was ganz gewesen war, war auseinandergerissen, einige der Toten kannte sie von gemeinsamen Feiern mit der Schule oder dem Institut ihres Vaters. Noch nie hatte sie einen Toten gesehen, jetzt war sie von Leichen umgeben. Einige musste sie auf den Rücken drehen, weil sie sich unsicher war, bevor sie nicht das Gesicht gesehen hatte. Bei den meisten reichte ein Blick. Um die Leichen mit zerschmetterten Köpfen machte sie einen großen Bogen. Über ihr segelten noch immer die einzelnen Papiere im Wind, die der Mann im Auto weiter in maschinenhaftem Takt in die Luft warf. Wie bei einer Ernte zog sie ihre Bahnen, um keinen zu übersehen, hin, wenden, zurück, wenden, wieder hin. Sie schritt das ganze Betonfeld ab. Zuletzt verfolgte sie den Weg, den ihr Vater in Richtung des Wolga gelaufen war. Der Weg verlor sich ohne eine Spur von ihm in den Tiefen des verfallenen Areals der Fischkonservenfabrik.

Einen letzten Blick musste sie noch auf eine besondere Stelle werfen, wozu sie sich dem Auto weiter näherte. Wie eingeschlafen saß der Mann im Fellmantel hinter dem Lenkrad, er bewegte sich nicht, er sah ihr nicht nach, er saß einfach dort.

Unter einem Gestrüpp in den Ruinen fand sie das Messer, das der Mann im Fellmantel von sich geworfen hatte. An der Kogge über gekreuzten Ankern, dem eingepressten Wappen der Stadt Leningrad, erkannte sie das Taschenmesser ihres Vaters. Sie warf den aufbewahrten scharfen Metallsplitter von sich und steckte das abgewischte Messer zusammengeklappt ein.

Der Mann im Auto hatte ihren Vater auf dem Gewissen. Vielleicht hatte der sich geweigert, ihm das Auto zu übergeben.

Jetzt hat er es, und ich habe den Schlüssel, dachte

sie. Um hier wegzukommen, brauchten beide einander.

Jelena zögerte.

Plötzlich fühlte sie sich schwächer als jemals zuvor in ihrem Leben. Dieser Mann in dem nach Tier und Nässe stinkenden Fellmantel hatte ihren Vater mit dessen eigenem Messer umgebracht, um an den Autoschlüssel zu gelangen und mit dem Auto zu verschwinden.

Wohin auch immer. Sicher nicht dorthin, wohin sie musste.

Aber wohin muss ich, fragte sie sich.

Obwohl es sinnlos war, reckte sie noch immer den Schlüssel in die Luft. Hier war der Schlüssel bei ihr. Sie fühlte sich plötzlich auf der Höhe ihrer Stärke. Dort war die einladend geöffnete Tür des Wolga. Auf der Rückbank erkannte sie die Decke, ihre Tasche und ihren alten Kinderfisch, ein winziges restliches Bruchstück ihrer Heimat. Vor allem aber war es eine Versuchung, umso mehr, als der Wind heftige Wellen von Regen herantrieb.

Hatte der Mann erst einmal den Schlüssel, könnte er tun, was er wollte. Mit der linken Hand drehte sie in der Tasche das zugeklappte, noch vom Blut ihres Vaters klebende Messer.

Ich werde hinter ihm mit einem Messer sitzen, dachte sie, und er weiß es nicht.

Der Mann sagte nichts, als sie einstieg. Er warf den leeren Aktenkoffer in Richtung des Flughafengebäudes und umrundete das Auto, um die hintere Tür von außen zuzuschlagen, während sie den Schlüssel zurück in das Zündschloss steckte.

Jetzt habe ich mich ausgeliefert.

Aber einen anderen Weg konnte sie nicht erkennen.

Ihre Tasche an sich gedrückt, wickelte sie sich auf der Rückbank in die Decke. Für einen Moment drehte er sich zu ihr um und zum ersten Mal erblickte sie sein Gesicht. Sie kannte ihn nicht, aber niemals in ihrem ganzen Leben würde sie dieses Gesicht vergessen. Unter dem rechten Auge lag ein großer Leberfleck, der ihr vorkam wie ein drittes Auge. Die nächste Zeit sah sie niemand anderen als ihn.

I

Bei der Rückkehr von längeren Reisen befürchtete Ellen stets, zu Hause nichts mehr so vorzufinden, wie sie es verlassen hatte. Diesmal wusste sie genau, dass es so war.

Sie reichte der Stewardess, die den Müll einsammelte, ihren leeren Kaffeebecher, als der Airbus A-320 aus London im Anflug auf Berlin-Schönefeld seine Reiseflughöhe verließ. In zwanzig Minuten würden sie pünktlich landen. Sie warf einen letzten Blick auf einen Ausschnitt ihres Vortrages in Boston, in dem sie über ihr Projekt am Astrophysikalischen Institut in Potsdam berichtet hatte. Mit jedem Kilometer, mit dem sich die Maschine Berlin weiter näherte, versank das Universum, aus dem sie von roten Zwergsternen berichtet hatte, immer weiter hinter der diesigen Atmosphäre des heißen Augusttages über der Stadt.

Ellen kannte Menschen, die bei der Abreise von Bügeleisen- oder Gasherdängsten gepeinigt wurden, bei ihr betraf die Angst die Ankunft und umfasste das ganze Haus. Es gelang ihr einfach nicht, der Beständigkeit eines festen Zuhauses über den Weg zu trauen. Auf ihrem aufgeklappten Mac sah sie sich Fotos an, die sie unmittelbar vor ihrer Abreise im Eiltempo vom Inneren und Äußeren ihrer Villa aufgenommen hatte.

Der Flugkapitän bat, die Tische hochzuklappen und die Sitzgurte wieder anzulegen. Die Stewardess weckte Ellens Sitznachbarn, von dem sie seit London im Wesentlichen zwei riesige rote Kopfhörermuscheln gesehen hatte und dessen langen, kompliziert zusammengefalteten Beinen sie immer wieder in die Quere gekommen war. Jetzt, als er die Kopfhörer abnahm, entpuppte er sich als ein Mitdreißiger mit dunklem Zweitagebart in einem wettergegerbten Gesicht.

Ellen vertiefte sich in die Betrachtung der Fotos ihrer neoklassizistischen Villa unter den hoch aufragenden Fichten. Wenn man genau hinsah, schimmerten die üppigen Rundungen der nackten Steinfiguren an der Fassade der östlichen Seite, die das erste Bild zeigte, grün vom Moosbewuchs. Sie blätterte zur Ansicht von der Westseite, auf der es von einer Terrasse und einem Erker im Erdgeschoss über eine ungepflegte Wiese zum Ufer des Müggelsees hinunterging. Während sie sich ihr Haus ansah, wunderte sie sich noch immer, wie sie es geschafft hatte, den Kasten in all den Jahren am Laufen zu halten.

Die Stewardess mahnte sie, den Laptop zu schließen, aber sie wollte unbedingt noch die Bilder aus dem Innern sehen. Seit der Zeit, als sie begonnen hatte, sich ernsthaft Gedanken um das Haus zu machen, wusste Ellen, dass es seit 1959 im Grundbuch auf ihre Mutter Kathryn Koffka eingetragen war. Und dass ihr Eigentumsanspruch an einem seidenen Faden hing.

Sie blätterte sich weiter durch die Aufnahmen: die Lateinamerika-Bibliothek im Erdgeschoss, dunkle Bücherrücken, denen man ihren Geruch nach Klebstoff und Staub ansehen konnte, der Lesesaal mit einem großen Tisch und acht mit grünem Kunstleder bezogenen Sesseln sowie einem Ohrensessel mit Blick aus dem Erker auf den See, ihr eigenes Zimmer im Obergeschoss, dem Terrassensalon, der in weißer Pracht glänzte und im Wesentlichen ihr gelb abgedecktes Bett enthielt.

Im Grunde verdankte das Haus seinen jetzigen heruntergekommenen Zustand der Grundstückverkehrsordnung, nach der im ehemaligen Ostberlin jeder Eigentümerwechsel zwischen Januar 1933 und Oktober 1990 amtlicherseits genau überprüft wurde, sobald das Haus zum ersten Mal verkauft oder beliehen werden sollte. Um eine entsprechende Prüfung zu vermeiden, hatte es nie Geld gegeben. Jetzt blieb ihr nichts als gespanntes Erwarten. Nichts, davon war sie überzeugt, würde noch so aussehen wie auf diesen Fotos.

»Ein schönes Haus«, meinte der Sitznachbar.

»Finden Sie?«, antwortete Ellen. »Was schön ist, ist auch anstrengend!«

Ihr traumhaftes Wohn- und Schlafzimmer im Obergeschoss mit Zugang zur Terrasse und Ausblick auf den See hatte den Nachteil, dass sie es nur in den Sommermonaten bewohnen konnte, weil die Heizung vor zwei Jahren pünktlich an ihrem vierunddreißigsten Geburtstag in einer kalten Augustnacht den Geist aufgegeben hatte und das lange für Heizungszwecke missbrauchte Stromnetz eine Nacht später zusammengebrochen war.

»Sind Sie denn anstrengend?« Er grinste sie breit an.

»Danke für das Kompliment!« Sie schloss die Augen und lehnte sich so weit zurück, wie es ging, was nicht besonders weit war.

»Einmal um die Welt. Ich bin froh, wieder nach Hause zu kommen.« Er gähnte.

»Was treibt einen um die Welt?«, fragte Ellen geistesabwesend.

»Umweltkatastrophen.« Er versuchte, die Beine so weit auseinanderzufalten, wie es ging. »Ich bin Fotograf.«

Ellen wandte den Kopf, um ihn sich genauer anzusehen. Sie hatte vor vielen Jahren einen Science-Fiction-Roman gelesen, in dem sich Besucher aus der Zukunft im Vorfeld von Katastrophen und welterschütternden Konflikten versammelten, um ihre Neugier zu befriedigen. Katastrophenfotograf, dachte sie, muss etwas Ähnliches sein.

»Bei einer so langen Reise müsste ich eine Webcam auf einem der Bäume installieren, um alle paar Tage zu überprüfen, ob mein Haus noch steht.«

»So schlimm?«

»Ziemlich.« Ellen musste grinsen, es war eine ihrer Marotten, an die sie sich im Laufe ihres Lebens hatte gewöhnen müssen.

»Es ist ein tolles Haus«, meinte er. »Es könnte in einem Film die Hauptrolle spielen.«

Ellen lehnte sich vor. »Darauf sind schon andere gekommen.« Hollywood, dachte sie. Ich habe die komplette Villa den Händen einer Filmproduktion ausgeliefert.

Als auf dem Bildschirm ein Foto erschien, das einer ihrer Kollegen auf der Konferenz von ihr bei ihrem Vortrag aufgenommen hatte, unterbrach ihr Sitznachbar ihre Bewegung, den Laptop zu schließen.

»Lässt sich sehen«, sagte er lächelnd.

»Keine Katastrophe?«, fragte sie müde.

»Ganz und gar nicht«, antwortete er. Er sah sich ihr Foto mit provozierender Ruhe an.

Ellen nahm sich Zeit, sich selbst in der Großaufnahme zu betrachten, frei stehend auf dem Podium, mit der rechten Hand in einen Sternenhimmel hinter ihr an der Bildwand deutend. Skeptisch begutachtete sie diese Frau mit streichholzkurzen blonden Haaren, einem Meter sechsundsiebzig und annehmbar vollem Schwung der Kurve ihrer Brüste unter weißer Bluse mit offenem grauem Jackett. Ihre Augen leuchteten in ähnlichem Farbton wie ihre hellblauen

Jeans, Feuer und Flamme für das, was sie gerade zu berichten hatte.

Leuchten meine Augen wirklich so unnatürlich hell, fragte sie sich, oder ist es ein Fehler in der Einstellung der Farbsättigung? Sie wusste, dass es nicht so war.

Nach wiederholter Aufforderung der Stewardess schob sie den Mac zusammengeklappt in die Rücklehnentasche vor ihr.

Die Männer, hatte sie in ihrem Leben erfahren müssen, hielten diese klaren hell strahlenden Augen für den wichtigsten Schmuck in ihrem schmalen, wie sie fand, zu harten Gesicht. Dabei waren sie in Wahrheit etwas gänzlich anderes.

Meine Augen, hatte sie von Kindheit an gefühlt, und was sich in meinem Kopf dahinter verbirgt, leben im wolkenlosen Land der Mathematik. Sie sind die Beobachtungs- und Beurteilungsinstrumente, die nur von fern Verbindungen zu Emotionen aufnehmen. Manchmal kam sie sich vor wie ein lebendiges Teleskop, das sich überall im Universum auskannte, nur nichts über die Erde wusste, auf der es gebaut worden war.

Ich darf mich nicht beschweren, dachte sie und wandte den Blick von dem Sitznachbarn ab, die Diskrepanz zwischen meinem Körper, der offenbar dafür konstruiert wurde, nah zu sein, und den Augen, die alles aus kosmischer Entfernung betrachten, hat meine wissenschaftliche Karriere ungemein befördert. Und mir unter den Studenten an der TU Berlin den Titel eines »Systems unbelebter blauer Planeten« eingebracht. Und mit meinen verkorksten Beziehungen zu Männern ein lebenslanges Problem beschert.

Die Maschine setzte auf, ab jetzt waren die Ablagefächer wichtig und jeder Fluggast sich selbst der Nächste.

Alles in allem war Ellen zwei Wochen abwesend gewesen. Auf der Konferenz in Boston war ihr Vortrag über rote Zwergsterne auf große Resonanz gestoßen, danach hatte sie ehemalige Kommilitonen aus ihrem Semester in Harvard besucht und noch einige Urlaubstage in Neuengland angehängt. Jetzt also endlich wieder zu Hause – aber in was für einem Haus?

Während sie sich langsam mit ihrem Handgepäck im Gang zum Ausgang der Maschine schob, blickte Ellen aus den Fenstern. Es sah nach einem wunderbaren Berliner Sommertag aus, weiße Wolken wurden über den blauen Himmel getrieben, ohne die Sonne wirklich je zu verdecken.

Als sie ins Freie trat, stellte sie fest, dass es schwüler war, als sie erwartet hatte. Es ging ein heftiger Wind, der Vorbote eines Gewitters zu sein schien, das man hier am Flughafen noch nicht am Himmel erkennen konnte. Im Bus zum Terminal zog sie ihre beige Jacke aus und hängte sie in den Schultergurt ihrer großen Reisetasche aus weichem hellbraunen Leder. Sie wartete am Gepäckband auf ihren Rollkoffer. Das konnte dauern. Sie redete sich ein, dass sie keinen Grund zur Eile hatte, den morgigen Tag hatte sie sich institutsfrei organisiert. Sie freute sich auf eine große Schwimmtour im See, das war der richtige Weg, um anzukommen.

Schließlich kroch ihr hellblauer Rollkoffer durch die flatternden Gummistreifen auf das Gepäckband. Sie wuchtete ihn herunter und zog ihn wie ein fettes, ungelenkes Tier hinter sich her zum Ausgang.

Im Taxi fiel etwas von der Anspannung von ihr ab. Sie lehnte sich mit geschlossenen Augen zurück, den Weg vom Flughafen Schönefeld zum Müggelseedamm in Berlin-Köpenick brauchte sie sich nicht anzusehen. Der warme Fahrtwind aus dem geöffneten Beifahrerfenster fächelte über ihr Gesicht. Anzukommen war eine Freude!

Ein Filmscout aus Babelsberg hatte keine Ruhe gegeben, bis sie eingewilligt hatte, das Haus für einen fantastischen Preis an die Produktionsgesellschaft »Studio 21« zu vermieten. Inklusive einer Pauschale für den Rückbau der Szenenbildeinbauten und einer üppigen Versicherung lag der Gesamtpreis deutlich über dem branchenüblichen Betrag von einer Monatskaltmiete pro Tag. Nach Beratung mit einem vage bekannten Immobilienentwickler, den sie sonst nicht ausstehen konnte, hatte Ellen sich ausgerechnet, dass ihre Einnahmen für die Sanierung von Heizung, Sanitär und Elektro ausreichen mussten. Der Preis, den sie dafür zu zahlen hatte, war allerdings ebenso erheblich. Deshalb klopfte ihr Herz umso stärker, je näher sie dem Müggelseedamm kamen. Laut Plan der Produktionsgesellschaft mussten in diesen Tagen die ersten Dreharbeiten beginnen.

In den letzten Stunden vor ihrer Abreise hatte eine hemdsärmelige Truppe unter Kontrolle des studioeigenen Baubüros damit begonnen, das gesamte Haus auszuräumen. Besenrein war das Ziel, keine Aufputzleitung von Elektro oder Wasser sollte bestehen bleiben, keine Installationen in Küche oder Bad, keine Regale in der Bibliothek, kein einziges Möbelstück. Nichts, nichts, nichts, hatte der Szenenbildner ihr erklärt. Anschließend sollte das Haus mit dem Szenenbild ausgestattet werden, das sie für den Dreh ihres Films brauchten. Insgesamt hatten die Filmleute für Ausräumen, Einrichten, Drehen einer Vordoku, Filmdreh und Rückbau fünfunddreißig Tage eingeplant.

Ein neues Haus erwartet mich, dachte sie, aber was bedeutete das? Vielleicht werde ich gleich davor einen Schreikrampf erleiden.

Eine eingehende Nachricht ihres Kollegen Leo Sommer vom Institut in Potsdam machte sich mit einem Signalton bemerkbar.

»Willkommen zurück«, schrieb er, »alle melden, dein Konferenzvortrag war ein voller Erfolg. Gratuliere.« Im Weiteren teilte er mit, dass er sich morgen vor seinem Abflug zu einer Tagung in Tokio mit einem neu für ihr gemeinsames Forschungsprojekt gewonnenen Spezialisten treffen wollte. »Wenn du dann den Jetlag überlebt hast, bist du dabei herzlich willkommen.«

»Ich weiß es nicht«, antwortete Ellen nach kurzer Überlegung. Sie hatte keine Ahnung, was sie zu Hause erwartete, und nicht die Absicht, sich schon jetzt von neuen Verabredungen einschränken zu lassen.

In Friedrichshagen steckten sie in einem Stau fest. Ellen ließ den Fahrer in die Einfahrt einer Schule abzweigen, neben der sich ein Supermarkt befand. Sie sprang aus dem Taxi.

Wenig später kam sie mit zwei vollen Tüten zurück. Neben dem nötigen Grundbestand an Lebensmitteln nach langer Abwesenheit hatte sie einiges eingepackt, auf das sie sich für den heutigen Abend freuen konnte, einen Guy Saget, den einzigen guten Chardonnay mit Schraubverschluss, und einen von ihr bereits im Laden probierten, fertig angerichteten leckeren Vitello Tonnato, ein frisches Baguette und alles, was sie für einen Salat aus Fetakäse, Tomaten und Gurken benötigte.

Nach einem kurzen Blick in die Autoschlange, in die sich das Taxi wieder eingereiht hatte, schloss sie erneut die Augen. Der Fahrer hatte die Scheiben komplett heruntergefahren, die Luft draußen war heiß und fühlte sich immer mehr nach einem nahenden Gewitter an. Vor fünfundzwanzig Jahren war ihr das graue düstere Haus, das da irgendwo am Ende des Staus auf sie wartete, wie eine rettende Festung in einem gefährlichen Universum erschienen.

2

Fünfundzwanzig Jahre zuvor

Ellen war gefangen. Sie rüttelte an der Tür, aber die rührte sich nicht. Sie fror und dennoch brannte ihre Haut am ganzen Körper, unsichtbare Käfer liefen darauf herum. Wie damals.

In diesem Zimmer fühlte sie sich ihrer Kindheit am nächsten und jetzt musste sie feststellen, dass sie es nicht mehr verlassen konnte. Dabei hatte es mit seinem übergroßen schwarzen Ledersofa, in das sie sich in diesem Augenblick kuschelte, mit den Doppelfenstern unter der hohen Zimmerdecke und den verstaubten Kunstfreesien in der großen türkisfarbenen Bodenvase äußerlich keine Ähnlichkeit mit dem unendlichen Raum voller glitzernder Sterne über der Wüste Kyzilkum, den sie an diesem Ort nie vergessen konnte.

Sie sah es noch genau vor sich, wie sie mit ihrem Vater an ihrem neunten Geburtstag auf einer Felldecke auf dem warmen Sand der Wüste lag, der mit Einbruch der Nacht schnell kalt wurde. Das war im August 1990, vor nunmehr achtundzwanzig Jahren.

»Behalte das Sternbild des Orion im Blick«, hatte er sie damals aufgefordert. »Er ist ein Jäger, den zwei Hunde begleiten. Südwestlich von dem linken Stern im Gürtel des Orion liegt der große Hund. Der helle Stern darin heißt Sirius, er ist doppelt so groß und fünfundzwanzigmal heller als unsere Sonne. Er wird von einer Zwergsonne umkreist, die so groß ist wie unsere Erde. Dieser Stern hat heute etwas mit dir zu tun.«

Ellen hatte sich damals alle Mühe gegeben, den hellen Stern im Sternbild des großen Hundes nicht aus den Augen zu verlieren.

»Das Licht von hier muss neun Jahre lang reisen, bis es dort ankommt. Stell dir vor, es gibt dort einen Planeten, an dessen Himmel am Tag eine kleine und eine riesengroße Sonne stehen. Wenn die Menschen dort Fernrohre haben, sehen sie genau jetzt in diesem Moment, wie du geboren wirst. Von jetzt an bist du dort bekannt, und sie beobachten genau, wie es dir geht. Wir geben diesem Planeten mit der kleinen und der großen Sonne am Himmel deinen Namen, *Lena*.« Mit diesen Worten legte er in ihre Hand eine glatt polierte, blau-weiß marmorierte tennisballgroße Steinkugel, die seit seinem Tod für immer verloren war.

Das Gefühl unbegreiflicher Weite, das sie damals gespürt hatte, spürte sie auch in diesem seltsamen Raum von Kane, einem Jugendfreund ihrer Mutter. Er und seine Schwester Julie hatten Ellen nach dem frühzeitigen Tod ihrer Mutter in Berlin aufgenommen. Seit nun zwei Jahren wohnte sie in dieser zum Verirren großen Wohnung in einem Zuckerbäckerschloss von Mietshaus in der Fasanenstraße direkt neben der S-Bahn zwischen den Bahnhöfen Zoo und Savigny-Platz. Den Raum, in dem sie jetzt schon wieder eine halbe Ewigkeit saß, nannte sie den Äther.

Die gegenüberliegende Wand war von einem Regal bedeckt, in dem mehr als zehn restaurierte Rundfunkempfänger aus den Fünfziger- und Sechzigerjahren brummten und leuchteten.

Onkel Kane, natürlich nicht wirklich ihr Onkel, war eher riesig als groß, er ging gemächlich wie ein Nashorn und lachte sehr gern. Er war Moderator einer Musiksendung beim Soldatensender AFN, bis der seinen Betrieb eingestellt hatte. In endlosen nächtlichen Bastelarbeiten hatte er die Rundfunkapparate restauriert, er hatte das Ahornfurnier der

Musiktruhen ausgebessert, das Holz mit Olivenöl poliert und die Bakelitteile zum Schimmern gebracht. Aber er hatte auch die Technik restauriert, die Röhren und Kondensatoren durch Originalteile ersetzt und die magischen Augen der Apparate zu ihrem grünen Glimmen gebracht. Er hatte auf Märkten nach Ersatzteilen gesucht, manchmal in ihrer Begleitung, wobei das eine oder andere Kuscheltier für sie abfiel, solange sie dafür noch empfänglich gewesen war. Er hatte gelötet und Spulen gewickelt, stets roch es in seinem Werkstattraum am Ende des langen Flures nach angesengtem Plastik und der stechende Geruch des Kolophoniums zog durch alle Zimmer.

Jedes der Radios war fest auf einen von ihm gebauten Sender eingestellt, hatte er ihr einmal erklärt. Sein Sender, der aus einer Kiste im Nachbarzimmer funkte, wiederholte endlos die Jahre 1949 bis 1961 mit ihren Reden, mit dem atmosphärischen Pfeifen und mit der Musik. Aus den Apparaten strömten die Sendungen aller Sender, ob Ost oder West, mit ihren Nachrichten, ihren Diskjockeys, ihren Orchestern, politischen Berichten, mit allem, was damals den Äther gefüllt hatte. Es war ein summender Bienenstock, und vor allem war es eine Übung, den Verstand immer wieder auf andere Quellen zu konzentrieren.

Sooft Ellen hier die Augen schloss, hatte sie das Gefühl, im Weltraum zu schweben, in einer Sphäre aus alten Radiosignalen, die die Erde in sechzig Lichtjahren Entfernung weit draußen im All umgeben.

Dort treibe ich in meinem Ledercouchraumschiff nahe dem bläulich leuchtenden Doppelstern Diadem im Sternbild Haar der Berenike und höre diese Rundfunkwellen der fernen Erde.

Oft schlief sie dort draußen ein, ließ sich auf der

Couch durch das All treiben, hielt Ausschau nach interessanten Planeten, aber nie verlor sie die konfusen Stimmen aus der Vergangenheit der Erde aus dem Ohr.

Heute war alles anders.

Jedenfalls seit sie festgestellt hatte, dass sie den Äther nicht mehr verlassen konnte. Sie war auf ihrer Traumreise durch den Kosmos unter der weichen, schwarzen Decke aufgewacht, weil die Stimmen verstummt waren.

Alles ist verstummt, nichts glimmt mehr, nichts flackert.

Sie erhob sich verwirrt. Zuerst betätigte sie den großen Schalter direkt neben der Tür, die Kommunikationszentrale ihres Ledercouchraumschiffes, die die Verbindung zur Erde herstellte. Es funktionierte. Jemand hatte es abgestellt, als sie schlief. Kanes Schwester, die sich gern Julie nannte, weil sie Südfrankreich liebte, war schon seit Wochen nicht mehr hier gewesen. Also Kane.

Die Tür zum Flur war verschlossen.

Ellen linste durch das Schlüsselloch und erkannte einen umgedrehten Schlüssel darin. Abgeschlossen. Wenn Kane Fuller sich auf eine Reise begab, schloss er oft seine beiden Heiligtümer ab, die Werkstatt und den Äther. Nicht, weil Ellen in seiner Abwesenheit die Räume meiden sollte, die Schlüssel blieben ja immer stecken. Das Umdrehen des Schlüssels sollte sie nur noch mal daran erinnern, dass sie in den Räumen möglichst auf Zehenspitzen gehen und keinen Unsinn anstellen sollte.

Sie klopfte an die Tür. Vielleicht war Kane noch in der Wohnung. Sie horchte. Sie legte das Ohr auf den quietschenden Parkettboden. Nichts – kein Ruf, kein Nashornschritt, Stille.

In irgendwelchen Krimis hatte sie gelesen, wie man mit einer Situation wie dieser umgehen sollte. Man stocherte so lange im Schlüsselloch der Tür, bis der Schlüssel auf ein durchgeschobenes Zeitungsblatt fiel, das man dann unter dem breiten Spalt unter der Tür zurückzog.

Bingo.

Im Künstlerhaus St. Lukas gab es keine breiten Ritzen unter der Tür, es gab Schwellen.

Ellen setzte sich zurück in das Ledersofa und dachte nach. Dazu war dieser Raum draußen im Sternbild Haar der Berenike schließlich gemacht.

Habe ich Hunger? Im Moment nicht zu spüren.

Durst? Könnte sein, aber draußen rauscht seit dem Morgen ein Wolkenbruch herunter, so lässt sich sicher Abhilfe schaffen.

Klo? Bloß nicht genauer darüber nachdenken.

Sie öffnete das große zweiflügelige Doppelfenster und lehnte sich so weit hinaus, wie es ging. Dann drehte sie das Gesicht nach oben und öffnete den Mund, um den warmen Augustregen zu trinken.

Sie blickte nach unten. Vier hohe Etagen, mindestens zwanzig Meter. Eine rot geklinkerte Wand mit Vorsprüngen und Figuren und Erkern und Efeu, zwischen denen das Wasser in die Tiefe rauschte. Eine Leiter, breite Simse oder sonst etwas, an dem man sich festhalten könnte, war nicht in Sicht.

Ellen schloss das Fenster. Onkel Kane hatte eine einwöchige Reise geplant. Aber war er wirklich gefahren, ohne sich zu verabschieden? Ohne in ihrem Lieblingsraum nach ihr zu suchen? Hatte er sie unter der schwarzen Decke auf der schwarzen Couch im dunklen Zimmer übersehen?

Ein Hilfeschrei müsste schon sehr, sehr laut sein,

um hinter dem Regen irgendwo gehört zu werden. Es gab auch kein Telefon in diesem Raum. Grübeln wird nicht viel helfen, dachte sie, und schlief ein.

Am nächsten Morgen erwachte sie unter ihrer warmen Decke auf der schwarzen Ledercouch. Morgens, hatte sie die Erfahrung gemacht, war ein Weltuntergang immer besser auszuhalten, weil die Dunkelheit sich zurückgezogen hatte und nichts mehr schlimmer machen konnte. Ansonsten aber hatte sich nicht viel geändert. Es regnete noch immer, als würden ganze Meere über dem Haus in der Fasanenstraße ausgekippt. Hunger machte sich noch nicht wirklich bemerkbar. Nur eins ließ sich nicht eine Minute länger ignorieren: Sie musste pinkeln, daran führte kein Weg mehr vorbei.

Sie nahm noch einmal einen Anlauf, die Tür aufzubekommen, vielleicht waren die Bolzen in Fußboden und Türrahmen nicht richtig eingerastet, und ein verzweifeltes Hin- und Herwackeln konnte sie lockern.

Negativ.

Dann übernahm die pure Not die Regie. Die Kunstblumen flogen aus der Vase, Ellen hielt das Gefäß kurz gegen das Licht, um zu sehen, ob die Vase auch wirklich dicht war.

Nachdem sie sich erleichtert hatte, war sie sicher, es noch lange in ihrem Raumschiff aushalten zu können, das singend und pfeifend und schwätzend durch die Atmosphäre eines fernen Wasserplaneten glitt. Zum ersten Mal hatte sie wirklich das Gefühl, einsam zwischen den Stimmen weit draußen im All zu schweben.

Es wurden endlose Zahlenkolonnen vorgelesen, die von Störungen auf ihrem sechzigjährigen Weg in die Gegenwart verzerrte Pausenmelodie von Radio Moskau erklang, ein Diskjockey, in dem sie die Stimme von Onkel Kane erkannte, kündigte den immer wieder gewünschten Top-Hit der Four Lads an, »Skokiaan«. Wenn Ellen sich konzentrierte, hörte sie es aus all den Störungen, Reden, Berichten und Zahlen heraus: »Hohoho, far away in Africa.«

Sie schnappte sich die große Vase, die bewiesen hatte, dass sie dicht war.

Unangenehm, wie warm das Glas geworden ist.

Aus dem geöffneten Fenster konnte sie in dem grauen Tag und der Wasserflut den Boden des Hofes erkennen. Niemand hielt sich dort auf. Der Inhalt der Vase vermischte sich mit dem Regen, sie spülte die Vase aus, entleerte sie erneut, bis sie wieder kalt geworden war. Dann arrangierte sie die Blumen darin neu und stellte alles an seinen alten Platz.

Als sie einige Stunden später auf ihrer Couch erwachte, hatte sie schließlich doch Hunger. Der Zeitpunkt, an dem der Spaß aufhörte, war bald gekommen, das spürte sie deutlich. Sie öffnete wieder das Fenster und drehte die Lautstärke ihrer Kommunikationszentrale zur Bodenstation auf der Erde so laut auf, wie es nur irgend ging. Zwölf hervorragend restaurierte Rundfunkgeräte posaunten die Wichtigkeiten der Fünfzigerjahre als ein unverständliches Durcheinander in den Regen. Dann stellte sich Ellen an das offene Fenster und rief.

Irgendwann hatte sie einmal gehört, dass, wer in Not ist, überfallen wird oder ertrinkt, nicht »Hilfe«, sondern »Feuer« rufen muss, damit jemand herbeieilt. Dafür war die Situation aber überhaupt nicht geeignet. In der Atmosphäre des Wasserplaneten im Sternbild des Haar der Berenike, wo sie sich jetzt im Sound der alten Klänge sechzig Lichtjahre weit draußen im All befand, kam niemand auf die Idee, auf einen Ruf »Feuer« zu reagieren.

Also rief sie laut: »Hilfe!« Dann noch einmal lauter. Und noch lauter! Auch das reichte nicht. Niemand kam herbei. Sie versuchte zu brüllen wie am Spieß, aber es gelang ihr nicht. Sie vermochte es einfach nicht, ohne jede Hemmung so laut zu schreien, wie es physisch möglich war.

Was sitzt da zwischen meinem Willen und meiner Stimme und klemmt mich ein? Wenn ich je lebend hier herauskomme, werde ich mich damit beschäftigen müssen, selbst wenn daraus eine Lebensaufgabe wird.

Sie gab sich einen Ruck. Vor zwei Wochen hatte sie ihren vierzehnten Geburtstag gefeiert. Sie war alt genug, eine Lösung zu finden. Ich werde herauskommen!

Es war so offensichtlich, sie hatte es nur nicht sehen wollen. Weil sie Angst hatte. Aber sie musste aus ihrem Raumschiff steigen, sie musste hinab in den Hof. Es gab keinen anderen Weg. Sie würde aus dem Fenster klettern, sich am Efeu und an den Vorsprüngen und Figuren des verrückten Kitschschlosses festhalten und über vier Stockwerke in die Tiefe steigen.

Nein, das ist verrückt. Das ist Selbstmord!

Sie setzte sich in einen der schwarzen Ledersessel, die rauschende, flüsternde, singende Wand, den Äther im Rücken, und dachte nach, dachte gegen ihre Angst an. Sie musste eine Hauswand zwanzig Meter hinunterklettern.

Sie zählte sich die Schwierigkeiten auf: Es war glitschig, dem Efeu war nicht wirklich zu trauen und zwanzig Meter waren verdammt hoch.

Sie sah sich in ihrem Zimmer um. Da gab es nicht

viel, was zum Erfolg dieser Unternehmung beitragen könnte. Es gab kein Messer und keine Schere, mit denen sie die Decke in Streifen zerschneiden konnte. Es gab nur Kunstblumen in einer Vase und jede Menge Apparate.

Ellen ging wieder zum Fenster, öffnete die Flügel weit und betrachtete die Wand unter ihr so eingehend wie nie zuvor. Von Efeu bedeckt und deshalb auf den ersten Blick nicht zu erkennen, führte direkt neben ihrem Fenster ein Regenabflussrohr in die Tiefe. Aber dessen Durchmesser war mindestens zwanzig Zentimeter. Es gab keine Chance, es zu umfassen.

Ellen wandte sich ab und machte einen letzten Versuch, die Tür mit Gewalt aufzubrechen. Sie drückte dagegen, sie stemmte sich dagegen, sie warf sich dagegen. Wieder und wieder. Erneut spürte sie, dass zwischen ihrem Willen und ihrer Aktion etwas saß, das sie bremste, obwohl es um alles ging. Bedeutete das, dass sie in Wahrheit gar nicht hinauswollte?

Jetzt ist der Zeitpunkt, das herauszufinden.

Die Blumen, dachte sie. Sie zog die Blumen, fünf verstaubte künstliche Freesien von anderthalb Metern Länge, aus der Vase. Sie bestanden aus wächsernen Blättern und seidenen Blüten, die an einem stabilen Draht befestigt waren. Auf dem Sofa hockend, die Beine untergeschlagen, schälte Ellen die Blätter und Blüten von den Drähten. Jeder Draht für sich war nicht stark genug, sie zu halten, alle zusammen könnten fest genug sein.

Sie flocht zunächst einen Dreierzopf und verflocht den dann mit den beiden übrigen Drähten, so dass sie am Ende einen Draht von mehr als einem Meter Länge hatte. Den legte sie um die Mittelstütze des Fensterrahmens und lehnte sich schräg ins Zimmer zurück, weiter – noch weiter. Der Zopf schien zu halten.

Ihr Hunger ließ sich nicht mehr einen Atemzug lang vergessen. Sie stand am geöffneten Fenster und blickte in die Tiefe. An der Hauswand, das wusste sie von ihren wilden Klettereien an Felsnadeln in der Wüste, übernahmen die Hände und die Füße das Denken. Denen musste sie vertrauen, wenn schon nicht ihrem blockierten Kopf.

Dann stand sie auf dem Fensterbrett. Sie zog sich die Turnschuhe aus, knotete sie an ihren Schnürsenkeln zusammen, stopfte die Socken hinein und warf sie in den Hof. Vom Fensterbrett aus stocherte sie mit dem steifen Zopf aus Draht in Richtung der Regenrinne.

Der nächste Moment wird alles entscheiden!

Würde sie es schaffen, den Drahtzopf hinter der Regenrinne durchzufädeln?

Dann war sie durch damit. Jetzt kam der schlimmste Teil.

Sie stemmte sich von außen fest in die Höhle des Fensters. In einem großen Ausfallschritt stützte sie sich mit dem linken Fuß auf eine kleine Eulenfigur an einem vorspringenden Klinkerstein, die kaum aus dem Efeu hervorragte. So weit sie konnte, griff sie auf die andere Seite des Regenrohres, um den Draht zu packen. In dem Moment, als sie ihn gegriffen, zu sich gebogen und mit dem anderen Ende zusammen um ihre rechte Hand geschlungen hatte, brach die Eule unter ihr aus der Wand.

Ihr Fuß rutschte nach unten, aber nur etwa einen Meter, dann hielt der Efeu ihn fest. Sie zog das rechte Bein, das nun fast über ihre Kopfhöhe nach oben ragte, vom Fenstersims ab, schob damit ebenfalls den Efeu zusammen, bis er zu halten schien, und dann ging es fast so elegant nach unten wie bei den Männern, die sie früher mit ihren gebogenen Eisenstangen an den Schuhen die Telegrafenmasten hinauf- und herunterklettern gesehen hatte.

Ruckweise arbeitete sie sich mit dem Draht am Regenrohr herunter, das den größten Teil ihres Gewichtes hielt, der Efeu funktionierte gut als Bremse für ihre gegen die Klinkerwand gestemmten Füße. Ruck um Ruck fädelte sie bei jeder Halteklammer am Regenrohr den Draht aus und wieder ein. Dabei vergaß sie die Zeit und den Regen und alles, was sie nicht brauchte, um es lebend nach unten zu schaffen.

Und dann schließlich stand sie im Hof, außer Atem, durchnässt bis auf die Knochen und erstaunt über das, was sie geschafft hatte. Nachdem sie ihre Strümpfe und Schuhe auf die blutigen, zerkratzten und abgeschürften Füße gezogen hatte, reckte sie den Kopf in den Nacken, trank von dem erquickenden Sommerregen und blickte hinauf zu dem Äther, in dem das Flackern der magischen Augen zu ahnen war. Sie meinte, noch ein verklingendes »Hohoho far away in Africa« zu hören, als sie hinaus auf die Fasanenstraße trat.

Der Hunger brannte in ihr wie ein Feuer, das nicht wärmte. Jeder Muskel zitterte. Ellen fror, sie war klatschnass, der Regen fiel weiter. Sie versuchte, sich abzulenken, indem sie in einem leichten Trab die Kantstraße hinunter in Richtung Bahnhof Zoo lief. Dort musste es möglich sein, ohne einen Cent irgendetwas zu essen zu finden.

Als sie dort ankam, hatte kein einziger Imbissstand mehr geöffnet. Die Abfallkörbe waren abgefahren, weit und breit war nichts zu entdecken, was essbar gewesen wäre. Sie lief die Treppe zur S 3 hinauf. Der letzte Zug zum Ostkreuz sollte in achtzehn Minuten fahren, dort musste sie in den letzten Zug in Richtung Erkner umsteigen.

Wenig später saß sie eng in eine Ecke gekuschelt, zitternd, frierend, hungrig. Ihre Gedanken kreisten darum, warum sie nicht so laut hatte schreien können, dass die Nachbarn die Polizei alarmieren mussten, warum sie nicht mit Fußtritten der Verzweiflung die Tür hatte aufbrechen können.

Irgendwann schlief sie frierend und zitternd ein, wachte aber alle paar Augenblicke wieder kurz auf. Sie spürte einen Wasserfaden aus ihren kurzen Haaren ihre Nase entlangrinnen. Immer wieder schreckte sie hoch, sie musste sich immer wieder neu vergewissern, wo sie gerade war.

Am Ostkreuz stürmte sie aus dem Zug, die Treppe hinauf, dann wieder hinunter, der nächste Zug fuhr nach Erkner. Der Fahrtwind blies die letzten Regentropfen von den Scheiben der S-Bahn. Während der Zug hielt, sah sie vereinzelte Fahrgäste sich gegen den Sturm stemmen. Kurz vor drei Uhr am Morgen fuhr der Zug in Hirschgarten ein. Hier draußen regnete es nicht mehr. Ein frischer Sturm, der direkt über das große Wasser des Müggelsees angefegt kam, schüttelte die Bäume, die ersten Blätter stoben davon, der Himmel wurde klarer. Morgen würde ein schöner Tag werden.

Nach kurzem Zögern schlug sie den kürzeren Weg durch den Wald ein. Zu dieser Zeit und bei diesem Wetter würde keiner, der etwas im Schilde führte, hier draußen lauern. Unterwegs blieb sie plötzlich stehen, weil in ihrem Kopf ein Gedanke einschlug wie ein Blitz und weil dieser Gedanke von einer so großen Entschlossenheit begleitet wurde, dass Ellen den Moment ganz und gar spüren wollte. Der Gedanke stand so deutlich vor ihren Augen, als wäre er ihr in jeden Handrücken tätowiert: *Ich werde ein Haus haben und die Kontrolle über alle seine Schlüssel. Niemals wieder im Weltall verloren.*

Vereinzelt standen Lampen zwischen den Bäumen am Weg. Ellen merkte, dass sich irgendwo in ihrem tiefen Innern der Hunger in ein aufsteigendes Fieber verwandelte. Sie lief, sie hüpfte, sie schlug mit den Armen, bis sie schließlich vor dem großen dunklen schmiedeeisernen Torgitter der Villa angekommen war, die sie seit fast drei Jahren nicht mehr betreten hatte. Sie drückte eine Minute lang auf die Klingel.

Das Haus blieb dunkel.

Sie versuchte, sich zu erinnern, warum sie das Haus nach dem Tod der Mutter fluchtartig verlassen hatte, als sich die Gelegenheit ergab, zu Onkel Kane und Tante Julie zu ziehen. Um nichts in der Welt wollte ich allein sein in einem leeren Haus, das jeden meiner Gedanken bis in die Angst vergrößerte, erinnerte sie sich.

Nichts rührte sich im Haus.

Ellen kannte den Zaun rechts von dem Tor. Mit einem Ziehen und einem Schwung wälzte sie sich auf die andere Seite und ging an dem totgelegten Springbrunnen vorüber zum Eingangsportal an der südlichen Seite des dunklen Hauses. Es war Viertel nach drei in der Nacht. Niemand war um diese Zeit wach. Es konnte aber auch sein, es kam ihr in diesem Moment sogar wahrscheinlich vor, dass sich niemand in dem Haus aufhielt.

Sie drückte auf die Klingel neben dem großen Aluminiumschild »Lateinamerika-Fachbibliothek«.

Tagsüber saß dort der Bibliothekar Tomas, mit dem sie einige Wochen Deutsch geübt hatte, oder besser, er wanderte umher, saß in einem Liegestuhl mit Kissen nahe am Seeufer und staubte gelegentlich Bücher ab. Immer wieder erhielt er Besuch von Schülern, denen er Deutsch, Spanisch oder Russisch beibrachte. Aber er hatte nur selten eine Nacht hier zugebracht, damals, als ihre Mutter und ihre Großmutter noch lebten. Jetzt hatte er das Haus für sich allein. Warum sollte er im Sommer hier nicht gelegentlich übernachten?

Es blieb dunkel.

Ellen klingelte noch einmal und bereitete sich innerlich auf die schlimmsten, hoffnungslosesten, kältesten, hungrigsten Stunden ihres Lebens vor. Sie war nicht einmal sicher, ob sie es noch einmal zurück über den Zaun schaffen würde. Sie wollte sich gerade abwenden, als im Erdgeschoss ein Licht aufflammte.

Der Mann, der die Tür einen Spalt öffnete, hatte offensichtlich keine Ahnung, wer da nass wie aus dem Wasser gezogen vor ihm stand, ein Teenager, der damals noch ein schüchternes Mädchen war. Ellen sagte ihm ihren Namen.

Nach diesem Kraftakt wurde alles gut.

Nach einer langen warmen Dusche und Bratkartoffeln mit drei Spiegeleiern saß sie ganz früh morgens dem freundlichen Bibliothekar aus den ersten vier Monaten ihrer späten Kindheit in Berlin gegenüber. Sie trug ein weiches großes Nachthemd, das nach altem Waschmittel roch, darüber eine dicke graue Strickjacke, die von einigen Mottenlöchern verziert war. Ihr war warm. Von innen heraus war ihr warm. Alles fühlte sich warm an.

Den letzten Bissen spülte sie mit einem großen Glas Milch herunter, die der Bibliothekar noch in seinem Kühlschrank aufgetrieben hatte. Dann erzählte sie ihm die Geschichte ihrer letzten Nacht.

»In drei oder vier Jahren komme ich zurück in mein Haus«, sagte sie dann. »Bist du dann noch hier?«

Tomas zögerte eine Weile. Wer weiß, sagte sein Gesicht, was in drei oder vier Jahren sein wird?

»Sicher«, antwortete er.

3

Ellen näherte sich ihrem Haus, das da vorn im Morgendunst lag. *Es gab nie ein Zuhause, das ich nicht immer genau dann verloren habe, wenn es am schönsten war. Diesmal bin ich so verrückt, es selbst aus der Hand zu geben, wenn auch nur für ein paar Wochen.* In ihrem tiefsten Inneren bewegte sich eine lächerliche Angst, die sie einfach nicht loswurde. Sie lachte auf. Was soll schon sein? Ich habe es vermietet, das ist das Normalste von der Welt.

Als der Ort Hirschgarten im späten neunzehnten Jahrhundert vor den Toren Berlins von einigen Bankiers als Villenkolonie entwickelt wurde, begannen die beteiligten Finanziers damit, Traumvillen an das Ufer des Müggelsees zu setzen, um die Preise künftiger Parzellenverkäufe festzusetzen. Diese Logik des Luxus hatte Ellen beim Anblick ihrer heruntergekommenen Villa bisher nie nachvollziehen können, jetzt, als das Taxi sie an ihrem Ziel aussteigen ließ, sprang sie ihr ins Auge. Vor dem strahlend weißen, übermannshohen Torpfeiler befand sie sich, die Hand noch immer auf den ausgefahrenen Griff ihres Rollkoffers gestützt, in einer vollkommen anderen Welt, in die Villa und umgebender Park direkt aus Hollywood verpflanzt zu sein schienen.

Es herrschte reges Getümmel von hemdsärmeligen Typen in T-Shirts mit verdrehten Baseballmützen auf dem Kopf, die schwere Kabel hinter sich herzogen, und von Frauen mit Sprechfunkgeräten und Klemmbrettern.

Jeder Einzelne hatte vermutlich einen klaren Auftrag, für Ellen sah es allerdings aus wie ein Ameisengewimmel, wie es ihre Villa noch nie gesehen hatte.

Etwas verloren stand sie als Hindernis im Weg und wurde von den Filmleuten mit professioneller Geschmeidigkeit ignoriert. Der Rasen bis zu ihrer Villa war zentimeterkurz geschnitten und sattgrün, wie es die letzten heißen Wochen in Berlin ohne permanente Berieselung niemals erlaubt hätten. Der runde Springbrunnen, den sie zeitlebens nur als versumpftes Becken kannte, war perfekt gereinigt und sprudelte einen zarten Fächer von Wasser in den heißen Himmel, an dem die Anzahl der Wolken zunahm.

Vor allem aber das Haus selbst machte Ellen sprachlos, auch wenn ihr bewusst war, dass alles, was die Filmleute innen und außen verändert hatten, nicht darauf ausgelegt war, länger als ein paar Wochen Bestand zu haben. Als ein weißer Traumpalast schwebte ihre Villa hinter der Fontäne des Springbrunnens über dem satten Grün, das seinen Duft nach frisch geschnittenem Gras verströmte.

Früher hatte sie das Haus als einen dunklen Kasten unter düsteren Bäumen empfunden, jetzt erwies es sich als ein leuchtendes Objekt, das eher zu Himmel und Wolken gehörte als zu Erde und Fichten. Die umlaufenden Simse, die prallen, nackten Gestalten mit vollen Brüsten und Körben von Früchten in den Armen, die Jäger und Jünglinge, die Wächter und Jungfrauen, alle strahlten in grellem Weiß, wie aus einer falsch verstandenen Antike herbeizitiert.

Ellen durchschritt das große schmiedeeiserne Gitter des Tores, das in frischem Schwarz glänzte, und kam sich in dem geschäftigen Betrieb wie eine Bittstellerin vor. Auf dem Gelände dieses weiß strahlenden Palastes musste sie mit ihrem Rollkoffer einfach deplatziert wirken.

Vor der Tür der südlich gegenüberliegenden Remise

stellte sie ihr Gepäck ab und betrachtete ihr durchscheinendes Spiegelbild im Glas der Tür. Die hellbraune Seidenbluse, dazwischen ihr müdes Gesicht. Trotz des Jetlags, den sie am ganzen Körper spürte, beschloss sie, sich ins Getümmel zu stürzen.

Aber nicht sofort.

Sie schlenderte zum See und blickte vom Ufer aus zurück zum Haus. Die leicht ansteigende Wiese war auch hier mit kurz geschnittenem Rollrasen ausgelegt, was den surrealen Eindruck der strahlend darüber thronenden Villa nur verstärkte.

Der Himmel bezog sich. Der Wind, der von Nordwesten in Böen über den See heranwehte, brachte keine Erfrischung in den schwülen Tag, ihr ganzes Grundstück mit dem Palast machte einen so irrealen Eindruck, dass sie fürchtete, der erste Regen würde die ganze Pracht in den See spülen.

Die Tür zum Haus stand weit offen. Die Filmleute trugen Aluminiumkoffer hinein und zogen Kabel herbei, die durch die Kellerfenster im Innern verschwanden. Einige hielten gefüllte Kaffeebecher in der Hand und blickten hinaus auf den See, andere bugsierten Ständer mit Kostümen in das Haus. Zwei Männer waren damit beschäftigt, das Haus mit großen Baustellenstrahlern zu umgeben.

Das ist außen, dachte Ellen, wie sieht es innen aus? Sie steuerte auf den Eingang zu.

Als sie dort ankam, tauchten zwei Männer in grauen T-Shirts auf, die sie vorher nicht gesehen hatte. An gewendelten Schnüren hängende Stecker ragten aus ihren Ohren, und irgendwo trugen sie unsichtbare Mikrofone, in die sie sprachen, als Ellen sich näherte. Kurz bevor sie die Tür erreichte, schlug der dickere der beiden, dem die Schweißtropfen über die weit auf den Schädel reichende Stirn perlten, von außen die Tür zu.

»Leider zurzeit kein Zugang«, erklärte der andere, der einen schwarzen Vollbart trug.

Ellen ließ sich nicht beirren, sie zog ihren Schlüssel aus der Tasche. Trotz aller Versuche gelang es ihr aber nicht, die Tür zu öffnen, die Mieter hatten das Schloss ausgewechselt. Sie blickte die beiden so grimmig an, wie sie nur konnte, obwohl ihr bewusst war, dass sie kein Recht mehr hatte, die vermietete Villa zu betreten. Die beiden Männer wussten es ebenso gut.

»Laufende Dreharbeiten«, der Bärtige zuckte mit den Schultern. Ellen ahnte, dass sie diesen Satz künftig noch oft hören würde. In gewisser Weise war es auch beruhigend, dass alles so anlief wie angekündigt. Das ließ hoffen, dass auch das Geld wie verabredet auf ihrem Konto landen würde.

Langsam ging sie zurück in die Remise. Im neunzehnten Jahrhundert war das Nebengebäude einmal als Heiz- und Kraftstation für die Villa und eine größere Springbrunnenanlage auf dem jetzigen Nachbargrundstück gebaut worden. Später hatte es als Garage und Bootsschuppen gedient und schließlich als Waschküche und Abstellgelegenheit. In realistischer Einschätzung ihrer finanziellen Möglichkeiten hatte Ellen sich vor einigen Jahren, als eine größere Erbschaft ihrer Mutter in der Schweiz freigegeben worden war, dafür entschieden, lieber einen kleinen Bau richtig, als einen gewaltigen Klotz unvollkommen zu renovieren. So lebte sie, wenn nicht gerade Sommer war, in der restaurierten Remise und arbeitete dort, um die langen Wege zu ihrer Arbeitsstätte in Potsdam-Babelsberg auf ein Minimum zu beschränken. Das Wenige, was ihr von der Einrichtung der

Villa am Herzen lag, hatte sie vor ihrer Abreise hier abgelegt und einen kleinen Konferenzraum darin mit ihrem Bett und mit Kleiderkartons gefüllt.

Sie schloss die Tür. Hollywood versank hinter ihr, als die ersten Regentropfen wie fette Frösche auf den Rasen klatschten.

Ihr eigenes ganz persönliches Chaos hatte sie wieder. Zum Lüften öffnete sie eins der Fenster auf der regenabgewandten Seite, dabei fiel ihr Blick auf das, was die Verwandlung ihrer Villa hinterlassen hatte. Durch dichte Büsche und Pappelschösslinge waren auf dem verwilderten Nebengrundstück die Konturen einer kleinen Siedlung aus sechs Containern zu erkennen, die dort wie eine Wagenburg zwischen Disteln, Hundescheiße und Brennnesseln standen. Vier davon enthielten Ellens bisheriges Leben in Gestalt von abgeschnittenen Wasserrohren, abgeschraubten Steckdosen, Installationen und Aufputz-Stromkabeln aus der DDR-Zeit bis hin zu Möbeln, Büchern und der Küchen- und Badeinrichtung.

Schon beim Umzug ihres Exfreundes hatte sie sich darüber gewundert, dass die schönsten Wohnungseinrichtungen von Sperrmüll nicht zu unterscheiden waren, sobald sie ihrem Zusammenhang entzogen waren und in Möbelwagen lagerten. Ebenso dürfte der Bibliothekar fühlen, dessen Lebensinhalt aus dem Erdgeschoss der Villa in den beiden anderen Containern verstaut worden war.

Sie wandte sich ab. Nach einer so langen Reise gab es viel aufzuholen. Dass nebenan ein Ufo mit Filmleuten an Bord gelandet war, durfte sie davon so wenig abhalten wie der Regen, der jetzt wie eine Wand aus Wasser aus dem Himmel stürzte. Am besten begann sie damit, ausgiebig zu duschen.

Eine Stunde später sortierte sie in lockeren beigen Hosen und einer dünnen weißen Bluse ihre Einkäufe in den leeren Kühlschrank. Mit dem geschnittenen Baguette in einem kleinen Körbchen und einem Glas des inzwischen gekühlten Guy Saget räumte sie sich einen Platz vor einem Sessel in ihrem ebenfalls mit Kartons vollgestopften Arbeitszimmer frei. Wohin sie auch blickte, es wartete genug Aufräumarbeit auf sie, die zu ignorieren sie keine Mühe kostete.

Sorgfältig arrangierte sie in der Küche das Vitello Tonnato auf einem eigenen Teller und griff sich auf dem Weg von der Küche in ihr Arbeitszimmer den Poststapel, der ihren Briefkasten an der Tür verstopft hatte.

Der Regen verwandelte sich von einer Sturzflut in einen stetigen Landregen. Obwohl auf der anderen Seite des Sees noch Blitze zuckten, schien das Wetter an Leidenschaft eingebüßt zu haben. Ellen konnte jetzt ohne Gefahr auch das Fenster in der westlichen Wand öffnen, ohne dass der Regen ins Zimmer wehte. Sie musste nur die anderen Fenster geschlossen halten.

Die Füße auf den Arbeitstisch gelegt, ohne dem 27-Zoll-Monitor zu nahe zu kommen, nahm sie sich das Brot und die Antipasti vor, dazu genoss sie ihren Wein in kleinen Schlucken. Den Gedanken an anstehende Arbeiten schob sie weit von sich.

Jetzt war es kurz vor acht Uhr am Abend, das hieß, sie befand sich mit ihrer Ostküstenzeit der letzten zwei Wochen noch irgendwo kurz nach dem Mittag, weshalb sie nicht damit rechnete, vor dem frühen Morgen wirklich einschlafen zu können. Mit dem Fuß zog sie einen Papierkorb zu sich heran, während sie mit dem letzten Stück Brot die hervorragende Thunfischsoße von dem Teller wischte.

Eine Werbepost aus dem Briefkasten nach der anderen segelte in den Papierkorb, Rechnungen legte sie beiseite. Andere Briefe gab es kaum. An einem knallroten Faltblatt blieb ihr Blick haften. Eine vor ein paar Jahren zugezogene Malerin, die ihr Atelier in der nahen Halle einer kleinen ehemaligen Schiffswerft eingerichtet hatte, lud für morgen Abend zu einer Vernissage ein. Sara Zieghaus erzielte für ihre Bilder anständige Preise in einigen namhaften Berliner Galerien. Ellen war ihr bisher erst einmal begegnet, sie heftete die Einladung an die Kühlschranktür, bevor sie sie öffnete, um sich noch einmal von dem kühlen Chardonnay nachzuschenken.

Es klingelte an ihrer Tür.

Das nachgefüllte Glas ließ sie in der Küche stehen. Vor der Tür drängten sich zwei Männer unter dem winzigen Dachvorsprung, damit ihnen der Regen nicht in den Kragen lief.

Handwerker um 20.30 Uhr, fragte sie sich. Aber nach allem, was man gehört hatte, kannten Filmleute keinen Feierabend.

»Wir möchten die vereinbarte Installation vornehmen«, erklärte der ältere der beiden Männer in einem osteuropäischen Akzent, unter dessen grauem Haarkranz ein müdes faltiges Gesicht Ellen ansah.

Sie bat die beiden in den kleinen Flur der Remise, ohne die geringste Ahnung davon zu haben, wovon der Mann gesprochen hatte.

»Wir müssen die Kommunikation auf unsere Sicherheitsbedingungen umstellen«, erläuterte der Jüngere mit sächsischer Satzmelodie. »Keine Funkverbindungen, mit denen Ton- oder Bildaufzeichnungen weitergereicht werden können.« Er war ein schlanker Mann, vielleicht Anfang dreißig, mit einem kurz getrimmten

Bart, einer überraschend tiefen Stimme und einer Brille mit dicken Gläsern auf der Nase, die ihn zu einem Genauigkeitsapostel machte. Und Ellen ertrug keine Genauigkeitsfanatiker.

»Warum heute Nacht?« fragte sie. »Lassen Sie mich erst mal ankommen.«

»Wir beginnen damit, eine Vordokumentation zu drehen«, war die Antwort. »Sie sind soeben eingetroffen, wir garantieren von Beginn an Vertraulichkeit. So ist das.«

Ellen seufzte, führte die beiden Männer aber anschließend zu dem blinkenden Router an der Wand des kleinen Flurs, über den ihre private Kommunikation lief. Sie beobachtete genau, was die beiden dort unternahmen. Der Jüngere entnahm dem silbernen Koffer ein schwarzes Modul mit zwei Stummelantennen, das er mit einem Ethernet-Ausgang des Routers verband. Er schloss einen Laptop über eine weitere Ethernet-Buchse an und gab auf einer unübersichtlichen Eingabemaske einige Einstellungen ein, bevor er den Rechner wieder abkoppelte.

»Es ist nur der Funk«, erklärte der Sachse. »DECT, Bluetooth, GSM, WLAN.« Er kratzte sich im Genick. Das Blinken der Lämpchen auf dem Modul und am Router beruhigte sich, schließlich leuchteten alle Lichter ununterbrochen vor sich hin. Die Männer verabschiedeten sich unter dem Hinweis, dass ein Entfernen des Moduls von ihnen registriert werden und sie zu einem erneuten Erscheinen zwingen würde.

Kaum waren die beiden wieder verschwunden, probierte Ellen ihr Handy aus. Es war, als hätte sie den Flugmodus eingestellt, keine der Funktechniken, über die sich das Gerät mit der Welt verbinden konnte, war noch aktiv.

Wer verfügt über eine derartige Technologie, fragte sie sich.

Die Filmleute hatten ihr allerdings, wie sie sich jetzt erinnerte, schon bei den Vertragsgesprächen sehr deutlich gemacht, dass Geheimhaltung bei ihrem internationalen Projekt oberstes Gebot war. Viele Leute würden sehr viel Geld verlieren, wenn Details des Films vorab bekannt würden. Keine Videos, keine Fotos, keine Aufnahmen, welcher Art auch immer. Das war der Preis.

Sie räumte den Teller und das Besteck in die Spülmaschine, bevor sie die schmutzige Wäsche aus ihrem Rollkoffer kramte und im Bad vor der Waschmaschine auf einen Haufen warf. Es lag noch eine lange, wache Nacht vor ihr, für die sie in einen bequemen hellgrauen Schlafanzug schlüpfte.

Hinter den Regenschleiern konnte Ellen die vermietete Villa gegenüber nur ahnen. Sie hatte sich weiter von ihr entfernt als jemals zuvor. Das große Haus war in einen völlig unzugänglichen Raum entglitten und hatte sie wie in einer Raumblase zugleich von der Kommunikation mit der Außenwelt abgeschirmt.

Ellen dachte zurück an die lustigen Zeiten, als sie in dem Haus eine Wohngemeinschaft beherbergt hatte. An lange sommerliche Feiern am Ufer und im See, bei denen viel Alkohol geflossen war und philosophische Gespräche geführt wurden, an die Nächte, in denen sie nach Auflösung der WG noch lange versucht hatte, es bis in den Winter hinein in dem Haus auszuhalten. Damals sah es für einige Jahre in den dunklen, DDR-Geruch verströmenden Fluren aus wie in einem selbst gemachten Sternenhimmel, weil in jeder Steckdose ein Lämpchen steckte, gegen ihre Angst vor der Dunkelheit. Als jetzt die Dunkelheit hereinbrach, tauchten die

Baustellenstrahler die Villa hinter den Regenschleiern in grelles Licht, als würde darin etwas gefangen gehalten, das auf keinen Fall entkommen durfte.

Da an Schlaf nicht zu denken war, füllte Ellen erst ihre dunkle, später die helle Wäsche in die Waschmaschine und ließ nach jedem Waschgang den Trockner laufen. Draußen regnete es derweil stetig weiter.

Über die weiter verfügbare Standleitung ihres Terminals zum Institutsrechner in Potsdam rief sie das Konto bei ihrer Bank auf, das sie den Filmleuten für die Überweisung angegeben hatte. Zum Vertragsabschluss waren 140 000 Euro und zum Drehbeginn vor einer Woche weitere 160 000 Euro bei ihr eingegangen. Das bedeutete, dass sie tatsächlich mit den ersten Dreharbeiten begonnen hatten. Den Gesamtbetrag überwies Ellen weiter auf ein Konto bei der Santander-Bank, um plötzliche Rückforderungen zu erschweren, wenn es Ärger geben sollte. Der Betrag sorgte für ein warmes Gefühl der Sicherheit, auch wenn davon noch ein herber Betrag an Steuern abgehen würde.

Als es endlich aufhörte zu regnen, war jegliche Aktivität in der Villa längst verebbt. Eine kleine Schwimmrunde im See erschien Ellen das Richtige zu sein, um endlich einschlafen zu können. Barfuß ging sie in ihrem hauchzarten Schlafanzug in Richtung Seeufer.

Welch ein herrliches Gefühl, das warme, nasse Gras an den Füßen zu spüren.

Auch wenn die Villa angeleuchtet war wie ein Hochsicherheitstrakt, konnte sie in diesem Augenblick die Vorstellung genießen, später selbst in diesem Palast zu wohnen. Der würde über eine auf Zuruf funktionierende Heizung verfügen, über Licht, das, wenn sie so wollte, immer gerade dort leuchtete, wo sie sich befand, über heißes Wasser im Bad und kochendes

Wasser aus eigener Leitung in der Küche und weitere ungeahnte Leistungen bieten, die sie sich noch in vielen Nächten ausmalen würde.

Von der niedrigen Ufermauer ließ sie im Sitzen ihre Füße eine Weile im See baumeln. Dessen spiegelglatte Oberfläche wurde nicht mehr durch den Regen, sondern nur noch hin und wieder von einem schwankenden Boot und einigen Schwänen und Enten gestört. Ellen legte ihren Schlafanzug auf der Ufermauer ab. Einen Moment stand sie dort – an ihrem Ufer, vor ihrem Haus, an ihrem See – und atmete den vom frischen Rasen aufsteigenden Dampf des Regens ein.

Das war ihre Stunde. Die Stunde der freiesten Atemzüge.

In dieser Nacht allerdings war alles besonders unwirklich. Der grell angestrahlte Filmpalast hinter ihr spiegelte sich in der Oberfläche des Sees wie ein Teil einer schimmernden, versunkenen Welt.

Dann glaubte Ellen, ihren Augen nicht zu trauen. Links von Süden her schob sich eine aus dämmrigen Lichtern bestehende Siedlung ins Bild, immer mehr Lichter glitten auf dem See heran, die sich zu einem langen, kastenförmigen Schiff zusammenfanden, das auf ihr Ufer zusteuerte. Mit einem flachen Sprung hechtete sie in den See, wobei sie höllisch aufpassen musste, wirklich extrem flach ins Wasser zu springen, weil direkt unter der Oberfläche Müll und festgewachsene Teile zerfallener Boote lauerten. Aber nach so vielen Jahren kannte sie sich aus.

Als sie weiter draußen wieder auftauchte, erkannte sie den Schriftzug »Zürich«. Offenbar handelte es sich um ein Hotelschiff, das noch immer in Bewegung war. Es ist nichts Besonderes, sagte sie sich, einfach ein Hotelschiff, wie sie zu Dutzenden im Sommer den See besuchen.

Sie strich sich das Wasser aus den kurzen Haaren und verharrte für einen Moment am selben Ort. In der nächtlichen Stille war der Lauf von Ketten zu hören, kurz liefen zwei Motoren an und erstarben wieder, das Schiff bewegte sich nicht mehr. Es hatte genau vor ihrem Ufer geankert. Nach und nach erloschen die Lichter an Bord.

Als ihre Beine vom Wassertreten schon ganz schwer geworden waren, schwamm sie wieder los. Sie wollte das Hotelschiff, das zusätzlich zu den Containern und Technikwagen ihre Villa belagerte, einmal vollständig umrunden.

Direkt über der Bordwand erstreckten sich auf beiden Seiten die bodentiefen Panoramafenster der Apartments, im matten Licht einer Notbeleuchtung konnte sie auch ein Restaurant und eine große Lounge erkennen. Offenbar hatten die Filmemacher spendier- und risikofreudige Geldgeber gefunden.

Während sie zurück an Land kraulte, fragte Ellen sich, ob diese schwimmende Ansammlung von Apartments am nächsten Tag wirklich noch vor ihrem Ufer liegen würde.

Mit einem Schwung stemmte sie sich auf die Ufermauer und ließ die warme Nachtluft noch eine Weile ihre nackte Haut trocknen, während sie zurückgelehnt die blasser werdenden Sterne beobachtete. Auf dem Rückweg in die Remise erregte etwas im Gras ihre Aufmerksamkeit.

Ein verlorener Gegenstand? Ein Tier? Es bewegte sich nicht.

Sie trat einige Schritte zur Seite, um sich genauer anzusehen, was da lag. Vielleicht hatten die Filmleute etwas verloren.

Ein toter Vogel.

Ellen brach einen Zweig von dem Busch neben ihr und drehte damit den Vogel auf die Seite. In seinem Gefieder steckte ein Betäubungspfeil, ein mit hellgrünen Stabilisierungsfedern bestückter kleiner Pfeil, halb so lang wie ein kleiner Finger.

Sie nahm das Tier in die Hand. Es zeigte ein buntes Gefieder und einen beigen Streifen am Bauch, ein Baumpieper, wie sie sie im Sommer schon oft beobachtet hatte. Der Vogel war warm und trocken, der Pfeil musste ihn nach dem Regen getroffen haben, also vor Kurzem. Ellen besaß keine Vorstellung davon, wie lange so eine Betäubung anhielt.

Noch mehr fragte sie sich allerdings, wer mit welchem Ziel in der unwirtlichsten Phase der Nacht auf ihrem Grundstück herumschlich, um einen Allerweltsvogel zu betäuben.

Und wozu?

Mit einem Ruck entfernte sie den Pfeil, sie würde den Baumpieper hier nicht ungeschützt den hungrigen Katzen aussetzen, von denen es auf dem verwilderten Nachbargrundstück nur so wimmelte.

Warum hatte der Schütze das Tier mitsamt Pfeil hier liegen lassen? Hatte er den abgestürzten Vogel nicht mehr gefunden, obwohl er doch fast auf dem Präsentierteller lag, oder war der Schütze gestört worden? Plötzlich lief ihr eine Gänsehaut den Rücken herunter.

Von mir gestört!

Sie beschleunigte den Schritt, unwillkürlich legte sie sich die Hand in den Nacken, als müsse sie sich selbst vor dem drohenden nächsten Betäubungspfeil schützen.

In der Remise angekommen, verriegelte sie die Tür und schloss auch das Fenster. Plötzlich fror sie, trotz der warmen Sommernacht.

In einer Plastikschüssel baute sie mithilfe einiger Blätter von der Küchenrolle ein Nest, in das sie den warmen Vogel legte. Daneben stellte sie eine Untertasse mit Wasser und den Plastikdeckel eines Joghurtbechers mit einigen Brotkrümeln aus der Baguettetüte. Dann wusch sie sich im Bad ausgiebig die Hände und schlüpfte unter ihre Bettdecke, wo sie entgegen ihrer Befürchtung von aufgestauter Müdigkeit überrollt wurde.

Bevor sie einschlief, verbot sie sich alle näheren Gedanken darüber, wie nahe ihr die unsichtbare Figur des Vogeljägers tatsächlich gekommen war, als sie unten nackt am See gestanden hatte.

4

Jemand machte sich in dem Haus zu schaffen.

Ohne sich zu bewegen, linste Ellen mit einem Auge auf die Uhr neben dem Bett. Sie schlug die Bettdecke zurück und streifte sich ein riesengroßes gelbes T-Shirt über. Nach ein paar Schritten hatte sie festgestellt, dass ihre Haustür säuberlich verschlossen war, dennoch hörte sie weiter jemand im Innern rumoren. Die Geräusche kamen aus der Küche.

Dann sah sie, wer sich da im Haus herumtrieb. Der Baumpieper schlug wild und voller Angst mit den Flügeln, das Nest aus Tüchern der Haushaltsrolle lag weit verteilt auf dem Boden. Kaum hatte sie das Fenster einen Spalt weit geöffnet, schien der kleine Vogel die Freiheit zu spüren. Das Flattern wurde zu einem eleganten Schwung, dann war er draußen. Schnell stieg er hoch, zwischen den Pappeln hinter der Remise, bis er deren Spitzen erreichte, mit denen die Morgensonne spielte.

Ellen blickte durch das Küchenfenster auf das Nachbargrundstück, wo der Bibliothekar vor einem seiner beiden abgestellten Container hantierte.

Sie setzte einen Kaffee auf, legte zwei große Stücke ihres gestern Abend beschafften Baguettes auf den Toaster und verließ die Remise. Nach der langen Reise wollte sie einen ersten Blick auf ihre eigenen Container werfen. Womöglich hatten die geschäftigen Filmleute sie einfach unverschlossen dort abgestellt.

Nach einem kurzen Gang über die Straße stand sie auf dem herrenlosen Nachbargrundstück, wo die mit mächtigen Vorhängeschlössern gesicherten Türen der Container auf einen großen, mit Brennnesseln und Disteln bewachsenen Platz mündeten, und lud Tomas für später zu einer Tasse Kaffee am Seeufer ein. Er bedankte sich mit einem breiten Grinsen, bevor er eine Staubwolke aus einem seiner Bücher in die ersten Sonnenstrahlen blies.

Nachdem Ellen geduscht hatte, bestückte sie ein Tablett mit einer großen Kanne Kaffee, einigen getoasteten Baguette-Abschnitten, Butter und zwei Scheiben hauchzarten, italienischen Schinkens. Unter jeden Arm ein Sitzkissen geklemmt, jonglierte sie alles heil bis hinunter an den See.

Im Westen über dem See war der Tag noch diesig, aber es war schon jetzt klar, dass ein sonniger, strahlender, vom gestrigen Regen frisch gewaschener Tag vor ihr lag.

Inmitten des Dunstes lag das Flusshotel wie eine hartnäckig weiter bestehende Illusion. Die ersten Flecken des Sonnenlichts krochen um die Ecken der Villa, die Vögel in den Bäumen veranstalteten ein Glückskonzert über den beendeten Regen, und die Luft mit ihrem Seegeruch lud zum Durchatmen ein.

Ellen trug eine zartblasse, weite Seidenbluse über schwarzen Jeans, ihre Füße waren nackt. Nachdem sie mit Genuss ihre Toasts verspeist hatte, arrangierte sie ihren schweren metallenen Gartensessel mit hölzernen Armlehnen so, dass sie sowohl den See als auch das rege Treiben der Filmleute zwischen Ufer und Villa im Blick hatte.

In kleinen Booten setzten Männer und Frauen des Filmteams von der »Zürich« über, strömten hinauf zum Haus und verschwanden darin. Manche machten sich an den Technikwagen auf der Straße zu schaffen. Mit Walkie-Talkies ausgestattete Set-Runner liefen wild umher und stellten offenbar die Verbindung zwischen dem Set im Haus und den Leuten am Außenset her. Je länger sie beobachtete, was vor ihren Augen auf dem Gelände ablief, desto mehr fragte sie sich, was im Innern ihres Hauses vorging, in dem von allem anderen abgeschirmten Set, an dem offenbar wirklich bereits gedreht wurde.

Sie goss sich einen Kaffee nach und aus einem Karton einen kräftigen Schwall Milch. Spontan drängte sich ihr die Erinnerung an einen Sommer auf, als sie noch das ganze Jahr über in der Villa gewohnt und die Remise als Fahrradschuppen und Waschküche die bequeme Möglichkeit geboten hatte, auch bei Regenwetter Wäsche zum Trocknen aufzuhängen. Damals hatten im August des Jahres einzelne Wespen zu stören begonnen, die durch zerschlagene Fenster einen Weg in die Remise gefunden hatten. Angelockt von etwas, das Ellen mit Unterstützung der versammelten Kompetenz ihrer WG nicht finden konnte. Ein Fahrrad unterzustellen, Wäsche in der großen Waschmaschine zu waschen oder zu trocknen, wurde im damaligen September eine lästige Angelegenheit.

Eines Sonntagnachmittags drang ein Riesengeschrei aus der Remise. Von ihrer Terrasse im Obergeschoss der Villa aus konnte Ellen erkennen, wie Leo panisch um sich schlagend aus der Remise gerannt kam und in Jeans und T-Shirt mit flachem Hechtsprung im See verschwand. Mit den beiden anderen damaligen Mitbewohnern, Gottfried, einem verwilderten Kirchenmusiker, und Ilona, einer ewig freundlichen, etwas unbeweglichen Medizinstudentin, lief sie hinüber zur Remise, in der ein Motor lief, der sich anders anhörte als die Wäschetrommel.

Vorsichtig öffneten sie die Tür und standen vor einem Wirbelsturm von Tausenden Wespen, die den Innenraum der Remise wie dichter Rauch füllten. Sie schlugen die Tür zu und drückten ihre Gesichter von außen an die Fenster. Ein Teil der maroden Decke in der Remise war heruntergebrochen, noch fest mit den Bruchstücken davon verbunden, lag ein Wespennest am Boden, das Ellen auf gut einen halben Meter Durchmesser und unglaubliche zwei Meter Länge schätzte. Die Mutter aller Wespennester. Noch jetzt kribbelte es überall auf ihrer Haut, wenn sie daran dachte, was damals völlig im Verborgenen in der Remise herangewachsen war.

Ein ähnliches Gefühl beschlich sie auch jetzt.

Was taten die in ihrem Haus?

Gerade als sie dachte, dass sie noch nichts gesehen hatte, was tatsächlich für laufende Filmaufnahmen sprach, stiegen drei Männer und eine junge Frau in Kostümen der Dreißigerjahre aus einem der anlandenden Boote an Land.

»Jetzt müssten bald zwanzig Menschen hier anwesend sein«, sagte eine Stimme neben ihr. Sie drehte sich um und stand auf. Tomas umarmte sie herzlich. »Es gibt getrennte Teams für Innen und Außen, auf dem Höhepunkt der Dreharbeiten werden sie insgesamt siebzig sein, hat mir einer von ihnen vor ein paar Tagen erklärt.«

Er setzte sich zu ihr. Ellen schob ihm eine Tasse mit frisch eingegossenem Kaffee, eine Dose Zucker und den Karton mit Milch herüber, Tomas versenkte einen Löffel Zucker in der Tasse.

»Das ist die Medienzukunft.« Er nippte an seinem Kaffee. »Der Film zieht in den Palast, das Buch landet zwischen Brennnesseln in der Hundescheiße.«

Ellen spielte mit dem Betäubungspfeil, dann schob sie ihm das gefiederte Teil über den Tisch. »Hast du eine Ahnung, was das sein könnte?«

Bedächtig drehte Tomas den Pfeil in der Hand. Zum ersten Mal seit sie ihm als Kind begegnet war, erlebte Ellen Tomas Lenko ohne seine Bibliothek. Er war ein großer, schlanker Mann Anfang fünfzig, der fast bei jedem Wetter sein dunkelblaues, zerknittertes Leinenjackett mit ausgebeulten Taschen trug, darunter meist ein blütenweißes, überraschenderweise vollkommen faltenfreies Hemd. Ellen vermutete, dass er sich irgendwann einmal mit einem größeren Vorrat bügelfreier Hemden eingedeckt hatte, um den Eindruck einer perfekten heimischen Organisation zu erwecken. Sie wusste, dass er allein lebte und sich davon ernährte, Russisch, Spanisch und Deutsch in einer Sprachenschule zu unterrichten, die sich unweit des Plattenbaus auf der Fischerinsel befand, in dem er wohnte. Oft hatte er in den letzten Jahren den Lesesaal für besser bezahlten Einzelunterricht genutzt.

Er hängte sein zerknittertes Leinenjackett über die Lehne des schweren Gartenstuhls und streckte sich in seinem weißen Hemd in die Sonne, wobei ihn leichte Spuren eines Duftes umwehten, den sie seit ihren Kindertagen stets nur mit der Bibliothek in Verbindung gebracht hatte.

»Darf ich?« Sie brachte ihre Nase näher in die Richtung seines Jacketts. »Ich liebe es, wie dein Jackett riecht. Schon immer. Ein Duft, der deine Bibliothek für mich als Kind zu einem verzauberten Ort gemacht hat.«

»Wirklich?« Er schenkte sich von dem Kaffee nach und verrührte eine weitere Löffelspitze Zucker in der Tasse.

»Du wirst es nicht glauben. Wenn ich nicht schlafen konnte, weil mir die nächtlichen Geräusche des Hauses noch nicht vertraut waren, bin ich im Nachthemd in der leeren Bibliothek umhergewandert auf der Suche nach verborgenen Blumen, die diesen rätselhaften, ins Unendliche führenden Duft verströmten.«

»Ich benutze diese Marke seit dem Fall der Mauer.« In der Sonne wurde es heiß. Gras, Wasser und Sand begannen, den Geruch eines ausgebrannten Sommers zu verströmen. Tomas rückte seinen gusseisernen Stuhl in den Schatten. »Es ist eine Wende-Geschichte.«

»Erzähl«, forderte Ellen ihn auf, während sie selbst auch in den Schatten rückte. Die Filmleute waren weit genug entfernt, um nicht zu stören.

»Ein Jahr vor dem Fall der Mauer erschien das mysteriöse Video einer Parfümwerbung.« Tomas zog die Augenbrauen zusammen, um sich zu konzentrieren. »Ein Mann, der offenbar einen strapaziösen Weg hinter sich hat, strebt aus einer Wüste kommend auf einen Steg, der in ein nebelverhangenes Meer führt, bis er erkennt, dass es die Wüste ist, die vor ihm liegt und das Meer hinter ihm. Eine geteilte Welt, deren Teile sich vertauschen. Ich habe es als ein perfektes Abbild der Doppelbödigkeit der Welt des Kalten Krieges empfunden, ein Jahr bevor es damit vorbei war. Passenderweise ist ›Fahrenheit‹ ein Maß für die Temperatur. In der allgegenwärtigen Verdrehung der Wahrnehmung fand ich mich damals im tiefsten Innern verstanden.«

»Und nach der Wende?«

»Musste ich das Zeug unbedingt haben. Für einen Ostberliner war es unfassbar, so viel gutes Westgeld für einen Duft zu bezahlen, aber schließlich habe ich mich dafür entschieden und bin dabei geblieben.« Er zog das Jackett auf der Stuhllehne gerade. Eine Weile saßen sie einfach dort und sahen den Filmleuten bei ihrer emsigen Geschäftigkeit zu. Die ganze Zeit über drehte Tomas den gefiederten Pfeil zwischen den Fingern.

»Ein Betäubungspfeil, der mit einer speziellen Luftdruckpistole verschossen wird und höchstens zwanzig Meter weit fliegt.« Er nahm ihn wie einen Dartpfeil in die Hand und zielte auf sie. »Woher kommt der?«

Ellen berichtete ihm von ihrem Erlebnis. Er runzelte die Stirn. »Vielleicht muss ich für kurze Zeit zu meinem alten Job zurückkehren.«

»Welcher wäre das?«, fragte sie.

Er ging nicht auf ihre Frage ein.

»Wer betäubt einen Vogel, statt ihn zu erschießen? Offenbar jemand, der ihn lebend haben will. Aber wozu?«

»Der Typ mit dem Betäubungspfeil muss in meiner unmittelbaren Nähe gewesen sein, als ich nackt am See saß«, sagte sie. »Gruselig.«

»Wahrscheinlich kommt eine neue Gelegenheit, ihm zu begegnen, er hat ja schließlich seinen Vogel nicht bekommen.«

»Du meinst, er wird weitermachen? Sollen wir im Gebüsch so lange auf ihn warten?« Bei dieser Vorstellung musste Ellen lachen. Neben ihnen wippte ein Sommergoldhähnchen auf dem Ast eines Gebüsches. Sie bemühten sich, es nicht durch weiteres Reden zu verscheuchen, aber nach wenigen Sekunden schwirrte es schon weiter in den Wipfel einer Kastanie.

»In deiner Abwesenheit habe ich mich gelegentlich hier umgesehen, um notfalls das Schlimmste zu verhindern, und beobachtet, was die Filmleute treiben. Dir hätte das Herz geblutet, wenn du die Ausräumkarawanen gesehen hättest, die das Innere des Hauses nach außen gekehrt haben. In zwei Tagen war alles erledigt.« Er stöhnte mit einem Blick auf den Teller und hielt sich den Bauch. »Es gibt dabei etwas, was ich nicht verstehe.«

»Ich höre«, sagte Ellen.

»Nachdem das Haus ausgeräumt war, und nur schimmlige Umrisse an den Wänden von der Einrichtung übrig geblieben waren, haben sie Armeen von Handwerkern, Anstreichern, Tischlern und Malern hineingeschickt. Dann kamen ganze Kolonnen, die vorfabrizierte Kulissenteile ins Haus bugsierten, bemalte Paneele, falsche Möbel und richtige Möbel.«

»Und?«, fragte Ellen.

»Auch bei einem Film, dessen Produktion vielleicht 100 Millionen Dollar kostet, sind die Finanziers Geizkragen, wenn es stimmt, was man in Hollywood-Filmen über Hollywood-Filme lernt. Sie nörgeln an jedem Dollar herum, an der Ausstattung, an den Gagen, an der Anzahl der Drehtage, nichts geht von selbst.«

»Und?«, fragte Ellen weiter. »Was ist das Seltsame?«

»Der Regisseur heißt Moretti, habe ich von einem Kerl mit goldenem Armband und einer Helmtätowierung auf dem rasierten Schädel gelernt, der für die Aufnahmeleitung arbeitet. Den Regisseur kennt unsereins nicht, bisher hat er Werbefilme gedreht. Einen freien Zugriff auf die Kasse der Finanziers wird er als No-Name sicher nicht haben. Ich verstehe den Aufwand außen am Set«, meinte Tomas skeptisch lächelnd, »ich verstehe den Rasen und den weißen Anstrich und den Springbrunnen. Was ich nicht verstehe, ist der Aufwand im Innern.«

Ellen musste an die unter ihren Augen im Verborgenen entstandene Wespenstadt denken. »Was sollten sie sonst dort treiben?«, fragte sie.

»Wie ich erkundet habe, werden Innenaufnahmen

gerade bei historischen Filmen in großen Studiohallen gedreht, wo weder Rasenmäher noch Motorboote stören. Man baut ein Set in einer Halle auf, hat Geräusche und Licht und den Flohzirkus der Schauspieler unter zentraler Kontrolle und keine Probleme. Warum nicht auch in diesem Fall? Das lässt mich nicht los.«

Ellen konnte ihm keine Antwort darauf geben. Sie hatte ihr Geld bekommen, ob der Film wegen zu hoher Kosten am Ende ein finanzielles Debakel war, konnte ihr egal sein. Irgendwas in ihrem Bauch sagte ihr jedoch, dass da in ihrem Haus womöglich etwas ausgebrütet wurde, das auch sie betreffen konnte.

Tomas half ihr beim Abräumen des Tisches und dem Wegräumen der Kissen, beim Einsortieren des Geschirrs in die Spülmaschine mussten sie sich für den Bruchteil einer Sekunde in der kleinen Küche aneinander vorbei drängen. Im Ausgang berührte sie zufällig seine Hand, plötzlich schien die Luft elektrisch aufgeladen zu sein.

Kurze Zeit, nachdem Tomas sich verabschiedet hatte, klingelte es an der Tür der Remise. Vor der Glastür stand ein kleiner drahtiger Mann mit Zopf, dem man bei einem Rennen jedes Rennpferd anvertraut hätte, so leicht und zielstrebig sah er aus. Sie öffnete die Tür.

»Peter Vergin«, stellte er sich vor.

Ellen kannte ihn, er hatte sich bei den Vertragsverhandlungen mit den Filmleuten als der zentrale Rechercheur des Szenenbildners vorgestellt, dessen rechte Hand und fachliches Gewissen, der Mann, der für die historische Stimmigkeit des Szenenbildes verantwortlich war. Sie drückte seine sich ledern und fest anfühlende Hand.

»Wir sind Ihnen noch einige Schlüssel schuldig«, meinte er und streckte ihr einen Bund mit acht Sicherheitsschlüsseln entgegen, ein Doppel für jedes Vorhängeschloss an ihren Containern. Ellen bedankte sich, als sie ihm die Schlüssel abnahm. Etwas zögernd blieb er in der Tür stehen.

»Kann ich Ihnen einen Morgenkaffee anbieten?«, fragte sie, »der bestimmt besser ist als der Kaffee aus einer Dreiliterkanne Ihrer Kantine?«

Er lachte. »Es gibt noch etwas anderes. Haben Sie als Kind bereits in der Villa dort drüben gewohnt?«

Ellen musste ein überraschtes Gesicht gemacht haben, als wäre soeben ein Ziegel vom Dach gefallen.

»Es ist nichts Wichtiges«, setzte er seine Bemerkung fort, »für uns nicht wichtig, aber vielleicht für Sie. Wir haben etwas gefunden.«

»Oh«, machte Ellen erstaunt. »Ja, ich habe als Kind ein paar Monate dort drüben gewohnt, ist aber lange her.«

»Darf ich es Ihnen zeigen?«, fragte er. Er ging ein paar Schritte weiter hinaus vor die Tür. »Bringen Sie bitte dazu die Schlüssel mit.« Ellen schlüpfte in ein paar stabile Plastikschuhe, dann folgte sie ihm. Die Asphaltdecke des Müggelseedamms dampfte, östlich davon ließ sich hinter den Bäumen die frühe Sonne ahnen. »Vielleicht ist es völliger Unsinn«, plauderte der o-beinig vor ihr hergehende Mann mit dem Zopf, »aber, als wir fanden, was ich Ihnen gleich zeigen werde, dachte ich an Orson Welles Film ›Citizen Cane‹. Kennen Sie den?«

»Ich habe davon gehört«, meinte Ellen.

»Es geht um einen mächtigen Mann, dessen Seele am Ende seines Lebens völlig verkümmert ist. Nur ein einziges Rätsel, ein geheimnisvolles Wort, beschäftigt ihn in der Stunde seines Todes – ›Rosebud‹. Niemand aus seiner Umgebung versteht, welche Botschaft er damit hinterlassen will. Nach seinem Tod wandert die Kamera zum Abschluss des Films über den Dachboden seines Schlosses, durch abgelegten Krempel aus den Jahrzehnten seines Lebens, bis sie schließlich über den Rodelschlitten eines Kindes streift, an dessen Querholm der Name des Fabrikats steht. Sie ahnen es.«

»Rosebud«, ergänzte Ellen. Sie betraten das verwilderte Nachbargrundstück. Vergin begutachtete die an den Türen der Container angebrachten Zettel, auf denen die Herkunftsorte des jeweiligen Inhalts angegeben waren. Bei einem Container mit dem Schild »OG Südost« blieb er stehen. Ellen probierte die Schlüssel aus, um das Schloss zu öffnen.

»Ich könnte mir gut vorstellen, dass Ihnen vielleicht nicht mehr bewusst ist, dass aus der alten Zeit noch etwas existiert. Wie die Geschichte von Rosebud zeigt, verstärken Objekte der Kindheit lebenslang ihre magische Wirkung immer weiter.« Der erste und der zweite Schlüssel passten nicht.

Es wird der letzte Schlüssel sein, egal mit welchem ich es als Drittem probiere, war Ellen überzeugt.

»Ich hätte mich mit dieser Lappalie nicht gemeldet, wenn das Teil nicht so sorgfältig versteckt gewesen wäre. Es muss dort Jahre oder Jahrzehnte geschlummert haben.« Vergin blinzelte in die Sonnenstrahlen, die durch die nahen Bäume drangen.

Ellen geriet mit der nackten Wade an eine Brennnessel. Sie fluchte und tupfte mit dem Finger einen Tropfen Spucke darauf. Das sollte helfen. Es war nicht der dritte Schlüssel.

»Wir haben es unter der Matratze eines mit rosafarbenen Aufklebern übersäten Bettes gefunden. Ein Mädchen von vielleicht 12 oder 13 Jahren könnte es damals dort versteckt haben. Vielleicht waren Sie das.« Ellen öffnete die großen Aluminiumtüren des Containers mit solcher Wucht, dass eine Menge Disteln und Brennnesseln daran glauben musste. Im Licht der ersten Sonnenstrahlen, die durch die leicht im Wind schwankenden Bäume auf der anderen Seite des Müggelseedamms blinzelten, lag direkt vor ihr auf dem obersten Brett eines halbhohen Ikea-Regals ein schwarz-weiß karierter Beutel in Gestalt eines Fisches. Ellen sackte das Herz in den Magen.

»Er ist schwer«, erklärte der kleine Mann mit dem Zopf. »Irgendetwas steckt darin.« Nach einer Pause, in der er sich umsichtig einen Schritt durch das Unkraut zurück in Richtung Straße bewegte, setzte er hinzu, »wir haben es nicht geöffnet. Ich dachte, nach der Art, in der es versteckt worden ist, könnte es Ihnen früher einmal sehr wichtig gewesen sein.« Er winkte zum Abschied, offenbar froh, sich einer Verpflichtung entledigt zu haben. »Bis heute Abend auf der Vernissage bei der Malerin nebenan.« Ellen stand, wie versteinert, vor dem geöffneten Container, in dessen Tiefe sich ausrangierte Teile aus dem Zimmer stapelten, das ihr als Möbellager gedient hatte.

Mein Fisch.

Ihr Kopf konnte sich nicht erinnern, den Fisch mitgenommen zu haben, nicht nach Moskau, schon gar nicht nach Berlin. In ihrem Kopf war er dort weit weg im fernen Nordwesten Usbekistans in ihrer Kindheit stecken geblieben. Jetzt erinnerte sie sich mit ihren Händen.

An diesem Ort kam es ihr vor, als sei er ihr ohne ihre Mitwirkung hinterhergeschwommen und direkt aus ihrer Kindheit in ihr altes Bett gekrochen.

Ihre Vergangenheit streckte Fühler nach ihr aus, die

jetzt nicht nur ihre Hände berührt hatten. In ihrem Innern tat sich etwas, Erinnerungen breiteten sich aus, die so lange zurückliegende Zeit strömte auf sie ein, als quelle sie aus diesem Fisch. Momentaufnahmen ihrer Kindheit, glückliche Abende im Bett vor dem Einschlafen, Berührungen am Gesicht, als sie neben dem Fisch erwacht, das Suchen in seinem Inneren nach Münzen oder seltsamen Steinen, die sie dort versteckt hat.

Und die schreckliche Nacht, als es um sie her nichts gab, was etwas Lebendigem so nahe war wie dieser Fisch.

Er war schwer, sie spürte etwas darin, als ihre Hand ihn umfasste. Ich weiß, was darin ist, dachte sie und ihr Herz zog sich zusammen.

Zurück in der Remise hängte sie den Fisch an ihre Garderobe. *Rosebud.* Sie konnte fühlen, wie das Trauma vom Ende ihrer Kindheit in ihrem Kopf zu neuem Leben erwachte, alles war wieder da. Ausgehend von dem Gefühl, die Hände in den Stofffisch zu krampfen, den Schweiß der eigenen kleinen Kinderhand zu fühlen, im Benzingeruch des Wolga zu stecken und durch ein betautes Fenster die gewohnte Welt in der Hölle versinken zu sehen, woran niemand, nicht einmal ihr Vater etwas ändern konnte.

Ellen hatte geplant, ihren Arbeitsplatz mit den Monitoren und der direkten Verbindung zum Institut so weit vorzubereiten, dass sie sich die ersten Stunden wieder mit ihrem Forschungsprojekt befassen konnte. Obwohl die Zeit drängte, war daran nicht zu denken.

Ihr Vater sah ihr über die Schulter. Er stand still hinter ihr in der unveränderten Gestalt ihres Vaters aus der Kindheit, nicht in einer Gestalt, um die ihr Verstand seither bemüht war, einen großen Bogen zu machen, nicht in der Gestalt, um Gottes Willen, die er jetzt irgendwo tatsächlich haben mochte.

Sie hielt es keine Minute länger aus. Sie musste Abstand gewinnen, Abstand zu dem, was die Filmproduktion aus ihrem Haus ans Tageslicht gefördert hatte und deshalb musste sie dorthin, wo sie in der Lage war, den Überblick zu behalten.

Unter der warm leuchtenden Sonne bestieg sie kurze Zeit später ihr Rad, um zur S-Bahn-Station Hirschgarten zu fahren. Sobald sich im Märchenviertel der Siedlung Elsengrund ihr Handy mit dem Netz verbunden hatte, lehnte sie das Fahrrad an das Geländer einer Brücke über die Erpe und rief Leo an, um ihm anzukündigen, dass sie an seinem Treffen in der Stadt teilnehmen würde.

»Der neue Mann im Team ist der TU-Informatiker Prof Tam Lee«, erklärte er. »Eine Tante von ihm betreibt das ›Saigon Green‹ in der Kantstraße, wo wir uns um 12.00 Uhr zum Mittag verbredet haben.«

Nachdem ein Objekt aus ihrer Kindheit aufgetaucht war, hatte Ellen plötzlich den Eindruck, die Stadt sehr lange nicht mehr gesehen zu haben, nicht in der Hitze des Sommers, wenn die Wärme auf ihrer Haut Tänze zwischen Licht und Schatten vollführte, nicht in der Hektik, die keine Lücken für schwierige Erinnerungen ließ, nicht in der quirligen Rücksichtslosigkeit, mit der die Ströme von Menschen ihre eigenen Ziele verfolgten. An dem brennenden Augustvormittag konnte Ellen auf dem Bahnsteig das Eisen der blankgefahrenen Schienen riechen, den Staub, der sich auf dem großen Bahngelände ansammelte und das alte Öl, die heißen Schottersteine und die flirrende Luft, die über allem stand.

In der leeren S 3 nahm sie sich einen Sitz in Fahrtrichtung auf der Schattenseite und streckte die Beine weit von sich. Während der Zug durch die Hitze ratterte, wurde ihr klar, dass sie genau diesen tackernden, rappelnden stählernen Rhythmus in Hitze und Fahrtwind brauchte, um sich von den Kindheitserinnerungen zu entfernen und für die nächsten Tage klarer zu sehen.

Im hinteren Teil des »Saigon Green«, das sie eine halbe Stunde später betrat, erkannte sie Leo neben einem aufgetürmten Gepäckberg aus Rollkoffer und Kleidersack.

Mit Leo Sommer verband sie eine vielschichtige Beziehung, die seine frühe Mentorenrolle in der Astrophysik, seine Mitbewohnerschaft in ihrer WG, einige Jahre einer intensiven Liebesaffäre und die jetzige Kollegenschaft am Institut für Astrophysik in Potsdam umfasste. Mit ihrer gemeinsamen Vorgeschichte in Nächten unter freiem Himmel, in denen Haut, Berührung, Erregung und Sterne meist zugleich eine Rolle gespielt hatten, war eine Nähe verbunden, auf der unerschütterliches Vertrauen ruhte. Leo hatte ihr gegenüber immer den Standpunkt vertreten, Männer und Frauen könnten untereinander nur wirkliche Freunde sein, nachdem sie miteinander geschlafen hätten. Mit dieser Theorie hatte er es auch nach Ende ihrer Beziehung immer wieder geschafft, dass sie Nächte wie in alten Zeiten miteinander verbrachten, aber auch das war vorbei, seit es angefangen hatte, den gemeinsamen wissenschaftlichen Projekten in die Quere zu kommen. So entschlossen sie sich schließlich, den Sternen den Vorrang vor dem Himmel einzuräumen. Wenn er nicht gerade eine komplette Flasche Wein geleert hatte, hielt sich Leo seither an diese Vereinbarung. Wie es ihm damit ging, war Ellen nicht so klar.

All die Zeit hatte sie nie den Blick für das Besondere an ihm verloren, der als Forscher Prioritäten im Leben pflegte, wie man sie eher von einem Schönheitschirurgen oder Scheidungsanwalt erwartet hätte. Lange Zeit hatte sie die Existenz von Wissenschaftlern seiner Prägung nicht für möglich gehalten. Von seiner ausgewählten Kleidung hatten Freundinnen, die sich auskannten, sofort bemerkt, welche astronomischen Beträge er dafür hatte hinblättern müssen, wie zum Beispiel die lockeren hellgrauen Hosen, das weiße offene Hemd und das dünne dunkelgraue Jackett aus einem Leinen-Seiden-Stoff, die er jetzt trug, angefertigt von der Hamburger Edelschneiderei Tomas-i-Punkt.

Wie kann ein Wissenschaftler diesem Kram einen derartigen Wert beimessen, hatte sie sich früher des Öfteren gefragt. Leo hatte Spaß daran, nicht dem Standardbild des introvertierten, verschwitzten, unrasierten Tiefenbohrers der Forschung zu entsprechen und er konnte sich dieses Hobby leisten, weil seine Einkünfte aus Immobilienerbschaften in München doppelt so hoch waren wie sein Gehalt als Forscher. Er sah sich in der Tradition der großen reichen Amateurforscher vergangener Jahrhunderte und bemühte sich, das durch sein Auftreten zu untermauern, ohne darüber reden zu müssen. Bevor er sie zur Begrüßung herzlich umarmte, legte er seine Brille mit dem hellblauen Gestell sorgsam auf dem Tisch ab.

Professor Tam Lee, der Experte für künstliche Intelligenz von der TU Berlin, begrüßte sie mit warmem Lächeln und festem Druck seiner kleinen Hand. Leo hatte ihm bereits alles erklärt, was es über ihr Projekt und seine Rolle als Spezialist für Künstliche Intelligenz darin zu wissen gab. Professor Lee versicherte, dass es ihn freute, dabei mitzumachen. Er hatte zwar mit großen Datenmengen bei der Handynutzung und der Gesichtserkennung schon zu tun, aber bisher nicht erwartet, sich mit seinen Methoden einmal im Sternenhimmel wiederzufinden. Auf dem Weg zu einer Vorlesung an der TU verabschiedete er sich kurze Zeit später, nachdem er mit Ellen seine Kontaktdaten ausgetauscht hatte.

»Ich habe ein Problem.« Ellen legte ihre Stäbchen beiseite. Leo blickte von seinen Rindfleischnudeln in herzhafter Fischsoße mit Erdnussstückchen und gerösteten Zwiebeln auf.

»Mit unserer Arbeit?«, fragte er.

»Indirekt.« Ohne aufzusehen, griff sich Ellen mit den Stäbchen Blätter und Garnelen aus ihrem Goi Mekong Salat.

»Du sprichst in Rätseln.« Leo winkte dem Kellner, der versicherte, alles ginge nach Anweisung von Frau Lee aufs Haus. »Geht es um deine alte Geschichte?«

»Meine alte Geschichte«, bestätigte sie. »In meinem ausgelagerten Hauskram ist ein verloren geglaubtes Kinderspielzeug aufgetaucht. Und ich ahne, was auf mich zukommt.«

»Und zwar?« Leo stocherte mit den Stäbchen in den zart gebratenen Rindfleischscheiben herum, ohne zu essen.

»Es ist wie bei einem hervorragenden Essen«, antwortete Ellen, »alles ist lecker, sieht appetitlich aus, es duftet und rettet einem den Tag. Dann musst du dich übergeben. Du würgst dir die Seele aus dem Leib und realisierst, was da Widerliches in dir brütet. Noch immer steckt es da tief in dir drin und sollte niemals nach draußen gelangen. So geht es mir.«

»Womit?« Leo hielt seine Stäbchen mit einigen Nudeln unbewegt in der Luft.

»Mit meiner Kindheit, mit meinem Vater, mit allem, was mich früher umgeben hat und mir jetzt in unkontrollierbaren Wellen hochkommen wird.«

»Warum erzählst du mir das?« Er versuchte, Erdnuss für Erdnuss in den Mund zu balancieren.

»Ich fürchte, ich muss alles herauslassen, sonst vergiftet es mich. Aber ich kann gleichzeitig unmöglich sinnvolle Arbeit in unserem Projekt leisten. Du musst mir helfen.« Leo aß eine Weile schweigend weiter.

»Dir ist klar, worum es geht?« Ellen gab keine Antwort, sie wusste genau, worum es ging. »Ich will es dir erklären.« Leo zog einige Papierröhrchen mit Zucker aus einem Ständer auf dem Tisch. Er legte das erste Röhrchen vor sich hin. »Abschluss unserer Forschung allerspätestens in zwölf Tagen, das bedeutet, am vierzehnten August.« Ein zweites Zuckerpäckchen folgte. »Abgabe der fertiggestellten Publikation an die Gutachter der Astronomy & Astrophysics Letters zwei Wochen später.« In größerem Abstand folgte ein nächstes Päckchen. »Die Gutachter lassen sich vier Wochen Zeit, ich kenne einige von denen. Die geben sich richtig Mühe, keinen Tag früher fertig zu sein. Noch am gleichen Tag können wir den Artikel auf arXiv hochladen und lange vor einer endgültigen Veröffentlichung bekannt machen. Dann sind wir am 30. September fertig, wenn die Bewerbungsfrist für deinen nächsten Job an der Uni Potsdam endet. Wenn bis dahin die Veröffentlichung nicht für jeden abrufbar ist, hast du wenig in der Hand, um dich von anderen Bewerbern abzusetzen und kannst dich von einem Job in der Uni Potsdam ab 1. Januar verabschieden.«

Er tauschte das erste Zuckerröhrchen gegen ein knallrotes Päckchen Ketchup aus. »Hiervon hängt alles ab. Der 14. August. Spätestens dann müssen wir mit dem Schreiben unseres bahnbrechenden Artikels beginnen. In weniger als zwei Wochen. Wir sind aber noch meilenweit von einem Ergebnis entfernt, noch kann alles vollkommen schief gehen.« Er lehnte sich zurück und blickt sie mit unbewegtem Gesicht an.

Leo hatte nicht sie im Blick, wusste Ellen, es ging um ihn selbst. Er hatte sie vor vielen Jahren schon als Partnerin verloren, jetzt macht ihn der Gedanke verrückt, er könnte sie auch als Kollegin verlieren. Und sie wusste, dass es auch für sie eine Katastrophe bedeuten würde, sich zu Beginn des nächsten Jahres irgendwo auf der Welt in einem nächsten Job wiederzufinden. Gerade jetzt, wo ihre durch kräftezehrende Verdrängung stabil gehaltene Welt plötzlich ins Rutschen geriet. Unmöglich konnte sie den einzigen Anker loslassen, der sie zurzeit am Leben hielt, ihr Haus.

»Ich weiß das alles«, sagte sie. »Aber es hilft nichts, mir ist ständig zum Heulen zumute, seit ich jetzt wieder etwas in der Hand hielt, an dem ich mich zuletzt damals als Kind festgehalten habe. Es hat mich mit einer Wucht überfallen, die ich mir nach so langer Zeit nie hätte vorstellen können.«

»Oha.« Leo räumte Zucker und Ketchup wieder weg.

»Ich fürchte, das alles wird schlimme Auswirkungen darauf haben, was ich für unser Forschungsprojekt leisten kann.« Mit großer Geste schob Leo sein gesamtes Geschirr zur Seite und ergriff Ellens Hände auf dem Tisch.

»Ich brauche deine Hilfe«, sagte sie.

»Wobei genau?«

»Bei allem was mich von den notwendigen Analysen für unser Projekt abhält«.

Leo erhob sich und griff nach seinem Gepäck. »Aufräumen und Geschirrspülen aber nicht?«

»Mir helfen, so schnell es geht ein- für allemal das Rätsel aufzuklären, das ich seit fast 30 Jahren mit mir herumschleppe. Ich kann es nicht länger ignorieren«. Sie verließen wenig später das Lokal und standen noch einige Momente vor der Tür.

»Was soll ich tun?«, fragte er.

»Wenn du zurück bist, muss ich mit jemandem reden. Ich muss die Spuren der alten Katastrophe in meinem Leben verfolgen und klären, was damals wirklich geschehen ist, sonst bekomme ich den Kopf nicht frei. Aber wie genau ich das tun soll, liegt völlig im Nebel.«

»Ich habe einen Tipp für die Lösung all deiner Probleme«. Lautstark staute sich der Mittagsverkehr auf der Kantstraße in der Hitze.

»Zuerst einen Deal.« Ellen streckte die Hand aus.

»Gut, ich helfe dir. Deal.« Er umarmte sie. »Was macht Hollywood«, fragte er und hielt Ausschau nach einem Taxi.

»Alles gut!«, antwortete sie. »Sie haben ihren Zirkus gestartet, sie haben jede Menge Technik, ein Hotel schwimmt vor dem Ufer, sie laufen in Kostümen umher.«

»Greif dir einen der Hollywoodtypen, die bei dir herumhängen und du hast für alle Zeiten bei der teuren Pflege deiner Villa ausgesorgt.« Leo stützte sich auf den ausgezogenen Griff seines Rollkoffers und winkte einem vorüberfahrenden Taxi. »Das wäre mein Tipp.«

»Du mich auch.« Ellen schnitt ihm eine gequälte Grimasse. »Hast du eine Ahnung, warum die reichsten Kerle die unglücklichsten Frauen haben?«

»Weil sie ständig abwesend sind, vielleicht?«, vermutete er, »oder bis obenhin vollgekokst?«

»Nein. Es gilt die Himmelsmechanik. Je schwerer die Konten, umso größer der Aufwand für die Frauen, sich aus unglücklichen Umlaufbahnen zu befreien.«

Leo blickte sie sprachlos an.

»Danke nein, war die Antwort«, stellte sie sicherheitshalber noch einmal fest. Nach einer flüchtigen Umarmung schob er sich in einen haltenden Wagen.

Mit dem vagen Gefühl, dass die schwirrenden Wespen in ihrem Haus ein größeres Bauwerk begonnen hatten, ging Ellen kurze Zeit später zurück zum S-Bahnhof.

Auf der Strecke der S 3 genoss sie einen Blick auf angeschnittene Hinterhöfe, birkenbestandene, überflüssig gewordene Brücken, Brandwände, an denen uralte Werbebotschaften überlebt hatten und verfallende Bauwerke mit ausgedienter Technik. Das einzige Leben, das es in der Grauzone zwischen Stillstand und Geschwindigkeit gab, hatte sich gegen alle Widerstände behauptet, unattraktive Gebüsche, Bäume, die mit unkrautartiger Geschwindigkeit wuchsen und Tiere, die blitzschnell verschwinden konnten. Jetzt kam sie sich auf der Rückseite der vorüberrauschenden Stadt vor wie auf einer Tour in den Abgrund ihrer Erinnerung.

Sie wischte sich die Augen mit dem Handrücken und rief sich zurück in die Gegenwart. Ehe sie sich der Vergangenheit zuwenden konnte, musste sie zuerst ihre Paranoia über die Absichten ihrer neuen Mieter loswerden. Auf der abendlichen Vernissage in der Nachbarschaft würde sie vielleicht einige der Filmleute treffen, die sie ausquetschen konnte.

5

Ellen kannte die Malerin seit zwei oder drei Jahren. Irgendwann war sie mit einer Flasche Blauem Burgunder vor der Tür der Remise aufgekreuzt, um sich als neue Nachbarin vorzustellen, aber bisher waren sie nie dazu gekommen, sich tatsächlich zu unterhalten. Jetzt erklärte Sara Zieghaus, eine Mittvierzigerin, größer und mächtiger als Ellen mit einem ärmellosen T-Shirt in ausgewaschenem Grün über einem losen Busen und einer weiten schwarzen Leinenhose den Gästen ihre Bilder. Sie hatte alles für eine spätere Ausstellung in den Sophiensälen in Mitte zusammengestellt und zeigte die Bilder nur am heutigen Abend in ihrem Atelier.

Ihre Stimme war erstaunlich sanft und leise für die energiegeladenen Bewegungen ihrer Hände und ihres Kopfes während der ihre bis auf die Brust fallenden welligen blondierten Haare einen Tanz aufführten um ihr markantes schmales Gesicht, dem man einige anstrengende Lebenserfahrungen ansah. Den rechten Arm bedeckte eine Tätowierung, die das mechanoide Gegenstück zum Inneren ihres Arms zeigte, mit Gestängen, Seilzügen und metallischen Gelenken. Immer aufs Neue erklärte sie verschiedenen Besuchern ihre großformatigen Acrylgemälde, die an Farbschichten auf den Wänden von Ruinen erinnerten.

Es gab explosive Muster wie von Blitzeinschlägen oder blutigen Metzeleien, andere Bilder enthielten viel Gold in unregelmäßig aufgekratzten Streifen, als wären sie Wände aus geplünderten Palästen. Neben diesen radikalen Bildern, gab es kleinere, auf denen Gebäude oder Objekte des Alltags aus atemberaubenden Perspektiven zu sehen waren, ein basiliskenhaft aufragender Turm der Golden Gate Bridge, eine Flut gelber Taxis, aber auch kleinformatige sensible Frauenakte. Sie trank mit jedem ihrer Gäste und wurde zusehends schweigsamer, sodass die Bilder im weiteren Verlaufe des Abends auf ihre eigene Aussagekraft angewiesen waren.

Das Glas mit gekühltem Rivaner in der Hand, wanderte Ellen durch die Menge der Gäste, die kenntnisreiche Gesichter aufsetzten oder einfach nur mit einem Glas in der Hand auf den Stufen der alten Werft saßen und auf das Wasser hinaus blickten.

Die Malerin streifte mit zwei Flaschen Wein, einem Blauen Burgunder und dem Rivaner von der Saar, umher, um jedem ihrer Gäste nachzugießen. Auf einem separaten Tisch standen Flaschen mit Sekt von den Bischöflichen Weingütern Trier.

Um den zunehmend alkoholisierten Besuchern nicht im Wege zu sein, setzte Ellen sich auf die niedrige Bordwand am Ufer. Eine schwarze Blessralle paddelte direkt an ihr vorbei, ihr weißes Schnabelteil leuchtete wie ein frischer Verband, der sich bis zur Stirn hinaufzog.

Nach einer Weile trat sie zurück an die gepflasterte alte Werftauffahrt vor dem Atelier, um nach den Filmleuten zu sehen, derentwegen sie heute Abend gekommen war. Sie konnte keinen von ihnen entdecken, auch nicht den Mann, der ihr am Morgen den Stofffisch aus ihrer Kindheit übergeben hatte. Stattdessen näherte sich ihr die Malerin, um ihr Glas nachzufüllen.

»Und?«, fragte sie.

»Wände ausgeräumter Paläste«, murmelte Ellen, »geradezu prophetisch an diesem Ort.«

»Wenn Sie einen Moment Zeit für mich haben?«, fragte die Malerin. Schlendernd bewegten sie sich auf der kleinen Bordwand am Ufer des Sees in westlicher

Richtung. Sara Zieghaus trug in einer Hand ihr volles Glas, in der anderen die offene Flasche von dem Rivaner.

»Ich habe mich hier nicht nur wegen der günstigen Werfthalle angesiedelt.«

Ellen hielt ihr leeres Glas hin. Die Malerin schenkte von dem Wein nach. Sie verströmte den klaren Duft eines einfachen Parfüms, den Geruch nach Zigarettenrauch und, wie Ellen sich wunderte, einen Hauch von Maschinenöl. Vielleicht hatte sie auf ihrem Hausboot etwas reparieren müssen, vielleicht hatte sie keinen Freund, der mit einer Begabung für Motorreparaturen aufwarten konnte, vielleicht war sie allein und musste sich selbst helfen. Dass die Cyborg-Tätowierung auf ihrem Arm Maschinengeruch verströmte, war ja wohl nicht anzunehmen.

»Die Werfthalle hat mich angelockt, aber überzeugt hat mich der Anblick Ihres Hauses, lange bevor die Filmleute sich darüber hergemacht haben.« Sie stieß mit ihr an. »Ein verwunschenes Haus im Zwielicht zwischen Pracht und Verfall in einem verwilderten Park am See, bewacht von Statuen nackter Frauen mit beladenen Obstkörben auf den Köpfen und jagenden Jünglingen. Im Haus lebt eine schöne junge Frau, die es sich vermutlich so wenig leisten kann, wie ich mir mein Atelier. Es muss ein Rätsel bergen, das den, der davon erfährt, im Herzen berühren wird. Ich muss es malen.«

»Oh«, machte Ellen, »vom Wasser aus, nehme ich an. Oder geht es um ein Zelt in meinem Garten?« Sie lächelte. »Wie leisten Sie sich Ihr Atelier? Vielleicht kann ich was lernen.«

»Verwandtschaft«, antwortete die Malerin, »die mit französischen Krankenhäusern zu Geld gekommen ist.« Von diesem Beispiel konnte Ellen leider nichts lernen. Ihr Haus hing an einer illegalen Liebe, die keine wirklich belastbaren Dokumente hinterlassen hatte, weshalb sie froh war, mit der Vermietung an die Filmleute eine Finanzquelle ohne bürokratische Grabenkämpfe aufgetan zu haben. Sie hakte ein Stück des engmaschigen Zaunes aus, der ihr Grundstück von dem südlicheren Abschnitt des Seeufers trennte, an dem das Atelier der Malerin lag.

»Ich zeige Ihnen einen Platz, von dem aus man wunderbar auf den See hinausblicken kann.« Sie balancierte auf der kleinen Ufermauer voraus zum nördlichen Rand ihres Parks, wo sie von einer steinernen Bank den Blick auf das Wasser genießen konnten. Die Bank hielt die Wärme des Tages, es war angenehm, sich auf den warmen Granit zu setzen und die schmeichelnde Luft der Sommernacht zu spüren, in die kühle Fäden des vom Wasser her wehenden Windes eingeflochten waren. Ein Abend in den leisen fernen Geräuschen, mit denen der See das Leben der Stadt auf Abstand hielt. Ellen besaß nicht viele Erinnerungen an ihre Großmutter, eine davon war, dass sie oft mit einem Päckchen Zigaretten auf dieser Bank gesessen und auf den See hinausgesehen hatte, oft tagsüber, manchmal abends, manchmal auch tief in der Nacht. Die Bank schwankte bedenklich. Die Malerin sprang auf, Ellen blieb in aller Seelenruhe sitzen.

»Wir sollten vorsichtig sein«, verkündete Sara Zieghaus, »das Ding kann leicht zu einem Grabstein werden.«

»Tiere haben den Untergrund aufgewühlt.« Ellen zog sie sanft wieder zurück auf die Bank. »Sie hat schon viel überstanden, sie wird uns jetzt nicht unter sich begraben.« Sie stellten ihre Gläser und die Flasche zwischen sich auf die Sitzfläche.

»Erzählen Sie mir von dem Haus.« Die Malerin lächelte gequält, weil sie der Bank noch immer nicht traute. Mit einigen Handbewegungen verscheuchte Ellen eine fingergroße Motte, die sich auf dem Weg zu einem entfernten Licht befand.

»Was wollen Sie wissen?«, fragte sie.

»Reden Sie einfach drauflos. Ich werde Sie unterbrechen, wenn es sein muss.« Sie streckte die Beine weit von sich. Ellen atmete tief durch. Sie wollte mit den Filmleuten reden, aber die Malerin ließ sich nicht abschütteln. Den ganzen Nachmittag hatte Ellen zuhause wegen der zutage geförderten Erinnerungen abwechselnd geheult und geduscht, manchmal auch gleichzeitig. Jetzt fühlte sie sich taub und durch den Wein leicht auf eine Höhe von fünf Zentimetern über dem Erdboden angehoben. Wenn sie jetzt nicht auf die Malerin einging, hatte sie sie den Rest der Nacht an der Backe.

»Gut«, verkündete sie schließlich, »lassen Sie uns zuvor eine Vereinbarung treffen. Ich bekomme eine erste Version dessen, was Sie malen, als Leihgabe für eine meiner großen leeren Wände.«

»Unter einer Voraussetzung«, antwortete die Malerin. »Ich lege Wert darauf, als Sara angesprochen zu werden, weil sich Zieghaus für mich zu sehr nach einer saarländischen Krankenhauskette anhört.« Nach einer Besiegelung des Deals mit einem ausgiebigen Schluck herrschte lange Zeit Schweigen. »Das Haus ist mehr als ein Haufen Steine, um es zu verstehen, muss ich dich verstehen.«

»Und das bedeutet für mich?«, fragte Ellen. Künstler, das hatte sie als Studentin gelegentlich erleben dürfen, machten gewaltige Umwege durch die Gärten der Kunstgeschichte oder die Berglandschaften der

Philosophie, um schließlich zu ihren sehr irdischen Zielen vorzudringen. Man musste auf der Hut sein, auch wenn man es mit einer etwas maskulinen Künstlerin zu tun hatte, besonders, wenn es um die Beziehungen zwischen Nachbarn ging.

Vor ihnen zog pfeilschnell ein Achterruderboot vorbei. Freitagnacht, Berlin war sich selbst überlassen, auch auf dem Wasser, auch wenn es still dabei sein musste.

»Das bedeutet nichts weiter, als dass ich mich in nächster Zeit gelegentlich melden werde, um dumme Fragen zu stellen, wenn du nichts dagegen hast.« Aus dem dunklen Haus schimmerten die Lichter später Aktivitäten der Leute von »Studio 21«. Ellen konnte eine leichte Unruhe nicht verleugnen, von einer Expertin der Wahrnehmung Fragen zu sich selbst gestellt zu bekommen, war sie nicht gewohnt. Es gab verdammt viele Fragen. Viele Antworten hielt sie dafür nicht parat.

»Ich sitze in diesem Haus«, begann sie ihre Geschichte, »weil mein Großvater in den Dreißigerjahren des letzten Jahrhunderts auf einer internationalen Forschungsreise in die usbekische Sowjetrepublik eine zwanzig Jahre jüngere russische Ärztin kennengelernt hat, die nach Irrfahrten über den Globus später meine Großmutter geworden ist. Siebenundzwanzig Jahre später ist sie mit ihrer Tochter hier eingezogen, was sich einfacher anhört, als es in Zeiten von Weltkrieg und Kaltem Krieg tatsächlich war.« Um sich konzentrieren zu können, schloss sie die Augen. Die Malerin versank für sie in der Dunkelheit. »Lange zuvor hatte Walter Koffka, der Vater meines Großvaters, jüdischer Fahrradfabrikant und Hobbyastronom, das Haus gekauft.«

»Hobbyastronom?«, Die Malerin legte den Kopf zurück, um in die Sterne zu blicken.

»Mein Urgroßvater ließ damals alle Umbauten und Ergänzungen an dem Haus mit Blick auf ein großes Eröffnungsfest vornehmen, das am Morgen des neunzehnten August 1887 beginnen sollte.«

Sara warf einen Stein in den See. Ein Säger mit strubbeligem Kopfschmuck flüchtete mit den Flügeln schlagend ein paar Meter über das Wasser.

»Wenn du das Haus malst, kannst du es dir unter einem unendlichen Sternenhimmel vorstellen«, sagte Ellen. »Solltest du depressiver Stimmung sein, empfehle ich, dich mit dem Tag dieses Eröffnungsfestes genauer zu befassen. Für den neunzehnten August 1887 war eine vollständige Sonnenfinsternis über Berlin angekündigt. Das Schauspiel schien meinem Vorfahren gerade angemessen für die Einweihung seines frisch erworbenen Palastes. Was Rang und Namen hatte, war eingeladen, geschwärzte Gläser wurden bereitgehalten, um sorglos in die Sonne starren zu können, Champagner wurde gereicht, von einem eigenen Observatorium auf dem Dach war die Rede, zu dem ein kleiner Fahrstuhl führte.«

Von der Feier der Malerin ertönten laute Rufe herüber. Irgendjemand rief, sie solle sich ausnahmsweise um ihre Gäste kümmern, es gäbe einige, die Bilder kaufen wollten. Sie erhoben sich. Sara Zieghaus verteilte den letzten Wein.

»Leider hielt sich die Sonne nicht an sein Drehbuch«, sagte Ellen, während sie auf der schmalen Ufermauer zurück zu dem Atelierfest balancierten. »Vom frühen Morgen an herrschte dichter Nebel. Als die Sonne verschwand, wurde der Vormittag zu einer kühlen stockfinsteren Nebelnacht, in der die Vögel plötzlich verstummten und Fledermäuse ängstlich umherschwirrten. Danach hat sich die Dunkelheit den ganzen Tag über als undurchdringliche Nebelsuppe fortgesetzt, in der sich jeder der Gäste vollkommen allein auf der Welt vorkam.«

Genauso war das Haus Ellen als kleinem Mädchen erschienen, in einem nebligen verwilderten Zauberwald verborgen, nass, düster, von steinernen Nachtgestalten belagert. »Das Nebulöse blieb uns in gewissem Sinn erhalten. Vor seiner Emigration in die USA hat mein Großvater das Haus meiner Großmutter geschenkt. Es heißt, es gäbe einen Brief, den hat aber niemand je gesehen.«

Im Vorbeigehen stellte die Malerin die leere Flasche auf ihrem an der Uferbefestigung liegenden Hausboot ab.

»Das Haus im Nebel«, meinte sie. »Kein schlechter Anfang.«

Als sie ins Atelier zurückkehrten, erklang dort ein Piano, auf dem einer der Filmleute leicht die Tasten anschlug, bevor er in perfekten Läufen loslegte. Ellen trat näher heran, sie hatte den Pianisten mit dem Zopf und dem Körper eines Jockeys bereits am Morgen gesehen, als er ihr das Fundstück aus ihrem Kinderbett ausgehändigt hatte.

»Wir eilen mit schwachen, doch emsigen Schritten, oh Jesu, oh Meister, zu helfen, zu dir«, sagte er während seines Spiels, »das Richtige für den Beginn einer großen Unternehmung.« Ellen lehnte sich an die Wand. Wenn sie die Augen schloss, führte sie die Musik auf eine Wanderung über sonnige Hügel, gewundene Wege entlang, durch fliegende Lichter und Schatten, mit kleinen Pausen unter Bäumen, die vor

Regen schützten, das Ziel hinter fernen Hügeln nie aus den Augen verlierend, in all der Mühe, der Leichtigkeit, dem Frohsinn und der niemals ermüdenden Bewegung eines kleinen Wasserlaufes. Voller Genuss atmete sie den Geruch des Sees ein, der nur wenige Meter vor ihren Füßen träge ans Ufer schwappte.

Sie überraschte sich damit, dass ihre Augen feucht wurden. Was für ein Film würde das werden? Vielleicht doch nicht, wie befürchtet, ein schrecklicher Schinken, bei dem man sich schämen musste, den Filmset bereitgestellt zu haben. Als die letzten Töne verklungen waren, drehte sich der Mann auf dem schwarzen Drehhocker zu ihr um. Einige Gäste applaudierten und zerstreuten sich dann, um sich die Bilder weiter anzusehen, am Ufer tief durchzuatmen oder sich Wein nachzuschenken.

»Sie haben keine Vorstellung von dem, was wir aus Ihrem Haus machen werden. Da bin ich mir sicher.«

»Muss ich Angst haben?«, fragte Ellen.

»Ich weiß nicht, was Ihnen Angst macht.« Er wiegte den Kopf. »Der Regisseur hat einen Ehrgeiz wie Stanley Kubrick, für den nur die absolute Perfektion zählte, nur die größtmögliche Authentizität. Haben Sie ›Eyes Wide Shut‹ gesehen?« Er ließ einige der dramatisch monotonen Pianoklänge aus dem Film ertönen, die etwas Bedrohliches Großes ankündigten. Dem folgten unverbundene Klänge aus Strangers in the Night, spielerisch, Töne wie Insekten, die durch den Schein einer Lampe schwirren und für Sekunden flüchtige Farben in der Dunkelheit aufleuchten lassen. Ellen hatte den Film irgendwann mit Leo einmal gesehen, eine Geschichte von sexueller Obsession und düsterer Verstrickung, nach der sie beide entgegen seiner Hoffnung restlos abgekühlt aus dem Kino gekommen waren. »Wir werden auch nachts filmen und genau wie Kubrick nur die normalen Lichtquellen des Hauses nutzen«, erklärte er. Weitere Töne folgten. »Bachs Kantate ist natürlich viel schöner als das, was die Pianotranskription von Walter Rummel hergibt, aber immerhin.« Ellen konnte sich noch immer nicht vom Zauber dieser seltsamen Situation befreien. »Sie ahnen nicht, wie lange einen so ein Filmprojekt umtreibt«, stöhnte er. »Jetzt stehen wir endlich kurz vor dem Start.«

»Und worum geht's in dem Film aus meinem Haus?« Tiefe Beruhigung breitete sich mit der Musik in Ellen aus. Sie drehten einen Film, jedes Detail war überlegt, dieser Jockey verstand mehr von seinem Geschäft, als sie erwartet hätte.

»Sie können sich vorstellen, wie geheim das alles ist.« Er lachte. »Vom Drehbuch existieren vier gedruckte Kopien, nichts Elektronisches. Ich bin einer der Wenigen, die es gelesen haben. Über mich würde die Hölle hereinbrechen, wenn ich davon erzählen würde.«

»Und der Titel?«, wollte sie wissen.

»Obedience and Amnesia«, flüsterte er. »Ein Arbeitstitel für das Projekt, der sicher nicht der Titel des späteren Films ist. Wir erzählen eine Unternehmergeschichte aus dem Berlin der Dreißigerjahre, Liebe und Leidenschaft, Nazis und Geld, Wahnsinn und Gewalt«, setzte er seine Rede mit gedämpfter Lautstärke fort. »Es geht um einen schwerreichen Unternehmer, um seine Tochter, seine Liebschaft, seinen Untergang. Ein großes internationales Ding. Stars, roter Teppich, alles, was dazugehört.«

Gehorsam und Vergessen. Für den Bruchteil einer Sekunde irrlichterte eine Erinnerung durch Ellens

Kopf, der sie nichts Konkretes zuordnen konnte. Irgendetwas hatte es gegeben. Sie verscheuchte die Gedanken. Der Titel hört sich nicht uninteressant an. Diese Erkenntnis war es wert, dass sie sich ein Glas von dem gut gekühlten Sekt von den Bischöflichen Weingütern Trier holte. Sie erhob das Glas neben dem Piano.

»Auf den Erfolg des Films und auf den Pianisten. Sie haben meinen Tag gerettet.« Sie drehen einfach einen Film. Er könnte sogar gut werden. Vergin blickte für einen Moment irritiert von den Tasten auf und klimperte dann einige Takte weiter, die an mögliche Filmmusiken erinnerten. Ellen glaubte, die Melodie aus dem »Dritten Mann« zu erkennen. »Ich muss mich bei Ihnen entschuldigen, dass das Haus für einige Zeit nicht mehr für sie zugänglich ist. Es steht zu viel auf dem Spiel, die lassen keinen mehr hinein.«

»Wer sind ›die‹?«, fragte sie. Er widmete sich wieder seinen Filmmusiken.

»Die Geldgeber der Produktion. Sie verstehen keinen Spaß.«

6

Tomas bewegte sich nach der Vernissage vom Atelier der Malerin spät in der Nacht am Wasser entlang, um in seiner Lieblingsecke im Park auf der Granitbank die nächtliche Ruhe des Sees zu genießen. Welch ein idyllisches Dasein geht jetzt zu Ende für mich, dachte er, an einem der besten Orte Berlins. Er streckte die Beine weit aus und verschränkte die Arme hinter dem Kopf. Auf dem Hotelschiff vor dem Ufer leuchteten nur noch wenige Fenster.

Die Bibliothek war ein Beobachtungsposten an einem See, an dem es nicht mehr viel zu beobachten gab, gespeist von unerschöpflichen Finanzquellen, die auch Jahrzehnte nach dem Ende seines einstigen Arbeitgebers noch verlässlich sprudelten. Tomas war überzeugt, dass er es mit dieser alten bombenfesten Finanzierung auch geschafft hätte, noch dreißig Jahre nach dem Untergang der UdSSR in Berlin Dahlem ein zehn Meter hohes Lenindenkmal bauen zu lassen – zumindest bis hinauf zu den Schultern.

Kuba! Seine Gedanken kreisten um die Bilder, mit denen er sich seit zwanzig Jahren beschäftigte. Seine bisherigen Reisen nach Kuba würde er in der nächsten Zeit mit dem Umzug dorthin krönen. Vieles, was dazu nötig war, hatte er vorbereitet.

Der Verkehr auf dem See veränderte sich, die letzten größeren Schiffe fuhren an ihre Anlegestellen zurück. Tomas bemerkte, dass in einem Gebüsch am Seeufer etwas stand, das ihm dort bisher nicht aufgefallen war. Ein Baumstamm? Hatte jemand dort einen Pfosten in den Boden gerammt? Er erhob sich.

Im Park stand eine lebensgroße Puppe.

Er trat einige Schritte vor, hielt sich aber weiter im

Schatten. Die Puppe trug eine Perücke, deren Haare ihr bis auf die Schultern fielen. Den rechten Arm hielt sie ausgestreckt, neben ihr lag ein kleiner Aluminiumkoffer am Boden. Plötzlich ertönte ein ploppendes Geräusch.

Die Puppe bewegte sich und drang als ein Mann mit langen Haaren in das Gebüsch vor, um dort etwas aus dem Gras aufzuheben. Aus seinem Koffer zog der Langhaarige ein helles Tuch, das er auf dem Rasen ausbreitete. Tomas kniff die Augen zusammen, um besser zu erkennen, was er dort auf das Tuch legte. Dann erkannte er einen taubengroßen toten Vogel. Was für eine bizarre Szene, dachte er.

Der Schein eines Feuerwerks von einem späten Ausflugsdampfer trieb langsam über den See heran. Der Langhaarige rollte den Vogel in das Tuch und steckte alles in eine durchsichtige Plastikbox, die er in seinem Koffer verstaute, bevor er ohne sichtbare Bewegung wieder verschwand.

Auf der Straße bog die Gestalt nach rechts in das Nachbargrundstück ab, wo kurz darauf mit einem Piepton die Positionslichter eines im Unkraut geparkten Motorrads aufleuchteten. Eine Klappe wurde zugeschlagen, offenbar hatte er seinen Rucksack in der Sitzbank verstaut. Tomas beeilte sich, näher an den Zaun des Nachbargrundstücks zu gelangen. Aus der Hand des langhaarigen Mannes beleuchtete ein Handy ein schmales lang gezogenes altes Gesicht mit ausgebleichten Augen über auffälligen Tränensäcken. Als Tomas nahe genug am Zaun war, konnte er im Licht des Handys für einen Moment das Kennzeichen des Motorrads erkennen. SRB-DM52. Eine Strausberger Nummer.

»Sven Tautis hier«, hörte er ihn sagen, »ich bereite mich darauf vor ...«

Unter Tomas' Fuß brach ein Ast.

Das Geräusch veranlasste den Mann auf der anderen Seite, das Telefonat abzubrechen. Ohne Beleuchtung setzte sich das Motorrad in Bewegung, der Fahrer schaltete erst die Lichter ein, als er die Einfahrt vom Müggelseedamm erreicht hatte, dann drehte die Maschine leise brummend nach rechts, um in Richtung der südöstlichen Berliner Außenbezirke zu verschwinden. Tomas kämpfte sich aus dem Gebüsch zurück auf die Straße. Um diese Zeit hatte er einen guten Fußweg vor sich, bis er ein Taxi finden würde. Im Gehen tippte er das Kennzeichen des Motorrads in eine SMS, die er an eine Nummer sandte, zu der er sehr lange keinen Kontakt mehr aufgenommen hatte.

Betäubte Vögel!

Er war von einer abstrusen Situation umgeben, die eindeutig nach besonderen Maßnahmen verlangte.

Eine Viertelstunde später nahm ihn schließlich am Fürstenwalder Damm ein Taxi auf, das ihn zu seiner Wohnung auf der Fischerinsel brachte.

7

Kurz nach 2:00 Uhr am Morgen lag Ellen wach in ihrem Bett. Einmal umdrehen und weiterschlafen funktionierte nicht. 20:00 Uhr neuenglischer Zeit an der Ostküste der USA war nicht die Zeit, zu der sie einschlafen konnte.

Sie tappte aus dem Bett, um das Fenster in Richtung See weit aufzureißen. Vor zwei Jahren hatte sie ein feines Netz aus nahezu unsichtbarem Edelstahlgewebe davor anbringen lassen. Eine wunderbare Einrichtung, die sämtliche Fluginsekten davon abhielt, sie zu überfallen, nur die warme sommerliche Nachtluft über Wiese und See strömte ungehindert zu ihr ins Zimmer.

Eine Weile stand sie dort und streckte sich. In der Küche trank sie ein Glas kühles Leitungswasser. Es war so viel zu tun.

Leo hatte sie noch stärker unter Druck gesetzt als die euphorischen Reaktionen anderer Astrophysiker auf ihre mutige Hypothese es schon in Boston bewirkt hatten. Sie tanzte auf einem Hochseil, wofür ihr Beifall sicher war oder der endgültige Absturz. Sie wusste, dass sie Erwartungen auf ein erstaunliches Ergebnis geweckt hatte, ihre Methode hatte überzeugt, aber Ergebnisse gab es nicht.

Die Menge der für den Beleg ihrer These in Frage kommenden, von ihnen identifizierten roten Zwergsterne nahm im Vergleich ihrer Berechnungen rapide ab, die Zeit, die ihnen noch bis zum Beweis der Hypothese am vierzehnten August blieb, schmolz dahin wie Butter an der Sonne. Jede verfügbare Schlaflosigkeit musste sie in ihr Forschungsprogramm investieren, um die Chance zu wahren, mit ihren Ergebnissen Aufsehen zu erregen. Und den Job an der Uni Potsdam zu ergattern.

Am vierzehnten August muss alles geklärt sein.

Es war so gut wie unmöglich, das zu schaffen. Heute war der zweite August.

Die gesuchten roten Zwergsterne entfernten sich in direkter Linie von unserem Sonnensystem, ihr Licht wies eine Rotverschiebung auf. Sie musste die Geschwindigkeit jedes einzelnen von ihnen genau berechnen und mit Hilfe der Daten aus anderen Beobachtungen die Bahnen, auf denen sie sich bisher bewegt hatten. Diese musste sie mit den früheren Positionen unseres Sonnensystems abgleichen. Die richtigen Daten, kristallklare Logik und die richtigen Algorithmen waren gefordert. So tief es nur ging, musste sie sich in ihre gewagte Hypothese hineinwühlen. *Dort draußen gibt es einen davonrasenden roten Zwergstern, der durch unser Sonnensystem gezogen war, als schon der homo sapiens existierte. Er hatte enorme historisch bekannte Katastrophen in Gang gesetzt.*

Es ging nicht.

Immer wieder kreisten ihre Gedanken um ihre eigene Vergangenheit, immer wieder streifte ihr Blick den karierten Stofffisch, der draußen im Flur hinter der gläsernen Tür hing.

Sie verschob ihren Arbeitstisch und ihren Stuhl, um den Fisch aus dem Blickfeld zu haben. Sie nahm den Fisch vom Garderobenhaken und verstaute ihn im Kühlschrank. Nichts half.

Es hat keinen Sinn.

Sie atmete tief durch. Vielleicht war genau jetzt der Moment. Sie holte den Fisch aus der Küche zurück.

Auf ihrem Bett im umgewidmeten Konferenzraum breitete sie ein Badehandtuch aus und legte den Fisch vor sich hin. Den Kopf in beide Hände gestützt betrachtete sie ihn eingehend, ohne ein Licht in ihrem Zimmer eingeschaltet zu haben. Sie hatte nicht die Absicht, letzte versprengte Filmleute oder Vogeljäger anzulocken. Von der zunehmenden Mondscheibe und von der weißen Reflektion der schwerelos in der Nacht schwebenden Villa fiel Licht genug herein, um zu erkennen, was da vor ihr auf dem Bett lag.

Ihre Kindheit tauchte auf, wie der Kirchturm eines überfluteten Dorfes in einem austrocknenden Stausee und oben am Kirchturm hatte sich der Stofffisch verfangen.

Ellen nahm den karierten Beutel in die Hand, er musste aus einer Zeit stammen, als es an dem großen Meer in der usbekischen Wüste noch Strände, Badeurlauber und Andenkenhändler gegeben hatte, was nach 1984 nicht mehr der Fall gewesen sein konnte. Sie musste das Stofftier entweder bei einem Ausflug ans Meer oder als Mitbringsel von ihrem Vater geschenkt bekommen haben, als sie höchstens drei Jahre alt war.

Es war kein industriell hergestelltes Produkt, es war von fleißigen Händen damals für einen kleinen Stand mit selbst gefertigten Andenken zusammengenäht worden. Die Knöpfe am Bauch waren aus Holz, einige von ihnen inzwischen von Holzwürmern aufgelöst. Die Knopflöcher bestanden aus einem wellenförmig angenähten geflochtenen Band, ein ähnliches Band auf dem Rücken diente als Handgriff in Form einer Flosse.

Sie öffnete das Tier am Bauch. Darin steckte eine dünne, schwarze Filzmütze, ein Geschenk ihrer Großmutter, das sie mit Bedacht angefertigt hatte. Ihre Großmutter und ihr Vater waren Russen, die erst seit Ellens Geburt in Usbekistan lebten. Diese Mütze war eine Referenz an ihre neue Heimat, Karalkarpakien, das Land der Schwarzmützen. Die Babymütze war viel zu klein und der gefilzte Wollstoff viel zu brüchig, um heute noch von praktischem Nutzen zu sein. Damals war es das ideale Geschenk, weil es in den extrem heißen oder kalten Witterungen in der Wüstenstadt Wärme und Schatten bieten konnte.

Die wichtigste Aufgabe des Fisches schien es für die kleine Jelena jedoch damals gewesen zu sein, den Geruch der Heimat zu bewahren, in den Händen zerdrückt und ins Gesicht gehalten, die Heimat mit auf die Reise nehmen zu können. Sie näherte ihre Nase dem Fisch. Er roch nach Staub, nach einem alten, ungelüfteten Haus und nach dem Muff eines alten Bettes.

Es gab etwas Schweres darin.

Es wurde dunkler, der Mond verzog sich hinter Baumwipfeln, die Villa gegenüber wurde nicht mehr angestrahlt. Jetzt leuchtete das Haus dafür von innen, als sei in allen Räumen ein Fest im Gange. Jetzt in der Dunkelheit war es so, wie sie es kannte, ein grauer, dämmrig von innen erhellter Steinklotz, der sich gegen einen heller werdenden Himmel abhob.

Mit einem Blick nahm sie wahr, dass einige Lichter in dem Flusshotel auf dem See aufleuchteten. Kurz nach 3:00 Uhr am Morgen. Man bereitete sich auf die Arbeit vor.

Ellen griff in den Fisch und zog eine steinerne Kugel heraus, die im Griff ihrer Hand schnell warm wurde. Sie kannte das schmeichelnde, glatte, warme Gefühl, das ihre Kinderhand früher mit ganz besonderer Wichtigkeit ausgefüllt hatte. Sie hatte geglaubt, dieses besondere Geschenk ihres Vaters für immer verloren zu haben. Sie brachte den Stein in das Bad und schaltete das Licht ein.

Nachdem sie die polierte Kugel unter laufendem Wasser abgespült und danach abgetrocknet hatte, hielt sie sie auf der offenen Hand. Es war nur ein Stein, dennoch kamen ihr die Tränen.

Lena! Mein Planet.

Eine blauweiß marmorierte Kugel, wie die Erde aus großer Entfernung im All. Neun Lichtjahre entfernt. Man verfolgte von dort genau, wie es ihr ging. Die Bewohner, von denen ihr Vater ihr erzählt hatte, sahen aber nicht nur, was neun Jahre zuvor mit ihr geschehen war, sondern sie hatten alles aufgezeichnet, was sich bis dahin ereignet hatte. Die Bilder, die auf diesem kleinen Planeten inzwischen aufgesammelt worden waren, strömten durch ihre Hand zu ihr und alle Gefühle, die sie als neugieriges Kind dabei bewegt hatten, sich in so vielen Nächten auf die Oberfläche des Planeten in ihrer Hand zu träumen.

Wie damals in den Fantasienächten schwebte sie jetzt aus der Entfernung heran, sie sah die Wolken, den Ozean und den rotbraunen, schräg wie eine Wunde über den ganzen Planeten laufenden einzigen Kontinent, der aus einem Höhenzug bestand, der länger war als Afrika. Das Gebirge, in das sie sich hineingedacht hatte, lief von Nordost nach Südwest, unglaubliche Stürme fegten darüber hinweg, es war von nichts als blauem Wasser und weißen Wolken umgeben. Tagelang hatte sie sich in dem Gebirge verstiegen und verlaufen, sich die Schiffe auf dem Meer unter ihr betrachtet, die Städte in dem Gebirge gesucht und die riesigen Teleskope, die über Jahrzehnte unter größten Mühen auf den höchsten Gebirgszügen errichtet worden waren, um sie, Jelena, niemals aus dem Blick zu verlieren.

Sie rollte die glattpolierte Kugel von einer Hand in

die andere. Ein ganzer Planet, der seine Aufgabe darin sah, nichts über sie außer Acht zu lassen, weil seine Existenz davon abhing.

Jetzt erinnerte sie sich an die schmerzende Hand, mit der sie sich in der schrecklichen Nacht an der Kugel festgeklammert hatte und wurde von dem Gefühl überschwemmt, in diesem Moment mit ihrem Vater verbunden zu sein.

Sie zitterte am ganzen Körper, Tränen schossen in ihre Augen, sie legte sich wieder auf ihr Bett, die Kugel fest in der Hand, das einzige Objekt in ihrem Besitz, das ihr Vater noch in der Hand gehalten hatte. Sie sah eine Flut von Bildern, ihren Vater, der sie im Auto zudeckt, ihren Vater, der mit entsetztem Gesicht, als suche er ausgerechnet Hilfe bei ihr, auf sie zuläuft und unwiederbringlich an ihr vorbei, unhörbar etwas rufend, sie sah das schreckliche große Feld, auf dem sie nach ihm gesucht hatte.

Es ging nicht mehr. Sie legte alles auf den kleinen Tisch neben ihrem Bett und lag nur da, zusammengekrümmt, ohne Decke auf ihrem Bett in der warmen Nachtluft und zuckte in Krämpfen vor sich hin, ohne einen Versuch zu unternehmen, die Tränen zu unterdrücken.

8

Sven Tautis schälte sich aus dem Bett im Dachaufbau seines Wohnwagens und zog sich an. Als er die Tür hinter sich schloss, umgab ihn eine der warmen Nächte, in denen ihn das deprimierende Gefühl streifte, das Wichtigste im Leben zu verpassen.

Er verscheuchte die Irritation, als er sich über den Hof zu seinem Arbeitstisch bewegte. Er schaltete die helle Arbeitslampe ein und ließ sich Zeit dabei, ein paar neue Gummihandschuhe überzustreifen, bevor er eine dicke Gummiunterlage auf dem Tisch ausbreitete. Einem gut gesicherten Schubfach unter seinem Tisch entnahm er einige Skalpelle unterschiedlicher Größe, eine Schere, eine Schublehre und eine kleine Waage. Mit einem rollenden Beistelltisch zog er sich die notwendigen Chemikalien in Reichweite und fingerte aus einer geöffneten Schachtel eine Duschkappe, unter der er sorgfältig seine langen Haare verstaute. Es war unprofessionell, wenn sie ihn beim Arbeiten störten oder schlimmer noch, den Gestank der Desinfektionsmittel annahmen, mit denen er später arbeiten musste. Die fertigen Tiere würde er mit Lavendel vor Schädlingen schützen, das war ein Duft, der ihn oft selbst umwehte.

In einem Käfig rechts von ihm saß der wieder erwachte Kuckuck, der in Größe und Farbe einer Taube nicht unähnlich war, aber dessen Unterseite graue und weiße Streifen zierten. Auf einem Sims über seinem Arbeitstisch standen bereits fertiggestellt ein Wespenbussard mit mehr als einem Meter Flügelspannweite und ein Schwarzspecht mit seiner grellroten Kopfhaube und ausgebreiteten Schwingen, dessen perfekt präpariertes schwarzes Gefieder im Licht der Arbeitslampe bläulich glänzte.

Mit festem Griff holte Sven den unruhig gewordenen Kuckuck aus dem Käfig und ließ beide Hände für einen Moment die warmen kraftvollen Bewegungen des Tieres spüren. Mit der rasiermesserscharfen Klinge eines Skalpells schnitt er in einem einzigen Zug den Bauch von der Brust bis zum After auf. Er spürte das warme Blut, als er den Vogel fest in seiner Hand behielt, bis er sich nicht mehr bewegte. Mit einem Glasreiniger aus Silikon wischte er das ausgetretene Blut von der Gummimatte in einen Müllsack und machte sich anschließend mit geübten Handgriffen daran, das Tier zu verarbeiten.

Er schaltete einen portablen CD Spieler ein, in dem Brahms' ungarische Tänze aufgelegt waren. Als die Musik leise erklang, begann er die notwendigen Daten in einem schwarz eingebundenen Notizbuch zu notieren, er wog den Vogel, er maß seine Länge und die Länge von Schnabel, Flügel und Schwanz. Am Einschnitt öffnete er das Tier, zog in einer mühsamen Prozedur die Haut ab und legte auch die Beine frei, um dann Kartoffelmehl einzustreuen, damit die austretenden Flüssigkeiten gebunden wurden. Während er konzentriert bei der Arbeit war, lauschte er der leise fließenden Musik, bei der er an das Schweben bunter Vögel hoch unter dem Himmel denken musste.

Sven kannte den Beginn seiner Besessenheit genau und er kannte das Ziel, auf das alles hinauslaufen musste.

Vor einigen Jahren hatte er sich nordwestlich von Brandenburg unweit des Bohnenländer Sees eine ehemalige Garagenhalle für große Militärtransporter gekauft, die seit dem Abzug der sowjetischen Armee im Jahr 1994 im Leerstand verfiel. Dort war sein künftiges Domizil, dorthin würde er alles für immer bringen, sobald er die Vögel beisammen hatte.

Am Rande des Lichtkegels seiner Arbeitslampe reckte er seinen Rücken gerade und gab sich für einen Moment seinen Träumen hin. Er sah die große flache Halle, er sah Licht durch ein Tor fallen und er sah einen Schwarm von bunt schimmernden Vögeln, der sich in der warmen Strömung der ungarischen Tänze bewegte.

Er zwang sich dazu, sich wieder konzentriert über den zerlegten Vogel zu beugen. Er legte Flügel und Beine frei und trennte sie an den Gelenken ab, dann zog er die Haut von Hals und Kopf herunter, wobei er sich Mühe gab, die Augenlider nicht zu beschädigen. Er trennte den Kopf ab und schabte alles Fleisch vom Knochen. Diese große Garage auf dem alten Militärgelände war das paradiesische Bild aus seinem Lebenstraum, das Gegenbild zu seinem Dasein in der Hölle seiner Kindertage.

Oft hatte er sich gefragt, wo damals eigentlich die Weichen gestellt worden waren, um ihn dahin zu führen, wo er jetzt stand, was beileibe kein Unglück darstellte.

Überwundenes Unglück ist soviel besser als ewiges Glück, dachte er. Ohne schmerzhafte Herausforderungen entstand nichts Großes, ohne seine verquere Kindheit hätte er niemals die Stärke gewinnen können, die ihn inzwischen ausmachte.

Eine Gruppe krachend lauter Motorräder dröhnte vom Land herkommend an dem Hof vorbei, auf dem sein Wohnwagen geparkt war. Er dachte an seine eigene Triumph Street Scrambler, die vorn im Hof stand. Ein schwarzer Wohnwagen und ein schwarzes Motorrad, die kaum Licht reflektierten und kaum Geräusche von sich gaben, so bewegte er sich gern.

Im Jahr 1960 hatte die sowjetische Armee in der Gegend, die heute als der litauische Samogitian Nationalpark bekannt ist, damit begonnen, tiefe Schächte für die ersten ballistischen Raketen auszuheben. Tausende von Soldaten waren unter schärfsten Geheimhaltungsbedingungen damit beauftragt worden. Drei Jahre später ging die fertiggestellte Anlage in Betrieb, um bei befürchteten Angriffen der Amerikaner Westeuropa oder die Türkei mit der Vernichtung durch atomare Schläge zu bedrohen. Sein Vater arbeitete als Mechaniker für die schweren Militärfahrzeuge der bald auf zehntausend Soldaten angewachsenen Militärbasis. Sein Arbeitsplatz war eine im Krieg zerstörte lutherische Kirche aus dem 19. Jahrhundert bei Paburgė am Burgis-See, in der man unter einem neu aufgesetzten blechernen Flachdach durch seitliche Mauerdurchbrüche Abstellplätze für Dutzende Fahrzeuge geschaffen hatte.

Er musste das gesamte Federkleid in einem Imprägnierbad reinigen und anschließend mit einem Fön trocknen, das dauerte eine Weile. Während er arbeitete, erinnerte er sich weiter.

Im Jahr 1978 enttarnten die Amis den geheimen Raketenstandort, der aufgegeben wurde, als Sven elf Jahre alt war.

Von den drei verschiedenen Persönlichkeiten seines Vaters, dem begnadeten Mechaniker, dem Taubenzüchter und dem brutalen dauerbetrunkenen Schläger blieben nach dem Verlust seiner Beschäftigung nur die letzten beiden. In dem 1,50 Meter hohen flachen Dachboden über der Großgarage in der Kirche richtete er einen Taubenschlag ein, der später von dreitausend Tieren bevölkert wurde.

Sven legte seine Arbeit zur Seite und drehte einige

Runden in der seidig warmen Luft des sehr frühen Morgens, um den Geruch der Imprägnierflüssigkeit aus der Nase zu bekommen. Allein der Gedanke an den monströsen Taubenschlag ließ einen trockenen Hustenreiz in ihm aufsteigen und brachte seine Haut zum Jucken. Er atmete tief durch, bis er sich genug beruhigt hatte, um seine Arbeiten fortzusetzen.

Er verfüllte den Vogelkopf mit Ton und den Körper mit Schaumstoff aus Polyurethan und zog sich eine Holzschachtel heran, die bis zum Rand mit kleinen Glasaugen gefüllt war. Zwei davon setzte er mit großer Sorgfalt in den Kopf und stülpte dann die Kopfhaut zurück.

Nachdem er das erste Mal dabei erwischt worden war, sich einige Tauben zu braten, wurde der Taubenschlag für ihn zur Strafkolonie, in die ihn sein betrunkener Vater gegen heftigen Widerstand die enge Treppe im Innern der nach Benzin und Rost stinkenden Garage nach oben bugsierte. Zunächst war er für Stunden, später für Tage und zum Schluss für Wochen ohne absehbares Ende dort oben eingesperrt, wo inmitten der Taubenvölker eine geschwätzige Aufmerksamkeit herrschte, wie im Innern einer Arena vor einem Fußballspiel. Über achtzehn Öffnungen an beiden Seiten unter dem Dach flogen die Vögel ein und aus. Sie saßen auf Galerien hölzerner Stege an beiden Seiten an der Innenseite des Daches und schienen sich auf nichts anderes zu konzentrieren als auf ihn, der unter ihnen unbeweglich auf den Brettern des Dachbodens hockte.

Aus einer von seinem Vater konstruierten Einrichtung stürzte aus einem Behälter auf dem Dach täglich ein Berg Körner und durch einen von unten heraufführenden Schlauch füllte sich eine alte Badewanne mit Wasser. Für die Tauben gab es auch unten am Boden vor der Kirche Körner und Wasser, aber für ihn oben unter dem Dach blieben nur das mit Taubenscheiße verdreckte Wasser und die mit Zecken oder anderem Ungeziefer vermischten Körner.

Regel Nummer eins, du lebst genau wie die Tauben.

Ab seinem dreizehnten Lebensjahr war Sven zu groß, um auf dem Dachboden aufrecht gehen zu können und musste sich im Kriechgang bewegen, wenn er das überhaupt durfte.

Regel Nummer zwei, die Tauben werden nicht in Aufregung versetzt.

Ihm wurde eingebläut, dass die Tauben, von deren Verkauf als Delikatessen sein Vater lebte, keinerlei Unruhe vertrugen. Bei Strafe der Verlängerung seines Arrestes war es ihm strikt verboten, sie aufzuschrecken. Bald wagte er es nur noch, sich in Zeitlupe zu bewegen. Wenn die Vögel aufgeregt aus dem Gemäuer schwärmten, registrierte es sein Vater unten, egal wie betrunken er war. Dann klatschte er mit seinem breiten Militärgürtel in seine offene Hand.

Katsch. Katsch. Katsch.

Und es folgte ein weiterer Tag Arrest.

An sein Leben bis zu seinem vierzehnten Lebensjahr erinnerte sich Sven als ein Dasein in einer verdreckten und von Ungeziefer wimmelnden Taubenarena, umgeben von giftigem Staub und lärmenden grauschwarzen Vögeln in brennender Hitze, wenn die Sonne das Blechdach zum Glühen brachte.

Nach einem dreiwöchigen Arrest, bei dem nichts mehr von seinem Vater zu hören war, und Sven vermuten musste, niemals wieder aus dem Dachboden ans Licht zu kommen, gelang es ihm schließlich, durch die Bretterdecke zu brechen und sich aus der darunterliegenden Garage zu befreien. Er fand seinen Vater bis zur Bewusstlosigkeit betrunken auf seinem Bett, umgeben von einem Dutzend leerer Wodkaflaschen. Mit vierzehn Jahren war er damals ein starker junger Mann, dem es nicht schwerfiel, seinen Vater die enge Treppe in den Dachboden über der Kirche zu schleppen. Seine Gegenwehr bot kein ernsthaftes Hindernis, eher zeigte sie, dass sein Vater noch am Leben war.

Dann tat er das, was er schon seit Jahren hatte tun wollen. Halbvolle Benzinkanister fanden sich in der Garage an jeder Ecke.

Sven schloss seine Arbeit an dem Vogel mit der Verdrahtung von Flügeln und Beinen und dem Zunähen des Schnittes am Bauch ab. Mit ausgebreiteten Flügeln stand der Kuckuck bald auf dem Sims über seinem Arbeitstisch und blickte mit glänzenden Knopfaugen in den heraufdämmernden Morgen. Er würde später in einem Wärmeschrank warten müssen, bis er von innen heraus trocken genug war, um verwendet zu werden. Mit den Fingern träufelte Sven etwas Lavendel über das Federkleid und sich selbst in die von der Duschhaube befreiten Haare.

Lange hatte er sich darauf gefreut, eines Tages von unten dabei zuzusehen, wie die Schwärme von Tauben nach allen Seiten aus dem brennenden Schlag stoben, wie Ratten, die in Panik ein absaufendes Schiff verließen. Jetzt war es soweit. Lange vor dem schwarzen und dem weißen Qualm, lange vor den Flammen stürmten die grauen Vögel nach allen Seiten aus der Kirche in den grau verhangenen Tag.

Viele Jahre später erst konnte Sven so recht bewundern, dass es in der Natur andere Vögel gab, bunte Vögel, singende Vögel, stolz in den Lüften schwebende

Vögel. Diese Vögel wollte er um sich schweben sehen, bunt im Sonnenlicht funkelnd. Diese Vögel kamen aus dem Himmel, aber sie waren keine Engel.

Sie waren Seelen.

9

Am Vormittag wachte Ellen von dem Regen auf, der zu ihr ins Zimmer wehte. Eilig schloss sie das Fenster.

Von ihrem Tisch neben dem Bett sammelte sie den Fisch ein und hängte das karierte Stofftier zurück an den Garderobenhaken. Die steinerne Kugel ließ sie in ihre Handtasche fallen, dann nahm sie sich Zeit unter einer heißen Dusche. In weichen grauen Hosen und dem großen gelben T-Shirt stellte sie sich auf ihrem abgedeckten Bett ein kleines Frühstückstablett zusammen. Sie lehnte sich im Schneidersitz an die Rückwand des Bettes und biss von der ersten Toastscheibe ab, die satt mit Kirschkonfitüre bestrichen war, weil sie ein unstillbares Verlangen nach süßem Geschmack überfallen hatte.

Als Ellen gegessen hatte, räumte sie ihr Frühstück in die Küche und wechselte aus dem Konferenz- ins Arbeitszimmer. Von ihrem Arbeitsplatz hatte sie über ihr Potsdamer Institut Zugriff auf die Beobachtungsdaten des Large Binocular Telescope (LBT) in Arizona. Dort trudelten die ersten Ergebnisse von Beobachtungen ein, die sie auf Basis der aktuellen Daten des zweiten großen Sternenkatalogs der europäischen Weltraumsonde Gaia in Auftrag gegeben hatten.

Gaia bedeutete eine Revolution in der Astronomie. Die Sonde umkreist unser zentrales Gestirn in dem schwerkraftfreien Punkt zwischen Erde und Sonne. Sie hat die immense Aufgabe, die räumlichen Positionen und Bewegungsgeschwindigkeiten von 1,7 Milliarden bisher nicht kartographierten Sternen zu vermessen. Seit im April das zweite große Datenpaket veröffentlicht worden war, stürzten sich die Astronomen der Welt darauf.

In ihrem Forschungsprogramm hatten sich Leo und sie darauf vorbereitet, am Tag der Datenfreigabe mit der Suche nach roten Zwergsternen mit auffälligem Geschwindigkeitsprofil zu beginnen. Inzwischen hatte sie dreiundfünfzig Kandidaten aussortiert, die von der nördlichen Halbkugel beobachtbar waren und sich in keiner größeren Entfernung als 50 Lichtjahre befanden.

Ellen brühte sich einen großen Topf Kaffee auf und sah auf dem Institutsserver ihre E-Mails und Nachrichten durch, bevor sie versuchen wollte, sich die nächsten Stunden durch nichts und niemanden mehr von ihrer Arbeit ablenken zu lassen. Wie gut, dass es sich draußen so richtig einregnete.

Leo gab ein Lebenszeichen aus Tokio, wo er todmüde, aber gut erhalten angekommen war, sonst gab es nichts Weltbewegendes.

Sie schlürfte von dem heißen schwarzen Kaffee und konnte die Gedanken nicht von der steinernen Kugel abwenden, mit deren Auftauchen ihr Vater unverhofft in ihr Bewusstsein zurückgekehrt war. Sie suchte im Internet auf einigen Seiten zu Mineralien herum, bis sie gefunden hatte, dass das blau-weiß-rotbraun oder -grau gestreifte Mineral Sodalith genannt wurde, ein Natrium-Alumosilikat wahrscheinlich aus Afghanistan. Eine Seite über die magische Wirkung von Steinen teilte mit, dass dieser Stein half, »unterdrückte Gefühle zu befreien«. Blödsinn! Er »sollte dafür über längere Zeit am Körper getragen werden«. Noch einmal Blödsinn!

Es ist mein Planet, dachte Ellen. Die Bewohner existieren nur, um alles von mir zu wissen. Wie gut, einen solchen Punkt im All zu kennen und wie gut, ihn in der eigenen Hand zu halten.

Das Haus gegenüber war im strömenden Regen von bunten Regenschirmen umgeben. Viele der Filmleute waren verständlicherweise nicht draußen zu erblicken. Offenbar tummelten sie sich am Set im Haus oder auf einem Logenplatz in dem Flusshotel, das unverrückt auf dem See vor ihr lag, um das Haus hinter den Regenwänden zu beobachten.

Ellen war damit beschäftigt, Vergleichssterne zu benennen und Leitsterne zu definieren, mit deren Hilfe sie die ermittelten Spektren der bisher gefundenen Sterne vergleichbar machen konnte. Es war eine Heidenarbeit, die dadurch noch komplizierter wurde, dass Prof Tam Lee, der wie ein Schuljunge aussehende Professor für Künstliche Intelligenz an der TU Berlin, mit verbesserten Methoden alle vermessenen Sterne noch einmal durchfischte, um sicherzustellen, dass ihnen nichts entgangen war. Ellen begann damit, die Spektralprofile der ersten Kandidaten für ihre Suche auf dem Monitor auszuschneiden und vergleichbar zu machen.

Vor ihrem Fenster erschien ein Regenschirm. Einer der Filmleute, vermutete sie. Der Regenschirm hob sich. Die Malerin machte eine Geste mit Daumen und Zeigefinger der rechten Hand, die das Ansetzen einer Tasse an die Lippen imitierte. Sie lädt sich zu einem Kaffee ein, dachte Ellen. *Ich fasse es nicht.* Sie ging zur Tür.

Sara Zieghaus hat sich das Wetter und die bemitleidenswerte Position im strömenden Regen hervorragend ausgesucht, um mich zu erweichen, dachte sie. Ich lasse sie herein, ich bin eine viel zu empathische Seele, um jemals erfolgreich zu sein.

Vor der Tür schüttelte die Malerin ihren schwarzen Schirm aus, bevor sie ihn in dem kleinen Flur zum

Trocknen aufspannte. Dann hängte sie ihre nasse hüftlange Lederjacke an einen Haken und begrüßte Ellen mit einer kurzen Umarmung.

»Kaffee, hatte ich verstanden«, sagte Ellen. Es war noch so früh am Tage, dass etwas anderes nicht in Frage kam.

»Wäre nett«, sagte die Malerin, »ich bin gerade von der S-Bahn hierher gelaufen. Wenn du ein Handtuch hast..«

Ellen holte ein großes weißes Handtuch aus dem Bad, mit dem sich die Malerin ausgiebig ihre in nasse Locken verwandelten Haare abfrottierte, während sie im Flur ihre wassertriefenden festen Schnürstiefel auszog, in denen niemand umgeweht werden würde. Mit nassen Socken patschte sie über die alten Holzdielen in Ellens Arbeitszimmer. Ellen reichte ihr ein paar bunte Wollsocken, die ihr Leos Mutter vor vielen Jahren einmal gestrickt hatte. Noch immer mit dem Handtuch beschäftigt, ließ sie sich in einen rollenden Bürostuhl fallen über dessen Lehne sie ihre Tasche hängte.

»Milch oder Zucker?«, fragte Ellen aus der Küche.

»Milch.« Sie brachte ihrer Besucherin einen doppelten Nespresso im großen Kaffeepott, setzte sich zurück in ihren Stuhl und konzentrierte ihren Blick auf den großen Topf, an dem die Malerin sich ihre Hände wärmte. »So viel Zeit willst du mir widmen? Ich bin gekommen, um mit meinen Fragen zu beginnen, bevor du vergisst, was du mir versprochen hast.«

»Es gibt noch etwas Luxus für uns.« Ellen stellte ihren Topf ab und setzte in der Küche den Milchschäumer in Betrieb. Zurück im Arbeitszimmer verteilte sie zwei große Milchschaumhäubchen auf die beiden Kaffeetassen. Sie saßen sich gegenüber und schleckten sich den Milchschaum von den Lippen, während im Hintergrund über die beiden großen 27 Zoll Monitore Suchdiagramme für die Identifizierung der Sterne liefen, nach denen das Teleskop in Arizona für sie Ausschau gehalten hatte. Sara Zieghaus deutete mit der Tasse auf die Monitore.

»Was treibst du da gerade?«

»Puh«, stöhnte Ellen. Sie drehte sich vom Monitor wieder zurück zu ihr. »Wirklich?«

»Wirklich. Wenn du arbeiten musst, sehe ich einfach weiter zu und zeichne ein bisschen.« Die Malerin sagte nichts weiter, sondern fischte einen Skizzenblock aus ihrer Tasche und begann damit, ein Blatt zu füllen. Nach einiger Zeit sammelte Ellen die Tassen ein, wusch sie in der Küche aus und kehrte mit zwei frisch gefüllten Tassen mit Milchschaumhäubchen zurück.

Vor dem Fenster bewegte sich ein Pulk von Filmleuten unter Regenschirmen vom Ufer her in den Eingang zur Villa. »Willst du nicht lieber die fragen, was die dort tun?« Sie nickte in Richtung der Filmleute.

»Ich bin bei dir. Hier interessiert mich, was du tust.« Ellen stöhnte auf.

»Ich suche nach einem besonderen Roten Zwerg, einem kleinen Stern, der vielleicht wenig größer ist als der Planet Jupiter aber dreißigmal schwerer und dichter als Gold. Der Gesuchte rast einsam durchs All und entfernt sich dabei mit hunderttausenden von Stundenkilometern von uns.« Ellen formte mit den Händen eine Kugel. »Vor nicht so langer Zeit muss er unser Sonnensystem durchquert haben, nur Bruchteile eines Lichtjahres von uns entfernt. Er hat dabei eine Trümmerwüste aus Eis und Steinbrocken durchquert, die Oortsche Wolke, die uns wie eine Kugel umschließt und ungeheuerliches Chaos in Gang gesetzt, als er damals für unsere Vorfahren als großer roter Punkt am Himmel sichtbar gewesen sein muss.«

»Und du?«

»Ich will zeigen, dass es den Stern, der uns so nah gekommen ist, überhaupt gegeben hat, wann und wie nah er uns kam und welche Katastrophen in unserem Sonnensystem, deren Spuren noch heute erkennbar sind, wir ihm zu verdanken haben.«

»Und die Diskopunkte da?« Die Malerin zeigte auf die Monitore und kritzelte dann weiter in ihrem Block.

»Das sind die Sterne, deren Bahnen ich verfolgen will. Sie sind in Diagrammen eingetragen, sogenannten »Finder Charts«, auf denen alle Beobachtungen internationaler Observatorien, zusammengefasst sind, von Teneriffa bis Arizona, von Hawaii bis Chile. Es ist, als würden alle Instrumente des gesamten Planeten Erde in sichtbarem Licht, im Infrarotbereich und in der Radioastronomie durch ein einziges Fenster ins All hinausblicken. Nur so habe ich eine Chance, auseinander zu halten, was sich dort draußen in rasender Geschwindigkeit kreuz und quer bewegt, was kreist, was rast, stürzt oder treibt. Ich bin eine Mikrobe auf dem Zahn eines Rades in einer Kirchturmuhr. Aus dem »Tick« hier und dem »Tack« dort muss ich herausfinden, was draußen die Zeiger anzeigen. Aber dabei ist die astrophysikalische Wissenschaft sich nicht einmal sicher, was ein Kirchturm überhaupt ist. Hörst du zu?«

Die Malerin sah sie an, skizzierte eifrig weiter und nickte. Ellen wandte sich wieder ihren Sterndiagrammen auf den Monitoren zu.

Sara wanderte umher, ihren Kaffee in der Hand.

»Lass dich nicht stören.« Plötzlich hielt sie einen karierten Beutel in der Form eines Fisches in der Hand. Ellen warf einen entsetzten Blick auf sie. Die Malerin registrierte aufmerksam ihren Gesichtsausdruck. »Darf man fragen?«

»Das ist etwas anderes!« Ellen stand auf, um das Stofftier zurückzuhängen. »Ein Geschenk meines Vaters.« Mit unbewegtem Gesicht blickte die Malerin sie an.

»Dein Vater? Erzähl von ihm.«

Ellen war damit beschäftigt, weitere Spektren der Sternenkandidaten der engeren Wahl am Monitor auszuschneiden und zu normieren. Es dauerte fast zehn Minuten. Schließlich gab sie sich einen Ruck. Sie rollte zurück, um Abstand zu den Bildern aus dem All zu gewinnen und griff sich ihren kalt gewordenen Kaffee, um sich dann weit in die nachgebende Rückenlehne ihres Bürosessels zurückzulegen. Mit dem verebbenden Geräusch des Regens vor der Remise tauchte sie in die Neumondnacht des zehnten Juli vor sechzehn Jahren ein, in der sie den Entschluss gefasst hatte, nach ihrem Vater zu suchen.

10

Sechzehn Jahre zuvor, Gülpe, Brandenburg

Ellen lag auf dem Rücken, die Arme unter dem Kopf verschränkt, sie blickte in den Sternenhimmel, der sich über ihnen ausbreitete. Neben ihr lag Leo auf der alten Wolldecke, den Rücken aufgestützt, zwischen ihnen die immer noch üppigen Reste des nächtlichen Picknicks, eine halbvolle Flasche Weißwein und eine geleerte Flasche Champagner. Leo hatte bestimmt eine halbe Stunde im Delikatessladen in der Bölsche-straße zugebracht, überlegte sie. Spieße mit gerösteten größeren Krabben, Serrano-Schinken, Salat aus fein geschmorten Mohrrüben, feinster Rindercarpaccio, Baguette, Oliven. *Ich kann nicht mehr!*

»So müssen Sterne aussehen«, stellte sie ergriffen fest.

»Der dunkelste Ort Europas.« Leo bewegte sich nicht.

Ellen spürte, dass er sie mit einem kurzen Seitenblick musterte. Er hatte sie an genau diesem Neumondter-min in die Wildnis im Nordwesten außerhalb Berlins gelockt und ihr ein Wunder versprochen, dass sie an ihre Heimat erinnern sollte.

Er legte sich auf die Seite, den Kopf aufgestützt und blickte sie an, seine linke Hand lag auf ihrem Bauch. Ihr Blick wanderte vom großen Jäger Orion zu seiner Hand. Seine Hand fühlte sich gut an. Sanft, wie ein warmer Lichtfleck der Aufmerksamkeit wanderte sie über ihren Körper, lag auf ihrem Gesicht, streichel-te sanft ihre Haare. Ellen löste sich auf, als würden die Sterne sie berühren. Zärtlichkeit war nichts, was sie dem oberflächlichen Münchner jemals zugetraut hätte. Sie räumten die Reste des Essens an die Seite der Decke. Leo erstarrte. Er drückte ihren Arm. Auch Ellen hielt mitten in der Bewegung inne.

Ein Fuchs hatte sich einen von Leos eleganten Slippern geschnappt und bemühte sich, damit zu verschwinden. Leo griff nach der Spitze des Schuhs, beide zogen an den Enden. Der Fuchs hatte nicht die Absicht, aufzugeben. Mit einem Ruck holte sich Leo seinen Schuh zurück und warf den Champagnerkorken nach dem Fuchs. Der trottete davon, keinesfalls in Panik.

»Vielleicht ist er krank«, flüsterte Ellen. Leo lehnte sich zu ihr herüber, ihre Gesichter kamen sich ganz nahe, er küsste sie. Ellen spürte, wie alles von ihr abfiel. Sie konzentrierte sich auf nichts als ihre Lippen und ihre Zunge. Leo rückte näher, sie küssten sich weiter, als würden sie verdursten, wenn sie es nicht täten. Seine Hand war nah und fest bei ihr. Sie umarmte ihn, der Kuss hörte nicht auf. »Der Fuchs«, flüsterte sie.

»Unwichtig!« Sie spürte seine Hände auf ihrer nackten Haut. Bevor sie die Augen schloss, hatte sie das Gefühl, dass sie der Blick in die Sterne das Innere ihrer Seele erkennen ließ.

Stück für Stück warfen sie ihre Kleidung zur Seite. Sie küssten sich, für den einen entscheidenden Moment hatte Ellen das Gefühl, die Welt mit seinen Augen und mit ihren zugleich zu sehen. Eine Weile lagen sie in der warmen Nachtluft eng umarmt beieinander, Gesicht an Gesicht. Ellen war nicht sicher, ob sie ihn lieben konnte, ob sie durch seine Berührungen hinweggerissen wurde, aber sie war vollkommen sicher, dass sie sich in seiner Nähe, in seiner Umarmung, in seinen Berührungen wohlfühlte.

»Was treibt dich an?«, fragte er. »Du bist allen ein Rätsel.«

»Dir auch?«, fragte sie.

»Hmmm«, machte er, »jetzt habe ich wenigstens etwas von dir verstanden.« Er küsste sie

»Willst du mehr verstehen?«

»Ich will alles verstehen«, sagte er, »mehrfach am Tag.« Sie lachten.

»Ich möchte dir zuerst erzählen, was mich beschäftigt«, flüsterte er.

»Ernsthaft?«, fragte sie.

»Ernsthaft. Danach sollten wir noch einmal versuchen, uns zu verstehen.«

»Und was beschäftigt dich?«

»Das Sternbild kennt jeder.« Leo deutete in dem Himmel dorthin, wo die Sterne des großen Wagens leuchteten. Es war ein völlig anderer Himmel als über der Stadt. »Einen Finger breit über dem Stern Megrez, von dem die Deichsel des Großen Wagens abgeht, der einundachtzig Lichtjahre von der Erde entfernt und doppelt so groß ist wie unsere Sonne, gibt es einen Fleck, nicht größer als ein Stecknadelkopf. Darin ist auch mit den stärksten Instrumenten kein einziger Stern zu erkennen, kein leuchtender Punkt, nur das reine Nichts.« Ellen lehnte sich zurück und blickte in den Himmel. »Dort gibt es nur schwarzen Raum«, fuhr er nach einer längeren Unterbrechung fort. »Der Leiter des Beobachtungsprogramms mit dem milliardenteuren Weltraumteleskop Hubble glaubte nicht, dass der Himmel Löcher hat. Er kam auf die verrückte Idee, das Weltraumteleskop für einhundert Stunden ununterbrochen auf denselben Fleck starren zu lassen, auf diesen leeren Punkt im Sternbild des großen Wagens. Die internationale Szene schrie auf.«

»Erzähl weiter«, flüsterte sie, »ich höre zu.« Erste Wolken trieben am Himmel heran.

»Drei Wochen später kamen die Ergebnisse herein, die unsere Vorstellungen vom Universum veränderten. Das Hubble Deep Field. Das schließlich entstandene Bild sah aus, als hätte man einen ausgebreiteten Schatz von Edelsteinen fotografiert. Dieser Stecknadelkopf absoluter Schwärze, aus dem Hubble einhundert Stunden lang jedes kleinste Lichtwellenpaket aufgesammelt hatte, war zu einem Fenster in die weit entfernte Vergangenheit des Universums geworden, in dem mehr als 3.000 bunt leuchtende Galaxien sichtbar wurden, wie man sie noch niemals gesehen hatte. Aus dem Nichts heraus.« Er legte sich auf den Rücken und blickte hoch in den Himmel, der sich langsam vollständig bezog.

»Und was soll das heißen?«, fragte Ellen

»Ich suche nach Galaxien. Ich bin mit meinem Laptop in ein internationales Projekt eingeklinkt und habe Zugriff auf die Bilder von Dutzenden Observatorien. Es ist ein unglaubliches Abenteuer. Wer unter dem Sternenhimmel einer Wüste groß geworden ist, muss vom Kosmos angesteckt sein.« Er ergriff ihre Hand. »Als Astronomin würdest du da draußen Welten voller Wunder entdecken.«

Das ist es also, dachte Ellen, er will mich dazu bringen, bei ihm zu studieren und mit ihm zu arbeiten. Ist das sowas wie ein Heiratsantrag? *Oh mein Gott!*

Leo war ein schneller, gründlicher und extrem ehrgeiziger Wissenschaftler, der seine Besessenheit für die Astrophysik hinter einer Fassade der fröhlichen Lockerheit verbarg. Von seiner Familie hatte er eine wohlhabende Grundausstattung mitbekommen, er kleidete sich wie ein bayerischer Stenz, fuhr ein sinnlos teures Auto, aber er brannte für die Sterne oder, wie sie jetzt wusste, für Galaxien. Und anscheinend

für mich. »Und du?«, fragte er. Ellen schwebte woanders.

»Ich glaube, du hast eben mein Leben verändert.«
Sie blickten schweigend einer Sternschnuppe hinterher, die über den Himmel zog. Ellen streifte die Frage, was Leo sich dabei gerade wünschte – dann war
es für den eigenen Wunsch auch schon zu spät. »Ich
muss dir von meiner Familie und von meinem Vater
erzählen.«

In diesem Moment fielen die ersten Regentropfen.

Ellens Lust an der Nässe stieg, je nasser es wurde.
Sie genoss das Gefühl, auf keinen trockenen Flecken
auf der Haut mehr Rücksicht nehmen zu müssen, alles war tropfnass, als hätten sie sich kopfüber in der
völligen Liebe aufgelöst.

Der Regen strömte nicht übermäßig stark, aber stetig aus dem Himmel, der nun dem abgelegenen Ort in
Brandenburg die Gelegenheit gab, zu zeigen, dass er
der dunkelste Ort Europas war. Unter den verdeckten
Sternen gab es nichts als Regen und Dunkelheit. Hielt
Ellen die Hand vor die Augen, war nichts zu erkennen, sie befand sich in einem schwarzen Loch.

Leo tastete sich voran zu dem unweit geparkten
Audi Kombi, um eine Taschenlampe zu holen oder
mindestens die Scheinwerfer zur Orientierung einzu-
schalten. Ellen steckte in dem schwarzen nassen Sack,
zu dem die Sternenpracht am Neumondtag geworden
war. Nackt tastete sie auf dem Boden herum, um ihre
Kleidung zusammenzusammeln und in die große Decke zu wickeln. Ob alles dabei war, wusste sie nicht,
aber sie hatte vier Schuhe. Der Fuchs machte sich
wohl inzwischen um andere Dinge Sorgen.

Immer wieder musste sie aufstehen und ihre Suchar-
beit vor Lachen unterbrechen, weil sie sich vorstellte,

wie sie in einem Nachtsichtgerät aussehen musste – nackt, auf allen Vieren herumtastend, um die Kleidung in die Decke und ihre Picknickvorräte in eine große Plastiktüte zu sammeln.

Ein schwankendes Licht näherte sich. Leo hatte eine Taschenlampe gefunden. Schließlich saßen sie unter dem trommelnden Regen splitternackt bei eingeschalteter Sitzheizung dampfend im Audi. Unsicher fuhr Leo ein Stück die Straße entlang. Im Scheinwerferlicht unter dem Regen tauchte inmitten des dunkelsten Nirgendwo eine kleine Kirche auf.

»Eine Friedhofskapelle«, vermutete er. Direkt neben der Kirche hielt er an und ließ das Standlicht eingeschaltet, dann stand er eine Weile im Regen, ein nackter Mann vor dem Tor der Kirche. Es war offen. Ellen packte die Decke mit ihrer Kleidung und lief hinterher.

In der Kirche fanden sie Kerzen und Zündhölzer. Aus seinen zusammengeknüllten Jeans ertastete Leo seine Brieftasche und schob einen zusammengefalteten Zwanzigeuroschein in die Spendenkasse. Dann zündeten sie alle Kerze an, die sie finden konnten.

»Bist du katholisch?«, fragte Ellen.

»Irgendwie schon«, meinte Leo, »zumindest am dunkelsten Ort der Welt. Und du?«

»Ich glaube, ich war mal ›priesterlos altgläubig orthodox‹, aber frage mich bitte nicht, was das ist. Es ist alles so lange her.« Sie zogen sich ihre klamme Kleidung an, nichts davon war mehr trocken, und setzten sich eng umarmt vor die Kerzen. Leo legt beide Arme um sie. Seine Hände lagen auf ihren Brüsten.

»Erzähl mir von deiner Familie«, bat sie ihn.

»Da gibt es nicht viel zu erzählen.« Leo rückte noch näher. Mit der Nähe, fand Ellen, war es wie mit der Nässe. Ab einem gewissen Punkt wollte sie nur noch mehr davon haben. Kaum jemand war ihr allerdings bisher nah genug dafür gekommen. Leo war eine große Ausnahme. »Mein Vater hat sein Geld mit dem Bau von Betonfabriken gemacht«, sagte er. »Meine Mutter beschwert sich, dass er immer unterwegs ist und meine beiden kleinen Schwestern sind im Moment gerade äußerst anstrengend, weil sie süchtig nach Aufmerksamkeit sind. Ein Grund, dass ich mich aus München nach Berlin abgeseilt habe. Ganz ehrlich.« Ihr Zittern suchte sich einen gemeinsamen Rhythmus. Ein Traum, jetzt gemeinsam in ein Bett kriechen zu können. »Du wolltest von deiner Familie erzählen und von deinem Vater«, sagte er.

»In meiner Familie kannte kaum einer den anderen. Ich kenne meine vor acht Jahren verstorbene russische Oma und meinen Vater. Meinen Großvater mütterlicherseits kenne ich aus seinen wissenschaftlichen Werken, das ist alles. Er hat seine Tochter nie kennengelernt, meine Mutter nicht mich, was mit meinem Vater und meiner Mutter los war, ist mir ein Rätsel. In meinem früheren Leben war mein Vater alles für mich.« An Zärtlichkeit war bei dem Zittern nicht zu denken, auch wenn es das einzige gewesen wäre, was sie hätte aufwärmen können. »Als Kind bin ich auf eine Felsnadel in der Kyzilkum geklettert, die zehn Meter hoch war. Ich wollte bis in die Sterne steigen.«

»Immerhin hast du überlebt.«

»Ich saß dort oben in schwindelnder Höhe. Die Zeit verging. Es war das höchste Glück für mich. Ich blickte in die Wüste, auf die wandernden Schatten der Wolken, hinauf zu dem Tafelberg über mir und in die Wolken selbst, und ich hatte keine Angst. Ich wollte warten, bis es dunkel war, bis ich da oben die Sterne sehen würde. Unten wartete mein Vater.«

»Er saß da und wartete?« Leo hörte aufmerksam zu.

»Er drohte nicht, er brüllte nicht, er zog einfach seine Runden um die Felsnadel, auf der ich saß, er lehnte sich an einen Felsen. Erst als mich die Sterne von allen Seiten umgaben, kletterte ich hinab. Unten nahm er mich lange in die Arme. Ich spürte, dass er schreckliche Angst um mich gehabt hatte, es war ein so gutes Gefühl.« Bei der Erinnerung verkrampfte sich alles in ihr. »In Moskau befindet sich sein Grab. Er wurde im Herbst 1991 in der schrecklichen Nacht ermordet, die mich bis heute nicht verlässt. Ich habe das schwarz-weiße Foto auf der Keramik an einer Urnenwand noch vor mir. Ich erinnere mich an die rot verweinten Augen meiner russischen Oma, wenn wir dort schweigend aneinander gelehnt saßen, aber ich finde keine Ruhe, wenn ich an das Grab denke. Es gibt kein Ende des Schmerzes, solange der Gedanke an diese Nacht in mir wühlt. Ich weiß, dass sie mich irgendwann auch physisch krank machen wird oder in einer Felswand zum Absturz bringen. Das ist in Thailand einmal geschehen, als ich unkonzentriert den Halt verloren habe und zwanzig Meter tief in die Andamanensee gestürzt bin. Es gibt diese leere schwarze Stelle in meinem Leben, ein paar Stunden einer Nacht, in denen es keinen Funken von Licht gibt. Bevor ich in dem Wirrwarr von Bildern, Gefühlen, Regen, Lärm und riesigen Maschinen nicht verstanden habe, was damals geschehen ist, was in den Tiefen dieses Loches lauert, kann ich nicht aufhören zu zittern.«

Leo machte eine beruhigende Handbewegung und verließ die Kirche. Nach einer Weile kehrte er mit einer silbern glänzenden Isolationsfolie zurück, die er Ellen um die Schultern legte. Sie lehnte sich für einen kurzen Moment an ihn.

»Was ist damals wirklich geschehen«, flüsterte sie, »ich muss es verstehen, sonst wird es nach meinem Vater irgendwann auch mich fressen. Von innen oder von außen.«

Sie sprang auf und hüpfte mit den Armen um sich schlagend silberglänzend durch die Kapelle. »Ich muss verstehen, was damals passiert ist. Die Nacht im September 1991 ist dieser stecknadelkopfgroße Fleck schwarzer Leere in mir. Alles, was für mich lebenswichtig ist, ist darin enthalten.«

»Was hast du vor?«, fragte Leo.

»Ich werde diesen Fleck mit aller Kraft erforschen. Ich werde eine lange Reise nach Russland und Usbekistan unternehmen, ich werde dort herumsuchen, bis ich verstehe, was geschehen ist. Ich werde meine Reise an seinem Grab in Moskau beginnen, in Usbekistan werde ich in Häusern und auf Friedhöfen nachforschen, mich in Labors und Fabriken umhören und Ruinen durchsuchen, ich werde Leute befragen, die ich noch kenne und andere, die ihn kannten. Nicht hundert Stunden, hundert Tage. Bis ich die Lichter am Grund des leeren Fleckes erkenne.«

Ellen ließ die Rückenlehne ihres Bürostuhls nach vorne schnappen und nahm einen Schluck von dem kalt gewordenen Kaffee. Dabei versuchte sie, aus ihrer intensiven Erinnerung aufzutauchen. Auch wenn sie natürlich den Sex mit Leo ausgelassen hatte, hatte sie beim Erzählen Leos Hände auf der Haut gespürt und kurz den Fuchs vorbeihuschen gefühlt. Jetzt aber wollte sie Kontakt zu dieser Malerin, die schon eine Weile neben ihr wohnte und plötzlich in ihr Leben trat. Während sie Sara in die Augen blickte, fühlte es sich an, als habe sie sich ihr ungeschützt ausgeliefert, als hätte sie ihr ein selbst gemaltes Ölbild zur Begutachtung ausgehändigt.

Sie blieb still. Diese Ruhe fühlte sich gut an.

»Du hast deinen Vater gesucht?« fragte Sara schließlich. »Bist du dorthin zurückgereist?«

Ellen nickte. »Vor 13 Jahren.«

»Und?«

»Ich habe sein Grab besucht, aber keine Antworten gefunden, sondern nur jede Menge neuer Fragen. Seitdem habe ich es aufgegeben.«

Die Malerin sah sie wieder nur an. Plötzlich griff sie neben sich und hielt ihr im nächsten Moment eine der Bleistiftskizzen hin. Von einem im Nichts schwebenden Trümmerfeld entfernte sich eine schwarze Kugel, die nur noch klein zu erkennen war. Das Trümmerfeld bestand aus Zahnrädern und aus Teilen von Häusern und Menschen.

»Da draußen spielt sich deine Vater-Geschichte ab. Wenn du deine Sterne ohne Scheuklappen erforschen willst, musst du zuerst das Problem mit deinem Vater ans Licht bringen«, sagte sie. »Dein Vater kreist in dir, du solltest ihn nicht da draußen unter roten Zwergsternen auf einsamen kosmischen Bahnen suchen.«

Ellen merkte, wie ihr Gesicht rot anlief.

Weshalb? Weil lange Ungesagtes plötzlich auf dem Tisch liegt? Weil ich fühle, ihr meine nackte Seele präsentiert zu haben?

Ihr Gesicht wurde warm, sie hatte den Eindruck, in der Sonne zu stehen. Um Gottes willen, dachte sie, ich liefere mich vollkommen aus. Zum Glück kenne ich den Menschen vor mir nicht wirklich.

»Wiederhole die Reise«, sagte die Malerin, »genau dieselbe Reise.« Ellen schwieg. »Nicht mit Tickets und Flieger und Bahnen und alldem Zeug«, führte

Sara Zieghaus ihren Ratschlag weiter, »hast du ein Reisetagebuch angelegt?«

Ellen nickte.

»Ich habe verschiedene Weltreisen unternommen« fuhr die Malerin fort, »ich war einige Zeit in einem Truck auf den Straßen Europas unterwegs um Material für meine Bilder zu finden, ich habe Skizzenbücher gefüllt und endlose Fotodateien. Wenn ich mir heute beispielsweise die Skizzen und die Fotos aus einem portugiesischen Dorf ansehe, entdecke ich tausend Details, die ich damals bei der Reise übersehen hatte. Oft erweisen sie sich später als der eigentliche Gehalt meiner Bilder. Abstand und Perspektive verändern die Wahrnehmung, du bist ein anderer Mensch, als vor 13 Jahren, du wirst eine Menge neuer Antworten entdecken.«

Bevor sie der Malerin ihren Zeichenblock zurückgab, vertiefte Ellen sich lange in die Skizze des dunklen davonfliegenden Zwergsterns.

»Mit Hilfe deiner Reisenotizen solltest du die Suche nach deinem Vater noch einmal Schritt für Schritt nachvollziehen. Weißt du, wo sie sind?« Die Malerin klappte den Skizzenblock zusammen.

»Drüben, in der Villa«, antwortete Ellen.

11

Die Informationen zum Kennzeichen SRB-DM 52 ließen auf sich warten. Tomas blickte in den vor seinem
Fenster strömenden Regen hinaus. Bei Regenwetter
wie diesem wurde seine Wohnung zu einem einsamen
Haus im Wald. Ihm lief eine Gänsehaut über den Rücken, wenn er an den seltsamen Vogeljäger dachte, der
nachts um die Villa am Müggelsee geschlichen war.

Tomas hatte keine Ahnung, ob sein Netzwerk in
diesem Fall wirklich noch funktionierte. Wenn er es
recht überlegte, dauerte es mit der Rückmeldung bereits reichlich lange, seit er die Anfrage an seinen alten
Kumpel »Schrotti« gestellt hatte. Aber es war auch
sehr lange her, seit sie zum letzten Mal Kontakt zueinander gehabt hatten.

Um sich auf andere Gedanken zu bringen, entnahm er einer Schublade in seiner Regalwand einen
Stapel Postkarten, die den Aufdruck trugen »Tomas
Lenko – Sprachkurse vom Muttersprachler: Deutsch,
Russisch, Spanisch«. Er musste die Einzeltermine der
ersten Unterrichtswoche nach den Ferien verschie-
ben, da es keinen Lesesaal mehr gab, in dem er unterrichten konnte. Er kündigte die Verabredungen mit
sieben Schülern und versprach, sich demnächst mit
einer neuen Adresse für den Einzelunterricht wieder
bei ihnen zu melden.

Noch immer keine Nachricht. Ob der wichtigste
Knoten in den Resten seines alten Netzwerkes überhaupt noch existierte?

»Schrotti«, Ulrich Schroth, vor 64 Jahren in Leip-
zig geboren, war in Dresden ausgebildeter Maschi-
nenbauingenieur, der den Weg zur Stasi über deren
in Vergessenheit geratene Zuständigkeit für Reaktor-

sicherheit gefunden hatte. Schrotti hatte es geschafft, in dem Projekt Central Electro Nuclear de Juragua eine Rolle zu spielen, mit dem ab 1976 im Nordwesten Kubas ein sowjetisches Kernkraftwerk errichtet werden sollte. Das Projekt wurde von Fidel Castros ältestem Sohn geleitet, einem in Moskau ausgebildeten Nukleartechniker. Tomas hatte Schrotti dort zu Beginn der Achtzigerjahre kennengelernt, als er für einige Wochen in dem Vorhaben mit russisch-spanischen Übersetzungen aushelfen musste.

Es gibt nichts Besseres als ein Regierungsprojekt in der Karibik, hatte Schrotti verkündet, besonders, wenn es niemals fertig wird. Zehn Jahre nach der Wende saßen sie in karibischer Nacht beim Rum in einer Kneipe, der sowjetisch anmutenden Siedlung Ciudad Nuclear nahe Cienfuegos an der Küste und begossen den endgültigen Abbruch des Projektes.

Schrotti war ein schmaler Mann von 1,65 Metern, in dem eine unerschöpfliche Energie brannte. Mit der Übertragung von Aktivitäten zur Reaktorsicherheit auf die für nukleare Entsorgung zuständigen Energiewerke Nord war er nach dem Ende des Projektes in Kuba an der Ostseeküste gelandet, bis er einige Jahre später am Rande Berlins eine ehemalige Mülldeponie aus DDR-Zeiten übernahm und als »Recyclinghof Nord« zu einem lukrativen Entsorger umbaute. Sehr lange hatten sie nichts mehr voneinander gehört, aber Tomas war sicher, dass in ihrer besonderen Verbindung Zeit keine große Rolle spielte. Wenn es ihn noch gab, würde er sich melden.

In einem absolut perfekten Ledersessel, dem einzigen Luxusmöbel, für das er seine Ersparnisse angekratzt hatte, lehnte Tomas sich zurück. Zur Perfektion gehörten eine passende lederne Fußbank und Ohren an der Lehne des Sessels, es gab keinen besseren Ort, um auf Informationen zu warten. Er legte die Beine hoch, vor ihm nichts als das große Fenster seiner Wohnung, das bei klarem Wetter den Blick nach Nordwesten über die Leipziger Straße bis weit in die Stadt freigab.

Er hatte die Wohnung, die sich in seinem Rücken über drei Zimmer erstreckte, im Mai 1982 bezogen. Sein damaliger Arbeitgeber, über den heute zu reden nicht mehr angebracht erschien, verfügte noch über beliebigen Zugriff auf die neuen Prachtexemplare von Wohnungen. Als qualifiziertem dreisprachigem Kader wurde es Tomas erlaubt, eine Dreiraumwohnung mit Blick in die damals hochhausfreie Richtung nach Westen zu wählen. Im jüngst renovierten Zustand war nichts daran auszusetzen, mit seinem Mietvertrag aus goldenen Zeiten weiterhin Nutznießer einer mieterfreundlichen Gesetzgebung zu sein.

Mit einer Ausnahme ließ die Wohnung wenig von den Dingen erkennen, die für Tomas Bedeutung hatten. Ein gerahmtes Poster des Films »Dark Passage« mit Humphrey Bogart und Lauren Bacall, ein paar Fotos, die Tomas auf einem Motorrad zeigten, ein Foto, dass ihn vor einem schrottreifen lindgrünen Straßenkreuzer zeigte, wie man vermuten durfte, in Havanna. Die Ausnahme war ein golden gerahmtes Foto in doppelter Postkartengröße, das einen Jungen und ein Mädchen zeigte, die auf einer niedrigen weißen Mauer im Licht einer tief stehenden, aber noch heißen Sonne saßen. Beide trugen ein dünnes weißes Unterhemd und winkten lachend mit einer Hand in die Kamera, mit der anderen hielten sie bunte Zahnbürsten an die Lippen. Tomas Blick verweilte für kurze Zeit auf dem Bild. Mit Ella und Neo war es eine komplizierte Geschichte.

Jetzt schwappten vor den Scheiben die trägen grauen Wellen des Baikalsees und versetzten ihn aus dem zwanzigsten Stockwerk im Wohnturm auf der Fischerinsel zurück in seine Jugend in der Nähe des sibirischen Irkutsk. Nie hatte Tomas sich als einen Sibirjaken gesehen, sondern der Herkunft seiner Eltern folgend, immer als einen halben Kubaner und einen halben Deutschen. Ende der Fünfzigerjahre, als die ganze Welt noch den Glauben daran teilte, dass das Modell der Sowjetunion ein ernstzunehmendes Zukunftsmodell der Menschheit sein konnte, manche mit Hoffnung und manche in ihren schlimmsten Alpträumen, waren seine kubanische Mutter Theresa Rodriguez und sein aus der DDR stammender Vater Georg Lenkow in Moskau für die Weltrevolution und füreinander entflammt. Keine drei Monate nach ihrem Studienbeginn der Agrarwissenschaft wurde seine Mutter schwanger. Eine ehrenhafte Aufgabe auf dem Land fand sich unweit von Irkutsk in dem Ort Andrianowskaja, fünf Kilometer vom Ufer des Baikalsees entfernt. Sieben Jahre nach Tomas Geburt blieb die Liebe in Regen und Schlamm in den Mühen der wissenschaftlich korrekten Bewirtschaftung des Bodens stecken.

Seine Eltern konnten weder das Klima, noch das Wetter, noch die sich erfolglos dahinschleppende Arbeit in schwerem nassem Boden mit unzureichendem Gerät von vier Uhr früh bis nachts um elf ertragen, noch auch schließlich sich gegenseitig. Die einzige Mitgift, die Tomas aus seinen wilden Jugendjahren in der sibirischen Provinz mitnahm, war die perfekte Beherrschung der beiden Sprachen seiner Eltern.

Er holte sich ein großes Glas kalter Cola aus dem Kühlschrank. Zurück im Sessel drehte er sich so, dass das beruhigende Geräusch des Regens, die Erinnerungen an Sibirien und die Stadt Berlin in seinem Rücken lagen. Genau dort, wo er beides auf Dauer lassen wollte.

Nach einer Weile erhob er sich aus seinem Sessel. Er stellte das leergetrunkene Glas auf dem Fensterbord ab, bevor er das eingerahmte Filmplakat sorgsam von der Wand nahm und es hinüber in seinen Schlafraum am Ende des kleinen Flures trug. Hinter dem einfachen Kleiderschrank zog er eine Papprohre hervor, aus der er eine mit kyrillischen Buchstaben beschrifteten Karte Kubas zog. Zurück in seinem Wohnzimmer, entnahm er der oberen Schublade einer kleinen Kommode eine beleuchtete Lupe, nachdem er die Karte an die freigewordene Stelle der Wand geheftet hatte. Es war an der Zeit, sich den Details zu widmen.

Aus seiner Jackentasche holte er eine der verdrehten H. Upmann Culebras und schnupperte daran, ohne sie zu entzünden. Den Luxus, die Zigarren auch wirklich wegzupaffen, leistete er sich selten, aber wenn er es tat, musste es diese kubanische Marke sein. Wenn er danach gefragt wurde, antwortete er gelegentlich, dass er vor vielen Jahren einmal mit einer Arbeiterin in der dazugehörigen Manufaktur in Havanna befreundet gewesen war, als diese noch in der Calle Amistad gelegen hatte. Ob diese Erinnerung wirklich den Tatsachen entsprach, war er sich schon lange nicht mehr sicher.

Er nahm die beleuchtete Lupe zur Hand. An Tagen wie diesem hatte er früher damit die Küste abgesucht, um, nach Himmelsrichtung, Küstenbeschaffenheit, Straßenangebot und Nachbarschaft bewertet, die optimalen Orte für ein späteres Haus zu identifizieren. Es war Zeit, mit den Vorbereitungen für seinen Umzug zu beginnen.

Sein Handy klingelte. Ende des Wartens.

Eine ihm unbekannte Stimme am anderen Ende bestellte einen schönen Gruß von einem Freund aus alten Tagen. Tomas nahm einen Stift zur Hand.

»Vor drei Jahren wurde das Motorrad auf eine ›PGH Reparaturservice‹ in Strausberg im Otto-Langenbach-Ring zugelassen«, erklärte die Stimme am Telefon. Dann wurde grußlos aufgelegt. Tomas notierte die Adresse auf dem Rand einer Berliner Zeitung, den er ausriss und in seiner Hemdtasche versenkte.

Bei Rossmann in der Leipziger Straße kaufte er wenig später zwei Rollen 400 ASA-Filme in grüner Fuji-Verpackung, einige Schritte weiter mietete er bei Sixt einen günstig angebotenen silbergrauen Skoda Octavia, der sicher dort, wohin er sich heute bewegen wollte, nicht besonders auffiel. Die Tiefgaragenausfahrt des Vermieters führte ihn auf die Taubenstraße, von der er sich in den dichten Verkehr in der Leipziger Straße fädelte.

Am weiteren Nachmittag schälte sich ein herrlich heißer Sommertag aus dem Regen, in dem die Straßen noch eine Weile vor sich hin dampften. Was er jetzt unternahm, führte ihn in eine alte Lebensweise zurück, mit der für ihn keine nostalgischen Gefühle verbunden waren. Als entlang der Frankfurter Allee die abgewohnten Zuckerbäckerbauten der Stalin-Ära die renovierten Exemplare ablösten, hatte er das Gefühl, sich auf einer Reise in die Vergangenheit zu befinden. Dazu passten die Exakta-Kamera mit dem 135 mm Zeiss-Teleobjektiv, die in einer Tasche auf der Rückbank lag, und das sowjetische Berkut7-Fernglas aus dem Jahr 1978.

Tomas drehte am Radio herum, bis er auf Country- und Western-Musik stieß. »I fall to pieces, each time someone speaks your name« – Patsy Cline. Tomas ließ seine Hände auf dem Lenkrad tanzen. Du ahnst nicht, mit wem du es zu tun bekommst, Sven Tautis vom Reparaturservice in Strausberg, dachte er.

Er blieb bei den Country und Western Songs, bis sie von den Nachrichten unterbrochen wurden, in denen man ihm mitteilte, dass die Regeln internationaler Fußballspiele geändert werden sollten.

Wenig später rollte er bei brennender Mittagshitze langsam in Strausberg ein. Auf dem Gelände einer Tankstelle hielt er an, um sich zu orientieren. Die angegebene Adresse des Reparaturservice, auf den das Motorrad SRB-DM 52 zugelassen war, befand sich auf der anderen Seite der Stadt, hinter der sich unmittelbar die weite Landschaft Brandenburgs erstreckte. Tomas legte Fernglas und Kamera auf den Beifahrersitz, er dreht die Fenster hoch und schaltete die Klimaanlage ein. Dann schlängelte er sich in den mäßigen Verkehr der August-Bebel-Straße und rollte gemächlich durch das in der Hitze dösende Stadtzentrum. Von der alten Vorgeschichte als grauer Militärstandort der DDR war nichts mehr zu erkennen, statt Uniformen bestimmten überall aufgestellte bunte Straußenvögel aus Plastik das Stadtbild.

Gegenüber von einem Waldstück, in dem man verfallene sowjetische Kasernen erkennen konnte, lag ein ehemaliges Fabrikgelände am Otto-Langenbach-Ring. Direkt an die Straße grenzte die Ruine der Fabrikantenvilla mit einem gläsernen Vorbau unter einem Dach von Wellasbest, an dem ein ausgeblichenes Schild hing, auf dem sich mit größter Mühe eine blass-grüne Schrift »PGH-Reparaturservice«

erkennen ließ. PGH – Produktionsgenossenschaft Handwerk – ein Begriff aus den Zeiten sozialistischer Dienstleistungen. Zurückgesetzt lag eine backsteingemauerte zweistöckige Fabrikhalle, die zu Beginn des letzten Jahrhunderts bessere Zeiten gesehen hatte. Alles war von Vernachlässigung und Verfall gezeichnet, aber ein Teil der Halle schien noch in Betrieb zu sein. Das Tor, das hineinführte, sah solide genug aus, um Neugierige abzuschrecken, vor dem verfallenen Teil der Fabrik parkte ein großer schwarz-lackierter Wohnwagen. Seine Rückseite trug ein professionelles Tragegestell zur Aufnahme eines Motorrads, das jetzt an der Klinkermauer der Fabrikhalle lehnte. Sonst war nicht viel zu erkennen, was auf reales Leben an diesem Ort hingedeutet hätte.

Tomas fuhr das Auto in eine Seitenstraße und kehrte in der Absicht zurück, sich auf dem Fabrikgelände umzusehen. Als er erkannte, dass er etwas übersehen hatte, machte er kehrt. Im Schatten eines Baumes auf dem Hof der Fabrik erblickte er den Mann, der auf dem Grundstück am Müggelsee nachts umhergestreunt war.

Er saß auf einem drehbaren Werkstattstuhl an einem kleinen Tisch, auf dem er ein weißes Wachstuch ausgebreitet hatte. Darauf lag ein blutiger, ausgeweideter Vogel, den er mit seinen Händen in hellrosa Gummihandschuhen gerade hochkonzentriert mit Styropor ausfüllte. Außer blutigem Fleisch und einem Balg dunkler Federn war von dem Vogel nicht viel zu erkennen. Von seiner Größe her konnte es das Tier sein, das der Mann letzte Nacht am Müggelsee in sein Tuch gewickelt hatte.

Tomas bewegte sich durch die Häuser eines Wohngebietes aus den Fünfzigerjahren, hinter denen jenseits eines Zaunes die Fabrik zu erkennen war. Den Zaun hatte man in den letzten Jahren offenbar immer wieder geflickt und immer wieder hatten Neugierige aus der Nachbarschaft das Drahtgeflecht aufgebogen, um hindurchzukriechen. Er folgte einem Trampelpfad, der direkt vor einem Stapel von alten Autoreifen unterhalb eines Fabrikfensters endete. Nachdem er hochgeklettert war, blickte Tomas durch eins der eingeschlagenen Glasquadrate in gusseisernem Fensterrahmen.

Direkt vor der Innenseite des Tores, von einem Dutzend dunstiger Lichtstrahlen beleuchtet, die durch Löcher in Dach und Wänden stachen, parkte ein ebenfalls schwarz lackierter Anhänger in Form und Höhe eines Pferdetransporters, jedoch fast doppelt so lang wie dieser und ohne dessen kleine Fenster an der Frontseite. Es war unklar, was genau damit transportiert wurde.

Was Tomas sonst in der weitgehend leeren Fabrikhalle erblickte, ließ ihn an seinem Verstand zweifeln. Die Bündel von Lichtstrahlen zeichneten Punkte und Striche auf den leer gefegten Betonboden, sie überzogen vereinzelt an den Boden geschraubte massive rostige Blöcke eiserner Spritzgussmaschinen mit Kurven von Licht.

Vor allem aber beleuchteten sie einen Schwarm von Vögeln, die sanft in einer schwachen Luftbewegung schwebten, eine unfassbare Anzahl von Vögeln. Es dauerte eine Weile, bis Tomas begriff, was er dort sah. Er war an der richtigen Adresse.

Vögel aller Größen und Arten hingen an kaum sichtbaren Fäden von der Decke, ihre Schwingen weit ausgebreitet. Sie drehten sich, sie schwebten in der großen Halle, sie schwangen sanft in einem leichten

Windzug, eine auf der Reise eingefrorene Wolke von Vögeln, die in ihrer enormen Unterschiedlichkeit aus allen Gegenden der Welt stammen mussten. Tomas kannte sich mit den Feinheiten der Bestimmung von Vogelarten nicht aus, aber er war sicher, dass nur die wenigsten davon jemals den Luftraum über Berlin durchstreift hatten. In dem Anblick wurde er das Gefühl nicht los, als hätten sie sich aus aller Herren Länder aufgemacht, um sich ausgerechnet an diesem geheimen Ort zu versammeln, bevor sie sich nach dem Muster von Hitchcocks Film »Die Vögel« im wütenden Schwarm auf unbekannte Opfer stürzen würden. Trotz der Hitze kroch eine Gänsehaut über seinen Rücken.

Er war sicher, dass da bestimmt einhundert Tiere in der Halle schwebten, die sich in freier Wildbahn niemals begegnet sein mochten, sich belauert und gejagt und gefressen hatten. Es musste eine gänzlich andere Logik sein, die sie hier zusammengeführt hatte.

Tomas starrte wie gebannt in den zeitlosen Vogelkäfig, im feinen Gitter der Lichtstrahlen leuchteten ihre Federn bunt, wenn sie durch die Lichtstreifen im Dunst glitten. Es war ein befremdlicher, schöner, aber rätselhafter und vor allem gerade deshalb unheimlicher Tanz, der sich vor seinen Augen vollzog. Sein Blick fiel erneut auf den schwarzen Anhänger. Sollte es wirklich so sein, dass Sven mit seiner Vogelsammlung durch die Lande zog? Es sah danach aus.

Das Tor öffnete sich. Der Vogelpräparator trat ins Dämmerlicht, in einer Hand den Werkstattstuhl. Er stellte ihn an die Seite und schob beide Flügel des Rolltores weit auf. Ein Windzug setzte die Armee der Vögel in heftige Bewegung, als würde etwas sie zum Aufbruch rufen. Er verschwand erneut und kehrte mit dem Tisch in den Händen zurück. Ihm schien es draußen zu heiß geworden zu sein. Vor einer kleinen Kücheninstallation in einer Ecke der Halle stellte er den Tisch ab. Er warf die blutigen Innereien in einen schwarzen Müllsack und machte sich an einem größeren Metallschrank zu schaffen, der etwas wie ein Wärmeschrank sein konnte.

Tomas musste das Fernglas vor die Augen nehmen, um genauer zu verfolgen, was Sven dort tat. Er erkannte, dass der gerade einen offenbar frisch fertig gestellten schwarzglänzenden Vogel mit aufragender grellroter Federhaube in die Hand nahm, um ihn prüfend zu betrachten. Dann passte er ihn in eine von zwei leeren Aussparungen in einem ausgepolsterten großen Aluminiumkoffer und machte sich konzentriert weiter an die Arbeit, indem er aus einem Beutel weißes Pulver in den aufgeklappten und von Sehnen und Fleisch befreiten Körper des Vogels streute, den er soeben im Hof bearbeitet hatte. Dann nahm er einen zweiten Vogel von dem Bord, der Tomas vorkam wie ein Bussard, und deponierte ihn in dem zweiten Fach seines Koffers.

Wie viele Arbeitsschritte mochte der unheimliche Vogelsammler noch vor sich haben, fragte er sich. Tomas hatte keine Lust, sein Wochenende auf einem Reifenstapel zu verbringen. Auf dem Arbeitstisch erkannte er einen Klumpen angerührten Ton, einige Styroporquader, eine Rolle feinen Draht und eine Schale mit dunklen Glaskugeln – Glasaugen verschiedener Größe. Als sein Blick noch auf eine flüssigkeitsgefüllte Schale und einen Stapel Handtücher fiel, hatte er genug gesehen. Sven hatte noch genug Arbeit für ein komplettes Wochenende vor sich, es machte keinen Sinn, hier weitere Zeit zu verlieren.

Tomas kletterte von seinem Podest herunter und ging zu seinem Auto zurück, das er anschließend direkt gegenüber der Toreinfahrt parkte. Erneut griff er zum Fernglas, um einige Details genauer zu studieren. Über dem Hinterrad des Motorrads war ein schwarzer Gepäckbehälter installiert, den er durch den Zoom seiner Kamera besser als mit dem Fernglas erkennen konnte. Der Deckel stand einen Spalt weit offen, ein Vorhängeschloss war nicht eingehängt. Tomas hatte genug gesehen.

Kurz vor 13 Uhr rollte er mit seinem Skoda leise in Richtung der Innenstadt von Strausberg. In einem Handyladen in der Berliner Straße fand er ein gebrauchtes iPhone SE, das inklusive einer prepaid Karte für 89 € zu haben war. Noch im Laden ließ er sich bei der Installation der App »Life 360« und bei der Kopplung des neu gekauften Telefons mit seinem eigenen Handy helfen. Kurze Zeit später parkte er außer Sichtweite der ehemaligen PGH. Mit dem frisch erworbenen Handy steuerte er zu Fuß den sonnenheißen Hof vor dem Fabrikgelände an, in dem der seltsame Typ mit dem Zopf akribisch seine Vögel präparierte.

Das Tor zur Fabrikhalle war geöffnet, Tomas schätzte die Sichtachsen ab, das Motorrad, dessen Gepäckbehälter noch immer unverschlossen war, war aus der Position vom Arbeitsplatz des Vogelpräparators in der Fabrikhalle nicht direkt einsehbar. Um sich etwas im Hof genauer anzusehen, müsste er sich bewegen, was angesichts seiner Einbindung durch eine beleuchtete Lupe, feinste Werkzeuge und ausgefeilte Arbeitsgänge ein überschaubares Risiko für Tomas bedeutete. Er müsste schon das Motorrad umwerfen, um Sven zu alarmieren. Das hatte er nicht vor.

Den Gepäckbehälter zu öffnen war ein Kinderspiel. Darin befand sich die kleine Aluminiumkiste mit einer Luftdruckpistole, Betäubungspfeilen und einigen Gummihandschuhen. In ein weiches Tuch eingewickelt fand sich eine 9 Millimeter Heckler & Koch P30 und ein großes Springmesser. Tomas nahm die Aluminiumkiste mit dem Betäubungsbesteck heraus. Aus der Fabrikhalle drang ein lautes Geräusch. Tomas hielt augenblicklich den Atem an.

Im nächsten Moment donnerte ein klassischer Walzer los, der sich anhörte, als stürze ein Boot mit einer Streichergruppe einen Wasserfall hinunter. Tomas atmete erleichtert aus, dann hob er die Schaumstoffeinlage der Kiste an, in deren Aussparungen die Luftpistole HW45 »Black Star« und ein Satz von drei Betäubungspfeilen lag. Aus der Halle drang das Geräusch eines zurückgeschobenen Arbeitsstuhles.

Blitzartig schob Tomas das eingeschaltete Handy unter die Einlage. Nachdem er den Deckel des Gepäckbehälters leise geschlossen hatte, verzog er sich in den schattigen Winkel des verfallenen Ladenvorbaus der PGH. Sven Tautis, der mit seiner H&K P30 offenbar auch auf deutlich gröbere Arbeiten als das Präparieren von Vögeln vorbereitet war, blinzelte in die Sonne, in der Hand einen Schlüsselbund, und streckte sich, um seine Wirbelsäule gerade zu biegen. Ohne dem Vorgang große Aufmerksamkeit zu schenken, ließ er den Verschluss des Gepäckbehälters einrasten und schloss ihn ab. Mit dem Schlüsselbund spielerisch in der Luft wedelnd, verzog er sich in seine Werkstatt.

Tomas atmete durch, während er fünf weitere Minuten vergehen ließ, ehe er sich in einem großen Umweg, der ihn nicht mehr direkt an dem Hof der PGH vorbeiführte, zu seinem geparkten Octavia bewegte.

Auf dem Bildschirm seines Handys blinkte wie der Schwimmer einer Angel über unbekannten Tiefen ein blauer Punkt auf dem Gelände der PGH.

12

Kurz nach 3:00 Uhr am nächsten Morgen hing Ellen an Finger- und Zehenspitzen in der nördlichen Wand ihrer Villa im Licht der Strahler. An dieser Seite traten die Tannen und Rotbuchen des Parks so nah an das Haus heran, dass man sie von der Straße oder vom See her nicht einsehen konnte. Insgesamt durfte sie sich für ihren Ausflug nicht mehr als eine halbe Stunde Zeit nehmen, weil sie in der letzten Nacht bereits kurz vor 4:00 Uhr die ersten Techniker im Haus beobachtet hatte.

Von der steinernen Balustrade der nördlichen Terrasse im Obergeschoss reckte sie sich zu den nackten Steinfiguren in einem Winkel der Hausfassade. An einem steinernen Früchtekorb zog sie sich hoch, stützte ihre Zehen auf den Kopf einer Putte auf Kniehöhe der nackten Jungfrau, an der sie sich weiter hochzog. Bald lag der untere Sims des Daches in ihrem Zugriff.

Die Filmleute hatten bei der Absicherung ihres Projektes in dem Haus an alles gedacht. Sie hatten die Schlösser ausgewechselt und verstärkt, die schmalen Kellerfenster und die Terrassentüren im Erdgeschoss und Obergeschoss von innen verriegelt und sämtliche Fenster beider Geschosse sorgfältig verschlossen. Nur die um das Haus verteilten 32 schmalen Fensterklappen zum Dachboden, den sie von Ellen nicht mitgemietet hatten, befanden sich nicht in ihrem Zugriff. In eine Ecke gedrückt, die Füße auf den Früchtekorb gestützt, mit einer Hand die untere Kante eines der Dachbodenfenster im Griff, legte sie vor dem letzten Schwung nach oben eine Pause ein.

Die Morgenluft legte sich frisch und kühl um sie in einer beruhigenden Mischung aus dem ätherischen

Duft der Tannen und dem lockenden Geruch des Sees. Ihr eigenes Haus kam ihr vor, wie ein fremdes Traumobjekt, nur mit endlosen Anstrengungen zu erreichen wie ein völlig unbekannter Berggipfel, der atemberaubende neue Übersicht zu gewinnen versprach.

Es gab keinen Grund zur Panik, nach den Buchstaben ihres Abkommens mit der Produktionsgesellschaft machte sie sich nicht einmal einer Vertragsverletzung schuldig, da der Dachboden nach wie vor für ihre eigene Nutzung reserviert war.

Sie stützte die Hand auf die runde Schulter einer steinernen Jungfrau, zog die Gurte des kleinen Rucksackes auf ihrem Rücken fest und spannte sich für den letzten Schwung, mit dem sie das in Reichweite liegende Dachbodenfenster aufdrücken konnte, von dessen Verschluss sie wusste, dass er nicht mehr existierte. Nach einem Sprung und einem Zug hing ihr halber Oberkörper bereits im Dachboden. Sie warf den Rucksack, der nicht mehr als eine Taschenlampe enthielt, voraus und ließ sich hinterher auf den Fußboden des Dachraumes rollen. Es war eng. Zum Glück würde ihr Rückweg anders verlaufen.

Das Geräusch eines Motorbootes näherte sich. Im gleichen Moment erloschen sämtliche Außenstrahler, fahle Morgendämmerung lag wie ein Schleier vor den östlichen Fenstern. Der Bodenraum fiel ins Dunkel zurück. Ellen nahm ihre Stablampe in die Hand. Sie hatte geplant, sich auf dem Weg zurück nicht noch einmal die Klettertour abwärts zuzumuten, sondern über die gusseiserne Wendeltreppe, die für das Personal einst die Etagen und den Küchentrakt im Keller miteinander verbunden hatte, in einem klaren Bruch des Mietvertrages durch eine Terrassentür im Erdgeschoss zu verschwinden.

Das Boot legte am Ufer an, der Motor röchelte im Leerlauf. Es war zwanzig nach drei. Um kein Risiko einzugehen, war sie jetzt wohl doch gezwungen, auch auf dem Rückweg an der Fassade herunter zu klettern. Für ein Eindringen in das Mietobjekt hielt der Vertrag schwerwiegende Zahlungssanktionen bereit, auf die sie lieber verzichten wollte.

Sie ließ den Strahl der Stablampe über ihre Umgebung wandern. Noch außer Atem von der Klettertour ließ sie die abgestandene, staubtrockene Dachbodenluft tief in ihre Lungen und versank in der alten Zeit. Wie ein blasser Zitronenfalter geisterte der Schein ihrer Lampe über die Hinterlassenschaft eines krankhaften Erinnerungsfiebers, die sie jetzt als Kulisse einer großen unerfüllten Absicht umgab.

Der Raum, in dem sie sich befand, nahm die Hälfte der Grundfläche des Hauses ein, von dem Rest des Bodens durch halbhohe Zwischenwände getrennt. Der Geruch nach Staub, nach dem Teer heiß gewordener und wieder abgekühlter Dachpappe und nach aufgestapelten alten Kartons überwältigte sie. Zwischenwände und Dachbalken waren überzogen mit Details von Nachforschungen, die zu nichts geführt hatten, dicke Farblinien auf den Wänden, dunkle Fäden im Raum, führten immer wieder zu großen Fragezeichen. Die größte Zwischenwand war von einer Weltkarte bedeckt, auf der eine rote, eine grüne und eine blaue Linie weltumspannende Reiserouten anzeigten, die von Berlin über Moskau nach Usbekistan und zurück bis an die Ostküste der USA (rot) und von Usbekistan durch Zentralasien übers Meer dorthin führten (grün). Und dann gab es noch die Reise, die sie selbst auf der Suche nach ihrem Vater vor 13 Jahren unternommen hatte, von Berlin über Moskau in die Mitte des ausgetrockneten Aralsees im Nordwesten Usbekistans (blau). Wie im Fieber hatte sie hier oben Tage und Nächte auf der Matratze verbracht, die jetzt neben ihr an der Wand lehnte. Sie wusste, wie schnell dieser Raum sie wieder rettungslos in den Bann der ungelösten Fragen ihrer Familie ziehen konnte und wandte den Blick ab. Im minutiösen Nachvollziehen von deren Reisen hatte sie verzweifelt versucht, eine Verbindung zu Großeltern und Vater herzustellen.

An den Wänden hefteten Bilder, die mit einzelnen Punkten dieser Reisen durch Fäden verbunden waren. Ein Foto ihres Vaters war mit ihrer eigenen Reise verbunden, Fotos von Großvater und Großmutter standen mit den anderen Linien in Verbindung. Eine Familie, die über alle Welt, in allen Zeiten verteilt ist. *Wenigstens dieses Haus werde ich mit aller Kraft festhalten.*

Das Boot legte wieder ab und tuckerte leise hinaus auf den See zu der »Zürich«. Es war unklar, ob es jemanden an Land abgesetzt oder Sicherheitsleuten nur einen kurzen Rundgang ermöglicht hatte. Ellen hielt den Atem an. Im Haus war nichts zu hören. Sie würde das Risiko eingehen, den Rückweg durch das Erdgeschoss zu nehmen.

Sie erhob sich. An einer zweiten Zwischenwand waren Fotos des Hauses angeheftet. Fäden waren von den Fotos zum Dachbalken gespannt, an deren Enden Briefe von Anwaltskanzleien und Prozessgegnern hefteten. Über lange Zeit war kein Jahr vergangen, in dem nicht neue Ansprüche an sie geltend gemacht worden waren. Bislang war es ihr gelungen, sie alle abzuwehren.

Sie duckte sich unter den Fäden weg, um zu dem einzigen Regal in dem Raum zu gelangen. Mit gezieltem Griff zog sie aus einem unteren Fach ein durch Hitze, intensive Benutzung und eingelegte Dokumente dick aufgeblähtes schwarzes Notizbuch, das sie vor 13 Jahren auf ihrer Reise begleitet hatte. Sie staubte es oberflächlich ab. Um sich zu vergewissern schlug sie die erste Seite auf, »2005: Moskau – Samarkand – Nukus – Vozroshdenije – Muynak«.

Sie verstaute es in ihrem Rucksack, dann betrat sie auf Zehenspitzen die nach unten führende, gusseiserne Wendeltreppe, von der sie wusste, dass sie jedes Geräusch zu katastrophalem Lärm verstärkte. Stufe um Stufe leise nach unten tastend, erinnerte sie sich wie ihr vor vielen Jahren, zu Zeiten der Wohngemeinschaft in diesem Haus, eines Nachts eine schwere Stahlmutter aus einem Handwerkskasten gefallen und Stufe für Stufe mit maschinengewehrhaftem, durchdringendem Lärm bis hinunter in den Keller getanzt war. Am Ende standen alle regulären und gerade zufällig übernachtenden Gäste der vier WG-Parteien unten im Keller versammelt, besorgt, das Haus würde angegriffen.

Jetzt verursachte sie kein einziges Geräusch, als sie sich in das Erdgeschoss tastete und nun endlich im Licht der Deckenlüster und Wandlampen sah, was die Filmleute in ihrer Abwesenheit geschaffen hatten. Wozu die übermäßige Geheimhaltung, fragte sie sich, als sie unter einem großen leuchtenden Deckenlüster, im Flur des Erdgeschosses verharrte.

Hollywood hatte einen märchenhaften Traum in Szene gesetzt.

Mit ihren nackten Zehen ertastete Ellen die Marmorfliesen des Flures, um sicherzugehen, nicht zu schweben. Als sie diesen Flur vor vier Wochen zum letzten Mal gesehen hatte, war er im Wesentlichen ein düsterer Korridor zwischen den überdimensionalen Heizkörpern der Ostberliner Verkehrsbetriebe, in dem es in den über Putz verlegten Wasserrohren gluckerte und klopfte und aus Rissen in den Abwasserrohren, die in den Wänden verliefen, dumpfer Geruch drang, der sie all die Jahre in dem Haus begleitet hatte. Jetzt lag der leichte, kaum zu ahnende Duft verflogenen Zigarrenrauches in der Luft. Die Wände waren mit hellem Kirschholz getäfelt, so schien es wenigstens, näheres Hinsehen zeigte ihr, dass diese Täfelung aufgemalt war. Die dominierenden Farben waren das Weiß und ein helles Blau der Wände. Die Decke war mit verschlungenen Pflanzenmustern bemalt, Rahmen und Abgrenzungen in Gold gehalten.

Sie hatte einen Palast betreten, ein schwebendes Wunderwerk der Szenenbildnerei, von dem sie sich immer mehr fragte, wozu sie auf der geradezu paranoiden Geheimniskrämerei bestanden. Aber vielleicht ist es genau das, dachte sie. Der leichte, blau-weiß-goldene Traumpalast am See in einem Berlin des Terrors und der Vorbereitung auf einen Verwüstungskrieg für ganz Europa. Vielleicht ist es dieses Bild, das nicht bekannt werden darf, bevor der fertige Film von den Leinwänden in den Kinos der Welt leuchtet. *Obedience and Amnesia musste eine Art Titanic-Geschichte vom Untergang der Pracht eines Kontinentes sein.*

Ellen konnte nicht anders. Bevor sie das Haus durch die von innen zu öffnende Terrassentür am Ende des Flures verlassen würde, musste sie einen Blick in einen der Salons werfen, die sie nur als Räume der düsteren Bibliothek mit ihren deckenhohen Regalen kannte.

An der Decke des Musikzimmers, früher den Büchern und Zeitschriftenbänden mit den Buchstaben S bis Z vorbehalten, prangte ein Gemälde mit Engeln, die die vier Künste praktizierten: Malerei, Architektur, Poesie und Musik. Ein verspielter, leichtherziger Himmel über einer Ansammlung leichter, gepolsterter hölzerner Sessel und einem raumeinnehmenden, schwarz glänzenden Flügel. An den Wänden standen einige Bords, einige Regale mit Büchern waren in täuschend echter perspektivischer Kunst an die Wände gemalt. Aus dem grauen Haus, auf dem abschüssigen Weg zur Ruine, war in der Verkörperung eines ihr unbekannten Drehbuches ein in Träumen schwebender Luxus geworden.

Die halbe Stunde, die sie sich selbst gesetzt hatte, war vergangen. In ihrem Rucksack trug sie ihr altes Reisetagebuch, mit dessen Hilfe sie sich noch einmal auf die Reise nach Zentralasien begeben würde, in ihrem Inneren hatten sich die Stimmen gelegt, die ihr Ängste von aufgebrochenen Wänden zugeraunt hatten, von verborgenen Dingen, nach denen gesucht wurde, von dem Aufbau einer Dokumentation, um ihr das Haus endgültig abzujagen und andere Albträume, von denen sie nichts Genaues hatte wissen wollen.

Sie wandte sich ab, um die Terrassentür zu öffnen.

Dann ging sie einige Schritte zurück in den Musiksalon. Etwas war ihr aufgefallen, aber was?

Sie drehte eine Runde durch den kleinen Salon. Es gab nichts, was nicht hierher gehört hätte. Der Flügel, Steinweg Erben, Grotrian, Braunschweig.

Das ist es.

Vor langer Zeit hatte sie irgendwo ein Bild dieses Flügels gesehen. Was soll das schon, dachte sie. Es ist ein Flügel, nichts sonst. Es war ein besonderer Flügel.

Sie zurrte den Rucksack noch einmal fest auf den Rücken und huschte barfüßig zu der Wendeltreppe zurück, hoch auf den Dachboden. In der zweiten Drehung der Treppe erblickte sie über sich einen weißen Flecken in einer Ritze zwischen Treppenstufen und Geländerstütze. Dort war etwas eingeklemmt, das man nur von unten aus erkennen konnte. Ein Zettel oder eine Karte? Sie reckte sich, um es aus der Ritze zu ziehen, in die es von oben durchgerutscht war. Kurz darauf hielt sie die Karte aus dickem Karton in der Hand.

Farbmusterkarte stand darauf. Unter dieser Überschrift war der freigelegte Winkel eines Fensters abgebildet mit weißem Untergrund unter goldenen, floralen Mustern. O R4, v. r. stand darunter. Sie drehte die Karte um. Auf der Rückseite prangte ein verblichener Stempel: Claudia Börger, Restauratorin, mit Telefonnummer und Adresse. Spuren der Experten, die für den Szenenbildner gearbeitet hatten, dachte sie, und schob die Karte in eine Außentasche ihres Rucksacks.

Im Dachboden wieder angekommen, hatte sie ein klares Ziel. Sie duckte sich unter den gespannten Fäden hindurch und tastete mit dem Licht ihrer Stablampe die Fächer des Regals ab. Dann hatte sie es.

Sie zog den schmalen, von Spinnweben und Staub bedeckten Band heraus. Nachdem sie eine Staubwolke davon weggeblasen hatte, ließ sich der Titel leicht erkennen: Festschrift zum vierzigsten Jahrestag der Fahrradwerke Viktoria, Berlin 1932.

Die Lampe mit dem Kinn auf die Brust gedrückt, blätterte sie den Band flüchtig durch. Er enthielt neben einigen Portraits ihrer Urgroßeltern schwarzweiße Abbilder perfekt aufgeräumter Fabrikräume in Berlin-Wedding und kolorierte Fotos einzelner Fahrradmodelle, vor allem aber Schwarz-Weiß-Bilder der

Vorbereitung auf ein großes Fest in dieser Villa. Sie blätterte schneller.

Wieder ließ sich ein Boot auf dem Wasser hören.

Dann hatte sie es. Ein Musikquartett, versammelt um einen Flügel. Steinweg Erben, Grotrian, Braunschweig.

Sie packte das Buch ebenfalls ein. Ein Szenenbild, hatte sie bisher angenommen, folgte den Besonderheiten und Anforderungen eines Drehbuches. Woher kam dann ihr Flügel? Es gibt sicher genug Freiheit für den Szenenbildner, das Fabrikat eines Flügels festzulegen, der nur ein einziges Mal in einem Kameraschwenk sichtbar wird. Sicher nicht von Bedeutung, dachte sie. Ist ja kein Musikfilm. Im Obergeschoss hielt sie kurz inne. Sie nahm die Karte erneut zur Hand. Dort stand O nicht E.

Wenn sie es genau wissen wollte, musste sie eine schnelle Runde durch das Obergeschoss einlegen, dort, wo sie bis vor Kurzem im Sommer gewohnt hatte, wo sie in ihrem WG-Zimmer, im Bad oder in der Küche die wichtigste Zeit ihrer Jugend verbracht hatte. Sie trat von der gusseisernen Wendeltreppe in den Flur und fand sich wieder in dem traumhaften Palast, der so anders war, als sie ihn als Kind bei ihrer Ankunft in Berlin erlebt hatte.

Vor 25 Jahren, als sie aus Moskau in Begleitung einer völlig unbekannten Frau, die sich ihre Mutter nannte, verschreckt in diesem Haus bei der dementen Großmutter eintraf, hatte sie geglaubt, in dieser Etage in das Oberdeck über einer düsteren Bibliothek zu ziehen, mit der ihre Großmutter eine einsame Symbiose pflegte. In schlaflosen Nächten war sie im Nachthemd durch das Haus in die Bibliothek im Erdgeschoss geschlichen. In den Monaten, die sie vor dem Tod ihrer

Mutter hier als Kind zugebracht hatte, hatte sie sich eingebildet, die verschütteten Erinnerungen der Großmutter seien in der Etage unter ihrem Zimmer in unverständlicher Sprache in Regalen abgelegt worden. Damals schien ihr das halbe Haus aus nichts als Fluren, riesigen Heizkörpern und Treppen zu bestehen, unbegreiflich verwinkelt, ein Kinderirrgarten, bei dem hinter jedem Fenster eine versteinerte Gestalt lauerte und sich hinter jeder Ecke ein weiterer Flur auftat. Damals hatte sie es nie geschafft, sich darin zurechtzufinden und ihre Angst vor der Dunkelheit in diesem Haus hatte sie nie verlassen.

Jetzt wanderte sie in ihrem Zimmer umher, das in einen hellblauen Traum verwandelt worden war, der, in das Weiß und Gold an den Verzierungen von Fenstern und Türen und die goldenen Pflanzenornamente in den verschlungenen Stuckgirlanden gefasst, wie aus einer anderen Welt herbeigeschwebt über dem See hing. Sie kam sich vor wie eine Schauspielerin in dem modernen Remake eines Schwarz-Weiß-Films. Es fehlte nicht mehr viel und sie würde in der hier ausgebreiteten Filmwelt über tausende Leinwände in den Kontinenten der Welt schweben.

Ihr Zimmer war kleiner geworden. In Richtung Süden hatte sie selbst vor vielen Jahren die Wand zu einem kleineren Nebenzimmer durchbrechen lassen, um sich eine offene Nische als einen begehbaren Kleiderschrank zu schaffen. Die Wand war wieder geschlossen, die hellblaue Bespannung zeigte keine Lücke darin. Es geht alles in die gleiche Richtung, dachte sie. Sie ignorierte die täuschend echt auf die Wand gemalten Kommoden und trat an das Fenster, rechts vorn neben der Terrassentür, um sich dessen obere Ecke genauer zu betrachten. Fein ziselierte, florale Ornamente, golden von dem weißen Untergrund abgesetzt. Sie hielt die Musterkarte mit dem freigelegten Originalzustand dagegen.

Sie sind identisch. Der Szenenbildner hatte das Haus zumindest an dieser Stelle wieder so gestaltet, wie es einmal gewesen war.

Und dann gab es noch etwas.

Bisher hatte sie es übersehen, weil ihr Blick den Wänden und Decken, der Einrichtung und den Farben der Ornamente gegolten hatte.

Der Fußboden.

Auf dem Parkett waren mit Klebestreifen verwirrende Muster markiert worden, Linien, Pfeile, Winkel. Es fiel nicht auf, weil man dabei grelle Farben vermieden und einen Farbton gewählt hatte, der dunkelgelb war, wie große Teile der Dielen und des Parketts. Wozu sollte das gut sein? Die Positionen von Kameras und Beleuchtung? Markierungen, an denen die Kameraleute andere Tiefenschärfen einstellen mussten, auf Gesichter zoomen oder sonstige Aktionen in Gang setzen? Sie war leider viel zu wenig bewandert in dem, was Filmleute mit ihren Sets anstellten, wenn Zeit kostbar war und Kommandos nicht laut gegeben werden durften.

Während sie auf leisen Sohlen im Flur zurück in Richtung der Wendeltreppe lief, näherten sich die Geräusche weiterer Boote, auf der Straße hielt der erste Lkw mit laut im Leerlauf blubberndem Motor.

Sie musste sich beeilen.

Glücklicherweise gab es nur eine einzige Tür, durch die das Filmteam in das Haus gelangen konnte, den Haupteingang auf der Südseite. Alle anderen Türen ließen sich nur von innen öffnen.

Aber diese Zeit brauche ich auch, dachte sie. Sie hob

das Handy und stellte die Aufnahme auf Video, wobei sie schnellen Schrittes im Erdgeschoss durch den Gartensalon, den ehemaligen Lesesaal der Bibliothek, und den Herren-, den Speise- und den Damensalon in den ehemaligen Bibliotheksräumen lief und in ihnen wieder eine leicht schwebende Pracht nach der anderen durchquerte. Auch hier wimmelte es auf dem Fußboden wie nach einer Invasion flacher Würmer von den dunkelgelben Markierungen.

Ein unglaublicher Bau hatte sich innerhalb ihres alten Kastens niedergelassen, Koffka-Villa 3.0. lag strahlend im heraufdämmernden Morgen, unter dem Licht der Lüster und Wandlampen. Bevor sie die Tür zur nördlichen Terrasse öffnete, um geräuschlos zu verschwinden, blickte sie noch einmal zurück. In all der phänomenalen Handwerksarbeit der Szenenbildner gab es zu viele logische Löcher, als dass sie das Haus vollständig beruhigt hätte verlassen können. Sie hatten nicht ein Haus nach einem Drehbuch geschaffen, sondern sich an irgendeinem Originalzustand der Dreißigerjahre, an der Koffkavilla 1.0, orientiert, vom Wiedereinbau herausgerissener Wände über die originale Farbgebung, bis hin zu einem seltenen Flügel, der jetzt genau dort stand, wo er einmal gestanden hatte.

An der Vordertür machte sich jemand zu schaffen.

Ein letzter Blick umher und sie zog die nördliche Terrassentür hinter sich ins Schloss. Für einige Sekunden lehnte sie draußen an der Wand, atemlos, alles Blut war aus ihrem Gesicht verschwunden.

Auf der gesamten Tour durch das Haus hatte sie keine einzige Kamera gesehen, keine Tonanlage, keine Lichttechnik. Aber etwas anderes war offensichtlich geworden: der Flur und jeder weitere Raum waren

mit müde rot blinkenden Überwachungskameras gespickt.

13

Mit einem großen Glas kaltem, sprudelndem Mineralwasser setzte sich Ellen wenig später in ihrer Remise vor das geöffnete Fenster, legte die Füße hoch und beobachtete die ersten Filmleute, die am Ufer anlandeten. Es schien ein schwüler Tag zu werden. Die Luft, die vom See her durch das feine Insektengitter zu ihr herauf fächelte, war schon früh am Morgen warm und klebrig wie zähes Gelee. Einige große träge Insekten stießen gegen das Gitter, immer wieder, ohne zu begreifen, dass hier kein Weg hineinführte. Alles schien langsamer zu funktionieren, auch ihr Verstand.

In großen Zügen trank sie das kalte Wasser, Schweiß brach ihr aus. Sie brachte das leere Glas zurück in die Küche. Mit zwei großen Blättern der Haushaltsrolle wischte sie den Staub von der Festschrift und von ihrem Reisetagebuch und warf das zerknüllte Papier anschließend in den Mülleimer. Hunger hatte sie nicht, Durst hatte sie nicht, angesichts eines potenziellen finanziellen Desasters, das ihr die Überwachungsvideos bescheren konnten, durch die sie filmend spaziert war, war jetzt einzig und allein Duschen angesagt, zuerst heiß und dann kalt.

Sie ließ das Wasser auf sich prasseln, heute würde ein Tag der großen Gewitter werden. Als der erste Schock unter dem kalten Wasser überwunden war, wurde es wieder frischer in ihrem Gehirn. Die Filmleute da drüben hatten alles eingebaut, so viel war klar, aber sie hatten wider Erwarten nicht mit dem Dreh begonnen, so viel war auch klar.

Sie ließ sich das frische Wasser über den Kopf laufen. Nicht klar war, was sie da eigentlich drehen wollten. Einige Zeichen sprachen dafür, dass sie sich beim Szenenbild nicht aus den Vorgaben eines unbekannten Drehbuches, sondern aus den Realitäten der Vergangenheit des Hauses bedient hatten. Welchen Sinn sollte das wohl machen? Nur eine einzige Person konnte ihr erklären, was die Absichten des Produktionsteams bei der Einrichtung des Szenenbildes in ihrem Haus gewesen waren, die Restauratorin, deren Karte sie gefunden hatte. Mit ihr musste sie sprechen, um endlich das dumpfe Gefühl loszuwerden, dass mit dem teuren Aktionismus in ihrem Haus etwas nicht stimmen konnte.

Sie hüllte sich kurz in ein Badehandtuch, aufkommender Wind bewegte ihr großes Fenster. Es war noch etwa eine Stunde hin, bis der Bäcker in der Bölschestraße in Friedrichshagen sein Geschäft öffnen würde, in dem sie Zugriff auf ein unbehindertes WLAN, auf einen heißen Cappuccino und leckeren Fruchtsalat hatte.

Sie holte sich die »Festschrift zum vierzigsten Jahrestag der Fahrradwerke Viktoria Berlin« vom vierten Juni 1932, der Fabrik ihres Urgroßvaters, der die Familie letztlich ihre Villa verdankte. Sie blätterte in dem Fotoband, sie bewunderte das gesamte vor der Villa aufgebaute Personal, die Küchenmannschaft vor Pyramiden von feinen Speisen in der großen Küche im Keller und sie erkannte die vor dem Betrachter ausgebreiteten Gesellschaftsräume in der unteren Etage des Hauses, bereit, die Gästeschar aufzunehmen, auch den Musiksalon. Sie erkannte alles wieder, was sie bei ihrem schnellen Durchsehen auf dem Dachboden gesehen hatte, bis hin zu den spielerischen Deckenmalereien. Was sie allerdings nicht in den Schwarzweiß-Fotografien der statisch aufgebauten Szenerien spürte, war die fröhliche, leichte Farbigkeit des lebendigen Hauses. Auf jeder Seite fand sie unzählige Entsprechungen zu dem, worin sie vor einigen Stunden umhergegangen war. Vielleicht war den Filmemachern diese Festschrift in die Hände gefallen und sie hatten sich der Einfachheit halber entschieden nachzubauen, was dort gezeigt war.

Ellen legte das Buch zur Seite und schloss das Fenster, bevor sie ihr Fahrrad aus dem Werkzeugverschlag auf der Rückseite der Remise holte. Nachdem sie eine armlange Axt aus dem Weg geräumt hatte, an der sie sich fast das Knie aufgeschlagen hätte, machte sie sich auf den Weg zum Bäcker.

Noch immer war es schwül, auch wenn der Wind aufgefrischt hatte, wahrscheinlich würde bald ein Gewitter hereinbrechen. Nach wie vor klebte die Luft an ihr wie ein feuchter Pullover, als Ellen im Garten der »Dresdner Feinbäckerei« in Friedrichshagen unter einem Ahornbaum an einem freien Tisch Platz nahm. Es ging ein leichter Windzug, der WLAN-Empfang war ausreichend, noch für die nächsten Stunden des frühen Tages würde sie im Schatten sitzen können. Von dem Tablett nahm sie ihren Cappuccino, ein großes Croissant, ein einfaches Rührei und einen großen Fruchtsalat und legte anschließend das Tablett auf den leeren Nachbartisch. Während sie in ihr Croissant biss, stocherte sie in dem Rührei, bis der Mund frei genug war, ihn mit einer vollen Gabel Ei zu beglücken. Neben ihrem Teller war ihr Handy damit beschäftigt, die im Haus aufgenommene Videodatei auf ihren Dropbox-Speicher im Netz hochzuladen. Man kann nie wissen, dachte sie. Sie löschte die Daten vom Handy und genoss eine Weile die frühe Ruhe des Morgens, 7:30 Uhr war keine Zeit, zu der man eine Restauratorin bereits am Telefon erreichen konnte.

Während sie weiter aß und sich gelegentlich mit dem Rücken des linken Zeigefingers die Nase rieb, um sich zu konzentrieren, durchsuchte sie das Internet. Nicht lange und sie hatte festgestellt, dass Flügel der Marke Steinweg Nachfahren, Grotrian aus Braunschweig bis zum 1. Weltkrieg zu den am häufigsten verkauften Pianos gehörten und in den Jahren danach seltener geworden waren. Es konnte Zufall sein, dass genau dieses Instrument in dem realen Leben des Hauses vor dem Krieg zum Inventar gehört hatte und jetzt wieder beschafft worden war. Sehr wahrscheinlich war das nicht.

Die letzten Reste des Rühreis wischte sie mit dem letzten Zipfel des Croissants vom Teller, bevor ein Spatz, der ihren Tisch belauerte, in einem Sturzflug zugreifen konnte. Die Restauratorin Claudia Börger war als selbstständige Expertin tätig. Die auf ihrer Homepage angegebene Mobilnummer stimmte mit der auf der Farbmusterkarte überein.

Aus größerer Entfernung rollte ein schweres Donnergrollen heran. Der Wind frischte weiter auf. Ellen blickte in den sich verfinsternden Himmel. Vor leichtem Regen war sie geschützt, ein Gewitter würde sie auf Dauer unter dem Baum nicht trocken überstehen. Bevor sie sich an den Fruchtsalat machte, versuchte sie, die Restauratorin zu erreichen. Die ersten beiden Versuche brachen von selbst ab, bevor eine Verbindung zustande kam. Beim dritten Versuch hörte sie eine trockene, angenehme Frauenstimme »Börger« sagen, bevor die Verbindung wieder abbrach. Beim nächsten Versuch hörte sie erneut »Börger«. Sie blickte auf ihre Mobilfunkanzeige. Auf ihrer Seite der Verbindung herrschte ein perfektes Signal, die Restauratorin musste sich in einem Funkloch befinden oder vielleicht unterwegs sein.

»Sie haben vor einiger Zeit in der Koffka-Villa in Köpenick gearbeitet«, erklärte Ellen, »ich bin die Besitzerin.« Von diesem Satz schien nur ein Bruchteil anzukommen, es weiter zu versuchen machte keinen Sinn. In einer SMS erklärte sie der Restauratorin wer sie war und dass sie sie gern ausführlich zu ihren Arbeiten in der Villa Koffka sprechen wollte.

Das Gewitter bewegte sich näher heran, der Himmel färbte sich schwarz, die Luft wurde von den Windstößen durcheinandergewirbelt, aber es wurde keinen Deut frischer. Nach einigen Minuten erreichte sie die Antwort.

»Wir können gerne sprechen«, schrieb die Restauratorin, »aber nur heute. Ab morgen bin ich in Südfrankreich.«

»Wo sind Sie jetzt?«

»In einem Funkloch in Mecklenburg im Wasserschloss Gnemern, an der A 20 von Rostock nach Lübeck.« Ellen legte das Handy vor sich hin, als die ersten schweren Tropfen vom Himmel fielen, die kleine Staubfontänen aus dem sandigen Boden schlugen.

Wenn sie an die frappierenden Ähnlichkeiten dachte, die bis ins Detail zwischen dem in Szene gesetzten Drehbuch und ihrer Villa vor dem Krieg bestanden, bekam sie eine Gänsehaut. Das konnte sich unmöglich mal eben einfach so in den Wochen seit Vertragsabschluss bis heute ergeben haben, dafür waren umfangreiche Recherchen nötig, die viel längere Zeit benötigten. Es hatte etwas Illegales an sich, fand sie, selbst wenn später die klischeebeladene Hollywoodgeschichte die Menschheit von allen Leinwänden und Plakaten anspringen sollte. Was sie jetzt nach dem Besuch da drüben wusste, war viel unheimlicher als der bloße dumpfe Verdacht, der sie vorher geplagt hatte.

Ich muss mit der Restauratorin sprechen. Nur mit ihr hatten die Filmleuten ihre Pläne beraten.

»Ich bin heute gegen 15:00 Uhr in ihrem Wasserschloss«, antwortete sie per SMS. Sie suchte im Netz nach dem Ort, an dem die Restauratorin tätig war. Gnemern. Zuletzt hatte dieses Dorf laut Google Berühmtheit durch eine illegale Marihuana-Plantage in einer alten Bauernkate erlangt, was ein guter Beleg für seine Abgeschiedenheit war.

»Okay«, kam die Antwort.

Ellen genoss es, den Fruchtsalat unter dem Schutz des großen Baumes zu essen, während die schweren Regentropfen im langsamen Rhythmus auf die Blätter über ihr trommelten. Sie sah ihre Nachrichten und E-Mails durch, außer Ermahnungen von Leo, ihr gemeinsames Forschungsprojekt nicht zu vernachlässigen und der Ankündigung, sich nach seiner Rückkehr aus Tokio bei ihr sehen zu lassen, gab es nichts Wesentliches.

Für viele andere Aktivitäten war am heutigen Tag keine Zeit mehr, insbesondere nicht dafür, die Zahl der ausgewählten roten Zwergsterne weiter zu reduzieren, um endlich belegbare Beispiele für ihre These zu präsentieren. In einem letzten Anruf klärte sie mit Prof. Tam Lee von der TU in Berlin, dass er heute damit beginnen würde, mit seinem neuen KI-Algorithmus in den Gaia-Daten nach weiteren Sternen-Kandidaten zu suchen. Mecklenburg, dachte sie. Im Gewitter hin und wieder zurück. *Ein ganzer Tag.*

14

Die Scheibenwischer schaufelten das Wasser mit einer Hektik beiseite, als sei die ganze Maschine, in der sie gen Norden unterwegs war, von ihrer Paranoia angesteckt. Im Schritttempo umrundete sie die in die Lehrterstraße eingelassenen Abbremswellen, schob sich dann in einer Schlange die Tangente beim Westhafen entlang, bis sie schließlich durch die Kurvenpiste der Tegeler Autobahn fuhr. Regen überall, Grau überall. Ströme liefen an einigen Baustellen quer über die befahrbare Strecke, sodass auch dort immer wieder Kriechgang angesagt war.

Als sie die Stadt hinter sich gelassen hatte und in das von Wasser bedeckte Brandenburg einfuhr, wurde sie an ein Erlebnis erinnert, das einen Teilnehmer ihrer gerade zurückliegenden Konferenz in Boston vor Jahren in Angst und Schrecken versetzt hatte.

In der Gischt, die vor ihr und neben ihr auf einer Baustelle mit eingeschränkter Spurbreite aufschäumte, unter den grauen Flüssen des Regens aus der einheitlich grauen Wolkenmasse von oben, überholte sie ein Wagen, den nichts weiter auszeichnete, als dass es ebenfalls ein Mini Clubman war, ebenfalls in den Farben beige und braun abgesetzt. Mehr nicht. Nichts Besonderes. Der Fahrer war nicht zu erkennen, der Wagen mit einer Berliner Nummer bald in Regen und Gischt vor ihr verschwunden. Was sie vor ein paar Wochen in Boston gehört hatte, schien nach allem, was sie mit ihrem Haus erlebt hatte, plötzlich ganz nah ihr eigenes Leben zu tangieren.

Die Gastgeber der Konferenz hatten zu einem Dinner in ein exklusives Steakhouse eingeladen, ein überdimensionales Blockhaus inmitten eines Naturparks.

Die Teilnehmer der Konferenz verteilten sich an vielen einzelnen Tischen. Es gab keine größeren Reden, davon hatte man in den Tagen davor genug gehört. Im Zentrum der Aufmerksamkeit standen nicht Galaxien oder Zwergsterne, sondern Rib-Eye-Steaks und Michelob Draft Beer.

Neben ihr saß ein hochgewachsener, schwarzhaariger Astrophysiker der Stanford University an der Westküste der USA, der sich als Alan vorstellte. Er hatte einige Zeit am AIP in Potsdam und im Nationalen Institut für Astrophysik in Mailand mit der Erforschung extrem weit entfernter Galaxienhaufen verbracht. Es gab viel zu erzählen bis er mit dem Erlebnis kam, an das sie jetzt denken musste.

»Ich leiste mir den Luxus, in Kalifornien einen Volvo V 90 Cross Country Station zu fahren, weil es für unsere Kinder ein so unvergleichliches Vergnügen ist, von der nach hinten ausgerichteten Rückbank den nachfolgenden Fahrern zuzuwinken und ihnen Grimassen zu schneiden. Um den Volvo zu akzeptieren, musste ich meine Frau damit ködern, ihre Wunschfarbe zu bestellen. So landeten wir bei hellblau, einer Farbe, die bei einem späteren Weiterverkauf den Markt der Interessenten nicht extrem vergrößern würde. Sei es drum. Wir hatten viel Spaß auf unseren Ausflügen mit diesem Wagen.« Jetzt endlich weitete sich die Baustelle zur normalen A 19 aus und Ellen konnte trotz des die Straße völlig bedeckenden Wassers etwas mehr Gas geben. Bis zum verabredeten Termin waren es noch gute drei Stunden.

»Vor vielleicht einem Jahr unternahmen wir eine Tour in die Berge des Griffith Park nordöstlich von Santa Monica«, hatte der Astrophysiker aus Kalifornien seine Geschichte fortgesetzt, »wo wir eine

Wanderung mit einem Besuch im Griffith Park Observatorium verbinden wollten, dessen Leiter ein guter Freund von mir ist. Ich hatte unseren Söhnen schon lange versprochen, ihnen einmal von innen zu zeigen, wie die Instrumente aussehen, denen ihr Vater viel mehr Zeit widmete als ihnen. Wir nahmen den Riverside Drive und fuhren wegen einer großen Streiterei auf den Rücksitzen etwas langsamer als sonst, als uns ein Wagen überholte, auf den ich nicht sonderlich achtete. ›Hast du den gesehen?‹, fragte Anne, meine Frau, mit seltsam atemloser Stimme. Der Wagen war bereits weit vorbei und nur noch schemenhaft zu erkennen. ›Hol ihn ein, du musst ihn sehen.‹ Die Kinder waren noch mit den Nachwirkungen ihres Streits beschäftigt und ich drehte auf, um den anderen einzuholen.«

An dem Abzweig nach Hamburg fuhr Ellen die Strecke geradeaus weiter in Richtung Rostock. Dort musste in einer Stunde die Kreuzung mit der A 20 nach Lübeck kommen, von wo aus es zu dem Schloss der Restauratorin nur noch ca. eine halbe Stunde sein sollte. Nichts hatte sich am Regen, am Grau, an den panischen Bewegungen der Scheibenwischer geändert. Nur der Verkehr auf der Strecke nach Rostock war etwas dünner geworden.

»Anne zeigte immer nach vorne«, erinnerte sie sich weiter an die Erzählung des Kollegen, »den Finger auf den imaginären Punkt gerichtet, in dem sie den Überholer noch immer zu erkennen glaubte. Wir kamen näher, aber es kam der Punkt, an dem er von der Strecke, die wir nehmen mussten, abwich. Ich sah Anne an. Sie deutete weiter mit dem Finger auf den anderen, ohne etwas zu sagen und wir zweigten auf den Glendale Boulevard in Richtung Tropico ab. Dort ging es eine ganze Weile geradeaus. Ich konnte gut aufholen, bis ich zum ersten Mal erkannte, wen wir da vor uns hatten. Die Kinder hatten bemerkt, dass etwas nicht stimmte. Die höhere Geschwindigkeit, die Stille zwischen den Eltern, ich weiß es nicht. Vielleicht spürten sie einfach eine Spannung, die ungewohnt war. Sie lösten ihre Gurte und krabbelten einer nach dem anderen auf die Rückbank direkt hinter uns und schnallten sich an. ›Was ist los?‹, fragte der Ältere. ›Seht euch das Auto an und seid leise‹, erklärte ihnen Anne. In einer kurvenreichen Strecke in den Verdugo Woodlands, die uns immer weiter von unserem Ziel wegführte, waren wir schließlich direkt hinter dem anderen Wagen. Unter uns herrschte atemloses Schweigen. Ich spürte eine Gänsehaut an meinem Rücken hinunterlaufen. Direkt vor uns fuhr das unmögliche Exemplar eines hellblauen Volvo V 90 Cross Country Stationwagon mit dem Kennzeichen 4NMA811. Unser Kennzeichen, unser Auto. Der Fahrer, den wir nicht erkennen konnten, scherte plötzlich auf den Haltestreifen aus und bremste scharf ab. Ehe wir es richtig merkten, war er weit hinter uns verschwunden. Wir warteten vielleicht zwei Kilometer weiter auf dem Standstreifen zehn Minuten, zwanzig Minuten, aber er tauchte nicht mehr auf. ›Was war das?‹, fragten die Kinder. Wir wussten es nicht. Später habe ich mich näher damit befasst.«

Am Abzweig nach Lübeck musste Ellen wieder auf Schrittgeschwindigkeit herunterbremsen, weil die seit Jahren behelfsmäßig angeordnete Auffahrt nahezu im rechten Winkel befahren werden musste. Sie scherte dann oben auf der A 19 in den spärlichen Verkehr in Richtung Lübeck ein. Der Regen hatte in nichts nachgelassen.

Während der Geschichte hatte sie an dem Abend mindestens zwei große Gläser mit eiskaltem Millers heruntergeschüttet. Alan bestand darauf, das Ende der Geschichte erst zu erzählen, wenn zwei neue Gläser auf dem Tisch standen.

»Das war das gruseligste Erlebnis, das ich jemals hatte«, setzte er dann seine Geschichte fort. »Obwohl nichts wirklich passiert war, empfanden wir es als latente Bedrohung der ganzen Familie. Bereiteten sie sich darauf vor, unser Haus auszuräumen? Wir fuhren an dem Tag sofort direkt wieder nach Hause, sehr langsam in unsere Straße rollend und unsicher, ob unser Wagen nicht bereits in der Garage stand. Was er nicht tat. Später habe ich die Angelegenheit der Polizei gemeldet, die meine Angaben in ihr Suchsystem eingab, was dazu führte, dass wir noch einige Monate später gelegentlich gestoppt und kontrolliert wurden. Viel später fand man den Wagen ausgebrannt in der Nähe von San Diego. Ein Polizist kam vorbei, uns davon zu unterrichten. Auf meine Frage erklärte er kurz, dass es im Zeitalter der Datennetze und Überwachungskameras für Verbrecher immer seltener Sinn machte, für ihre Aktionen ein Auto zu klauen. Identitätsdiebstahl. In der heutigen Zeit braucht man ein Auto mit perfekter Geschichte, zum Beispiel einen hellblauen Volvo V 90 Station bei dem alle Überprüfungen immer zu einer normalen Familie führen.«

Könnte etwas Ähnliches mit meinem Haus im Gange sein? Eine Doppelung, eine Spiegelung, eine Rückverwandlung des Hauses in einen alten Zustand? *Ein Identitätsdiebstahl?*

Ellen musste sich auf die Abfahrt Jürgenshagen einstellen, hinter der sie nach links abbog. Bis zum Wasserschloss Gnemern, dem Ort, an dem die Restauratorin ihrer Arbeit nachging, waren es weniger als fünf Kilometer. Gegenüber einer geschlossenen

Tankstelle, an der der Schriftzug »MINOL« verblich, hielt sie an, um sich Zeit für Ihren Navi zu nehmen. Es regnete in derselben Sturzflut weiter wie bisher. Als sie den Weg erkundet hatte und die Fahrt wieder aufnehmen wollte, streikte der Clubman, kein Knurren, kein Hochlaufen des Anlassers, nichts. Es war, als gäbe es keine Maschine mehr in ihrem Auto.

Nach einiger Zeit schaltete sie die Scheibenwischer ab, außer endlosen Regenfluten in trostloser Gegend gegenüber einer verlassenen Tankstelle gab es nichts zu sehen. Seltsamerweise funktionierten das Licht, die Scheibenwischer und das Radio. Das Problem bestand offenbar nicht in der Stromversorgung, sondern darin, dass sich der Anlasser des Minis in Luft aufgelöst hatte. Um nachfolgenden Verkehr nicht zu stören, hatte sie sich in einen kleinen buschumrandeten Seitenweg manövriert, was sich jetzt als Nachteil fast perfekter Unsichtbarkeit erwies. Dann regnet es eben, dachte sie.

Sie holte sich vom Nachbarsitz eine an der letzten Tankstelle gekaufte Packung Snickers und genoss die klebrig-süße Energiezufuhr. Trotz des Regens herrschten draußen 24 °C, kein Wert, um in Panik zu geraten. Der Offline-Navi, den sie sich vor einiger Zeit auf das Handy geladen hatte, zeigte, je nach dem Weg, den sie wählen würde, einen Fußmarsch über drei bzw. fünf Kilometer bis zum barocken Wasserschloss Gnemern. Soweit es ging schob sie den Sitz zurück und stellte sich darauf ein, in der trockenen Blase unter dem trommelnden Regen die Gedanken zu ordnen.

Es war eine befremdliche Welt, in der sie gestrandet war. Eine Art Zwischenraum zwischen den Dimensionen, unter Wasser, aber doch auf dem Land, in der Nähe einer heftig befahrenen Autobahn, nahe an ihrem Ziel, aber doch im normalen Zustand unerreichbar. Inzwischen hatte sie jeden Versuch aufgegeben, doch noch eine Verbindung mit ihrem Handy zu irgendwem aufzunehmen. Es war so tot wie der Anlasser. Kein Netz, nicht für Sprache und schon gar nicht für Daten.

Das äußere graue, dauerhaft trommelnde und fließende Rauschen schlug in ihren Kopf durch, in dem es inzwischen nicht bunter oder klarer war als draußen. Sie ahnte, dass sie nur eine Chance hatte, zu den richtigen Entscheidungen vorzudringen, wenn sie alle kurzfristigen Hoffnungen auf fremde Retter durch eine urplötzlich funktionierende Telefonverbindung oder einen urplötzlich wieder präsenten Anlasser fahren ließ.

Sie beschloss, das Rauschen und die graue schlierenhafte Leere von draußen in ihr Gemüt zu lassen, so wie die Fische der Tiefsee nur überleben können, wenn sie das Meer in sich hinein lassen. Nachdem sie sich eine Weile ganz auf sich selbst konzentriert hatte, spürte sie ein seltsames Phänomen. Sie fühlte sich größer. Sie fühlte, dass sie mit der Schärfung ihrer Sinne wuchs, über sich hinaus, über die Blechkiste hinaus, in der sie saß, bis weit in das Land und bis hoch in die Wolken und Regengebirge über ihr. Plötzlich fühlte sie sich nicht mehr wie ein winziger Knoten in einem Netz, sondern wie ein großer Fisch, der einmal darin gefangen war und nun für sich selbst den Weg finden musste. Ihre Sinne erwachten, mit ihnen ihr Sinn für Prioritäten. Sie entdeckte, dass es ein mieses Vorwärts und gar kein Zurück mehr für sie gab. Meint irgendjemand wirklich im Ernst, dass ich die Nachforschung zu dem, was in meinem Haus wirklich vor sich geht, wegen eines Fußmarsches durch strömenden Regen aufgeben werde?

Niemals!

Sie legte Jeans, T-Shirt und Bluse auf den Beifahrersitz und saß eine Weile in Slip und BH hinter dem Lenkrad. Dann griff sie kurz entschlossen nach dem Handy und stürmte, den Autoschlüssel in der Hand, barfuß hinaus auf die Straße. Sie hielt inne, um ein Foto ihres Autos mit dem deutlich erkennbaren Kennzeichen aufzunehmen. Bis sie das Vordach der stillgelegten Tankstelle erreicht hatte, war sie bis auf die Knochen durchgeweicht. Sie betrachtete den Sprung als einen Schwimmausflug in ihren See und alles erschien plötzlich viel näher an der gewohnten Normalität.

Unter dem Dach der etwas höher gelegenen Minolstation ließ sich tatsächlich ein winziger Streifen auf der Signalanzeige ihres Handys erkennen. Sie versuchte, die gespeicherte Nummer des Vermieters Sixt zu erreichen. Nach viermaligem Versuch gab es eine bruchstückhafte Verbindung, von der bei ihr nicht viel mehr als immer wiederkehrendes hilfloses Hallo ankam. Ohne darauf Rücksicht zu nehmen, sprach sie ihren Hilferuf mindestens ein halbes Dutzendmal in die stets wieder abbrechende Verbindung, wobei sie auf vollständige Sätze verzichtete.

»Technischer Defekt. Abschlepp- oder Reparaturdienst nötig.« war eine ihrer Notdurchsagen. »Abfahrt Kröpelin auf der A20«, die andere. »Genaue Position bitte dem Foto entnehmen.« Dann versuchte sie das aufgenommene Foto zu versenden mit zweifelhaftem Erfolg. Als sie zurück zum Auto lief, war ihr klar, dass es nur eine einzige Person gab, die ihr aus dieser Situation helfen konnte, die Restauratorin. Es gab nur die Flucht nach vorn.

Im Kofferraum suchte sie nach dem Erste-Hilfe-

Kasten. Der machte tatsächlich den Eindruck, einigermaßen wasserdicht zu sein. Nachdem sie die medizinischen Utensilien ausgeräumt hatte, quetschte sie ihr Handy hinein, ihre dünne, geblümte Bluse und ihre Jeans zog sie sich wieder über. Sie hoffte zwar nicht, dass sie auf dem Weg durch den Wald einem verwirrten Dorfbewohner begegnen würde, aber sie wollte durch zu viel Nacktheit kein unnötiges Risiko eingehen.

Was haben die Filmleute in meinem Haus vor? Immer wieder rief sie sich diese Frage in Erinnerung, als sie mit dem Erste-Hilfe-Kasten in der Hand barfuß in angeklatschter Bluse und Slip den kürzesten Weg durch das Beketal einschlug, wo sich ein Weg längs eines gewundenen Baches in Richtung Westen schlängelte. Weiter stürzte der warme Regen in vollen Tropfen vom Himmel.

Nach einem Zwei-Stunden-Marsch sah Ellen vor sich in einem überwucherten Schlosspark das barocke Schloss aufragen. Seine Konturen waren noch intakt, doch je näher sie kam, desto klarer erkannte sie, dass es dort allerhöchste Zeit war, der Auflösung entgegenzuwirken. Große Flächen des Daches waren mit dicker grauer Plastikplane abgedeckt, die sich im Wind bauschte und lautstark knatterte.

Gelassen spazierte sie im strömenden Regen über die Schlossbrücke, unter der zwischen dem Brennnesselgestrüpp kein erkennbarer Graben mehr floss. Zu beiden Seiten der Brücke waren Bündel von Gerüstteilen gestapelt und Paletten voller Dachziegel gelagert. Sie hämmerte an das doppelflügelige große Tor. Als niemand öffnete, stieg sie durch eine darin ausgesparte Tür in normalem Format ins Innere.

Durch die großen, zum Teil noch bunt verglasten Fenster fiel nur spärliches Licht. An mannshohen Ständern hingen Bauleuchten, die in der Atmosphäre aus Dämmerlicht, Staub und dünnen Wasserfäden des durchdringenden Regens, klare Lichtkegel warfen. Unsicher drang sie tiefer ins Innere vor und rief nach der Restauratorin, mit der sie zuletzt am Morgen telefoniert hatte.

Sie wanderte durch Räume, in denen Baumaterialien gelagert waren. Von einem Packen, der für die laufenden Restaurierungsarbeiten bereitlag, nahm sie sich einen frischen weißen Kittel aus verschweißter Plastikhülle, zog sich aus und zog stattdessen den trockenen Kittel über. Ihre klatschnasse Bluse, den Slip und die Jeans hängte sie über eine Stuhllehne unter einen Wärmestrahler. Sie rief erneut.

Erneut erhielt sie keine Antwort. In einer Ecke des Saals ließ ein kleines Aluminiumgerüst erkennen, dass dort jemand gearbeitet hatte. Claudia Börger hatte ihre persönlichen Sachen zurückgelassen. Eine Tasche lehnte an dem Gerüst unter der Decke, ein dünner heller Mantel hing über einer Stuhllehne. Ellen konnte der Frau keinen Vorwurf machen. Sie hatte den verabredeten Zeitpunkt um nahezu zwei Stunden verpasst. Vielleicht war die Restauratorin unterwegs, um etwas zu essen, nachdem sie lange vergeblich gewartet hatte. Ellen wurde von dem Gefühl überwältigt, sich am falschen Ort zu befinden.

Ein Auto näherte sich, direkt vor dem großen Tor wurde der Motor abgestellt. Sie hatte den Eindruck, der Wind wäre aufgefrischt, denn das dumpfe Knattern der Dachabdeckungen schien ebenfalls näher gekommen zu sein. Eine schlanke, mittelalte Frau mit kurzen blonden Haaren begrüßte Ellen mit einem festen Händedruck, den weißen Kittel registrierte sie mit amüsierter Miene. Ihr Gesicht war blass.

»Es sieht aus wie eine Ruine«, stellte sie mit ausgreifender Geste fest. Ellen sah sich schweigend um. »Aber Decken, Fußböden und einige Wandgemälde sind ohne Beispiel in Norddeutschland«, setzte die Restauratorin ihre Erklärung fort als hätte Ellen auf eine Führung gewartet. »Überall existieren noch Arbeiten aus dem siebzehnten Jahrhundert.« Dann ging sie voran in den leeren Festsaal. Von einer Ansammlung von Taschen unter dem Gerüst bei dem grellen Strahler kehrte sie mit einer Flasche Sherry und zwei Gläsern zurück. Sie goss ein und ließ sich in einen der Sessel fallen, die Arme vor der Brust verschränkt. Sie schien zu sagen, stellen Sie Ihre Fragen, ich werde erzählen, was ich weiß.

In dem weißen Kittel kam Ellen sich vor, wie ein Model in einem abstrusen Shooting in bizarrer Umgebung von Schönheit und Verfall kurz bevor es vom Fotografen aufgefordert werden würde, die letzte Hülle fallen zu lassen.

»Sie kennen mein Haus am Müggelseedamm.« Ellen verscheuchte die abschweifenden Gedanken. »Vor vier Monaten brach die Elektrik zusammen«, begann sie. »Das war schon oft passiert, konnte aber immer behelfsmäßig repariert werden. Jetzt erklärten die Elektriker eine Reparatur für völlig unmöglich und forderten eine Grundsanierung, für die sie utopische Beträge verlangten.« Sie hob das Glas. Erst jetzt spitzte die Restauratorin die Lippen, um auch einen Schluck aus ihrem Glas zu nehmen. Der Sherry floss angenehm wärmend in Ellens Körper. »Etwa einen Monat später meldete sich ein ›Location Scout‹ der Babelsberger Studios, der mir das Interesse einer internationalen Filmproduktion offerierte, einen großen Film in meinem Haus zu drehen.«

»Oh Gott«, machte die Restauratorin. »Haben Sie sich etwa darauf eingelassen?«

»Es war einfach zuviel Geld im Spiel. Jetzt ist ein ›Studio 21‹ dort aktiv.«

»Sie Ärmste!«

»Wieso das?«

»Filmleute zahlen gut und meistens zahlen sie auch wirklich, aber nach dem Ende der Produktion zerstreuen sie sich in alle Winde. Statt einer Produktionsgesellschaft gibt es nur noch einzelne Personen, die für nichts mehr zuständig sind. Sie räumen nicht auf, was nicht im Vertrag an Pauschalbeträgen abgesichert ist, wird nicht mehr erledigt.«

Ellen zog die Farbmusterkarte aus der Hülle ihres Handys. »Das hier ist mein Problem.« Sie hielt der Restauratorin ihre Karte hin. »Sie versetzen mein Haus in einen Vorkriegszustand. Sie haben sie beraten, wissen Sie, was die vorhaben?«

Claudia Börger goss beiden aus der Sherryflasche nach und nahm selbst einen herzhaften Schluck.

»In ganz Berlin gibt es nur noch eine andere neoklassizistische Villa, die sich mit ihrer vergleichen lässt.« Sie schwenkte ihr Glas. »Die untere Denkmalschutzbehörde des Stadtbezirkes Köpenick hatte mich vor vielen Jahren damit beauftragt, ein Gutachten über die Villa zu erstellen. Das ist bestimmt fast 20 Jahre her. Damals gab es in der unteren Etage des Hauses eine Bibliothek. Ein freundlicher Bibliothekar ließ uns an einigen Tagen genauere Untersuchungen im Inneren vornehmen.«

Die Restauratorin stellte ihr Glas auf der Armlehne des Sessels ab und goss sich nach. Die Flasche wanderte auf den Boden. Das Geräusch, mit dem sie sie aufsetzte, klang wie: Egal, kommen wir zu Sache.

»Ihr Haus ist ein Juwel, das wissen Sie besser als ich.« Sie stand auf, um eine neue Schüssel unter das tropfende Wasser zu stellen. Die gefüllte Schüssel kippte sie in einen steinernen Ausguss aus DDR-Zeiten in einer Ecke der Eingangshalle. Die Tropfen tickten laut in der leeren Schale. »Und auch die Filmleute wussten in den Gesprächen mit mir sehr gut, was sie vor sich haben.«

Sie entnahm ihrer Tasche einen Laptop und öffnete ihn auf dem Fußboden. Ellen kniete sich daneben, während die Restauratorin eine Datei mit endlos vielen Fotos öffnete, Foto um Foto von Farbschichten, Deckengemälden, freigelegten Blattgold-Beschichtungen geschnitzter Pflanzenornamente an den Fensterrahmen, von den Statuen an den Außenfassaden und den ehemals vergoldeten Figuren im Inneren, Details der Fußböden und Wandvertäfelungen ließ sie im Sekundentakt an Ellen vorüberziehen.

»Sie haben auf detailgetreuer Authentizität bestanden. Sie wollten genau den Zustand herstellen, in dem sich das Haus im Jahr 1933 befand, deshalb hätten sie mich konsultiert.«

Für Ellen hatte das Haus nach Monaten einer düsteren Kindheit, vor allem in Festen der Freiheit in der Wohngemeinschaft, aus dem sommerlichen Paradies am Wasser und aus Sorgen um Rechtsstreitigkeiten, Dach und Haustechnik bestanden. Was sie unter der kundigen Beschreibung von Claudia Börger in Plänen, Farbtafeln und Mikrofotographien in abgelichteten Details und vergangener Schönheit entdeckte, zeigte ihr einen vollkommen anderen Blick auf das Haus, aber auch auf ihr Leben darin. Die Restauratorin brannte vor Begeisterung für den Schatz, den sie in so vielen Details entdeckt hatte.

»Die Filmleute haben sich meine Dateien kopiert. Einige Farbkarten habe ich ihnen geschenkt. Sie hatten jede Menge weiteres Material.« Die Restauratorin dachte nach. »Ich glaube, sie hatten einen Auktionskatalog aller Einrichtungsgegenstände von einem Zwangsverkauf Ende der Dreißigerjahre, als das Haus an den Ruderklub einer Nazibank ging.«

Sie blickte plötzlich auf ihre Uhr. »Es tut mir leid, in meinem Hotel am Neuklosterer See wartet eine abendliche Besprechung mit dem neuen Eigentümer dieses Wasserschlosses auf mich. Er hat sich viel vorgenommen, ich werde ihm viel ausreden müssen.« Eine nach der anderen, schloss sie die verschiedenen Bilddateien. »Für kein anderes Haus hätte ich mir die Zeit genommen. Sie wohnen in einem der verwunschenen Träume, die sich Berlin noch leistet. Wenn Sie einmal die Gelder auftreiben sollten, das Haus fachgerecht zu restaurieren, bin ich dabei. Dann müssen Sie sich melden.«

»Wann hatten Sie sich mit den Filmleuten getroffen«, fragte Ellen, »im Sommer?«

»Wo denken Sie hin?«, antwortete die Restauratorin. »Das Gespräch lief über mehrere Tage mit einem kleinen Team von denen, es muss vor mehr als zwei Jahren gewesen sein.«

»Vor zwei Jahren«, wiederholte Ellen geistesabwesend. »Sie hatten niemals vor, ein anderes Haus zu mieten? Sie greifen nicht einfach in den Fundus«, vergewisserte sie sich selbt, »sie beschaffen einen erstklassigen originalen Konzertflügel, wie er in diesem Zustand nicht mal eben in ein paar Tagen aufzutreiben, ist.« Sie blickte der Restauratorin gedankenverloren in die Augen. »Sie analysieren den alten Farbanstrich, sie bilden die Einrichtungen nach, sie ziehen alte Wände wieder hoch. Sie hatten nie vor, die plausible Kulisse einer Berliner Unternehmervilla der Vorkriegszeit aufzubauen, sie wollten genau die Optik dieses Hauses im Jahr 1933 wiederherstellen.«

»Soweit ich es verstanden habe, wollten sie die Deckengemälde kopieren und die Ornamente an den Fenstern und Türrahmungen vergolden«, ergänzte die Restauratorin. »Immer wieder haben sie mich nach genau dem Zustand im Jahr 1933 gefragt, nicht nach dem späten neunzehnten Jahrhundert, nicht allgemein nach der Zeit vor dem Krieg. Es ging einzig und allein um das Jahr 1933.« Die beiden Frauen sahen sich an. Die Restauratorin trank den letzten Schluck aus ihrem Glas. »Eins ist sicher, sie haben nicht vor, das Haus wirklich zu restaurieren. Sie wollen einen Hollywoodfilm drehen, haben sie mir erklärt. Ich hielt das auch für plausibel, weil sie nur eine optisch perfekte, aber sonst lausige Rekonstruktion haben wollten. Nach allem zu urteilen, was diese Leute von mir wissen wollten, sollte es perfekt kinogerecht aussehen, aber nicht zwangsweise echt sein.« Ellen blickte sie skeptisch an. Ihr kam der Satz ihres kalifornischen Kollegen in den Sinn, im Zeitalter der Überwachungskameras benötigt das, was man früher einfach stehlen konnte, nun eine plausible Geschichte. »Mit dem, was die darin einrichten, können sie das Haus nicht an den Mann bringen, wenn es das ist, was Ihnen Sorgen bereitet.« Die Restauratorin hatte gerade ihre Gedanken gelesen. »Es ist und bleibt eine Kulisse, die schon ein Jahr später in einem beklagenswerten Zustand sein wird.«

Ellens Bluse war noch so nass, wie bei ihrer Ankunft.

Sie zog ihren getrockneten Slip unter den weißen Kittel, wenig später verließen sie das Schloss. Die Restauratorin sicherte das Tor mit einem hufeisengroßen Vorhängeschloss, dann fuhr sie aus einem seitlichen Stallgebäude, dessen Tor nicht mehr existierte, einen VW Polo heraus. Ellen stieg hinzu, der Regen hatte sich nicht beruhigt. Die Scheiben des Polo beschlugen von innen. Die Restauratorin ließ den Motor an und stellte das Gebläse ein.

»Sie sollten etwas Seltsames wissen«, erklärte Ellen. Claudia Börger stellte das laute Gebläse wieder ab. »Ich bin mir nicht sicher, ob alles so ist, wie es scheint.«

Die Restauratorin drehte sich irritiert zu ihr. »Was meinen Sie?«

»Ich war nachts in meiner Villa und habe mir anschließend die halbe Nacht um die Ohren geschlagen, mir Dokumentationen über Filmproduktionen anzusehen, selbst über Filme, die gänzlich nur mit iPhones gedreht wurden. Da gibt es alles, Tafeln für den Weißabgleich, Trageholster, Gerüste und Schienen für Kamerafahrten, von Scheinwerfern nicht zu reden. Wenn man von den iPhones absieht, gibt es natürlich Kameras, Kamerakoffer, Technikkoffer und Kabel ohne Ende. Und ein ähnliches technisches Sammelsurium von Licht- und Tontechnik. In meinem Haus gibt es nichts von alledem. Nur Überwachungskameras. Ich kann mir nicht vorstellen, dass in meinem Haus wirklich schon mit dem Dreh eines Films begonnen wurde.«

Die Restauratorin blickte sie versteinert an. »Was sollten sie sonst mit derartigem Aufwand erreichen wollen?« Sie schüttelte den Kopf.

Ellen öffnete die Tür. »Ich habe keine Ahnung. Ich wollte bei Ihnen eine Antwort finden. Vielleicht ist

1933 die Antwort. In dem Jahr muss in dem Haus etwas Unglaubliches passiert sein, um ein internationales Millionenpublikum vor die Leinwände oder Bildschirme zu locken. Es macht alles so überhaupt keinen Sinn.« Sie sahen sich eine Weile ratlos in dem kleinen Auto an, auf das der Regen stürzte, der die Kulisse des zerfallenden Barockschlosses wie ein Meer verdeckte.

»Vielleicht kann Ihnen mein Sohn helfen«, meinte Claudia Börger nach einer Weile, »er ist eine Art von Filmemacher«, sie lächelte wehmütig, als habe sie keine Ahnung von dem, was er wirklich tat. »Er kann mit Sicherheit beurteilen, was die da wirklich treiben. Aber«, sie suchte nach Worten, »er ist sehr beschäftigt, etwas schwierig und schwer zu erreichen. Mir gelingt es selten, ihn zu sehen.«

»Das ist sehr nett«, meinte Ellen, »wenn Sie mir den Kontakt senden, versuche ich mein Bestes.« Die Restauratorin startete das Auto und sie krochen langsam tiefer in den Regen hinein.

»Auf dem Weg zu ihrem Wagen halte ich auf einem Hügel, auf dem sie über eine hervorragende Verbindung klären können, wie es für Sie mit dem Auto weitergeht.«

Nachdem Ellen auf dem Hügel ein glasklares Telefonat mit dem ADAC geführt hatte, rollten sie mit dem Polo wieder den Hang hinunter und Claudia Börger legte einen höheren Gang ein, als sie wieder Asphalt unter den Rädern hatten. »In den Tagen meiner Arbeit in ihrem Haus hatte ich im Lesesaal der Bibliothek eine alte Dame kennengelernt, die sich mit der Köpenicker Geschichte befasst.« Sie sprach lauter, damit Ellen sie trotz des wieder eingestellten Gebläses und des laufenden Motors verstehen konnte.

»Sie hieß Leonie Harder und nannte sich Historikerin. Vielleicht finden sie sie. Vielleicht kann sie Ihnen
sagen, was 1933 in dem Haus los war.«

15

Als sie bei strömendem Regen abends zuhause eintraf, hatte Ellens Handy unterwegs eine Nachricht der Malerin aufgesammelt, die sie zu einem spontanen Spaghetti-Dinner einlud. Von der Rückgabestation ihres Mietwagens am Hauptbahnhof meldete sie sich bei ihr mit der Frage, ob in einer Stunde noch Reste für sie übrig sein würden, was die Malerin in schneller Antwort bejahte.

Ellen hatte genug von dem endlos strömenden Regen, genug davon, von einem Zustand der kompletten Durchnässung in den nächsten zu geraten, aber sie hatte auch genug davon, mit sich selbst zu sprechen. Was sie umgab, wurde komplizierter und rätselhafter, Gesellschaft half da mehr als einsames Brüten. Bei dieser Malerin spürte sie wie bei niemandem sonst den berufsmäßigen Beobachter und Zuhörer.

Nachdem sie sich durch heißes und kaltes Duschen erfrischt hatte, lief sie später unter dem Schutz eines großen Regenschirms barfuß und halbnackt von ihrer Remise durch den wolkenbruchartigen Regen zu dem Atelier hinüber, ihre trockenen Sachen in einem verknoteten Müllsack dabei.

Wenig später wanderte sie in dem Atelier umher, das sich seit der Vernissage in einen großen Arbeits- und Lebensraum zurückverwandelt hatte. In der Mitte hatte Sara Zieghaus unter dem alten Laufkran der Werft einen Tisch aufgebaut, auf dem ein riesiger Topf mit Spaghetti stand. Sie selbst war nirgendwo zu entdecken. Näpfe, die wie bereitgestellte Farben wirkten, rote Sauce Bolognese, eine knallgrüne Soße, von der Ellen vermutete, dass sie vor Knoblauch strotzen würde, eine gelbe Eier- und Käsesoße, eine Schale mit rosafarbenen Krabben und gebratene Hühnerbruststreifen, die die Farbe alter Leinwand hatten. Ein Paravent verbarg eine überdimensionale, dunkelrote Couch, auf der eine karierte Decke hingeworfen lag. Dahinter zog sie sich um, zuviel Vertrautheit könnte schlafende Hunde wecken.

Sich weniger verletzlich und vor allem trocken fühlend, trat Ellen zurück in die Halle, wo sie von der Malerin begrüßt wurde.

Sara Zieghaus trug ein ihr fast bis auf die Knie reichendes weißes Männerhemd mit hochgeschlagenen Manschetten. Sie hatte ihre dunkel nachwachsenden blondierten Haare zu einem Knoten oben auf dem Kopf zusammengebunden und schenkte gerade den Rotwein, den Ellen von der Feier schon kannte, in zwei bauchige Gläser ein.

Vor dem offenen Tor der Halle prasselte das Wasser nieder, in der Halle waren außer dem mit einer weißen Papierbahn abgedeckten Tisch, an dem sie sich wenig später gegenübersaßen, Tische wie Werkbänke verteilt, Stellwände mit Entwürfen labyrinthisch aufgestellt und einzelne Staffeleien mit begonnenen Arbeiten abgedeckt. Sara Zieghaus musste die Speisen von ihrem Hausboot herübergetragen haben, eine Küche oder auch nur eine Kochplatte waren nirgendwo zu entdecken. Ellen war erleichtert, dass sie sie nicht in ihr Hausboot eingeladen hatte, das sie sich als eine orientalisch duftende Höhle vorstellte.

Die Malerin hob das Glas, Ellen prostete ihr zu. Sie hatte ihre Kleidung nicht mit Blick auf ein Spaghettiessen ausgewählt, eine kurzärmelige weiße Bluse über engen Jeans. So sehr sie sich Mühe geben würde, die von Sara Zieghaus aufgebauten Farbtöpfe würden sich letztlich als Kollage auf ihren Sachen wiederfinden. Egal, sie hatte Appetit.

»Es gibt Maler, die behaupten, Häuser und Landschaften malen zu können, aber keine Portraits«, verkündete Sara. Sie schwenkte ihren Rotwein in dem bauchigen Glas und hängte ihre Nase kurz darüber. Ein hintergründig lächelnder Blick traf Ellen, als ein Windstoß von draußen den Hauch einer nahen Brandung mit sich brachte. »Wer es genau betrachtet, stellt fest, dass die Häuser, die sie malen, tot sind. Es ist viel schwieriger, ein Haus zu malen, weil man ihm seine Seele und seine Geschichte auf Anhieb nicht ansieht. Ganz anders als bei einem Gesicht.«

Ellen schob sich eine Gabel von Spaghetti in den Mund, die zwar nicht mehr ganz heiß waren, aber absolut die richtige Konsistenz besaßen. Die Malerin tupfte sich den Mund mit einer gelben Serviette ab.

»Erzähl mir mehr von dem Haus«, sagte sie und füllte ihre Gläser wieder auf.

Was für eine Bitte hatte ihre Gastgeberin da gelassen ausgesprochen! Ellen schwieg.

»In der Nähe Saarbrückens«, fuhr die Malerin fort, »hatte ich auf dem Land ein Atelier im alten Schuppen eines Hauses, das seit Jahrzehnten ein Mann bewohnte, der sich in allen Räumen des Hauses mit seinen technischen Hobbies umgab. Die Techniken änderten sich, aber in seinem Haus blieb alles vorhanden. Röhren, Transistoren, Faxgeräte, Elektronikplatinen, PCs mit Laufwerken, die heute keiner mehr benennen kann, Kassetten, Schallplatten. Nachdem ich ihn seit 20 Jahren kannte, hatte ich plötzlich, eines Tages, nach reichlich Rotwein in seinem mit übereinander gestapelter Technik vollgestopftem Wohnzimmer unter dem Dach das Gefühl, ihn und das Haus verstanden zu haben. Ich hatte es oft gemalt, in Gänze oder Teile davon, bei Sonne, bei Regen, als Skizze oder in Öl. Nichts davon, so hatte ich plötzlich begriffen, war diesem Haus gerecht geworden. Dann setzte ich mich noch am selben Tag hin und malte ein Aquarell, das Haus aus einer Perspektive links unten vor seinem Giebel, düsteres, wässriges Wetter, Wolken, von denen man erkannte, dass sie keine Sekunde Bestand haben würden und das hinter Sprossenfenstern verborgene Zimmer. Zwischen allem Blau und Grau und Schwarz und Weiß gab es einen Punkt, rot, winzig aus seinem Fenster leuchtend, ein fast verschwindendes Betriebslicht einer Technik, die gerade aktiv war. Ein Licht wie das Zeichen einer in allem Schrott plötzlich erwachenden Präsenz, einer Anwesenheit, die über den Moment hin Gültigkeit hatte. Wenn du so willst, einer Seele. Danach hatte ich nie mehr das Bedürfnis, das Haus zu malen und natürlich«, sie lächelte geistesabwesend, »natürlich bin ich dort dann auch irgendwann weggezogen.«

Ellen lauschte dem wehenden Rauschen des Wassers vor der Tür und dem unaufhörlichen Platschen des Regens in den Pfützen, die sich vor dem Tor gebildet hatten.

»Meine Mutter hat mich in dieses Haus gebracht. Der rote Punkt darin ist das Geheimnis meiner Eltern«, sagte Ellen leise. »Ich bin sicher, dass er existiert, aber er leuchtet nicht.«

»Erzähl mir davon«, kam die Antwort der Malerin.

»Boshe moy«, stöhnte sie, dann musste sie lachen. Nach kurzem Schweigen setzte sie neu an. »Noch mal auf Deutsch: Oh Gott! Ich fühle, dass es dieses Geheimnis gibt, aber ich weiß nichts darüber. Ich puzzle Teile zusammen, mehr nicht.«

Die Malerin betrachtete sie lange mit einem Blick, der vollkommen durch sie hindurchzugehen schien. Dann erhob sie sich schweigend, um den Tisch abzuräumen. Alles fand Platz auf einer der Werkbänke. Ellen beschlich die Vermutung, sie würde es zum Abwaschen in der Nacht einfach draußen in den Regen stellen. Sie schien jedoch Größeres vorzuhaben, denn sie schob das mächtige rote Sofa, das auf gut geölten Rollen stand, mit einer Hand in die Mitte des Raumes und bat Ellen, Platz zu nehmen, was sie auch bereitwillig tat. Sara rückte einen kleinen Sessel heran und nahm einen großen Skizzenblock auf ihren Schoß.

»Keine Angst«, meinte sie, »nichts Großes. Kein Akt. Eine weitere Gesprächskritzelei.«

Ellen lehnte sich entspannt und satt in dem Sofa zurück. Etwas amüsiert musste sie sich eingestehen, dass es kein schlechtes Gefühl war, wenn einem so viel Aufmerksamkeit zuteil wurde. Wenn sie genau darüber nachdachte, war es ihr erstes Erlebnis dieser Art.

Sara betrachtete sie, sie zeichnete, ab und an nahm sie einen tiefen Zug aus ihrem Glas.

»Wie fühlt sich das Geheimnis an?«, fragte sie mit Blick auf ihren Skizzenblock.

»Vielleicht kennst du das Märchen von dem schrecklichen Drachen, der seine Seele in einem Kästchen in einer Höhle in einem Berg auf einer Insel im Meer versteckt hat«, begann Ellen zu erzählen. »Um den Drachen zu besiegen, gibt es für den Helden nur eine Chance, er muss den Ort finden und die Seele des Ungeheuers vernichten.« Die Malerin blickte von ihrem Skizzenblock kurz auf. Dann zeichnete sie weiter. »Ich bin in einer Stadt in der Kyzylkum-Wüste im Delta des Amurdarja geboren, dessen Wasser zu der Zeit noch ein Meer inmitten der Wüste speiste. Mein

Vater arbeitete dort an einem Ort, den ich als Kind immer für diesen Ort aus dem Märchen hielt: in einer geheimen Stadt in den Bergen auf einer Insel in einem Meer in der Wüste.« Ellen musste Luft holen und ihr Glas herunterstürzen.

»Dort ist seine Seele versteckt?« Sara blickte nicht auf.

»Dort ist alles tot. Ich glaube, sein Geheimnis ist hier. In meinem Haus. Man erzählt das Märchen üblicherweise aus der Perspektive des Helden, der auf der Suche nach der Drachenseele ist. Ich erlebe es als jemand, der nichts ahnend nahe der versteckten Seele lebt und plötzlich fühlt, dass sich von weit her ein gewaltiges Monstrum nähert, das vor langer Zeit in seinem Haus seine Seele versteckt hat.«

Die Malerin konzentrierte sich auf ihre Skizzen, mittlerweile hatte sie das dritte Blatt aufgeschlagen.

»Wipfel der Bäume bewegen sich, Regenfluten stürzen vom Himmel, Vögel fallen betäubt aus der Luft, ein Haus verwandelt sich zurück in den Palast, der es einmal war, ein weiterer Palast schwimmt auf dem See heran. Alles scheinen einzelne, unzusammenhängende Ereignisse zu sein, aber alle haben dieselbe Ursache, aus der Ferne versucht eine unbekannte Monströsität, ihre Seele zu schützen.«

16

Tomas zündete sich eine seiner wertvollen Zigarren an, während er in einem Stau Richtung Karl-Marx-Allee wartete. Er klopfte sich auf die Brusttasche.

Alles hatte genauso funktioniert, wie von ihm erhofft. Vor einer halben Stunde hatte ihn »Life 360« auf seinem Handy informiert, dass das Motorrad, das übers Wochenende in Strausberg wie festgewurzelt gestanden hatte, sich nun in Richtung Berlin bewegte. Auf der Höhe des Ostbahnhofes musste er in der Köpenicker Straße seinen Kurs korrigieren, weil der Punkt auf seiner Karte sich definitiv nicht in Richtung Köpenick bewegte, eher sah es so aus, als würden sie sich auf der Karl-Marx-Allee oder der Frankfurter Allee demnächst direkt begegnen.

Der Fahrtwind wirbelte den Rauch aus dem Wagen. Sein wunderbares Aroma half Tomas beim Nachdenken darüber, wo er sich hineinmanövriert hatte. Er legte den ersten Gang ein und glitt langsam in der Schlange über die Kreuzung zur Hubertusstraße, das Motorrad bog rechts in die kleine Straße ein, Tomas folgte ihm in angemessenem Abstand.

Der Vogelpräparator, den Tomas an den unter dem Helm herauswehenden Haaren erkannte, stellte das Motorrad ab. Bevor er selbst eine Parklücke fand, verschwand sein Zielobjekt in dem verwirrenden Gebäudekomplex des Klinikums. Ein Krankenhaus, wozu das, zum Teufel, dachte er.

Sorgfältig legte er seine angerauchte Culebras in den Aschenbecher und wartete. Nach wenigen Minuten machte ein türkisgrün lackierter Opel Ascona eine Lücke vor einem riesigen düsteren Gebäude frei, das wie aus der Zeit gefallen wirkte.

Tomas trat einige Schritte zurück. Es war kein Gebäude, sondern ein grauer Häuserblock auf dem Weg in den Verfall. Er musste einem besonderen Zweck gedient haben, denn die Fassade war üppig mit steinernen Figuren geschmückt. An der Ostseite des Komplexes war eine Galerie hoher Fenster erkennbar, als sei dahinter ein Festsaal verborgen.

Er nutzte die Zeit, um sich mit seinem Handy im Internet über den rätselhaften Bau zu informieren, dessen sämtliche Türen mit Ketten und Schlössern verrammelt waren. Das Schwimmbad Lichtenberg war ein in den Zwanzigerjahren erbauter Palast der Volksgesundheit, stellte er schließlich fest. Seit der Wende dümpelte es seinem Verfall entgegen. Aus den Augenwinkeln nahm Tomas wahr, dass sich etwas tat, um das er sich kümmern sollte.

Er riss sich von dem Anblick des alten Schwimmbades los. Direkt unterhalb der großen Fenstergalerie in dem Bau, hinter der die große Schwimmhalle lag, erstreckte sich auf dem Gelände der Klinik ein kleiner Park mit Bänken und portablen Sesseln aus Stahlmaschen, in dem die Patienten ihre Zeit an der frischen Luft verbringen konnten. Es gab einen Buddelkasten für Kinder, einen Parcours aus verschiedenen Arten von Straßenpflastern und Gehwegbelägen als Übungsfeld für Rolli-Nutzer und eine originale Bushaltestelle, zu der sich demente Patienten hingezogen fühlten. Einige alte Männer verteilten sich auf Bänken und Sesseln.

Der inzwischen trübe, zwar noch warme, aber ungemütlich windige Tag schien keine große Anziehungskraft auf andere auszuüben. Was Tomas Aufmerksamkeit geweckt hatte, ohne dass er es bewusst registrierte, war die Ankunft des Vogelpräparators auf dem vorbildlich eingezäunten Platz. Etwas ist in Vorbereitung, sagte ihm sein vor langer Zeit trainiertes Bauchgefühl.

Sven schlenderte ziellos umher. Schließlich ließ er sich auf einer leeren Bank nieder. Es war schwierig, den hinter Zaun und einer hohen Hecke an der Grenze des Klinikgeländes verborgenen Platz zu beobachten, wenn Tomas nicht eine sehr auffällige Position neben dem Pförtnerhaus einnahm. Er blickte sich um. Es gab nur einen eleganten Weg, das im Auge zu behalten, was dort vor sich ging. Er holte sich Fernglas und Kamera aus dem Auto. Während er die Straße zurücklief, blätterte er auf seinem Handy in der Website einer Gruppe von Urban Explorers, die das Schwimmbad Lichtenberg seit Jahren im Blick hatten. Wenn er deren Empfehlungen richtig verstand, gab es an der Front in Richtung des Klinikums direkt unterhalb der Fenstergalerie der großen Schwimmhalle einen Kellereingang. Diesen, so die Angabe, würde man unverschlossen vorfinden. Dahinter sollte ein Keller voller verrosteter Technik folgen, über den man das gesamte Innere gut erreichen konnte.

Tomas steckte sein Handy weg. Er ging mit größtmöglicher Selbstverständlichkeit über einen vor Monaten zuletzt geschnittenen Rasen direkt auf die Kellertür zu.

Die niedrige Tür am Fuß einer kleinen Treppe war mit einem faustgroßen Vorhängeschloss gesichert. Er tat so, als wisse er es besser und bremste seine Schritte nicht ab. Vor der respekteinflößenden Tür nestelte er in seiner Tasche, um einen nicht existenten Schlüssel hervorzuholen. Dabei erkannte er das Geheimnis der verschlossenen Tür.

Der Riegel, an dem das Schloss hing, war mit vier

großen Bolzen an der Tür verschraubt, aber das Holz hatte die Zeit nicht so gut überstanden. Außerdem hatten anscheinend Generationen von nächtlichen Besuchern nachgeholfen. Mit zwei Fingern zog er die Bolzen aus der Tür. Sie stand offen. Im Inneren erwartete ihn ein dunkles Loch unbestimmbarer Tiefe, aus dem ihm ein Schwall von Dunst nach Rost und Schimmel entgegenschlug. So gut es ging, zog er die Tür wieder hinter sich zu. Mithilfe der Lampe in seinem Handy machte er sich auf die Suche nach einer Treppe.

Er hatte das Gefühl, durch die Maschinenwelt eines gestrandeten Dampfers zu stolpern. Immer wieder schlug er sich den Kopf an tiefliegenden Rohren, kam auf stählernen Treppenstufen ins Rutschen oder griff haltsuchend in rostige Teile, die seine Hände aufrissen. Es schien eine Unendlichkeit zu dauern, bis er schließlich durch eine Stahltür im Erdgeschoss den modrigen technischen Irrgarten im Keller verlassen konnte. Zügig lief er durch die leere Eingangshalle über pompöse gekachelte Treppenhäuser durch die Garderoben und Duschsaalfluchten, bis er schließlich oben die leere Schwimmhalle betrat.

Ein Festsaal der Leibesertüchtigung im prachtvollen Jugendstil lag vor ihm. Hatte der graue Bäderblock von außen schon riesig ausgesehen, so war der Eindruck hier überwältigend, kaum zu begreifen, dass ein monströser Saal mit 50-Meter-Bahnen im dritten Stockwerk des düsteren Häuserblocks so leicht und hell schweben konnte.

Tomas hielt sich nicht weiter mit der Bewunderung der Halle auf, sein Interesse galt den bestimmt sechs Meter hohen Fenstern, die direkt an einen breiten umlaufenden Absatz anschlossen, auf dem gekachelte Sitzgelegenheiten aneinandergereiht waren. Er stieg dort hinauf. Viele Kacheln waren abgeplatzt, die Fenster waren blind, Licht trat in überwältigender Fülle ein, sehen konnte man nichts. Jedes zweite kleine Fensterquadrat, stellte er schließlich fest, ließ sich beiseiteschieben. Bei einem funktionierte das auch jetzt noch. Hinter diesem Fenster legte er sich auf den Kacheln mit Fernglas und Kamera auf die Lauer. Noch war nichts geschehen, noch hatte er nichts verpasst.

Einige alte Patienten ruhten unten im kleinen Park des Klinikums auf Bänken und Sesseln und sinnierten vermutlich vor sich hin, einer blätterte in einer Frankfurter Allgemeinen, der langhaarige, schmale Mann, dem er heute seinen Tag gewidmet hatte, Sven, glotzte Löcher in die Luft.

Mit einem Schlag wurde das leere Schwimmbecken hell, als hätte jemand Scheinwerfer eingeschaltet. Das ging so plötzlich, dass Tomas fast erschrak. Eine letzte Wolke hatte sich am Himmel verzogen und die Sonne knallte mit ihrer ganzen nachmittäglichen Kraft auf die weißen Häuser und in den Park des Klinikums und erleuchtete von dort die Fenster und das Innere des altgedienten Schwimmbades. Als wäre das ein Signal gewesen, tat sich unter ihm etwas.

Er setzte das Fernglas an die Augen, ein Pfleger im weißen Kittel geleitete einen Mann im Rollstuhl in lockeren grünen Adidas-Hosen und einer weiten, weißen Adidas-Jacke in den kleinen Patientenpark. Er schob ihn zu einer Gruppe leerer Sessel und bewegte sich dann zurück zu der Eingangspforte in dem Zaun, der den gesamten Park umschloss. Zügig, aber ohne Hast, erhoben sich die verteilt sitzenden alten Männer in Freizeitkleidung und setzten sich einer nach dem anderen in die freien Sessel, auch Sven.

Der Mann im Rollstuhl trug eine weiße Baseball-kappe mit dem Aufdruck »Total«, die sein Gesicht verdeckte. Tomas konnte nichts von dem hören, was sie sagten. Er konnte einige ihrer Gesichter jedoch so gut mit dem Fernglas beobachten, dass er glaubte, sich sicher zu sein, dass einige Russisch und die anderen Englisch sprachen. Da er nichts verstehen konnte, konzentrierte er sich wie bei einem vor ihm ablaufenden Film, dessen Dialoge stummgeschaltet waren, auf das, was die Körpersprache hergab.

Ein kleines Detail machte klar, dass er nicht Zeuge eines zufälligen Treffens war, sondern dass die unscheinbaren alten Männer, die ihre Zeit an einer kulissenhaften Bushaltestelle verplemperten, sich genau hier verabredet hatten. Der weißbekittelte Pfleger, der den Mann mit der »Total«-Mütze im Rollstuhl herangeschoben hatte, hinderte gerade ein älteres Paar mit Rollator daran, sich in dem Park aufzuhalten. Mit welchen Argumenten, ließ sich nicht erkennen. Offenbar hatte er sich etwas Überzeugendes einfallen lassen, denn ganz ohne nachzuhelfen, machten die beiden auf dem Absatz kehrt und zogen schnellen Schrittes davon, so zügig es ihnen der Rollator erlaubte. Ebenso erging es im Verlauf des weiteren Geschehens einem halben Dutzend weiterer Gäste. Vielleicht hatte er ihnen eingeredet, die älteren Herrschaften im Park wären infektiös.

Tomas bemühte sich, mit seinem altmodischen 400 ASA Film so viele aussagekräftige Fotos in Serie zu schießen, wie es ging. Sechs Personen saßen zusammen, einer davon war Sven. Gerade jetzt gab er eine längere Erklärung ab, die die anderen zustimmend zur Kenntnis nahmen. Dann gab es den Mann im Rollstuhl, dessen Gesicht Tomas nicht erkennen konnte.

Die vier anderen mussten alle weit in ihren 70ern oder beginnenden 80ern sein. Alle behandelten sich untereinander mit dem Respekt von Leuten, die sich kannten, sich aber nicht nahestanden. Nachdem der Mann im Rollstuhl eine längere Rede gehalten hatte, winkelten sie alle in einer unauffälligen Geste die auf Armlehnen oder Knien liegende rechte Hand leicht an oder hoben einen Finger oder eine Kaffeetasse. Vielleicht eine Abstimmung?

Die Agenda setzte der Mann im Rollstuhl. Als er für einen Moment die Mütze abnahm, um sich mit der Hand über den schwitzenden Kopf zu fahren, verschoss Tomas die letzten Bilder des ersten Filmes. Der Mann hatte eine Glatze, die nach einer laufenden Chemotherapie aussah. Tomas legte den zweiten Film ein. Es half nichts, er musste sich etwas einfallen lassen, wenn er die Gesichter der alten Männer auf den Film bekommen wollte. Nach kurzem Zögern warf er eine herabgefallene Fliesenscherbe direkt vor der Front des Schwimmbadgebäudes auf einen Haufen Pflastersteine.

Es klirrte.

Alle Gesichter drehten sich in seine Richtung. Einige blickten hoch. Tomas schoss eine Reihe von Aufnahmen und zog sich blitzschnell hinter das Fenster zurück. Auf mindestens einer der Aufnahmen mussten alle Gesichter erkennbar sein.

In dem wegtauchenden Blick nahm er wahr, was jetzt dort unten geschah. Im Zuge der gleichen flüssigen Bewegung, mit der er seine Kappe wieder aufsetzte, gab der Mann im Rollstuhl Sven einen Wink. Der stürzte davon. Mehr brauchte Tomas nicht zu sehen.

Er sammelte seine Technik zusammen und stürmte dem Ausgang entgegen. Er wusste, dass sein Weg durch die Schwimmbadruine zu weit und zu kompliziert war, um den Ausgang vor Sven zu erreichen. Der unangenehme, vielleicht verrückte Vogelpräparator würde ihn erwischen. Er konnte bestenfalls dafür sorgen, dass es möglichst glimpflich ausgehen würde.

Er spulte den zweiten Film zurück und entnahm ihn aus der Kamera, die er am Ende der Garderobe in der tiefsten Ecke des Spinds 525 versenkte. Die beiden Filmkapseln stopfte er sich in die Schuhe, was das Weiterlaufen eine Tortur werden ließ. Noch hörte er keine Schritte, nichts. Vielleicht konnte er sich in dem technischen Labyrinth aus Rohren, Pumpen, Ausgleichsbehältern und Filteranlagen im Keller einfach verstecken, bis die Luft rein war, eine Taktik allerdings, der er selbst wenige Erfolgschancen einräumte. Alles an dem Treffen, das er beobachtet hatte, sprach davon, dass er eine Versammlung hochkarätiger Spezialisten vor sich gehabt hatte. Sie waren vielleicht alle längst im Ruhestand, aber sie waren sich alle weiterhin bewusst, Einfluss auszuüben und sie waren erfahren darin, mit Situationen wie dieser umzugehen.

Hinter einer Filteranlage ging er in der Dunkelheit in die Knie. Noch immer waren keine Schritte zu hören, Wasser tropfte auf hohles Metall, abgesehen davon war es vollkommen still.

Stiller als still. Sollte ihm doch niemand gefolgt sein?

Tomas tastete sich aus seiner Ecke heraus. Es half nichts. Vielleicht waren seine Verfolger aufgehalten worden. So schnell es ging, musste er sein Auto erreichen, in dem toten Schwimmbad arbeitete die Zeit nicht für ihn. Als hätte sich der Riemen einer laufenden Maschinentransmission um seinen Hals gelegt, drückte eine Hand seine Kehle zu, eine andere schob mit einer blitzschnellen Bewegung seine Hände durch die Speichen des rostigen Stellrades eines Wasserventils und hielt sie dort mit wenig Kraftaufwand gefangen. Für einen irreal gedehnten Moment erkannte Tomas auf beiden Handrücken seines Gegners die Tätowierung einer Kralle, als stecke er in den Fängen eines riesigen Raubvogels.

»Was suchst du?«, zischte eine tonlose Stimme an seinem Ohr. Der Druck wurde fester.

»Ich bin Stadtarchäologe«, stöhnte Tomas. »Das Lichtenberger Bad …«. Weiter kam er nicht. Der Druck auf den Hals wurde fester und sein Schädel wurde mit der Brust des Angreifers gegen die hohle Wand eines Stahlkessels geschlagen. Und noch einmal. Ein fürchterlicher Schlag mit dem Fuß gegen seinen Rücken folgte. Tomas sank in die Knie.

Er hatte gewusst, dass die letzten Fotos teuer werden würden. Nach einem weiteren Stoß, der sein Gesicht erneut gegen den Stahlbehälter prallen ließ, konnte er sich vom Boden nicht mehr erheben. Seine Hände klemmten in verrenktem Winkel hinter seinem Rücken in den Speichen des großen Stellventils.

Svens Gesicht kam nahe vor seins. Tomas spürte den Geruch nach stechender Chemie und nach Lavendel. Der Kerl war älter, als er gedacht hatte, bestimmt Anfang 50. Sein Gesicht war schmal, Gesicht, Kopf und Haare schienen von einem Folterinstrument in die Länge gezogen worden zu sein. Eine Qual, von der sich sein Gesichtsausdruck bis heute nicht erholt hatte. Er zeigte mit seiner Miene, dass er alles verabscheute, was er tat. Oder besser, wie Tomas nach dem nächsten Schlag, der ihm das Blut aus der Nase strömen ließ, begriff, dass er alles verabscheute, was er nicht tat. Deshalb tat er immer mehr.

Die Stöße kamen schneller und heftiger, Tomas hatte keine Chance, sich aus der Situation zu befreien. Immer wieder, als wollte er die Wirkung seiner Schläge prüfen, beugte sich der Schläger zu ihm herunter. Wasserblaue Augen mit Tränensäcken darunter, lange Falten, die sich von der Nase zu den Mundwinkeln zogen, als sei sein Gesicht aus Teilen zusammengesetzt worden.

»Lichtenberger Bad, he?«, fragte er und gab Tomas bei jeder Silbe eine Ohrfeige, dass sein Kopf gegen den Stahlkessel schlug. Er hörte nicht auf. Als Tomas beim nächsten Blick zwischen dem Blut, das ihm aus aufgeplatzten Brauen floss, und dem Schweiß, der von seinem Gesicht troff, versuchte, für mehr als den Bruchteil einer Sekunde in die Augen des Kerls zu blicken, der ihn malträtierte, begriff er, dass der nicht aufhören würde. Er befand sich in einem Rausch, der seinen rationalen Verstand zunehmend ausschaltete. Er würde einfach immer weiter machen.

Vor Tomas ragte der abgebrochene Stumpf eines rostigen Rohres aus dem Boden, dessen Kanten spitz und messerscharf waren. Sein Gegner hatte einen Plan gefasst. Er drückte Tomas Gesicht in Richtung des scharfen Stutzens – näher und näher. Das Ziel war klar. Um sein Gesicht auf den Rohrstutzen aufzuspießen, war mehr Spielraum nötig, den die Verklemmung seiner Arme nicht hergab. Er lockerte die Fesselung von Tomas Händen in dem Handrad, Tomas zog beide Hände mit einem Ruck heraus und mit den Fingernägeln der rechten Hand eine fünfspurige Bahn durch Svens Gesicht, die sich sofort mit Blut füllte. Der Druck auf seinen Kopf in Richtung des spitzen Rohres wurde stärker, der Kerl entfaltete die Kraft eines Wahnsinnigen. Noch fünf Zentimeter.

Nichts in seinem Leben hatte Tomas innerhalb von

einer Sekunde jemals so durchdringend studiert und begriffen, wie diese Speerspitze von einem rostigen Rohrende, die zehn Zentimeter hoch mit zwei rostigen Zacken auf sein Gesicht zufiel. Mit einem Ruck, der ihn vier Zentimeter Entfernung zu der tödlichen Spitze kostete, gab er für eine Millisekunde dem Druck nach, nutzte die kurze Freiheit für eine Rolle zur Seite und befreite seine Hände aus dem schraubstockfesten Griff. Die Spitze bohrte sich bei der seitlichen Bewegung in seine rechte Wange und schlitzte sie auf. Blut strömte über sein Gesicht.

Auf allen Vieren stürmte er zur Seite. An allem, was ihm begegnete, rüttelte er im Vorbeilaufen, um eine Waffe zu finden. Immer wieder wischte er sich mit dem Ärmel das Blut von seinem Kinn, das aus der zerfetzten Wange strömte. Er lief eine stählerne Treppe hoch und nach einer Brücke über Rohrleitungen wieder hinunter, trat mit dem Fuß rückwärtig in etwas, das seine Füße umklammerte, sprang einen Absatz hinunter in eine Art stählernes Becken, kletterte daraus hervor und hielt plötzlich einen armlangen Schraubenschlüssel in der Hand. Ganz fern nahm er einen fragilen Lichtschein wahr – die Tür nach draußen.

Tomas dreht sich um. Sein Gegner war nirgends zu erkennen. Keine Schritte, kein Atmen. Die Wassertropfen waren lauter geworden. Irgendwo würde er warten, um seine begonnene Arbeit zu Ende zu führen.

Tomas fasste den Schraubenschlüssel fester. Er stürmte in Richtung der Tür. Auf den letzten Steinstufen hinauf in die obere der beiden Kelleretagen, von der die Tür nach draußen führt, packten zwei Hände seine Füße. Er stürzte ungebremst mit dem Gesicht auf die Stufen. Kaum lag er schräg auf den Stufen, schlug er mit dem Schraubenschlüssel in die Tiefe neben der Treppe. Er hörte einen Schrei und seine Füße waren frei. Auf Händen und Füßen kroch er die Treppe empor und wälzte sich aus der Tür ins Freie. Noch mit den Füßen stemmte er die Tür zu und klemmte den Schraubenschlüssel schräg dagegen. Es würde eine Weile dauern, sie von innen zu öffnen.

Im Laufen warf er einen Blick auf die Bushaltestelle für demente Patienten. Der kleine Park war leer. Blutüberströmt taumelte er in Richtung seines Octavia. In dem Moment, als er darinsaß, schlugen die Schmerzen über ihm zusammen. In einem Rest von Überblick, den ihm der Schmerz noch erlaubte, fummelte er sein Handy aus dem Jackett, um es auszuschalten. Er war sicher, dass der Verrückte ihn weiter verfolgen würde, das wollte er ihm nicht zu leicht machen. Einen Blick in den Spiegel zu werfen, wagte er nicht, während er sich aus der Parklücke rangierte.

Es war klar, dieser Sven war kein Profi, sondern ein Irrer. Tomas legte den Vorwärtsgang ein. Mit einer zitternden Hand am Lenkrad, drückte er sich mit der anderen sein abgelegtes Jackett auf die rechte Seite des Gesichtes. Langsam ließ er sich in Richtung Frankfurter Allee rollen, er musste irgendwohin, nur nicht in seine eigene Wohnung.

17

Beim Bäcker in Friedrichshagen genoss Ellen am
nächsten Morgen einen Cappuccino mit einem Croissant, während sie über das WLAN »Dresdnerbäcker«
ihre Nachrichten und E-Mails durchsah. Zwischen-
durch warf sie den Keks, den sie mit dem Kaffee erhalten hatte, nach einem Spatzen, der ihr den Tisch
streitig machte. Sie musste nach der Historikerin suchen, die ihr die Restauratorin im verregneten Norden empfohlen hatte. Tatsächlich servierte ihr Google
den Eintrag einer »Leonie Harder, Historikerin«, die
aber unter dem angegebenen Kontakt nicht auf ihren
Anruf reagierte. Danach verbrachte Ellen einige Zeit
damit, selbst zu erkunden, was im Internet unter »Köpenick, 1933« zu finden war.

Nicht lange und sie war bei der »Köpenicker Blutwoche« im Juni 1933 gelandet, eine Woche, in der
SA-Horden Köpenicker Sozialdemokraten und Juden
terrorisiert hatten, bevor die sozialdemokratische Par-
tei von einem Tag auf den anderen verboten wurde.
Viel mehr Details waren allerdings darüber im Netz
nicht zu erfahren.

Ellen wählte die Nummer von Leonie Harder er-
neut. Es dauerte eine Weile, bis der Anruf auf ein
Handy weitergeleitet und dann angenommen wurde.
Eine Stimme flüsterte, sie sei in der Stadtbibliothek in
Berlin Mitte und könne nicht sprechen. Nach einigen
Minuten rief sie zurück. Ellen erklärte ihr, dass sie die
Besitzerin der Villa war, in deren Lesesaal sie so viele
Jahre studiert hatte.

»Ich muss etwas über die Köpenicker Blutwoche im
Sommer 1933 erfahren. Sie könnte ein Ereignis mit

einschneidenden Folgen für meine Familie gewesen sein«, erklärte sie.

Auf der anderen Seite herrschte Schweigen. Die Verbindung stand, das Atmen von Leonie Harder war deutlich zu hören, aber sie sagte nichts. Ellen ließ ihr Zeit.

»Frau Harder«, erkundigte sie sich nach einiger Zeit.

»Entschuldigen Sie!«, kam die Antwort.

»Sie kennen mein Haus«, stellte Ellen fest. »Heute haben Filmleute einen weißen Palast daraus gemacht. Sie sollten ihn sehen.«

»Ich habe das Haus damals als Kind gesehen«, kam es langsam durchs Telefon. »Es gab viele Häuser, die so aussahen, strahlend weiße Paläste. Aber ehrlich gesagt«, sie machte eine Pause, nach der ihre Stimme wieder fester klang, »ehrlich gesagt, fand ich es in seinem grauen, nach Kunstleder riechenden Zustand weniger Ehrfurcht gebietend und angenehmer benutzbar für meine Forschungsarbeiten. Was meinen Sie, wie viele Regeln Sie in so einem weißen Palast beachten mussten. Nicht auszuhalten.« Sie ließ erneut eine Pause verstreichen, ohne etwas zu sagen.

»An welchem Thema haben Sie geforscht?«, fragte Ellen.

»Es ist ein vollkommen verrücktes Thema. Die Geschichte der Färbereien, die sich in Köpenick im 19. Jahrhundert rund um den Müggelsee angesiedelt hatten – mit dem besonderen Blick darauf, welche Farben im Alltag damals welche Rolle spielten. Weiß war wichtig.« Das Telefon schwieg. Dann redete sie weiter. »Es gibt eine Gedenkstätte zum Juni 1933. Ich glaube, ich habe mich soeben zu einem gewagten Schritt entschlossen«, eröffnete sie Ellen schließlich. »Wenn Sie die Zeit haben, können wir uns vor dem Eingang zu der Gedenkstätte treffen. In all den Jahren habe ich es noch nicht übers Herz gebracht, dorthin zu gehen. Ich weiß auch nicht, ob ich es mir nur von außen ansehe oder mich traue hinein zu gehen. Warten Sie vor dem Eingang in der Köpenicker Puchanstraße Nummer 12 ab 12:30 Uhr auf mich.« Ellen hörte ihren schweren Atem, dann wurde die Verbindung unterbrochen. Die alte Dame hatte nicht auf ihre Zustimmung gewartet. Sie würde in jedem Fall dort hingehen.

Ellen war etwas zu früh dran. Gegenüber dem Eingang zu der »Gedenkstätte Köpenicker Blutwoche« befand sich in der sommerlich verlassenen Straße ein bunt bemaltes Nachbarschaftshaus, ein soziales Zentrum, in dessen großem Fenster von Kinderhand zugeschnittene Buntpapierbuchstaben den Namen »Rabenhaus« bildeten. An einigen Tischen wurden auf der Straße Getränke ausgeschenkt. Sie setzte sich mit einem Milchkaffee in den Schatten eines Sonnenschirms. Der Eingang zur Gedenkstätte gegenüber führte auf den großen, freigeräumten Innenhof des ehemaligen Untersuchungsgefängnisses, einem Klinkerbau vom Ende des 19. Jahrhunderts, dessen aufragende Wand von Reihen schießschartengroßer Fenster unterbrochen wurde.

Die Straße war still. Ein Mann mit kurzen schwarzen Haaren radelte vorbei, er sah umher, als trüge ihn die Maschine, auf der er saß, ohne seinen Einfluss durch eine ihm unbekannte Welt.

Ellen war sich nicht völlig im Klaren darüber, was sie erwartete, von der Historikerin zu erfahren. Wenn sich alles, was jetzt in ihrer Villa am Müggelseedamm ablief, um das Jahr 1933 drehte, wenn die Männer, die jetzt in ihrem Haus residierten, alles schon Jahre zuvor mit Blick auf ein Ereignis in diesem Jahr in genau ihrem Haus vorbereitet hatten, dann, so hatte sie an diesem Ort das Gefühl, musste es etwas mit den schlimmsten Ereignissen aus dieser Zeit zu tun haben.

Mit einem kurzen Ton meldete sich eine eingehende E-Mail, in der ihr die Restauratorin ein Foto der Visitenkarte ihres Sohnes, des Filmemachers Arndt Alter sandte.

Als die alte Dame eintraf, rückte Ellen ihren Stuhl ein Stück weiter in den Schatten. Bald saß sie bei einer großen Tasse heißer Schokolade Ellen gegenüber, die lockigen grauen Haare gepflegt, eine schwere silberne Kette um den Hals, eine dazu passende Kette um das linke Handgelenk gelegt. Sie trug eine cremefarbene Leinenjacke ohne Kragen über einer buntbestickten Bluse.

»Ich danke Ihnen für das wunderbare Haus, dass Sie in Hirschgarten so erhalten, wie es der Ort verdient. Darin eine Bibliothek unterzubringen, ist ein Dienst an der Gemeinschaft da draußen, der Ihnen sicher viel bedeutet.« Sie lachte, ohne nur den geringsten Gedanken daran aufkommen zu lassen, in ihrem Lob hätte sich Ironie versteckt. Ellen lächelte unbestimmt. »Ich hoffe sehr, dass die Umbauarbeiten in Ihrem Haus bald vorübergehen und der schöne Lesesaal wieder eingerichtet wird. Ich kann dort sitzen und in den Park hinausträumen, was natürlich schlimm für den Fortschritt meiner Forschungsarbeiten ist.« Die alte Dame nippte an ihrer Schokolade. »Man muss so aufpassen, dass man schnell genug ist, um nicht trotz aller Arbeit auf der Stelle zu treten.« Sie tupfte sich den Milchschaum von den Lippen. »Das muss ich gerade sagen, wie?« Sie schmunzelte. Durch eine Brille, deren auffälligstes Merkmal wildgeschwungene Bügel mit Perlmuttbesatz waren, blinzelte sie Ellen konzentriert an. »Ich habe Ihnen einige Fotografien Ihres Hauses mitgebracht.« Sie legte einen größeren Umschlag auf den Tisch, auf dem Ellens Name notiert war und ließ ihre rechte Hand mit einem blauen Siegelring darauf ruhen.

»Jakob Frauenfels«, erklärte sie, »hat zwischen 1915 und 1935 das Innere und Äußere von Villen, Häusern und Wohnungen in Köpenick mit einer Plattenkamera aufgenommen, er war so etwas wie der Chronist des Köpenicker Bürgertums. Einige seiner Bilder hat er später koloriert, so brachte mich meine Forschungsarbeit an den Schatz der Negative aus seinem Nachlass.« Noch immer lag ihre Hand auf dem dünnen Umschlag, viele Fotografien konnten nicht darin sein. »Eine Fotografie aufzunehmen war damals eine mühselige Angelegenheit, jede Serie seiner Arbeiten war eine konkrete Auftragsarbeit, die jeweils unter einem Thema stand, 1918 zum Beispiel oft unter der Überschrift ›nach dem Kriege‹. Da wollte man den Familien zeigen, dass man die Katastrophe mit seinem Eigentum überstanden hatte.« Sie schob den Umschlag zu Ellen hinüber. »Wenn der Fotograf sich aufbaute, liefen alle Hausbewohner zusammen, um in einer versteckten Ecke des Motivs mit auf die Platte zu kommen. Es dauerte unendlich lange, man durfte sich nicht bewegen, Kleidung, Licht und Wetter mussten perfekt sein, die Bilder waren teuer und für die Ewigkeit gemacht.«

Ellen zog vier Schwarz-weiß-Abzüge aus dem Umschlag. Auf den gestochen scharfen Kontaktabzügen in einem A5-ähnlichen Format war ihre Villa in verschiedenen Jahren von verschiedenen Seiten abgebildet worden. »Ich danke Ihnen sehr.« Sie steckte den

Umschlag mit den Bildern in ihre Tasche, später war genug Zeit, sich genauer damit zu befassen.

»Im Jahr 1933 war ich vier Jahre alt.«

Die alte Dame musste diesen Effekt schon oft erzielt haben. Ellen blickte sie an, als hätte sie erklärt, sie würde demnächst eingeschult werden.

»Wie bitte«, fragte sie. »Sie sind schon einundneunzig Jahre alt? Wie haben Sie das gemacht? Sie müssen es mir verraten.«

Die alte Dame hob die Hand. »Noch neunzig. Ich habe immer darunter gelitten, Heiligabend Geburtstag zu haben. Mein Geheimnis ist sehr einfach. Lachen Sie jetzt bitte nicht. Ich arbeite seit 20 Jahren an meiner Promotion. Gott ruft uns erst zu sich, wenn wir meinen, unsere Aufgaben auf dieser Welt erledigt zu haben.« Sie lächelte spitzbübisch. »Ich trickse ihn aus.«

»Ich wünsche Ihnen, dass Gott noch sehr lange auf die Antwort warten muss«, sagte Ellen.

»Außer der Zeit am Ende des Krieges«, fuhr die alte Dame fort, »war 1933 das schrecklichste Jahr in Friedrichshagen.« Sie entnahm ihrer Handtasche ein weißes Tuch und begann, damit ihre Brille zu putzen. »Mein Vater besaß eine Knopffabrik, ein wunderbares Geschäft, fand ich als Kind. Perlmutt, Bakelit, Stein, Holz, Elfenbein – alles wurde zu Knöpfen in tausenderlei Formen und Farben verarbeitet. In meinem Kinderzimmer legte ich nächtelang Mosaike aus ihnen. Eins fand mein Vater so schön, dass er es aufkleben und rahmen und kurz vor seinem Tod in seinem Büro aufhängen ließ.« Sie setzte ihre perfekt geputzte Brille wieder auf die Nase. »Die SA wütete fast eine Woche lang ungehindert in Köpenick. Fünfhundert Menschen wurden verhaftet, verfolgt, drangsaliert und Dutzende, manche sagen einhundert, wurden massakriert. Viele Jahre später noch fanden spielende Kinder im Wald in Hirschgarten Schädel und Knochen. Heute würde man vom Überfall einer Terroristenbande sprechen. Es war ja mitten im Frieden, an einem Tag wie heute ging es plötzlich los. Sie tobten durch die Straßen. Zehn von ihnen kamen gegen 23 Uhr in das Haus meiner Eltern und wollten meinen Vater zu einer Vernehmung mitnehmen. Ein Bild, das ich im Leben nicht vergessen werde, als sie ihn vor unseren Augen blutig prügelten und ihn die Treppe hinunterstießen. Sie nahmen ihn mit, die gezogenen Revolver im Anschlag.«

»Es tut mir leid, dass ich all das wieder für Sie wachrufe«, sagte Ellen. Es war furchtbar, sich die Erzählung der alten Dame anzuhören, wie furchtbar musste es für sie sein, sich an all das wieder zu erinnern.

»Lassen sie ruhig. Es ist gut, noch einmal darüber zu reden. Es verschwindet ja nicht, wenn man so tut, als hätte es das nicht gegeben.« Sie machte eine Pause, in der sie langsam von ihrer heißen Schokolade trank. Dann fuhr sie fort. »Aus späteren Erzählungen meiner Mutter weiß ich, dass mein Vater in eine der damals überall aus dem Boden sprießenden SA-Schlägerkneipen geschleppt wurde, in das »Jägerheim«, eine der übelsten Spielunken dieser Art. Auf dem Hof hatten sie in einem alten Stallgebäude primitive Schlafquartiere für arbeitslose junge Männer eingerichtet, die ihr Heil bei der SA suchten. Darüber lag ein großer Raum, der sogenannte Heuboden, in dem mein Vater grausam zusammengeschlagen wurde. Dann ging es weiter ins Untersuchungsgefängnis, hier gegenüber.« Sie erhob sich.

»Wollen Sie sich das wirklich antun«, fragte Ellen.

»Irgendwann muss es vielleicht sein«, sagte die alte Dame. Nachdem sie gezahlt hatten, betraten sie die freie Fläche, auf der früher der Innenhof des Gefängnisses gelegen hatte. »Meine Mutter erzählte mir, dass es in dem Bau einen einzigen größeren Raum gab, den sogenannten Betsaal, der für Gottesdienste vorgesehen war. Dort wurde mein Vater schrecklich gefoltert, bis sie ihn meiner Mutter nachts in der Krankenstation übergaben. Ohne das Bewusstsein wiedererlangt zu haben, starb er zu Hause einen Tag später. Ich durfte ihn nicht mehr sehen.« Sie näherten sich der Eingangstür in das ehemalige Gefängnis. Die alte Frau blieb davor stehen.

»Ich warte besser doch drüben bei einer weiteren Schokolade«, sagte sie schließlich, bevor sie umkehrte und mit Schritten wie unter einer Zentnerlast an den Tisch auf der Straße vor dem Nachbarschaftshaus zurückkehrte.

Ellen betrat das Gebäude. Das Museum war in dem ehemaligen Gefängnis untergebracht, ein aus Klinkersteinen gemauerter Felsen mit Reihen von schießschartenartigen Fenstern und Gewölbedecken über engen Gängen hinter meterdicken Wänden. In der Mitte gab es eine Art Lichthof mit fünf Etagen gusseiserner Galerien unter einem großen gewölbten Glasdach. In die ehemaligen Zellen führten graue Stahltüren mit Klappenöffnungen darin. Das Innere des Baus war überall eng und schmal und bestand aus mehr Steinen als Luft. Eine der Stahltüren führte über eine enge Treppe in den ersten Stock.

Das ganze Ausmaß der Blutwoche als einem ersten Test öffentlichen Terrors, war mit Händen zu greifen. Lange blieb sie vor dem Foto der »Gaststätte Jägerheim« stehen, einer gutbürgerlich daherkommenden

Wirtschaft, die 1933 in Wahrheit eine der übelsten Mörderhöhlen Berlins war. Wie sie las, wurden viele der darin Gefolterten von dort »zu ihrem Schutz« direkt in eines der neu gegründeten Konzentrationslager verlegt.

Sie stieg die enge Treppe aus dem unteren Zellentrakt hinauf in das erste Stockwerk. In dem großen, hellen Betsaal unter einer Decke aus schweren Balken waren Details der schrecklichen Woche im Sommer 1933 auf Texttafeln an den Wänden beschrieben. Vor einer Tafel unter der Überschrift »Zerstörung von Familien« blieb sie stehen. Plünderungen von Häusern gehörten zum Programm, Hausdurchsuchungen nahmen ca. 20 bis 30 SA-Leute vor. Nachdem die SA abgezogen war, erinnerte sich eine Zeugin, war das Haus schrecklich verwüstet.

In den frisch abgezogenen Parkettboden des Betsaals war eine Tafel eingelassen, Ellen konnte nicht glauben, was sie las. *Die Folterungen waren derart, dass in dem Betsaal Fleisch- und Gehirnteile lagen und große Blutlachen aus der Tür herausliefen.*

Sie lief die Treppe hinunter, zurück auf den Hof, den die riesige Klinkermauer der Gefängniszellen eingrenzte. Gut, dass die alte Dame darauf verzichtet hatte, das Gebäude zu betreten. Sie wartete bei einer neuen heißen Schokolade im Schatten eines Sonnenschirms vor dem Nachbarschaftshaus. Ellen setzte sich zu ihr, ohne selbst noch etwas zu bestellen. Als die Historikerin ausgetrunken hatte, legte Ellen das Geld für die Rechnung auf den Tisch und streckte ihre Hand aus, um der alten Dame beim Aufstehen zu helfen.

»Ich begleite Sie bis zur S-Bahn-Station«, sagte sie. Aus der großen Tür des Nachbarschaftshauses kam ein Mann in kurzen Hosen, der ein Kinderrad hinter sich herzog. Seine zweijährige Tochter marschierte voraus auf die Straße, als wäre er ihr Sherpa, der ihr überallhin zu folgen hatte.

Die alte Dame legte beide Hände vor die Augen.

»Noch im Juli 1933 hat meine Mutter damals alles verkauft und ist mit uns vier Kindern nach Kanada ausgewandert. Nach der Wende bin ich als Einzige hierher zurückgekehrt. «

»Hat es damals Vorfälle in dem Haus am Müggelseedamm gegeben? «.

Sie ließen den stillen Straßenblock, in dem das ehemalige Gefängnis lag, hinter sich. Auf dem weiteren Weg zum Bahnhof reihte sich ein chinesischer Imbiss an den anderen, der Geruch nach altem Öl lag in der Luft, als wären sie unvermittelt in Chinatown gelandet.

»Von Ihrer Villa ist mir nichts bekannt«, sagte die Hobbyhistorikerin. »Grundsätzlich waren viele jüdische Familien in Köpenick in der einen oder anderen Form betroffen.« Sie machte eine abwehrende Bewegung mit den Händen. »Bei allem, was ich seit der Wende erforsche, habe ich immer einen weiten Bogen um die ›Köpenicker Blutwoche‹ gemacht. Das werden Sie sicher verstehen.«

Als sie am S-Bahnhof angelangt waren, verabschiedete sich die betagte Historikerin. »Die Arbeit ruft«, sagte sie und lächelte. »Wie gut das tut.«

Ellen blickte der alten Dame noch einen Moment hinterher, dann machte sie sich zu Fuß auf den halbstündigen Weg nach Hause. Als sie durch den Bellevuepark entlang des Baches der Alten Erpe schlenderte, war sie froh, diesen beklemmenden Ort zu verlassen. In dem liebevoll von Kinderhand bemalten »Rabenhaus« hatte sie auf dem Foto in der Gedenkstätte die ehemalige Mörderhöhle »Jägerheim« erkannt.

Sie begann zu frieren, und ihr war noch immer kalt, als sie am Müggelseedamm in dem Gestrüpp des Nachbargrundstücks etwas wahrnahm, das dort nicht hingehörte.

18

Hinter einen der beiden mit Büchern gefüllten Aluminiumbehälter hatte sich ein hellgrauer Skoda Octavia durch die Brennnesseln gepflügt, der mit allen Lichtern blinkte. Das linke Vorderrad hing auf einem Betonbrocken und die Fahrerseite war durch einen meterhohen Busch von Brennnesseln blockiert, als hätte der Fahrer niemals die Absicht gehabt, das Auto zu verlassen.

Der Wind jagte Wolken über den Himmel, es war ein frischer sommerlicher Nachmittag, ein Wetter, um kurzärmelige Blusen zu tragen, aber dünne Regenjacken im Gepäck vorzuhalten. Es rauschte in den Pappeln. Kurze Sturmböen schüttelten die jungen Bäume.

Als Ellen von der Beifahrerseite her vorsichtig in das Innere des Wagens lugte, sah sie Tomas dort liegen. Noch nie in all den Jahren, die er zum Inventar des Hauses gehörte, hatte sie erlebt, dass er die Kontrolle verloren hatte, schon gar nicht, weil er betrunken gewesen wäre.

Und dann sah sie es: Auf dem Fahrersitz war Blut, das Lenkrad klebte von Blut, Tomas Gesicht war blutverschmiert, daneben war sein Jackett geknüllt, das von Blut zusammengeklebt war. Ihr wurde schlecht, und sie begann plötzlich am ganzen Leib zu zittern. Während sie um den Wagen herumging, mähte sie mit einem abgebrochenen Ast die Brennnesseln beiseite. Die Fahrertür stand einen Spalt weit offen, als hätte Tomas noch versucht auszusteigen. Am Türgriff und der Außenkante der Tür, überall Blut.

Sie öffnete die Tür. Tomas saß angeschnallt, zusammengesackt im Fahrersitz. Es war zwar viel Blut zu sehen, aber, stellte Ellen zu ihrer Erleichterung fest, keine Unmengen, keine Blutlachen, als hätte sein Körper einen größeren Blutverlust erlitten. Sie legte die Hand an seinen Puls, er lebte. Erleichtert atmete sie auf. Es sah ganz danach aus, als wäre er schrecklich verprügelt worden, vielleicht sogar einem Versuch entkommen, ihn gänzlich außer Gefecht zu setzen. Er musste danach geflohen sein, hatte sich ins Auto geschleppt und war, immer kurz davor das Bewusstsein zu verlieren, hierhergefahren. Nachdem er sich in Sicherheit gefühlt hatte, war er bewusstlos zusammengebrochen. Nun lag er hier. Wie lange schon, war unklar.

Was sollte sie tun? Sie wusste praktisch gar nichts über Tomas. Er war für sie etwas wie eine der seit Ewigkeiten anwesenden klassizistischen Statuen in der Fassade des Hauses, eine besondere büchertragende Karyatide, die nun plötzlich verletzt und blutüberströmt ins richtige Leben gestürzt war.

Sie berührte ihn vorsichtig am Arm, er murmelte etwas Unverständliches, ohne die Augen zu öffnen. Ellen brachte ihr Ohr an seinen Mund.

»Nicht nach Hause«, meinte sie seinem blutigen Genuschel entnehmen zu können und noch einmal, »Nicht nach Hause!« Sie suchte im Auto herum. Es gab nichts, das ihr einen Hinweis auf das hätte geben können, was jetzt zu tun wäre. In normalen Zeiten hätte sie ihn auf seine Liege in der Bibliothek gebracht, hätte ihn zugedeckt, ihm vielleicht einen Pfefferminztee gekocht, bis ein Notarzt gekommen wäre. Welcher Art seine Verletzungen waren, ob in seinem Inneren noch alles funktionierte, woher das überall verschmierte Blut kam, das alles war ihr vollkommen unklar.

Aus seinem Jackett fingerte sie seine Brieftasche. Tomas Lenko, Fischerinsel 4. Mit vorsichtigem Schieben von der Fahrerseite und Zerren von der Beifahrerseite gelang es ihr, Tomas auf den Beifahrersitz zu bugsieren und wieder anzuschnallen. Er regte sich nicht, sagte nichts, hing nur schlaff in dem Gurt. Er hatte allerdings auch keinen Laut wegen Schmerzen von sich gegeben, was Ellen für ein gutes Zeichen hielt. Der Schlüssel steckte noch. Sie lehnte sich hinüber, um das Handschuhfach zu öffnen. Hinter der Klappe fand sie nichts, das auf längeren Gebrauch schließen ließ, ein anonymer Mietwagen, mehr nicht. Nach einigem umständlichen Fingern zog sie schließlich aus der Seitentasche seines Jacketts etwas hervor, das ein Wohnungsschlüssel sein konnte. Mit wildem Schalten und Hin-und-her-Rollen rangierte sie schließlich unter Ausstoß stinkender Abgaswolken aus dem Unkraut hinter den Containern.

Eine Dreiviertelstunde später parkte sie vor der Notaufnahme der Charité. Sie geleitete Tomas in die Aufnahme, wo sie sich zum Warten niederließen. Etwa sieben andere Wartende waren um sie her mit ihren Handys beschäftigt, es würde einige Zeit brauchen. Nach einer halben Stunde wurde Tomas aufgerufen und in den Behandlungstrakt geführt. Ellen nutzte die Zeit, um seinen Wagen regelkonform zu parken und kehrte dann in den Warteraum zurück.

Nach einer halben Stunde teilte eine junge Ärztin, deren blonder Pferdeschwanz weit über ihren blauen Kittel fiel, Ellen mit, dass Tomas Lenkos Gesicht genäht werden müsste und die Chirurgen gerade sehr beansprucht waren. Es würde noch eine Weile dauern, sie müsse sich gedulden. Sie streckte ihr die geschlossene Hand entgegen.

»Das soll ich Ihnen zur guten Aufbewahrung geben.« Mit seltsamem Lächeln öffnete sie die Hand, in
der zwei blutverschmierte Filmrollen Fuji 400 ASA lagen. »Wir haben sie aus seinen Schuhen geholt.« Ellen
ignorierte den irritierten Blick der Ärztin. Filmrollen
in Schuhen? Gibt es etwas Normaleres? Als sie keine
Erklärung bekam, rauschte die junge Ärztin durch die
sich automatisch öffnende Tür ins Innere der Charité
zurück. In der Toilette wischte Ellen die Filmrollen
mit Papierhandtüchern so gut es ging sauber. Wahrscheinlich hatte sich Tomas für diese Aufnahmen die
Prügel eingehandelt.

Während sie die Filmrollen in ihre Tasche fallen ließ,
fielen Ellen die Fotografien ein, die ihr die Historikerin übergeben hatte. Als eine Familie mit zwei an den
Händen verletzten Kindern in die Aufnahme strömte
te und wie ein unangenehmes Wetter eine Welle von
Aufregung mitbrachte, suchte sie sich einen Platz in
einer leeren Ecke. Bevor sie sich die vier Fotografien
von Jakob Frauenfels, dem Chronisten bürgerlichen
Lebens im Köpenick des frühen 20. Jahrhunderts im
Detail betrachtete, fotografierte sie sie einzeln mit ihrem Handy ab und sandte sie als Mail an sich selbst.
Fotografien schienen gegenwärtig mit Prügeln be-
straft zu werden, sicher ist sicher. Sie vergrößerte auf
dem Display die am unteren Rand der Bilder festge-
haltenen Daten und Untertitel, die der Fotograf seinen
Aufnahmen beigefügt hatte.

Es war ihr unmöglich, die winzigen Schriftzeichen
zu entziffern, die in alter deutscher Schreibschrift geschrieben waren. Sie würde später Leos Hilfe dafür in
Anspruch nehmen müssen. Das erste Foto zeigte die
Villa im Jahr 1918 in waagerecht strahlendem Abendlicht von der Seeseite her. Das zweite Foto zeigte die

vordere Front hinter dem sprudelnden Springbrunnen an einem Sommermorgen im Jahr 1930. Offenbar wollten die Viktoria Fahrradwerke ihres Urgroßvaters dokumentieren, dass sie ersten Weltkrieg und Wirtschaftskrise gut überstanden hatten. Bild Nr. 3 kannte sie bereits aus der Festschrift zum 50-jährigen Bestehen der Fahrradfabrik im Jahr 1932. Auf der Seeseite waren vor der Villa alle Angestellten des Hauses und die festlich arrangierten Speisen aufgebaut.

Die Tür der Notaufnahme öffnete sich, eins der verletzten Kinder schrie wie am Spieß und tobte voller Schmerzen, deren emotional entfachte Kraft sich in Schlägen gegen die traurig dreinschauende Mutter entlud. Im Hintergrund wurde Tomas von der jungen Ärztin zum Warteraum geleitet, die Hälfte seines Gesichtes in ein dickes Verbandspaket gehüllt.

Ellen warf einen letzten Blick auf die vierte Fotografie, die den Haupteingang an der Südseite der Villa, den Springbrunnen und einen Pfeiler des großen Tores zur Straße zeigte. Im Zentrum des Bildes stand ihr Großvater in seinen Knickerbockerhosen. Bevor sie das Bild zurück in den Umschlag steckte, registrierte sie flüchtig das Datum unter dem ultrascharfen Kontaktabzug, der 21.06.1933, der Tag, an dem die verheerende Köpenicker Blutwoche begonnen hatte.

Plötzlich frierend, zog Ellen den Umhängeriemen ihrer Tasche fester und hakte Tomas unter. Nach wenigen Minuten hatten sie seinen Wagen erreicht. Trotz seiner ständigen Proteste, nicht nach Hause gebracht zu werden, parkte Ellen eine weitere halbe Stunde später in einer Halteverbotszone vor dem Eingang zum Haus Fischerinsel Nr. 4. Zwischen einem Allianz-Versicherungsmakler und einem hinter Jalousien dämmernden Laden für Zeitungen, Imbiss, Alkohol und alles sonst, was man früh und abends benötigte, überprüfte sie das Klingelschild. Lenko, Apartment 2050.

Bei der Quälerei, ihn in den Fahrstuhl zu geleiten und den Flur im 20. Stock entlangzuführen, stöhnte er unentwegt, dass es völlig falsch sei, ihn nach Hause zu bringen.

»Ausch kein Fall, ausch kein Fall«, murmelte er wie ein Betrunkener, dessen Hirn sich nur noch auf eine einzige Botschaft konzentrieren konnte. Sie ignorierte das Gestammel und probierte den Schlüssel aus seiner Jacke. Er funktionierte.

Am Ende eines kleinen Flures gab es in seiner Wohnung ein Schlafzimmer, in dem sie ihn auf einer Unterlage aus mehreren frischen Laken auf sein Bett legte und erneut seine Schuhe löste. Seine Nase war doppelt so groß wie sonst, sein Kinn sah aus wie ausgestopft, sein linkes Auge würde sehr bunt werden. Sie stellte eine Schüssel neben sein Bett, in die er sein Blut spucken konnte. Ohne das getrocknete Blut im Gesicht, fand sie, sah er noch schlimmer aus, eher deformiert als verletzt. Noch eine Weile wollte sie warten, um sicher zu gehen, dass er problemlos schlafen würde.

Die Wohnung roch dezent nach Zigarrenrauch und nach dem Staub lange nicht bewegter Gegenstände in einem wandhohen Regal mit Büchern in Leineneinbänden und Langspielplatten in ihren Hüllen. Sonst war alles penibel gesäubert. Der Parkettboden aus DDR-Zeiten verströmte angenehmen Geruch nach frischem Bohnerwachs, ein großer Ledersessel mit lederner Fußbank und Blick über die Dächer Berlins, verbreitete leichten Duft nach abgesessenem Leder. Sie war sicher, dass Tomas hier nicht selbst für Sauberkeit sorgte. Gab es eine Freundin? Es sah nicht danach aus, hatte sie bei ihrem Blick ins Bad festgestellt. Wohl eher kümmerte sich eine Putzfrau um die Wohnung. Mit leichter Gänsehaut legte Ellen die Sicherheitskette vor.

In einem Flurschrank suchte sie nach einer Decke. Sie hatte kein Gefühl dafür, wie ernsthaft er verletzt war. Wenn sie kein Risiko eingehen wollte, den Traummieter, der pünktlich zahlte, niemals Ärger machte und eigentlich nie anwesend war, zu verlieren, musste sie hier ausharren, bis er wach wurde oder wenn sich eine Verschlimmerung abzeichnen sollte, so lange, bis ein Notarzt auch gegen seinen Willen die Betreuung übernehmen konnte. Sie setzte sich in den bequemen Ledersessel, die Füße ohne ihre Schuhe auf die ledergepolsterte Fußbank gelegt, als ihr Blick auf ein golden gerahmtes Foto im Regal fiel. Darauf waren zwei Kinder von vielleicht acht oder neun Jahren zu sehen, die in einer morgens oder abends tief stehenden Sonne vergnügt in die Kamera winkten, jeder eine Zahnbürste an den Lippen. Die Sonne, die niedrige weiße Mauer, auf der sie saßen, der Schatten einer Palme an der Seite deuteten auf Kuba hin. Hatte sie hier das Geheimnis seiner Sehnsucht nach Kuba entdeckt? Diese Kinder?

Zu weiteren Gedanken kam sie nicht, Kuba und die Stadt vor den Fenstern verschwanden, als sie einschlief. Irgendwann in der Nacht wurde sie wach von einem Geräusch. Regnete es? Sie setzte sich auf. Jemand stand unter der Dusche, Licht fiel unter der Tür des Badezimmers in den kleinen Flur. Um ihn nicht zu Tode zu erschrecken, schaltete sie ein Licht in seinem Wohnzimmer ein.

Tomas stand in einem Bademantel gehüllt im Flur.

»Was machst DU hier?«, fragte er gequält mit der

linken Seite seines Gesichtes. Er sah müde aus, sein Gesicht war nur auf der linken Seite zu erkennen. Flüssige Konversation war im Moment nicht seine Stärke.

»Was ist passiert«, fragte Ellen.

»Unfall.« Ein Unfall? *Da lachen die Hühner.*

»Jeder Blinde sieht, dass du schrecklich verprügelt worden bist,« meinte Ellen, »vielleicht sogar viel Schlimmerem entkommen konntest.«

Sie holte aus ihrer Tasche die beiden Filmrollen und legte sie auf ein niedriges Schränkchen an einer Wand. Langsam trat Tomas in das Wohnzimmer. Er machte sich an dem Schränkchen zu schaffen, dem er eine halbgefüllte Flasche und zwei Gläser entnahm. Als er sich aufrichtete, war sein unterdrückter Aufschrei nicht zu überhören. Er nahm die beiden Filmrollen in die Hand.

»Sind die drauf?«, fragte sie, »die dich so zugerichtet haben?«

Aus einer Schublade förderte er einen Schreibblock und einen Bleistift zutage. Er hielt ihr den beschriebenen Zettel vor die Nase:

»Die Männer, für die der Vogeljäger arbeitet.« Als sie es gelesen hatte, warf er die Schnipsel des zerrissenen Zettels in den Papierkorb, die Filmrollen wanderten in die Schublade.

»Du wirst es nicht glauben«, schrieb er in großen Buchstaben auf ein Blatt. »Dafür waren alte Männer verantwortlich.« Ellen reichte ihm ein Handtuch, das er sich zusammengelegt auf die rechte Seite des Gesichtes pressen konnte.

»Brauchten sie deine Zähne?«, fragte sie.

Tomas musste vor Schmerzen die Hand vors Gesicht legen. Sein Lachen versuchte er durch stoßweises

Atmen loszuwerden. Einen Finger breit füllte er die Gläser, der Duft von Rum schwebte im Raum. Ellen wusste so gar nichts über sein Leben außerhalb der inzwischen leergeräumten Bibliothek, das immerhin real genug war, um ihm blutige Prügel einzubringen.

Er ergriff ihre Hand. »Gefährlich«, schrieb er mit großen Buchstaben, die wohl die Lautstärke zeigen sollten, mit der er dieses Wort hatte sagen wollen.

Beide nahmen einen Schluck. Tomas legte den Kopf schief, damit der Rum nicht in die Wunde auf der rechten Seite floss. Er neigte dann den Kopf einige Male hin und her, drehte ihn, zog die Schultern hoch und drehte sie, als müsse er in seinem Knochengerüst etwas zurechtrütteln, das ihm Schmerzen bereitete.

Er stand am großen Fenster und blickte über die Stadt. Links von ihnen schaltete sich auf dem Dach des benachbarten Wohnturms eine riesige Coca-Cola-Reklame in ihrer Programmschleife voran. Coke, Coca, Coca-Cola, Coca-Cola mit Schleifen und Girlanden. Das rote Licht legte einen flackernden Widerschein über eine große Karte Kubas an der Wand.

Ellen sah Tomas an, der wie versteinert in den Himmel über den Dächern Berlins blickte. Sie hatte das Gefühl, seine Gedanken lesen zu können. In allem was er ausdrückte, lag der Entschluss eines Abschieds.

»Wir dürften nicht hier sein«, schrieb er, ohne sie anzusehen. »Das bringt alles durcheinander.« Als er sich einen neuen Streifen Rum in das Glas goss, streckte Ellen ihm ihr Glas entgegen.

»Alles ist im Umbau«, ihre Stimme war heiser. Er goss ihr nach. Noch immer ein Hauch von diesem paradoxen Fahrenheit-Duft. Ihre Hände berührten sich kurz. Ich kenne ihn seit über 20 Jahren, dachte Ellen, da war ich zwölf.

Coca-Cola hatte sich in dem Programm festgefahren und war auf der Umrandung und der schwungvollen Schleife unter den Worten stehengeblieben, als warte das Programm auf das Nachschenken von Rum. Alles verwuchs in diesem Augenblick. Das eingefrorene Licht der Werbung an dem großen Gerüst über dem benachbarten DDR-Hochhaus, der Rum in ihrem Mund, das glitzernde Glas in der Hand froren in diesem Moment Ellens Wahrnehmung ein, als hätte sich der Programmfehler der Werbung in die Zimmer der Umgebung ausgebreitet.

Ellens Hirn beschäftigte sich mit Erinnerungen an Momente der Vergangenheit, die es niemals zuvor verdient hatten, aus dem Grau des Vergessens hervorgehoben zu werden, Sekunden, Blicke, Berührungen, kindliche Bewunderungen, Freude, Vorfreude auf ein Wiedersehen nach langer Abwesenheit, auch wenn es nicht mehr als eine Umarmung im Hochheben und Absetzen der kleinen Ellen auf dem Ast eines Kletterbaumes war oder nur ein Zuwinken. Nähe ausstrahlende Ruhe trotz der Entfernung zwischen ihnen. Alles in dieser an Surrealität nicht zu überbietenden Sekunde vor der Karte Kubas mit kyrillischer Beschriftung, war von der roten Coca-Cola-Girlande umrahmt und mit Rumaroma durchtränkt. Dann lagen sie sich in den Armen. Ellen war in dem unbestimmten Gefühl gefangen, wenn sie loslassen würde, viel mehr loszulassen als diesen wahnwitzigen Moment, der tausend Augenblicke ihrer Vergangenheit neu sortierte und soeben das Bild eines entrückten Bibliothekars inmitten seiner Bücherregale in das Bild eines Abenteurers in einem flirrenden Sommertag ohne Horizont verwandelte.

Als wollte die Werbung gegenüber sagen, macht

endlich Schluss mit der Bewegungslosigkeit, weiter im Text!, knallte das volle Programm in den Himmel. Coca-Cola erfrischt, mit Schleifen und Rahmen.

Draußen drehten Polizeisirenen ihren Heulton hoch, als wäre die halbe Stadt in Alarmstimmung über das geraten, was sich in dem obersten Stockwerk des hässlichen Plattenbaus anbahnte.

Nach diesem Angriff auf Tomas war Ellen in jeder Sekunde klar, dass sie nirgendwo so wenig sicher waren wie in seiner Wohnung. Sie sind nicht fertig mit ihm, ahnte sie. Den Ausdruck seines Gesichtes, den sie vorhin beobachtet hatte, würde sie nicht vergessen. Es war der Ausdruck eines Mannes gewesen, der entschlossen war, sich für immer zu verabschieden.

Ellen verstand ihre Vergangenheit nicht mehr, eine Konstante hatte sich in etwas Lebendiges verwandelt, Nähe tat sich auf, wo keine hingehörte, die Angst, enttäuscht zu werden, rauschte mit ihrem Blut in ihren Ohren. Sie brauchte Abstand, um zu denken. Sie brauchte Abstand, um sich alles von außen anzusehen.

Mit sanften Bewegungen geleitete sie Tomas in sein Bett. Sie war nicht sicher, ob er ihre Handynummer besaß. Auf einer Seite seines Schreibblocks notierte sie *Für alle Fälle* und ihre Nummer. Den Zettel legte sie auf die Fensterbank.

Als er nach Mitternacht eingeschlafen war, verließ sie die Wohnung und schloss die Tür hinter sich. Während sie den Weg in Richtung der S-Bahn-Station Jannowitzbrücke nahm, stellte sie sich den verrückten Wust aus Gedanken und Gefühlen in ihrem Kopf und ihrem Körper wie ein erleuchtetes Haus voller Einrichtungen aus hauchzartem Glas vor, zu dem sie jetzt nicht zurückkehren wollte, um nichts darin zu zerstören. Was war da eben mit ihnen geschehen?

Einfach bewegen. An etwas anderes denken.

Sie hatten noch genau eine Woche, um ihre Suche nach dem roten Zwergstern abzuschließen. Sie hatten kaum noch Zeit und es stand nicht gut um die Ergebnisse.

Auf dem Weg zur S-Bahn entschloss sie sich, die Köpenicker Straße weiterzugehen, vielleicht bis zum Ostbahnhof. Unterwegs schaltete sie ihr Handy wieder ein und klickte den Fahrplan durch. Für die nächsten zwei Stunden gab es keinen für sie passenden Zug. Da konnte sie gut weiter zu Fuß gehen.

Der Treptower Park triefte vom Tau des frühen Morgens. Ellen realisierte, dass sie tatsächlich dabei war, den ganzen Weg nach Köpenick zu Fuß zu gehen. Ab einem bestimmten Punkt wird Aufhören schwieriger als Weitermachen. Den Punkt hatte sie längst überschritten, ohne es zu merken.

Der helle Morgen kam nicht schneller als im Fußgängertempo. Alles ließ sich Zeit. Der Tau tropfte satt, aber langsam von den Bäumen des Parks, keiner der Tropfen dachte daran, zu verdunsten. Das war erst für den heißen hellen Morgen geplant, der noch mindestens fünf Stunden entfernt war. Das fragile, erleuchtete Haus, in das sie mit ihren Gedanken nicht zurückkehren wollte, versank in der nächtlichen Dunkelheit, aus der sie sich langsam entfernte.

19

Alle Gliedmaßen auf ihrem Bett weit von sich gestreckt, hatte Ellen noch immer das Gefühl, weiter durch die Stadt zu wandern, an Schlafen war nicht zu denken. Auch wenn sie sich weiterhin bemühte, nicht an die Begegnung mit Tomas zurückzudenken, spürte sie seine surreal lang andauernde Umarmung doch überall auf ihrer Haut.

Sie setzte sich auf. Um diese Zeit ließen sich bereits die ersten Vorboten eines warmen Tages erkennen, aber die Filmleute waren noch nicht aus ihrer Nacht aufgetaucht, es war die richtige Zeit, eine Runde im See zu schwimmen.

In ihrem schräg gemusterten hellblauen einteiligen Badeanzug lief sie hinunter zum See. Das große weiße Badehandtuch blieb am Ufer auf dem Gras liegen. Im weiten Bogen zog sie ihre Bahn im See nach Süden, sie wollte nichts von den Filmleuten auf ihrem Hotelschiff sehen und nichts von dem Betrieb, mit dem sie irgendwann loslegen würden. Das Einzige, das sie jetzt genießen wollte, waren der aufsteigende Tag und der warme, lebensvolle Geruch des Wassers, das sie umgab.

Nach einer großen Schwimmtour von fast einer Stunde hatte sie das Gefühl, langsam in ihr normales Leben zurückzufinden. Vielleicht würde sie jetzt schlafen können. Während sie sich wieder in das Handtuch wickelte, wurde ihr bewusst, dass sie die irritierende Neuentdeckung von Tomas Lenko einem Verrückten verdankte, der auf ihrem Gelände umhergeschlichen war, um Vögel zu betäuben. Erfolglos grübelte sie über die tiefere Bedeutung dieses Vorgangs nach. Als weitere Filmleute aus kleinen Booten an Land stiegen, lief sie zu ihrer Remise hoch.

Tomas hatte diesen schemenhaften Vogelfänger verfolgt, seine Auftraggeber fotografiert und dieses Abenteuer fast mit dem Leben bezahlt. Unter der Dusche wurde Ellen klar, dass die ominöse Gefahr weiterhin bestand, dass sie nicht dem ausgefallenen Hobby eines Exzentrikers in die Quere gekommen war, sondern dass ein aufwändiges Programm hinter seinen Aktionen steckte, das sich auch für sie zu einer Gefahr auswachsen konnte. Zum Glück tummelten sich bei ihr den ganzen Tag die Filmleute, vielleicht schreckte das den Vogeljäger davon ab zurückzukehren. Einige Zeit später lag sie wieder auf dem Bett. Sie hatte nichts dagegen, wenigstens noch einige Stunden zu schlafen, um von einer verstörenden Nacht endgültig in einem normalen Tag anzukommen.

Als sie aufwachte stellte sie fest, dass sie vier Stunden geschlafen hatte. Irgendetwas hatte sie geweckt, aber sie war zu spät aufgestanden, um sich daran zu erinnern. In ihrem hellgrauen, weichen Schlafanzug betrat sie den kleinen Flur. Ihr transparenter Briefkasten auf der Innenseite der Tür enthielt einen Brief. Sie fischte ihn heraus und drehte ihn nachdenklich in der Hand. Eine Briefmarke gab es nicht, jemand hatte ihn direkt eingeworfen.

In der Küche legte sie zwei Toastscheiben ein und startete die Kaffeemaschine, um sich einen großen Topf mit Kaffee zu füllen. Sie strich dünne Kirschkonfitüre auf die beiden Toastscheiben, ohne Butter darunter, wobei sie seltsamerweise an Japan dachte und das schlechte Gewissen sie zu plagen begann, weil sie ihren Verpflichtungen bei der wissenschaftlichen Arbeit nicht nachkam. Nicht mehr lange, und Leo würde nach seiner Rückkehr aus Tokio beginnen, sie mit drängenden Fragen zu quälen. Es gab keine

Fortschritte, die sie vorweisen konnte. Sie setzte sich an den Küchentisch und las den eingeworfenen Brief, während sie an dem Toast knabberte und von dem Kaffee trank.

Der Brief kam von »Studio 21« und war von G. Moretti, Produktionsleitung, unterzeichnet. Er bestellte sie für übermorgen früh um 10:00 Uhr in das Studio in Potsdam-Babelsberg zur »Durchsprache vertraglicher Fragen« ein. Dem Schreiben war der stark vergrößerte Ausdruck eines Standbildes der Videoüberwachung beigefügt, auf dem Ellen dabei zu erkennen war, wie sie filmend den Musiksalon ihres Hauses betrat.

Die Wendung, vor der sie bisher die Augen verschlossen hatte, war nun eingetreten und drohte den gesamten Sanierungsplan für ihr Haus zu gefährden. Sie nahm einen großen Bissen von dem Toast. Sie brauchte alle Kraft und Nervenstärke für das, was jetzt kam, und sie musste sich etwas einfallen lassen, um dem Desaster zu entgehen. Etwas wirklich Gutes, sonst sah sie schwarz. Eine Weile wanderte sie in ihrer Wohnung umher und wedelte sich mit dem Brief Luft zu, aber ein Gedanke, wie sie sich auf den Termin in Potsdam vorbereiten sollte, kam ihr nicht.

Sie mischte sich unter das sommerliche Vormittagstreiben der Filmleute vor ihrer Tür. Nach einiger Zeit fiel ihr ein Mann auf, der zwar wie viele andere Kleidung aus den Dreißigerjahren trug – einen beigen dünnen Leinenanzug mit hellbraunem Hemd und braun gepunkteter Seidenkrawatte und unter der Nase einen vollen grauen Schnauzbart – doch seine Haare waren etwas zu lang, zu grau und zu auffällig gegelt. Eine Weile verfolgte sie ihn mit ihren Blicken.

Alle halbe Stunde kam er für eine Zigarettenlänge

an das Ufer. Er atmete schwer, manchmal trank er einen Schluck aus einem silbernen Flachmann, den er sorgfältig wieder wegsteckte. Einmal blätterte er eine Weile in einem dicken Buch. Ellen schwebte ihm barfuß in hellblauem T-Shirt und kurzen weißen Leinenhosen entgegen, als er genüsslich seinen Zigarettendampf der Sonne über den See entgegen blies.

»Ellen Koffka«, stellte sie sich mit dem bezaubernden Lächeln ihrer strahlend blauen Augen vor. »Ich bin die Vermieterin.«

»Rastenburg«, kam spontan die Antwort. Nach diesem Ausbruch von Redseligkeit verstummte er, ließ alle Versuche von Ellen, ihm Einzelheiten zu den Filmarbeiten zu entlocken, unbeantwortet und verschwand wenige Minuten später grußlos wieder in der Villa.

Von der steinernen Bank am Ufer aus betrachtete sie weiter das Tun und Treiben der Filmleute in der aufsteigenden Sonne, einige von ihnen kostümiert, andere nicht, aber der Mann mit dem grauen Schnauzbart tauchte nicht mehr auf. Wer konnte es gewesen sein, der zwar Zugang zum Set im Haus besaß, aber viel zu isoliert durch die Szene wanderte, um zum Kreis der eigentlichen Filmemacher zu gehören?

Der Sohn der Restauratorin ist Filmemacher, fiel ihr ein, und sie hatte eine Idee, wie sie möglicherweise mit seiner Hilfe dem schlimmsten Desaster bei dem kommenden Vertragsstreit im Studio entgehen konnte und gleichzeitig ihre Paranoia über das beruhigen, was die Leute in ihrem Haus wirklich trieben.

Vorsichtshalber hatte sie den von der Restauratorin zugesandten Kontakt in einem Screenshot gesichert, so kam sie ohne Netzzugang an seine Handynummer.

Arndt Alter – Schnitt, Regie, Produktion, stand

dort. Sie musste ihn unbedingt vor dem Termin in Babelsberg treffen. Mit seiner Mobilnummer konnte sie allerdings erst etwas anfangen, sobald sie sich in Reichweite eines Netzes befand.

Eine halbe Stunde später radelte sie im heißer werdenden Tag zum Bäcker in Friedrichshagen, wo drei Versuche, den Filmemacher zu erreichen, fehlschlugen. Die auch in der Folgezeit scheiternden Versuche, ihn ans Telefon zu bekommen, blockierten ihren ganzen Tag, den sie im Weiteren damit verbrachte, zuzusehen, wie ihre Algorithmen die Zahl der davonrasenden Zwergsterne reduzierten, zu schlafen, noch einmal zu schwimmen und sich die alten Fotografien ihres Hauses von Jakob Frauenfels anzusehen, die ihr die Historikerin übergeben hatte. Sie nahm sich die eine Fotografie heraus, die sie mit dem angegebenen Datum erschreckt hatte. 21. Juni 1933. Die Köpenicker Blutwoche.

Das war nichts, an das sie jetzt denken wollte, dennoch schaltete sie die Deckenlampe ein, um sich das Foto genauer zu betrachten. Darauf war das Haus von der Südseite zu erkennen, der Haupteingang, ihr Großvater, der Springbrunnen und ein Pfosten des Tores. Je länger ihr Blick auf dem Foto ruhte, desto mehr Details erschlossen sich ihr. Links vom Eingang stand eine junge Frau, wahrscheinlich die Haushälterin, aus den Fenstern über dem Eingang blickten zwei Männer und eine Frau, rechts neben ihrem Großvater stand eine große Reisetasche auf dem Boden, daneben ein Junge, vielleicht ein Bote oder ein Helfer des Fotografen. Damals waren die Fotografien Kunstwerke für die Ewigkeit, erinnerte sie sich an die Worte der Historikerin. Wenn der Fotograf sich an die Arbeit machte, wollte jeder mit auf das Bild, auch wenn er dafür den Atem anhalten musste.

Den ganzen Tag über ereignete sich nichts, das sie auch nur der Lösung eines einzigen Problems näher gebracht hätte. Am Abend unternahm sie einen weiteren vergeblichen Versuch, den Filmemacher zu erreichen, während sie einen großen Salat mit Schafskäse in Friedrichshagen verspeiste. Nach einem letzten Anrufversuch fuhr sie nach Hause und legte sich ratlos aufs Bett, wo sie einschlief, wie sie zu ihrer eigenen Überraschung gegen 2:00 Uhr morgens feststellte. Zeit für einen allerletzten Versuch.

Als Filmemacher würde Alter sicher Tag und Nacht mit intensiver Arbeit an Drehorten und im heimischen Studio beschäftigt sein. Vielleicht gab es eine Chance, ihn in der Grauzone zwischen Schlaf und Arbeit zu erwischen. Jetzt: 2.15 Uhr. Es war einen Versuch wert. *Zu viel hängt davon ab.*

In Jeans und dunklem Pullover war sie wenig später auf dem Fahrrad unterwegs zum Müggelpark direkt am Strand des Sees in Friedrichshagen, wo es zwar kein WLAN, aber bestmöglichen Empfang im Handynetz gab. Dort, in der Nacht am See, würde sie die letzten Anrufversuche unternehmen.

Der See wirkte um Viertel vor 3:00 Uhr in der Nacht verlassen. Nicht einmal Vögel schienen sich anders bewegen zu wollen, als mit den Köpfen im Federkleid versteckt auf dem Wasser zu treiben, möglichst weit entfernt von allem, was ihnen am Ufer bedrohlich nahekommen konnte.

Der erste Anruf zeigte Ellen, dass sie es in der Nacht versäumt hatte, ihr Handy zu laden. Kaum etwas wäre unangenehmer als ein schließlich erfolgreicher Anruf, der nach dem ersten Wort abbrach, weil der Akku den Geist aufgegeben hatte.

Der zweite Versuch, eine Viertelstunde später, war

ebenfalls erfolglos. Sie schickte ein kurzes Stoßgebet zum Himmel, bevor sie ihre kleine Umhängetasche nach einem Ladegerät durchsuchte, die Haupttasche, die vorne aufgesetzte Tasche, beides negativ. Hektisch tastete sie die Tasche von außen ab. Es gab eine flache Reißverschlusstasche an der Rückseite und dort einen Ladestecker mit kurzem Kabel. Sie stand auf, um nach einer Steckdose zu suchen.

Direkt am Strand zum Müggelsee existierte ein Imbisswagen, der tagsüber nicht mit Strom geizen musste, wie sie wusste. Sie suchte alles ab, fand aber nichts, was von außen zugänglich gewesen wäre. Sie lief zur anderen Seite des Strandes, wo sich direkt neben dem Fußgängertunnel, der auf die andere Seite des Sees führte, ein Restaurant am Seeufer befand. Sie musste direkt auf der Ufermauer, an der Kante eines Zaunes vorbei balancieren, um auf das Gelände des Restaurants zu gelangen. Auf einer Bank im Sichtschatten lag ein sich intensiv küssendes Paar, das für sie keine Augen hatte. Aber auch dort fand sie nichts.

Sie gab die Suche nach einer Steckdose auf, für 30 Sekunden sollte die Ladung noch reichen. Bitte, dachte sie. Sie drückte auf die Wahlwiederholung. Nach dreimaligem Klingeln meldete sich die genervte Stimme eines jungen Mannes.

»Ja?«

Ellen konnte es nicht fassen. Sie hatte ihn tatsächlich am Telefon. Sie stellte sich vor und sagte dann: »Sie wurden mir von Ihrer Mutter empfohlen.« Die Lademarke ihres Handys zeigte 4 Prozent. Sie wusste, dass sich das Gerät nach einem traurigen Signalton bald abschalten würde.

»Meine Mutter«, wiederholte er, seine Laune wurde keinesfalls besser. »Was kann ich für Sie tun?«

»Ich brauche ihre Expertenmeinung, es geht um Leben und Tod«, sagte Ellen.

»Oh Gott«, war die Antwort. »Ständig schickt meine Mutter Leute mit immer neuen Ausreden zu mir, die sie später danach befragt, wie es bei mir aussieht. Ist es dreckig? Chaotisch und unordentlich? Schläft er überhaupt? Liegen leere Flaschen herum, lebt eine Frau oder ein Freund bei ihm? Ehrlich gesagt, ich habe keinen Bedarf.« Er schien kurz davor aufzulegen.

»Warten Sie«, rief Ellen. »Ich habe keinen weiteren Kontakt zu Ihrer Mutter.«

»Sie hätten aber ordentlich was zu berichten«, sagte er. »Ich bin im Stress, ich habe seit 48 Stunden nichts gegessen, aus den leeren Pizzakartons, die bei mir herumliegen, könnten Sie ein Haus bauen. Ich habe überhaupt keine Zeit, nicht für dieses Gespräch, nicht zum Essen und schon gar nicht für einen Besuch, der komplizierte Fragen stellt.«

»Ich könnte etwas zum Essen mitbringen«, schlug Ellen vor, »dann haben wir Zeit gespart.«

»Ich kenne all das Zeug. China, Pizza, Hamburger, Döner. Ich könnte kotzen.«

»Ich koche Ihnen was«, sagte Ellen. Diese Worte waren aus ihr herausgestolpert wie ein losgelassenes Opfertier. Sie war bereit, ihr Möglichstes zu geben, um dieses verfluchte Thema der Filmleute endlich abzuhaken, auch wenn es das Schlimmste für sie war.

Kochen!

Ich hasse es zu kochen! Jetzt kam der Signalton aus ihrem Handy, der sich anhörte, als habe man einer Band mitten in der Vorstellung den Strom abgestellt. Ellen hasste Kochen und sie konnte es auch nicht, zwei Dinge, die direkt miteinander zusammenhingen. In ihrer WG war sie für ihre Vorliebe für Fertigmenüs bekannt gewesen. Nur ein einziges Mal, als sie gemeinsam auf die Idee gekommen waren, eine Woche der »Lieblingsmenüs aus Kinderzeiten« zu veranstalten, hatte sie sich bemüht Kochen zu lernen. Plow. Ein Mischmasch aus Reis, Fleisch und Gemüse, das man mit den Fingern essen musste. Mit höchster Energie hatte sie sich damals in die Erforschung verschiedener Rezepturen gestürzt, hatte in einem tadschikischen Restaurant in Berlin-Mitte probiert, ob sie den Geschmack wirklich wiedererkannte und dann tatsächlich für die fünf Mitbewohner und für Tomas und sich selbst eine riesengroße Schüssel Plow gekocht. Dabei war es geblieben. Außer Spiegeleiern und Bratkartoffeln beherrschte sie kein anderes Kochprogramm. Nie wieder hatte sie die Energie aufgebracht, selbst zu kochen. Plow. Das war alles. Auf der anderen Seite herrschte Schweigen. Sie blickte auf das Display. Noch gab es eine Verbindung.

»Hallo?«, fragte sie.

»Was kochen Sie?«, kam eine Frage, die sich nach sehr reiflicher Überlegung anhörte. *Die Maus schnuppert am Speck.*

»Haben Sie einen gusseisernen Topf?«, fragte Ellen. Wieder herrschte Schweigen. Irgendwo klapperte es.

»Tatsächlich, habe ich, und wofür?«

»Hier kommt mein Vorschlag«, erwiderte sie. »Ich bringe mittags die Zutaten mit. Ich brauche etwa 20 Minuten, um frisches Plow bei Ihnen zu kochen, mit Rindfleisch, Reis und Gemüse. Es wird ein Riesentopf, von dem sie noch zwei Tage leben können. Sie helfen mir bitte nicht beim Kochen, sondern arbeiten weiter an Ihrem wichtigen Vorhaben. Man kann es einfach essen, mit den Fingern, mit der Gabel, mit dem Löffel. Kein Schälen, kein Knabbern, kein Schneiden, nur Reinschaufeln. Es gibt nur einen Haken.«

»Und?«

»Während wir das Plow essen, beantworten Sie mir eine halbe Stunde lang Fragen, die nur ein Experte beantworten kann.«

Bevor er antworten konnte, herrschte stromlose Stille.

20

Am späten Vormittag des nächsten Tages betrat Ellen den Edeka in Friedrichshagen. Sie hasste es nicht nur zu kochen, sondern schon das Besorgen der Zutaten in unübersichtlichen Supermarktregalen war unerträglich.

In den Einkaufswagen wanderten eine kleine Flasche Rapsöl, sechshundert Gramm bestes Rindfleisch, Zwiebeln, Knoblauchzehen, Mohrrüben, die Gewürze von Paprika und Kümmel. In einem benachbarten Biomarkt packte sie noch ein Pfund spanischen Paellareis, Rosinen sowie ein Büschel frische Minze und Berberitze ein. Vor dem klimatisierten Markt trat sie zurück in die schweißtreibende Hitze, um sich auf das Fahrrad zu schwingen.

Zu Hause angekommen, blieb sie einige Minuten vor dem Springbrunnen stehen und sah dem Treiben im Park vor der Villa zu.

Einige Kostümierte saßen auf gefalteten Sesseln im Schatten der großen Fichten, einige Arbeiter waren damit beschäftigt, Kameraschienen neu zu verlegen, sodass eine durchgehende Kamerafahrt vom Springbrunnen bis an den See möglich war. Dort war ein kleines Set aufgebaut, an dem anscheinend in Kürze gefilmt werden sollte. Es gab nichts Auffälliges. Eine Mittagspause an einem Filmset in einem heißen Augusttag. Nur wenige Personen gingen ins Haus, kaum einer kam hervor, einige von denen wurden mit einem Boot zur »Zürich« gebracht.

Von den Filmleuten ignoriert, verließ sie das große Tor am Müggelsee-Damm und befand sich kurz danach auf einer Tour durch den Sommer, wie er im Buche stand, umgeben von einem Konzert der Vögel in einer kühlen, dunklen Kirche aus Bäumen, auf deren Dach über den Wipfeln die heiße Sonne knallte. Noch nie hatte sie daran gedacht, dass der ständige Gesang und das fortwährende Gezwitscher nicht nur der Ausdruck einer fröhlichen Grundstimmung bei all dem gefiederten Zeug war, das sie unsichtbar in den Baumkronen umgab, es war vor allem eine logische Folge der großen biologischen Erfindung der Feder.

Ellen trat entspannt in die Pedale, lehnte sich zurück und nahm im Elsengrund die Hände vom Lenker. Vögel konnten nur deshalb singen und tirilieren, wie es ihnen gefiel, weil sie fliegen konnten. Sobald sie mit ihrem Gesang den Ort ihres Aufenthaltes verraten hatten, waren sie schon auf und davon. Ihre Konzerte schmetterten sie in den Wipfeln und in der Luft, die Natur am Boden war still.

Sie schwenkte auf die Straße Am Wiesenrain ein, die zum S-Bahnhof führte.

Ihr Park, ihre Villa, ihr Empfinden für das, was bei ihr zu Hause geschah, bewegten sich genau auf der Grenze zwischen beiden Welten, denen sie im Wald begegnet war. Im Außenbereich herrschten die bunten, lauten, geschäftigen Gestalten aus der Welt des Films. Das geheime Set im Innern des Hauses kam ihr vor wie der kühle Waldboden, von dem man wusste, dass es auch dort Tiere gab, größere Tiere. Die allerdings waren still.

In der Stadt war es warm, auch wenn der Himmel sich bedeckt zeigte. Am Bahnhof Neukölln rief sie sich einen Uber, um mit ihren Einkäufen nicht lange in der Mittagshitze herumwandern zu müssen. Der Fahrer musste alle seine Künste zusammennehmen, um mit dem Navi den Zugang zu dem angekreuzten Haus nahe der Neuköllner Schleuse zu finden, über dem der

Verkehr auf der Brücke der Grenzallee durch die Luft rauschte. Dann verzog er sich schnell wieder, um sich dort oben einzufädeln.

Mit ihrem Einkaufsbeutel in der Hand stand Ellen vor einem Gebäude, das vollkommen aus der Zeit gefallen zu sein schien und an dieser unansehnlichen Stelle der Stadt wohl von nichts als dem Denkmalschutz am Leben gehalten wurde. Über einem vielleicht zwanzig Meter hohen Hauptgebäude aus Klinkersteinen mit hohen schmalen Fenstern erhob sich eine Art Burgturm, der, wie der gesamte Komplex, Anfang des letzten Jahrhunderts erbaut sein musste.

Eine Tür, groß wie ein Scheunentor, öffnete sich, ein junger Mann mit Pferdeschwanz und großen Kopfhörern um den Hals winkte Ellen ins Haus. Es gab keine besondere Begrüßung und kein größeres Hallo. Hinter ihr schloss er die Tür, das war die einzige zugestandene Formalität.

Ellen fand sich in einem Raum wieder, der sie mit seiner Größe zu erschlagen drohte. Auf dem Betonboden fanden sich Reste stählerner Fundamente, über eine Seite lief eine Balustrade, von der man früher möglicherweise in der Halle installierte Maschinen hatte warten können. Jetzt war der Raum leer und entgegen ihrer Erwartung vollkommen sauber. An den rohen Wänden standen Reihen zusammengeklappter Metallstühle und Tische. Die in ihrem Telefonat angekündigte Sammlung von Pizzaschachteln befand sich feinsäuberlich neben dem Eingangstor in einer Gitterbox, wie sie sie aus Supermärkten kannte. Es roch nach einer Mischung aus Diesel, Metall, Reinigungsmitteln und kaltem Rauch. Links von ihr war an der Längswand eine professionelle Küche aufgebaut mit Edelstahlküchenmaschinen, einem großen professionell ausgestatteten Herd, an dem bestimmt für gut 50 Menschen gekocht werden konnte, in einer offenen Spülmaschine war einsortiertes schmutziges Geschirr sichtbar. In der Mitte der Herdplatte wartete ein großer, frisch gereinigter, gusseiserner Topf. Mit ausgestreckter Hand trat der Filmemacher auf sie zu.

»Arndt«, stellte er sich vor. Es war offenbar ein Angebot, sich zu duzen.

»Ellen«, antwortete sie.

»Leg los«, sagte er und schob sich die Kopfhörer wieder über die Ohren, ging zurück zu seinem langen metallenen Arbeitstisch, auf dem ein 27-Zoll iMac stand, an dem zwei Sony-Monitore zur Schnitt- und Farbbearbeitung sowie mehrere Tastaturen und Schieberegler angeschlossen waren. Dort vertiefte er sich sofort wieder in Videosequenzen, die in mehreren parallelen Streifen über die Monitore liefen. Er schob auf einem Tablet Teile von Bildern ineinander und wiegte sich im Takt einer unhörbaren Musik. Ein Telefon klingelte. Er reagierte nicht.

Ellen stellte die Kochplatte an und goss einige Esslöffel Öl in den Topf. Während das Öl heiß wurde, schnitt sie das Rindfleisch in Würfel und ließ es dann im heißen Öl kurz anbraten, parallel dazu schnitt sie Zwiebeln und Möhren in dünne Scheiben und lange Streifen. Nachdem sie das angebratene Fleisch aus dem Topf in eine Schale gegeben hatte, ließ sie das Gemüse mit dem Knoblauch in dem heißen Öl einige Minuten glasig werden, bis sie schließlich das Fleisch, den Paellareis und einen Liter Wasser dazugab. Sie schloss den Deckel und stellte den Timer ihres Handys auf 20 Minuten.

Zwei der zusammengeklappten leichten Blechtische und zwei Blechstühle trug sie in die Mitte der Halle und legte zwei Teller und Besteck neben der Kochfläche bereit. Jeder sollte sich selbst bedienen. Sie tippte dem Dokumentarfilmer auf die Schulter. Er hielt die über die Monitore laufenden Videospuren an und legte den Kopfhörer ab.

»20 bis 25 Minuten«, meldete sie.

»Ich glaube es nicht!« Er stand auf. Sein schmales Gesicht glühte, als habe ihm eine Fee einen geheimen Wunsch aus Kindertagen erfüllt. Er sah blass aus, seine blauen Augen wirkten wie in langen Nächten in den Kopf hineingebrannt, seine Stimme klang heiser, er konnte nicht älter als 25 Jahre sein. Was immer er hier tat, es erforderte den ganzen Mann.

»Warum hast du dich in dieser Bahnhofshalle von einem Raum eingenistet?«, fragte Ellen. Er schnupperte in Richtung der Küche, von wo sich appetitanregende Düfte durch den Raum zogen, trat dann an sein Pult und betätigte einige Tasten.

Von einem Moment auf den anderen fand Ellen sich in einem anderen Universum wieder. Von überall her, aus Lautsprechern an den Wänden und an der Decke, die sie erst jetzt registrierte, erklang Justin Timberlake mit »Say something«. Rechts von ihr, gegenüber von dem Arbeitstisch des Filmemachers, zeigte die weiß gestrichene glatt verputzte Stirnwand am anderen Ende der Halle den Sänger durch einen rätselhaften Bau gehen, in dessen Korridoren und Zimmern seine Musik lebte. Gänge, ein offener Hof, Tontechnik, staubiges Gegenlicht, Schritte auf Metall. Ein Fahrstuhl mit antiken Gittertüren brachte den raumhohen Sänger vor ihr in immer neue Räume, in denen immer neue Musiker auftauchten, über gusseiserne Treppen stiegen, in Fluren warteten, mit dem Fahrstuhl neue Etagen durchquerten. Schließlich, der Blick ging nach oben, standen übereinander, wie in einem Weltraumbahnhof, dutzende und dutzende von Menschen in umlaufenden Balustraden, wie die Gefangenen eines neuen Jahrhunderts aufgereiht, und brachen in Beifall aus.

Ellen kam sich vor, als hätte ein Hammer ihr Hirn getroffen. Mit einem weiteren Tastendruck war alles verschwunden.

»Manchmal kann man wirklich Geld verdienen«, stellte der Filmemacher fest. Welch eine Welt, dachte Ellen.

»Ein Kraftwerk«, murmelte sie. In Wahrheit sitzt er in einem ausgehöhlten Asteroiden, der viel zu weit weggeflogen ist, um jemals wieder nach Hause zu finden. Der Filmemacher nickte.

»Vor dem ersten Weltkrieg gab es neben der Neuköllner Schleuse dieses Wasserkraftwerk, das man später um Dieselgeneratoren ergänzt hat.« Er ließ sich in ein Ledersofa fallen, das auf die jetzt wieder wie eine normale Wand erscheinende Projektionsfläche ausgerichtet war. »Hauptsache, der Flow stimmt.« Ellen setzte sich in einen Sessel, den Timer ihres Handys im Blick

»Was ist dein Problem?«, fragte er. Sie berichtete ihm von dem völlig umgestalteten Haus und den Arbeiten der Filmleute darin und bot ihm an, den von ihr beim Gang durch die umgestalteten Zimmer aufgenommenen Videoclip auf sein System zu laden. »Schicke es mir per AirDrop an diese Adresse.« Er hielt ihr sein Handy hin. Einige Minuten später murmelte er an seinem Arbeitstisch »angekommen«. Er ließ alles schnell über die drei Monitore laufen.

Ellens Timer meldete sich mit dem Klingeln eines altertümlichen Weckers. Sie ging hinüber zum Topf und schmeckte das Plow mit Salz, Pfeffer und den Gewürzen ab und gab zum Abschluss die Rosinen und die frische Minze dazu. Dann füllten sich beide ihre Teller und ließen sich zum Essen auf Sofa und Sessel nieder, die Teller auf den Knien. Die Blechmöbel in der Mitte der leeren Halle wirkten wie aus dem eben gezeigten Musikclip zurückgelassen.

Arndt löffelte sich den Reisbrei in den Mund und stöhnte vor Wohlgefallen.

»Meine Mutter würde die Szene lieben. Endlich eine Frau, die für mich kocht.« Er lachte. Ellen dachte an nichts anderes als an das Problem, das sie hier und jetzt im Wahnsinnsraumschiff dieses stinkreichen Musikfilmfreaks lösen musste. »Hier ist Problem Nr. 1 in deinem Haus«, verkündete er und zog ein Standbild auf die große Projektionsfläche an der Stirnwand. Das Bild zeigte den Herrensalon. »Nichts.« Das nächste den Flur. »Nichts.« Es folgten der Musiksalon, der Speisesalon und der große Gartensalon im Erdgeschoss. »Nichts. Kein Ton, kein Licht, keine Kameras. Aber«, er legte eine Pause ein, »es gibt Markierungen auf dem Fußboden. Irgendetwas bereiten sie vor. Aber bisher wurde keine Minute gedreht.« In gigantischer Vergrößerung zeigte die Projektion den Kronleuchter im Herrensalon. Mit dem Cursor fuhr Arndt über einige Details. »Es gibt ein Kästchen mit einer kleinen LED dort oben. Was kann das sein?« Er stand auf, um sich in der Küche einen Nachschlag zu holen und brachte dabei zwei leere Gläser und eine Flasche Cola mit. »Die Minze macht es zu einer Fünfsternespeise.« Ellen hatte genug gegessen. Es kam einzig und allein auf das an, was »Studio 21« in ihrem Haus veranstaltete.

»Vor einiger Zeit ist die Elektrik in meinem Haus zusammengebrochen«, erläuterte sie. »Die Leitungen funktionieren nicht zuverlässig. Das Produktionsteam hat seine eigenen Stromgeneratoren mitgebracht und über die alten Aluminiumleitungen aus der DDR-Zeit nur einige Glühbirnen betrieben. In den Kästchen sind Batterien, mit denen sie zusätzlich LEDs speisen, damit die nötige Lichtstärke erreicht wird, nehme ich an.« Arndt machte ein Gesicht, als habe er Zahnschmerzen.

»Das ist ein grauenhaftes Licht. Das schlimmste Mischlicht, das ich jemals gesehen habe.« Er goss beiden von der Cola ein und trank einige Schlucke. »Das richtig fiese und ernste Problem, dein Problem Nr. 2 ist das Licht. Die Kronleuchter und Wandlampen erzeugen ein Licht, das jedem Kameramann die Haare ausfallen lässt. Waren diese antiken Lampen schon immer im Haus?«

»Sie sind sämtlich von den Filmleuten historisch korrekt neu installiert worden«, erwiderte Ellen.

»Um Gottes Willen«, stöhnte er. Er stopfte weiter von dem Plow in sich hinein. Voller Freude am Essen bediente er sich der Finger und gab laute Grunzlaute von sich. Er erhob sich, um mit einer Haushaltsrolle aus der Küche zurückzukehren, an der er sich die Finger sauber wischte. Dann schob er ein anderes Standfoto auf die große Projektionswand. Es zeigte die weiße Decke des Herrensalons, die von zwei Ecklampen beleuchtet wurde. »Ich zeige dir, was du da vor dir hast. Die Schlussfolgerung musst du selbst ziehen.« Er verschob das Foto in den Rahmen der Schnittsoftware »Adobe Premiere«. Mit dem in eine kleine Pipette verwandelten Cursor definierte er die Deckenfarbe in der linken Ecke. »Sagen wir, das hier ist unser Weiß.« Sofort wurde die gegenüberliegende rechte Ecke rot, wie von einem Waldbrand beleuchtet. Es folgte der umgekehrte Test und die linke Ecke sah aus, als läge sie in einem blaugekachelten Bad. »Mischlicht. Es gibt kein Weiß in deinem Haus.« Er schob die letzten Reste seines Essens mit dem Löffel auf dem Teller zusammen und dann in seinen Mund. »So kann man einen kleinen Möchtegern-Kunstfilm drehen, weil jede Person darin ausschaut, als würde sie sich zwischen Kühlhaus und Waldbrand befinden, aber niemals einen Hollywoodstreifen, der die Leinwände der Welt erobern soll. Ich glaube nicht an den Kunstfilm, alles spricht dafür, dass das Licht diesen Leuten scheißegal ist, denn spätere Korrekturen beim Schnitt sind so extrem aufwendig, dass kein Produzent sie lebend überstehen würde. Oder sie müssten alles wieder entfernen, was sie selbst erst eingebaut haben, die Räume müssten mit Lichtmatten aus Mengen von LED oder mit Traversen für Scheinwerfer ausgerüstet werden, die natürlich die Räume verändern, aber Licht im Überfluss garantieren würden. Die Kameraleute müssen dann dafür sorgen, dass nichts davon im Film sichtbar wird.«

»Und was heißt das?«

»Problem 1 zeigt, dass sie garantiert noch nicht mit dem Dreh begonnen haben und Problem 2, dass dort auch künftig niemals gedreht werden wird.« Er stapelte die leeren Teller übereinander, nahm das Geschirr und sortierte es in die große Spülmaschine.

Vor dem großen Tor verabschiedete er sich von Ellen. »Wenn du wieder Expertisen brauchst, derselbe Deal ist immer okay.« Er grinste. Dann verzog er sich ins Innere seines Musikfilmraumschiffes, dessen Eingang sich wie ein Burgtor schloss, das durch kein »Sesam öffne dich« von außen wieder geöffnet werden konnte.

Von ihrem selbst zubereiteten Plow gesättigt, fand Ellen sich plötzlich allein in einem heißen Tag in der Nähe der Neuköllner Schleuse wieder, über der auf der Grenzallee der Verkehr dahinrauschte. In ihrem Rücken ragte die Kraftwerksburg auf, aus der sie sich die Wahrheit darüber abgeholt hatte, was in ihrem Haus ablief. Dort war bisher kein Film gedreht worden und auch künftig würde dort keiner gedreht werden, es sollte nur so aussehen, als wäre das der Fall. Eine Gruppe hatte ihr Haus gemietet, um es im Innern in das Jahr 1933 zurückzuversetzen. Jetzt waren sie Tag und Nacht darin mit kostümierten Menschen aktiv. *Um was zu erreichen?*

Das war die Frage, die nun noch viel größer geworden war als vorher.

Wolken schoben sich vor die Sonne. Ellen legte den Kopf in den Nacken und blickte zu dem Burgturm des alten Kraftwerkes auf. Ein Albtraum, sich dort im Burgturm einen gefüllten Tank vorzustellen, aber etwas ähnlich Schreckliches, wie ein Himmel voller Dieseltreibstoff schwebte über ihrer Villa. Es hatte sich gezeigt, dass sie mit ihren Ängsten richtig gelegen hatte, nicht sie, sondern die Realität hatte sich in ihrem Haus ins Paranoide gedreht. Das klare Urteil des Filmemachers hatte sie in die Ruhe der Handlungsunfähigkeit versetzt. Was immer da in ihrem Haus lief, fühlte sie, konnte nichts Gutes sein, schon gar nicht, wenn das Jahr 1933 dabei die zentrale Rolle spielte.

Ellen wanderte an der Schleuse ein Stück entlang, unter ihr ließ sich ein dekorierter Ausflugsdampfer voller neugieriger Menschen in der Schleusenkammer auf das Niveau des tiefer gelegenen Flusses absenken. Vor ihr auf dem Geländer balancierte ein Fischreiher majestätisch auf einem Bein wie ein gelangweilter Artist. Unbeweglich blickte er an ihr vorüber. Für ihren morgigen Termin, zu dem sie ins Studio zitiert worden war, hatte sie jetzt ein unschlagbares Argument. Was immer man ihr an Vertragsverletzungen vorwarf – die Mieter drehten keinen Film und hatten somit ihrerseits die Vereinbarung nicht erfüllt. Ellen konnte sich vorstellen, dass die Leute von »Studio 21« ihre tatsächlichen Absichten ungern im offenen Streit diskutiert sehen wollten.

Die Sonne tauchte direkt aus dem Wolkengebirge hervor und veranlasste den Vogel zu einer leichten Wendung seines Kopfes.

Vielleicht war es eine gute Idee, sich mit Tomas zu treffen. Bei diesem Gedanken versank Ellen in der Nacht, die sie bei ihm verbracht hatte, ohne sie mit ihm zu verbringen. Noch immer traute sie sich nicht, an dem fragilen gläsernen Gebäude ihrer Empfindungen zu rühren. Erstarrt, wie der Vogel vor ihr, war sie bis zur Bewegungslosigkeit von dieser Nacht gebannt.

Liebe wird von entfernungsabhängiger Logik beherrscht, dachte sie. Liebe entstand aus Nähe, befand man sich einmal in ihrem rätselhaften Wirkungsfeld, waren alle Abstoßungskräfte überwunden. Ein Kuss hätte sie und Tomas sofort miteinander verschmelzen lassen, wie zwei auf Touren gebrachte Elementarteilchen. In der Entfernung jedoch galten Skepsis und Vorsicht, die eher dazu führten, den Abstand immer weiter zu vergrößern.

Ihr Handy klingelte.

Tomas! Vorsichtig legte sie ihr Ohr an das Handy, als müsse sie sich Mühe geben, sein malträtiertes Gesicht nicht zu strapazieren.

»Ja?«

Im Hintergrund hörte sie Geräusche einer belebten

Straße, dann ein akzentuiert gesprochenes »Hallo«. Tomas war nicht zu Hause und er hatte sich offenbar für dieses Gespräch ein neues Handy besorgt, um nicht verfolgt werden zu können oder um sie nicht in Gefahr zu bringen.

»Bei mir drehen sie keinen Film«, sagte sie, »jetzt nicht und in Zukunft nicht.«

»Suchen.« Er mühte sich deutlich zu sprechen. Sie suchen ihn?

»Was suchen die? Dich?«, fragte sie.

»Fotos.« Jetzt flüsterte er wieder. »Wir müssen uns treffen«

»Morgen bin ich im ›Studio 21‹ in Babelsberg. Dreizehn Uhr dort?«

Tomas zischte sein Einverständnis, dann legten beide auf.

Langsam schlenderte Ellen den Weg an der Spree noch ein Stück entlang, bis sie sich schließlich einen Uber rief, der sie zum S-Bahnhof Neukölln brachte, von wo aus sie mit der S-Bahn zurück nach Hirschgarten fuhr.

In ihrer Remise sah sie sich in Erwartung einer E-Mail von Leo als erstes den aktuellen Stand der Simulationsrechnungen zu den Fluchtbewegungen der roten Zwergsterne an. Die Anzahl der Kandidaten war inzwischen von 53 auf 9 reduziert worden. Es sah nicht mehr danach aus, dass es überhaupt einen einzigen einsamen Stern dort draußen gab, der ihre Hypothese stützen konnte.

Über den Server des Institutes nahm sie Kontakt zu Tam Lee von der TU Berlin auf, der ihr ankündigte, dass seine neuen KI-basierten Algorithmen weitere 19 Kandidaten aus den Milliarden Gaia-Daten herausgefischt hatten. Sie ließ die Algorithmen weiterarbeiten. Wenn ihre gewagte Hypothese gegenstandslos geworden war, war ihrer Veröffentlichung der Boden entzogen und ihre Aussicht, ab Januar des kommenden Jahres einen dauerhaften Job in Potsdam zu finden, war ebenfalls dahin. Auf Wiedersehen Astrophysik in Potsdam, dachte sie, auf Wiedersehen Berlin und auf Wiedersehen Villa am See.

Von allen Seiten rückten die Fronten näher, in ihrer Forschung und ebenso in ihrem Verhältnis zu dem Studio, das etwas in ihrem Haus unternahm, von dem sie nichts wissen sollte. Alles zog sich enger um sie zusammen. Sie musste sich bewegen, sie musste hinaus. Und sie musste herausfinden, worum zur Hölle es tatsächlich in ihrem Haus ging. Sie durfte nicht fliehen, sie musste angreifen.

Auf einem Küchenstuhl vor dem eingebauten Garderobenschrank in ihrem kleinen Flur stehend, hatte sie kurze Zeit später keine Schwierigkeiten, die große Doppelklappe eines Verschlages über der Garderobe zu öffnen, die sie seit zwei Jahren nicht mehr angefasst hatte. Hoch über ihrem Kopf tastete sie mit den Händen dort oben in dem Fach herum, bis sie einen Rucksack zu fassen bekam. Als sie ihn herauszog, regneten Schals, Wintermützen und ein federgefüllter Anorak auf sie herunter. Sie legte den Rucksack sorgfältig auf dem Boden ab, stopfte das andere Zeug zurück und brachte schließlich Stuhl und Rucksack in die Küche. Auf dem Küchentisch öffnete sie den Rucksack vorsichtig und entnahm dem Futteral das »Celestron Travelscope 70« Fernrohr in der »Sonnensystem Edition«, das sie oft auf Kletter- und Sternbeobachtungstouren begleitet hatte. Alles war vorhanden, was notwendig war, das Stativ, der Sonnenfilter für Tagesbeobachtungen und das 4mm Celestron Okular, mit dem sie eine einhundertfache Vergrößerung erreichen konnte.

So paradox es sein mochte, wer nicht in der Lage war, in schwierigen Steilwänden den zu kletternden Weg im Voraus genau zu planen und jeden Vorsprung und Handgriff vor der Klettertour richtig abzuschätzen, konnte niemals in der Wand den nötigen Schwung aufbringen, um von einem Halt zum nächsten zu pendeln und seine Kräfte in der Wand nicht überzustrapazieren. Aber auch in seiner Brauchbarkeit für den Alltag der Sternbeobachtung war das Gerät unerreicht. Sie hatte die Ringe des Saturn, die Wolkenstreifen des Jupiters und die Polkappen des Mars damit erkundet.

Ellen probierte einige Positionen in der Remise für eine versteckte Fernbeobachtung der »Zürich« aus, aber vom Erdgeschoss aus hatte sie keinen ungehinderten Einblick und auf dem niedrigen Dachboden existierte nur ein schmaler Fensterschlitz in südlicher Richtung, von dem aus sie bestenfalls das Hausboot der Malerin hätte überwachen können, so ungefähr das, was sie am wenigsten wollte.

Mit dem Fernrohr auf dem Rücken schwang sie sich wenige Minuten später aufs Fahrrad, um eine kurze Strecke weiter nach Süden zu fahren. Dort fand sie auf dem Dach der Ruine einer ehemaligen Brauerei, direkt am Ufer des Sees, den zwar weiter entfernten, aber genau richtigen, von den Strahlen der frühen Abendsonne erwärmten Platz, von dem aus sie einen hervorragenden Überblick über den See und das Hotelschiff »Zürich« hatte. Auf dem nach Teer riechenden Dach rollte sie eine alte Wolldecke aus, stellte eine kleine Flasche mit Mineralwasser neben sich und legte sich auf die Lauer.

Unterhalb ihrer Position tummelte sich auf dem Müggelsee eine Zivilisation unmöglicher Boote. In allen Größen und Formen kurvten flache ein-, zwei- oder dreigeschossige Kisten mit Balustraden und Balkonen an ihr vorüber, auf denen kleinere oder größere Gruppen mit oder ohne Musikbegleitung, mit oder ohne sich am Spieß drehenden Schweinen, mit oder ohne Fässer von Bier oder Kisten mit Sekt ihre Bahnen zogen. Es war ein buntes Gewimmel, in dem alles, was auch nur im Entferntesten dafür geeignet schien, einen Motor verpasst bekommen hatte, sich in den Feierabendspaß und das Sommervergnügen einreihte.

Die »Zürich« war etwas anders. Man spürte, dass dort nicht Vergnügen, sondern Arbeit angesagt war.

Ellen nahm einen tiefen Zug aus ihrer Wasserflasche, sie legte sich auf den Rücken, den Blick in den klaren Himmel gerichtet, in den von Osten her die Abenddämmerung einzog. Das Dach der Bürgerbräu-Ruine war zu ihren WG-Zeiten ein beliebter Ort für sommerliche Picknicks und Grillvergnügen für kleine Gruppen ausgewählter Freunde gewesen. In den Sechzigerjahren war es aus einer unverwüstlichen, durchgehend gegossenen Betonschale auf das Gebäude gesetzt worden, darunter, in den unendlichen Etagen, Galerien, Lager- und Kesselräumen herrschte dagegen ein rattenverseuchtes Chaos, mit dem Ellen weiter nicht in Berührung kommen wollte.

Das durchgewärmte Dach unter der Decke war angenehm am Körper zu spüren, als sie sich auf die Ellenbogen stützte und das Okular des Fernrohrs an die Augen setzte. Die »Zürich« machte schon deshalb den Eindruck, nichts mit der abendlichen Freizeitgesellschaft des Müggelsees zu tun zu haben, weil sie unverkennbar Boote von Sicherheitsleuten in lockerer Folge umkreisten und einen regelmäßigen Verkehr ans Ufer aufrechterhielten.

Mit dem Fernrohr und dem eingesetzten 10-mm-Okular behielt sie den Überblick und konnte erkennen, dass einige der Personen in den Booten kostümiert waren. Wozu die Kostüme, wenn nicht gefilmt wurde? Was führte man dort auf? Und für wen?

Neben ihr ließ sich auf dem Dach eine Möwenfamilie nieder. Auch die Vögel genossen den Überblick, bevor sie sich im weiten Bogen mit zielgerichtetem Schwung beneidenswert selbstverständlich in die Tiefe stürzten. Je tiefer die Sonne stand, desto schwieriger wurde es für Ellen, das Hotelschiff mit dem Fernrohr weiter zu beobachten, ohne geblendet zu werden. Sie setzte den Sonnenfilter ein. Auf der dem Land zugewandten Backbordseite des Schiffes fielen ihr vier nebeneinandergelegene Fenster auf, deren Bewohner sämtlich in ihren Apartments in den gleichen Positionen zu sitzen schienen.

Der Augenblick, das genauer zu erforschen, war günstig, weil die abendliche Sonne die Personen von Steuerbord her durch das Schiff im Rücken beleuchtete. Ellen schraubte ihr 4-mm-Okular ein, um sich die Details auf dem Schiff so nah heranzuholen, wie vor vielen Jahren in einer klaren Wüstennacht im Süden Algeriens die Ringe des Saturn. Sie sicherte das Stativ gegen Verschiebung, dann tastete sie mit der gigantischen Vergrößerung in zitternden Bewegungen über die Backbordseite der »Zürich«. Schließlich hatte sie die Fenster wiedergefunden, die ihr aufgefallen waren. Das Abendlicht von der anderen Schiffsseite war matter geworden. Aber sie sah es. Millimeter um Millimeter bewegte sie das Objektiv weiter voran, bis sie alle Fenster genau betrachtet hatte.

Viel war von den Menschen dahinter nicht zu erkennen, aber umso mehr von dem, was sie taten. Wenn sie niemanden übersehen hatte, saßen dort hinter großen Monitoren sechs Personen mit überdimensionalen Kopfhörern über den Ohren. Eine Kommando- oder Abhörzentrale, in der reges Kommen und Gehen herrschte. Ellen lehnte sich zurück und rieb sich die Augen.

Alles war unklarer als zuvor.

Sie setzte das 10-mm-Okular wieder ein, um den Überblick zurück zu gewinnen. An Deck erkannte sie einen Mann im dunklen T-Shirt, der etwas in ein Funkgerät sprach und etwas später einem anderen Mann eine Erklärung abgab, wobei er in ihre Richtung wies.

Ellen legte das Fernrohr auf die Decke. Hatten die Männer sie gesehen, vielleicht eine Reflexion des Objektivs lokalisiert? Die beiden Männer blieben, wo sie waren, also schien keine Gefahr zu bestehen, aber Ellen wollte kein Risiko eingehen.

Sie packte die »Celestron« zurück in den Rucksack und begann mit dem Aufbruch.

Auf der Stahlgittertreppe an der Außenwand des Gebäudes übertrugen sich Schwingungen von unten nach oben. Auf dem Weg, den sie selbst genommen hatte, war jemand nach oben unterwegs.

Es gelang ihr, einen Blick über die Dachkante zu werfen, ohne selbst allzu auffällig sichtbar zu werden. Tief unten näherte sich ein Mann im dunklen T-Shirt der Sicherheitsleute des »Studio 21«. Einem von denen wollte sie wirklich nicht begegnen.

Sie lief quer über das Dach. Da sie keine Höhenangst kannte, hatte sie kein Problem, auch näher an der Dachkante entlang zu balancieren, bis sie zu einer verzinkten Luke im Dach kam, die sie vor vielen Jahren schon gelegentlich genutzt hatten. Als die schnellen Schritte auf der Stahltreppe die Südseite des Daches erreicht hatten, schloss sie über sich die Luke. Sie hangelte sich im Dunkeln an einer Stahltreppe hinunter, bis sie in einem riesigen leeren Raum stand, der durch zerbrochene, verdreckte Fensterwände nur spärlich beleuchtet wurde. Irgendwo flogen Tauben auf, es stank nach Staub, Spinnweben legten sich auf ihr Gesicht, bis sie sich schließlich am Boden der großen Brauhalle zwischen runden Metalltanks verlor, die eingemauerten U-Booten ähnelten.

Weit über ihr liefen hallende Schritte, die später hinter ihr zurückblieben. Mit aufgerissenen Augen tastete sich Ellen in den Etagen darunter durch dunkle Lagerräume und Betonhallen, deren Zweck sich ihr nicht erschloss. Ein weiterer Abstieg auf einer nahezu senkrechten Stiege folgte, bis sie im Widerschein des abnehmenden Tageslichtes durch ein Flaschenlager stolperte und schließlich, wie neugeboren, durch eine offenstehende Stahltür an die frische Luft treten konnte. Niemand war zu sehen, der ihr gefolgt wäre. Kurz bevor die Sonne über dem westlichen Rand des Sees in der Stadt versank, erreichte sie ihr Fahrrad. Sie wusste, was zu tun war, um endlich allem auf den Grund zu gehen.

21

Als sie aus dem See an Bord des Hotelschiffes kletterte, hatte es längst zu regnen begonnen. Im Sichtschatten kleinerer Deckaufbauten riss Ellen die mitgeführte feste Mülltüte auf und entnahm ihr einen kompletten trockenen Kleidungssatz und ein paar weiche Stoffschuhe. Die Tüte ließ sie in einem abgedeckten flachen Rettungsboot verschwinden. In einen dunklen Kapuzenpullover und dunkle Jeans gekleidet begann sie ihre Erkundungstour der »Zürich«, die still gegenüber ihrer beleuchteten Villa auf dem See lag. An Deck herrschte wegen des Regens nicht viel Betrieb, aber, wie sie vom Wasser aus gesehen hatte, lief in den erleuchteten Apartments und einigen größeren Arbeitsräumen ein emsiger Arbeitstag. Die großen Fenster der meisten belegten Räume zeigten direkt in Richtung ihrer Villa ans Ufer. Um das Schiff zu durchqueren, musste sie den Mittelgang nehmen, von dem aus man nichts von der Umgebung sehen konnte.

Vom Ende des Ganges her kam ihr jemand entgegen.

Als sie bei ihrer Ankunft das Schiff schwimmend umrundet hatte, hatte sie sich einige Apartments auf der dem Ufer abgewandten Steuerbordseite gemerkt, deren dunkle Fenster darauf hindeuteten, dass sie nicht genutzt wurden. Sie probierte einige Türen, bis sie eine fand, die sich in ein leeres Zimmer öffnen ließ. Sie verschwand darin und horchte direkt hinter der Tür auf die Schritte im Gang.

Niemand ging an ihrer Tür vorüber.

Sie blickte durch den Türspalt nach draußen.

Der Gang war leer. Von außen hatten einige Räume im vorderen Teil des Schiffes ihr Interesse erregt, eine große Lounge, die sich von Bord zu Bord zog, in der einzelne Mitglieder des Filmteams in bequemen Sesseln etwas tranken oder aßen. Noch weiter vorne erstreckte sich backbords über mehrere Apartments mit Blick auf die Villa die Regiezentrale, wo sie mit dem Fernrohr vom Dach der Brauerei bereits mehrere Personen vor Monitoren und Tastaturen erkannt hatte, von denen nicht viel mehr als ihre überdimensionalen Kopfhörer zu erkennen waren. Alle schienen vollauf mit ihrer Arbeit beschäftigt zu sein, worin auch immer diese bestand.

Ohne dass sie es richtig bemerkt hatte, begegnete ihr eine Frau auf dem Gang, die völlig darauf konzentriert war, auf ihrem iPad etwas zu lesen. Ellen murmelte ein Hallo, wurde aber nicht weiter wahrgenommen. Sie erreichte die Lounge, ein Kaffeeautomat war frei. Fünf Personen verteilten sich in drei Sitzecken in den Sesseln. Keiner interessierte sich sonderlich für die anderen.

Sie beugte sich konzentriert über das Glas, in das sie einen Latte Macchiato laufen ließ, wobei sie versuchte, einige Gesprächsfetzen aufzuschnappen. Nichts in irgendeiner Form Sinnvolles kam bei ihr an.

Sie schob sich in eine leere Sitzgruppe, in der sie in einem bequemen Sessel mit dem Rücken zu einem Pärchen versank, das sich gerade über den ewigen Regen am Set beschwerte. Sie haben »am Set« gesagt, dachte sie. Glauben die vielleicht alle, sie nehmen an der Vorbereitung für einen Filmdreh teil? Ein solches Versteckspiel war auf Dauer nicht durchzuhalten, war sie sicher. Bei den mindestens zehn Personen, die sich um ihr Haus tummelten, die Sicherheitsleute nicht eingerechnet, musste es tatsächlich irgendeine Art von Set sein.

Wie viele ihrer astrophysikalischen Kollegen, liebte

Ellen gute Science-Fiction Filme. Die aus Spannung und Langeweile zusammengesetzte Atmosphäre an Bord des Hotelschiffes, die strahlende Villa gegenüber, nah, aber auch unendlich entfernt im Blick, erinnerte sie an den Film »Solaris«. Darin studiert die Crew an Bord des Raumschiffes, das den Wasserplaneten Solaris umkreist, die rätselhafte Lebensform, die sich dort gegenüber ihrer Station erstreckt. Dabei werden sie zunehmend von Phänomenen in Mitleidenschaft gezogen, die der lebendige Ozean des Planeten in ihren Köpfen und Seelen bewirkt. Ganz ähnlich fühlte sie sich jetzt bei dem Blick auf ihr eigenes Haus dort draußen.

»… größte Ding des Jahrhunderts …«, hörte sie den jungen Mann zu seiner Kollegin hinter ihr in der Sitzecke auf Deutsch sagen.

Hat er das wirklich gesagt?

In den Raum kam Bewegung, als ein gerade vom Ufer übergesetztes Paar aus einem etwa 45-jährigen Mann und einer gleichaltrigen schwarzhaarigen Frau klatschnass den Raum betrat. »Whisky!«, rief der Mann. »Scheißwetter!«, antwortete die Frau.

Sie gingen auf das Pärchen in ihrem Rücken zu, wobei Ellen von einem skeptischen Blick der Frau gestreift wurde. Sie klatschten die beiden anderen mit ihren Händen ab, die sich daraufhin seufzend erhoben und in Richtung des Ausganges bewegten. Die beiden Neuankömmlinge, er ein Glas Whisky in der Hand, verzogen sich ins Innere des Schiffes, wobei die sehr männlich aussehende schwarzhaarige Frau sich noch einmal zu Ellen umdrehte, bevor sie hinter der Tür verschwand.

Es war höchste Zeit, sich zu verziehen.

Weiter vorne, fast in der Spitze des Hotelaufbaus, in Richtung Süden, befand sich die Regiezentrale, ein besseres Wort dafür fiel Ellen nicht ein. Bisher hatte ihr Ausflug keine besonderen Erkenntnisse zutage gefördert. Sie musste das Risiko eingehen, sich dort einen Eindruck zu verschaffen.

Leise öffnete sie die Tür, hinter der sie den Raum mit den Monitoren vermutete. In breiter Front von fast zehn Metern sah sie vor sich acht Arbeitsplätze und blickte auf die Rücken von fünf Männern und Frauen, die über ihre Tastaturen gebeugt waren und ein Anblick, den sie so noch niemals gehabt hatte, nahm ihr den Atem. Gegenüber, unwirklich weiß und grell beleuchtet, in den wandernden Schwaden des heftigen Regens, thronte wie die Fata Morgana eines entfernten Palastes ihre Villa an Land, der die gesamte Aufmerksamkeit dieses Schiffes galt. Das Arrangement zeugte von einer derartig aufwendigen Konzentration, dass dahinter eigentlich nichts als die Aufmerksamkeit von Millionen Zuschauern stehen konnte, die diese Bilder auf tausenden von Leinwänden bestaunen würden. Aber das konnte es nicht sein, wie sie mehrfach festgestellt hatte.

Was zur Hölle war es dann?

Die an ihren Tastaturen Beschäftigten redeten nicht. Einige drehten sich um und musterten sie. Einer sprach in ein Handy. Ohne Näheres begriffen zu haben, musste Ellen sehen, dass sie verschwand.

Auf dem Gang näherte sich vom Heck her eine Gruppe von Sicherheitsleuten, die es eindeutig auf sie abgesehen hatten. So schnell sie konnte, lief sie nach vorne, die Kapuze über den Kopf gezogen.

Der Gang vorne lief in einem toten Ende aus. Eine Tür, die ans Deck führte, gab es dort nicht.

Anstelle einer Apartmenttür erkannte sie steuerbords eine Tür mit einem großen türbreiten Edelstahlbügel. Sie drückte dagegen, die Tür schwang auf und sie fand sich mitten im strömenden Regen auf einer kleinen Plattform wieder, unter der zwei Boote befestigt waren. Mit einem weiten Hechtsprung segelte sie über die motorisierten Schlauchboote hinweg ins Wasser. Das Falscheste, das sie jetzt unternehmen könnte, war, sich schnellstmöglich von dem Hotelschiff zu entfernen. Mit genau diesen Booten würden sie sie schneller einholen, als sie denken konnte. Es gab nur einen Weg, der Erfolg versprach.

Die »Zürich« war nicht viel breiter als zehn, maximal fünfzehn Meter, hatte sie in der Lounge festgestellt, und über besonders großen Tiefgang konnten diese flachen Flussschiffe unmöglich verfügen. Sie holte dreimal tief Luft, und noch bevor sich die Tür über ihr im Schiff öffnete, tauchte sie unter. Im trüben Wasser des Müggelsees ruderte sie tief hinab, bis sie glaubte, über sich einen großen schwebenden Schatten zu erkennen, in den sie dann in Richtung des Ufers immer tiefer hinein schwamm.

Sie verlor die Orientierung. Sie hatte sich diese Aufgabe zu einfach vorgestellt und vorgehabt, schräg durch die Länge des Schiffes zu tauchen und backbords am Heck wieder herauszukommen. Aber die Luft wurde ihr knapp und noch immer musste sie auf dem Weg nach unten bleiben, noch immer hatte sie die Mitte des Schattens über ihr nicht erreicht. Um nicht in Panik zu verfallen, stellte sie sich den Weg von dem Kaffeeautomaten bis an das Fenster vor. Vielleicht acht große Schritte, vielleicht sechzehn große Schwimmzüge.

Nach sechzehn Schwimmzügen wurde es über ihr noch immer nicht hell. Nur nach oben. Ihre Brust schien zu zerspringen.

Hätte sie überhaupt vor den Sicherheitsleuten fliehen müssen? Was hätten die mit ihr veranstalten sollen? Höchstens ihre Miete zurückfordern. Das hätten sie aber erst einmal anwaltlich durchsetzen müssen. Und der Typ, der Vögel betäubte und Tomas fast umgebracht hätte? Der hatte möglicherweise mit den Filmleuten überhaupt nichts zu tun. Ein Irrer, der auf eigene Rechnung unterwegs war, wohin auch immer.

Sie hatte keine Sekunde mehr.

Ellen ließ den Schatten hinter sich. Über ihr wurde es heller. Sie ruderte mit allen Vieren, um aufzusteigen.

Direkt über der Stelle, an der sie auftauchen würde, lag der kleinere Schatten eines Schlauchbootes. Etwas Besseres hätte ihr nicht passieren können.

Sie tauchte unter dem flexiblen Boden des Bootes auf und hob es mit ihrem Kopf zu einer kleinen Blase an, in der sie atmen konnte. Leise, kein Geräusch, keine Bewegung. Unter Wasser hörte sie die Motoren zweier Boote leiser werden. Die Sicherheitsleute schienen im großen Umkreis des Hotelschiffes den See abzusuchen. Sie musste noch warten. An der uferseitigen Backbordwand schwamm sie langsam nach vorn.

Über ihr war ein Apartment mit großer Fensterwand erleuchtet. Darin konnte sie eine junge Frau erkennen, um die zwanzig Jahre jung. Sie unterhielt sich ruhig mit einer Person, die sich Ellens Blick entzog. Wie sie an den Bewegungen der jungen Frau erkennen konnte, bewegte sich ihr Gesprächspartner jetzt auf sie zu, ein alter Mann, der sich gerade aus einem Sessel erhoben hatte. Er trat an das große Fenster, blickte auf die Villa gegenüber und legte seine Stirn an das Glas, an dem der Regen herablief.

Ellen sah sein Gesicht.

Ihr wurde schwarz vor Augen, sie begann augenblicklich zu zittern. Später in ihrer Erinnerung würde
dieses Gesicht auf ewig riesig hinter diesem Fenster, in
Regen und Licht über ihr schweben.

Sie kannte das Gesicht.

Es war das Gesicht des schlimmsten Alptraums
ihres Lebens, ein Gesicht, dem ein Leberfleck unter
dem rechten Auge den Anschein verlieh, es gäbe drei
Augen darin.

22

Auf dem halben Weg zum Ufer bemerkte Ellen, dass dort Sicherheitsleute postiert waren. Sie schwamm einen großen Bogen und stieg weiter südlich vor dem Atelier der Malerin an Land.

Das große Ateliertor war abgeschlossen, aus ihrem nahen Hausboot drangen intensive Geräusche einer früh beginnenden Liebesnacht, es war klar, dass sie nicht gestört werden durfte. Im weiter fallenden Regen lief Ellen auf dem Gelände der alten Werft hoch zur Straße und dort zurück in Richtung des großen Tores, hinter dem ihre Villa noch immer leuchtete, wie ein falsches Versprechen. Das Tor war verschlossen, der Schlüssel wartete unerreichbar hinter einem lockeren Klinkerstein in der Fassade der Remise.

Sie zitterte vor Kälte, die jetzt trotz der warmen Nacht aus der nassen Kleidung in ihr hochkroch und vor Angst, ihre Denkfähigkeit nicht mehr zurückzugewinnen. Nach kurzem Zögern bewegte sie sich stockend die Straße weiter hinunter, schob sich in das nördliche Nachbargrundstück, erreichte die Stelle, an der sich gegenüber der grauen Nordwand ihres Hauses der Zaun ausheben ließ und schlüpfte schließlich von dort, immer im Schatten bleibend, am abgeschalteten Springbrunnen vorbei, in ihre Remise. Dort warf sie alle Kleidung von sich und stopfte sie in die offene Waschmaschine im Bad.

Während das Wasser in der Dusche wärmer wurde, griff sie sich einige Möhren aus dem Kühlschrank und verspeiste sie mit Kräuterquark-Dip, bis sie, noch kauend, unter der heißen Dusche stand. Sie ließ das heiße Wasser einfach laufen in dem Gefühl, das Gesicht auf dem Hotelschiff habe sich wie ein faustgroßes Knäuel verschluckter Haare in ihr festgesetzt und müsse aus ihr herausgekocht werden. Nur nicht daran denken.

Sie schäumte sich Haare und Körper ein und duschte kalt, so lange, bis sie zwei dreistellige Zahlen miteinander multipliziert hatte, dabei trank sie von dem Regen der Dusche und wickelte sich anschließend in ihr großes Badehandtuch. Nach allen Reinigungsprozeduren war ihr jedoch klar, dass die einzige Reinigung, die ihr über dieses Erlebnis hinweghelfen und das Durchdenken seiner Konsequenzen wieder ermöglichen würde, nur ihr altes Heilmittel sein konnte. Distanz.

Sie durfte am nächsten Morgen nicht mehr sein, wo sie jetzt war, sie musste weg, soweit es ging. Es gab noch so viel zu tun für ihre anstehende, schrecklich vernachlässigte Veröffentlichung, sodass es keine Frage gab, wo sie das Ende der Nacht sehen würde.

Wie eine große Bettrolle wanderte sie in ihrem Handtuch durch die Wohnung. Während ihr Rechner hochfuhr, kramte sie in ihren Taschen nach dem Institutsschlüssel. Das dauerte eine Weile, in der sie die Waschmaschine starten und ihr E-Mail-Fach im Institut aufrufen konnte. Leo hatte ihr seinen Abflug von Tokio mitgeteilt, Prof. Lee ihr eine Datei mit den neu gefundenen Kandidaten für ihre Selektion weiterer Sterne geschickt. Beide Mails waren bereits vor mehr als einem Tag abgesandt worden. Sie schloss den Rechner wieder, machte einen letzten Versuch, sich auf die Situation zu konzentrieren, in der sie zuletzt mit dem Institutsschlüssel hantiert hatte. Dass sie ihn nach einer Minute Überlegen an dem Garderobenhaken unter dem Fisch aus kariertem Stoff fand, betrachtete sie als ersten Triumph der Wiedergewinnung ihrer Zurechnungsfähigkeit. Nach längerem Blick auf den unglücklich am Haken hängenden karierten Fisch ließ sie den Schlüssel in ihre Handtasche fallen.

Bevor sie sich jedoch auf den Weg ins Weltall nach Potsdam machen konnte, musste sie jetzt endlich einen ernsthaften Versuch unternehmen, zu klären, wer ihr da als Geist aus der Vergangenheit erschienen war. Nicht der Mann auf dem Schiff war das Problem, auch wenn es eine unerträgliche Folter war, zu wissen, dass er offenbar die Herrschaft über ihr Haus übernommen hatte und sie noch weitere Zeit in seiner Nähe verbringen musste. Das wirkliche Problem war derselbe Mann, der ihr in der entsetzlichen Nacht im Herbst 1991 begegnet war.

Auch wenn inzwischen viel zu viel Zeit verstrichen war, über diesen Mann musste sie mehr wissen. Was hatte der damals dort gesucht? Wozu war er damals anwesend und woher tauchte er plötzlich aus dem Nichts auf?

Unschlüssig ihre Regenjacke in der Hand, dachte sie mit geschlossenen Augen an die Jahre in der Sowjetunion. Die Nacht, die ihren Vater das Leben gekostet hatte. Die Monate danach bei Großmutter Olga in Moskau. Dort war das erste Mal in ihrem Leben die Frau aufgetaucht, die sich ihre Mutter nannte. Sie arrangierte die Ausreise, die mehr als ein Jahr später, 1993, nach Berlin erfolgte. 1994 starb ihre Mutter und sie wurde von »Onkel« Kane aufgenommen.

1991. 1993. 1994. Der Einzige, der noch etwas von dem wissen konnte, was sie selbst als Kind und was ihre Mutter einmal in der Angelegenheit in diesen Jahren erzählt haben mochten, war deren ehemaliger Jugendfreund und Fluchthelfer beim Verlassen der UdSSR im Jahr 1981, Onkel Kane. Es gab niemanden, mit dem ihre Mutter ihre Geheimnisse sonst besprochen hätte.

Ellen zog ihr Handy aus der Tasche. 22 Uhr. Wenn sie eine Idee davon bekommen wollte, wer ihr damals begegnet war und jetzt auf einem Schiff vor ihrem Haus wartete, gab es keinen anderen, den sie fragen konnte. Auch wenn die Wahrscheinlichkeit gering war, tatsächlich etwas Neues herauszufinden.

Sie blickte aus dem Fenster. Der Sturm rüttelte an den Bäumen, Regenfluten stürzten vom Himmel. *Onkel Kane.* Seit den Vorbereitungen auf ihre Reise nach Russland und Usbekistan vor 13 Jahren hatte sie ihn nicht mehr gesehen. Sie besaß keine Telefonnummer von ihm, keine Mailadresse, nichts. Er hatte elektronischen oder telefonischen Absprachen immer persönliche Gespräche und Begegnungen vorgezogen, aus gutem Grund, war sie überzeugt, er war schließlich vom Fach.

Sie zog sich den Anorak und die regenfesten Schuhe an, sie griff sich ihre Tasche mit dem Laptop und den größten Regenschirm, den sie finden konnte, er trug die Aufschrift Galactic Archeology III Potsdam, von einer vor zwei Jahren von ihr in ihrem Institut organisierten Konferenz. Am Ende der Nacht würde sie im Institut sein und solange dort bleiben, bis sie wusste, was in ihrem Haus gespielt wurde. Hierher würde sie bis auf weiteres nicht zurückkehren.

Sie sammelte im Bad sicherheitshalber ihre Kulturtasche auf und ließ sie im Rucksack verschwinden. Man konnte nie wissen.

Soweit sie sich erinnerte, führte Kane das Leben einer Nachteule. Sie würde klingeln, er würde öffnen, so einfach war es immer gewesen. Auf dem Müggelseedamm vor der Villa empfing ihr Handy nach einigen Dutzend Schritten wieder das Signal eines Netzes. Durchgeweicht bis auf die Knochen ließ sie sich wenig

später in ein Taxi fallen, das sie am Bahnhof Hirschgarten verließ, um von dort mit der S-Bahn ohne Umsteigen direkt bis zum Savigny-Platz zu fahren.

Durch Sturm und Regen kam Ellen sich in dem Zug
vor, als würde sie ihre strapaziöse Flucht durch Berlin
aus der Teenagerzeit rückabwickeln. Damals war sie
in ihre sichere Festung geflüchtet, an den Ort, an dem
das Wissen über ihre Familie versammelt war, in den
grauen Palast, der zur Hälfte mit einer Bibliothek von
Büchern in unlesbarer Sprache angefüllt war, die Behausung eines einsamen Bibliothekars, der alle Details
ihrer zersplitterten Familie kannte und der ihr über
alles berichtet hatte, was bis zu dem Jahr geschehen
war, als ihre Großmutter in das Schweigen der De-
menz versank. Sie hatten in den Sesseln seiner Bibliothek Abende miteinander verbracht, im Sommer hatte
sie ihm stundenlang auf der Bank am See zugehört,
aber begonnen hatte es in der Nacht, als sie aus der
Wohnung von Kane an der Fassade herabgeklettert
und in die Villa am Müggelseedamm geflüchtet war.

Ellen saß allein in einer der mit vier Sitzen ausgestatteten S-Bahn-Nischen und schloss die Augen.
Versunken im Rattern der Bahn sah sie bald einen
dreiundzwanzig Jahre jüngeren Tomas vor ihrem inneren Auge und sich selbst als Teenager in der großen
Villa.

Nachdem er sie in das unveränderte Zimmer ihrer
verstorbenen Großmutter hinauf in das Obergeschoss begleitet hatte, stand Tomas noch eine Weile
im Raum. Ellen tappte zur Terrasse. Sie trat barfuß
hinaus. Der große Wagen, der Orion, Canis Major
mit dem hellen Sirius – es war dunkel genug, dass sie
ihren Stern erkennen konnte. Irgendwo dort schwebte

Lena, Ellens Planet mit den zwei Sonnen am Himmel, von wo aus man gerade in diesem Augenblick mit Dutzenden von Wissenschaftlern ihre Einschulung in Nukus verfolgte.

»Bleib bitte bei mir. Erzähl mir irgendetwas von dem Haus, lies etwas vor, lass mich deine Stimme hören!«, bat sie, nachdem sie unter die frisch gewaschen duftende Decke auf dem Bett ihrer Großmutter geschlüpft war. Tomas setzte sich zu ihr. Sie kringelte sich unter der Decke zusammen, es konnte gar nicht warm genug sein. Draußen begann der Regen wieder zu tröpfeln. Tomas sah schrecklich müde aus, als er sich erhob, um die Terrassentüren zu schließen. Dann begann er, zu erzählen.

»Im Februar 1985 war es schrecklich kalt in Berlin, es fielen Unmengen von Schnee, ein ferner Stadtbezirk wie Köpenick war aus der Stadtmitte kaum erreichbar. Die Straßen waren nicht geräumt, und die S-Bahn war nicht in der Lage, einen Fahrplan einzuhalten. Weil ein wichtiger Chef von mir mich hier draußen in einer dringenden Angelegenheit sprechen wollte, war ich gezwungen, dennoch aus der Innenstadt hierherzukommen. Das Haus war kalt, obwohl die zentrale Heizung damals noch funktionierte.«

»Und meine Großmutter Svetotschka?«

»Am Abend vorher wollte ich deine Großmutter begrüßen, konnte sie aber im ganzen Haus nicht finden. Ich habe in der verfallenen Remise gesucht, wo sie manchmal Wäsche aufgehängt hat, ich bin durch knietiefen Schnee in Richtung des Ufers gestapft. Nichts. Unter einer dicken Schneedecke habe ich sie schließlich auf der Steinbank am Ufer gefunden. Vielleicht hatte sie sich für einen kurzen Moment hingesetzt, um eine Zigarette zu rauchen, vielleicht hatte sie sich im sanft fallenden weichen Schnee hingelegt und war dann eingeschlafen. Ich habe einen Notarztwagen angerufen und bin mit ihr ins Köpenicker Krankenhaus in die Salvador-Allende-Allee gefahren. In der Intensivstation mussten die Ärzte sie wiederbeleben, weil ihr gesamter Kreislauf vollkommen zusammengebrochen war. Wir hatten großes Glück. Wäre ich eine Stunde später gekommen, wäre sie womöglich tot gewesen.«

Tomas zog Ellen die Decke hoch bis an die Nasenspitze. »Ich habe sieben Stunden lang bei ihr gewartet, bis klar war, dass sie alles gut überstehen wird. Einige Tage später ist sie nach Hause entlassen worden. Eine Zeit lang kam täglich eine Krankenschwester, um nach ihr zu sehen. In diesen Tagen, als sie meist auf ihrer großen Couch in diesem Zimmer saß, in mehrere Decken gehüllt, hat sie von rohen Eiern gelebt, die mit Zucker in Rotwein verquirlt waren.«

Ellen verzog das Gesicht.

»Es schmeckte hervorragend. Diese Gläser mit rotem schaumigem Ei waren die reinsten Energiebomben für sie. Damals hat sie mir erzählt, wie sie aus Zentralasien auf der Wanderschaft durch kilometerhohe Gebirge, auf der Fahrt mit Eisenbahnen und Dampfschiffen nach Amerika kam und schließlich in diesem Haus in Berlin gelandet ist, jedes Detail ihrer Abenteuer, aus denen deine über die Welt verstreute Familie entstanden ist. Kennst du ihre Geschichte?«

»Nein, ich weiß nichts von ihr. Es gab niemanden, der mir etwas von der Familie meiner Mutter erzählen konnte. Niemand hatte die Übersicht. Mein Vater und meine Mutter kannten sich vielleicht gar nicht.«

»Jetzt solltest du schlafen, später werde ich dir alles erzählen.«

Ellen öffnete die Augen, als ihre Station durchgesagt wurde. Ob »Onkel« Kane wirklich mehr von ihrer Familie wusste, verglomm ein Gedanke in ihr. *Wenigstens von dem, was meine Mutter über das Jahr 1991 wusste?*

Vom Bahnhof Savignyplatz lief sie geduckt den Weg an den Hochbahnbögen der S-Bahn entlang und hielt die Kapuze mit beiden Händen am Kopf fest. Kurz darauf stand sie in der Fasanenstraße vor dem Klingelschild mit dem Namen Kane Fuller. Das Haus St. Lukas schien sich überhaupt nicht verändert zu haben. Eng in den Durchgang des Hauses gedrückt, klingelte sie und wartete. Ab und zu schlug eine Welle des Regens über ihr zusammen und sie hatte den Eindruck, unter dem Schutz des Regenschirms »Galactic Archeology« in der Brandung eines unbekannten Ufers zu stehen.

23

»Hallo«, ertönte nach langen Minuten eine Stimme aus der Gegensprechanlage.

»Ellen«, meldete sie sich.

»Engel?«, stöhnte er nach einer langen Pause, »ist das wahr? Mitten in der Nacht?« Der Summer öffnete die Tür. Als sie in der vierten Etage aus dem Fahrstuhl trat, fühlte sich Ellen in die Zeit zurückversetzt, in der sie jahrelang in dieser Wohnung ein- und ausgegangen war. Der große achteckige Flur, das Klicken der Tür, die sich die letzten Zentimeter selbst kraftvoll ins Schloss zog, der Bohnerwachsgeruch. *Das letzte Mal war ich 1999 hier.*

Wellenmuster des Regens im schwebenden Licht der Straße fielen durch die spitz zulaufenden Fenster auf das Fischgrätparkett und flackerten auf den Wänden voller gerahmter Fotos. Der Raum war erfüllt von sanftem Gesang aus der großen Zeit von Onkel Kane. »I've seen fire, and I've seen rain.« Die Wiedergabe war akustisch nicht vollkommen, aber sie perlte historisch korrekt aus einem Rundfunkgerät aus den Sechziger- oder Siebzigerjahren. Es war perfekt restauriert, das Kirschbaumholz poliert. Ein grünes magisches Auge pulsierte müde im Rhythmus der Musik.

Ellen drehte eine Runde durch den Raum, in dem sie sich zu Schulzeiten oft in eins der Riesensofas gekauert, und mit ihrem Heft auf den angezogenen Oberschenkeln, die Haare hinter die Ohren geklemmt, ihre Hausaufgaben erledigt hatte. Vor allem, wenn Kane auf einer seiner wichtigen Reisen unterwegs war, über die er nicht sprechen wollte. Auch die meisten Bilder an den Wänden kannte sie schon.

Vor den signierten Fotos der Größen der Musik

blieb sie stehen. Nahezu jeder, der in Berlin zu größeren Konzerten aufgetreten war, hatte sich mit dem lachenden, lauten, großspurigen und sich für großartig haltenden »alten Onkel Kane« vom AFN beim Händeschütteln ablichten lassen. Die frühen Beatles, Mick Jagger, die Supremes – so ging es noch lange weiter.

Kane ließ sich Zeit. Ellen kannte das.

Kane Fuller war im Süden der USA in Columbus, Georgia, einer Stadt des Militärs, geboren worden. Nach einem Studium der Elektrotechnik in Atlanta hatte er seine Karriere beim Militär im Funk begonnen und war dann zum Soldatensender AFN gewechselt, für den er 1967 nach Westberlin ging. Wenn sie eine seiner vielen Geschichten aus der Wundertüte globaler Abenteuer geglaubt hatte, dann die, dass er kein Freund von zu viel Bewegung war, weshalb das Militär nicht seine Bestimmung sein konnte.

»Sonneberg 65/52 GW aus der DDR des Jahres 1958. VEB Sternradio«, ertönte eine Stimme hinter ihr, »mit dem Seventies-Hit von Sweet Baby James aus North Carolina.« Kane drückte Ellen an seine große Brust. »Hallo Engel«, dröhnte seine fröhliche Stimme. Er streckte sie an seinen Armen weiter von sich weg, um sie genauer zu betrachten. »Ein Dutzend Jahre«, fragte er, »oder sind es doch eher hundert?« Er lachte. Sein Gesicht, in dem verschiedene Täler und Hügel um den großen Zinken seiner Knollennase verteilt waren, faltete sich in einem glücklichen Lachen. »Ich hoffe, es ist kein großes Unglück, das dich bei Nacht und Sturm in mein Refugium treibt. Irgendwas muss es aber ja sein, wohl kaum unstillbare Sehnsucht.«

Nach der Wende war mit der Rückkehr von Ellens Mutter aus der Schweiz deren Jugendfreund Kane wie ein verlorenes Familienmitglied wieder aufgetaucht.

Er trug ein lautes, fröhliches Wesen zur Schau, das den ganzen großen Kerl wie eine abgenutzte glitzernde Bühnenrobe umgab. Als dreizehnjähriges Mädchen hatte Ellen ihn wie eine Art amerikanischen Märchenkönig bestaunt. Vielleicht war sie ihm deshalb nie besonders nah gekommen. Er hatte sich um sie gekümmert, sie hatte sich bei ihm und seiner Schwester geborgen gefühlt, aber eine Herzlichkeit wie bei ihrem Vater hatte es nie gegeben, von keiner Seite.

Auf dem Parkettboden standen mehrere Sessel von einem Format, wie es für amerikanische Glamourkönige mit weit ausgreifenden Bewegungen geeignet war. Zwei ebenfalls gewaltige Ledersofas, auf denen man gut eine kleine Familie mehrere Tage hätte unterbringen können, und dazugehörende flache Tischchen von einer Mächtigkeit, dass Onkel Kane darauf einen Stepptanz hätte hinlegen können, bildeten im Wesentlichen die Einrichtung, an die sie sich auch noch erinnerte.

Sie machten es sich auf den Sofas bequem.

»Ich bin sicher, du willst mir ein paar Fragen stellen«, sagte er. »In all den Jahren haben wir uns niemals unterhalten.« Er sah sie nicht so an, als erwarte er Widerspruch. »Und weißt du, warum nicht? Nein?« Er machte eine Kunstpause, die Ellen Gelegenheit gab, sich wieder an ihn und seine besondere Art der Unterhaltung zu erinnern. »Ganz einfach«, setzte er seine Rede fort, »weil ich immer nur von meinem Zeug geredet habe.« Er lachte dröhnend. »Über Pop-Künstler, über Radio-Apparate und über geheime Reisen, über die ich nicht reden durfte. Aber jetzt bist du dran. Wie kann ich dir helfen, wenn es das ist, was du möchtest?« Er stützte seine Pranken auf seine Oberschenkel. »Stell deine Frage, Engel.«

Kane erhob sich noch einmal, um zu dem niedrigen Schränkchen zu schaukeln, in dem hinter verschiebbaren Glasscheiben die Hausbar wartete. Er warf einen fragenden Blick zurück. Ellen schüttelte den Kopf. Er goss sich einen Finger breit von dem Scotch ein, verschloss die pompöse Karaffe mit ihrem Glasstopfen, stellte sie zurück und kam mit einem großen Glas zimmerwarmem Mineralwasser für Ellen zurück zu seinem Platz auf der Couch. »Bewegung muss sein«, verkündete er unerschütterlich, während er Ellen zuprostete, die sich vor dem großen perlenden Mineralwasser wie ein Spielverderber vorkam.

Sie erzählte kurz von ihrem Deal mit der Villa, von ihrem Verdacht, dass dort kein Film gedreht wurde und erzählte dann von dem Mann, den sie jetzt im Umfeld ihrer Villa entdeckt hatte.

»Über ihn muss ich alles wissen, nicht über ihn heute, sondern über ihn damals. Hat dir meine Mutter Ende 1991, als sie aus der Schweiz nach Berlin zog, um meine Übersiedlung vorzubereiten, berichtet, was mit uns in Usbekistan im September geschehen war? Hat sie dir davon erzählt, als ich 1993 in Berlin eintraf?« Er konzentrierte sich auf seinen Whisky. Ellen setzte nach. »Ich verstehe nichts von dem, was hier abgeht, deshalb weiß ich nicht, ob nach meinem Vater nun ich an der Reihe bin.«

»Als ich deine Mutter vor 50 Jahren kennenlernte«, Kane griff sich an den Kopf, »ein halbes Jahrhundert, ich fasse es nicht, war sie eine junge Frau mit mehreren Besonderheiten: akzentfreies amerikanisches Englisch, viel intelligenter als ich und wunderschön. Ehrlich gesagt, wenn ich nicht wüsste, dass du ihre Tochter bist, würde ich mir einbilden, wenn ich dich so ansehe, in eine Zeitmaschine geraten zu sein. Sie redete nicht viel, aber sie spielte Gitarre, dass es einem das Herz brechen konnte. Was sie bei mir auch tat.« Er lachte schallend, wohl voller Erstaunen, dass er einmal der Liebhaber einer so schönen, exotischen Frau hatte sein können.

»Als meine Mutter 1994 starb, bin ich zu dir gezogen.« Ellen nahm einen großen Schluck von dem lauwarmen Mineralwasser. Der Regen vor den Fenstern verstärkte das Geräusch des Straßenverkehrs. »Vielleicht habe ich damals etwas erzählt, von dem ich heute nichts mehr weiß. Vielleicht habe ich Bilder gemalt oder etwas aufgeschrieben, als meine Eindrücke noch frisch waren. Vor dreizehn Jahren habe ich auf meiner Reise nichts darüber gehört, woher dieser Kerl damals kam, wer er oder was sein Auftrag war. Heute setzt meine Erinnerung nach dieser Nacht im September 1991 erst wieder ein, als ich mich an einem kalten Schneetag mit überfrorenen Fenstern in der Wohnung meiner Großmutter Olga in Moskau auf den Weg in die Schule mache.«

»Langsam, langsam, Engel.« Kane breitete beide Arme auf der Sofalehne aus. Er nahm einen abgezirkelten Schluck von seinem Whisky. »Ich habe deine Mutter im Frühjahr 1968 auf einer Insel in der Ostsee kennengelernt, wo wir zwei sagenhafte Wochen auf dem Wasser und am Strand miteinander verbracht haben. Nachdem die Sowjets im Sommer 1968 in der Tschechoslowakei einmarschiert waren, habe ich sie in eurer Wahnsinnsvilla in Köpenick wiedergesehen, wo wir einen Abend und eine zauberhafte Nacht im Park am Wasser und auf einer Terrasse im ersten Stock verbrachten. Sie hatte sich dafür entschieden, in einem renommierten Institut eine wissenschaftliche Karriere in Moskau zu beginnen. Warum? Stand sie unter Druck? Wollte sie aus dem DDR-Mief ausbrechen? Hatte sie dort vielleicht einen Freund? Ich habe es nie erfahren.« Er lehnte sich weit im Sofa zurück. »Damit hat alles begonnen. Erst 1981 habe ich über einen Kurier wieder von deiner Mutter gehört«, setzte er seine Erzählung fort. »Zu der Zeit war sie tief in Zentralasien bei einem militärischen Forschungsinstitut gelandet und wollte in den Westen abhauen. Nichts wie raus, war die Botschaft, die mich erreichte. Es hat dann eine Weile gedauert, bis ich ihre Flucht organisieren konnte.« Trotz all der Jahre, die Ellen in dieser Wohnung als Schülerin zugebracht hatte, hatte sich nie die Gelegenheit ergeben, mit Kane über ihre Mutter zu reden. *Genau genommen bestand meinerseits kein Interesse daran, ich kannte diese Frau nicht.*

»Im Jahr 1981 zeigte sich die Internationale Gesellschaft für Neurochemie hocherfreut«, fuhr er fort, »dass plötzlich kurzfristig jemand aus dem Nichts eine tolle Konferenz in Helsinki finanzierte. Prominent auf der Rednerliste der sowjetischen Akademie der Wissenschaften Dr. Jekaterina Mortkovic, ihr Geburtsname, unter dem sie damals in der Sowjetunion lebte und forschte. Es war uns tatsächlich gelungen, sie dorthin zu schleusen. Ich sehe diesen letzten Winkel des Flughafens von Helsinki noch vor mir. Wir hätten es nicht besser organisieren können, sie direkt von ihrer Aeroflot-Maschine aus Leningrad in stockfinsterer Nacht bei strömendem Regen ohne Umweg in einen Flieger zu bringen, der dort am Rand wartete. Sie war so nass, du glaubst es nicht. Sie bekam alles neu: die Kleidung einer Westfrau, neue Papiere. Von dort ging es direkt nach Hamburg. Bevor wir dort landeten, waren ihre Haare trocken, kurz geschnitten und dunkel. Am Flughafen trennten wir uns, um uns auf dem Hauptbahnhof wieder zu treffen, von wo sie dann mit einer falschen Identität in die Schweiz weiterreiste.«

Durch die Fasanenstraße heulte eine Polizeisirene, die das Zimmer in Wellen tiefblauen Unterwasserlichtes tauchte. Der Besuch hat nichts gebracht, dachte Ellen. *Außer sich selbst kennt Kane nichts.*

»Du weißt nichts über den Mann mit dem Leberfleck unter dem rechten Auge, den ich als Kind für sein drittes Auge hielt? Er ist jetzt in dieser Sekunde bei mir zu Hause. Ich kann unmöglich dorthin zurück.« Sie erhob sich.

»Wie sollte ich denn, Engel? Niemand hat mir etwas erzählt. Du nicht, deine Mutter nicht. Niemand. Gib mir deine Telefonnummer, sollte mir später etwas einfallen, melde ich mich.« Nach einem Blick auf seine Uhr stemmte er sich aus dem Sofa hoch. »Seit dem Film ›Bridge of Spies‹ wollen alle fachkundig über die Glienicker Brücke geführt werden. Vor einer Woche war es eine Gruppe pensionierter japanischer Geheimdienstler. Ich wusste gar nicht, dass es so etwas gibt.« Er lachte dröhnend über seinen Witz. »Morgen muss ich sehr früh für eine andere Gruppe zur Verfügung stehen.«

Ellen legte ihm die Karte ihres Instituts in Potsdam auf den Tisch, auf der sie ihre Handynummer umrahmte. Als sie wieder auf dem Flur standen, öffnete Kane die Tür zu dem fünf Meter hohen Atelierraum, Ellens Raumstation draußen im All. Der Äther!

Sie traten ein, dicke Vorhänge ließen nur schummriges Licht in den Raum. Nachdem Kane einen Schalter betätigte, begann eine ganze Wand zu leben, es leuchtete und brummte, heulte und pfiff. Töne verwehten, näherten sich wieder, grüne, orangene, weiße und rote Lichter glommen auf und pulsierten gelassen.

»Hat meine Mutter jemals erwähnt, dass sie bei ihrer Flucht ein neugeborenes Baby in Usbekistan zurückgelassen hat?«

Kane stand wie ein Zirkusdirektor im Raum, die Arme ausgebreitet. Der Äther hatte sich vergrößert. In der Regalwand des großen Raumes mit knarzendem Parkettfußboden erwachten nun an die hundert restaurierte historische Radioapparate zum Leben. Er wandte sich ihr zu.

»Deine Mutter war auf ihrer Flucht in einem Zustand der Angst«, sagte er, »kurz vor dem nervlichen Zusammenbruch, sie war geistesabwesend und völlig außer sich. Kein Wunder, wo seit Stunden der sowjetische Geheimdienst hinter ihr her war. Entspanntes Plaudern war da nicht möglich. Sehr zur Enttäuschung meines Dienstes, hat sie sich von diesem Tag an aus ihrem wissenschaftlichen Fachgebiet für immer verabschiedet. Anders als meine Chefs gehofft hatten, gab es von nun an keinen einzigen Satz von ihr mehr zu ihren Forschungsarbeiten.«

»Sie hat mich nicht erwähnt?« Ellen blickte gebannt auf die Wand, die 40 Jahre Kalten Krieg in dieser Wohnung akustisch am Leben hielt.

»Sie war wild entschlossen, aus ihrem Kaff im zentralasiatischen Teil der Sowjetunion in den Westen zu kommen. Koste es, was es wolle. Manchmal war es in diesen Zeiten üblich, schwanger zu werden, um eine Reisegenehmigung zu bekommen. Man nannte das damals ›Pfandkind‹. Mehr kann ich dazu nicht sagen.« Kane trat einen Schritt näher an die wie ein Bienenschwarm vibrierenden Geräte. Er legte sein Ohr an den Lautsprecher eines Braun 555UKW von 1955. Seine Miene hellte sich auf. »Am 24. Juli 1963 hat Richard Nixon in einem Ostberliner Café den

›Missouri Waltz‹ auf dem Klavier gespielt. AFN hat darüber berichtet.« Er deutete auf das Gerät, als das Jaudas Society Orchestra den Walzer blechern erklingen ließ. »Nein, deine Mutter hat dich nicht erwähnt. Und das wundert mich nicht.«

Ellen fror jedes Mal, wenn sie das Wort »Mutter« hörte. Die Frau, die sich später so nannte, hatte sie zurückgelassen, elf Jahre später aus der heilen Welt ihrer Kindheit gerissen, in das nasse kalte Haus am See verfrachtet und sie durch ihren frühen Tod zum zweiten Mal in einer fremden Welt verlassen. Bis vor einigen Jahren hatte Ellen ihr auch den Zerfall der stabilen sowjetischen Welt in Zentralasien angelastet. Diese Frau hatte ihr nichts von dem gegeben, was in den kontinentalen Sommern und Wintern in der usbekischen Wüste so lebenswichtig war, weder jemals Schatten noch Wärme, Fürsorge hatte sie allein von ihrem Vater und dessen Mutter empfangen.

Vor der Wand mit dem endlosen Getuschel, dem Klimpern und dem Pfeifen aus der Welt des kalten Krieges versteifte sich Ellens Körper. Sie musste verschwinden. Allein der Gedanke an ihre Mutter zwang sie regelmäßig, nach Atem zu ringen. Nicht eine Minute länger konnte sie es hier aushalten.

Nachdem sich die schmale Tür des Fahrstuhls hinter ihr auseinandergefaltet hatte und das langsame Schweben nach unten begann, fiel Ellen zurück in den einzigen Augenblick, in dem die schmerzliche Gewissheit, nie eine Mutter gehabt zu haben, einen Wendepunkt zum Guten in ihrem Leben bewirkt hatte.

24

Zwanzig Jahre zuvor

Aus einem geöffneten Aluminiumkoffer verteilte einer der Internatsschüler Einwegfotoapparate, die sein Vater gespendet hatte, der Besitzer eines großen Fotogeschäftes in der Potsdamer Straße war. Alle rannten mit den kleinen gelben Dingern umher, um schnelle Schnappschüsse von den unsinnigsten Motiven zu knipsen.

Dieser neunzehnte Juli 1998 ist ein schwüler Tag, aus dem nichts Gutes werden kann, dachte Ellen. Einige Schüler der oberen Klassen hatten es sich vor einigen Wochen in den Kopf gesetzt, am Nachmittag des Todestages von Königin Luise ein Fest auf dem Hof der nach ihr benannten Schule zu organisieren, gegen das niemand von der Schulleitung einen Einwand erheben konnte. Am Nachmittag hatten die Organisatoren einen flachen hölzernen Tanzboden, eine Theke für Kaffee und Kuchen und einen Grill für Würstchen aufgebaut, sowie Kästen mit Cola und Fanta bereitgestellt. Einer der Jungen aus einer der beiden Abiturklassen hatte seine private CD-Anlage mitgebracht. Mit dem Donnern der ausgeliehenen Lautsprecherboxen füllte die Musik den Hof.

Ellen wischte sich den Schweiß von der Stirn, weil inzwischen die Nachmittagssonne auf sie fiel. Sie lehnte an der Wand des Schulgebäudes, um aus der Distanz zu beobachten, ob sich aus dem Fest noch etwas Besonderes entwickeln würde. Nach fünf Jahren sprach sie inzwischen akzentfrei Deutsch, aber in ihrer Klasse war sie noch immer eine einsame Gestalt. Das galt umso mehr, als sie in der Mathematik, die für die meisten ihrer Mitschüler ein Buch mit sieben Siegeln darzustellen schien, ein neues Zuhause gefunden hatte und sich nicht einmal dafür anstrengen musste. Sie genoss deshalb Respekt, wurde aber dafür umso mehr aus allem herausgehalten, was das Leben ihrer Mitschüler mit Lust und Liebe erfüllte. Was ihr nicht unrecht war.

Unschlüssig hielt sie ihre kleine gelbe Fotoschachtel in der Hand. Weit und breit war nichts zu sehen, was ein Foto und eine spätere Erinnerung wert gewesen wäre.

Plötzlich trat die Musik in den Hintergrund. Max, ein hochgewachsener dunkelblonder Mitschüler, in den sie sich in den ersten Jahren in dieser Schule fast verliebt hatte, vielleicht weil seine Augen etwas unbestimmt Trauriges hatten und er sich ebenfalls für Mathe begeistern konnte. Inzwischen hatten sich ihre Gefühle abgekühlt, sie wünschte sich aber immer noch, er würde entgegen dem, was seine Augen versprachen, nicht bei jeder Gelegenheit großspurig auftrumpfen. Jetzt stand er mit seiner gelben Fotoschachtel in der Hand vor ihr.

»Ich habe meinem Vater von dir berichtet. Er sagt, du würdest sicher Mathe studieren und später Professorin werden können.«

Ellen wusste nicht, was sie erwidern sollte.

»Mein Vater ist Matheprofessor«, setzte er eitel hinzu. »Und deiner?«

Ein Schwarm von Staren stob aus dem großen Ahornbaum im Hof in den Himmel. Ellen sah den Vögeln lange stumm nach. Jetzt hörte sie die Musik mit überdeutlicher Klarheit. Voller Energie begann Meat Loaf zu singen, I'd do anything for love. Sie gewann ihre Sprache wieder.

»Meiner ist tot.«

»Das tut mir leid«, sagte Max. »Sind deine Geschwister auch Mathegenies wie du?«

»Ich habe keine Geschwister.« Die Unterhaltung führte ins Nichts. Sie würde sich bald zurückziehen. »Keine Geschwister und keinen Vater.« Meat Loaf hämmerte weiter direkt vor ihren Ohren, es fühlte sich an, als wäre jede Zeile in diesem Moment, in dem sie sich wach bis zur Schmerzgrenze fühlte, an sie persönlich adressiert.

»Du bist ganz allein?«, fragte er. »Aber eine Mutter hat jeder. Was macht deine?«

Ellen blickte ihn an. Er stand ihr direkt gegenüber, dennoch fühlte es sich an, als wäre er einen Kilometer entfernt.

»Meine Mutter? Warum interessiert sie dich? Sie interessiert nicht mal mich.« Aus den Augenwinkeln bemerkte sie, wie einige der anderen aus ihrer Klasse sich über den Hof näherten.

»Ich wollte mich nur unterhalten. Was macht deine Mutter?«

»Es hat nie eine Mutter gegeben. Weißt du jetzt genug?«

»Keine Geschwister, kein Vater, keine Mutter, bist du vom Himmel gefallen?«, fragte er sarkastisch.

Ellen war fassungslos, sie fühlte sich plötzlich, als hätte ihr jemand brutal die Kleider vom Leib gerissen, nur um sie der Lächerlichkeit preiszugeben. Der Bratwurstgeruch, das dumpfe Scheppern aus den Boxen, die staubige Luft des ausgetrockneten Schulhofes, das alles versank in grauem Nebel, die Musik trat noch lauter hervor. Alles war zu der Musik geworden, alles bewegte sich damit. I would do anything for love, I'd run right into hell and back.

Sie sah Max' grinsendes Gesicht vor sich, in dem etwas ganz anderes als reine Neugier oder etwa Mitgefühl lag. Aus seinen Augen strahlte hohler Stolz, als hätte er sie gerade in einem Spiel besiegt, von dem sie nichts wusste. Oder war es Entdeckerstolz? Weil sie ihm etwas über sich anvertraut hatte, wo sie doch sonst so verschlossen war?

Sie fühlte sich, als wäre sie soeben bei hoher Geschwindigkeit aus der Kurve geflogen und durch alle Netze geschossen, von denen sie geglaubt hatte, sie könnten sie halten. Von innen heraus überfiel sie ein Schluchzen, das nicht enden wollte. Im Körper war etwas in Gang gesetzt worden, das sich über Jahre aufgestaut hatte und jetzt bei diesem lachhaften Anlass hervorbrach. Gegen ihren Willen schossen Ellen die Tränen in die Augen. Sie bedeckte das Gesicht mit dem Unterarm und wandte sich ab, ihr Schluchzen wurde immer schlimmer, es gab keinen Halt.

Dann hörte sie es. Klicken und Schnarren. Klicken und Schnarren. Sie lugte hinter ihrem Arm durch den Tränenvorhang hervor und konnte nicht glauben, welches Bild sich ihr bot. Fünf ihrer Mitschüler umstanden sie, angeführt von Max hielten sie ihre gelben Einwegkameras vor die Augen und machten ihre Aufnahmen der heulenden Ellen, als wäre sie ein Leinwandstar, den sie bei einem Drogenabsturz überrascht hatten.

Noch immer dröhnte die Musik über den Hof, sie hatte den Eindruck, nur für sie. Es sah fast so aus, begriff sie später, als hätte Max mit den anderen eine Wette abgeschlossen, dass er es schaffen würde, das unnahbare Mathemonster zum Heulen zu bringen. Nun hatte jeder den fotografischen Beweis und glaubte garantiert, über sie Bescheid zu wissen.

Sie hielt sich für nichts Besseres. Sie kannte nur die Anstrengung, die es sie kostete, sich dauernd selbst beschützen zu müssen. Dabei hätte sie so gern Vertrauen gehabt. In irgendjemanden.

Ellen lief hinaus auf die stille Podbielskiallee vor der Schule. Auf dem Bürgersteig sitzend, lehnte sie sich an das Gitter vor der Schule und begann zu frieren, während sie sich die Tränen abwischte. In ihren Ohren tobte weiterhin Meat Loaf. Some nights you are breathing fire, some nights you're carved in ice ...

In großen Runden wanderte sie in der näheren Umgebung umher, immer wieder unabsichtlich in den Grillduft getaucht, den sie von diesem Moment an nicht mehr ausstehen konnte und jetzt durch die wehenden Musikfetzen von Whats up der Four Non-Blondes.

Sie hätte nicht antworten dürfen. Nicht, wenn es um ihren toten Vater ging. Und erst recht nicht, wenn sie durch die erste Frage schon angeschlagen war und sich wünschte, sie hätte je eine Mutter gehabt. Eine echte, die nicht nur ein Wort war, eine bestenfalls vage Erinnerung an ein überraschend aufgetauchtes und schnell wieder verschwundenes Gesicht. Sie war so dumm gewesen, zu antworten und hatte damit die schwächste Stelle in ihrem Inneren preisgegeben. Jetzt war ihre nackte Seele vor den Gaffern in ihrer Klasse ausgebreitet und sie konnte nie wieder zurück hinter ihre lebenswichtigen Schutzmauern.

And I scream from the top of my lungs, what's going on? fragten die Non Blondes in sich überschlagenden höchsten Tönen.

Aber das Schlimme war nicht der Gedanke an die niemals anwesende Mutter, sondern ihre plötzliche Ausgrenzung, der Absturz aus ihrer Rolle, die ihr Halt gegeben hatte. Und das Vergnügen der anderen, ihren Absturz zu inszenieren. Dabei hatte sie sich nie etwas eingebildet. Weder auf die Leichtigkeit, mit der sie im allseits ungeliebten Fach Mathematik als einzige an der Tafel schwierigste Gleichungssysteme bewältigte, noch auf ihr Aussehen, auf das so viele sie ansprachen und das Blicke auf sich zog, auf die sie gern verzichtet hätte. And I try, oh my god, do I try, I try all the time in this institution. Die Musik sprach vom Hof aus den klirrenden Boxen nur zu ihr. Das war eindeutig.

Stunden schienen bei ihren Wanderungen durch Dahlems stille Alleen zu vergehen. Sie streifte durch den Botanischen Garten und landete am U-Bahnhof Podbielskiallee. Sie betrat den Eingang der wie eine Villa gestalteten Station und dachte über den Weg in die unterirdische Welt nach, in der sich alles so viel schneller und mit so viel mehr Kraft bewegte, als in dem Hin- und Her an der Oberfläche. Sie saß auf der Bahnsteigbank und sah den Zügen zu.

Als es zu dunkel war, als dass noch jemand Fotos mit billigen Einwegkameras schießen konnte, ging sie zurück in den Hof, wo die Feier weiter in vollem Gange lief. Mit den stampfenden Klängen von »Big in Japan« sang Alphaville direkt für sie. Von irgendwoher war flaschenweise Bier aufgetaucht, viele tobten sich aus beim Tanzen, niemand nahm sie wahr. Es dauerte nicht lange, da fand sie den prall mit vollgeknipsten Kameras gefüllten Aluminiumkoffer, der darauf wartete, zur Entwicklung in das Labor des spendenden Fotoladens mitgenommen zu werden.

Noch nie hatte Ellen sich jemals so schlangengleich und blitzschnell durch eine Menge bewegt, wie jetzt auf dem Weg zum Grill. Here's my comeback on the road again, things will happen, while they can. Mit einem Griff hielt sie die halbvolle Brennspiritusflasche in der einen und ein glühendes Stück Kohle mit einer Grillzange in der anderen Hand. Einige weitere Schritte, und ehe die anderen begreifen konnten, dass sie noch existierte, standen die gelben Schachteln im Aluminiumkoffer in Flammen. Als sich die anderen näherten, um das Feuer mit ihren Getränken zu löschen, entleerte sie den Brennspiritus über dem Koffer, die Flammen schossen hoch, und die anderen Schüler traten zurück. Wie eine Rachegöttin stand sie mit erhobener Grillzange vor den Flammen.

Ellen lief die Grunewaldstraße hinunter in Richtung der U-Bahn-Station Rathaus Steglitz und entdeckte im Bahnhof, dass sie noch immer die Grillzange in der Hand hielt. Sie warf das Teil in einen Müllbehälter der BVG, bevor sie in den nächsten Zug der U9 sprang. Eine halbe Stunde später verließ sie die sich auffaltenden Fahrstuhltüren vor ihrem Zuhause in Kane Fullers Wohnung in der Fasanenstraße, beflügelt von dem ungekannten Glücksgefühl, endlich angekommen zu sein.

25

Nach kurzer Taxifahrt vom Potsdamer Hauptbahnhof durchschritt Ellen mitten in der Nacht im strömenden Regen das offene Tor zur Institutsanlage und ihre Seele öffnete sich weit. In der Gesellschaft von Instrumenten, Datennetzen und Menschen, deren Alltagsumgebung der Kosmos war, die Informationen über die offensichtlichen und die verborgenen Bewegungen von Galaxien oder über die Zusammensetzung von Sternen zusammentrugen und auswerteten, fühlte sie sich endlich in ihrer heimischen Welt angekommen.

Das Astrophysikalische Institut der Leibniz-Gemeinschaft hatte sich aus einer der ältesten deutschen Sternwarten entwickelt, daher hatte es die Adresse An der Sternwarte. Nach der Wende war das Institut der DDR-Akademie-der-Wissenschaften zu einer modernen, weitläufigen Forschungseinrichtung in einem Wissenschaftspark hochgerüstet worden, in der die alten kuppelgekrönten Gebäude wie Fossilien eines untergegangenen Zeitalters wirkten.

Mit ihrer Chipkarte ließ Ellen die Eingangstür zu einem modernen Glas- und Betonbau auffahren, in dem sie in der ersten Etage ihr kleines Büro erwartete.

Sie hängte ihre Tasche an die Tür, nachdem sie ihren Laptop vor sich auf dem Schreibtisch aufgeklappt und mit dem Hochgeschwindigkeitsnetz des Instituts verkabelt hatte. Mit ausgestreckten Beinen und über dem Kopf verschränkten Armen wartete sie, bis das System hochgefahren war.

Noch lag nachtschwarze Dunkelheit über dem Park vor ihrem Fenster. Von einem Kalender mit eigenen Fotos, den ihr Leo zu Weihnachten geschenkt hatte,

riss sie an der kahlen Betonwand ihrem Tisch gegenüber das Blatt für Juli ab.

Der August ist auch bald vorbei, dachte sie. Nicht
mehr lange Zeit für die Erforschung ihrer inneren
Angst, die ihr im hellen Licht des Büros, dem Summen der mächtigen Rechnersysteme und der weltweit
vernetzten Teleskope, deren Fenster in das Universum
sich auf ihrem Monitor aneinanderreihten, plötzlich
lächerlich erschien. Mit rotem Filzstift umrandete sie
die 14 und notierte »Abgabe«. Einem Blick aus dem
All würden die Probleme, die sie gerade vor sich her-
trieben, wie ein Staubkorn erscheinen. Wegen dieser
Perspektive liebte sie ihr Fachgebiet.

Sie lud die neuen, von Prof. Lee ergänzten Datei-
en hoch und verbrachte die nächsten Stunden damit,
alle Beobachtungen der verbliebenen Kandidaten für
rote Zwergsterne, die in historischer Zeit unserem
Sonnensystem so nah gekommen sein konnten, um
kosmische Katastrophen in unserer Nähe auszulö-
sen, miteinander in den »Findercharts« vergleichbar
zu machen. Viel allerdings war von den neu vermessenen einenhalb Milliarden Sternen an Kandidaten
nicht mehr übriggeblieben.

Sie wurde vom wildem LED-Blinken ihres Handys
in ihrer Arbeit gestört. Fünf Uhr. Wer zur Hölle sollte
das sein?

»Engel«, tönte es aus dem Telefon, »mir ist etwas
eingefallen, das dir vielleicht weiterhelfen könnte.«
Onkel Kane. »Wenn es dich interessiert, kannst du
mich nachher an der Glienicker Brücke treffen«, fuhr
er fort, »jetzt muss ich mich beeilen und kann nicht
sprechen. Sagen wir acht Uhr?«

Ellen knurrte eine heisere Zustimmung, große Erwartungen an dieses Treffen hegte sie nicht. Kane war

bei Lichte betrachtet ein aufgeblasener Wichtigtuer, sie kannte ihn lange genug. Er war ein amüsanter Kerl, aber weder besonders zuverlässig noch ein Muster an Effizienz. Was er unternahm, tat er mit großer Geste. Seine internationalen Gäste sprachen wohl kaum Deutsch. Er hätte mitten unter ihnen auf Deutsch das Versteck einer Atombombe beschreiben können und sie hätten nichts davon mitbekommen. Sie blickte auf das Telefon in ihrer Hand, als wäre es ein unbekanntes Tier. Nein, er wollte seinen weitgereisten Gästen gegenüber den noch immer in Wichtigkeiten verstrickten aktiven Geheimdienstler simulieren. Ein Treffen unter der Glienicker Brücke! Geheime Informationen! Die Übergabe eines rätselhaften Paketes! Ein Treffen mit einer jungen Frau. Das war seine Welt.

Ellen war überzeugt, was er wusste, hätte er ihr auch am Telefon sagen können. Vielleicht war es ihm sogar schon eingefallen, als sie bei ihm zuhause war. Aber es musste nun einmal bei ihm alles mit wehendem Mantel inszeniert werden.

Als es draußen hell wurde, öffnete sie das Fenster, der Himmel zeigte sich weiterhin grau. Kurz vor acht Uhr stieg sie an der Glienicker Brücke auf der ehemaligen Westberliner Seite aus dem Taxi. Sie spannte ihren Schirm auf, niemand war zu sehen, die Brücke lag leer und trübe vor ihr wie in den härtesten Tagen des kalten Krieges mit dem einzigen Unterschied, dass es keine Grenzsoldaten mehr gab und keine Betonblöcke, die man in Schlangenlinien umfahren musste.

Über dem Punkt, an dem sich bis vor 30 Jahren zwei unverträgliche Welten berührt hatten, schwebte noch immer ein seltsamer Geist der Entrücktheit und der Spannung, eine Energie, die aus dem Nichts kam. Wenn sie an die Frage dachte, die Kane ihr beantworten sollte, musste sie zwanghaft an das Gesicht denken, das hinter dem vom Regen überfluteten Panoramafenster des Schiffshotels »Zürich« im Licht über ihr geschwebt hatte.

Sie spürte die Berührung ihrer glücklichen Vergangenheit in schwarz-weißen Bildern mit einer traumatisierten, bunten Gegenwart, unverträgliche Welten, zwischen denen es keinen Personenaustausch geben konnte, auch nicht an dieser Brücke. Sie hatte noch immer keine Ahnung, wer dieser Mann mit dem dritten Auge eigentlich war.

Von der Berliner Seite her näherte sich ein weißer Kleinbus. Er hielt direkt zwischen den steinernen Portalen, mit denen die Einfahrt zur Brücke geschmückt war. In seinem Inneren flammte Licht auf. Ellen erkannte Kane, der neben dem Fahrer stand und zu einer Gruppe von zehn älteren Männern sprach.

Kane kletterte aus dem Bus und kam mit wiegendem Gang auf sie zu. Männer seiner Reisegruppe folgten ihm und verteilten sich unter Regenschirmen einzeln über die Brücke. Kane begrüßte Ellen mit einer Umarmung.

»Ich wäre glücklich gewesen, dich an diesem Punkt gegen einige miese Sowjetspione austauschen zu können.« Er lachte und klopfte ihr auf den Rücken. Dann zog er sie die Treppe hinunter. »Lass uns unter der Brücke reden.«

Unter der Brücke, an deren genieteten Stahlträgern sich die Reflexe des Wassers wellten, klappte Ellen ihren Schirm ein.

»Wie kann ein 90-jähriger Usbeke seine Reise nach Deutschland organisieren, sein Visum beantragen, die Tickets bestellen, kaufen und einchecken und wie einen Aufenthalt in Berlin planen? Wer tut das für ihn? Wozu?« Ellen konnte sich kilometertief in die Abgründe dieser Begegnung denken, ohne dass sie eine einzige ihrer Fragen beantworten konnte. »Ehrlich gesagt, weiß ich gar nichts über ihn.«

Kane blickte nach oben, um zu sehen, was seine Gäste unternahmen. Er deutete mit dem Finger zur Brücke.

»Allesamt Amerikaner. Sie informieren sich auf der ganzen Welt über den Alltagsbetrieb einer wasserdichten Grenze.« Er lachte laut. »Sie haben keine Ahnung, worauf sie sich mit so einer Unternehmung einlassen.«

»Das Gesicht«, erinnerte ihn Ellen. Bei Amerikanern war es für ihn noch interessanter, seine Wichtigkeit vorzuführen.

»Richtig«, sagte er. »Die Beschreibung dieses Gesichts erinnert mich an etwas. Es gab eine Geschichte über einen solchen Mann, die die alte Haushälterin deines Großvaters erzählte, als sie für uns bei der Flucht deiner Mutter 1981 Papiere in den Westen schmuggelte. Lass mich überlegen. Wir trafen uns nach der Flucht deiner Mutter im Hamburger Hauptbahnhof, um sie auf den Weg in die Schweiz zu bringen.« Er wanderte unter den sich schlängelnden Lichtreflexen auf und ab, bis er schließlich wieder näher zu ihr trat. »Ich glaube, ich hatte dir davon erzählt.«

Ein graues Motorboot wurde von einem Mann mit flacher Wollmütze unter dem Brückenträgern hindurch gesteuert. Als sein Motorenlärm verklungen war, setzte Kane seine Rede fort.

»Nach ihrer Flucht sprach sich die Nachricht vom Verschwinden deiner Mutter schnell herum. Männer mit hochgeschlagenen Mantelkragen suchten nach ihr – nicht nur in Helsinki. Bevor der Zug nach Basel abfuhr, in dem ich sie begleiten wollte, hatten wir mehrere Stunden Zeit. Für ihr künftiges Leben im Westen brauchte deine Mutter Unterlagen aus Ostberlin, Zeugnisse, Geburtsurkunde und, so verrückt es klingt, den Personalausweis. Ich hatte die Order von meinen Chefs, in diesem Fall nicht das Geringste an Material selbst bei mir zu tragen, zu keinem Zeitpunkt. Ich war an ganz anderen Unternehmungen beteiligt, die auf keinen Fall gefährdet werden durften.« Er wanderte eine Weile umher, stieg die Treppe zur Brücke einige Stufen hoch, um nach seiner Reisegruppe zu sehen und kehrte wieder zurück, als er nichts Beunruhigendes erkennen konnte. »Charlotte Krug, die alte Haushälterin der Koffkas, war damals 70 Jahre alt und durfte als Rentnerin ausreisen, was sie lange vorher beantragen musste.« Er stöhnte. »Der 17. Oktober 1981 in Hamburg war so nass, als läge er unter Wasser. Die alte Haushälterin kam mit den Dokumenten in einem präparierten Koffer gegen fünf Uhr nachmittags im Hauptbahnhof an. Unser Zug nach Basel würde um 22 Uhr den Bahnhof verlassen. Ich wollte eine schnelle Übergabe, am besten irgendwo in einer normalen Kneipe, aber die alte Dame wollte reden, sie hatte diese lange Reise unternommen und wollte nun Geschichten hören und erzählen. Im Bahnhof! Das Schlimmste, was wir machen konnten, war im Bahnhof stundenlang auffällig herumzuhängen, weil Bahnhöfe in solchen Fällen als Erstes überwacht werden. Ich war schweißgebadet. Die alte Dame redete und redete, freute sich, die beste Freundin ihrer Tochter zu sehen, und sprach deine Mutter ständig mit Kathryn an, obwohl sie mit einem Pass als Rita Schönherr reiste. Das war schlimm. Deine Mutter war ein Nervenbündel.«

Ellen lehnte ihren zusammengeklappten Regenschirm an einen Stahlträger. Sie hätte ahnen können, dass sie sich gedulden musste.

»Genau«, erinnerte sich Kane selbst an das, was er erzählen wollte, »dabei hat deine Mutter einen Mann mit einem Leberfleck unter dem Auge erwähnt, der ihr aus Gründen, die ich wegen meiner ständigen Runden durch den Bahnhof nicht mitbekam, seit 1968 in Moskau und später Usbekistan nicht von der Seite gewichen war. Bevor sich die alte Haushälterin mit einem angedeuteten Knicks im Hamburger Hauptbahnhof von uns verabschiedete, erklärte sie: ›Wer diesem Menschen begegnet ist, wird ihn nicht vergessen.‹ Deine Mutter und ich suchten unsere Plätze im Schlafwagen und saßen noch bei einem Rotwein im Speisewagen, bevor jeder in seine eigene Kabine ging, eine besondere Liebesbeziehung bestand ja leider nicht mehr. Irgendwann fragte ich deine Mutter, was sich die alte Frau da ausgedacht hatte. Deine Mutter war nicht erstaunt. ›Sie hat recht‹, war ihr Kommentar.« Ächzend drückte Kane sein Kreuz gerade und strebte in Richtung der Treppe nach oben.

»Das war alles?«, fragte Ellen enttäuscht.

»Das war sehr viel«, erklärte er. »Damals schrieben wir das Jahr 1981, die Haushälterin, 70 Jahre alt, hatte die Stadt Berlin wahrscheinlich Zeit ihres Lebens kaum jemals für längere Reisen verlassen und behauptete, sie kenne diesen Mann. Für deine Mutter war das keine Überraschung. Dann muss er schon einmal in Berlin gewesen sein, und deine Mutter wusste davon. Aber wann?« Kane stieg schnaufend die Treppe zur Brücke hoch, Ellen folgte ihm. »Vielleicht war er als sowjetischer Soldat nach dem Krieg hier? Aber

ehrlich gesagt, habe ich keine Ahnung. Du wirst es
herausfinden, Engel.«

26

Im Taxi auf dem Rückweg zum Institut fand Ellen auf ihrem Handy eine Nachricht von Leo vor, der vor einer Stunde aus Dubai kommend in Tegel gelandet war.

»Ich bin in einer halben Stunde im Institut«, antwortete sie ihm, »sehen wir uns?« Es dauerte nicht lange, bis seine Antwort aufleuchtete.

»Bin unterwegs.«

Als sie ihr Büro im Institut betrat, wartete er neben Tasche und Kleidersack bereits in ihrem Stuhl. Er sah müde und deprimiert aus, etwas musste sich in Tokio ereignet haben, über das er aber offenbar nicht sprechen wollte. Auf ihre Frage, wie es gelaufen sei, brummte er nur unverständlich vor sich hin.

»Die Mönche haben gestreikt«, sagte er.

»Wie bitte?« Ellen glaubte nicht richtig gehört zu haben. War das ein Grund, deprimiert zu sein? Sie wusste nicht wirklich, was er dort unternommen hatte, mit ihrem Forschungsprojekt hatte es nichts zu tun, alles andere war seine Sache.

»Wir wollten uns in Kyoto einige Klöster ansehen, aber die Mönche haben gestreikt. Die Welt wird verrückt. Den ganzen Rückflug habe ich über diese verdammten Mönche nachgedacht. Ob Gott auch streiken kann? Gibt es Menschen vielleicht nur, solange er streikt?« Ellen sah ihn entgeistert an. Er war wirklich deprimiert.

»Ich glaube, wir brauchen mehr Platz«, schlug sie vor. Sie gingen in das gegenüberliegende, schiffförmige Gebäude aus Glas, Beton und Stahl, an dessen Tür noch das Poster von Galactic Archeology III hing.

Leos Büro war größer als ihr eigenes, an der Wand

hing ein auf Videokonferenzen eingerichteter Großbildschirm, auf dem die Morgensonne lag, als Leo die Rollos hochfahren ließ. Wieder in seinem eigenen Reich wirkte Leo schon etwas weniger frustriert, auch machte er keine Anstalten, von seiner Reise zu berichten, also verkniff Ellen sich alle Fragen danach. Sie erzählte lieber, was sich inzwischen in ihrem Haus und in dessen Umgebung ereignet hatte, einschließlich der Expertise des Filmemachers und der Anwesenheit des alten Mannes an Bord der »Zürich«. Vielleicht lenkte es ihn ab.

»Wie kann ich dir helfen?«, fragte Leo. Sein Gesicht zeigte Ratlosigkeit und seine geröteten Augen verrieten den Grad seiner Erschöpfung.

»Ich weiß es nicht«, erwiderte sie, »ich weiß nicht einmal, wie ich mir selbst helfen könnte. Ich muss herausfinden, wer dieser Mann ist, das ist die Hauptsache.«

»Was weißt du bisher?«

»Nicht viel«, sagte sie. »Nach Meinung meines sogenannten Onkels muss der Mann früher schon einmal in Berlin gewesen sein.«

»Früher?« Leo ging zu dem an der Seite des Konferenzraumes stehenden Kaffeevollautomaten und schaltete ihn ein. Es dauerte eine Weile, bis das Gerät hochlief und dann mit großem Lärm die Kaffeebohnen zermahlte. In der Zwischenzeit verband Ellen ihren Laptop mit dem Netzwerk des Instituts. Sie hatte noch nicht überprüft, welches Ergebnis ihre Algorithmen in der Zeit ihrer Abwesenheit erzielt hatten.

»Lass uns kurz über unsere Veröffentlichung reden«, meinte sie, und schaltete den Wandmonitor ein.

»Du auch eine Tasse?«

Ellen nickte und Leo ließ die Maschine zwei Tassen

mit heißem Kaffee füllen. »Milch gibt es nicht, vielleicht Kaffeesahne.«

»Heute nicht«, sagte sie. Auf der großen Bildwand wurde langsam das Monitorbild ihres Laptops sichtbar. »Sieh dir das an!« Leo blickte auf.

»Scheiße, was machen wir jetzt?« Sein Gesicht sprach Bände über die Anzahl schlechter Nachrichten, die er offenbar in letzter Zeit hatte verkraften müssen. Vielleicht war er aber auch wirklich nur müde und seine Haut durch den langen Flug so dünn wie Seidenpapier. Auf der Projektion wurde das Ergebnis der Selektion ihrer Sternkandidaten angezeigt.

Null.

Unter 1,7 Milliarden von GAIA vermessenen Sternen und ihrer Vorauswahl von Millionen roten Zwergsternen in einer Entfernung von maximal 50 Lichtjahren gab es keinen einzigen, der ihre Kriterien erfüllte. Damit gab es keinen Beleg für ihre These, keine Veröffentlichung und ab Beginn des nächsten Jahres keine Grundlage für einen Job in Potsdam. Es war beendet.

»Niente«, sagte Ellen und schlug so fest mit flacher Hand auf den Tisch, dass ihr frisch gebrühter Kaffee umfiel und sich der Inhalt der Tasse über den Tisch ergoss. Leo stöhnte auf. Sie lief in die Toilette und kam mit einem riesigen Knäuel Toilettenpapier wieder, mit dem sie die angerichtete Schweinerei aufwischte.

»Was machen wir jetzt?«, fragte Leo.

»Einen neuen Kaffee.« Ellen warf den feuchten Papierwust in den Müllkorb neben der Kaffeemaschine und brühte sich einen neuen Kaffee auf. »Wir sind beide am Ende, zu lange Reisen, zu viel Erschütterung. Es geht jetzt nicht. Wir brauchen eine Pause.« Sie legte ihre Hand auf seine. »Direkt nach der Ankunft von einer langen Reise darf man sich nicht –« Sie setzte den Satz nicht fort.

Eine lange Reise.

»Es gibt etwas, dessen Licht nach einer Reise von fünfundachtzig Jahren jetzt bei uns eingetroffen ist«, murmelte sie, während sie plötzlich konzentriert in ihrem Laptop suchte.

»Fünfundachtzig Lichtjahre?«, fragte Leo geistesabwesend. »Das ist viel zu weit.«

»Ich spreche von etwas anderem.«

Sie suchte weiter, dann hatte sie es. Sie drückte eine Taste. Auf dem Wandmonitor erschien der Haupteingang ihrer Villa, vor dem sich ein Mann in karierten Kniebundhosen aufgebaut hatte. »Mein Großvater.« Sie fuhr mit einem vergrößerten Ausschnitt weiter durch das Bild und spürte dabei, wie das Herz in ihrer Brust heftiger arbeitet. »Und eine Frau, wahrscheinlich seine Haushälterin.« Sie ließ den Bildausschnitt weiterwandern, bis die in feiner Sütterlin-Schrift geschriebene Notiz des Fotografen Jacob Frauenfels erschien: 21.6.1933

»Und daneben steht was?«, fragte sie.

»Da steht ›Vor der Untersuchung‹«, entzifferte Leo, der sich von weit her aus seinen Gedanken dem Rätsel näherte, das sich vor ihnen auf dem Monitor entfaltete »und in Klammern dahinter ›O.Vogt, KWI‹«

»Und das bedeutet?«, fragte sie.

Leo zuckte mit den Schultern. »Ich weiß so viel wie du.«

Ellen seufzte tief auf und wanderte mit dem vergrößernden Fenster weiter über den Bildausschnitt, bis es auf dem kindlichen Helfer des Fotografen stehen blieb, der sich neben der Reisetasche des Großvaters aufgebaut hatte. Sie drehte die Vergrößerung hoch, bis nur noch dieses eine Gesicht auf der scharfen Fotografie in großen Pixeln erkennbar war – das rechte Auge und ein Fleck darunter, der wie ein drittes Auge erschien.

»Er war in Berlin«, stöhnte sie, »aber nicht als sowjetischer Soldat nach dem Zweiten Weltkrieg.«

Leo schien sich noch immer weitab von dem zu befinden, was das Bild vor ihnen zeigte. »Der Junge …«, murmelte er irritiert.

»… der am 21. Juni 1933 in Berlin war, ist jetzt zurückgekehrt«, setzte Ellen seinen Satz fort. Es gab eine lange Pause. »Dieses Foto führt uns in die Welt meines Großvaters, in die Welt blühender Wissenschaften und heraufdämmernden Terrors und der Vorbereitung auf die Zerstörung der Welt.«

Sie schloss die Augen und konzentrierte sich auf ihren Kaffee, er konnte gar nicht bitter genug sein. »Lass mich einige Fakten festhalten, damit wir den Überblick nicht verlieren«, murmelte sie. »Erstens hält sich der Mensch, den wir dort auf dem Foto als Kind sehen, gegenwärtig bei mir im Quartier der Filmleute auf, an die das Haus vermietet ist.«

»Zweitens drehen die Filmleute keinen Film, wie wir inzwischen wissen«, setzte Leo die Überlegung fort.

»Drittens haben sie nichts für einen Dreh im Haus eingerichtet, außer einer unbrauchbaren Beleuchtung, Überwachungskameras und Markierungen auf dem Boden.« Mit der Tasse in der Hand wanderte sie vor das Fenster und blickte in den Park hinaus, der in der aufsteigenden Sonne feine Nebelfäden verströmte. »Und sie haben viertens das Haus im Innern in seinen Originalzustand aus dem Jahr 1933 zurückversetzt. Welchen Sinn kann das alles ergeben?«

»Vielleicht suchen sie nach etwas Verstecktem, dessen Lage sie nur im Verhältnis zu der alten Einrichtung kennen«, vermutete Leo. »So was wie ›neben dem Tisch‹, ›gegenüber vom Wandregal‹, ›unter der Lampe‹. Deshalb die Markierungen.«

Ellen drehte sich zu ihm. Leos Gesicht zeigte, dass er noch immer nicht wirklich in der Villa angekommen war. Und er schien selbst nicht zu glauben, was er da geäußert hatte.

»Dann würde ich Sensoren erwarten und Messgeräte vom Feinsten, wenn man bedenkt, dass sie unbegrenzte Geldmittel einsetzen können.« Ellen spürte das kühle Fenster in ihrem Rücken. »Und wozu dann die Kostüme?«

Leo schob den Bildausschnitt zurück auf die Notiz des Fotografen am unteren Bildrand. Vor der Untersuchung (O. Vogt, KWI).

»Egal, wie wir es drehen und wenden, alles zugleich macht keinerlei Sinn. Wenn man sich in Erinnerung ruft, dass es sich bei dem Gast der Filmleute um den Mann handelt, der 58 Jahre nach dem Kinderfoto meinen Vater auf dem Gewissen hat, wird das alles zu einer abgefahrenen Inszenierung von Verrückten, für die Geld keine Rolle spielt.« Ellen schob ihm den Umschlag mit den Originalfotos zu.

Leo las die Notizen unter den Bildern vor. »1918 steht dort ›Nach dem Kriege‹ ,1932 ›Vor dem Jubiläum‹. Im Juni 1933 sollte es offenbar eine Untersuchung geben, aber wer oder was sollte untersucht werden? Ich kann mich darum kümmern, unser wissenschaftliches Programm ist ja beendet.« Er lachte bitter.

Auf dem Weg zurück in ihr kleines Büro gingen sie schweigend nebeneinander her.

»Scheiße«, murmelte Leo.

»G.A.S.«, bestätigte Ellen, »die größte anzunehmende Scheiße.« Sie verabschiedeten sich mit einer Umarmung.

»Ich werde an deinem Bilderrätsel basteln, bis mich die Feuerwehr wegen brennender Augen rausträgt.«

»Ich danke dir«, sagte sie. Sie zog ihre Tasche enger um die Schulter. Unten wartete das Taxi, das sie durch den inzwischen aufgezogenen peitschenden Regen zu ihrer Vorladung ins Studio 21 nach Babelsberg bringen würde.

27

»Berlin 1933: Obedience and Amnesia, eine Produktion von Studio 21 im Vertrieb der 20th Century Fox« – die vier Meter hohe Stellwand dominierte das Entree der großen Studiohalle. Das grell beleuchtete Plakat zeigte Ellen unbekannte Gesichter vor der düster aufragenden Fassade einer überdimensionalen weißen Villa unter einem brennenden Himmel. Nachdem sie eine Weile unter dem großen Plakat gewartet hatte, näherte sich der ganz in Schwarz gekleidete Regisseur aus dem Inneren des Gebäudes. Seine schwarzen glänzenden Haare stachen von seinem riesigen Schädel wild in alle Himmelsrichtungen ab.

Als er Ellens Blick sah, musste er lachen und strich sich die Haare mit den Händen glatt.

»Der Sturm«, sagte er zur Erklärung. Er langte über den Eingangstresen in eine offen stehende Schublade, in der Zugangskarten aufgereiht waren. Ellen heftete sich die Karte an ihre hellgrün leuchtende Bluse. Der Regisseur marschierte voran, links und rechts die eine oder andere Hand schüttelnd. Hier und da deutete er auf ein besonderes, bemerkenswertes Detail einer Kulisse, das Ellen nicht viel sagte.

»Wussten Sie, dass Sergey Bondarchuks Film ›Waterloo‹ von 1970 teurer war als die Schlacht selbst?« Er öffnete mit seiner Karte eine zehn Meter hohe Blechwand, die ins Innere führte. »Kennen Sie den Grund? Nein? Das Waterloo des 18. Juni 1815 war ein Kaff ein paar Kilometer südlich von Brüssel, das heutige Waterloo ist ein universeller Ort. Das Berlin von 1933 ist heute ebenfalls global, deshalb dürfen wir bei Ihnen so viel investieren.«

Nach dem Passieren einiger weiterer Gänge, in denen der Sturm mit den Türen knallte und der Regen auf das Blechdach der Halle trommelte, betraten sie einen abgeschlossenen Raum, der mit Reihen von Monitoren ausgestattet war. Ein halbes Dutzend Menschen waren damit beschäftigt, Rechnersysteme abzubauen und in Mikrofone zu sprechen, die an Bügeln vor ihrem Mund hingen. Sie verzogen sich, als Moretti sich an einem Tisch mit drei großen Bildschirmen in einen Sessel fallen ließ. Ellen rollte sich einen anderen Sessel an die Schmalseite des ovalen Tisches.

»Wir belegen nur einen Teil der Halle. In einem Drittel steht noch das Szenenbild eines abgedrehten Agententhrillers«, erklärte er. »Die herrlichen Sechzigerjahre. Damals waren Agenten noch Ehrenmänner, Gut und Böse schon optisch gut zu unterscheiden. Zumindest in Filmen.« Er lachte, als hätte er einen Witz gerissen.

Nach einigen Tastenbewegungen hatte er das Video, das er brauchte, auf einem der Monitore, den er anschließend in Ellens Richtung drehte. Sie wäre vor Scham am liebsten in den Boden versunken, als sie sich dabei zusahen, wie sie mit dem Handy filmend durch die nächtliche Villa lief.

»Das verstößt gegen die Vereinbarung«, sagte der Regisseur konzentriert, »ich könnte richtig Geld sparen mit diesen Aufnahmen.« Er rollte in seinem Stuhl hin und her. »Ich mache Ihnen ein Angebot. Ich gebe die Bilder, die Ihren Vertragsbruch dokumentieren, nicht weiter an die Produktionsleute und die Geldgeber und deren Juristen. Das ist alles viel zu viel Aufregung, mit der ich keine Zeit verlieren kann.« Er zog aus einem Drucker neben dem Tisch ein Blatt und schob es Ellen herüber. »Dafür müssen Sie eine Zusatzvereinbarung unterschreiben, dass wir die gesamte Miete zurückfordern können, wenn Bilder aus Ihren Aufnahmen vor der Premiere des Films öffentlich werden.«

Ellen las sich die Zusatzvereinbarung zum bestehenden Mietvertrag durch. Darin war zu Vergleichszwecken die Übergabe einer Kopie ihrer Videoaufnahmen gefordert.

»Kein schlechter Versuch, für jemanden, der nicht die Absicht hat, einen Film zu drehen.« Moretti zog die Augenbrauen hoch, reagierte aber nicht auf sie. Ellen strich die Passage und unterschrieb dann nach Moretti zwei Exemplare, eins davon blieb bei ihr.

»Wir haben einige Leute, die besonders schlau sein wollen.« Moretti lachte.

Ellen entschloss sich in diesem Moment, ihre Originalaufnahmen notariell gesichert aufzubewahren. Inzwischen traute sie der Truppe in ihrem Haus alles zu.

»In einer Woche rollt der große Tross in Ihrem Haus an. Dann wird es wirklich laut«, Moretti stöhnte übertrieben, als sie bereits wieder draußen auf dem Gang waren. »Es wird ein welterschütterndes Drama.«

»So oder so«, antwortete Ellen. Der ungeheuerliche Aufwand, den die Männer in ihrem Haus trieben, vermittelte ihr plötzlich das Gefühl, ihre Villa läge am Rande eines gigantischen Schlachtfeldes, auf dem die Truppen bereits bis an den Horizont versammelt waren, das sich aber noch im Nebel verbarg. Welches unfassbare Motiv steckte dahinter, genau in ihrem Haus einen Aufwand zu treiben wie bei der Verfilmung der Schlacht von Waterloo?

»Woran denken Sie?« Moretti blickte sie skeptisch von der Seite an.

»An Waterloo«, antwortete Ellen.

In der Kantine des Studiogebäudes gönnte sie sich einen kleinen Mittagsimbiss, während sie das rege Treiben der Filmleute aus verschiedenen Produktionen beobachtete. Der Hunger vereinigte Märchenfiguren, Ganoven, Börsenmilliardäre, Autorennfahrer und Schlachthofarbeiter zu einer Mischung lebendiger menschlicher Fantasien wie in dem außerirdischen Panoptikum einer Bar am Rande des Universums. Sie fragte sich, warum sie von Moretti wirklich hierher bestellt worden war. Er hatte den Strick um ihren Hals etwas enger gezogen, aber war das wirklich das Ziel gewesen? Eher hatte sie den Verdacht, dass er ihr nach ihrem unautorisierten Eindringen in ihr eigenes Haus beweisen wollte, das wirklich ein Film gedreht wurde. Ohne den vorherigen Besuch bei dem Filmemacher hätte sie der Besuch im Studio vielleicht überzeugt.

Als sie in die Vorhalle zurückkehrte, sah sie Tomas auf den ersten Blick. Pudelnass von dem tobenden Regen vermittelte er mit seinem lädierten Gesicht den Eindruck, als wäre er direkt dem Katastrophenfilm auf dem Plakat entsprungen. Trotz seiner Blessuren im Gesicht sah er in seinen blauen Jeans, einem neuen dunkelblauen Jackett und einem glatten offenen weißen Hemd wieder halbwegs zivilisiert aus, obwohl er offenbar zwei Tage darauf verzichtet hatte, sich zu rasieren.

»Einen trockenen Platz finden wir nur in der Halle«, stellte Ellen fest. Sie reichte ihm ihre Karte über das Drehkreuz, problemlos verschaffte er sich Zugang. »Draußen wohl kaum.«

»Du bist in Gefahr«, erklärte Tomas ihr, nachdem sie ihm von der Expertenmeinung des Filmemachers berichtet hatte. Im Tempo der Menschen, die mit ihnen auf dem Flur gingen, bewegten sie sich den breiten, vom Unwetter geschüttelten, äußeren Hauptgang in der Studiohalle entlang. Offenbar hatte Tomas inzwischen intensiv an der Verständlichkeit seiner Aussprache gearbeitet, auch wenn er dabei den Kopf immer schief hielt.

»Ich habe mich noch einmal in den Augenblick versetzt, als ich die alten Männer fotografiert hatte, für die der Vogeljäger arbeitet. Ich habe versucht, mich an die Gesichter zu erinnern und bin überzeugt, dass ich sie kenne.«

»Du kennst die Typen, die dich fast umgebracht hätten?«

»Nicht die einzelnen Männer, aber diesen Typus von Gesichtern, verbittert, von innen her aufgefressen, weil sie viel Schlimmes gesehen und veranlasst haben. Noch immer sind sie mächtig, oder sie waren es lange. Ihre teigigen Gesichter sind in Fluren und Büros alt geworden und nicht in Straßen unter Wind und Wetter.«

»Und was haben die mit mir und meinem Haus zu tun?«

»Ich bin mir nicht völlig sicher, ich habe ein Bauchgefühl, immerhin ist der verrückte Vogelmann vor deinem Haus herumgeschlichen. Ich glaube nicht an Zufälle.«

»Und wer sollten die sein«, fragte sie.

»Ich würde wetten, dass es ehemalige Geheimdienstler sind, die jetzt auf eigene Rechnung arbeiten.« Er sah Ellen lange schweigend an. »Du bist in größter Gefahr.«

Am Ende des Ganges drückten sie eine große Stahltür an hüfthohen Edelstahlbügeln auf.

»Weiter hinten befindet sich ein abgeschlossenes Projekt in der Halle«, meinte Ellen, »dort haben wir vielleicht mehr Ruhe, um darüber zu reden, was jetzt zu tun ist.«

Alles war leer und dunkel. Notbeleuchtungen glommen in gleichmäßigen Abständen, Sturm und Regen tobten und donnerten auf dem Hallendach, unter dem sie sich jetzt vorkamen wie im Innern einer Trommel. Erst als sie sich daran gewöhnt hatte, erkannte Ellen einen düsteren Straßenzug aus den Fünfzigerjahren an der Grenze zwischen Ost- und Westberlin. Sie schwenkten in die Straße ein und tasteten sich an den zermürbten Fassaden vorbei an einem Schild »Sie verlassen jetzt den demokratischen Sektor«, an einem Barkas-Lieferwagen und an einem dunkelblauen Wolga aus sowjetischer Produktion. Die Häuser bestanden aus flachen Vorderansichten, hinter ihren Fassaden lag ein Gewirr von Verstrebungen und Sperrholzplatten.

Es schwebte eine seltsame Stimmung der Täuschung über der düsteren Szenerie, die durch den Geruch nach den Materialien der Handwerker etwas Reales und Irdisches bekam. Auf der Rückseite des pompösen Eingangs zu einem mit Säulen und großartigen Treppen geschmückten Sandsteinbau hatten die Szenenbildner auf ebener Erde ein halbes Zimmer eingerichtet. Wände mit schäbigen Tapeten aus den Fünfzigerjahren, ein kärglicher Tisch, ein Vernehmungsstuhl, einige aufgestellte Blendscheinwerfer, in die der arme Teufel auf dem Stuhl hatte blinzeln müssen und zwei muffige plüschige Sessel neben einer mit braunem Kord bezogenen Couch.

»Ich kenne Schlimmeres«, meinte Tomas. Er ließ sich auf die Couch fallen und sank tief ein. Ellen setzte sich an die andere Seite der Couch. Tomas umfasste ihre Handgelenke mit beiden Händen. Alles von der Nacht in seiner Wohnung war wieder da, alles in ihr sehnte sich nach der unmittelbaren Fortsetzung, sie hatte genug Zeit zum Überlegen gehabt. Sie küssten sich zärtlich und vorsichtig, als ob es nicht nur der inzwischen vergangenen Tage bedurft hätte, entschlossene Klarheit zu schaffen, sondern auch vorher der blutigen Prügel für Tomas und des restlos leergeräumten Hauses von Ellen, um einen alten Fluch abzuschütteln.

Aber es gibt keinen Fluch, dachte Ellen. Es hatte geregelte Abläufe gegeben mit Figuren, die ihre Rollen darin spielten. Welcher Energien es bedurft hatte, dieses Spiel für den Sinn des Lebens zu halten, hatte sie sich niemals klargemacht. In diesem Moment des Kusses und der festen Umarmung überfiel sie die Gier nach mehr.

Sie spürte ihn, sein Gesicht, seine Hände, seine Wärme, den Druck seiner Arme und die jahrzehntelang bekannte Fassadenfigur, eine kaum je wahrgenommene und dann beschädigte Karyatide wurde lebendig. Nicht nur in ihren Armen, auch in ihrem Herzen nahm Tomas Gestalt an.

»Es ist ein verdammtes, beschissenes KGB-Loch«, flüsterte sie, bevor sie sich in den Armen lagen und küssten, ohne in letzter Minute innezuhalten wie in seiner Wohnung auf der Fischerinsel. Es gab viele Gründe für sie, sich zu treffen, dieser war der wichtigste.

Ellen floh aus den Fängen des Geheimdienstes, sie rettete sich aus den Trugbildern der Filmproduktion, sie ließ ihre Vergangenheit der letzten Tage hinter sich, es gab nur einen Ort, wo sie sein wollte, direkt an der Haut, in der Umarmung, in dem Kuss mit Tomas. Ihre Sachen flogen davon, ihre Bluse landete auf dem kalten Verhörscheinwerfer, der BH flog hinüber zum Grenzübergang und erst später, als seine Hände warm und wieder ruhig statt gierig und fordernd auf ihr lagen, machte sie sich Gedanken über die Couch, die sie trug.

»Stell dir einfach vor, wir wären gerade den Folterknechten entkommen«, flüsterte Tomas, »und keiner von uns hätte den anderen verraten.«

Eine Weile lagen sie einfach da, atmeten gemeinsam, hörten Regen und Sturm über das Blech der Halle rasen.

Ellen spürte seine Hand, sie spürte seinen Geschmack auf ihren Lippen, sie sog den Geruch nach Holz und Leim und Farbe ein, den diese gefälschte Welt des Kalten Krieges um sie verströmte. »Du wolltest etwas sagen«, flüsterte sie.

Tomas schwieg eine Weile, dann sagte er: »Es wäre das Gefährlichste für dich, was ich sagen könnte.« Ein Ast raste über das Dach der Halle hin und veranstaltete einen Höllenlärm. »Ich fühle es. Aber ich sollte es besser nicht sagen.« Noch eine Pause.

Ellen kuschelte sich näher an ihn. »Sag es, bitte. Ich liebe die Gefahr.«

Es wurde kalt so nackt. Besser von Tomas gewärmt, als von der Couch der Verhörspezialisten und Folterknechte. Sie hatte es bisher überhaupt noch niemals gesagt, weil sie sich geschworen hatte, bei diesem Satz niemals zu lügen. Ausgerechnet jetzt in der falschen Kulissenwelt hätte sie es herausschreien können. Gerade hier. Egal, was kommen würde. Diese Sekunde war es.

»Ich liebe dich nicht«, stellte sie mit glasklarem Verstand fest. »Ich zerschmelze nur pathologisch schnell, wenn mich jemand berührt oder küsst.«

»Jeder?«, fragte er.

»Jeder. Deshalb muss ich alle, die mir nahekommen wollen, schon in der Entfernung abschießen. Du bist mir durchgeflutscht.«

Sie wusste, dass sie diesen Mann liebte, der, solange sie denken konnte, immer in mysteriöser Nähe zu ihr existiert hatte. Eine schwebende, leichte Liebe. Keine Verpflichtung. Keine Drohung. Kein Vertragsangebot. Eine Zustandsbeschreibung aus weiter Ferne, aus der Ellen den langen Weg in den Blick nahm, den ihre Großmutter um den halben Planeten zurückgelegt hatte. Sie blickte Tomas an mit Augen von der Klarheit eines ruhigen tropischen Meeres, sie dachte an die Gefahr, in die sich jeder begab, der ihnen wichtig war, sie schwiegen beide darüber. Ellen zog ihre Bluse von dem Verhörscheinwerfer und streifte sie über die nackte Haut. Dabei durchquerte sie den Verhörraum.

»Trostlos«, stellte sie fest.

Tomas lag auf dem Rücken und blickte Ellen nach. »Trostlos ist Teil des Konzeptes.«

»Du kennst dich aus?« Ellen setzte sich auf den Verhörstuhl. »Ich frage mich, wer in meinem Haus verhört wurde, als die Sowjets es nach dem Krieg für einige Zeit zu ihrem Quartier gemacht hatten. Vielleicht gefoltert.«

»Ob das wirklich so war?«, fragte Tomas. Ellen hielt die Armlehne des Stuhls umklammert. Sie versuchte sich in die Situation eines Gefangenen zu versetzen. »Ich wurde 1964 geboren«, stellte Tomas fest.

»Aber den KGB kennst du?« Ellen bewegte sich auf dünnem Eis weiter hinaus. Sie wusste es, aber sie konnte nicht anders.

»Den KGB kenne ich.« Tomas schien die Unterhaltung nicht zu gefallen. Er blieb ruhig auf der Couch liegen. Es wurde frisch.

»Von innen?«, fragte Ellen.

»Von innen«, sagte er.

»Was war dein letzter Auftrag?« Ellen rutschte auf dem Stuhl umher, sie betrachtete ihre Fingerkuppen, die die Armlehnen umfassten.

Tomas erhob sich von der Couch. Nackt ging er einige Schritte bis zum »Beginn des demokratischen Sektors« von Berlin, um seine Unterhose einzusammeln. Er stellte sich hinter einen toten Scheinwerfer und streifte T-Shirt und Hemd wieder über.

»Mein letzter Auftrag war dein Haus.« Er blickte sie fest an.

»Mein Haus?« Ellen glaubte, nicht richtig gehört zu haben.

»1981«, antwortete er. »Deine Villa, die damals nur aus deiner Großmutter und einem heruntergewirtschafteten Büro der Verkehrsbetriebe bestand, bis ich mit meiner Bibliothek gekommen bin.«

»Bezahlt vom KGB?«, fragte sie ungläubig.

»Die ganze Geschichte ist kompliziert.« Tomas lehnte sich weit zurück in die Armlehne des cordbezogenen Sofas. »Mit 16 Jahren hatten sie mich in ein Jugendgefängnis in Irkutsk gesteckt, unweit des Baikalsees, weil ich den falschen Mann krankenhausreif geprügelt hatte oder besser gesagt es war der richtige Mann, er hatte nur die falschen Verbindungen.«

»Was war das für eine Geschichte?«, fragte Ellen. Der Sturm schien weiter aufgefrischt zu haben, die Blechhalle vibrierte, als treibe sie auf hoher See.

»Ein lokaler Bonze, der sturzbetrunken meine Mutter belästigt hatte. Ich konnte damals ziemlich aufbrausend sein«, fuhr Tomas fort. »Nachdem ich siebzehn Monate und dreiundzwanzig Tage gesessen hatte, wurde ich eines Tages Ende Oktober 1981 abgeholt und vier Tage lang in einem nach altem Fleisch stinkenden Lieferwagen ins 5.000 km entfernte Moskau transportiert. Dort brachten sie mich in einem miesen Hotel in der Melnikovstraße auf einen zivilisatorisch vorzeigbaren Stand. Es kam mir vor, als sei ich im Paradies einquartiert worden. An einem der letzten Morgen des Oktobers brachten sie mich von dort in die Auslandszentrale des KGB in Jassenovo im Südosten Moskaus.«

»Direkt aus dem Knast?«, fragte Ellen ungläubig.

»Direkt aus dem Knast«, bestätigte Tomas. »So sicherte man sich damals die Dankbarkeit der Kandidaten. Nach einem halben Tag Warten wurde ich in ein Büro vorgelassen, wie ich es noch niemals gesehen hatte. Schwere dunkelgrüne Gardinen, die nach Tabak rochen, hohe Fenster, die seit vierzig Jahren niemand geöffnet hatte, eine Mischung aus riesigem Konferenz- und Arbeitsraum, an dessen Ende ein Schreibtisch stand, zu dem ich geführt wurde. Mein Begleiter verließ das Büro. Ich setzte mich auf einen Stuhl direkt vor dem Schreibtisch. Es war ein nasser Oktobertag, der sich von keinem anderen Oktobertag unterschied. Geräuschlos floss der Regen gegen die Fenster. Die Polster der acht Stühle mit Armlehnen und der Mann selbst, der mir gegenübersaß, verströmten ebenfalls den Geruch nach kaltem Rauch. Er war ein hohes Tier des KGB, wahrscheinlich einer der Vizedirektoren, bis heute kenne ich weder seinen Namen noch seinen Dienstrang. Er betrachtete mich eingehend, er blätterte in Papieren, die etwas mit mir zu tun haben mussten, er betrachtete mich, er blätterte wieder. Dann erkundigte er sich nach meiner Mutter, die inzwischen nach Kuba zurückgekehrt und nach meinem Vater, der nach meiner Verhaftung in Moskau untergetaucht war. Schließlich bekam ich den Auftrag, in Ostberlin ein Haus und eine ältere Frau im Auge zu behalten, bis dieser Auftrag aufgehoben wird. Er schob mir ein großes Foto des Hauses über den Tisch. Zu schön um wahr zu sein, dachte ich.«

»Und warum ausgerechnet du?«, fragte Ellen.

»Das habe ich mich auch gefragt«, antwortete Tomas, »Wahrscheinlich, weil ich fließend Deutsch sprach. Ich habe ihn darauf hingewiesen, dass ich auch Spanisch spreche. ›Mach was daraus‹, riet er mir, ›richte im Erdgeschoss eine Spanischschule ein, irgendetwas, für das sich kein Mensch ernsthaft interessiert.‹«

»Da hast du eben mal eine Bibliothek einrichten lassen«, meinte Ellen. Sie horchte in den anschwellenden Sturm. Es schien ihr nicht sicher, ob die ganze Halle noch dastehen würde, wenn Tomas mit seiner Geschichte am Ende war.

»Der Mann hatte zu tun. Er musste sich kurz fassen«, erzählte Tomas weiter. »Er erklärte mir, dass ich dorthin begleitet und in Berlin abgeholt würde. Dort würde mir mit allem geholfen, was für den Auftrag nötig sei. Wenn es etwas Außergewöhnliches oder für das Haus oder die alte Frau Gefährliches geben sollte, sollte ich die Nummer anrufen, die ich später bekam. Das war alles. Der Auftrag wurde nie aufgehoben.«

»Und dann?«, fragte Ellen mit kalter Stimme.

»Was, und dann?« Tomas hatte anscheinend genug von dem Thema.

»Hast du jemals die Nummer angerufen?«, fragte sie.

»Nein«, sagte er.

»Hast du eine Ahnung, was tatsächlich dahintersteckte?« Ellen verwandelte sich in rostenden Stahl.

Bewegungen waren ihr nicht mehr möglich, weder nach außen noch im Innern. Das Herz musste zu etwas wie einer ausgebrannten Sicherung geworden sein.

»Nein, nichts, nur dieser Auftrag. Seit 35 Jahren bin ich der Aufpasser für euch und das Haus«, stellte er fest.

»Vögeln der Enkelin eingeschlossen.« Ellen blickte ihn aus kalten Augen an.

Tomas reagierte nicht. Er zog seine Jeans an und sein Jackett über. Er überprüfte die Taschen. Ellen zog sich an. Ein für allemal hatte sie genug von den Spielen im Schatten. Sie hatte es immer geahnt, schon lange schmerzte ihr Kopf, wenn es kein Licht gab. Jetzt war ihr Herz dran. Sie brauchte Licht.

Schluss mit den Schatten!

Es gab keine Umarmung. Es war gut, fand Ellen, dass der Abschied so ausfiel. Viel gesünder, viel einfacher und entsetzlich schmerzhaft. Vernichtend wie ein nächtelanges Verhör in trostloser Umgebung.

»Wir sehen uns«, sagte er.

Ellen glaubte nicht daran.

»Das klebt an dir wie heißer Teer«, sagte sie. »Für mich wirst du den Geruch nie mehr los. Gut, wenn mit dir und der Bibliothek die KGB-Reste aus meiner Umgebung verschwinden. Da muss ich mich nur noch um die verkorkste Vergangenheit meiner Familie kümmern, um das beschissene Rätsel meiner eigenen Existenz.«

»Wirklich verkorkst«, sagte er, »wie rede ich dich eigentlich an? Geborene Mortkovic, adoptierte Dudov, adoptierte Koffka? Oder wie rede ich von deiner Mutter, geborene Mortkovic, vom Trailerpark in Massachusetts in die Villa am See in Ostberlin umgezogen und umgeschrieben in Koffka, forschende Frau Dr. Mortkovic in Moskau, spätere Frau Dr. Koffka in der Schweiz? Was ist bei all dem mit rechten Dingen zugegangen? Wo hatten bei euch der KGB oder ebenso schlimme andere Dienste ihre Finger im Spiel? Du weißt viel zu wenig, um dich aufregen zu dürfen. Viel zu wenig über mich, vor allem aber viel zu wenig über dich.« Grußlos verließ er die deprimierende Stasikulisse.

Ellen stand noch eine Weile zwischen den kalten Scheinwerfern, selbst erkaltet wie einer von ihnen, wütend auf alles um sie her, wütend auf sich, enttäuscht bis in die Tiefe ihres Herzens. Selbst ihre Tränen hatten sich tief in ihr Inneres verkrochen, ihre Augen brannten vor Kälte. Ihr wurde schlecht, wenn sie daran dachte, was sich unter der Oberfläche von dem verbarg, wonach sie auf der Suche war.

Sie fühlte dem Sturm nach, der die Blechhalle weiter durchrüttelte, als würden die Naturkräfte versuchen, sie in diesem Augenblick von der Oberfläche der Erde zu fegen. Genauso ist es, dachte sie. Der Tiefpunkt ist erreicht. Aber sie hielt es für keinesfalls sicher, dass es aus dem Tal der Fehlschläge, der Enttäuschungen und der schwarzen Wolken der Vergangenheit nicht noch tiefer hinab gehen konnte. Viel tiefer.

Sie kannte es. Es gab Felsenklippen über abgrundtiefen Felsentälern und es gab die in den Stein gewaschenen Tunnel, wie sie sie von ihren Klettertouren in Südostasien kannte. Die führten in unendliche, sich immer tiefer erstreckende Höhlen, in denen kein Ende absehbar war.

Sie legte den Kopf in ihre Armbeuge und weinte. Sie schluchzte so laut, wie es aus ihrem Körper herausbrach, ohne sich in dem donnernden Unwetter die geringste Beschränkung aufzuerlegen, so laut und hemmungslos es ging, aber damit wurde nichts besser. Wütend und wild trommelte sie auf dem Verhörtisch herum, bis die Hände schmerzten. Nichts wurde besser.

Mit tränenverschleierten Augen holte sie ihr Handy aus der Tasche. Sie wischte sich die laufende Nase mit beiden Handrücken. 22:30 Uhr. Sie war unfähig, einen einzigen Schritt zu tun, sie war unfähig, etwas zu organisieren, was sie selbst betraf, sie war nicht in der Lage, auch nur zehn Minuten über den Moment hinaus zu denken. Schniefend tippte sie in ihr Handy eine Nachricht an Leo. Ich bin vor dem Studio. Kannst du mich abholen? Die Antwort ließ nicht lange auf sich warten.

»Bin so gut wie bei dir.«

Sie sammelte ihre verteilten Sachen zusammen und verließ schluchzend den trostlosen Verhörraum aus den Fünfzigerjahren. Wenig später stand sie vor der Halle im Sturm, der noch immer die Blätter und die Äste von den Bäumen fegte. Die Beifahrertür eines geparkten Tesla öffnete sich.

28

Ellen ließ sich in den Sitz fallen.

»Wohin fahren wir?« Eine Weile herrschte Schweigen. Ein abgerissenes Poster flog mit wildem Flügelschlagen über ihnen dahin.

»Du hast 24 Stunden nicht geschlafen«, stellte Leo fest. »Unser Programm ist abgestürzt, du wirst von deinem alten Albtraum verfolgt, ich lasse dich jetzt nicht einsam nach Hause ziehen, wo alles auf dich wartet, was unklar, chaotisch oder gefährlich ist.« Nach einigen hundert Metern Fahrt fügte er bestimmt hinzu, »wir fahren zu mir, es ist Zeit, Ruhe zu geben. Du hast dein eigenes Zimmer, der Schlüssel steckt von innen.«

Ellen musste lächeln. Dafür hatte sie Leo einmal geliebt. Sie rollten weiter, ohne den Sturm in seinem Lärm mit eigenen Fahrgeräuschen zu stören. Ellen legte den Kopf zurück an die Stütze und schloss die Augen, es gab nichts zu sehen für sie. Sie hatte keine Ahnung, wo Leo wohnte, sie wollte sich den Weg dorthin auch nicht merken, sie wollte nichts wissen, nichts hören. Sobald sie einen Platz gefunden hatte, wollte sie schlafen. Leo würde nicht in der ärmlichsten Unterkunft leben, so viel war sicher.

Nach wenigen Minuten blieb der Wagen kurz stehen und rollte dann auf einer schiefen Ebene nach unten. Ihre Tür wurde geöffnet, Leo half ihr beim Aussteigen. Reflexartig griff sie nach ihrer Tasche mit dem Laptop, obwohl darin nichts verborgen war, das ihr im Augenblick irgendetwas bedeutet hätte. Nach einer Fahrt mit dem Fahrstuhl bis in die 3. Etage betraten sie kurz darauf eine Wohnung, vor deren wandgroßem Fenster sich eine Terrasse über einen der großen

Potsdamer Seen erstreckte, an dessen Ufer die vertäuten Boote nach der Pfeife des noch immer tobenden Sturms tanzten.

Leo führte sie zu einem kleinen Schlafzimmer mit unbenutztem Gästebett, dessen Fenster in eine ruhige Parklandschaft blicken ließ, in der einzelne Bäume aus dem Boden heraus beleuchtet wurden. Ihrem Schattentanz hätte Ellen unaufhörlich zusehen können. Die sich nie wiederholenden Pantomimen der Pflanzen kamen wolkigen Träumen vor dem Einschlafen schon sehr nahe.

Leo verließ das Zimmer, während sie ihre Tasche auf das Bett warf und tiefer in die suggestive Bewegung der Schatten vor dem Fenster versank. Nach einer Weile kehrte er mit einem zusammengelegten schwarzen T-Shirt zurück und legte es ihr aufs Bett.

»Vielleicht brauchst du ein Nachthemd.« Ellen zuckte mit den Schultern. *Bitte keine Entscheidungen.*

»Ich schätze, wir sind beide müde, obwohl ich mich jetzt gerade während meiner gemütlichen Tokioter Aufstehzeit am Morgen befinde«, sagte er. Er lud sie mit einer Geste ein, ihm in das Wohnzimmer zu folgen, das aus nichts als einem Sofa und Sesseln, einem riesigen Bildschirm vor einer Betonwand und dem lebendigen See draußen vor der Terrasse bestand. *Nichts Schwieriges bitte,* dachte sie.

Ellen folgte ihm, nach einem Blick auf ihre Tür, in der, wie angekündigt, auf der Innenseite ein Schlüssel steckte. Ohne sie zu fragen, goss Leo in zwei große Whiskygläser zwei Finger breit einen Speyburn Single Malt ein. Wie wohltuend es war, sich gekannt zu fühlen. Ellen nahm ihm ein Glas ab und ließ sich wie er in einen der weichen Ledersessel fallen. Sie hob das Glas.

»Scheiße«, sagte sie. Sie stießen an.

»Scheiße«, erwiderte er. Sie mussten lachen und tranken jeder einen Schluck.

»Eine tolle Wohnung«, stellte Ellen fest. »Das Leben kann so einfach sein.« Sie schmeckte dem rauchigen Feuer nach, das durch ihre Innereien rollte.

»Nichts ist einfach.« Leo seufzte und nahm noch einen Schluck.

»Aha«, sagte sie, »die Frauen.«

Leo seufzte übertrieben laut.

»Sie sind nicht hier. Wo hast du sie?«, fragte sie.

»In Tokio«, sagte er.

»Wo?« Ellen glaubte, nicht richtig gehört zu haben.

»In Tokio, wirklich. Sie ist verheiratet. Es ist eine etwas komplizierte Liebe.«

»Was baust du für einen Mist? Zweimal im Jahr nach Tokio? Du hast sie nicht mehr alle.«

»Und du?«

»Ich baue auch Mist«, antwortete sie, »aber wenigstens hier, heute zum Beispiel.«

Sie sahen schweigend dem Sturm bei der Arbeit auf dem See zu. Es gab nicht mehr viel zu sagen. Ellen fühlte sich dort angekommen, wo sie sich ihrer Müdigkeit ohne Sorgen hingeben konnte. Der Whisky benebelte sie in ihrem ausgebrannten Zustand noch mehr als sonst. Nach einiger Zeit nahm sie den letzten Schluck, stellte das Glas auf den gläsernen Tisch zwischen ihren beiden Sesseln zurück und legte Leo einmal kurz die Hand auf die Schulter. »Danke.« Sie zog sich in ihrem Zimmer das T-Shirt über die nackte Haut und fiel aufs Bett, ohne den Zimmerschlüssel umzudrehen. Einige Schattentänze der Bäume, später war sie eingeschlafen.

Irgendwann, mitten in der Nacht, wachte sie auf, von fieberhaften Angstvorstellungen geschüttelt. Ihr

Herz raste. Nichts hatte sich beruhigt. Sie wanderte in die Küche, um ein Glas Wasser zu trinken. Sie ließ es so lange aus der Leitung laufen, bis es kalt war, aber auch ein halbes Glas Wasser zu trinken brachte nichts. Sie wanderte weiter umher, Leos T-Shirt reichte ihr fast bis zu den Knien. Sie blickte auf den See, trat einen Moment in den Sturm, der noch immer über die Terrasse fegte, und wanderte weiter. Die nächste Tür führte zu einem großen Schlafzimmer, in dem Leo schräg in einem 2 x 2 m großen Bett schlief. Leise schloss sie die Tür von innen und legte sich zu ihm ins Bett.

Im halbwachen Zustand gab er irgendein unverständliches Murmeln von sich.

»Bitte nur Nähe«, flüsterte sie. »Halt mich einfach fest.« Leo rollte sich zu ihr und schmiegte sich an sie, beide Arme fest um sie gelegt. Es dauerte nicht lange und sie versanken mit dem regelmäßigen Takt ihres Atems in Schlaf.

Als sich draußen erste Anzeichen von Helligkeit erkennen ließen, war Ellen hellwach. Eine Idee hatte sie geweckt.

Sie bemühte sich, auf der Bettkante zu sitzen, ohne das Bett in Bewegung zu bringen. Welche Idee? Sie hatte von Zwergen geträumt, richtigen Zwergen mit Musikinstrumenten und lustigen Mützen, roten Mützen. Ein Zwerg war unter ihnen, der eine große Trommel trug, die er kaum halten konnte. Er trug eine blaue Mütze.

Blau!

Sie schlich sich in ihr Zimmer zurück und setzte eine Nachricht an Tam Lee ab. »Bitte starte eine neue Suche nach Kandidaten, die alle Bedingungen erfüllen, aber eine Blau- statt einer Rotverschiebung zeigen.« Das waren die Sterne, die sich uns mit hoher Geschwindigkeit näherten.

Nach dieser Aktion war es ihr unmöglich, noch weiter zu schlafen. Sie suchte in Leos edel aufgeräumter Küche alles, was für einen Kaffee notwendig war. Dem Zustand der Küche nach zu urteilen, musste er mindestens alle zwei Tage eine Reinigungs- und Aufräumkraft beschäftigen. Als der Kaffee durch die Maschine gelaufen war, tauchte ein verschlafener Leo in der Küche auf.

»Guten Morgen«, murmelte er.

Bitte sag nichts zu der Nacht, dachte Ellen.

Leo zog sich einen der beiden Hochstühle vor der Kochtheke der Küche zurück, rückte ihr den anderen zurecht und sie tranken ihren winzigen Kaffee ohne Milch und ohne Zucker an der hellen Granittheke.

»Bald lade ich dich in meine neue Küche ein«, sagte sie, »wenn es denn je so weit kommt.«

»Sicher kommt es dazu.« Mit spitzen Lippen schlürfte er seinen Kaffee. »Ich bin in deinem Bilderrätsel übrigens inzwischen vorangekommen, aber gestern erschien mir nicht der richtige Augenblick zu sein, um darüber zu reden.« Mit zugespitzten Lippen sog er einen weiteren Schluck ein.

»Da hattest du recht«, antwortete Ellen.

»KWI steht für Kaiser-Wilhelm-Institut«, sagte er. »Das waren vor dem Krieg die führenden Forschungsinstitute in Deutschland, wenn nicht in der Welt.«

»Und O. Vogt?«, fragte sie.

»Wenn man nach KWI und O. Vogt sucht, stößt man schnell auf Oskar Vogt. Er hatte in den Zwanzigerjahren in Berlin-Buch das Kaiser-Wilhelm-Institut für Hirnforschung gegründet und wenig später ein ähnliches Institut in Moskau. Er war einer der herausragenden Wissenschaftler seiner Zeit. Berühmt geworden ist er unter anderem durch den Auftrag der Sowjetregierung, das Gehirn Lenins einer genauen wissenschaftlichen Untersuchung zu unterziehen.«

»Das Kaiser-Wilhelm-Institut für Hirnforschung«, wiederholte Ellen verständnislos. »Das wäre vielleicht eine Spur, wir müssten nur jemanden finden, der weiß, was dort 1933 los war.«

»Das Institut existiert nicht mehr. Das Nachfolgeinstitut ist das Max-Planck-Institut für Hirnforschung in Frankfurt am Main, dessen Geschichte 1949 beginnt.«

»Also Ende?« Ellen sah in erwartungsvoll an. Er hob enttäuscht die Schultern.

»Sieht im Moment so aus. Trotzdem immerhin auch ein Anfang.« Er schob seinen Kaffee beiseite. »Ich muss so schnell es geht ins Institut, andere von dem Projekt überzeugen, von dem wir schon wissen, dass nichts daraus wird. Da will ich wenigstens nicht zu spät kommen.«

Ellen tippte auf ihrem Handy herum, während er unter der Dusche verschwand.

»Es gibt eine neue Idee, die Tam verfolgt, seit ich ihn heute Nacht damit beglückt habe.« Ihre Nachricht veranlasste sein im Bad liegendes Handy den Zirpton eines japanisch klingenden Saiteninstrumentes von sich zu geben.

»Du kannst dich hier noch den ganzen Tag lang erholen«, sagte er. »Ich glaube, du brauchst es.« Gehüllt in ein hellblaues Badehandtuch, warf er einen Blick auf die Nachricht. Als er schon im Ausgang stand, hauchte Ellen ihm einen Kuss auf die Wange.

»Wir haben noch vier Tage. Vielleicht sind wir wieder im Spiel.«

29

Mit einer frischen Tasse Kaffee in der Hand stand sie wenig später auf der Betonterrasse mit dem Rücken zu dem großen Fenster im Wind, der im heller werdenden Morgen nur noch lau wehte.

Ich bewege mich nur in Kulissen.

Sie nahm einen Schluck von dem Kaffee und verfolgte die undurchschaubaren Rhythmen der schwimmenden Boote, die auf dem See einer unhörbaren elegischen Symphonie folgten. Das Studio war natürlich Kulisse, der schäbige Verhörraum, in dem schäbige Verhörspezialisten im grellen Licht der Kameras schäbige Informationen aus den Informanten geprügelt hatten. Kulisse. Ihre Villa, Kulisse. Tomas, der ewig anwesende Mieter, hatte in seiner Bibliothek wie ein Käfer in einer alten Blechdose gehaust. Kulisse.

Was war real und solide, außer den fernen himmlischen Objekten? Was konnte real bleiben, wenn Menschen es erst einmal mit falscher Bedeutung befrachtet hatten? Wie schnell hatte es in der alten UdSSR sämtliche Alltagsdetails normaler Menschen zerrissen, als die großartige verlogene Gesamtillusion als Kulisse zusammengebrochen war.

Sie begann noch nicht einmal zu ahnen, welche Realität aus den zerstörten Kulissen hervorkriechen würde, von denen sie umgeben war, sie war noch nicht einmal dazu gekommen, sich wirklich mit der Nacht zu befassen, die sie mit Tomas in seinem Wohnturm in Mitte verbracht hatte. Am besten, sie vergaß diese Nacht.

Für immer.

Vor Jahrzehnten war Tomas als Beobachter in ihrem Haus angeheuert worden. Wozu zum Teufel? Was war an ihr so wichtig? Jetzt war der Spion aus dem tiefen Russland mitsamt seiner Kulissenbibliothek aus dem Haus geflogen, nur um einem Mann aus dem tiefsten Usbekistan Platz zu machen? Der war nicht der Beobachtung verpflichtet, sondern etwas anderem, das noch so rätselhaft war, wie die Melodie, nach der sich da draußen die Boote bewegten.

Ellen trat zurück in Leos Wohnzimmer und streckte sich in einen seiner Sessel, die große Terrassentür blieb offen. Ein zweiter und ein dritter Kaffee folgten. Sie sah einfach weiter hinaus auf den See, während sie daran schlürfte.

Nach einer Stunde suchte sie sich aus Leos Kühlschrank und aus einem Brotfach ein kleines Frühstück zusammen, das vor allem aus Käse, Kirschmarmelade und Knäckebrot bestand. Dann saß sie weiter da und blickte in die langsamen Bewegungen an der Oberfläche des Sees, die Beine auf dem Ledersessel so nah an den Körper gezogen, dass sie das große T-Shirt über die angezogenen Knie streifen konnte. Ihre so langsam wieder warmlaufende Aufmerksamkeit konnte sie auf eine einzige Frage konzentrieren: wer war der Mann aus der Vergangenheit ihres Großvaters? War dieser Mann ein versteckter Onkel von ihr, der Sohn eines Wissenschaftlers der Zwanzigerjahre, ein Serienmörder, der ihre Familie verfolgte, ein Erpresser, ein Psychopath? Dieser Mann, der im Jahr 1933 als Junge neben ihrem Großvater vor dem Haus fotografiert worden war, hatte 28 Jahre später ihren Vater getötet. Jetzt ist er zu mir gekommen, dachte sie.

In der Tür bewegte sich ein Schlüssel.

Eine junge Frau stand in der Wohnung, nicht weniger erschreckt als sie. Sie mochte Anfang 30 sein, war kleiner, aber sicher schwerer als Ellen selbst und lächelte unter ihren seltsam aufgetürmten braunen Haaren unsicher. Leos Putzfrau, dachte sie erleichtert.

»Lassen sie sich von mir nicht stören.« Die junge Frau hängte ihre Tasche an einen Garderobenhaken und legte mit einem Staubsauger los, den sie mit einem Griff einem der Einbauschränke entnommen hatte.

Ellen fühlte sich genötigt, in geordneter Weise mit ihrem Tag zu beginnen. Unter der Dusche wurde ihr klar, dass sie sich genauer mit Oskar Vogt befassen musste.

Als der Staubsaugerlärm sich aus Leos Wohnzimmer in die Tiefen seiner Wohnung zurückgezogen hatte, war sie bereits für den Tag angekleidet. Mit ihrem Laptop ließ sie sich auf seiner großen Ledercouch nieder und bewunderte die heiße Sonne, die über dem See aufgegangen war. Voller Kraft blickte ihr der Morgen entgegen, wie auf ihrer Terrasse zu Hause der Abend voller Melancholie. Kraft ist in diesem Moment eindeutig besser als Melancholie, dachte sie.

Sie durchsuchte Oskar Vogts Wikipedia-Biografie nach Hinweisen auf seine Arbeiten oder seine Kontakte oder Verwandtschaften im Jahr 1933. Oskar und Cecile Vogt waren eines der bemerkenswertesten deutschen Forscherpaare vor dem 2. Weltkrieg. Er hatte Hirnforschungsinstitute in Berlin und Moskau gegründet, Lenins Gehirn in 30000 Scheiben zerlegt und war 1937 von den Nazis aus dem Amt gejagt worden. Nahezu jede Spur endete in einer Sackgasse. Sein ehemaliges Institut in Berlin-Buch, nach 1931 das weltgrößte und modernste Hirnforschungsinstitut der Welt, geriet nach Vogts Abgang tief in den Strudel der nationalsozialistischen Euthanasieprogramme. Seine Reputation war verloren, seine Abteilungen wurden nach dem Krieg auf verschiedene Städte verteilt, wo sie mit der Emeritierung ihrer Direktoren in Dillenburg, Gießen, Köln, Marburg und Göttingen später geschlossen wurden. Ende der Spur.

Oskar Vogt hatte zwei Töchter, die herausragende Forscherinnen für Neurochemie und Biologie wurden. Beide waren Anfang der Nullerjahre kinderlos gestorben. Ende der Spur.

Das vom Ehepaar Vogt geschaffene private Forschungsinstitut für Hirnforschung und Biologie im Schwarzwald wurde nach seinem Tod im Jahr 1959 geschlossen. Ende der Spur.

Ellen trat hinaus auf die Terrasse. Die Sonne blendete direkt ins Wohnzimmer, aber auf der Terrasse war es warm genug, dass sie sich dort in einen auffaltbaren Leinensessel setzen konnte. Auf der Jagd nach persönlichen Unterlagen von Oskar Vogt hätte sie innerhalb der nächsten Jahre mehrere Doktorarbeiten schreiben können, aber wirklich etwas herausgefunden hatte sie nicht. Es musste einen anderen Weg geben.

Durch Sonne und Schatten wanderte sie unruhig auf der Terrasse auf und ab. Was hatte der Junge aus dem Jahr 1933, der jetzt als uralter Mann an einer Aktion mit gewaltigem Aufwand in ihrem Haus teilnahm, mit dem größten Hirnforscher vor dem 2. Weltkrieg zu tun? Darum ging es. Wenn sie aufklären konnte, was die Geschichte hinter der Fotografie war, würden sich die Knoten von 1991 und von heute auflösen. Erst dann, erst wenn klar war, womit sie es zu tun hatte, würde sie sich in viel direkterer Form in das Geschehen einmischen, das in ihrem Haus seinen Lauf nahm. Während sie noch überlegte, rief sie im Internet alle möglichen Seiten auf, die vielleicht neue Aspekte aufzeigen konnten.

Vor vier Jahren war eine Biografie erschienen, »Oskar Vogt – ein großer Neurologe« – geschrieben von einem Professor Dr. Albert Langhoff, inzwischen seit zwei Jahren Direktor der neurologischen Klinik der Charité in Berlin. Er kannte sich besser in Vogts Leben aus, als jeder andere.

Wie sich nach einigen Telefonaten herausstellte, war er eine internationale Koryphäe ersten Ranges und ständig unterwegs. Es bestand keine Chance, ihn heute oder morgen oder auch nur in den nächsten drei Monaten zu treffen. Zusätzlich zu seinen Projekten als Wissenschaftler und seiner Verantwortung als Institutsdirektor pflegte er noch, worauf Wikipedia hinwies, das aufwendige Hobby der Restaurierung von Pianos in einer Pianofabrik, in der zugleich abendliche Konzerte junger hoffnungsvoller Musiker stattfanden. Langhoff war für jeden, der Kontakt zu ihm aufnehmen wollte, ein hoffnungsloser Fall.

Wenn er heute in Berlin war, würde sie heute mit ihm sprechen. Garantiert! Auch wenn Ellen noch keine Ahnung hatte, wie ihr das gelingen sollte.

30

Der erste Anruf im Sekretariat des neurologischen Instituts der Charité brachte Ellen außer einer längeren
Wartezeit, in der sie das Foto aus dem Jahr 1933 auf
dem Bildschirm ihres Laptops ausgiebig betrachtete,
nicht viel ein. Sie zoomte durch verschiedene Teile
des Fotos und betrachtete sich das Tor, die Reisetasche ihres Großvaters und dessen Gesicht genauer.
Immer wieder blieb sie auf dem Gesicht des Jungen
hängen. Während ihr Anruf in der Charité ins Leere
zu gehen schien, vergrößerte sie dessen Gesicht, bis
es sich in einer Wolke großer Punkte auflöste und
der Leberfleck unter seinem rechten Auge den Bildschirm füllte.

Ein zweiter und ein dritter Anruf verliefen nicht
besser.

Im vierten Versuch erreichte sie Frau Friedrich, die
Büroleiterin von Professor Langhoff, die ihr mit Köl-
ner Spracheinschlag unmissverständlich klarmachte,
dass ihr Chef gegenwärtig in einer ganztägigen Konferenz gebunden sei und vor Oktober nicht wieder in
Berlin sein würde. Sehr in Eile, wie sie erklärte, selbst
auf dem Sprung, legte Frau Friedrich am Ende des
Gespräches abrupt auf.

Ein Institut wie dieses konnte sich nicht einfach aus
der Kommunikation ausklinken, es musste eine Ver-
tretung geben, wenn der Chef und seine Sekretärin
nicht erreichbar waren. Ellen war wild entschlossen
selbst dort aufzutauchen, wenn sie weiter abgeblockt
werden sollte. Sie hatte rote und unsichtbare braune
Zwergsterne aufgespürt, die mit unglaublichen Ge-
schwindigkeiten durch die Tiefen des Alls sausten,
es wäre gelacht, wenn sie nicht die Konferenz finden

würde, auf der Langhoff sich heute in Berlin versteckte.

Aus ihren eigenen Erfahrungen mit dem Wissenschaftsbetrieb wusste Ellen zu gut, wie das lief. Eine Minute in einer Kaffeepause war immer machbar, einer der Vorteile, die sie als Frau im Wissenschaftsgeschäft hatte.

»Fabeck am Apparat von Professor Langhoff«, meldete sich beim nächsten Versuch eine andere Stimme.

»Oh, Sie sind neu?«, fragte Ellen.

»Nein, bin ich nicht.« Die Stimme klang sehr aufgeräumt und wenig unter Stress. »Eigentlich bin ich schon lange hier, nur nicht bei Professor Langhoff, und das auch heute den ersten und den letzten Tag.«

»Wieso den letzten Tag?«

»Ich erwarte ein Baby, das geht vor.« Sie lachte erfreut.

»Meinen herzlichen Glückwunsch«, gratulierte Ellen, »ich habe nur eine einzige Frage: wo finde ich heute für eine Minute den Professor.«

»Oh, das ist hoch geheim.« Frau Fabeck gluckste fröhlich vor sich hin. »Ich bin hier in einem Institut, in dem alles sehr, sehr wichtig ist, müssen sie wissen. Professor Langhoff leitet eine wichtige Konferenz. Er ist nicht erreichbar.«

»Das habe ich schon gehört. Es geht um Leben und Tod. Ich muss ihm etwas übergeben.« Eine Information fiel wohl auch unter diese Kategorie.

»Ich verrate Ihnen ein Geheimnis«, sagte die Schwangere. »Die wichtige Konferenz tagt in der Pianofabrik.«

»Oh, er verbringt die Zeit mit seinem Hobby?«

»Den halben Tag. Er hört, er schraubt, er begutachtet, er plant Konzerte und freut sich, der Tretmühle zu entkommen. Frau Friedrich schützt sein Geheimnis, wie eine Löwin ihr Junges. Aber jeder kennt es.«

»Wie lange ist er noch dort?«

»Meist bis gegen 15:00 Uhr. Danach taucht er auf, wenn es hier ruhiger geworden ist.«

»Ich danke Ihnen und alles Gute für Sie und den Sohn.«

»Tochter.«

»Für Sie und die Tochter.« Ellen legte auf.

Während sie kurze Zeit später auf dem Potsdamer Hauptbahnhof auf den Regionalzug nach Berlin wartete, hatte Ellen das Gefühl sich auf eine hoffnungslose Mission zu begeben. Den Biografen eines Wissenschaftlers nach einer besonderen Begegnung in einem bestimmten Monat vor 86 Jahren zu fragen, war etwas, wie ein Lotterielos abzugeben. Dabei konnte man den Hauptgewinn abräumen, der das Leben auf dem Kopf stellte oder die Null, die den Loszettel zu Altpapier machte. Das dritte mögliche Ergebnis war die größte Enttäuschung. Das Schicksal würde einmal hinsehen, ihr Spiel für irrelevant erklären und ihr einen Gewinn von, sagen wir, 1,53 Euro hinwerfen mit der Botschaft: Lass dich nie wieder sehen.

Als der Zug einfuhr, setzte sie sich auf einen Platz in Fahrtrichtung in die leere obere Etage des Doppelstockzuges, an der in angenehmem Abstand die Landschaft an ihr vorüberflog. Das war es, was ihr blühen konnte. Nicht der Hauptgewinn, wie immer der aussehen sollte, keine völlige Unkenntnis von dem, wonach sie sich erkundigte, sondern eine lächerliche Nichtigkeit. Ein kranker Junge, ein armer Verwandter, ein Simulant, eine Sackgasse.

Am Bahnhof Friedrichstraße stieg sie in die S-Bahn, die sie drei Stationen später am Humboldhain wieder verließ. Auf dem kleinen anschließenden Spaziergang im sonnigen, mäßig windigen Spätsommerwetter näherte sie sich mit jedem Schritt weiter dem musikalischen Reich des Professor Langhoff. Und der katastrophalen Berliner Welt ihres Großvaters im Jahr 1933.

Gute zwanzig Minuten später öffnete sie das große graue Blechtor der Pianofabrik auf dem Gelände stillgelegter Reparaturhallen für Busse und Straßenbahnen in der Uferstraße in Wedding. Sie fand sich in einer großen Halle wieder, in der Pianos und Flügel in allen Phasen des Zusammenbaus bzw. der Zerlegung die Wände säumten. Es roch nach Holz und Leim und Rotwein, der in dem grauen Teppichboden versickert war, auf dem sie stand. Von der Decke hingen grell leuchtende Blechlampen zwischen Spielwerken, Tasten, Federn, Hämmern oder Stößeln, deren genaue Zuordnung zu den fertig zusammengebauten Instrumenten ihr ein Rätsel war. An den Wänden waren Resonanzböden, Platten mit eingeschraubten Wirbeln und Teile von Klaviaturen befestigt. Im Wesentlichen wurde der Raum jedoch beherrscht von etwa dreißig Stuhlreihen, die auf eine kleine Bühne ausgerichtet waren, auf der gegeneinander versetzt zwei gewaltige Konzertflügel standen.

An einem der Flügel machte sich eine junge Frau mit einer lockigen schwarzen Löwenmähne spielerisch mit perlenden Tönen mit dem Instrument vertraut. Am vorderen Ende des Raumes, nicht weit vom Eingang, in dem Ellen noch immer stand, saß eine kleine Gruppe zusammen. Ein älterer Mann, der vor Energie schier zu bersten schien, beriet mit zwei jüngeren Männern und einer Frau unter ausladenden Handbewegungen über ein Veranstaltungsprogramm für das nächste Jahr. Die Gruppe war tief in ihre Gespräche versunken, niemand nahm von Ellen Notiz.

Sie setzte sich auf einen Stuhl in der Nähe der kleinen Bühne und nahm ein Programmheft zur Hand. Für den heutigen Abend war darin die italienische Pianistin Ida Pellicioli mit Werken von Bach, Liszt und Schubert angekündigt. Ellen schloss die Augen und ließ sich einige Minuten von den perlenden Läufen bezaubern, die die ganz in schwarz gekleidete junge Frau dem Flügel entlockte, auf dem in einer goldenen verschnörkelten Schrift des neunzehnten Jahrhunderts »Henri Herz, Paris« stand.

Ellen musste warten, aber sie durfte den Zeitpunkt von Langhoffs Aufbruch nicht verpassen, wenn von einer Sekunde auf die andere alles wieder sehr eilig werden würde. Sie ließ sich noch eine Weile in der Musik treiben, die sie in eine Welt wandernder Sanddünen versetzte. Stetig änderten sich die Bewegungsrichtungen, Häuser und Straßen wurden vom Sand verschluckt oder freigegeben, ohne dass man darin einen Sinn erkennen konnte.

Die Reisetasche, schoss es ihr plötzlich in den Kopf. Möglicherweise war das Foto unmittelbar nach der Rückkehr des Großvaters von seiner Forschungsreise nach Usbekistan aufgenommen worden. War der Junge vielleicht ein Kind, das er von dort mitgebracht hatte? Vielleicht der kranke Sohn eines Kollegen, der eine spezielle Therapie benötigte, die es nur im Institut von Professor Vogt gab? Lebte der Mann, der jetzt ihr Haus beherrschte, normalerweise in Usbekistan oder vielleicht seit Jahrzehnten in der Nähe von Berlin? Es war unmöglich, das herauszufinden, ohne mehr zu wissen.

»Sie sind Musikerin?«, hörte sie eine Stimme in sächsischem Tonfall direkt neben ihrem Ohr. Erschreckt drehte sie sich um. Langhoffs Gesprächsrunde hatte sich aufgelöst und er begrüßte seine einsame, unangemeldete Besucherin.

»Oh nein«, Ellen stand auf und streckte ihm die Hand entgegen. »Ich bewundere Ihren Konzertsaal und die hervorragende Pianistin.«

»Wie kann ich Ihnen helfen?«

Sein Interesse war gesunken, obwohl er sie freundlich aus seinen energiesprühenden Augen anblickte, mit denen er offenbar bereits die nächsten Aufgaben ins Visier genommen hatte. Ellen hielt ihm das Foto hin.

»Ehrlich gesagt bin ich zu Ihnen gekommen wegen dieser Fotografie aus dem Jahr 1933, die in einer Beziehung zu Professor Oskar Vogt steht, mit dem Sie sich intensiv befasst haben.«

Er blickte zuerst lange auf das Bild und ihr dann wieder ins Gesicht. Ein Windstoß setzte einige an der Decke hängende Pianoteile in Bewegung, als sich das Tor öffnete und eine mittelalterliche Frau im hellbraunen Anzug hereinstürmte.

»Das Bild sagt mir nichts«, sagte er, während er der Frau im Eingang zuwinkte. »Wer sind Sie?«

Ellen deutete auf das Bild. »Das ist mein Großvater, Kurt Koffka. Der Junge an seiner Seite sollte von Oskar Vogt in seinem Institut in Berlin-Buch untersucht werden. Dieses Kind ist jetzt als 90-jähriger Mann in Berlin. Worin genau damals die Verbindung zu Professor Vogt bestand, kann heute über Leben und Tod entscheiden.«

Inzwischen hatte sich die Frau genähert. Sie stellte sich kurz angebunden als »Friedrich« vor, während sie zwei prall gefüllte Aktentaschen auf zwei Stühle verteilte. Es war eine absurde Situation. Unter den schwingenden Pianoteilen an der Decke donnerte jetzt ein Liszt-Sturm aus dem Flügel und schob alle Wanderdünen mit Wucht beiseite, sodass eine lange, vom Sand erdrückte, nun leergefegte Stadt Ellen plötzlich umgab. Der Professor unterschrieb ein Dokument nach dem anderen, das ihm seine Sekretärin, Frau Friedrich, in großen Mappen entgegenhielt. Währenddessen redete er.

»Erzählen Sie bitte allen Ihren Freunden, was Sie hier Besonderes entdeckt haben, wenn es um abendliche Konzerte geht.« Er reichte einen Ordner geschlossen an seine Sekretärin zurück und schlug den nächsten auf, um mit seinen Unterschriften fortzufahren. »Sie haben Glück, dass ich seit zwei Jahren an der Herausgabe der Vogt-Briefe arbeite. Die Briefe, die mir seine Töchter vor fast zwanzig Jahren anvertraut haben, bilden eine Verpflichtung, die bei mir zu Hause zwei Tapeziertische füllt.« Er gab ihr das Bild zurück. »Kurt Koffka war ein großer Wissenschaftler. Wenn ich mich recht erinnere, hatte ihr Großvater Anfang der Dreißigerjahre an einer Expedition nach Zentralasien teilgenommen, die Alexander Lurija, der Begründer der Neuropsychologe, initiiert und geleitet hatte. Lurija war mit Oskar Vogt befreundet, vielleicht finde ich einen Brief, in dem er ihm den Jungen vorgestellt hat.«

»Wann können wir darüber reden«, fragte Ellen.

Der Professor blickte sie an, als wäre sie soeben wie eines der Pianoteile von der Decke geschwebt. Ständig war irgendetwas an dem kompakten Sachsen in Bewegung, meist seine Hände oder seine Augen, mit denen er alles im Blick behielt, was ihn umgab.

Ohne zu antworten, ging Langhoff ein Stück zur Seite und startete eine Kette kurzer Telefonate. Nebenbei gab er mit scharfem Blicken unter seinen buschigen

Augenbrauen Arbeitern genaue Anweisungen, die ein weiß lackiertes Piano in die Halle trugen. Er nahm sich Zeit, zärtlich mit den Händen über das Piano zu streichen, als es neben der Bühne seinen Platz gefunden hatte. Dann winkte er einem jungen Mann aus der vorherigen Planungsrunde zu, dessen Verdienst offenbar der Erwerb dieses anscheinend aus einer Nachtbar entfernten Objektes war. Er lachte viel, egal ob er Dokumente unterzeichnete oder Teile anderer Instrumente zärtlich berührte, als hätte er sie selbst erschaffen. Er schien alles spüren zu müssen, was ihn umgab. Als er sich im Gehen von Ellen verabschiedete, legte er ihr kurz die Hand auf die Schulter.

»Ich bin heute Abend auf einem Empfang im Naturkundemuseum. Abgesehen von den Dinosaurierskeletten und meiner Rede, wird es sehr, sehr langweilig werden. Kommen Sie dorthin. Frau Friedrich beschafft Ihnen eine Einladung. Vielleicht weiß ich bis dahin mehr.«

Vor der Halle wurden der Professor und seine Sekretärin von einem grauen Audi eingesammelt, der sich lautlos von ihr entfernte.

Ellen stand ratlos vor der blechernen Halle im Wind. Sie blinzelte in die Sonne, gedämpft erklang noch immer Liszt aus dem Inneren der Pianofabrik in ihrem Rücken. Sie hatte nicht viel erfahren – nur etwas über irgendeinen russischen Neuropsychologen –, aber immerhin die Zusicherung des Professors, auf seinen Tapeziertischen voller Dokumente zu Hause nachzusehen. Sie stellte sich vor, wie er telefonierend und zugleich an seiner Rede arbeitend die Stapel von Papieren durchsuchte. Wonach aber genau?

Er würde es wissen, sie wusste es nicht. Die Aussichten auf die alles erklärende Auskunft war nicht größer geworden. Sie stand vor einem Problem. Für die abendliche Veranstaltung musste sie sich umziehen. Zeit dafür war noch genug, aber etwas anderes stand im Weg.

In der Sonne suchte sie einen Platz, an dem der Wind nicht zu heftig wehte und wählte Leos Handynummer. Es gab keine andere Möglichkeit. Er musste ihr helfen. Es dauerte eine Weile, bis er den Anruf atemlos entgegennahm.

»Was ist los mit dir?«, fragte sie.

»Ich tobe mich gerade im Fitnesskeller des Instituts aus. Nur ein paar Atemzüge, dann kann ich dir folgen.« Es gab eine Pause, in der sie heftiges Schnaufen hörte.

»Du musst mir helfen.« Sie erklärte ihm, wo sie sich inzwischen befand und dass sie für heute Abend am Rand einer Konferenz zu einem Gespräch mit dem einzigen Vogtbiografen eingeladen worden war.

»Bravo.« Ellen sah vor sich, wie er sich mit einem Handtuch den Schweiß abwischte. »Und nun?«

»Ich muss mich umziehen.«

»Ich habe nichts dagegen.«

»Aber ich kann es nicht ohne deine Hilfe.«

»Das wäre mir neu«, stellte Leo kühl fest.

»Meine Sachen sind in meinem Quartier in der Remise.«

»Und wo ist da Problem?«

»Ich kann unmöglich dort sein.«

Sprachloses Schweigen auf der anderen Seite.

»Du kannst nicht mehr in dein Haus?«, fragte Leo.

»Mein Haus ist von meinem Albtraum besetzt. Ich weiß nicht, ob der Mann mein Haus mit all den Leuten, die sich als Filmproduktion ausgeben, in Besitz genommen hat oder was er dort tut. Ich will auf keinen Fall jemals wieder dorthin, solange ich nicht weiß, wer er ist und was die vorhaben. Ich kann nicht dort sein, wo die schrecklichste Nacht meines Lebens erneut die Regeln bestimmt.«

Leo ließ ein verständnisvolles Brummen hören. »Und was schlägst du vor?«, fragte er dann.

»Ich komme jetzt zurück in deine Wohnung, übergebe dir meinen Schlüssel und du, mein treuer lieber Freund und Gefährte, holst mir meine Klamotten von zu Hause.«

»Das dauert zwei Stunden hin und zurück«, stellte er fest.

»Die Zeit haben wir. Der Typ, der mein Haus blockiert, ist der Mörder meines Vaters. Reicht das?«

An seinem Atem hörte sie, dass er für den heutigen Nachmittag etwas anderes vorgehabt hatte. Natürlich hatte er das. Jetzt musste er umdisponieren.

»Wann kannst du bei mir sein?«, fragte er.

»In einer guten Stunde.« Sobald sie den Anruf beendet hatte, rief sich Ellen ein Taxi zum Bahnhof Zoo. Eine Stunde später öffnete ihr Leo die Tür zu seiner Wohnung.

»Willst du das wirklich für mich tun?«, fragte sie, als sie sich aus der Umarmung löste, mit der er sie empfangen hatte. Er sah sie irritiert an.

»Was bleibt mir anderes übrig.«

Ellen hauchte ihm einen Kuss auf die Wange.

»Ich fahre sofort los«, sagte er, »wenn du mir erklärst, was wirklich los ist.«

Er zog zwei Tassen Kaffee aus der Maschine und setzte sich in die weichen Lederpolster seiner Couch, mit Blick auf den großen See, auf dem die Boote tanzten. Ellen wanderte in dem Zimmer umher, bis sie einen Schreibblock und einen Stift fand, dann ließ sie sich neben ihm auf das Sofa fallen. Während sie redete, zeichnete sie auf einem Blatt den Grundriss ihrer Wohnung in der Remise. »Dort gibt es keine Handyverbindung. Ich zeichne dir genau auf, wo du findest, was ich brauche.« Spontan lehnte sie sich zu ihm hinüber und umarmte ihn. »Ich werde es dir nie vergessen.«

Leo verrührte einen Löffel Zucker in seinem Kaffee. Sie zeichnete, nach vorne gelehnt, auf dem Block, der auf dem Couchtisch lag.

»In dieser Umzugskiste hängt mein Hosenanzug.« Sie zeichnete einen schwungvollen Pfeil. »Hier ist der Karton mit Unterwäsche.« Ein zweiter Pfeil. »Du kennst dich ja noch aus. Bring was Normales mit, ich habe nicht vor, heute Abend mit Dinosauriern oder Professoren zu flirten.« Ein dritter Pfeil zeigte auf einen Behälter im Bad. »Mein Silberschmuck, das Beste, das ich habe.« Er blickte sie stirnrunzelnd an. »Du kennst ihn, es ist ein Talisman.«

Vor zwölf Jahren hatte Ellen während ihres hart erkämpften astrophysikalischen Semesters in Harvard das Städtchen Northampton unweit von Boston besucht, in dem ihr Großvater bis 1941 am Smith College seine Vorlesungen gehalten hatte. Unter den Arbeiten eines ortsansässigen Silberschmieds war ihr dort die Schmuckversion der Ringscheibe begegnet, die als Koffka-Ring berühmt geworden war. Seitdem Ellen als Jugendliche von Tomas erfahren hatte, dass ihr Großvater ein bekannter Wissenschaftler gewesen war, interessierte sie sich brennend für ihn und sein Werk. Von Beginn an faszinierte sie dabei der durchgehend silberne Ring, dessen beide Teile einzeln auf weißem und auf schwarzem Untergrund zu zwei gänzlich verschiedenen Objekten wurden, eins für jeden erkennbar dunkler als das andere.

Ein vierter Pfeil folgte für die Schuhe und ein fünfter für Ihr Parfum im Bad. Vor vielen Jahren hatte Leo sie mit Chance von Chanel beglückt und sie war seither dabei geblieben, benutzte es allerdings nur selten. Sie riss das Blatt ab und schob es zusammen mit ihrem Schlüssel über den Tisch. Jetzt trank sie von ihrem Kaffee.

Leo erhob sich. »Ich bin in zwei Stunden wieder da.«

Sie umarmte ihn noch einmal zum Abschied. »Bitte halte mich nicht für hysterisch. Ich bin dem alten Mann schon einmal begegnet. Das reicht für zehn Leben.« Die Tür schloss sich, sie war allein.

Die halb volle Kaffeetasse in der Hand, trat Ellen auf die Terrasse hinaus und blickte Leo nach, als er ohne sich umzudrehen mit seinem Tesla aus der Tiefgarage rollte. Er ist viel zu gut für mich, dachte sie.

Sie ging zurück in das Zimmer und ließ sich in das große Sofa sinken. Nicht einmal in Gedanken wollte sie sich jetzt mit ihrem Haus befassen, das ihr aus der Ferne vorkam wie vermintes Gebiet.

Mit der Fernbedienung schaltete sie den großen Fernseher ein und klickte sich ohne besonderes Ziel durch die Kanäle. Zwei bis drei Stunden, bis Leo wieder da sein konnte, dann hatte sie noch eine weitere Stunde, um sich für den Abend einzukleiden. Naturkundemuseum. Langhoff wollte seine Tagung zwischen Dinosauriern beginnen.

Auf Netflix schaltete sie eine mehrteilige Dokumentation über Dinosaurier ein. Vielleicht war das der richtige Hintergrund, sich auf den heutigen Abend einzustimmen. Unschlüssig schob sie das Foto auf dem Couchtisch vor sich herum. Sie durchsuchte Leos Küchenschränke auf der Suche nach etwas Süßem, während sie einen großen Topf mit dem Kaffee aus drei Nespresso-Kapseln füllte. Tief im Kühlschrank fand sie einige Riegel Snickers, einen davon aß sie zu dem Kaffee. In ihren Knochen saß ihr noch immer Müdigkeit, die sie nicht mehr mit dem Jetlag erklären konnte. Es war eher die Müdigkeit der Ratlosigkeit.

Nachdem sie die Tasse in der Wohnung umherwandernd leer getrunken und den süßen, klebrigen Riegel aufgegessen hatte, überprüfte sie ihre Mails, in denen sich keine neuen Nachrichten aus ihrem Projekt befanden. Dann legte sie sich auf die Couch, verfolgte die Reflexionen der Seeoberfläche in der hellen Nachmittagssonne an der Betondecke des Zimmers und lauschte Beschreibungen aus der Welt der Dinosaurier. Irgendwann später breitete sie die Wolldecke über sich aus, die über der Rückenlehne des Sofas hing.

Als Leo wieder die Wohnung betrat, wachte sie aus einem Traum in der Überzeugung auf, sie müsse mit einem Pferdewagen ein Raketentriebwerk zu dem Ort bringen, an dem es ein Raumschiff auf einem Feuerstrahl in den Himmel tragen sollte. Alles war technisch perfekt, tausend Mal überprüft und bereit, nur hatte sie keine Ahnung, wo dieser Ort sein sollte, am dem sich die ihr anvertraute Kraft entfalten konnte. Die Pferde zogen mit unklarem Ziel dahin, in dem müden Gang vernachlässigter Kreaturen.

Leo gab ihr einen Kuss auf die Haare.

»Wie sieht es bei mir zuhause aus?«, fragte sie.

»Normal für Leute, die damit beschäftigt sind, einen Film zu drehen.« Er stellte eine große Tüte neben ihr auf den Boden und legte den von ihr skizzierten Plan neben sie auf den Tisch. An jeden ihrer Pfeile hatte er einen Haken gesetzt. Nach einem Blick auf die Uhr verschwand Ellen mit der Tasche im Bad, um sich ausgiebig zu duschen und neu einzukleiden.

Noch im Bad konnte sie hören, wie er die Musik aufdrehte, die aus seinen beeindruckenden Boxen die Wohnung füllte. Er wollte, dass sie sich erinnerte, und sie erinnerte sich an eine der atemberaubenden Nächte, die sie gemeinsam unter Sternen verbracht hatten. Nach einem Studienaufenthalt bei dem Very Large Telescope der europäischen Südsternwarte in Chiles Atacama Wüste hatten sie einen Chile-Urlaub angehängt. Es ging in den tiefen Süden des Landes, wo sie eine Woche lang in den Torres del Paine wanderten, um vor dem Hintergrund der schwarzen Basaltfelsen den Sternenhimmel des Südens in sich aufzusaugen. In Santiago hatte man Leo auf dem Flughafen seinen Rucksack gestohlen, der Rest der Reise wurde beschwerlich.

Ellen flog in der Musik davon, aus dem Badezimmer, in die damalige Nacht, Tropfen in den Augen störten ihre Bemühungen, sich die blonden Wimpern und Augenbrauen nachzuziehen. Leo hatte damals im Rucksack einen Vorrat an Kassetten für seinen zerbeulten Kassettenrekorder mit sich herumgeschleppt, es gab nur noch eine einzige Kassette und einen Hit darauf, den sie aus dem winzigen Lautsprecher endlos blechern in diese Nacht klingen ließen.

Im schwarzen Hosenanzug mit Schuhen auf hohen Absätzen und ihrer großen silbernen Ringscheibe auf der Brust betrat Ellen das Zimmer und befand sich mitten unter dem südlichen Himmel. »I've been through the desert on a horse with no name.«

Leo blickte sie bewundernd an. »Wissenschaftler sehen so nicht aus«, sagte er.

»Wissenschaftler fangen nicht schon am Nachmittag damit an, Whisky herunterzuschütten«, erwiderte Ellen und nippte an seinem fast leeren Whiskyglas. Überwältigt von der Erinnerung umarmten sie sich. Er flüsterte ihr ins Ohr, dass er ihr wünsche, dass sie heute Abend alles erfahren würde, was es ihr erlaubte, ihr Leben endlich normal fortzusetzen. Dann bewegten sie sich, wie in alten Zeiten, als sie die Nächte durchgetanzt hatten. »In the desert, you can remember your name.« Als sie draußen auf der Terrasse angelangt waren, begann das Lied von vorn und sie sangen flüsternd mit. »On the first part of the journey I was looking at all the life« und lösten sich schließlich voneinander.

»Ich muss los«, sagte Ellen heiser.

»Wirklich«, sagte Leo, »Ich meine es ernst. Eine Wissenschaftlerin darf nicht so wahnsinnig gut aussehen. Nur unter Dinosauriern bist du gut aufgehoben.« Sie lachten. Ellen erwischte sich dabei, der vertrauten Berührung mit Leo nachzuspüren.

»Ich muss gehen.« Damals hatte sie das Gefühl gehabt, dieses Lied mache alles größer, was sie umgab, den Himmel, die Berge, das Leben.

»Gehst du heute Nacht wieder nach Hause?«, fragte Leo.

»Ich weiß nicht, was ich dort in Erfahrung bringe, vielleicht ja, vielleicht nein. Ich rufe dich auf jeden Fall an.« Sie hängte sich ihre kleine Ledertasche über die Schulter. Bevor er auf die Idee kommen konnte, sie zu küssen, hatte sie die Tür hinter sich geschlossen.

Das Naturkundemuseum in der Invalidenstraße, war ein imposanter Bau vom Ende des 19. Jahrhunderts. In seiner großen Halle vermittelte das riesige Skelett eines Brontosauriers den Eindruck, man habe die Balken einer versunkenen Schiffsflotte falsch zusammengesetzt. Mit dem frisch polierten Talisman um den Hals, klemmte Ellen sich das zugeteilte Namensschild an das linke Revers ihres eleganten schwarzen Hosenanzuges, den sie schon ewig nicht getragen hatte. Das Jackett war so raffiniert geschnitten, dass sie keine Bluse darunter zu tragen brauchte und die Blicke gieriger Männer ihr dennoch nicht ständig den Weg versperrten.

Sie mischte sich unter das Publikum, das damit beschäftigt war, sich Plätze an den eingedeckten Tischen in der Umgebung des Dinosaurierskeletts zu suchen. Ihr kam es nicht auf den Platz an, und obwohl sie hungrig war, nicht auf das Essen. Ihr kam es ganz allein darauf an, den sich wie einen Tropfen Quecksilber durch die Menge bewegenden Professor nicht aus den Augen zu verlieren und ihm die Information zu entlocken, von der ihr weiteres Leben abhing. Immer wieder trat Langhoff in die Kreise neuer Gruppen, mit denen es Wichtiges zu bereden und viel zu lachen gab.

Sie lehnte sich an eine der mächtigen Säulen der von einem beeindruckenden Glasdach überwölbten Halle. Als sie einen Blick zur Seite warf, stellte sie fest, dass direkt neben ihr in einer Vitrine ein archaisches Mordinstrument ausgestellt war, die unterarmlange säbelscharfe Kralle eines Raptors, eines Ungeheuers, das vor 100 Millionen Jahren seinen Opfern die Bäuche aufgeschlitzt hatte. Wie ein Blitzstrahl überfiel sie die Erinnerung an das alte russische Märchen von der Schlange mit dem goldenen Horn. An vielen Abenden hatte ihre Großmutter ihr immer wieder die Geschichte von dem Helden vorlesen müssen, der auf dem Weg, den schrecklichen Drachen zu erlegen, von einer kleinen Schlange mit einem gelben Horn geführt wird. Bis die kleine Schlange schließlich an seinem Ziel verschwunden ist und ihm ein schrecklicher Drache gegenübersteht, der ein riesiges gelbes Horn auf dem Kopf trägt.

Auf einem uralten Foto einer Plattenkamera steht der zehnjährige Junge mit den drei Augen neben einer großen Reisetasche vor meinem Haus. Vor 27 Jahren hatte Ellen ihn als Ungeheuer erlebt.

Sie konnte den Blick nicht von der Kralle lassen.

Das allgemeine Rauschen der Gästegespräche verstummte nach und nach, je mehr von ihnen einen Platz an einem der Tische gefunden hatten. Ellen wählte sich einen Platz am Rand der Veranstaltung aus, von dem aus sie den Professor gut im Blick behalten konnte. In perfekt organisierter Weise servierte eine Schar von weiß gekleideten Kellnern, die sich in dieser Umgebung wie eine Safari in einer Urzeitwelt ausnahm, die Vorspeise, einen Salat mit gegrillten Krabben und einer scharfen, süßen Soße. Ihr Tischnachbar war laut Namensschild ein Neurologe von der Universität in Halle. Sein erster Blick galt ihren Augen, der zweite ihren Brüsten, der dritte dem Namensschild.

»Wirklich«, fragte er. »Ist das wahr? Der alte Koffka hat eine Enkelin?« Er nahm einen Schluck und betrachtete sie aus zusammengekniffenen Lidern. »Und was machen Sie?«

Ellen streifte ihn kurz mit einem entwaffnenden Lächeln ihrer blauen Augen und ließ ihn mit diesem

Rätsel allein. Mit dem Rücken zu dem rechten Säulenbein des Brachiosaurus brancai konnte sie den ganzen Raum gut überblicken. In der großen, glasüberdachten Halle saß die summende feine Gesellschaft wie ein fetter Teppich aus Fliegen vor dem, was der große Dinosaurier für sie hinterlassen hatte. Der Professor stand direkt unter einem, wie eine fragile Origamiarbeit wirkenden Tyrannosaurus-Kopf und hatte inzwischen mit seiner Rede begonnen.

» ...freue ich mich, Sie alle zu diesem festlichen Anlass an einem Ort begrüßen zu dürfen, der Hoffnung macht. In unserer morgen beginnenden Tagung werden wir das Augenmerk auf die Rolle der Musik in der Fortentwicklung und Heilung der neuronalen Ausstattung des Menschen legen.«

Ellen rückte mit ihrem Stuhl zurück in die Nähe eines Schaukastens, in dem das fragile Skelett eines bösartig aussehenden hundegroßen Untiers ausgestellt war.

»In diesem Raum«, fuhr der Professor fort, »sind wir umgeben von den Resten der entsetzlichsten Fress- und Kampfmaschinen, die das Leben je hervorgebracht hat. Sehen Sie sich die Krallen, die Zähne und die Panzerung an. Aber halt! Auf die Ungeheuer fiel ein Licht aus der Zukunft. Sie waren in die ersten Federn gekleidet. Jahrmillionen und viele Katastrophen später haben sie ihre wahre Bestimmung gefunden, heute verdanken wir ihnen das Schönste, das das Leben dem Luftraum des Planeten geschenkt hat, die Vögel.«

Ein älterer Mann, der hinter Ellen saß, forderte sie auf, ihm nicht länger die Sicht zu nehmen.

»Inzwischen sind wir Menschen selbst zu den entsetzlichsten Kampf- und Fressmaschinen der Geschichte geworden. Aber halt! Wir spüren ein Licht aus der Zukunft. Wir haben die Musik. Dieser Raum macht uns Hoffnung, weil wir eine Idee davon bekommen, dass ein Weg zur wahren Bestimmung führt. Lassen Sie uns ab morgen daran arbeiten.« Er hob das Glas, die Gäste stellten ihre Gläser beiseite, um heftigen Applaus zu spenden, in dem Langhoff sich sichtlich wohl fühlte.

Danach war er eine Weile für Ellen nicht mehr zu entdecken, weil ihn seine Gäste dicht umringten. Erst, als der erste Gang serviert wurde, legte sich die Begeisterung. Ellen hatte weder an ihren Tischgenossen noch an dem Essen besonderes Interesse. Es ging einzig und allein um den Mann, dem der heutige Redner eins seiner vielen Bücher gewidmet hatte. Noch vor dem ersten Gang, einem Coque au vin mit Kartoffelpüree, bewegte er sich durch den Saal, grüßte links und rechts und steuerte auf Ellen zu.

»Jetzt sind alle mit Essen beschäftigt, wir können reden.« Er zupfte an seiner roten Fliege, die er zum schwarzen Anzug trug, bevor er Ellen die Hand reichte. »Es ist nicht zu glauben«, meinte er enthusiastisch, »aber seit kurzem weiß man, dass der erwachsene Tyrannosaurus wie ein bösartiger Pinguin ausgesehen hat, mit wirren Federn auf dem Kopf, ein frisch geschlüpfter T-Rex hatte etwas von einem verrückten Truthahn. Sie waren schreckenerregende Vögel, die lediglich für sehr lange Zeit ihre wahre Seele noch nicht gefunden hatten.« Er deutete auf ein Gemälde, das einen gefiederten Archaeopteryx zeigte. »Das kann uns Hoffnung geben.«

»Eine großartige Rede«, bemerkte Ellen, die die Blicke der Gäste nicht nur deshalb auf sich zog, weil sie allein mit dem Präsidenten der neurologischen Gesellschaft redete. »Sie haben mich neugierig gemacht, ich wünschte, ich könnte an ihrer Tagung teilnehmen!«

»Das wünschte ich mir auch«, erwiderte er, »leider muss ich noch heute Abend los.«

Eine Assistentin kreuzte auf und flüsterte ihm etwas ins Ohr. Er nickte.

»Oskar Vogt«, erinnerte Ellen ihn, »sie wollten herausfinden, was es mit seiner Begegnung mit einem Kind im Juni des Jahres 1933 auf sich hatte.«

»Richtig«. Er drehte sich zurück. »Ich habe zwei studentische Hilfskräfte seit einem Jahr mit der Ordnung der Vogt-Briefe beschäftigt. Deshalb konnte ich relativ schnell einen Brief finden, den Alexander Lurija Ihrem Großvater für Vogt 1933 nach Berlin mitgegeben hatte. Er schrieb, dass sie auf seiner Expedition in dem Dorf Shaki Mardan einen Jungen gefunden hatten, Veniamin Schoch, von Lurija in seinen Veröffentlichungen immer als V.S. bezeichnet, dessen Eltern beim Einsturz einer Kanalwand ums Leben gekommen waren. Der Junge sei ein Jahrhundertphänomen. Er würde ihn für ausführlichere und sensible Untersuchungen seinem geschätzten Kollegen Koffka mit auf den Weg geben. Der würde sich auf der Reise um ihn kümmern, bevor Lurija's ärztliche Kollegin, Frau Dr. Mortkovic, den Jungen nach seiner Rückkehr in der usbekischen SSR wieder unter ihre Fittiche nehme.«

»Und was ist das Besondere an ihm?«, fragte Ellen.

»Ich muss vorausschicken, dass ich kein Experte in dem Fachgebiet bin, in dem man sich für ihn brennend interessiert«, fuhr Langhoff in seiner Erklärung fort. »Es kam offenbar niemals zu einem Besuch des Jungen im Kaiser-Wilhelm-Institut in Buch, es gab deshalb auch nie eine Untersuchung durch Vogt, wie aus seinem Institutskalender des Jahres hervorgeht, den ich vor vielen Jahren in den Hinterlassenschaften seines Schwarzwälder Privatinstitutes kopieren durfte.«

Die Assistentin tauchte erneut auf in sichtlicher Panik. »Der Minister bricht auf,« stöhnte sie.

»Ich komme«, versicherte Langhoff und folgte ihr im Sturmschritt. Noch war Ellen nicht viel klüger geworden. Sie lief ihm hinterher. Es gab keine Pause, die Assistentin ließ keine Verzögerung zu. Vor dem Portal des Museums wartete eine Mercedes 500 Limousine. Mit seiner abgegriffenen Ledertasche in der Hand schob sich Langhoff durch die hintere Tür. Auf der Sitzbank wartete bereits ein Mann, von dem Ellen vermutete, dass es der Minister war. Vogt legte dem Fahrer die Hand auf die Schulter und ließ die Scheibe herunter.

»Veniamin Schoch, der kleine Junge aus dem usbekischen Ferghanatal, ist etwas, was man einen komplexen Synästheten nennt. Reizungen eines Sinnes hinterlassen bei ihm Eindrücke in allen anderen Sinnen. Was er hört, hat Farbe, Geruch, Geschmack und hinterlässt ein Gefühl auf der Haut. Zeichen und Zahlen klingen, Wörter erzeugen Bilder, jeden Sinneseindruck fühlt sein Körper in völliger Totalität. Lurija hat noch in der usbekischen Sowjetrepublik einige Untersuchungen mit ihm angestellt mit unglaublichen Ergebnissen, über die er später in einem Buch berichtete.«

»Ich verstehe das nicht«, sagte Ellen. »Was ist das Besondere an ihm?«

»Er vergisst nichts. Er ist wahrscheinlich das unglaublichste Gedächtniswunder der letzten 100 Jahre.« Die Fensterscheibe fuhr zur Hälfte hoch. »Töne, Silben, Texte, Zahlen, Bilder, Situationen, alles, alles,

alles. Die Fähigkeit seines Gedächtnisses zeigt, so Lurija in seinem Brief, weder in der Menge dessen, was er sich merken kann, noch in der zeitlichen Dauer, nach der er es fehlerfrei wiedergibt, irgendwelche erkennbaren Grenzen.« Vor Ellen türmte sich ein Gebirge an Fragen auf. »Verglichen mit uns ist er etwas, wie diese ausgestorbenen Riesen dort im Saal.« Noch während die hintere Scheibe sich schloss, setzte sich der Wagen in Bewegung.

Ellen stand wie versteinert an der Straße. Plötzlich erschien ihr alles was sie umgab, die Lichter der anderen Autos, das Portal des Museums, ihr eigenes, elegantes Spiegelbild in der Scheibe eines anderen Wagens im schwarzen Hosenanzug, die kurzen, blonden Haare, die hohen Absätze, ja auch die Urzeitgerippe, die sie eben im Museum bewundert hatte, in einem gänzlich anderen Licht. Im Licht des Jahres 1933.

Im Licht einer Welt, die sich auf den Untergang vorbereitet. Das Bild von heute hatte sich geändert. *Es geht um das Jahr 1933.* Was genau dahintersteckte entzog sich Ellens Verständnis vollständig. Sie musste sich bewegen, irgendwann würde sie darüber nachdenken können, irgendwann würde sie begreifen, was sie eben gehört hatte. Und irgendwann würde sie wissen, wo sie die heutige Nacht verbringen würde.

Noch immer war es warm wie an einem Nachmittag. Hinter ihr kamen vereinzelt andere Gäste aus dem Museum auf die Straße, die meisten, um zu rauchen.

Sie bog von der Invalidenstraße ohne jedes Ziel rechts in die Friedrichstraße ein, wo sie ihr Namensschild in einem Papierkorb versenkte. Die Menschen, die sich jetzt nach Mitternacht auf der Straße bewegten, hatten ihre erste und zweite Abendbeschäftigung hinter sich und überlegten, ob sich eine dritte lohnte. Auf der Weidendammbrücke traf Ellen die spontane Entscheidung, einen nächtlichen Drink im Grill Royal dicht an der Spree zu nehmen. Sie wusste, dass sich dort ukrainische Models mit russischen Geschäftsleuten trafen, um Champagner zu vernichten, aber immerhin saß man dort, der Stadt entrückt, direkt am Wasser.

In meinem Outfit passe ich perfekt hierher, dachte sie, während sie hinunterstöckelte. Sie setzte sich an einen freien Zweiertisch direkt am Wasser und bestellte ein Glas Champagner. Es tat gut, die Stadt aus einer anderen Perspektive zu betrachten, bei der über ihr auf einer Brücke eine Straßenbahn durch den matten Sternenhimmel schwebte. So, wie sie sich nun plötzlich gezwungen sah, ihr ganzes Leben und das ihrer Familie vor dem Hintergrund eines mit unbegreiflichem Aufwand ins Scheinwerferlicht gerückten Jahres 1933 zu betrachten.

Eine blonde Schönheit von Mitte 20 fragte, ob der Platz an ihrem Tisch noch frei sei. Ellen deutete wortlos auf den Sessel ihr gegenüber und blickte auf das Wasser, auf dem auf einem kleinen weißen Boot ein spätes Zweipersonendinner in Zeitlupe vorüberglitt.

Ihre Tischgenossin brachte ihr Weinglas von einem anderen Tisch mit. Sie war schön, sah aber müde aus und so traurig, als hätte sie bis vor kurzem geweint.

»Haben Sie Feuer«, fragte sie auf Russisch. Ellen verneinte ebenfalls auf Russisch, worauf die Frau ihr Feuer an einem benachbarten Tisch holte und Ellen bat, noch eine Weile bei ihr am Tisch sitzen zu bleiben.

»Ich kann Ihnen nicht helfen«, sagte Ellen. »Es tut mir leid.« Sie hatte genug damit zu tun, sich selbst zu helfen. Sie hatte an diesem Abend viel erfahren – aber nicht genug, um wirklich das Rätsel zu lösen. Das

Rätsel war größer geworden. Sie konnte unmöglich zurück in ihr Haus, das jetzt von der Welt ihres Großvaters beherrscht wurde. Und es gab auch keinen Weg zurück in die Wohnung zu Leo. Sie waren sich nähergekommen, sie wusste, wie das enden würde und wie enden würde, was danach kam, war ihr ebenso klar. Es gab keinen anderen Weg, sie musste einfach mehr herausfinden. Jetzt. Hier. In dieser Nacht. Ein unmöglicher Wahnsinn.

Vielleicht war jetzt die Zeit, Leo anzurufen. Sie wählte seine Nummer. Als er den Anruf entgegennahm, wandte sie sich von der traurigen Frau an ihrem Tisch ab und ließ die Blicke über den vor ihr liegenden Teil der Spree schweifen, den man Kupfergraben nannte.

»Du hast alles geklärt mit dem Mann aus deinem Kindheitstrauma?« Im Hintergrund liefen eine aufgeregte Auseinandersetzung in einer seiner amerikanischen Serien.

»Er ist ein komplexer Synästhet.« Mit einem Seitenblick streifte Ellen ihr Gegenüber. Es war unglaublich, wie leer und stumpf ein so schöner Mensch vor sich hinbrüten konnte, meilenweit von allem entfernt, das ihn umgab.

»Wie bitte?« Leo drehte den Ton seines Fernsehers herunter.

»Er ist ein Gedächtniskünstler.« Leo lachte trocken auf.

»Du willst mir erzählen, dass der Mann der deinen Vater umgebracht hat, ein Gedächtniskünstler ist? Habe ich das richtig verstanden?«

»Hört sich seltsam an, oder?«, musste Ellen zugeben. »Vielleicht ist damals etwas ganz anderes passiert.«

»Du wirst herausfinden, was es war. Du brauchst ihn nur zu fragen. Er wird sich erinnern.«

»Haha. Wirklich urkomisch.«

»Wieso?«, fragte er mit seinem naiven Tonfall, in dem er auch die Existenz der Sonne hätte anzweifeln können.

»Weil er in meinem Haus unter Verschluss gehalten wird und wir nicht in einer Gedächtnisshow sind, nach dem Motto: ›Bitte stellen Sie Ihre Fragen!‹« Ellen nahm ihren silbernen Ring vom Hals, es half ihr beim Denken, sich mit dem Paradox des »Koffka-Ringes« abzulenken.

»Und was will er dort?«

»Ehrlich gesagt, habe ich keine Ahnung. Er soll sich offenbar an etwas erinnern, das 1933 in meinem Haus passiert ist.« Mit einer Bewegung zerlegte sie die Scheibe in zwei, nur durch eine feine Silberkette miteinander verbundene, Teile, von denen sie eins auf die weiße Tischdecke, das andere getrennt aber direkt daneben auf die schwarze Serviette legte.

»Wo wirst du die Nacht verbringen?«

»Ich weiß noch nicht genug. Es ist warm. Ich habe zuviel Kaffee getrunken, ich glaube ich gehe einfach weiter durch die Stadt.« Sie verabschiedeten sich und Ellen steckte das Handy ein. Als sie bemerkte, dass die traurige junge Frau ihr gegenüber sie aufmerksam fixierte, deutete sie auf den in seine Teile zerlegten Ring.

»Wenn Sie mir helfen, helfe ich Ihnen auch. Welches ist der dunklere Teil?«.

Die Frau blickte sie an, als hätte sie den Wunsch geäußert, ihre Schuhe zu kaufen. Dann deutete sie auf die halbe Ringscheibe in der weißen Umgebung.

»Das Jahr 1933« sagte Ellen, »ist bei meinem Problem der dunkle Teil.« Dann deutete sie auf die andere Hälfte des Ringes, die von der schwarzen Serviette umgeben war. »1991 ist der hellere Teil.« Genau über der Grenze von Schwarz und Weiß fügte sie den Ring mit einem Klick zusammen. »Und jetzt?« fragte sie.

»Beide sind gleich«, stellte die Schönheit verwirrt fest.

»Genau, das ist es, was ich nicht verstehe«, erwiderte Ellen. »Sie sind gleich, bei meinem Problem gibt es einen inneren Zusammenhang zwischen 1933 und 1991, der stärker ist als alles, was man erkennt, wenn man jedes Jahr nur für sich betrachtet. Nur welchen?«

Nach dieser Erklärung konnte die junge Frau ihren Blick nicht von dem silbernen Anhänger lassen.

Was Ellen umgab erschien ihr in diesem anderen Scheinwerferlicht. 1933. Etwas war an diesem Jahr plötzlich unglaublich wichtig geworden, ein Jahr, in dem weder sie noch ihre Eltern existiert hatten. Gehörte alles, was jetzt um sie her ablief in Wahrheit in die Welt ihres Großvaters? Der Professor hatte erklärt, nicht er sei der Experte für die Geheimnisse des Gedächtnisses. Aber es musste andere geben. Und die mussten sich finden lassen.

Sie blätterte in ihrem Handy alle Seiten auf, die sich auf Fragen nach »Gedächtnisforschung« oder »Erinnerungsforschung« und Ähnliches bezogen, ohne ein Ergebnis zu finden, das sie vorangebracht hätte. Sie musste einen Experten finden, den sie in Berlin danach befragen konnte.

Während sie ihre Kette wieder um den Hals legte, kündigte Ellen der Schönheit gegenüber an, »ich habe auch eine Hilfe für Sie.« Ohne Eile leerte sie ihr Champagnerglas und forderte die Rechnung an. »Sie haben an meinem Ring gesehen, wie die Umgebung die Wahrheit verfälscht. Halten Sie sich fern von dem, was ihnen jetzt nah ist, erkennen Sie sich selbst. Ich spreche aus eigener Erfahrung.«

»Das kann ich nicht.« Die Frau begann zu weinen und ging zurück in das Innere des Restaurants.

Nachdem sie bezahlt hatte, nahm Ellen vom Grill Royal den Weg direkt an der Spree entlang in Richtung Bode-Museum. Wie sollte sie um diese Zeit in der Nacht mehr herausfinden können, als sie bisher erfahren hatte? Es sah ganz danach aus, dass sie eine lange Nacht vor sich hatte.

In den letzten Jahren hatte sich die sandige Strandbar Mitte am Ufer des schmalen Kupfergrabens mit seinem Theater, der nächtlich betriebenen Tanzdiele, einer geschwungenen Bar und einer Pizzabäckerei zu einem eigenständigen Zentrum leichtfüßigen Nachtlebens entwickelt. Auf der Tanzfläche bewegten sich in der warmen Sommernacht Tangotänzer mit geradezu lächerlich ernsthafter Eleganz, vermutlich gequält von ungestillter Lust und belastet von einer tragischen Biografie. Oder zumindest war das der Eindruck, den sie vermitteln wollten. Ellen holte sich einen Campari Orange und suchte weiter nach Experten für die Erforschung des Gedächtnisses, möglichst Personen, die in Berlin lebten.

Ein blasser junger Mann mit nachgefärbten schwarzen Haaren, die bis auf das Jackett seines verschwitzten schwarzen Anzugs fielen, näherte sich, ohne dass Ellen es bemerkte. Er beugte sich zu ihr herab und fragte sie, ob sie ihn zum Tango auf der Tanzfläche begleiten würde. Ellen lehnte dankend ab. In seiner aussichtslosen Melancholie bestätigt, verzog sich der junge Mann grußlos.

Während sie den Cocktail schlürfte und den miteinander verschmolzenen Paaren weiter zusah, hatte Ellen plötzlich eine Eingebung. Der junge Mann hatte sie aufgefordert, weil er allein keinen Tango tanzen konnte.

Das ist es. *It takes two to tango.*

Nicht nur sie benötigte einen Gedächtnisspezialisten. Viel mehr als sie benötigte das Team in ihrem Haus einen Gedächtnisexperten, wenn sie mit Hilfe des Gedächtniskünstlers nach einem Detail aus dem Jahr 1933 suchen wollten.

Und ich habe ihn bei mir zu Hause getroffen.

Der Mann, der mit seinem Schnauzbart so anders, so professoral aussah, völlig verschieden von dem Rest des falschen Filmteams. Wie war sein Name?

Rastenburg.

Vielleicht ein Professor Rastenburg?

Es dauerte nicht lange, und sie hatte ihn gefunden: Prof. Dr. Sebastian Rastenburg, Neurologe, Autor verschiedener Fachbücher der Neunzigerjahre, Spezialist für Fragen der Gedächtnisforschung. Zum ersten Mal seit ihrer Landung in Schönefeld hatte sie den Eindruck, sich der Lösung ihrer Probleme zu nähern.

32

Nicht alles schien mit dem Professor in den letzten Jahren glatt gelaufen zu sein. Obwohl er erst 64 Jahre alt war, wurde er in einer Beschreibung als emeritiert geführt. Aus den Jahren nach 1998 war keine einzige Veröffentlichung mehr verzeichnet. Was hatte ihn aus der Bahn geworfen? Eine Krankheit vielleicht? Jedenfalls etwas, worüber nirgends berichtet wurde – anders als über seine Adresse. Berlin Dahlem, Reichensteiner Weg 23. Beste Nähe zur Freien Universität. Dort hatte er bis 1998 seinen Lehrstuhl innegehabt.

Wegen der vielen Pausen dauerte die Arbeit des Produktionsteams in ihrem Haus üblicherweise bis weit nach Mitternacht. Rastenburg schien sich aus besseren Zeiten ein Haus in guter Gegend bewahrt zu haben, es war wohl kaum anzunehmen, dass er die Nächte in der »Zürich« auf dem See verbrachte. Er würde jede Nacht nach Hause fahren und sich einsam seiner Schwäche hingeben, mit der er seine Karriere ruiniert hatte. Was immer die sein mochte. Also bestand vielleicht eine Chance, ihn noch in dieser Nacht abzufangen.

Als es leise zu regnen begann, stieg Ellen wenig später in der Oranienburger Straße in einen gemieteten weißen Fiat 500 und machte sich auf den Weg nach Dahlem.

Eine knappe Dreiviertelstunde später parkte sie vor dem Haus im Reichensteiner Weg, das immer nur dann für kurze Zeit zu erkennen war, wenn sie die Scheibenwischer ihres Fiat in Bewegung setzte. Der flache Stahl- und Glasbau mit großen gläsernen Terrassenwänden war eine im Bauhausstil gebaute Villa, die von einem großen ungepflegten Garten umgeben war. Irgendetwas musste um das Jahr 1998 mit der Erfolgsbiografie des Neurologen geschehen sein. Zwanzig Jahre! Ellen betrachtete die von Büschen und Bäumen verfilzte Landschaft seines Gartens. Zwanzig Jahre könnte passen. Suff? Die Trennung von einer Frau? Der Zugriff des Finanzamtes?

Sie wartete. Der Regen trommelte aufs Dach, es war nicht kalt, es ließ sich aushalten. Noch nie war das Gefühl in ihr so stark gewesen, unmittelbar vor einer Information zu stehen, die alles änderte. Nachdem sie länger als eine Stunde gewartet hatte, rollte ein weißer Peugeot 507 langsam heran. Das Gittertor zur Einfahrt schwang zur Seite, eine trübe Lampe leuchtete dahinter auf. Rastenburg kämpfte sich durch den Regen zur Garage, schob das große Tor hoch und beeilte sich, zurück zu seinem Wagen zu kommen. Schließlich glitt der Peugeot ins Innere der Garage, das Tor wurde von innen geschlossen und bald darauf leuchteten Lichter im Haus auf.

Ellen sprang aus ihrem Fiat und lief durch den Regen, bevor sich das große Tor ganz geschlossen hatte. Unter dem kleinen Vordach drückte sie sich eng an die Hauswand. Dann klopfte sie an die Tür. Eine Weile tat sich nichts. Sie klopfte noch einmal. Und noch einmal.

Jemand blickte durch den Beobachter in der Tür und die Tür öffnete sich einen Spalt, kein Wunder, wenn man bedachte, dass es jetzt 00:45 Uhr in der Nacht war. Aber immerhin hatte sie den Anblick einer schlanken Blondine im eleganten schwarzen Hosenanzug und schwarzglänzenden hohen Schuhen mit einem breiten Silberschmuck auf der Brust zu bieten. Sie hoffte, er zog nicht die falschen Schlüsse aus diesem Anblick.

»Ja?« Rastenburg blickte sie irritiert an.

»Entschuldigen Sie die späte Störung«, sagte Ellen mit ihrem bezauberndsten Lächeln. »Es geht um Veniamin Schoch. Es wird großen Ärger um ihn geben, wenn sie mich nicht anhören.«

»Was wollen Sie?« Die Tür blieb offen, der Spalt wurde nicht größer.

»Ich bin die Vermieterin der Villa in Köpenick, in der Sie gegenwärtig arbeiten. Ich möchte Ihnen helfen, Unheil zu vermeiden.« Die Tür schloss sich. Dann öffnete sie sich wieder. Offenbar war er zu dem Schluss gelangt, dass von dieser nassgeregneten eleganten jungen Frau in seinem Haus keine Gefahr ausgehen konnte.

»Erzählen Sie«, sagte der Mann mit dem grauen Schnauzbart. Er sah müde aus, sein Gesicht war aufgequollen und gerötet, sein Atem roch nicht nach Wein, sondern nach härteren Sachen. Er ging in ein großes Zimmer voran, das den größten Teil der Grundfläche des Flachbaus einnahm. Ursprünglich ein großzügiger Salon in Glas und Licht, war es jetzt bis an die Decke mit Büchern und Papieren vollgestellt. Jeder Stuhl, jeder Sessel, ein großer Esstisch, der Boden waren mit Stapeln von Papier bedeckt, seltsames Monument einer einstmals existenten Ordnung war einzig ein von innen beleuchtetes gläsernes Regal mit Flaschen unterschiedlicher Alkoholika, zelebriert inmitten des Chaos wie ein heiliger Schrein.

Rastenburg, gekleidet in ein offenes hellblaues Hemd über einer abgenutzten weißen Malerhose, räumte einen Sessel ab. Seinem Schrein entnahm er ein leeres Glas, das er Ellen entgegenstreckte.

»Welches war ihr glücklichstes Jahr?« Er sah sie mit durchdringendem Blick an, in der Linken das Glas, mit der Rechten seine zu langen, fettigen Haare in den

Nacken streichend. Ellen blickte ihn irritiert an. »Na los. Ihr glücklichstes Jahr.«

»2004.« Das Jahr ihres Praktikums in Potsdam. Die Entdeckung all dessen, was das Leben für Körper, Verstand und Seele zu bieten hatte.

»Sie haben noch studiert und viel gefeiert.« Er ging an seinem Regal entlang. Bei einer Flasche mit gelbem Etikett blieb er stehen. Er goss einen kleinen Schluck einer dicken dunkelbraunen Flüssigkeit ein.

Kahlua, las Ellen. Vorsichtig nahm sie einen Schluck – und befand sich urplötzlich im Sommer in einer heißen Nacht unter leichtem Wind an einem weiten Sandstrand am Atlantik. Cape Cod. Der Geruch von fliegender Asche und Funken und rauchendem Holz von einem Feuer am Strand. 2006. Unendliche Gegenwart, ungetrübter Stolz, sich ein Semester in Harvard erkämpft zu haben, hochintelligente quirlige und stille Jungens aus aller Welt, niemand, der sie hingerissen hätte, aber ein gutes, warmes Gefühl der Zugehörigkeit, der gemeinsamen Eroberung der Geheimnisse der Sterne, über die sie endlos redeten. Und dieses Zeug. Sie blickte ihn irritiert an.

»Was ist das für ein Zeug?«

»Das Zeug heißt Erinnerung.«

Er zeigte mit seinem Glas auf den freigeräumten Sessel. Sie setzte sich und schluckte den Rest herunter. Cape Cod. *Ich setze mich etwas abseits und sehe den anderen zu, die das Feuer inmitten der Galaxis schüren, Funken stieben wie Sterne davon.*

»Geschmack und Geruch sind reine Erinnerung, von der Zunge direkt ins Gehirn.« Er goss sich nach.

Ich kenne das Problem, das er seit zwanzig Jahren hat.

Rastenburg war in seinen heiligen Schrein eingetaucht und hatte nie wieder herausgefunden. Er war in seiner eigenen Vergangenheit verloren.

»Die wenigsten wissen, dass wir Geruchszellen nicht nur in der Nase haben, sondern überall«, erklärte er. »Im Gehirn. Im Blut. Im Herzen. Im Darm und in der Haut. Überall im ganzen Körper wirken sie in der gleichen Weise, Gerüche sofort in Wirkung umzusetzen.« Er drehte die goldbraune Flüssigkeit seines Oban im Glas. »Im Grunde sind wir ein einziges großes wandelndes Gedächtnis, nur wissen wir es nicht.«

Ellen ließ den Kaffeegeschmack des cremigen Likörs noch im Mund kreisen. »In meinem Haus geht es um die Erinnerungen eines Mannes, der Veniamin Schoch heißt«, sagte sie.

Rastenburg zeigte keine Überraschung. Sein Blick war hinaus in den Regen auf der Terrasse gerichtet. »Sie haben von schlimmem Ärger gesprochen.«

»Ich will, dass Sie mich mit in das Haus nehmen. Es ist mein Haus, darin hat sich meine Familiengeschichte abgespielt. Ab sofort bin ich Teil des Projekts.«

»Das ist unmöglich«, erklärte der Professor müde. »Sie ahnen vielleicht, mit welchen Leuten Sie es in ihrem Haus zu tun haben. Sie werden nie in das Haus kommen, egal, was sie sich einfallen lassen.« Er erhob sich, um sie zur Tür zur geleiten.

Ellen blieb sitzen.

»Woran soll sich Veniamin Schoch erinnern?«, fragte sie.

»Egal, wie viel Ärger ich bekommen werde, sie erfahren nichts von mir über das Vorhaben in Ihrem Haus. Null.« Er machte auf dem Weg zur Türe kehrt und kramte nun in einem Bücherstapel. »Alexander Lurija, der Kollege Ihres Großvaters, hat seine Studien über den jungen Mann, den er V.S. nannte, in einem berühmten Buch niedergelegt.« Rastenburg blätterte in einem schmalen ro-ro-ro-Band, während er sich langsam in seinen Sessel sinken ließ.

»Für die Unternehmung in Ihrem Haus haben wir sein ganzes Leben Review passieren lassen«, sagte er. »Er hat zwei Töchter, sieben Enkel und vier Urenkel. Eine Urenkelin begleitet ihn.« Er legte das Buch, das er die gesamte Zeit in der Hand gehalten hatte, aufgeschlagen zur Seite. Aus seiner Sicht war das Gespräch beendet.

Nicht für Ellen. Sie blieb sitzen und bemühte sich, den Titel des nun lesbaren Abschnittes zu erkennen – »Kleines Porträt eines großen Gedächtnisses«.

»Vielleicht muss ich Ihnen deutlicher machen, was das Besondere an V. S. ist«, fuhr er müde fort, »damit sie ahnen, womit sie es in ihrem Haus zu haben. Vielleicht werden Sie uns dann ganz bescheiden einfach störungsfrei unsere Arbeit machen lassen. Ich sehe mich gerade in das größte wissenschaftliche Abenteuer meines Lebens versetzt.«

Er rückte sich in seinem Sessel zurecht und schenkte sich einen weiteren Whisky ein. »Veniamin Schochs Gedächtnis ist durch nichts begrenzt. Auch Gespräche, die er nicht vergessen will, gibt er in dem, was die Experten Echolalia nennen, noch nach Jahren in den Stimmen der Beteiligten wörtlich wieder.«

»Wie macht er das, wie kann es so etwas geben.«

»V. S., der wegen Lurijas Veröffentlichungen in der Fachwelt der Neuropsychologen seit Jahrzehnten bekannt ist, ordnet Erinnerungen an einem Ort an, den er gut kennt«, erklärte Rastenburg. »Er lehnt sie an helle Wände, er legt sie entlang beleuchteter Wege ab, er spannt Fäden zwischen Orten, er hängt sie an Details, er baut eine Welt zurecht, in der alles, an das er sich erinnern will, seinen Platz hat, ein fantastisches Museum, ein Palast von unendlichen Abfolgen von Sälen, Türen und Gängen, in dem sein ganzes Gedächtnis enthalten ist.«

Ellen begann zu dämmern, was in ihrem Haus passierte.

»Er hat sich einen Erinnerungspalast geschaffen«, schloss Rastenburg müde seine Rede ab, »was er als Kind gesehen hat, hat er niemals vergessen. Woran er sich die meiste Zeit seines späteren Lebens erinnern wollte, hat er in dem Wunderpalast seiner Kindheit abgelegt.«

Er reichte ihr das Buch herüber. »Studieren sie darin.« Sein Kopf fiel zur Seite, sein Atem ging regelmäßig.

Ellen nahm ihm das halbvolle Glas aus der Hand. Zurück in ihrem Sessel blätterte sie gedankenverloren in dem Buch. An einem angestrichenen Satz blieb sie hängen. *Kann jemand, der Telefonnummern auf der Zungenspitze spürt, sonst sein wie andere Menschen?*

Aus Rastenburgs Sessel erklang röchelndes Schnarchen. Ellen erhob sich und schloss leise hinter sich die Haustür. Den Fiat hatte ein anderer Interessent inzwischen gemietet, ein weiterer Wagen war nicht in Reichweite. Es blieb ihr nicht viel anderes übrig, als sich auf den Fußweg zum Bahnhof Lichterfelde West zu machen, die Frage, wo sie in dieser Nacht bleiben sollte, hatte sich erledigt. Sie würde im Bahnhof Friedrichstraße umsteigen und die S3 nach Erkner im Bahnhof Hirschgarten verlassen.

Niemand suchte in ihrem Haus nach dem Jahr 1933. Der alte Mann war nicht der Horror, er war das Vehikel, zu dem Horror zurückzukehren, dem sie entkommen war.

33

Jetzt wusste Ellen, was ›Gehorsam und Vergessen‹ in Wahrheit bedeutete, jetzt wusste sie, worum es ging, jetzt wusste sie, dass für sie tödliche Gefahr bestand.

Der Reichensteiner Weg war leer. Dicke Wolken hingen über ihr am Himmel, aber es regnete nicht.

Sie suchte auf ihrem Handy in den Fahrplänen der S-Bahn nach dem nächsten erreichbaren Zug. Die S 1 befand sich in der nächtlichen Betriebspause, bis zum ersten Morgenzug um kurz nach 4:00 Uhr waren es noch fast 2 Stunden Zeit. Zu viel, um sie auf einer Bank auf einem einsamen Bahnsteig zu verbringen, genug, um darüber nachzudenken, was sie nach Rastenburgs Bericht begriffen hatte. Es war besser, wenn sie dabei in Bewegung war.

Unwillkürlich lenkte sie ihre Schritte in Richtung ihrer alten Schule an der Podbielskiallee. Als es ihr am Rande des Botanischen Gartens bewusst wurde, hielt sie es für genau die richtige Zwischenstation auf einem entspannten Umweg zur S-Bahn.

Was sie jetzt fühlte, war keine unbestimmte lähmende Paranoia, sondern tatsächliche Angst, die ihren Widerstandsgeist beflügelte. Sie wusste jetzt, dass ihr in der Verkleidung eines Filmteams eine übermächtige Kraft mit ungezügelter Gewaltbereitschaft gegenüberstand, die alles, was vordergründig sichtbar in ihrem Haus ablief, lächerlich erscheinen ließ. Auf dem Flugfeld des usbekischen Kaffs Muynak hatte sie in einer grauenvollen Septembernacht einen Vorgeschmack dieser ungezügelten Kraft am eigenen Leib erlebt.

Meine Reisenotizen erklären eindeutig, worum es geht, dachte sie, als sie auf die stille Podbielskiallee einschwenkte und deshalb bringen sie mich in Gefahr. Im frischen, lauen Morgenwind bildeten sich Schweißperlen auf ihrer Stirn, der Herbst 1991 hatte sie eingeholt.

Sie lehnte sich an das Gitter vor der Schule der Königin-Luise-Stiftung und horchte in ihr Inneres, ob das Bild der neogotischen Schule gute Erinnerungen in ihr zum Klingen brachte, die ihr helfen konnten, sich zu beruhigen.

Sie registrierte, dass in einem der Fenster des Internats ein Licht aufleuchtete, sie registrierte die kalte, stille Schule unter den dunklen Wolkensäcken, aber helfende Erinnerungen an erste Küsse oder eine helle, heile Welt in ihrer Berliner Vergangenheit wollten sich nicht einstellen.

Sie ging weiter und kam bald an dem verschlossenen Eingangstor des botanischen Gartens vorüber, in dem sie in ihrer Schulzeit viele Stunden im gläsernen Tropenhaus mit Träumen vom Süden verbracht hatte. Während sie skeptisch den Himmel beobachtete, dessen Wolken ihr Wasser noch bei sich behielten, war ihr klar, dass ihre Villa zu einem Observatorium umgestaltet worden war, um in dem unendlichen Gedächtnis des alt gewordenen Wunderkindes Veniamin Schoch nach etwas in der Nacht des 25. September zu suchen. Dabei hatte man einen Aufwand betrieben, mit dem man ein Radioteleskop zur Untersuchung des Sternenhimmels hätte errichten können.

Sie war in dieser Nacht zurück, genau dort, wovor sie immer hatte fliehen wollen. Sie war das eingeschlossene Kind, obwohl sie sich bewegte, sie bestand aus nichts als Augen und Ohren, anders als damals wusste sie jetzt jedoch genau, worum es ging. Das war es, was ihr Angst machte.

Als Ellen kurz nach 4:00 Uhr die S 1 am Rathaus

Steglitz bestieg, konnte man einen Lichtstreifen des frühen Morgens unter der Wolkenschicht ahnen. Am Bahnhof Friedrichstraße stieg sie in die S 3 nach Erkner und blickte mit heißen, müden Augen in die vorübergleitenden Häuser. Sie fühlte sich leer. Das war nicht mehr Berlin. Sie flog durch ein in den letzten 27 Jahren vergrößertes dunkles, nasses Muynak, über dem sich kein Mond sehen lassen wollte, aber über dem derselbe Geist brutaler Gefahr schwebte.

An der Station Hackescher Markt erkannte sie auf dem Bahnsteig die Malerin trotz ihres geschlossenen Kapuzenpullovers an ihrem mit silbernen Nägeln bestückten Rucksack. Sie bestieg denselben ersten Zug des Tages, der aus ganz Berlin die Nachtgestalten sammelte und sie mit den müden Menschen der Frühschicht mischte.

Am Bahnhof Hirschgarten verließen sie als Einzige den Zug. Ellen wartete auf die Malerin. Sie schlugen den gleichen Weg durch den Elsengrund in Richtung des Müggelseedamms ein, auf dem sie eine Weile schweigend hintereinander her gingen. Als leiser warmer Regen zu fallen begann, drehte sich Ellen zu der Malerin um. »Als Kind war es mir streng verboten, diesen Weg zu nehmen.«

»Ich liebe diesen Weg«, meinte die Malerin. »Wovor sollte man hier Angst haben?«

»Es gab alle möglichen Geschichten. Kinder fanden menschliche Knochen, die nicht aus dem Krieg stammten, es gab schlimme Geschichten aus der Zeit, als die Sowjetarmee in der Gegend verschiedene Villen besetzt hielt und auch aus der DDR-Zeit, als die Stasi und andere obskure Dienststellen die Villen übernommen hatten. Und schreckliche Geschichten aus der Zeit nach der Wende.«

Sie erreichten die Mitte des Elsengrundes. Mit tiefen Atemzügen sog sie den warmen Duft der nassen Augustnacht im Wald ein, den intensiven Geruch nach Erde und Leben. Mit dem Handrücken wischte sie sich die Nässe aus dem Gesicht.

Rechts neben ihnen erstreckte sich unter einer im Wind schaukelnden Lampe das durchweichte Fußballfeld. Sie traten zwischen die dreistöckigen Wohnblöcke aus den Fünfzigerjahren auf die Steller Zeile. Ellen genoss es, nass bis auf die Haut zu sein, sie fühlte sich besser gewärmt als unter der Dusche.

Elektrisch knisternd schob sich der beleuchtete Kasten einer leeren Straßenbahn vorüber. Die Malerin hielt an, um ihr Gesicht in den dünnen Regen zu halten. Dann überquerten sie die Schienen und fanden sich auf dem Müggelseedamm zwischen Ahornbäumen, Buchen und Eichen wieder.

»Ich lade dich auf einen Kaffee ein«, sagte Ellen, ohne sich umzudrehen.

»Du hast etwas auf dem Herzen?«

»Mir ist mulmig«, sagte Ellen, »mein Haus ist zu einer Gefahr für mich geworden. Ich brauche deine Hilfe.« Im kleinen Flur der Remise schüttelten sie das Wasser von sich und hängten ihre Sachen auf. Ellen fand in ihren Kartons tatsächlich zwei trockene Pullover, von denen sich jede von ihnen einen überzog. Bei zwei Töpfen Kaffee saßen sie bald wieder in den rollenden Bürostühlen.

»Du musst mein Reisetagebuch verwahren.«

»Oha«, machte die Malerin. »Warum so plötzlich, nachdem es so lange friedlich auf deinem Dachboden verstaubt ist?«

»Je weniger du weißt«, sagte Ellen, »desto besser ist

es für dich.« Sie zog den dicken Packen ihrer mit einem Gummiband verschnürten Reiseaufzeichnungen aus einer Schublade ihres Arbeitstisches.

»Ich liebe die Gefahr«, sagte die Malerin, »aber ohne zu wissen, worum es geht, kann ich es dir nicht abnehmen.« Ellen war sicher, dass die Gefahr, die mit den neuen Mietern von ihrem Haus ausging, die gleiche Gefahr war, der ihr Vater zum Opfer gefallen war und die gleiche Gefahr, der sie das blutige Ende ihrer Kindheit verdankte. Sie sah die riesigen Maschinen am Himmel dicht über sich, sie sah das Feld voller Toter, sie sah sich umherirren und nach ihrem Vater suchen.

Diese Art von Gefahr lauert in dem Haus gegenüber.

Das wollte sie der Malerin ersparen. Die Einzige, die sich dem erneut aussetzen durfte, war sie selbst.

»Es ist wirklich und real eine tödliche Gefahr«, murmelte sie und fürchtete, während sie das sagte, dass sie die Malerin damit nur neugieriger machte.

»Ich erzähle dir was von Gefahr«, erklärte Sara, während sie sich die angeklatschten Locken der nassen, blond und dunkel durchwachsenen Haare aus dem Gesicht strich. Für einen Moment legte sie Ellen die Hand auf das Knie. »Gemeinsam überstandene Gefahren verbinden.« Sie trank aus dem Kaffeetopf und schloss dann beide Hände darum.

»Hast du eine Zigarette?« Ellen musste passen. Zu keiner Zeit im Leben hatte sie geraucht. Vor dem Fenster begann der frühe Tanz der Regenschirme des Filmteams.

»Viele Jahre habe ich in einem umgebauten Mercedes Diesel-Lkw auf den Straßen Europas zugebracht«, begann die Malerin. Ihr Blick war auf die Bewegung vor dem Fenster gerichtet. »Ich habe davon gelebt, Bilder, Postkarten und Poster zu verkaufen, T-Shirts zu bedrucken und Musikgruppen mit ihren Instrumenten zu transportieren. Es war eine bewegte Zeit.« In der Erinnerung daran blickte sie Ellen lächelnd an, eine Sekunde länger und etwas intensiver, als Ellen es für angenehm empfand.

Die Malerin stellte ihre Tasse ab, um sich zu recken. »Mit einigen anderen Wagen, deren Fahrer ein ähnliches Leben führten, hatten wir vor einigen Jahren für zwei Wochen unser Quartier als eine Wagenburg in dem Hof einer verfallenen Fabrikanlage auf dem Land aufgeschlagen, eine Stunde nördlich von Barcelona. In einer Nacht weckten uns Motorengeräusche, Dutzende von Scheinwerfern bewegten sich außerhalb der einsam liegenden Fabrikruine. Nach und nach traten verschlafene Figuren aus den Wagen, einige hatten ihre Kinder dabei, die ängstlich in die Scheinwerfer dort draußen sahen.« Die Malerin strich sich mit beiden Händen über das Gesicht. »Keiner hatte eine Ahnung, was die da draußen wollten und außer den laufenden Motoren hörten wir auch nichts von denen. Bis schließlich einer von uns den Mut fasste, zu dem großen, eisernen Gittertor in der Umfassungsmauer des Fabrikhofes zu gehen, um mit denen, die wir nicht sehen konnten, zu reden, aber das Tor war von außen mit einem Dutzend Ketten verschlossen worden. Es gab keinen Weg mehr hinaus.« Nach einem Schluck Kaffee setzte die Malerin ihre Geschichte fort. »Wir begriffen, dass wir keine Chance hatten, mit unseren großen Trucks aus dem ummauerten Hof zu entkommen, irgendwas Unheimliches hatten die nächtlichen Besucher vor. Schatten huschten in den Ruinen umher, die Strahlen starker Stablampen zitterten durch die leeren Hallen unter eingefallenen Dächern. Alle Türen, alle Ausgänge, alle Lücken, die aus dem Hof nach draußen oder in die Fabrikhallen geführt hätten, waren verrammelt. Wir waren tatsächlich gefangen.« Sara Zieghaus stand auf, um in dem Arbeitszimmer umherzugehen. Sie blickte aus dem Fenster auf das rege Treiben im dünnen Regen und machte einige Streckübungen mit ihrem tätowierten Arm.

»Wer waren die?«, fragte Ellen.

»Ich weiß es bis heute nicht sicher, aber wir ahnten, was sie vorhatten.«

»Und?« Ellen rollte in ihrem Bürostuhl hin und her.

»Sie bereiteten eine Sprengung der gesamten Fabrikanlage vor. Wir wären alle dabei draufgegangen.«

»Was habt ihr unternommen?«

»Wir hatten nicht mehr viel Zeit als wir das begriffen. Vielleicht waren wir einem Drogenhändlerring in die Quere gekommen, vielleicht waren wir in einen Bandenkrieg geraten. Wir haben es nie erfahren. Es gab nur einen Weg. Wir mussten mit einem unserer Trucks das Tor durchbrechen und in großer Karawane verschwinden, aber damit hatten wir ein Problem.« Jetzt setzte sie sich wieder. Ellen ging in die Küche, um Kaffee nachzufüllen. Alle Müdigkeit war verschwunden.

Als sie mit Kaffee mit Milchschaumhäubchen zurückkam, schloss die Malerin ihre Geschichte ab.

»Das Problem war, dass nur wenige von uns wirklich glaubten, dass wir in ernster Gefahr waren und keiner seinen Truck opfern wollte, weil der bei den meisten alles war, was sie überhaupt besaßen. Sie hielten die Vermutung von der Sprengung für Paranoia.«

»Und Du?«

»Ich bin schließlich mit der höchstmöglichen Geschwindigkeit durch das Tor gebrettert, habe dabei meinen Truck geschrottet und bin hinter dem durchbrochenen Tor in den Truck von Freunden gesprungen, bevor wir alle wie eine donnernde Karawane davongerast sind.«

»Und später?«, fragte Ellen.

»Am nächsten Tag bin ich mit einem Mietwagen dorthin, um festzustellen, dass die Fabrik nur noch ein Schutthaufen unter wehendem Staub war und mein Truck vollkommen ausgebrannt. Ich hatte alles verloren«, sie breitete die Arme aus, »und musste mich neu erfinden.« Ellen stand auf. Ihr war klar, dass sie nicht umhinkam, dieser Frau reinen Wein einzuschenken. Vielleicht war das gut so, eine Verbündete zu haben war möglicherweise nicht das Schlechteste.

»Gut«, stellte Ellen schließlich fest, nachdem sie das Fenster weit geöffnet hatte, um nach dieser dunklen Geschichte frische Luft zu atmen. Sie nahm das Reisetagebuch zur Hand und löste das Gummiband. »Am Ende wirst du wissen, worum es da drüben in meinem Haus geht. Beginnen wir mit Moskau.«

34

In der Ulitsa Grimau wurde Ellen bewusst, dass sie den ganzen Tag noch nichts gegessen hatte. Beginnender Regen und der Hunger trieben sie in ein Restaurant nahe ihrem Ziel, dem Moskauer Akademieviertel, über dem eine unbestimmte Melancholie in der Luft schwebte. Vielleicht lag es daran, dass die Betreiber das Restaurant in dem kleinen Teil eines Komplexes eingerichtet hatten, dessen größerer Teil ein pompöser zweistöckiger Saal ohne Dach mit leeren Fensterhöhlen war.

Sie setzte sich an einen mit durchsichtiger Plastikfolie bedeckten Tisch und bestellte bei der Kellnerin, einer wunderschönen, aber unfreundlichen Usbekin, einen Teller Borschtsch. Etwas in der Suppe schmeckte angebrannt, was sich offenbar herumgesprochen hatte, denn mehr als sechs Gäste konnte sie in dem großen Raum an diesem Nachmittag nicht erkennen. Als der Regen einigen Sonnenstrahlen wich, die durch die Wolke drangen, räumte sie ihren Platz.

Auf der Straße verharrte sie einen Moment, um sich das ehemalige Kino nebenan genauer anzusehen. Eine große Leuchtschrift, von der nur die leeren Blechkästen zeugten, öffnete ihr einen Blick in alte Zeiten. DEFA-Studio.

Im unweit gelegenen Akademie-Institut für Neurochemie wartete eine Verabredung auf sie, die sie Kane verdankte. Der Wissenschaftler, den sie treffen wollte, hatte in den Achtzigerjahren in dem Institut gearbeitet und Informationen an die Amerikaner verkauft, wobei ihr ›Onkel‹ Kane Fuller eine Rolle gespielt haben musste. Maxim Pereskov war entdeckt und verhaftet worden und musste bis 1994 zehn Jahre im Gefängnis verbringen. Danach hatte er darauf verzichtet, sich in den Westen abzusetzen. Nach Auskunft von Kane hatte er Ellens Mutter noch gekannt.

Gegenüber von dem ehemaligen Institut, dessen altes Gebäude zum Abbruch vorbereitet wurde, warb man unter großen Platanen für einen Schachwettbewerb der Akademie-Senioren. Noch spielte dort niemand. Ellen schob sich durch die Maschen des Bauzaunes, hinter dem sich der große Komplex aus vierstöckigen Bauten der Sechzigerjahre erstreckte, alle seine Fenster und Türen standen weit offen, sofern sie überhaupt noch vorhanden waren. Der zehnstöckige Glasturm eines Büro- und Laborgebäudes erhob sich direkt daneben, die Baugrube für einen zweiten Turm wurde von gelben Maschinen lärmend ausgehoben. Langsam, Schritt für Schritt tastete sie sich in die kühle, abgestanden riechende Ruine vor. Von ihrem angekündigten Partner war nirgendwo etwas zu sehen. Unsicher wanderte sie in der Eingangshalle umher. Teile der Decke waren heruntergefallen, Fußböden und Treppen aus Beton waren noch intakt.

Hinter ihr bewegten sich Schritte durch den Schutt. Ein Mann in einer orangefarbenen Arbeitsweste stand vor ihr, das Gesicht unter einem weißen Baustellenhelm nur schwer zu erkennen.

»Maxim?«, fragte sie. Der Mann war um die 70 Jahre alt, auf seiner Nase saß eine Brille mit dicken Gläsern. Starr und unbeweglich stand er vor ihr und sah sie an, atemlos, mit einem Gesichtsausdruck, der sich zwischen Fassungslosigkeit und Lächeln nicht entscheiden konnten. Er rieb sich die Augen und blieb wie von einem Blitzschlag getroffen stehen.

»Katja«, rief er ungläubig. Er rang nach Luft. »Jekaterina«, kam es aus den Tiefen seiner Brust. Dann schüttelte er seinen Kopf, als ob Spinnweben sich auf ihm abgesetzt hatten. Seine Stimme klang flach. »Seit dreißig Jahren betrete ich dieses Haus zum ersten Mal. Inzwischen sieht es hier aus wie auch sonst in meinem Leben.« Sein Lachen klang wie ein kurzer Schluckauf.

Er musterte sie so durchdringend, dass Ellen sich unwillkürlich umdrehte, um zu sehen, wer hinter ihr stand. Eine derart konzentrierte Aufmerksamkeit, vergleichbar nur der, die Ertrinkende auf hoher See einem Rettungsboot widmeten, hatte sie noch niemals erlebt.

»Nachhilfe für Biologie, Chemie oder Medizin gefällig? Ich bin dabei«, erklärte er. »Oder wollen Sie ein Huhn kaufen, das glücklicher ist als sein Besitzer? Haben Sie ein pflegebedürftiges Auto? Ich unterziehe es einer Handwäsche, dass sie es mit 20 % Aufpreis verkaufen können, oder, Sonderangebot, weil nicht mehr lange geöffnet, Sie sehen sich das umfassende Sowjetmuseum in meiner Lagerhalle im Norden der Stadt an.« Er lachte verzweifelt. »Diese Art von Unternehmer bin ich inzwischen länger, als ich Neurochemiker war.« Schließlich gab er sich selbst einen Ruck. »Semjon« stellte er sich vor. »Ich weiß, dass es nicht sein kann, aber Sie sind genau in ihrem Alter, als sie an diesem Institut begann.« Irritiert ließ er seinen Blick in alle Richtungen kreisen, als wolle er sich vergewissern, dass ihn nicht eine unbekannte Kraft in die alte Zeit zurückversetzt hatte.

Wir sind noch immer in der Ruine, in der es damals von Wissenschaftlern sowjetischer Spitzenforschung wimmelte, dachte Ellen. Mit einem Nicken gab er die Richtung vor.

»Bestimmte Behörden könnten noch immer nervös sein, wenn sich an diesem Ort Besucher zeigen. Niemals hätte ich es gewagt, hier aufzukreuzen, wenn mich Maxim nicht gebeten hätte, mich mit dir zu treffen – Katja.« Immer wieder drehte er sich während des Marsches durch die Ruine zu ihr um.

Ich bin real, dachte Ellen. Hab keine Angst.

»Ich bin ihre Tochter«, stellte sie im Gehen klar, »Jelena«. Schließlich erreichten sie einen großen Raum mit Ausgängen auf mehreren Ebenen, in dem sich einmal eine Vorlesungsarena befunden hatte. Das meiste, was nicht in Beton gegossen war, fehlte.

»Das Auditorium«, erklärte er, »hier können wir in alle Richtungen verschwinden, wenn es Probleme gibt.«

»Sie haben hier gearbeitet?«

»Ich kenne Ihre Mutter, seit sie hier angefangen hatte. Vor ihrem plötzlichen Verschwinden war ich ein halbes Jahr lang mit ihr befreundet.« Aus seinen müde glänzenden Augen sickerten Tränen. »Ich habe sie geliebt. Alle hier haben sie geliebt.« Nach einer Pause des Schweigens setzt der alte Mann den Helm ab und legt einen Wust drahtartig quirlender grauer Haare frei. »Das Leben überwindet die Zeit. Sehen Sie sich an, Sie stehen so jung in diesen Ruinen, die Sie mit ihrer schweren Geschichte erdrücken würden, besser, alles wird dem Erdboden gleichgemacht.« Er hatte Schwierigkeiten, weiterzusprechen.

»Kannten Sie meinen Vater?« fragte Ellen. Mit seinen begeisterten Erinnerungen an ihre Mutter kam sie nicht zurecht. »Mikhail Dudov?« Sie hielt ihm ein Bild hin, auf dem sie als kleines Mädchen neben ihrem Vater zu sehen war.

Er schüttelte zu schnell den Kopf, ihr Vater schien

ihn nicht zu interessieren. Ein ehemaliger Konkurrent vielleicht?

»Es gab hier tausend Wissenschaftler, alles war geheim. Man redete nicht viel über die Arbeit, man ging spät nach Hause, man kannte sich kaum. Nur Ihre Mutter war allen bekannt.«

»Warum das?«

»Sie war eine exotische Erscheinung, sie sprach Russisch mit amerikanischem Akzent, eine Schönheit, die zugleich eine hervorragende Wissenschaftlerin war. Sie schien Verbindungen in höchste Kreise zu haben, aber nicht nur deshalb umgab sie eine Aura der Unberührtheit. Ich muss Ihnen etwas zeigen.« Er erhob sich und setzte seinen Baustellenhelm wieder auf. »Wissen Sie eigentlich, woran hier im Jahr 1981 gearbeitet wurde?«

»Ich weiß nichts davon« sagte Ellen. »Ich weiß auch nichts über meine Eltern. Ich bin gekommen, um etwas über sie zu erfahren.«

Noch immer standen sie in dem leergeräumten Auditorium.

»Die Ausschaltung des Willens und der Erinnerung.« Er blickte sie durch seine dicke Brille aus zusammengekniffenen Augen an. »Das war das große Ziel. Mit allen militärischen Konsequenzen.«

Irgendwo im tiefen Innern der Ruine rollten Steine. Vielleicht brechen Deckenteile herunter, dachte sie. Ich hätte mir auch einen Baustellenhelm besorgen sollen.

»Von nuklearen Waffen bis zu Datennetzen, denen nichts mehr entgeht, wurde alles von unseren Gehirnen ausgebrütet. Deshalb gibt es nur eine Waffe, die alle anderen übertrifft! Die, mit der wir die Gehirne kontrollieren.«

Er setzte seinen Helm wieder ab, weil ihm das Wasser über das Gesicht lief. Er sah sich um. Es war deutlich, dass er gegen schreckliche Angst ankämpfte. Er musste seine Brille an einer Ecke seines Hemdes putzen, sie war mit Perlen von Feuchtigkeit beschlagen.

»Aus 3-Quinuclidinyl Benzilat wurden in den Sechzigerjahren Neurokampfstoffe entwickelt, die in den USA als EA 2277, in NATO – Ländern als BZ und bei uns als Substanz 78 bekannt waren. Diesen Mitteln gegenüber haben wir hier einen neurochemischen Quantensprung erreicht. Wer diesem neuen Stoff ausgesetzt ist, führt jede Anweisung aus und erinnert sich danach an nichts.«

Er ging weiter in Richtung Ausgang. »Mit 10 Milligramm hast du für 24 Stunden einen Sklaven, mit einem Gramm hast du hundert«, murmelte er schwitzend weiter vor sich hin. »Wir alle arbeiteten damals an den verschiedensten Details, es brauchte lange, bis wir das Ganze begriffen hatten.« Sie durchquerten verschiedene Gänge im Erdgeschoss, eine Ratte kreuzte unaufgeregt ihre Bahn. Schließlich standen sie in einer leeren großen Halle, deren Decke zur Hälfte den Boden bedeckte. Einige verbogene Tische und Stühle lagen herum.

»Die Cafeteria« erläuterte er. »Hier hat sie sich manchmal spontan an ein Piano gesetzt und gespielt. Debussy, Rachmaninoff, deutsche Weihnachtslieder. Ich erinnere mich auch an Gershwin; es gab Ärger, aber sie genoss einen Schutz, den keiner von uns verstanden hat.«

Er holte tief Luft, als müsse er sich durchringen, sich etwas von der Seele zu reden, das dort lange schon lastete. »Ende 1980 gab es in dieser Cafeteria ein schreckliches, ein unglaubliches, von keinem je für möglich gehaltenes Ereignis. Keiner, der dabei war, will darüber reden. Es ließ das Team der Wissenschaftler in dem Institut von da an«, er zögerte, »zersplittern.« Ellen blickte ihn fragend an. »Ich war nicht dabei.«

Das ist gelogen, wusste sie. Er hat es selbst miterlebt, aber kann es mir nicht sagen.

»Was war es?« fragte sie. Er zuckte mit den Schultern, Tränen in den Augen. Jetzt war es deutlicher, irgendwo im Innern der Ruine waren Schritte im Geröll zu hören. »Und dann? Was geschah dann?«

»Der Leiter des Instituts wurde abgelöst, von einem Tag auf den anderen verschwand einige Zeit später Ihre Mutter von hier. Niemand wusste, wohin. Es gab Gerüchte, dass sie ins Innere Zentralasiens an ein Labor gegangen war, wo aus dem Stoff, den wir hier erforscht hatten, eine Waffe entwickelt wurde. Niemand hatte ihr das zugetraut.«

Er schluckte sichtbar. Sie gingen schneller in Richtung des Ausgangs der Cafeteria. Suchende langsame Schritte näherten sich hinter ihnen. Diese Schritte wurden schneller.

In einer spontanen Aufwallung umarmte Semjon Ellen. Sie ließ es geschehen. »Ich danke Gott, dass ich dich noch einmal sehen kann« flüsterte er. »Es ist wie ein Neuanfang. Du warst mein Leben.«

Er lief los und zog die anderen laufenden Schritte hinter sich her, tiefer in die Ruine hinein. Ellen ging langsam, Schritt für Schritt, möglichst geräuschlos durch die Gänge, durch das staubige Auditorium, durch das Licht, das von allen Seiten in das Gebäude eindrang.

Es gab einen Schlag, einen Sturz, einen tiefen Fall, dazwischen einen Schrei und ein anhaltendes Stöhnen.

Unbehelligt verließ sie die Ruine und überquerte die Straße in einen Park, in dem unter Platanen und Ahornbäumen die steinernen Schachtische standen. Inzwischen waren fast alle besetzt. Ältere Männer blickten konzentriert auf ihre Bretter, nur wenige sahen auf, als ein Krankenwagen der Polizei mit Sirene und Blaulicht vor der Ruine hielt. Zwei Männer in den schwarzen Uniformen eines Sicherheitsdienstes trugen eine Bahre hinaus mit einer Gestalt, die eine Beatmungsmaske trug.

35

Nachdem sich die Malerin verabschiedet hatte, steuerte Ellen, ohne auch nur eine Minute geschlafen zu
haben, direkt auf den bewachten Haupteingang ihrer
Villa zu. Einer der Männer im dunkelblauen T-Shirt
hielt sie auf der Höhe des sprudelnden Springbrunnens auf: »Sie können nicht in das Haus, die Dreharbeiten laufen bereits.«

»Dreharbeiten«, wiederholte Ellen, »dass ich nicht
lache! Ich muss dringend mit Peter Vergin sprechen.«
Der Sicherheitstyp bewegte sich nicht von der Stelle. Er murmelte etwas vor sich hin und horchte dann
nach rechts auf etwas, das aus einem Ohrstöpsel an
gewendelter Schnur in sein Ohr drang.

»Warten Sie!«, wies er sie an. Ellen rührte sich nicht
vom Platz. Schließlich tauchte Vergins Jockeygestalt
auf, der wieder den hellbraun karierten Leinenanzug
und eine gestreift grüne Krawatte trug.

»Was kann ich für Sie tun?«, fragte er. »Wir sind
sehr beschäftigt.«

»Haben Sie Veniamin Schoch in meinem Haus?«,
fragte Ellen. »Ich kenne ihn, wie Sie wissen.«

»Wir haben dort einen Experten, der uns in der
Vorproduktion beim Szenenbild berät. Es ist für ihn
anstrengend und für uns auch.« Auf ihre andere Bemerkung ging er nicht ein.

»Ich muss in das Haus«, sagte Ellen. »Ich muss an
der Suche teilnehmen, die Sie dort veranstalten.«

»Ich habe schon davon gehört. Schlagen Sie es sich
aus dem Kopf. Sie haben einen Vertrag unterzeichnet,
laut dem Sie in dem Haus nichts zu suchen haben.«
Der zentrale Rechercheur wandte sich ab, um zu gehen. »So ist leider die Lage.«

»Es ist nicht nur möglich, es ist absolut notwendig, dass ich dabei bin, wenn Sie ungestört weitermachen wollen«, rief Ellen ihm hinterher. »Immerhin drehen Sie keinen Film, was den Vertrag nichtig macht.«

»Oho!« Er blieb stehen. »Wollen Sie mir drohen? Dafür wäre dieses Projekt wirklich nicht geeignet.« Er blickte sich um, als könnten ihn die Männer in den dunkelblauen T-Shirts vor allem schützen, was sich vorstellen ließ. »Es ist ein Film, in den sehr viel investiert wurde. Die gehen kein Risiko ein.«

»Bullshit«, sagte Ellen. »Wo sind die Kameras? Was Sie da drüben durchsuchen, ohne einen Film zu drehen, ist mein Haus.«

»Es gibt Recherchen, die vorher nötig sind. Sie haben keine Ahnung von unserem Geschäft.« Er zog sich das Jackett um die Schultern zurecht. »Der alte Herr ist in einem fragilen Zustand. Wir können keine Ablenkungen zulassen.«

»Ihr Projekt ist in fragilem Zustand«, sagte Ellen, während sie weiter in seine Richtung vorrückte. Je länger sie diskutieren musste, desto entschlossener wurde sie, ihren Drohungen auch Taten folgen zu lassen. »Sie suchen etwas in dem komplizierten Gedächtnis von V.S., für dessen Leistungen die Wissenschaft keine Erklärung hat.« Sie blickte Vergin unbewegt an. Sein Gesicht schien blasser geworden zu sein. »Was zum Teufel lässt Sie glauben, dass Sie es je finden werden?«

»Tut mir leid«, sagte er noch einmal, »es ist unmöglich. Sobald wir abgezogen sind, können Sie sich das Haus tagelang ansehen.« Er wandte sich erneut ab, um zu gehen.

»Es geht nicht um das Haus«, rief Ellen über die größere Distanz, »es geht um Schoch. Überlegen sie es sich. Ihre Chancen, ans Ziel zu gelangen, vergrößern sich erheblich, wenn ich Ihnen mit Kenntnissen des Hauses helfe. Andererseits könnte ich Ihnen jede Menge Ärger bereiten, wenn ich die Fans einlade, Autogramme von Brad Pitt und Jennifer Lawrence einzusammeln, die ja hier wie allseits bekannt an Dreharbeiten teilnehmen. Wussten Sie das? Es gibt unglaublich viele Fans von denen in Berlin, die sogar eigene Blogs betreiben.«

Vergin starrte sie unbeweglich an. »Sie ahnen nicht, was sie damit lostreten würden.«

»Das kann man dann gar nicht mehr steuern«, setzte sie nach. »Man hat es einfach nicht mehr im Griff, wenn es erst einmal viral geworden ist.« Sie folgte ihm in Richtung Haus, sodass sie nicht zu laut sprechen musste. »Stellen Sie sich nur vor, wie Mädchen mit leuchtenden Augen und Mappen in rosafarbenem Einband in der Hand vor dem Tor auftauchen und hektisch in ihre Handys tippen. Zwei Stunden später sind es fünfundzwanzig. Wenn die Verkehrspolizei kommt, um Ordnung in die Situation zu bringen, stellt sie Schilder auf, die die Situation um keinen Deut entspannen. Durchfahrt gesperrt, Dreharbeiten. Irgendwann, von Neugier getrieben, quillt schließlich eine Menschenmenge in den Park.«

Vergin und Ellen standen sich direkt gegenüber. Ellen sprach leise, Vergins Gesicht war blass. »Und sagen Sie nicht, ich wüsste nicht, worauf ich mich einlasse.« Ihre Hände zerteilten die Luft. »Ihre Finanziers, die keinen Spaß verstehen, werden es überhaupt nicht schätzen, wenn Aufsehen erregt wird und sich alles verzögert.«

Vergin dampfte wortlos ab und verschwand in der Villa, deren Tür er hinter sich schloss. Ellen drehte sich noch einige Male um, während sie zurück in die Remise ging, aber dort drüben tat sich nichts mehr.

Eine halbe Stunde später klopfte es an die Tür der Remise.

»Wir glauben, dass es gut sein kann, wenn jemand, der die Geschichte des Hauses kennt, dort drüben hilft«, erklärte der Professor mit dem grauen Schnauzbart. »Ich würde mich freuen, wenn Sie mich begleiten.« Er lächelte verkniffen.

Kurz darauf betraten sie den in Weiß, Gold und leuchtendem Blau schwebenden Palast, dem die Kronleuchter nicht viel Licht spendeten. Konzentrierte Ruhe umgab sie. Im Flur wurden sie gebeten, ihre Schuhe auszuziehen und in weiche Filzschuhe zu schlüpfen. Während Ellen das tat, wartete Rastenburg neben ihr.

»Woran er sich erinnern will, hat er hinter Details in seinem Gedächtnispalast abgelegt«, erklärte er. »Was er nicht deutlich sehen kann, übersieht er bei der Erinnerung, ein Ei zum Beispiel an einer weißen Wand oder eine dunkle Tafel in einem schwarzen Tunnel. Störende Geräusche oder starke Gerüche legen sich in seiner Erinnerung wie ein Nebel vor die Dinge, die er sehen will, sodass er sie wegrücken muss, oder er übersieht sie. Deshalb bemühen wir uns, Geräusche zu vermeiden und moderne Gerüche mit denen zu überdecken, die auch damals in dem Haus hingen.«

Ellen kam sich vor, als wäre sie in ein verzaubertes Land eingetreten, in dem eine leichte Spur von Zigarrenrauch in der Luft lag. Rastenburg ging voran in den Gartensalon im Erdgeschoss.

»Wir stören sie nicht, sie sind jetzt im Obergeschoss.« Er horchte in einen Hörer, den auch er im Ohr trug. »Sie sind genau über uns.« Er wandte sich in Richtung der Treppe, die in den Keller führte, und hielt einen Moment inne. »Wir müssen uns einer kleinen Vorbereitung unterziehen.« Rastenburg betrat die Treppe, die nach unten in die Kellerräume führte. »Versuchen Sie, es sich vorzustellen. Dieser Mensch, Veniamin Schoch, vergisst kein Detail, nicht das Kleinste, wie wir feststellen mussten, auch keine Kleidung. Weil wir ganz sichergehen wollen, auch wirklich alles zu tun, was unserem Ziel dient, werden wir uns jetzt umkleiden.«

Sie schwenkten in den Keller ein, der sich in die Haushalts- und Techniketage einer florierenden bürgerlichen Villa des Jahres 1933 zurückverwandelt hatte. »Die Details aus zehn Tagen, die er als Kind in diesem Haus verbracht hat, vom Inhalt der Bücherregale über die Tapetenmuster bis zu allen Einrichtungen, Ornamenten und der Kleidung der Bewohner spielen noch immer eine große Rolle in seinem Kosmos unendlicher Details.«

Rastenburg zog sich ein bereitliegendes Hemd an, stieg in blass karierte Kniebundhosen und band sich eine mit schräglaufenden Zackenmustern gestreifte Krawatte um. »An einer Krawatte wie dieser haftet die Erinnerung an einen Weg, auf dem er Svetlana Mortkovic bei deren Flucht im November 1940 mit einem Lkw von Shaki Mardan in die winterlichen Berge des Alai-Gebirges gefahren hat. Ich trage diese Krawatte, wie sie der Professor Anfang der Dreißigerjahre getragen hat, alle tragen Kleidung, wie wir sie von Fotos aus dieser Zeit des Hauses kennen.« Er führte Ellen an einen der Garderobenständer, der die Damengarderobe enthielt.

Im hinteren Teil des Kellers, nahe der ehemaligen Einliegerwohnung der Haushälterin, hatte einer der Männer seine Zusammenstellung von dunkelbraunem Nadelstreifenanzug und beigem Filzhut auf einer Kleiderpuppe abgelegt und diese dort abgestellt.

Ellen wählte für sich ein weich fließendes Kleid aus dichter Seide, glänzend, chargierend zwischen einem blassen Blau und Türkis mit der silbernen Stickerei eines geschwungenen floralen Musters, das die linke Schulter bedeckte. Der Professor reichte ihr eine Brosche mit Nadel, mit der sie den weiten Ausschnitt zusammenhalten konnte. Dazu suchte sie sich eine kleine silbern geflochtene Umhängetasche aus, in der sie ihre Schlüssel und einige Münzen aus ihren Jeans verstaute. Sie fühlte sich ausgesprochen wohl in dem Kleid, in dem jeder Schritt sie näher zu einer Abendgesellschaft der Dreißigerjahre zu führen schien.

Der Professor fuhr in seine Museumspantoffeln, als er die Treppe wieder emporstieg. Im Gartensalon forderte er Ellen auf, sich wie er in einen der schlanken, hölzernen Sessel zu setzen, deren Polster helle Blütenmuster zeigten.

»Ich erkläre Ihnen, wie es hier abläuft und was wir von Ihrer Hilfe erwarten«, sagte er. Aus der Innentasche seines Jacketts zog er einen Lageplan beider Etagen des Hauses, in dem jedes Möbelstück eingetragen war.

Bevor er dazu kam, etwas daran zu erklären, unterbrach ihn Ellen. »Warum ist er hier?«

»Ich verstehe nicht.«

»Warum ist Schoch in diesem Haus? Wozu war es nötig, dieses Haus für ihn umzubauen, warum befragt man ihn nicht dort, zu Hause, in Usbekistan, wo er sich diese Räume jahrzehntelang vorstellen konnte, weil er sie niemals vergisst?«

Rastenburg ruderte mit den Schultern, um sich in seinem Jackett neu zu sortieren. Ein Tick, den sie auch zu Hause bei ihm beobachtet hatte.

»Ganz einfach, er kann sich an dieses Haus nicht erinnern«, erklärte er.

»Wie bitte?« Ellen glaubte, sich verhört zu haben.

»Nach einem schrecklichen Erlebnis wollte er von einem Tag auf den anderen das meiste aus seinem Leben vergessen. Um alle belastenden Erinnerungen seines Lebens zu eliminieren, war es das Einfachste, dieses Haus komplett aus seinem Gedächtnis zu löschen. Damals ist seine Gesamterinnerung über 60 Jahre abgestürzt, wie eine große Passagiermaschine, wir bewegen uns gewissermaßen durch ihr ausgebreitetes Trümmerfeld. Nachdem wir uns seiner Kooperation versichert hatten, haben wir ihn vor drei Jahren in Taschkent befragt. Hören Sie sich die letzte mit diesem Haus in Verbindung stehende Erinnerung an, dann verstehen Sie das Problem.«

Er holte sein Handy aus der Tasche und blätterte darin herum, bis er schließlich gefunden hatte, was er suchte. Er legte es eingeschaltet auf einen Tisch neben den Sesseln, und sie lauschten der Aufzeichnung.

»Wie kamen Sie in Kontakt mit den Wissenschaftlern, die im Rahmen der psychologischen Expedition vom Sommer 1932 das Ferghana-Tal und umliegende Dörfer besuchten?«, hörte man eine Stimme fragen.

Die Antwort kam prompt: »Ich erinnere mich ganz genau an diesen Tag, an dem die Wolken so schnell rasten, als würde man in den Himmel wie aus dem Fenster eines Eisenbahnzuges sehen. Ich könnte den ganzen Tag im Schatten liegen und ihnen zusehen.

Ich lebe bei meiner älteren Schwester im Kishlak Shaki Mardan, es ist später Nachmittag, aber es ist noch hell. Wir sind froh, dass wieder Autos und Menschen kommen, weil die Brücken nach einem schlimmen Unwetter repariert worden sind. Der hellgraue Wagen des Filmvorführers ist in den Ort gekommen, ›Tadshik Kino‹ steht daran, und der Fahrer, ein Mann ohne Mütze, baut unter einem großen Ahorn seine Leinwand auf. Da kommt der hellbraune verdreckte Bus mit der Gruppe von Männern, den Wissenschaftlern, von denen einige bereits vorher im Dorf waren und viele Leute befragt hatten, auch mich.

Der Professor ist ein großer, schlanker Mann mit einer sehr starken Brille und Haaren, die aus seinem Kopf wachsen, als presse sie von innen etwas heraus. Er kommt zu uns Kindern, die wir im Schatten auf dem Boden unter dem Vordach des Hauses sitzen, in dem meine Schwester Polina lebt. Er will mich sprechen. Seine Stimme ist für mich wie ein Guss mit Wasser, nicht frisch, sondern eher abgestanden, aber noch voller Kraft, die auf dem Rücken ein Gefühl hervorruft, als wäre dort hinter mir ein Wasserfall.

Er hält mir ein Blatt Papier mit Zahlen hin. Das ganze Blatt ist voll. Es kommt mir bunt vor, kribbelnd, lebend, wie ein Teller voller bunter, lustiger Sachen. Es sind genau 240 Ziffern, die 80 Zahlen bilden. Er fragte mich, ob es ein Problem für mich ist, mir die Zahlen anzusehen und sie danach wiederzugeben. Meine Freunde, die anderen Kinder finden es sehr spannend und sind still, dann, als ich einfach nur auf das Blatt blicke und nichts geschieht, laufen sie hinüber zu dem Mann, der sein Kino aufbaut.

Nach einiger Zeit gebe ich dem Professor das Blatt zurück und sage ihm die Zahlen. Die Wissenschaftler stecken die Köpfe zusammen und reden, nachdem sie die Zahlen gehört haben.«

»Können Sie sich an die Zahlen noch jetzt erinnern?«

Eine Weile herrschte Schweigen, dann ging es ohne Stocken voran: »421, 497, 641, 211, 776 ... »

»Danke. Erzählen Sie weiter.«

»Von dem Tag an kümmert sich Frau Dr. Svetlana Mortkovic um mich, eine wunderschöne Ärztin aus Ferghana, deren Bewegungen und Gesten und Augen mich immer an einen Wind in Baumwollfeldern unter strahlendem Himmel denken lassen. Ihre Stimme verändert sich zwischen bunt, flüssig sprudelnd und düster und sandig, aus einem Abgrund kommend, in den man nicht hineinsehen kann, weil er so steil ist wie bei keinem anderen Menschen, den ich kenne. Ich denke, in ihr ist ein schroffes Gebirge verborgen, über dem die Sonne und die Wolken dahinziehen. Von dem Tag an befragt mich der Professor und später auch der andere Professor jeden Tag in Ferghana, wo ich bei Svetotschka Mortkovic in einem eigenen kleinen Zimmer wohne.«

»Der andere Professor?«

»Ein kleiner Mann, der nach Tabak riecht und immer geputzte Schuhe trägt, deren Absätze abgelaufen sind. Er ist warm und herzlich und von Anfang an krank. Zuerst weiß nur ich das, ich höre es an seiner Stimme, die wie brüchiges Eisen ist, nicht rostig, eher bröselig, irgendwie lange in schwarzer Erde vergraben. Er zeigt mir Muster, die ich mit anderen Mustern vergleichen soll.«

»Mit diesem anderen Professor gingen Sie dann auf die lange Eisenbahnreise?«

»Dann ist längst wieder Sommer, das ist zwölf Monate später. Er hat so lange im Krankenhaus in Ferghana gelegen. An einem Dienstag, an dem es ab Mittag regnet, besuchen Frau Dr. Mortkovic, bei der ich noch immer wohne, was sie offenbar mit meinen

Schwestern abgesprochen hat, und ich ihn im Krankenhaus. Er liegt in einem hellen Zimmer, in dem an vier großen Stellen die hellgrüne Farbe von der Wand blättert, eine Pappel wirft ihren Schatten ins Zimmer, er hat Papiere um sich versammelt, weil er ein Buch schreibt, wie er sagt. Seine Stimme verändert sich, als er mit Frau Dr. Mortkovic spricht, ihre verändert sich auch. Beide sind plötzlich wie Bänder, die in der Sonne liegen und sich im Wind ein bisschen bewegen.«

»Und die Reise?«

»Svetotschka Mortkovic trägt ein weißes Kleid mit großen dunkelgrünen Punkten, als sie uns zum Bahnhof in Ferghana bringt, alle anderen Wissenschaftler und der erste Professor sind schon Monate vorher abgereist.«

Die Stimme des alten Mannes zeigte keine Unsicherheiten oder Ermüdungserscheinungen. Er berichtete so flüssig, dass es Ellen fassungslos machte, wie präsent seine Erinnerungen an die Erlebnisse waren, die sechsundachtzig Jahre zurücklagen.

»Der Professor trägt einige große Taschen bei sich, er hat einen Anzug an, den er wohl immer zur Reise trägt, hellbraun mit kaum sichtbaren Karos. Sie verabschiedet sich von ihm, die Bänder ihrer Stimmen wehen und flattern bis in die Luft. Dann sitzen wir im Abteil, als der Zug sich in Bewegung setzt. Wir bekommen etwas zu essen, aber in dem Zug schmecken alle Speisen, die ich kenne, anders, als ich es gewohnt bin, weil das Geräusch des Zuges ihren Geschmack verändert. Es hat mir nicht gefallen.«

»Und die Ankunft in Berlin?«

Im Hintergrund waren flüsternde Stimmen zu hören, jemand erklärte einem anderen, der erst kurz zuvor dazugekommen war, was sie zu erreichen versuchten.

Eine erste Stimme: »Wir gehen in zeitlicher Reihenfolge vor, wir haben die Verbindung zu dem Psychologen Prof. Koffka, wir sind jetzt in der Eisenbahn und kommen in Berlin an.«

Zweite Stimme: »Wollt Ihr so weitermachen, bis wir an unserem Tag angekommen sind? Das dauert Jahre.«

Erste Stimme: »Nein, es gibt ein Problem, das wir so zu überwinden versuchen. Wenn wir das geschafft haben, fragen wir direkt nach dem Tag, um den es geht.« Zweite Stimme: »Gut. Ich bleibe eine Weile.«

»Es ist kalt und es regnet«, erzählte der alte Mann weiter. »Unter dem Dach der Bahnhofshalle des Anhalter Bahnhofs stehen wir in einer Wolke von Dampf und Geräuschen, die wie ein Sturz in ein Tal voller Maschinen sind, die niemand begreift. Rotes Glühen überall in der Bahnhofshalle, Nester versteckter Brandherde, es sind die Lautsprecher, die durcheinanderlärmen und für mich rotglühend sind.«

»Und dann?«

»Wir werden auf dem Bahnsteig abgeholt von einer Frau in einem hellbraunen dünnen Mantel unter einem Hut aus weißem Geflecht, die mir der Professor vorstellt, Charlotte Krug, seine Haushälterin.« Noch immer ließ Schoch bei seiner Erzählung nicht die geringste Unsicherheit erkennen.

»Wie alt ist die Haushälterin?«

»Sie ist Anfang zwanzig und erfreut, dass der Professor wieder zu Hause ist, aber sie macht sich Sorgen.«

»Trägt sie einen Ehering?«

»Sie trägt an der linken Hand einen silbernen Ring mit einem kleinen roten Stein, das weiß ich, weil ich dachte, dass jeder, der uns hilft, etwas Rotes an sich hat. Ein Mann mit einem roten Schild mit der Nr.

48 an der Mütze trägt ihm die Gepäckstücke zu einem Taxi. Nein, an der rechten Hand trägt sie keinen Schmuck.«

Im Hintergrund gab es Gemurmel, das nicht zu verstehen war. Nach einer Pause fuhr die Stimme des alten Mannes fort.

»Als wir im Taxi fahren, schließe ich meine Augen, weil ich den Geruch in dem Auto und das, was ich von der Stadt sehe, nicht verstehen kann. Die Stimme des Professors hat sich verändert. Sie war im Zug orangig, eher spitz als rund, jetzt ertönt sie hinter Wolken, aber auf meiner Haut fühlt sie sich kalt an, wie kleine schmelzende Eissplitter. Später halten wir vor einem Tor mit zwei großen Pfeilern, zwischen denen ein Eisengitter steht.«

»Und weiter?«

»Nichts.« Es entstand eine Pause.

Erste Stimme: »Das ist unser Problem.«

Zweite Stimme: »Was ist das Problem?«

Erste Stimme: »Seine nächste Erinnerung an alles, was im weiteren Sinn mit der Expedition, mit Prof. Koffka oder weitgehend seinem eigenen Leben überhaupt zu tun hat, ist dann erst von Anfang Oktober 1991.«

Zweite Stimme: »Dazwischen gibt's nichts?«

Erste Stimme: »So ist es.«

Zweite Stimme: »Dann brechen Sie alles ab. Wir verfolgen ohnehin zwei andere Wege, um unser Ziel zu erreichen.«

Eine dritte Stimme: »Es gibt noch eine Möglichkeit. Wenn wir etwas sehr Verrücktes, sehr Teures versuchen, haben wir eine Chance, alles zu erfahren.«

Zweite Stimme: »Versuchen Sie das Verrückte. Zurzeit spielt Geld keine Rolle. Es geht um alles.«

Samt ihrer Villa befand sich Ellen jetzt inmitten des Strudels dieser Verrücktheit, von der sie noch immer nicht wirklich etwas verstand. Der erste Hinweis darauf, dass alles an ihrer Vergangenheit verrückter war, als es schien, hatte sie vor dreizehn Jahren überfallen. Seither war es damit losgegangen, dass sie sich immer wieder wie aus dem Nichts auf der Erde gelandet vorkam – auch nach all den Jahren noch immer zu Hause in Berlin. Zuerst jedoch in Moskau.

37

Dreizehn Jahre zuvor; Moskau

Aus den unterirdischen Marmorhallen der Metrostation Preobrashenskoje stieg Ellen am nächsten Morgen an das graue Tageslicht. Nach einem Weg durch eine von Plattenbauten gesäumte Gegend stand sie zehn Minuten später vor dem Eingangstor eines Friedhofs im Nordosten Moskaus. Hier wurden nur Mitglieder der besonderen orthodoxen Glaubensrichtung bestattet, der Mitglieder der Familie ihrer Großmutter Olga seit dem 19. Jahrhundert angehörten. Die telefonische und schriftliche Vorbereitung des anstehendenden Treffens mit einem Popen der priesterlosen Altgläubigen hatte sie in Berlin ein halbes Jahr gekostet. Nach unendlichen Telefonaten mit der Gemeinde hatte Ellen in Vater Pavel einen Popen aufgetrieben, der ihre Großmutter noch gekannt hatte.

Vater Pavel trug ein sauberes langes, schwarzes Gewand. Seine rosigen Wangen in dem graubärtigen Gesicht erinnerten an eine Sonne, die durch graue Wolken blickte. Er begrüßte sie mit einer Verbeugung und marschierte zügig voran in das Innere der Friedhofsanlage, in der sie Tausende von blassen Keramikbildern verstorbener Gesichter an eng gepackten Grabsteinen erwarteten.

»Werden Sie sich einäschern lassen, wenn Sie verstorben sind?« Er hielt in seinem Gang inne und betrachtete Ellen prüfend.

»Ich weiß es noch nicht«, erklärte sie, »vermutlich wohl ja.«

»Das ist schlecht«, stellte Vater Pavel fest und stiefelte weiter voran. »Gott hat für uns die Wiederauferstehung vorgesehen, die funktioniert aber nur, wenn noch etwas da ist, wenigstens ein Knöchelchen, irgendwas.« Er blieb wieder stehen, um sie zu fixieren. »Heute würde die Wissenschaft sagen, ohne DNA keine Wiederauferstehung.« Die Sonne seines Gesichtes glühte. »Dieser Frage verdanken Sie, dass wir heute hier umhergehen. Ich hätte mich wohl nicht an Ihre Großmutter erinnert, wenn ihre beabsichtigte Einäscherung nicht ein so großes Theater verursacht hätte.« Sie bogen hinter der Werkstatt eines Steinmetzen nach rechts ein. »Sie hatte Glück, dass das alles damals noch im Schatten der Sowjetunion stattfand, in der alle Welt eingeäschert werden wollte, obwohl unser Glaube es nicht zulässt.« Seine schwarze Soutane wehte hinter ihm in der Sonne, er bewegte sich wie ein Rabe, der die Welt lange nicht mehr von oben gesehen hatte. Schließlich trafen sie vor einer Urnenwand ein, in der fünf Reihen Urnen übereinander hinter Marmorplatten gelagert waren. Ellen erkannte den Platz, Erinnerungen überfielen sie, sie musste sich auf eine kleine Steinbank setzen. Wie oft hatte sie hier nach der Schule Zeit verbracht und gewartet und gehofft, bis sie sich in das Unausweichliche gefügt hatte. Er war tot, in einem Fach dieser Wand lag er als Staub vor ihr.

»Zuerst der Sohn«, erklärt Vater Pavel, »1992 fing sie damit an. ›Man hat ihn in Usbekistan eingeäschert, es gibt keine Dokumente, keine Genehmigung, keine Nachweise, nichts.‹ Und schließlich kam sie auch noch mit dem Wunsch für sich selbst.« Er wischte mit der Hand imaginären Staub von den Marmorplatten. »Zwei Jahre später gab es hier keine Urnenbestattungen mehr. Wir lehnen das ab.« Nach einer Pause setzte er fort: »Ihre Großmutter war eine gute Frau. Länger als ein Jahr kämpfte sie darum, die Asche ihres Sohnes hier bestatten zu lassen und ich bin froh, dass wir damals ihren Wunsch erfüllen konnten. Es ging viel drunter und drüber, als damals die Atheisten untergingen, überall, auch bei den Bestattungen.« Er setzte sich zu ihr auf die Steinbank vor den Urnen.

»Sie kennen meine Großmutter gut?«, fragt Ellen. Er nickte heftig.

»Oh ja, in ihren letzten Lebensjahren war sie eine sehr fromme Frau. Wissen Sie, was damals das größte Unglück Ihrer Großmutter war?« Ohne eine Antwort abzuwarten, fuhr er fort. »Es waren die Geheimnisse, die ihren Sohn umgaben. Geheimnisse sind Mauern, die von allein höher wachsen. Sie drohen uns zu begraben.« Ellen erhob sich, um die kleinen marmornen Rechtecke genauer zu betrachten. Olga Dudova, 3.8.1927 – 04.01.1994. Sechs Monate nach meiner Ausreise ist sie gestorben, dachte sie, und ich habe nie etwas davon gehört. Die andere Tafel zeigte Mikhail Andrejewitsch Dudov, 17.06.1957 – 25.09.1991. Die Nacht, in der alles zu Ende ging.

Ellen küsste das von einem goldenen ovalen Rahmen umgebene ausgebleichte Jugendfoto ihres Vaters, ein Gesicht über Krawatte und Anzugjackett, das vielleicht bei einer Prüfungsfeier oder der Firmung aufgenommen worden war. Der Pope ging langsam zurück. Ellen steckt ihm 10 Dollar für seine Gemeinde zu.

Sie verbrachte noch eine Weile auf der Bank und dachte daran, wie sie von ihrer Großmutter gepflegt wurde, als sie in der wilden Zeit, die mit dem Ende der UdSSR von einem Tag auf den anderen an allen Schulen des Landes anbrach, eines Abends auf dem Schulweg nach Hause von sieben Schülern überfallen worden war. Als 11-Jährige war sie dabei, Blätter für einen Tee zu pflücken und die hatten sie krankenhausreif geprügelt, einfach so, weil es möglich war. Weil damals alles möglich war. Vier Wochen mit gerissener Leber im Krankenhaus, sie hat mich jeden Tag besucht, dachte Ellen, und zu Hause drei Monate gepflegt.

Sie betrachtete die wehenden Schatten der großen Birken, als sich ein Mann aus der Steinmetzwerkstatt zu ihr setzte.

»Sie haben Ihren Vater begrüßt?« Er deutete auf die Inschrift Mikhail Dudov. Der Steinmetz war ein Mann um die 60, der nicht mehr alle Zähne im Mund hatte. Als sie mit Blick auf die Urnenwand nebeneinander auf der Bank saßen, stellte sie zu ihrer Überraschung fest, dass er nach Steinstaub und Tannennadeln roch, keine Spur von Alkoholdunst, wie man es Friedhofsarbeitern meist unterstellte. »Über sein Grab müssen Sie etwas wissen.«

Sie blickte ihn überrascht an. Ging es um Geld? Aber warum sollte sie nicht einfach hören, was er ihr mitteilen wollte? Bis zur Abfahrt ihres Zuges vom Kasaner-Bahnhof in Richtung Samarkand hatte sie noch vier Stunden Zeit, mehr als genug, um dem Mann unter den schwankenden Birken geduldig Zeit zu widmen.

Er nickte ständig vor sich hin, als würde er sich in einem endlosen Selbstgespräch fortwährend selbst recht geben.

»Ihre Großmutter verfing sich damals vor seiner Bestattung in einem bürokratischen Irrgarten, Bestätigung der Einäscherung in Usbekistan, Beweis der Verwandtschaft, Beantragung des Urnenplatzes, in ihrem Fall gleich zweier Plätze, weil sie für sich selbst umsichtig vorsorgen wollte, sie wusste keinen Ausweg mehr. Wir haben damals viele Abende miteinander geredet.«

»Und sicher wurden einige bürokratische Umwege mit Geld abgekürzt«, vermutete Ellen. Er begann wieder mit seinem zwanghaften Kopfnicken. Dann stand er auf und machte sich daran, mit einem Dreikantschlüssel die Marmorplatte vor dem Urnenfach ihres Vaters zu lösen.

»Ihre Kirchengemeinde hat ihr zusätzliche Schwierigkeiten wegen der Auferstehung bereitet. Ich habe ihr geholfen.« Sorgfältig setzte er die Platte auf dem Boden ab und hob die braune Urne der Überreste ihres Vaters heraus, die von einem Bronzering umgeben war. »Dieses Grab ist die Fantasie einer einsamen Frau.« Er hielt Ellen die geöffnete Urne entgegen.

Sie hielt Abstand mit ihrem Gesicht, blickte aber schließlich doch direkt hinein. Die Urne war zu einem Drittel mit Sand gefüllt. Ellen war fassungslos. Sie langte mit der Hand hinein und ließ den Sand durch die Finger rinnen. Es war heller gelblicher Sand, wie er sich vielleicht in einiger Tiefe unter der Oberfläche des Friedhofs fand. Ihre Finger stießen auf einen Umschlag. Sie zog ihn heraus, sorgfältig von dem Mann aus der Steinmetzwerkstatt beobachtet, öffnete ihn und hielt eine blonde Haarlocke in der Hand. Sie atmete tief durch und legte den Umschlag in den Sand zurück. Der Mann ohne Zähne schraubte den Deckel wieder zu und stellte alles zurück an seinen Platz.

Ellen konnte sich unmöglich wieder hinsetzen. Eine Weile stand sie still ganz nah vor der Wand. Ihre Gedanken flogen zurück in die vielen Jahre, in denen ihre Großmutter in der usbekischen Wüste die beste Mutter für sie gewesen war, die man sich hatte vorstellen können und in die Monate, in denen sie bei ihr in Moskau gelebt hatte.

Wo war ihr Vater in all der Zeit geblieben? Schreckliche Bilder zogen durch ihren Kopf. Er war lange schon tot, aber wo? Ausgebleicht in einem dornigen Wüstengebüsch? Verblutet? Gefangen? Verreckt wie ein Tier? Es war nicht auszuhalten.

»Wie lange werden Sie hier noch arbeiten?«, fragte sie den Steinmetz, »zehn Jahre?«

»Sicher«, antwortete der unter heftigem Nicken.

»Ein geschlossenes Urnenfach kostet 500 Rubel Pflege im Jahr«, stellte Ellen fest und zog zwei Fünfzigdollarscheine aus ihrer Brieftasche. »Zehn Jahre Pflege?«, fragte sie.

»Sicher«, erklärte er. Sie nahm ein Foto von ihm vor der Urnenwand auf und übergab ihm nach einem Handschlag das Geld. »Ich werde wieder vorbeischauen.«

In der Halle des Kasaner Bahnhofs wanderte sie eine halbe Stunde umher, bis sie den Bahnsteig fand, auf dem die Teilnehmer der Expedition ihres Großvaters im Jahr 1932 auf einem Foto aufgebaut neben ihrem Zug stehen, in den Dampf der Lokomotive gehüllt, als gelte es, auf Wolken nach Zentralasien zu schweben. Das Foto in der Hand, versuchte Ellen sich im Dieselgeruch der heutigen Züge in den Moment des Abschieds ihres Großvaters von Moskau zu versetzen, als ihr Zug nach Samarkand aufgerufen wurde.

Achtundvierzig Jahre nach Ellens Großvater, dem Berliner Gestaltpsychologen, war seine Tochter, ihre Mutter Jekaterina vor etwas aus Moskau geflohen, das so entsetzlich gewesen sein musste, dass sie nur in dem entlegensten militärischen Außenposten in der Wüste im Nordwesten Usbekistans Schutz davor hatte finden können. Dort wurde Ellen geboren. Dorthin machte sie sich jetzt vom selben Bahnsteig aus auf den Weg.

38

Ellen beugte sich in ihrem Sessel vor, um im Flur den Ursprung eines Schattens zu erkunden, der von dort durch die Tür in den Salon fiel. Sie kam sich dabei etwas paranoid vor.

»Veniamin Schoch ist ein Mensch, um dessen Alltag sich jemand kümmern muss«, erklärte Rastenburg. »Wir haben uns intensiv mit seinem Leben befasst.« Ellen erkannte den Ärmel eines braunen Nadelstreifenanzugs. Sie konnte es nicht fassen. Die Schaufensterpuppe aus dem Keller? Rastenburg setzte seinen Bericht fort.

»Einzelne Tage, einige Wochen sind für Schoch kein Problem, aber sich über Jahre durch das praktische Leben zu schlängeln, ist eine fast unmögliche Herausforderung für ihn. 1940 wurde er als Koch zum Militär eingezogen, was er unbeschadet überstanden hat, dann hat ihn das Jahr 1946 in Taschkent gesehen. Mitte der Fünfzigerjahre hat er in dieser drittgrößten Stadt der UdSSR eine Familie gegründet, aus der zwei Töchter hervorgegangen sind. Zehn Jahre später hat er sich getrennt und ist in Moskau als Gedächtniskünstler aufgetreten, zeitweise hat er in der Redaktion einer Gewerkschaftszeitung gearbeitet.«

Ellen konnte die Ungewissheit, wer oder was dort draußen wartete, unmöglich länger ertragen. Mit einer kleinen Geste bat sie Rastenburg, innezuhalten. Irritiert brach er seine Rede ab. Im Flur stand Ellen der Kleiderpuppe aus dem Keller gegenüber, die perfekt lackierte braune Schuhe trug und einen weichen, beigen Filzhut auf dem Kopf.

Welcher Irrsinn spielt sich hier ab?

Sie trat näher. Sie betastete die Puppe. Fleischfarbenes Plastik, aufgemalte Augen. Es gab keinen Zweifel, vor ihr stand eine Puppe. Sie packte sie um die Hüfte und trug sie tiefer in den Flur hinein, damit kein Schatten mehr in den Salon fallen konnte.

In der Tür stehend beobachtete der Professor sie amüsiert. »Anscheinend ist einer unserer Leute der Ansicht, das Haus sollte belebter wirken, als es wirklich ist.« Er schüttelte den Kopf. Nachdem Ellen sich peinlich berührt wieder hingesetzt hatte, fuhr er fort: »Als Jekaterina Mortkovic 1968 in Moskau arbeitete, hat sie sich um ihn gekümmert. Im Jahr 1981 ist er ihr in die Stadt Nukus in der usbekischen Wüste gefolgt, wo er später einen kleinen Job in dem Museum angenommen hat. Seit 1991 lebte er wieder in Tashkent in einer kleinen Wohnung in der Nähe seiner Familie von gelegentlichen Vorführungen und betreut von einer Enkelin. Gedächtniskünstler wie er, die ein weitgehend normales Leben führen und keine besondere Behinderung haben, müssen eine Technik entwickeln, zu vergessen.«

»Gedächtniskünstler müssen lernen zu vergessen?«, fragte Ellen. Sie lehnte sich erneut vor, um mehr von dem Flur vor der Tür zu sehen. Es gab keinen Schatten mehr.

»Genauso ist es. Schoch hat eine solche Fertigkeit entwickelt. Mit einer unendlichen Zahl von Vorführungen hat er sich Geld verdient, er musste sich an Zahlenreihen, Reihen hunderter sinnloser Silben, Wortreihen, Bilder erinnern und immer wieder am nächsten Abend an eine neue Tabelle, neue Silben, neue Wörter, neue Zahlen. Was er nicht vergessen will, behält er ein Leben lang. Wir hören in den Nächten in diesem Haus Zahlenkolonnen, die er vor 40 Jahren an einem Abend gelernt hat. Nichts verschwindet wieder aus seinem Kopf, was er nicht bewusst auslöschen will. Was also tut er, um zu vergessen? Er deckt Tücher über die Zahlen, er schaltet das Licht in seinen Erinnerungsräumen aus. Er schiebt Schnee über Tabellen, begräbt Bilder unter der Erde oder schaufelt Sand über ganze Straßen voller Erinnerungen.«

»Und dieses Haus?«, fragte Ellen.

»Er hat dieses Haus überflutet, für ihn liegt es tief unter der Seeoberfläche, mit all den unendlichen Tunneln und Kammern und Wegen und Türen, zu deren Zentrum er es gemacht hat. Alles ist weg, für sein Gedächtnis unerreichbar unter schwarzem, kaltem Wasser. Rund 60 Jahre seiner Erinnerung sind in diesem Haus abgelegt. Sie wurden von ihm für immer geflutet.«

»Es sei denn …«, sagte Ellen. »Irgendetwas muss es geben, sonst wären Sie nicht hier.«

»Er muss die Details seiner direkten Umgebung sehen«, sagte Rastenburg, »dann kann er sich an alles erinnern, was dahinter in dem seltsamen, unendlichen Kosmos seines Gedächtnisses liegt. Er muss zu jedem Detail hinuntertauchen, das Haus in seiner Gänze gibt es für ihn nicht mehr, er kennt nur noch einzelne Trümmer.«

»Hat er Ihnen gesagt, was der Anlass für das absichtliche Vergessen war?«, fragte Ellen.

Der Gedächtnisexperte rückte Schultern und Jackett zurecht. »Im September 1991 gab es ein Ereignis, das für ihn ein schrecklicher, entsetzlicher Schock war. Er hat etwas erlebt, etwas gesehen, mit dem er nicht länger leben konnte.« Er legte eine Pause ein, wohl um zu überlegen, ob er ihr das Weitere wirklich erzählen durfte. »Wir suchen nach der Erinnerung an genau diese Nacht«, sagte er schließlich.

»Und Sie brauchen meine Hilfe, um genau den Ort in diesem Haus zu finden, an dem er diese Erinnerung abgelegt hat?« Ellen fror plötzlich.

»So ist es.« Auf leisen Sohlen, flüsternd, gingen sie wie durch ein Museum die Treppe hinauf in das Obergeschoss, an Räumen vorbei, in denen sich jeweils einige flüsternde Menschen aufhielten, in den helleren Salon mit der Terrasse, in dem sich drei Personen befanden. Der alte Mann saß auf einem kleinen leichten Sessel aus aufgefaltetem Leinentuch, er hatte den Kopf ins Genick gelegt und blickte auf das rote Kreuzornament an der Decke. Seine Urenkelin stand hinter ihm, eine Hand auf seine Schulter gelegt. Auf einem mit bunt gemustertem Stoff bezogenen Sofa saß Vergin und hörte zu, gelegentlich in ein Mikrofon sprechend, das in einem schlanken Bogen vor seinen Mund reichte.

»Es ist ein Sonnenaufgang, Quellwolken am Horizont bilden ein rotglühendes Kreuz aus Licht, das langsam zerfließt. Wie immer schmeckt alles nach Salz, der Wind hat nachgelassen.«

Fasziniert erlebte Ellen Schochs Schilderung einer Situation, in der er sich jetzt wieder zu befinden meinte.

»Wie sah es in der Nacht zuvor aus, als der Wind noch stärker war?«, fragte Vergin.

»Ich weiß es nicht«, sagte der alte Mann unsicher. »Von der Nacht vorher weiß ich nichts. Hier in das Morgenrot fahren wir mit dem hellgrünen Wolga, dessen Geräusche jetzt pinke, kleine Farbspritzer sind, als ob er überall Brausepulver verstreut. Etwas ist defekt, aber man merkt es noch nicht.«

Auf einen Wink von Vergin half die Urenkelin ihm aus dem Sessel. Sie gingen einige Schritte weiter in den Flur, Vergin folgte ihnen.

»Was wollen Sie von ihm hören«, flüsterte Ellen Rastenburg zu, der neben ihr stand.

»Wir versuchen als Erstes das Jahr 1933 zu finden«, antwortete er.

»Das Jahr, in dem er das Haus kennenlernte«, stellte Ellen fest. Rastenburg nickte. Im Flur begann eine weitere Rede des alten Mannes.

»Der 22. April 1952 ist ein Tag, an dem die Sonne in Tashkent nicht für eine Minute durch die Wolken scheint. Es regnet nicht, der Sturm ist unerträglich kalt«, begann er.

»Zeit existiert nicht in seinem Erinnerungspalast«, flüsterte Rastenburg. Er nahm Ellen beim Arm und führte sie zurück in den Salon, damit sie Schoch nicht störten, der auf einen Wink Vergins mit einer neuen Geschichte begonnen hatte. Kurz nach dem Beginn der Geschichte wurde er unterbrochen und Vergin markierte die Position seines Sessels auf dem Boden mit Klebestreifen, bevor sie weiter zogen. Ellen und der Professor sahen dem Treiben eine Weile zu.

»Uns ist klar, dass es ewig dauern wird, wenn wir auf diese Weise Punkt für Punkt des Hauses durchsuchen.« Der Mann mit dem Schnauzer stöhnte auf. »Aber wir wollen zunächst von seiner Ankunft im Haus hören und von den Tagen danach, wobei wir hoffen, uns dann mit ihm zu dem Ort voranzutasten, wo die Erinnerung liegt, nach der wir suchen.«

Ellen strich den Lageplan des von den Szenenbildnern veränderten Hauses auf dem kleinen Couchtisch glatt. »Wo hat der Junge als Kind geschlafen? Im Gästezimmer?« Sie deutete auf das Zimmer, das nördlich auf der Westseite des Hauses im Obergeschoss an den Salon mit der Terrasse grenzte.

Er bestätigte das.

»Was muss für den Ort gelten, an dem er seine Erinnerung im Haus abgelegt haben kann?«

»Die Nacht, an die er sich erinnern soll, muss für ihn eine Zeit der Angst gewesen sein«, erwiderte Rastenburg, »die Emotion, die ihn damals beherrscht haben dürfte. Stellen Sie sich die Sensibilität seiner Sinne vor, in der jedes Geräusch den Geschmack von Speisen verändert, jeder Geruch die Erinnerung trübt, in der Lichter tönen und Anblicke duften. Das alles in einer Nacht des unfassbaren Schreckens.« Er schien zu bemerken, bereits zu viel gesagt zu haben. Er gab sich einen Ruck, um seine Rede abzuschließen. »In seinem Kopf, ja in seinem Körper muss damals das reine Chaos geherrscht haben.«

»Einen Ort des Entsetzens in diesem Haus«, wiederholte Ellen und blickte den Professor konzentriert an. »Ein Ort der vollkommenen Verwirrung und der Angst angesichts übermächtiger Gewalt. Es könnte diesen Ort geben, weil es hier ein solches Ereignis gegeben haben kann.«

»Und welches?«

»Darüber findet sich vielleicht nichts in den Unterlagen des Hauses«, sagte sie, »aber in der Geschichte des Bezirks Köpenick. Die Köpenicker Blutwoche ab dem 21. Juni 1933.«

Rastenburgs Gesicht zeigte, dass er davon noch nichts gehört hatte. Sie haben Kataloge gewälzt und Farbkarten studiert, dachte Ellen. Sie haben alle Details ins Visier genommen, aber das Ganze übersehen.

»Damals gab es mit Sicherheit einschneidende Erlebnisse für den Jungen«, fuhr sie fort. »Die geplante wissenschaftliche Untersuchung kommt nicht zustande. Die SA zieht nachts durch die Häuser von allen, die auf ihrer Liste stehen.« Sie ging voran in Richtung Treppenhaus. »Sie könnten dort unten an die Tür geschlagen haben, sie machen Lärm, brüllen herum. Der Junge kommt von oben, der Professor aus seinem ebenfalls oben gelegenen Arbeitszimmer, die Haushälterin, die ein Zimmer im Souterrain bewohnte, kommt heraus. Es wird lauter, Geschrei, Angst, vielleicht bekreuzigt sich die Haushälterin, oder sie betet. Sie steht im Flur, der Junge und der Professor stehen auf der Treppe.«

Ellen dachte eine Weile nach. »Er war ein kleiner Junge aus Usbekistan, dem Namen nach zu schließen, dürften seine Eltern russische Juden gewesen sein, die goldenen Engel könnten ihm in der Aufregung wie überirdische Retter erschienen sein. Lassen Sie ihn berichten, was ihm unter den Karyatiden im Flur einfällt.«

»Im Flur hat er auf das Schachbrett am Boden geblickt und uns von einer Vorstellung erzählt, in der er siegreich gegen einen Schachgroßmeister antrat«, erklärte Rastenburg skeptisch, »in einem Wettbewerb, sich sinnlose Stellungen von Figuren auf Schachbrettern zu merken. Er konnte alle Positionen noch wie an dem Tag vor fünfzig Jahren wiedergeben.«

»Er muss sich die goldenen Engel ansehen«, sagte Ellen.

Rastenburg ging schnurstracks hinüber zu der jungen Frau und flüsterte ihr etwas ins Ohr. Auch sie nickte stumm.

Die Urenkelin geleitete den Greis die Treppe hinunter, Ellen trug seinen zusammengeklappten Sessel. Sobald der alte Mann in seinem Sessel saß, blickte er nach oben – direkt in Richtung der sich aus der Wand drehenden Engelssäulen.

39

Das Juwel-Palais an der Gertraudenbrücke war ein prachtvoller Bau vom Ende des 19. Jahrhunderts, den sich die seinerzeit an der Friedrichsgracht in Berlin-Mitte konzentrierten Juwelenhändler in guten Zeiten geleistet hatten. Offenbar war man zu der Zeit von dem Ehrgeiz getrieben, mit den Edelsteinhändlern entlang der Amsterdamer Grachten zu wetteifern, der Krieg und die DDR hatten dem ein Ende bereitet. Jetzt gab es in dem mit Zinnen bewehrten neogotischen Bau als einziges Geschäft, das noch etwas mit Juwelen zu tun hatte, einen Hochzeitsausstatter. Ansonsten bot im obersten Stockwerk eine Tanzschule Tango und Foxtrott, im Erdgeschoss servierte man im Restaurant Weingrün Speisen und kredenzte Wein aus eigenem Anbau und über zwei der Obergeschosse erstreckte sich eine Sprachenschule, die Tomas nach einigen Tagen der Unterbrechung jetzt betrat, um heute seinen Deutsch-Unterricht wieder aufzunehmen.

Für Tomas hatte der Standort den Ausschlag gegeben. Von einem der Räume konnte er die Fenster seiner Wohnung auf der Fischerinsel betrachten. In den wilden Nachwendejahren hatte es Zeiten gegeben, da hatte ihm das geholfen, Ärger zu vermeiden. Damals hatte er mehrere Jahre versucht, sein geheimes Wissen von dem aufgelösten Dienst der sowjetischen Freunde zu Geld zu machen, indem er arrivierte Schmarotzer mit detaillierten Informationen konfrontierte, einen Chirurg, der Transplantationslisten manipulierte, einen schmierigen Medienmann, der einem üblen Prostitutionsring den Rücken freihielt und andere, über deren Auffliegen er sich jederzeit genauso gefreut hätte, wie über die Beträge, mit denen sie ihn finanzierten. Einige von ihnen waren Zeitgenossen mit gefährlichen Verbindungen. Damals hatte er ein kleines Licht in seinem Fenster installiert, dessen langsames Blinken anzeigte, wenn seine Wohnung in seiner Abwesenheit geöffnet worden war.

In den letzten Tagen hatte er sich bei seiner Erholung zu Hause zunehmend unsicher gefühlt. Unmittelbar nach dem lautstarken Bruch mit Ellen hatte er die wichtigsten Dinge aus seiner Wohnung mitgenommen und trug sie jetzt in seiner abgewetzten Ledertasche bei sich. Heute früh hatte er von Rossmann in der Leipziger Straße die entwickelten Negative sowie die vergrößerten Abzüge von den Aufnahmen abgeholt, die er von den Verschwörern aus dem Fenster des Lichtenberger Schwimmbades geschossen hatte. Auch sie steckten jetzt in seiner Tasche. Er war gespannt, ob die Fotos Hinweise auf den Zweck der Rentnerversammlung im Sana-Klinikum geben würden.

Als er in der vierten Etage aus dem Fahrstuhl trat, spürte er einen Funken von Vertrautheit inmitten der Heimatlosigkeit, die ihn plötzlich befallen hatte. Die Bibliothek, sein bisheriger Lebensmittelpunkt am Müggelsee, hatte sich in einen Abfallhaufen am Rand einer Hollywoodvilla verwandelt, die Vermieterin, die seit 25 Jahren eine Konstante in seinem Leben gewesen war, für ein paar Stunden in einen elektrisierenden Traum. Jetzt durfte er unmöglich an sie denken, weil sich sein Herz sonst genauso anfühlen würde wie sein Gesicht. Da er sich in seiner Wohnung zusehends unsicher fühlte, hauste Tomas schließlich seit dem Tag seiner Auseinandersetzung mit Ellen in einem Hostel am S-Bahnhof Warschauer Straße. Kurz gesagt, er hing völlig in der Luft.

Als er die Sprachenschule betrat, war die Assistentin

gerade damit beschäftigt, Lehrbogen aus einem Stapel von Ordnern zu kopieren. Sie trug ein knallbunt geblümtes Sommerkleid, in dem ihr kleiner kompakter Körper steckte wie ein bezogenes Möbelstück. Als sie Tomas erblickte, gingen ihre Augenbrauen unter dem kurzen dunkelbraunen Haarschopf in die Höhe.

»Wem sind Sie denn in die Quere gekommen?« Sie zeigte ein leichtes Schaudern im Blick, während sie ihm ihre Hand mit vielen Ringen an den Fingern zur Begrüßung hinhielt.

»Ich habe mich einer Operation unterzogen, um besser küssen zu können«, erklärte Tomas die Farben in seinem Gesicht und den Verband auf seiner Wange.

»Igitt.« Sie schlug die Hand vors Gesicht, bevor sie Tomas seine Deutsch-Ordner aus dem offenstehenden, in die Wand eingelassenen alten Juwelen-Tresor von J. S. Arnheim reichte. Mit Ordnern und Ledertasche bewegte sich Tomas zu dem kleinen Schulungsraum, in dem in zehn Minuten seine drei Schüler auftauchen würden.

Er legte seine Unterlagen ab und ging einige Schritte ans Fenster, um sich anzusehen, wie sich mehrere Krähen auf dem Bronzedenkmal der Heiligen Gertraude weit unter ihm auf der nach ihr benannten Brücke niederließen. Als die Krähen davonflogen, weil sich eine Gruppe von Touristen dem Denkmal näherte, um den blankgewetzten Kopf einer Maus daran zu berühren, wandte er sich den Fotos zu. Am Tisch blätterte er die Abzüge durch und konzentrierte sich dabei auf die Gesichter, unter denen er kein bekanntes entdeckte. Soweit er es erkannte, war ihm ein einziges Foto gelungen, auf dem die Gesichter aller sechs Personen gut zu erkennen waren, als sie alle überrascht zu ihm hoch ans Fenster der stillgelegten Schwimmhalle blickten.

Er stand vor einer heiklen Entscheidung.

Tomas war in einer besonders altertümlichen Version der analogen Welt groß geworden, in der nach Chemie stinkende Vervielfältigungsapparate und Durchschlagpapier existierten, aber keine Kopierer, in der man mit Rechenmaschinen seine Wohnung hätte heizen können und in der alles gegengezeichnet, abgehakt, genehmigt, überwacht und nachkontrolliert werden musste. All das waren Abläufe, die heute in den Tiefen irgendwelcher Prozessoren verdrahtet und in unsichtbare Softwareprozeduren verbannt waren, die kein Mensch mehr verstehen konnte. Aber die Überwachung war nicht verschwunden.

Im Gegenteil, sie war unsichtbar und allgegenwärtig. Man benötigte keine altmodischen Instrumente wie Ferngläser oder Richtmikrofone mehr, weil jeder ständig Kamera und Mikrofon in der Hosentasche mit sich herumtrug. Man benötigte keine Heerscharen nutzloser junger Männer in ihren beigefarbenen Anoraks mehr, um an jeder Straßenecke zu protokollieren, wohin sich jemand bewegte. Jeder trug einen Spion mit sich herum, der unsichtbaren Institutionen meldete, wo man sich befand.

In der letzten Woche hatte Tomas ein Versteckspiel mit seinen unsichtbaren Verfolgern aufgeführt, bei denen er wie der Igel beim Wettlauf mit dem Hasen unerwartet an immer neuen Orten aus der Versenkung auftauchte. Dieses anstrengende Spiel musste er in den nächsten Tagen fortsetzen.

Seit dem Besuch in der Notaufnahme der Charité hatte er sein Handy nur einmal dazu eingeschaltet, sich mit Ellen zu dem unseligen Treffen in dem Babelsberger Studio zu verabreden. Nur für dieses eine Telefonat war er mit der U-Bahn zum Alexanderplatz gefahren. Er war überzeugt, dass seine Verfolger die Jagd auf seine Fotos nicht aufgegeben hatten. Er traute ihnen zu, sein Handy zu orten, das er wegen dessen Verlinkung mit dem im Motorrad in Strausberg versteckten Handy nicht durch ein neues ersetzen durfte. Seit diesem einzigen Telefonat befand er sich mit seinem seither ausgeschalteten Handy für jeden Überwacher wie eingemauert am Alexanderplatz.

Jetzt musste er sein Handy einschalten und seinen Standort preisgeben.

Es waren nur noch wenige Minuten bis zum Eintreffen seiner Schüler. Nach kurzem Zögern schaltete er das Handy ein und untersuchte Details der Fotos mit der Lupenfunktion. Auf einem der Fotos hob ein Mann mit schwarz gefärbtem Haarkranz und dickrandigem schwarzen Brillengestell auf der Nase seine Kaffeetasse, während die anderen in genau dem gleichen Moment einen Arm oder einen Finger anhoben, was ein sehr merkwürdiges Bild bot. Offenbar hatte es unter ihnen so etwas wie eine Abstimmung gegeben.

Millimeter für Millimeter untersuchte Tomas die angehobene Tasse mit der Lupe, unverkennbar war darauf »Züri …« zu erkennen. Darunter ein » …auf den …«, Teil des Slogans, den er im Internet für das Hotelschiff fand, »Luxus auf den Strömen Europas«. Es gab keinen Zweifel, die Seniorenrunde stand nicht nur in Verbindung mit dem irren Vogelfänger, sondern auch mit dem Hotelschiff und der Filmproduktion. Ich habe den Irren kennengelernt, dachte Tomas, Ellen ist in ernster Gefahr.

Wenn er ihr helfen wollte, musste er schnellstmöglich herausfinden, wer die Männer auf dem Foto waren. Mit dem Handy nahm er das Bild auf, das alle Gesichter gut zeigte, und sandte es an eine nichtssagende

E-Mail Adresse, auf die sein alter Freund Schrotti gelegentlich zugriff. Das Netzwerk der Ehemaligen war schrecklich ausgedünnt, aber noch immer erstreckte es sich um die halbe Welt, vielleicht gab es darin jemanden, der einen der Rentner erkannte. Bevor er das Handy ausstellte, warf Tomas einen Blick in die App »Life 360«. Das Motorrad des Vogeljägers hatte sich in Strausberg keinen Zentimeter vom Hof der alten Fabrik entfernt.

Er war sich im Klaren darüber, dass er selbst von diesem Moment an ein Punkt auf der Landkarte seiner Verfolger war, der sie zu ihm in die Schule führen würde.

Seine Schüler aus Spanien, Russland und Irland betraten nach und nach den kleinen Schulungsraum und Tomas ging konzentriert mit ihnen den Ordner durch, in dem jeder Satz und jede Frage vorgegeben waren. Alles Lernen vollzog sich nur verbal, sein verzogenes Gesicht erstarrte in einem Krampf.

In der Mittagspause goss ihm die Assistentin, die man heutzutage nicht mehr Sekretärin nennen durfte, Pfefferminztee ein, mehr brauchte Tomas heute nicht. Die Befürchtung, dass seine Verfolger hier bald aufkreuzen würden, verdarb ihm den Appetit.

Während er den Tee schlürfte, warf er das gesamte Paket aus Negativen und Abzügen in den Sekretariats-Papierkorb aus verchromtem Blech. Vielleicht konnte er damit seine Verfolger besänftigen, falls sie tatsächlich hier auftauchen würden. Wenn sie nicht in der vorsintflutlichen Version der analogen Welt stecken geblieben waren, würde dieses kleine Opfer aber sicher nicht helfen, sie abzuschütteln.

Bevor es mit dem Unterricht wieder losging, verzog Tomas sich mit seinem Päckchen von Pflastern und

Tinkturen aus der Drogerie auf die Toilette. Wenn er nicht gerade in den Spiegel sah, war sein Gesicht inzwischen gut auszuhalten, wenn er sich ansah, tat alles weh. Vorsichtig tastete er vor dem großen Spiegel seine blauen Flecken ab und trug sorgsam auf die schlimmsten Stellen eine neue dünne Schicht Pferdesalbe, von deren Wirkung man ihm Wunderdinge berichtet hatte. Er hatte sich eindeutig damit übernommen, mit diesem Gesicht bereits wieder einen ganzen Tag im Unterricht zu reden.

Als er nach dem zweiten Teil des Unterrichtes endlich allein war und auch die Sekretärin sich verabschiedet hatte, streckte er die Beine im Schulungsraum weit von sich, schloss die Augen und wanderte durch einen heißen staubigen Sonnentag im Südosten Kubas entlang der nördlichen Küste mit Blick über die Weiten der Karibik.

Die Fahrstuhltür öffnete sich.

Bevor jemand die Räume der Schule betrat, war Tomas in der Toilette verschwunden. Kurz darauf hörte er Schritte im Flur der Sprachenschule. Das war nicht die Putzfrau, so viel war sicher, die kam morgens kurz nach sieben Uhr. In einem Toilettenabteil stieg er auf einen Sitz und ließ die Tür offenstehen. Niemand durchsuchte die Etage. Niemand betrat die Toilette. Die Schritte verharrten im Schulbüro, in dem er es bald darauf rumoren hörte.

Vielleicht verschafften ihm die Fotos im Papierkorb wenigstens eine Minute Vorsprung, dann hätten sie ihren Zweck erfüllt. Er öffnete leise die Tür in den Flur, in dem niemand zu sehen war. Er hoffte, der Eindringling würde sich nun mit den Fotos in der Hand verziehen.

Fehlanzeige.

Die Schuhe in der Hand, schlich Tomas sich in Richtung Lift und drückte den Knopf ins Erdgeschoss. Als sich die Türen in Bewegung setzten, gaben sie ein doppeltes Pling von sich und glitten quälend langsam auf einander zu. Aus dem Schulbüro kam eine Gestalt im grünen Kapuzenpullover geschossen, die er nicht erkennen konnte. War es der Vogeljäger oder hatten die alten Männer nach Svens Versagen einen Besseren beauftragt?

Der Unbekannte kam zu spät. Die Tür schloss sich, und der Fahrstuhl sank in die Tiefe. Im Erdgeschoss angekommen, klemmte Tomas einen Papierkorb zwischen die automatischen Türen, sein Verfolger würde die Treppe hinunterlaufen müssen. Vom Fahrstuhl aus nahm er den Weg durch den Hochzeitsausstatter im Erdgeschoss, in dem eine türkische Familie über ein Tüllkleid beriet, das aussah, als wäre eine Bombe in einer Textilfabrik hochgegangen.

Als er aus dem Laden trat, warf er einen prüfenden Blick in den strahlenden Augusthimmel des späten Nachmittags. Um den Wohnturm auf der Fischerinsel genauer zu mustern, legte er den Kopf in den Nacken, im zwanzigsten Stockwerk leuchtete ein Licht in einem der Fenster. An … aus … eine Minute verging, wieder an … aus. Mein Fenster.

Zum Glück war Tomas bereits in das Hostel an der Warschauer Brücke umgezogen und hatte seine wichtigsten Dokumente aus der Wohnung geborgen. Er konnte sich lebhaft vorstellen, welchen Anblick seine Zimmer jetzt boten.

40

»Die Engel zeigen sämtliche Ziffern«, erklärte Veniamin Schoch mit ruhiger Stimme, den Blick nicht von den goldenen Karyatiden lassend, »die spitze, zitternde, orangene Eins, wenn ich auf die Flügelspitzen im Sonnenuntergang sehe, die blaugraue, aufgeblasene Zwei, wenn ihr Arm aus den Reflektionen auf der Oberfläche aus dem Wasser auftaucht, die seltsam aus Gräsern zusammengepresste Drei, wenn ich auf ihren Fuß sehe, den sie zuerst aus einem Misthaufen befreit, in dem sie gelandet ist, so geht es mit allen.«

Er schloss die Augen und fuhr sich mit der Hand über die Stirn. »Ein Schwarm von ihnen stürmt aus diesem Haus in den Himmel, aus dem Park, aus den Wänden, am Morgen, im Wasser, am Abend sehe ich den Schwarm, sie fliegen in einer Formation drei-eins-vier-eins-fünf-neun-zwei-sechs-fünf-drei-fünf ...«

Rastenburg gab ein Zeichen, die Urenkelin legte dem Greis eine Hand auf die Schulter, er unterbrach seine Rede.

»Die Zahl Pi«, erklärte der Professor. Die Urenkelin verrutschte den Sessel um wenige Zentimeter, so dass er nun beide Figuren und den Flur, den sie bewachten, im Blick haben konnte.

»An diesem Tag, als die goldenen Engel über mir aus der Wand in das zitronige Licht fliegen, das der Morgen zeigt, will Frau Krug mit mir in die Stadt fahren. Sie ist eine warme, besorgte Frau, die sich ein weißes Kleid mit kurzen Ärmeln angezogen hat, in der Taille mit einem weißen breiten Gürtel aus Stoff zusammengebunden. Sie trägt dunkle Strümpfe, schwarze glänzende Schuhe und einen durchsichtigen schwarzen geflochtenen Hut, der dem Kopf einer dunklen Pusteblume gleicht. Was sie redet, kann ich nicht verstehen, aber ich fühle ihre Stimme, unsichtbare Spatzen laufen mit ihren kleinen Zehen über meinen Arm, wenn sie redet. Mittwoch, der einundzwanzigste Juni ist ein heißer Tag in Berlin, viele Menschen sind auf den Straßen, wir fahren mit der Bahn in die Stadt. Ein Mann in Hosen, deren Beine unter den Knien zugebunden sind, trägt einen Behälter auf dem Rücken. Er verkauft uns zwei Becher mit eiskaltem Kakao.«

Er machte eine Geste mit seiner linken Hand. Aus einer Flasche goss seine Urenkelin Coca-Cola in ein Glas.

»Er liebt Coca-Cola«, sagte sie in einem Ton, als müsse sie sich dafür entschuldigen. »Er ist davon überzeugt, dass es ihm geholfen hat, so alt zu werden.« Der alte Mann trank in mehreren Zügen das Glas zur Hälfte aus.

»Sie führt mich durch eine sonnenheiße Straße mit breiten Bürgersteigen«, setzte er seine Erzählung fort. »Auf einem haben Mädchen, die in meinem Alter sind, einen kleinen Tisch aufgebaut, sie sitzen auf kleinen Stühlen und spielen Karten. Eine, mit Haaren, die bis über die Ohren fallen, in einem hellen Mantel und einem mattgelben Kleid darunter, sieht mich an, sie lächelt. Sie ist so schön. Ein Schwarm hellblauer kleiner Blätter, nicht wie von Blüten, eher wie von Fahrscheinblöcken der Straßenbahn, mit der wir eine Strecke gefahren sind, fliegt von ihr los und füllt die Straße, als sie lacht. Frau Krug zieht mich weg. Ich hätte das Mädchen am liebsten umarmt, nur um ihren Herzschlag zu fühlen. Wir sehen einen Mann, der einen Bären durch die Straßen führt, viele Kinder begleiten ihn, ich fasse den Mut, sein Fell zu streicheln, als die Haushälterin nicht hinsieht. Es fühlt sich hart an der Oberfläche und weich darunter an, wie ein umgekehrter Wald vielleicht.«

»Können wir das abkürzen?«, flüsterte Vergin dem Professor ins Ohr.

»Besser nicht«, sagte der, »wir haben keine Ahnung, ob er dann nicht an einer völlig anderen Stelle weitermacht. Ich glaube, wir müssen einfach die Geduld aufbringen.«

»An anderer Stelle sitzt ein Mann auf einem gemauerten Sitz an der Straße, er stellt mit eisernen Hebeln den Weg ein, den die Straßenbahn nimmt«, fuhr der alte Mann weiter fort. »Später an diesem Mittwoch ist es diesig, der Verkehr wird lauter und dichter, es stinkt scharf und dicht zum Ersticken. Die Autos kommen aus dem Nebel und verschwinden darin. Wir selbst fahren mit der Bahn durch den Nebel zurück nach Hause. Frau Krug ermuntert mich, im See am Haus zu baden. Ich steige hinein, ich habe noch niemals in einem so großen Wasser gebadet. Ich fühle, dass mein Körper sich ausweitet, immer weiter, ich fühle jedes Stück des Ufers, die Schilfhalme des halben Sees kitzeln mich. Ich fühle die Fische durch mich hindurch schwimmen. Mir ist kalt, ich klettere heraus und sie rubbelt mich mit einem großen hellblauen Handtuch ab. Plötzlich habe ich die Angst, dass das Haus, in dem ich beim Professor wohne, von dem See überschwemmt wird und ganz und gar darin verschwindet. Am Abend bringt sie mich nach dem Essen ins Bett, unter dem ein Nachttopf aus grünlichem Glas steht. Sie erzählt mir etwas, ich kann nur ihre Stimme sehen, aber nicht ihre Sprache verstehen. Ihre Stimme ist jetzt sanft, ein lavendelfarbenes Licht, in dem sich Punkte bewegen, die heller sind. Ich möchte mehr davon hören. Mitten in der Nacht wache ich von großem Lärm und Geschrei auf.«

»Achtung«, flüsterte Rastenburg. Er berührte den

Arm von Vergin. »Wir kommen einem Ereignis näher, das relevant sein kann.«

»Ich blicke aus dem Fenster und sehe Männer, die über das Grundstück zum See laufen«, berichtet der alte Mann mit angehobener Stimme. »Schläge gegen die Tür ertönen von unten. In meinem Schlafanzug gehe ich zur Treppe, gehe Schritt für Schritt barfuß die Stufen hinunter, der Professor hat einen hellgrünen Mantel an, der sich anfühlt wie Seide. Er ist bunt, er hat ihn am Bauch mit einem breiten Gürtel aus demselben Stoff geschlossen. Aus seinem Arbeitszimmer fällt ein Streifen Licht. Die Schläge gegen die Tür werden lauter. Unten steht Frau Krug, die in der Woche immer im Souterrain wohnt. Sie steht im Flur, wir gehen zu ihr hinunter, jetzt stehen wir alle unter den goldenen Engeln im Flur, sie schlagen mit Hämmern oder Äxten gegen die Tür, es sind so viele Stimmen und Rufe und Geschrei. ›Es sind Verrückte, es kann sein, dass sie uns töten wollen. Wir müssen uns in Sicherheit bringen‹, sagt der Professor. Ich erkenne seine Stimme nicht wieder, die sich wie etwas bewegt, was in Kohlenstaub gefallen ist. Die Haushälterin steht am Telefon, das auf einem geschnitzten Tisch im Flur steht. Der Professor sagt, dass die Polizei uns nicht helfen wird.«

»Sie werden von der SA überfallen«, flüsterte Ellen. »Sie haben es überstanden – aber wie.«

»Kommt die Aufnahme gut an?«, fragte Vergin in sein Mikrofon einen Techniker in der »Zürich«. Offenbar erhielt er eine befriedigende Antwort, denn er konzentrierte sich wieder auf das, was der alte Mann sagte.

»Frau Krug wirft sich einen Mantel um«, erinnerte sich Schoch weiter. »Sie läuft durch den Keller zu einem Ausgang im Norden, um sich draußen in Sicherheit zu bringen. Die Tür splittert. Sie schlagen ein Brett heraus, sie brüllen, ich sehe in ihrem Geschrei schwarze Schwaden von Käfern durch die zerstörte Tür hereinfliegen. Der Professor nimmt meine Hand, wir laufen ins Innere des Hauses, dann toben sie durch die zerbrochene Tür herein. Ein Dutzend wütender Männer, die sofort darangehen, die Einrichtung zu zerschlagen. Sie suchen uns, wir sind eng beieinander und halten den Atem an. Sie sind uns ganz nah.« Er machte eine Pause.

»Wie geht es weiter«, fragte Rastenburg leise. Es kam keine Antwort.

»Es geht nicht weiter«, erklärte die Urenkelin.

»Dann wissen wir, was wir suchen«, stellte Ellen fest. »Sie wurden am 21. Juni 1933 in diesem Haus angegriffen, sie haben den Angriff unbeschadet in einem Versteck überlebt. Dort ist der Ort seiner atemlosen Angst, der Ort, an den er seine Erinnerung an die Angst in der Nacht des 25. September 1991 geheftet hat, diese Stelle im Haus müssen wir finden.«

41

Über ihm drehten sich die Vögel im Nachmittagslicht, das durch die Löcher im Dach der alten Fabrikhalle fiel. Sven Tautis strich sich mit den Händen die Haare hinter die Ohren. Er war in tiefster Seele enttäuscht. Von sich selbst. Er hatte sich seinen Job zu einfach gemacht, er war bei dem Zwischenfall im Klinikum ausgetrickst worden und hatte auch in der Wohnung des Typen nichts gefunden. Jetzt stand er da wie ein Idiot. Den stolzen Fund von Fotos und Negativen in einem Papierkorb der Sprachenschule würde ihm niemand als Lösung des Problems abnehmen. Diesen Anruf heute am frühen Nachmittag würde er nie vergessen.

»Du bist ein Idiot, Sven Tautis«, hatte die Stimme am anderen Ende auf Russisch verkündet. Der Koordinator! »Du trägst wahrhaft nicht zu meiner Genesung bei, weil du die verdammten Fotos noch immer nicht endgültig sichergestellt hast. Ich kann mich um deine Aufgaben nicht kümmern, weil ich schnellstens zurück in die Klinik muss. Sie wollen mir die Innereien austauschen, ich habe keine Ahnung, ob ich das überlebe. Du machst nichts als Ärger, erledige bitte endlich deine Aufgaben! Sonst kann ich nicht länger vertreten, dass du für uns von Nutzen bist.«

Sven wusste, dass er es wiedergutmachen musste. Und genau das würde er tun. Es klingelte erneut. Er betrachtete das Handy einen kurzen Moment. Dieselbe Nummer.

Mit aller Kraft warf er das Gerät auf den Steinboden der Halle. Nachdem er mehrfach darauf herumgetreten hatte, war es nur noch ein Brei unbrauchbarer Elektronik. Abbruch aller Brücken, nennt man das. Niemand würde ihn nun noch mit neuen Details belästigen können. Keine neue Erkenntnis, keine telefonische Anweisung würde ihn jetzt davon abbringen, das Pärchen auszuschalten, das alles in Gefahr bringen konnte. Mit einem kleinen Besen fegte er die Reste des Handys auf, um sie in einem kleinen blauen Plastiksack zu entsorgen.

Eine letzte gefährliche Arbeit lag noch vor ihm. Aus seinem Anhänger hob er einen flachen silbernen Koffer, trug ihn an seinen Arbeitsplatz in der leeren Fabrikhalle und klappte ihn auf. In Aussparungen in dem Schaumstoff, mit dem der Koffer ausgefüllt war, lagen der Wespenbussard und der Schwarzspecht. Sven überzeugte sich davon, dass der flache Koffer fest auf seinem Werktisch stand. Jetzt kam die heikelste Phase seiner Arbeit, die er bisher nur selten gehandhabt hatte, weil der Vorrat an der dafür notwendigen Chemie unweigerlich zu Ende ging.

Er ging hinaus an seinen schwarzen Wohnwagen und kam wenig später mit einer schwarzen Segeltuchtasche in die Fabrikhalle zurück. Er befreite sich von seinen rosa Handschuhen und zog mit einiger Mühe zwei weiße armlange Gummihandschuhe über. Er griff erneut in seine Tasche, aus der er ein fingerlanges Metallrohr und eine schlanke Gasmaske nahm, die das gesamte Gesicht bedeckte. Bevor er sie anlegte, warf er einen Blick auf den Hof vor der Fabrik und schloss dann das Tor. Mit angelegter Gasmaske schraubte er mit seinen Händen, die von den armlangen Handschuhen geschützt waren, den oberen Teil des Metallrohres ab und entnahm eine gläserne Phiole, deren Boden von einigen Tropfen einer gelblichen Flüssigkeit bedeckt war. Sorgfältig, langsam, als würde er mit flüssigem Stickstoff hantieren, gab er jeweils einen winzigen Tropfen auf das Rückengefieder der im Koffer liegenden präparierten Vögel. Dann trug er den offenen Koffer hinaus an die Luft und kehrte in die Fabrikhalle zurück.

Einige Zeit später brachte er die Leinentasche wieder in den Wohnwagen und wanderte ohne seine Sicherheitskleidung unruhig einige Zeit in der Sonne umher, um dann zurück in der Fabrikhalle einige Minuten lang das stille Schweben seiner Vögel zu verfolgen.

Während er danach seine Präparationstechnik, die Skalpelle und die Chemikalien Kiste für Kiste in die unterste Lage seines Anhängers verpackte, dachte er über die nächsten Schritte nach. Der Typ, dem er das Gesicht zerschnitten hatte, war offenbar vorsichtig geworden. Gegenwärtig lag Sven keine Information darüber vor, wo er sich aufhielt.

Er hob den kleinen temperierbaren Wärmeschrank in seinen Anhänger. Zuletzt hatte er darin den Kuckuck trocknen lassen, es war eine meisterhafte Arbeit geworden. Für den Kerl mit dem lädierten Gesicht hatte er schon einen anderen Vogel gefunden. Jedem von denen, die er im Lauf seines Lebens behandelt hatte – er bevorzugte diesen Ausdruck – hatte er Flügel verliehen. Sie alle drehten sich jetzt brav über ihm im Licht. Ein beeindruckendes Werk. Als Jugendlicher hatte ihn der Brauch der Sioux-Indianer fasziniert, für jeden, dem sie den Skalp abgenommen hatten, eine Feder mit rotem Punkt in ihrem Kopfschmuck zu tragen.

In seinem Camper griff er unter das Dach. Dort war eine teleskopartig ausziehbare Aluminiumstange festgeklemmt, die er jetzt hervorholte und auf ihre ganze Länge auseinanderzog. Mit dem geschwungenen Haken an ihrer Spitze machte er sich daran, die Ösen der feinen Drähte von den gekrümmten Schraubenhaken zu lösen. Sie dort oben im Hallendach zu befestigen, war vor Jahren eine Heidenarbeit an der Spitze einer Feuerwehrleiter gewesen. Aber er benötigte seinen eigenen Kosmos, um perfekte Arbeit zu leisten. Er würde keinen Aufwand scheuen, diesen Kosmos immer wieder um sich aufzubauen, wo immer es ihn längere Zeit hielt.

Zehn jeweils durch Einlagebretter voneinander getrennte Lagen brauchte er in seinem Anhänger, um die dreiundneunzig präparierten Tiere so gut gepolstert einzulegen, dass keine Schlaglochpiste sie beschädigen konnte. Stolz hielt er inne und betrachtete die erste Lage. Welch herrlich glänzende Federn, welch wunderbare Farben.

Er war von dem Ehrgeiz besessen, die Vögel nie weit von seinen Opfern entfernt zu finden, sie sollten sich nah gewesen sein, sie sollten sich kennen, deshalb kamen sie wie seine Opfer aus vielen Teilen der Welt.

Er zog sich seinen rollenden Arbeitsstuhl vor die Fabrikhalle und legte eine Pause ein, in der er sich die Sonne auf den Pelz scheinen ließ. Nachdem er eine Weile sein Gesicht in die Sonne gestreckt hatte, zog er aus einer Klappe des Anhängers eine Pappröhre, der er ein aufgerolltes Plakat entnahm. Er breitete es aus und strich es glatt, die Sonne erleuchtete es grell. Viel Licht konnte das billige Papier nicht verkraften, ohne brüchig zu werden, deshalb bewahrte er das Andenken an einen unvergleichlichen Abend, für den er das Dekor geliefert hatte, in der Pappröhre auf. »Vollmondkonzert in der Voliere« war die große Überschrift für einen Abend, an dem er einen Auftrag erledigt hatte. Und darunter: »Mozart und Schumann – ein einmaliges Erlebnis, Baden-Baden, Samstag, den 8. August 2009«. Noch jetzt erbaute ihn der Gedanke, dass die einhundertzwanzig Gäste des romantischen Abends bis heute nicht ahnten, was da genau über ihnen schwebte. Vierzig exotische bunte Vögel hatte er ausgesucht, nicht zu groß, nicht zu klein, vom tropisch bunten Weißmaskenhopf, den er nach einer Arbeit in Angola präpariert hatte, bis zum rotbauchigen orangeschwänzigen Steinrötel und dem östlichen Kaiseradler mit zwei Metern Flügelspannweite, um den sich in dieser Nacht alles drehte. Beide stammten aus einer größeren Aktion in Kasachstan, bei der Sven seiner Sammlung achtzehn Vögel auf einmal hinzufügen konnte.

Vierzig tote Seelen.

Während er sich an diesen Erfolg erinnerte, rollte Sven das Plakat wieder zusammen. Einfach zur rechten Zeit am rechten Ort sein, dachte er. Das ist das Erfolgsgeheimnis. Für ihn war bei seinen Aufträgen Warten das wichtigste Talent, nicht Bewegen.

Mit 19 Jahren, kurz nach seinem Eintritt in die Rote Armee hatte er sich am Ufer des Burgis-Sees im Zentrum seiner Heimat mit einem Fischreiher einen Wettbewerb an Reglosigkeit geliefert. Millimeter für Millimeter hatte er sich gegen den Wind im Verlauf einer Stunde bis auf Armlänge herangeschlichen, bis er den großen Vogel mit einem Sprung an einem Bein zu fassen bekam und ihm den Hals umdrehte. Wegen seines Talents zu maschinenhafter Reglosigkeit hatten ihm die Kameraden seiner Scharfschützenkompanie den Spitznamen »Krokodil« verliehen. Er empfand es als eine Ehre. Lautstarke Aktionen, Rauch, Explosionen und Blut waren nicht sein Ding. Auch wenn es Ausnahmen gab, mit denen er seinen Kunden zeigen konnte, dass er alle Register seines Geschäftes beherrschte.

Er hielt sich für zartbesaitet und entgegen den allgemeinen Vorurteilen hielt er Sensibilität und Geduld für die wesentlichen Eigenschaften eines Profis in seiner Branche. Insbesondere dann, wenn keine seiner Arbeiten verraten durfte, dass ein Profi am Werk gewesen war. Nur elf seiner Arbeiten waren nicht als Unfälle oder Selbstmorde durchgegangen.

Als auch der flache silberne Koffer mit den beiden Vögeln verschlossen und in dem Anhänger verstaut war, hievte Sven sein schwarzes Triumph Street Scrambler Motorrad auf den Träger an der Rückseite seines Campers. Sorgfältig verschraubt er die Halterung, rangierte den Anhänger mit der Hand zur Seite, wendete den Camper und koppelte den Anhänger an. Dann, so bildet er es sich ein, als er am Lenkrad saß, glitt der Camper wie ein großes schwarzglänzendes Schiff mit seiner Schar verpackter geflügelter Boten durch das warme Sonnenlicht des späten Nachmittags in Richtung seines nächsten Auftrages. Da er keine Ahnung hatte, wo sich der Typ aufhielt, dem er das Gesicht lädiert hatte, würde er sich zunächst an seine Freundin in der Villa am Müggelsee halten.

Nachdem er eine Stunde später seinen Wohnwagen auf dem Nachbargrundstück der Villa am Müggelsee zwischen den dort abgestellten Containern geparkt hatte, stattete er sich in der Villa mit Filzschuhen aus, seinen Regenmantel hängte er in die Garderobe im Keller.

In dem Haus herrschte viel Betrieb. Den alten Mann und seine Urenkelin hatte der Koordinator deutlich zum absoluten Tabu für ihn erklärt. Sven würde sich stets in der Nähe der kurzhaarigen Vermieterin halten. Plötzlich hatte er das Gefühl, der letzte Anruf, den er nicht mehr entgegengenommen hatte, sollte eine wesentliche Änderung seines Auftrages bewirken.

Es gibt kein Zurück. Auch wenn zehn Jahre vergehen sollten, er würde seinen Auftrag erledigen.

Ab jetzt ist ein Krokodil im Palast!

Er musste über die köstliche Vorstellung eines Krokodils mit langem Zopf lachen. Zunächst würden nur dessen Augen aus dem Wasser ragen, eine Position, in der es sehr lange warten konnte. Es galt, sich an den richtigen Moment heranzutasten. Dann geht alles sehr schnell!

42

Wohin hatten sich ihr Großvater und das Wunderkind im Juni 1933 gerettet, als die SA das Haus überfiel? Ellen beschlich das Gefühl, dass die Antwort
darauf in einem ganz anderen Aspekt liegen musste
als alles, an das sie jetzt dachten. Sie lehnte im Flur
des Erdgeschosses an der Wand, die in der perfekten
Malerei der Szenenbildner jede Schnitzerei und jeden
Schatten der hellen Kirschholztäfelung der Dreißigerjahre zeigte.

»Am 25. September 1991 dokumentieren die Wet-
teraufzeichnungen für Muynak eine kalte Nacht, in der
ununterbrochen dünner, eiskalter Regen fiel«, stellte
Vergin, der kleine Mann mit dem Pferdeschwanz, fest.

»Vielleicht sollten wir an einem Ort suchen, an dem
es feucht ist?«, schlug Ellen vor. »Einem Ort, an dem
Wasser fließt und an dem der Junge sich als Kind oft
aufgehalten hat.«

»Es gibt ein Foto, das ihn in der Küche zeigt.« Vergin rieb sich an der Nase.

»Nass ist nass.« Rastenburg setzte sich in Bewegung. »Assoziationen funktionieren sehr viel wortge-
treuer, als man glaubt. Versuchen wir's.«

Es dauerte eine Weile, bis sie mit Urenkelin, zusam-
mengefaltetem Sessel und altem Mann schließlich im
Keller in der großen, wieder eingerichteten Küche angekommen waren. Vergin drehte den Wasserhahn auf,
Schoch setzte sich und begann zu reden.

»Ich werde nass, weil mir im kräftigen Nordwest-
wind die Bugwelle ins Gesicht spritzt. Wir sind an
diesem Samstag im Juli mitten auf dem Meer, weit
und breit sind nichts als der Himmel und das Wasser
zu sehen. Es ist nass von der Gischt der Wellen, alle

sind nass, das Innere des Bootes ist nass. Vor dem Schiff fährt ein Regenbogen mit. Plötzlich zappelt etwas zu Essen auf dem nassen Stahldeck. Ein Lachs. Sie sagen mir, es gibt nicht mehr viele davon, aber der Kapitän, ein mürrischer großer Mensch, der eine quälende Stimme hat, von dessen Gesicht unter einer grauen Strickmütze man nicht viel erkennen kann, hat es geschafft, ihn zu angeln. Für Katjuscha, der man ihre Schwangerschaft ansieht, hat er einen speckigen hellbraun gepolsterten Sessel an Deck gestellt, in dem sie breitbeinig sitzt. Es ist ein strahlender Sonnentag, der gleißende blaue Himmel, die tausend glitzernden Spiegel der Wellen blenden mich. Seit sechs Stunden sind wir auf dem Meer, noch immer ist nichts von der Küste zu sehen, die uns Jurij, der Bruder Svetotschkas zeigen will.«

»Wir brechen ab und probieren es im Bad«, flüsterte Vergin. Dann hob er die Hand. Es war deutlich, dass er in den Hörer in seinem Ohr horchte, nach kurzem Innehalten gab er das Signal, mit der Befragung fortzufahren.

»Wer ist Jurij?«, warf Ellen ein, bevor der alte Mann begann, weiterzureden.

»Jurij Semjonowitsch Mortkovic war Vizedirektor der Auslandsabteilung im KGB«, sagte Vergin.

»Jurij war beim KGB?« Ellen blickte den zentralen Rechercheur entgeistert an.

»Er war einer der Großen dort«, sagte der schmale Mann. »Ab 1958 hat er unter Chruschtschow eine steile Karriere hingelegt, nachdem er bis 1954 im Gulag gesessen hatte. Zu der Zeit, von der wir hier hören, war er einer von zwölf Vizedirektoren in der ersten Hauptverwaltung, die für das Ausland zuständig war.«

Ellen starrte den Rücken des alten Mannes an, der ungerührt seine Erinnerung wieder aufgenommen hatte. Jurij Mortkovic, damals KGB-Direktor, war ihr leibhaftiger Großonkel, und keiner von denen, die jetzt in ihrem Haus den Ton angaben, ahnte etwas davon!

»›Sobald wir auf der Insel ankommen, werden wir die Felsenküste ersteigen. Oben auf den Klippen werden wir den Fisch braten‹, erklärt Jurij uns«, berichtete Schoch weiter. »Er ist so glücklich, dass er zum ersten Mal nach vierzig Jahren seine Schwester auf heimischem Boden wiedersieht. Er lacht viel, Svetotschka lacht viel. Der Dieselmotor des Kutters blubbert, die Geräusche sind freundliche kleine Tiere, die mich unter der Haut an Armen und Beinen massieren. ›Im Innern der Insel zeige ich dir dein neues Institut‹, kündigt Jurij seiner Nichte Katjuscha an, die mit trauriger Miene in sich hineinhorcht. Ihre Stimme hat sich durch die Schwangerschaft verändert, von einem Aquarell, das fließt wie ein durchscheinender Vorhang aus Wasser, zu einem Ölgemälde, in dem alles, einmal aufgetragen, erstarrt.«

Erneut wurde der zentrale Rechercheur von dem Stöpsel in seinem Ohr, oder genauer, von jemandem, der in sein Ohr sprach, daran gehindert, die Erzählung des Alten abbrechen zu lassen. Für alle sichtbar hielt er eine Hand mit ausgestreckten Fingern hoch. »Zwei Minuten«, sagte er tonlos mit seinen Lippen.

»Er ist schlank und groß und hat den klaren Blick seiner Schwester«, berichtete Schoch derweil weiter, »er trägt weiße Hosen und ein kurzärmliges weißes Hemd an diesem Tag, darüber eine khakifarbene Weste mit vielen Taschen und auf dem Kopf eine ebensolche Mütze, deren Krempe weit heruntergezogen ist.

Er legt die Arme um Schwester und Nichte und zieht sie an sich.«

Der Bruder!

Ellen begriff, was die ganze Zeit vor ihren Augen gelegen hatte.

»Tag und Nacht redet Svetotschka mit ihrem Bruder«, fuhr der alte Mann fort, sich an diesen Moment vor siebenunddreißig Jahren zu erinnern. »Sie ist ihm vor mehr als zwanzig Jahren zuletzt in Amerika begegnet, stellt sie mit bunten, flatternden Bändern in ihrer Stimme fest. Am ersten Morgen auf dem Wasser bittet sie mich an Deck zu sich.«

»Sie haben auf dem Boot übernachtet«, stellte Vergin flüsternd fest. »Nicht zu fassen, wie groß das Meer einmal gewesen ist.«

Er konnte seine Spannung nicht anders in den Griff bekommen. Ellen wäre jede Wette darauf eingegangen, dass er unter unglaublichem Erfolgsdruck stand.

»Es glitzert, es funkelt, es blendet, wir befinden uns in der Mitte eines Kristalls«, fuhr der alte Mann fort. »Alle Laute der Vögel, die Stimmen an Bord, das Geräusch der Wellen sind in dem Prisma gebrochen, das uns umgibt. Ich rieche den Duft des Babys im Leib der Mutter, ein warmer, süßer Geruch. Svetotschka legt ihre Hand auf Jekaterinas dicken Bauch. Sie spricht zu mir, als sie sagt, dass sie dem Baby etwas mitteilen will, was ich nie vergessen darf. ›Anfang 1959 habe ich Jurij in der Botschaft um Hilfe gebeten‹, sagt Svetotschka im Glitzern des Wassers. ›Ich war in Boston am Ende mit meinem Latein, eine Putzfrau kann nicht genug aufbringen für ein geniales Kind. Ich habe ihm gesagt, dass mir der Vater meiner Tochter, Professor Koffka, sein Haus in Ostberlin geschenkt hat, eine Villa an einem See, dorthin gehören wir. Sechs Monate später ließ uns die Botschaft Tickets für zwei Flüge nach Westberlin zustellen.‹ Sie umarmt ihren Bruder. Ich fühle mich unbehaglich. Ihre Tochter blickt finster in das glitzernde Prisma, das uns über dem Meer einhüllt. Nach Einbruch der Dämmerung sehen wir die Konturen der Laborstadt auf den Uferklippen der Insel. ›Hier wirst du arbeiten‹, erklärt Jurij seiner schwangeren Nichte. ›Vielleicht fängst du jedes Mal einen Lachs‹.«

Ellen hielt den Atem an.

Der Name!

Haben sie es jetzt begriffen? Jeder hat es gehört, auch jeder in dem weit verzweigten Netz der Stenographen, der Aufzeichner und Übersetzer muss jetzt wissen, wer ich bin. Es war laut und deutlich, Jekaterina Mortkovic ist die Tochter von Professor Koffka. 1981 ist sie schwanger. Wie wird ihre Tochter wohl heißen? Koffka vielleicht?

Ellen blickte sich um. Es gab keine Reaktionen, niemand schien zu realisieren, wie sich soeben der Kreis geschlossen hatte.

Sie sind dermaßen auf den September 1991 fixiert, dass sie schon bei der Zeitangabe Juli ihr Hirn ausschalten und noch immer nicht begreifen, wo sie sich hier befinden.

Ich stehe hier neben euch, dachte Ellen, ich war damals im Bauch der Schwangeren und später, in der Nacht, nach der ihr sucht, saß ich in einem Auto gefangen! Ich war immer dabei und bin auch hier direkt neben Euch!

»Diese Erinnerung hilft uns wirklich nicht«, stellte Vergin fest. »Das ist noch zehn Jahre vor der Nacht, die wir suchen.«

Dennoch war nicht auszuschließen, dass irgendein

Analyst im Hintergrund irgendwann darauf kommen würde, die Punkte zu verbinden: der Professor – die Enkelin – die Villa. Dann brauchte es nur einen Anruf, und alle Augen würden sich auf sie richten.

Rastenburg unterbrach den Greis. »Was machen wir jetzt«, fragte er.

»Versuchen wir's im Bad im Obergeschoss«, schlug Vergin vor. Langsam bewegte sich der Tross nach oben. Es würde eine Weile dauern.

Ellen lief voran. Sie hatte das Gefühl, einige Sekunden allein im Obergeschoss sein zu müssen, vielleicht würde sie eine Eingebung haben, wo sie zu suchen hatten, wenn nicht alle anderen um sie her Ratlosigkeit verbreiteten. Dabei warf sie von der Treppe aus dem Halbdunkel einen Blick voraus in den Flur des Obergeschosses, in dem sie plötzlich zwei Lichter blendeten, sodass alles um sie her in Dunkelheit versank. Dabei stand sie auf einer der oberen Treppenstufen, ihre Augen befanden sich in einer Höhe von einem Meter über dem Parkett des oberen Flures. Direkt vor ihr leuchtete das blendende Gegenlicht zweier Scheinwerfer, die es vorher nicht gegeben hatte. Es war unmöglich, Näheres zu erkennen, außer einem, das ihr eine Gänsehaut über den Rücken kriechen ließ. Auf gleicher Höhe ihrer Augen blickte ihr ein zweites Augenpaar direkt ins Gesicht. Vollkommen geblendet sah sie nichts als diese Augen, deren Blick auf ihr ruhten, auf ihrem ganzen grell angestrahlten Gesicht. Ein Augenblick der Versteinerung folgte. Stille. Ein Flash, ein Moment außerhalb alles Normalen. Hatte sie einem Kind gegenübergestanden? Einem Zwerg?

Dann waren die Lichter verschwunden. Ein späterer Blick den müde beleuchteten oberen Flur entlang, zeigte ihr nichts Ungewöhnliches mehr. Was immer sie gesehen hatte, es musste noch hier oben sein – wenn es nicht längst über die eiserne Wendeltreppe im Rest des Hauses verschwunden war.

Sie blickte zurück auf die anderen, niemand von ihnen schien etwas mitbekommen zu haben. Puppen? Zwerge? Sie war entschlossen, allem später Zentimeter für Zentimeter im Haus auf den Grund zu gehen.

Im Obergeschoss angekommen, trank der alte Mann sein Glas Cola aus, das ihm seine Urenkelin hinterhergetragen hatte. Plötzlich machte sich Unruhe breit, weil Vergin mitten im Flur der oberen Etage beide Arme in die Luft streckte. Er lauschte angestrengt auf jemanden, den er über seine Ohrstecker hören konnte, ebenso der Professor, der schließlich beide Hände zu einem großen T aufeinanderlegte, das er allen entgegenstreckte.

»Pause«, erklärte er, »wir unterbrechen.«

Nach diesem Kommando standen alle etwas hilflos herum. Zuerst reagierte die junge Frau, die ihrem Urgroßvater aus seinem Sessel half und ihn zur Treppe geleitete, um mit ihm hinter der Tür des Erdgeschosses im dünnen Regen in Richtung des Hotelschiffes zu verschwinden.

Einige strömten in den Keller, um ihre Kleidung zu wechseln, andere bewegten sich in Richtung der Boote, um auf der »Zürich« eine Essenspause einzulegen. Ellen war vollkommen unklar, ob es sich um eine normale Pause handelte, wie sie sie ein Dutzend Mal am Tag einlegen mussten, um den alten Mann nicht zu überfordern, oder ob das gesamte Projekt Gefahr lief, für immer abgebrochen zu werden. Wenn sie sich Vergins und Rastenburgs Gesichter ansah, die immer noch mit dem Lauschen auf eine lautlose Stimme in ihren Ohren beschäftigt waren, sah es nach Beendigung des Projektes aus. Die Pause schien etwas mit der Erkrankung eines der Finanziers zu tun zu haben. Sie hörte das Wort »Chirurgie«.

Ellen blickte in die schweren schwarzen Wolken am Himmel, die den späten Nachmittag düsterer machten, als er sein sollte. Eine Gestalt in einem Rollstuhl wurde aus der Villa in den dünnen Regen geschoben und anschließend in einen wartenden Krankenwagen gehievt. Vergin folgte dem Rollstuhl in den Wagen, den er fünf Minuten später wieder verließ. Mit flackerndem Blaulicht zog der Notarzt in Richtung Innenstadt davon, bald begleitet von einer Alarmsirene.

In ihrer Remise duschte Ellen zunächst ausgiebig und zog sich bequeme schwarze Jeans und ein weites weinrotes T-Shirt mit langen Ärmeln über. Das nasse türkisfarbene Kleid hängte sie im Bad auf und fächelte es eine Weile mit dem Fön ab. Ein Bauchgefühl sagte ihr, dass sie es später drüben in dem Haus noch einmal benötigen könnte.

Während sie sich anschließend einen großen Teller Bratkartoffeln zubereitete, zwei Eier darüber schlug und alles zu einem Bauernfrühstück wendete, ließ sie in ihrem mit Kartons vollgestellten Arbeitszimmer einen der Monitore hochlaufen, die direkt mit dem Server des Instituts in Potsdam verbunden waren. Über diesen Weg hatte sie keine Probleme, E-Mails zu empfangen oder zu senden. Es gab eine Meldung von Tam Lee.

»Wir haben aus den 1,7 Milliarden von Gaia vermessenen Sternen 31 Rote Zwerge gefischt, die sich uns mit hoher Geschwindigkeit nähern.« 31 ist eine gute Zahl, dachte sie, als sie die letzten Krümel ihres Bauernfrühstücks auf dem Teller zusammen und dann mit der Gabel in den Mund schob, wir haben noch drei Tage.

43

Die erleuchtete Villa schien vollkommen leer zu sein, hinter den Regenfäden wirkte sie wie von einem Filter weichgezeichnet. Es gab niemanden, der hineinging oder herauskam. Vielleicht war das die Gelegenheit, sich dort allein in Ruhe nach dem Ort des Schreckens umzusehen, an den das Wunderkind Veniamin Schoch im fernen Usbekistan so viel später seine Erinnerungen an die Septembernacht 1991 geheftet hatte. Ellen ignorierte dabei, dass die Räume drüben mit Überwachungskameras gespickt waren. Sie zog sich feste Überschuhe an und schlüpfte hinaus in die Nacht und von dort gleich wieder hinein in den kariert gefliesten hellen Flur unter den goldenen Engelsfiguren.

Sie lauschte in die Stille.

Nichts war zu hören. Das gesamte Team schien tatsächlich den Komfort der »Zürich« zu genießen, wahrscheinlich verspeisten sie dort etwas Leckeres aus der Bordküche.

Im Obergeschoss waren Schritte zu hören.

Nach kurzem Zögern betrat sie die Treppe. Sämtliche Lichter strahlten, die Kabel von den Stromgeneratoren am Straßenrand führten nach wie vor in das Haus, alles war trotz des überstürzten Abbruchs noch an seinem Platz. Sie lauschte. Stille.

Sie erreichte den großen Terrassensalon, ihr ehemaliges Wohnzimmer während der Sommermonate. Die Terrassentüren standen weit offen, jemand dort draußen wandte ihr den Rücken zu. Als sie in den feinen Nieselregen hinaus auf die Terrasse trat, drehte er sich um. Rastenburg.

»Wir scheinen die Einzigen zu sein, die sich auf der ›Zürich‹ nicht heimisch fühlen«, stellte Ellen fest.

»Auf der ›Pequod‹», erklärte er. Die Regentropfen wurden feiner und fielen seltener. Es war nicht unangenehm, eine Weile draußen zu stehen und den Blick wie in einer Dehnübung für die Seele weiter ausgreifen zu lassen.

»Die ›Pequod‹?«, fragte sie.

»Das Schiff des Kapitäns Ahab«, erwiderte er.

Ellen blickte ihn neugierig an. Der Professor sah weiter auf den See hinaus. »Finden Sie nicht, dass wir auf einer Jagd sind nach etwas wie einem weißen Wal, nach etwas sehr Großem, sehr Tödlichem, das sich in den dunklen Tiefen und den endlosen Weiten eines unerforschten Ozeans verbirgt?« Jetzt wandte er sich ihr zu. »Ich hätte es mir niemals so schwierig vorgestellt, was aber nur heißt, dass ich nicht gut genug darüber nachgedacht habe.«

»Noch bin ich optimistisch, dass wir finden, was wir suchen«, stellte Ellen fest, wobei sie einzig und allein interessierte, was sie selbst suchte. Nie und nimmer glaubte sie, dass ein Gedächtniskünstler, den allein schon eine Zahl wie Pi bis in den Kern aller Sinne erschüttern konnte, ihren Vater mit einem Taschenmesser abgestochen hatte.

Was aber ist am 25. September 1991 wirklich geschehen? Wer hatte dann ihren Vater getötet? Und, das war die verrückteste aller Fragen: Was hatte der Gedächtniskünstler, den ihr Großvater nach seiner neuropsychologischen Forschungsreise 1933 in die Familie eingeführt hatte, 57 Jahre später in ihrer Nähe gewollt?

Auf die Dauer wurde es auch mit dem feinsten Regen zu feucht. Sie bewegten sich zurück in den Salon, die Türen blieben weiter offen, das erleuchtete Hotelschiff wurde zu einer kleinen hellen Dekoration im Salon.

»Oder wird die Aktion abgebrochen?« Ellen ließ sich in einen mit geblümtem Stoff bezogenen Sessel fallen.

»Ich weiß wenig über diese ganze Aktion«, sagte Rastenburg, der sich im zweiten Sessel niederließ. »Ich weiß nur, dass es die einzige Gelegenheit bietet, die jemals ein Neurowissenschaftler erhielt, ein Gedächtnis zu kartografieren. Eine fantastische, hoffnungslose Angelegenheit, bei jemandem, der in einer 1933-Version dieses Hauses seit fast 60 Jahren seine Erinnerungen an jedes Sandkorn abgelegt hat. Wahrscheinlich schwirren mehr Erinnerungen von ihm in diesem Haus als es Sterne im Universum gibt.«

Er machte eine Pause. Der Suchscheinwerfer eines vorüberfahrenden Polizeibootes beleuchtete für einige Sekunden grell sein Gesicht. Er sah plötzlich sehr alt aus. Sein Schnauzbart wirkte wie ein müdes, aus dem vergangenen Jahrhundert hinübergekrochenes Tier.

»Ich habe gehört, dass sie Schoch Dokumente vorlesen lassen wollen, die nirgendwo anders mehr existieren. Was sie suchen, ist sehr groß. Man kann es an dem Aufwand ermessen, den sie treiben«, schloss er seinen Gedankengang ab.

Für einige Momente lauschte Ellen dem Rascheln des Regens auf der Terrasse. »Ich habe mir den Garten Ihres Hauses angesehen, als ich in der Nacht auf Sie gewartet hatte«, sagte sie, »und ich habe mir davor ihre Veröffentlichungen angesehen. Was ist vor 20 Jahren passiert?«

Er blickte sie überrascht an. Sie konnte sich nicht vorstellen, dass ihm diese Frage in den letzten Jahren sehr oft gestellt worden war. Er holte tief Luft.

»Als Kind besaß ich einen hölzernen Mann, eine Art Pinocchio mit einer großen Nase und einem grün lackierten, hölzernen Hut, mit einer rotlackierten Blume daran, der alle möglichen Kunststücke konnte, um eine Stange wirbeln, ein Seil erklettern oder in jeder Position stabil stehen. Die Teile waren innerhalb der Figur kunstvoll auf einen festen Faden gereiht, der in besonderer Weise mit der roten hölzernen Blüte an seinem Hut verbunden war. Man konnte die Blüte an einem Gewinde aus dem Hut schrauben, dann löste sich die ganze Puppe in ihre Einzelteile auf. Der Kopf, der Hut, die Arme, Hände, Finger, Beine und Füße und die Schuhe an den Füßen, alles löste sich voneinander. Zum Schluss lagen viele Holzteile und ein langer Faden herum. Um das Teil wieder zusammenzubauen, brauchte ich damals ein Jahr und die Hilfe meines Vaters.«

Er stand auf und trat an die Terrassentüren, um sie zu schließen. »Das Leben eines jeden Menschen stützt sich auf ein Element, einen Gedanken, eine Beziehung, einen Plan, das so wirkt wie diese Blume am Hut der Puppe, vielleicht ohne genau zu wissen, was es ist. Wenn dieses eine Detail beschädigt wird, bricht alles zusammen. Ich werde mein Leben lang nicht aufhören können, daran zu denken.«

Ellen erhob sich ebenfalls, sie wollte sich im Haus weiter umsehen.

»Was war es?«

Auf der Schwelle des Terrassensalons versperrte etwas Großes den Zugang zum Flur des Obergeschosses. Sie sahen sich an.

Ein Raubvogel mit weit ausgebreiteten Schwingen. Über Ellens Rücken lief ein Schauer. Bevor sie noch etwas äußern konnte, hielt Rastenburg den offenbar federleichten Vogel in seinen Händen und setzte das ausgestopfte Tier am Rand des Flurs ab.

»Ein Bussard«, murmelte er. »Vielleicht sind wir mit der ›Pequod‹ in Reichweite einer Küste.« Er lachte trocken, als er den präparierten Vogel an die Seite stellte. Dann lauschte er in seinen Hörer am Ohr und verabschiedete sich grußlos. Ellen hörte, wie er im Erdgeschoss die Tür nach draußen hinter sich schloss. Ziellos folgte sie ihm ins Erdgeschoss und verharrte unter den golden glänzenden Karyatiden, die sich aus den Mauern wanden, um das Obergeschoss zu stützen.

Aus dem Keller drang ein Geräusch. Zögernd stieg sie die Treppe hinunter, bis sie in dem breiten, schwarz-weiß kariert gefliesten Flur stand, von dem links vorne die große Küche abging, während sich dahinter Waschküche, ein Technikraum und Vorratskammern anschlossen. Ganz hinten links lag die kleine Wohnung, in der früher tageweise die Haushälterin gewohnt hatte. Die letzten Generationen der Hausbewohner hatten sie als Abstellraum genutzt.

Die Tür war angelehnt, aus dem Inneren drang Licht. Ellens Hand schwebte über der Klinke, sie hielt inne.

Wenn es 1933 Räume in diesem Haus gegeben hatte, in denen der Junge damals mit Sicherheit niemals war, dann stand sie jetzt davor. Hier befand sich ein Raum, den Schoch nicht in spätere Erinnerungen eingesponnen haben konnte, weil er ihn niemals gesehen hatte. Hinter dieser Tür gab es keine weiteren Pforten oder Tore, die durch Möbel, Farben oder Ornamente tiefer in Schochs Erinnerungswelten in Moskau und Taschkent oder an den Rand der usbekischen Wüste führen konnten. Ebenso wenig wie zu irrationalen Zahlenreihen, Schachrätseln oder sinnlosen Wortkombinationen. Und sicher auch nicht in die Nacht des 25. September 1991.

Ellen trat ein. Sie hatte keine anderen Erinnerungen an die Räume der ehemaligen Haushälterinnenwohnung, als dass es dort dunkel war und mit Gerümpel vollgestellt, sodass sie niemals viel tiefer als drei Schritte eindringen konnte und dass es dort eine eigene Toilette gab, die den üblen Geruch ausgetrockneter Abwasserleitungen verbreitete. Jetzt stand sie in einem einzigen großen, weiß gestrichenen Raum, an dessen Wänden sich das ganze Drama der gegenwärtigen Suche ausbreitete. Hinter einer weiß gestrichenen Tür ließ sich die Wasserspülung einer Toilette hören, wenig später stand Moretti im Raum, die Hände noch mit einigen Papierhandtüchern abtrocknend, die er in einen Papierkorb warf, bevor er ihr zuwinkte.

»Willkommen im Lagezentrum.« Über das hügelige große Gesicht grinste er sie breit an. »Kaffee gefällig?«, meinte er mit Kopfnicken in Richtung einer Kaffeemaschine.

»Was läuft hier ab?«, fragte Ellen.

Er streckte ihr einen frisch gefüllten Kaffeetopf entgegen, den sie ihm abnahm.

»Wir warten!«

Ellen konnte noch nicht fassen, was sich vor ihr über die gesamte Längsseite des Raumes unter den schmalen Souterrainfenstern ausbreitete. Unter der kyrillischen Überschrift Aeroport Muynak hing dort ein Plan, dem enorm vergrößerte blasse Fotografien aus dem Luftraum über dem kleinen Flugfeld am Rand des ausgetrockneten Aralsees unterlegt waren. An nichts von dem konnte sie sich noch aus ihrer Kindheit erinnern, aber alles, was dort eingezeichnet war, machte einen präzisen Eindruck, der für jahrelange Recherchen sprach. »Wir warten im Keller eines leeren Palastes und fragen uns, in welcher Welt wir leben, in der eine Filmproduktion für einen einzigen Zuschauer läuft.« Er reichte ihr den Karton mit Milch. »Verrückte Welt, oder?«

»Worauf warten wir?« Ellen schlürfte von dem heißen Kaffee und behielt die Bildschirme im Auge, die verschiedenen Räume der Villa zeigten, in denen sich nichts tat.

Moretti deutete in Richtung eines vor ihm in Griffweite liegenden Handys. Dann wandte er sich betont deutlich wieder der Lektüre zu, bei der sie ihn unterbrochen hatte – Robert Maxwell, Israels Super Spy.

Auf der Startbahn des Flugfeldes an der Wand waren vier große Rechtecke eingetragen, in denen unter der Bezeichnung AN124 verschiedene Flugnummern standen. Sie erkannte das kleine Flughafengebäude, das sie dort vor 13 Jahren auf ihrer Reise gesehen hatte. Positionen von Menschengruppen und Autos waren eingezeichnet, manche mit Typenangabe. Mit einer gestrichelten roten Linie war der vermutete Weg eines Menschen eingetragen worden, der sich in weiten Bögen über das Flugfeld bewegt haben musste.

»Warten« wiederholte sie, »bis was geschieht?«

Aus dem Rauschen des Regens vor den Kellerfenstern trat das Geräusch einzelner Tropfen hervor. Vielleicht gab es irgendwo eine undichte Stelle. Moretti blickte sich nur kurz um und klappte sein Buch zu, den Zeigefinger zwischen die Seiten gelegt, an denen sie ihn beim Lesen unterbrochen hatte.

»Es ist verdammt kompliziert.« Moretti presste sich einen neuen Kaffee aus der Maschine. Als er wieder in seinem Sessel saß, blickte er sie unter seiner vorspringenden Stirn aus kalten Augen an, wie aus Kilometern Entfernung. Der Blick bei einer Drohung hätte nicht finsterer sein können. »Es gibt Leute, nennen wir sie die Produzenten, nicht mehr die Jüngsten, die stolz auf das sind, was sie auf den gegnerischen Seiten im Kalten Krieg gemeinsam erreicht hatten.«

»Nämlich?«, fragte Ellen. »Viel Gutes fällt mir dazu nicht ein.«

»Ein Gutes reicht in diesem Fall«, erwiderte er, »Sicherheit. Sie haben Sicherheit für die ganze Welt produziert. Da sich in der heutigen Welt keiner dieser Aufgabe mehr ernsthaft annimmt, machen sie auf eigene Rechnung weiter. So einfach ist das.« Er schüttete sich einen gehäuften Teelöffel Zucker in den Kaffee.

»Aha.« Ellen hatte nicht die geringste Lust, sich in weltpolitischen Philosophien zu verlieren.

»Der Koordinator dieses Projektes ist ein kranker Mann, aber er weiß, was er will«, erklärte Moretti. »Kurz bevor er für ein plötzlich verfügbares neues Organ in der Klinik antreten musste, hat er sich höchst persönlich angesehen, was wir hier treiben.«

»Er war hier? In einem Rollstuhl?«

»Genau. Er hat sich alles angesehen und entschieden, das Projekt abzubrechen. Seit gestern Abend steht er unter Narkose, wird operiert und von komplizierten Systemen am Leben gehalten. Wir warten auf einen Anruf. Dann entscheiden wir, ob wir tatsächlich aufhören oder doch weitermachen.«

Plötzlich fror Ellen. »Und wenn er die OP nicht übersteht?«

»Wird alles besenrein hinterlassen.« Ellen ließ ihren Blick erneut über die Karte wandern. Von der Seite beobachtete Moretti die Faszination, die diese Karte auf sie ausübte. »Überall sind damals Papiere umhergeflogen«, stellte er fest, »geheime Papiere. Er hat sie gelesen, wir wollen wissen, was er da gelesen hat.«

Ellen blickte ihn zweifelnd an.

»So wie er eben liest«, sagte Moretti. »5 Sekunden pro Seite, ohne eine einzige jemals zu vergessen.« Er deutete auf ein schraffiertes Gebiet nordwestlich des kleinen Flughafengebäudes. Die eingetragene Windrichtung in der Nacht des 25. September, Wind aus 05.00 Uhr, hätte die Dokumente aus Richtung des kleinen Flughafengebäudes auf das Flugfeld geweht. »Hier irgendwo.«

Was Ellen an der Wand sah, war ihre Geschichte. *Es ist meine Nacht.* In dieser Nacht hatte sich alles geändert. Irgendwo an dieser Wand steckte die Information darüber, wie ihr Vater damals wirklich ums Leben gekommen war, wenn ihn nicht der Gedächtniskünstler umgebracht hatte.

Auf dem Plan des Flugfeldes war eine Reihe von Namen eingetragen, von deren Anwesenheit damals man offenbar wusste. Mikhail Dudov, ihr Vater. Schoch. Einige Namen anderer Personen. Ihr Name war nicht darunter. So verboten und geheim der Weg ihrer Großmutter Svetlana durch Nacht und durch Schnee, durch die sowjetischen, britischen und amerikanischen Imperien der Zeit war, so versteckt, abseitig und unbekannt war es, dass Svetotschka von dem in den USA lebenden deutschen Psychologen Koffka eine Tochter bekommen hatte. Nur ein Mensch hielt seine Hand über diese Verbindung, ihr mächtiger Bruder Jurij in der Machtmaschinerie des KGB. Solange er dort noch Einfluss besaß, möglicherweise noch nach 1991, hatte er die Spuren verwischt.

Ellen trat näher an die Wand. Ihr Blick wanderte über die dort angehefteten Pläne der Villa, in denen alle Einrichtungsgegenstände, ob echte Möbel oder gemalte, säuberlich eingetragen und mit Fotos versehen waren. Neben dem Plan von 1933 hingen die Aufrisse aller Etagen des von den Ostberliner Verkehrsbetrieben genutzten Hauses aus dem Jahr 1963. Für das »Filmteam« gab es nur zwei Fixpunkte von Belang, den Flughafen Muynak und die Villa im fernen Berlin, beide durch Kontinente und über ein halbes Jahrhundert voneinander getrennt. Eine Verbindung existierte allein im Kopf von Veniamin Schoch.

»Die Geschäfte von Geheimdiensten bestehen aus verrückten Unternehmungen, bei denen Geld keine Rolle spielt. Das können Sie mir glauben.« Moretti streckte ihr sein Buch entgegen. »Der weltweite Verkauf von Software mit Hintertüren, geheime Geldwäschezentren in Bulgarien, nichts, was Sie für völlig unmöglich halten, ist nicht schon unternommen worden. Aber das hier ist bei Weitem das Verrückteste, was mir je untergekommen ist. Es ist so verrückt, dass es eigentlich völlig unmöglich ist.« Er zeigte mit dem Finger auf sie. »Wir alle wissen einfach viel zu wenig darüber, wie wir uns in einem Gedächtnis bewegen müssen.« Er lachte laut auf. »Aber sobald wir abbrechen, wissen viele von uns plötzlich viel zu viel. Verrückt, oder? Deshalb warten wir noch.« Er legte eine Kunstpause ein, in der er sich aus dem Kühlschrank ein alkoholfreies Bier holte. »Auch eins?«, fragte er. Ellen reagierte nicht. Aus dem Wandschrank über einer kleinen Teeküche holte er ein Glas und goss ihr von dem Krombacher Alkoholfrei ein.

In dem Plan der Villa von 1933 entdeckte sie eine rot gepunktete Linie, die in unterschiedlicher Stärke durch verschiedene Zimmer von Ober- und Erdgeschoss, um das Haus herum und bis hinunter an das Seeufer führte. Daran stand ein Name: Schoch, Kind. Moretti trat zu ihr an die Karte.

»Wir haben seine wahrscheinlichsten Wege im Juni

1933 in dem Haus aufgezeichnet, entlang dieser Wege muss er die Einstiegspunkte in seinen Gedächtnispalast gefunden haben, dort mussten wir originalgetreu restaurieren.« Er streckte die Arme weit von sich und gähnte. »Hier unten Gott sei Dank nicht.« Dann ließ er sich wieder in seinen Bürosessel fallen und legte die Füße auf den Tisch mit den Monitoren. Er schlug sein Buch auf, die Audienz für Ellen war beendet.

Eine Organtransplantation war eine extrem aufwendige Operation, die acht oder zehn Stunden dauern konnte, glaubte Ellen, irgendwann in einer Dokumentation gesehen zu haben. Es würde eine lange Nacht werden. Sie verließ den Keller, um in der Remise einige Stunden zu schlafen. Auf dem kurzen Weg durch den Park stieß sie auf eine Gruppe aufgeregter Menschen, die sich um den Springbrunnen versammelt hatten. Als sie das Wort »tot« hörte, trat sie im herabrieselnden Regen näher heran.

44

Drei Sicherheitsmänner waren damit beschäftigt, einen leblosen Körper aus dem flachen Springbrunnen zu ziehen, dessen Fontäne weiter Wasser über den Beteiligten versprühte. Zwei andere hielten eine fahrbare Bahre bereit. Mit wenigen Handgriffen war der Körper in einen schwarzen Gummisack verpackt und nach wenigen Minuten auf der Bahre über den zum See abfallenden Rasen in Richtung Ufer unterwegs.

Es blieb unklar, wer da abtransportiert wurde und was geschehen war. Schließlich reihte sie sich in die Gruppe ein, die die Bahre zum Seeufer begleitete, und bekam einiges aus den geflüsterten Unterhaltungen mit. Danach war es ein Unfall, bei dem jemand in dem flachen Springbrunnen ertrunken war. Das hörte sich lächerlich an. Sie musste mehr in Erfahrung bringen. War der alte Mann vielleicht mit einem Herzanfall zusammengebrochen und ertrunken? Das hätte alles geändert.

Ellen sah sich um. Seine Urenkelin war nirgends zu erblicken. Dann dürfte nicht er es sein, der in dem Gummisack auf der Bahre abtransportiert wurde. Um die Bahre auf ein bereitstehendes Aluminiumboot zu heben, versammelten sich alle an der vorderen Kante der Trage, wo die Füße des Toten lagen. Ellen nutzte die eine Sekunde, die sich ihr bot, um den Reißverschluss des nassen, glitschigen Gummisackes über dem Kopf ein Stück zu öffnen. Einer der Sicherheitsmänner stürzte auf sie zu, drängte sie ab und schloss die Öffnung wieder.

Sie hatte genug gesehen, wie versteinert stand sie im Regen.

Bevor sie der Bahre den letzten Schub gaben, damit

sie fest auf dem Boot vertäut werden konnte, raunte der Mann in dem Anorak des Sicherheitsteams ihr zu: »Ich habe es von hier aus gesehen. Er hat sich in das Becken gelegt und selbst ertränkt. Niemand war bei ihm.« Dann sprang er vom Ufer in das Boot, dessen Motor einige Meter weiter angelassen wurde, bevor es in weiter Kurve davonzog. Ellen stand im Regen, der ihr nun wie ein warmes, beruhigendes Tuch vorkam, das sich über sie legte.

Langsam ging sie hoch zu ihrer Remise. Sie schloss die Tür auf, sie sah sich sorgfältig um, sie trat ein, sie versperrte alle Schlösser und Riegel, die es auf der Innenseite der Tür gab. Niemand hatte ihr gesagt, wer der Tote war, aber den buschigen Schnauzbart aus dem vorigen Jahrhundert zu erkennen, hatte ausgereicht.

An mehrere Stunden Schlaf war nicht zu denken. Hier war etwas geschehen, das auch mit ihr zu tun hatte. Selbstmord des einzigen Wissenschaftlers im Team? Unmöglich. Rastenburg mochte Probleme ohne Ende gehabt haben, aber er hatte 20 Jahre damit gelebt. Sich in der Mitte des größten wissenschaftlichen Abenteuers seines Lebens davon zu verabschieden, machte keinen Sinn. Als sie sich kurz vorher unterhalten hatten, hatte er einen geradezu forschungshungrigen Eindruck gemacht. Dann sollte er draußen im Regen umhergewandert sein und sich in dem flachen Becken des Springbrunnens ertränkt haben? Lächerlich. Wenn schon ertrinken, es gab schließlich einen See in der Nähe, warum nicht dort?

Sie streckte sich in ihrem Sessel aus, neben sich ein Glas mit kalter Milch aus dem Kühlschrank. Das Projekt war abgebrochen worden, vorläufig immerhin. Es war möglich, vielleicht wahrscheinlich, dass es endgültig eingestellt würde.

Mit großen Schlucken leerte sie das Glas, dann zog sie sich um. Schwarze Jeans, feste Schuhe, ein dünner schwarzer Rollkragenpullover und ein dunkler Kapuzenanorak. Es war zwar noch vieles unklar, aber zu lange warten könnte sich als letaler Fehler erweisen. Sie musste verschwinden und sie wusste auch wohin.

Sorgfältig verschloss sie die Remise. Als sie mit übergezogener Kapuze im Regen vor der erleuchteten Villa stand, veränderte sich der Hollywoodpalast sehenden Auges wieder in das dunkle, bedrohliche Haus, in dem Ellen als Kind nach ihrer Ankunft aus Russland kurze Zeit gelebt hatte. Ihre Wahrnehmung verwandelte das Haus zurück in das unbegreifliche Labyrinth, in dem sie im Dunkeln Kopfschmerzen plagten, in dem in jeder Schattenecke ein Mann stand, der ihr in den Rücken zuzuwenden schien. Jetzt war alles vollkommen anders und doch ragte da vor ihr im Regen das Haus auf, das ihr plötzlich wieder Angst einjagte, die Villa, vor der sie jetzt fliehen musste. Am Rand der Lichtkegel der Außenscheinwerfer ging sie langsam in Richtung der Straße.

Vor dem Tor tauchten zwei Männer in dunklen Regenmänteln aus dem Nichts auf, die ihr den Zugang zur Straße versperrten. Sie lief in Richtung des Seeufers. Als sie sich näherte, sah sie, wie zwei Männer aus einem Boot stiegen. Von der Eingangstür der Villa her kam einer der Helfer der Filmleute.

Ellen kannte den Park. Sie umrundete die Villa und schob sich zwischen die eng stehenden Bäume und Büsche nördlich des Hauses und dann durch den Zaun an der Stelle, an der er sich aushaken ließ. Sie lief den Müggelseedamm nach links hinunter. Nach hundert Metern gab ihr Handy Lebenszeichen von sich. Alle Versuche, Tomas telefonisch zu erreichen, blieben vergeblich, aber es gab keinen Anlass, Zeit zu vergeuden. Sie rief sich mit dem Handy einen Uber-Wagen, der sie wenige Minuten später an der großen Kreuzung Fürstenwalder Damm aufsammelte.

Erleichtert ließ sie sich in die Polster des lautlos in Richtung der Innenstadt surrenden Toyota fallen. Tomas steckte in der ganzen Geschichte ohnehin schon bis über beide Ohren mit drin, und vor allem, sie hatte ihm unrecht getan. Dennoch konnte sie sich ihm nicht nah fühlen. Sie wollte bei ihm sein und ihm sagen, dass es ihr leidtat. All die Jahre hatte sie nicht begriffen, dass er ein Schutzengel ihrer Großmutter und der Familie war.

Und er selbst hat es auch nicht gewusst! Für ihn war es ein altes fragwürdiges KGB-Ding, bei dem er sich bis ans Ende an seine Dienstvorschriften gehalten hatte – und darüber hinaus. Noch jetzt. Nie hatte er davon geredet, auch nicht, als es die Chance dazu gab. Aus Sicht des KGB-Bruders von Ellens Großmutter war Tomas zwar ein Schutzengel der Familie – aus seiner eigenen Perspektive jedoch ein KGB-Mann mit einem Auftrag. Und das war die einzige Sicht der Dinge, die zählte, wenn sie ihm ins Gesicht sah.

Direkt vor dem Allianz-Büro auf der Fischerinsel verließ sie den Wagen und wartete, bis ein Hausbewohner aus dem Eingang trat, um durch die Türe zum Fahrstuhl zu schlüpfen, den sie in der zwanzigsten Etage verließ. Tomas' Tür war nicht eingeklinkt. Vorsichtig drückte sie sie auf. Sie schaltete das Deckenlicht ein, das nur noch aus einer einsamen Glühbirne bestand, die dazu gehörende Glasschale lag in Splittern auf dem Boden, wie fast der gesamte Inhalt der Wohnung in Trümmern auf dem Boden lag. Der Sessel war aufgeschlitzt, eins der beiden Bücherregale flachgelegt, sämtliche Schubladen aus dem Bord gezogen und ausgekippt. Tomas Wohnung war zu einem Schuttplatz geworden. Jemand hatte etwas Kleines gesucht, wahrscheinlich die Filme, von denen er berichtet hatte und seine Wut an der Einrichtung ausgelassen, als er nicht fündig geworden war. Mit ihrer schwarzen Kampfkleidung kam Ellen sich vor, als würde sie durch einen Film schleichen.

Sie blickte durch die großen Fenster des zerstörten Wohnzimmers hinaus auf die ungerührt weiter strömenden Lichter der nächtlichen Stadt. Sie setzte sich auf die breite Fensterbank und ließ ihre Blicke durch das Zimmer wandern. Die Kuba-Karte an der Wand war verschwunden. Wer sollte außer Tomas Interesse an einer kyrillisch beschrifteten Kuba-Karte haben? War er nach dem Überfall noch einmal hier gewesen, um sie mitzunehmen? Es fehlte auch das Foto der beiden Kinder, der leere Rahmen lag auf dem Fußboden. Wer konnte daran Interesse haben außer Tomas? Und wenn er das Bild mitgenommen hatte, musste es große Bedeutung für ihn haben. Hatte er dort drüben etwa eigene Kinder in die Welt gesetzt? Sie glaubte es nicht und fragte sich zugleich irritiert, ob sie nicht glauben wollte, dass es so war.

Aus Tomas' Schlafzimmer holte sie eine dünne Decke, mit der sie sich auf die breite Fensterbank über der nächtlichen Stadt legte. Während sie sich mit dem Gedanken beruhigte, dass diese Wohnung zur Zeit der sicherste Ort in Berlin für sie sein dürfte, schlief sie ein.

Schweißgebadet wachte sie einige Zeit später auf, noch war es dunkel über der Stadt. Sie langte mit der Hand unter die breite Platte der Fensterbank, auf der sie gelegen hatte, aber die Heizung darunter war nicht warm. Sie hatte in einem Traum geschwitzt vor Angst. Wieder war sie damit beauftragt gewesen, mit einem Pferdewagen ein Raketentriebwerk zu dem Startplatz einer riesigen Rakete für den Flug ins All zu bringen, doch dieses Mal gab es einen wesentlichen Unterschied. Sie wusste genau, wohin die Reise gehen musste, es war ihr klar, an welchem Ort der Turm von Rakete mit ihrer Hilfe endlich starten konnte. Sie setzte sich auf, den Rücken an das vom Regen abgekühlte Fenster gelehnt. Ich bin davongelaufen, dachte sie. *Ich habe gesehen, wie schnell es gehen kann, und habe mich in Sicherheit gebracht.*

In der Küche ließ sie das kalte Wasser laufen und suchte sich in dem ausgeplünderten Küchenschrank ein großes Glas, das überlebt hatte. Mit dem vollen Glas ging sie zurück auf ihre Fensterbank und trank in großen Zügen von dem kühlen Wasser. Sie wusste nicht, was eigentlich mit dem Psychologieprofessor in dem Springbrunnen passiert war. Hatte jemand Rastenburg unter Wasser gedrückt? Warum schließlich hätte er es selbst tun sollen? Oder war alles viel einfacher und normaler? Ein Herzinfarkt, ein unglücklicher Sturz? Ein Mann, der seit 20 Jahren seinen Alkoholismus unter neurowissenschaftlichen Garnierungen verborgen hatte, konnte bestimmt nicht zu den Kerngesunden gezählt werden. Nein, alles in ihr rief ihr zu: Bring dich in Sicherheit.

Sie haben mit der Bereinigung begonnen.

Sie nahm ihr Handy zur Hand. Hier hatte sie Empfang. 1:00 Uhr am Morgen, war das eine Zeit, zu der sie Leo anrufen konnte? Sie wusste, dass er es ihr nie verzeihen würde, wenn sie ihn in einer Notlage nicht angerufen hätte, um ihn nicht beim Schlafen zu stören. Irgendwann, vor sehr, sehr langer Zeit, hatten sie sich einmal geschworen, auch als Freunde Tag und

Nacht füreinander da zu sein. Sie hatten dieses Versprechen nie zurückgenommen. Sie ließ es eine Weile klingeln, während sie immer wieder einen Schluck von dem kalten Wasser nahm. Leo meldete sich nicht. Sie öffnete ihre Mails auf dem Handy.

Prof Tam Lee, der KI-Experte der TU Berlin hatte sich mit einer kurzen Nachricht gemeldet, in der er mitteilte, dass er einen roten Zwergstern gefunden hatte, dem er nach Gaia und ihren eigenen Initialen den Namen G.ELT 9/31 gegeben hatte – der 9. aus 31 neuen Kandidaten.

»Roter Zwergstern mit doppeltem Durchmesser und zweihundertfacher Masse des Planeten Jupiter nähert sich aus einer Entfernung von 40 Lichtjahren mit einer Geschwindigkeit von einer Million Stundenkilometern. Er wird in etwa 40 000 Jahren unser Sonnensystem durchqueren.« Ellen ballte die Fäuste und riss die Hände herunter.

»Jaaa!«, entfuhr es ihr. Sie schlug mit den Fäusten in die Luft. Heute war der zwölfte August. Sie hatten es geschafft und die Bedeutung ihrer neuen Methode gezeigt. In zwei Tagen mussten sie mit damit beginnen, ihr Papier zu verfassen, dann war der dreißigste September mit der Veröffentlichung noch zu schaffen.

Vorher war noch viel zu erledigen. Ellen hatte das Gefühl, das sich mit dieser Wendung auch Vieles andere ändern würde, ein unbestimmtes allgemeines Gefühl, das einen Zustrom an befreiender Energie auslöste. Befeuert durch diese Wendung versuchte sie erneut, Leo zu erreichen. Vergeblich. Auch ohne Gespräch mit ihm war ihr klar, was sie jetzt tun musste. Ganz wie es ihr die Malerin prophezeit hatte, musste sie die Last ihres Vaters von der Seele bekommen, um sich diesem Stern widmen zu können.

Der Zeitpunkt war genau jetzt.

Sie rief sich ein Auto, das bereits vor dem Hochhaus auf der Fischerinsel wartete, als sie aus dem Fahrstuhl trat. Sie musste zurückgehen, dorthin, wohin die Pferde das riesige Raketentriebwerk ziehen, egal, ob dort eine Mörderhöhle oder eine Ansammlung unglücklicher Unfälle im Wasser, auf der Straße oder im Bett auf sie warten würde, dort war ihr Ort, dort ging es um alles und zuerst um ihren Vater.

45

Das schmiedeeiserne Tor war mit mehreren großen Vorhängeschlössern versperrt, auch an dem Loch am nördlichen Zaunabschnitt, das sie in der Nacht auf dem Weg zur Fischerinsel genutzt hatte, gab es kein Durchkommen mehr. Zwei Männer des Sicherheitsteams patrouillierten am Zaun.

Ellen tastete sich durch Unkraut und Pappelsetzlinge bis hinunter an den See. An der Ufermauer hielten zwei weitere Männer das Ufer und den See im Blick. Auf diesen Wegen, so viel war klar, konnte sie nicht zurück in ihr Haus gelangen. Was hatte die falschen Filmleute veranlasst, alles abzusperren? Sie musste einen anderen Weg finden, um in ihr Haus zu gelangen.

Sie lief zurück auf die Straße, überquerte das verwilderte südliche Nachbargrundstück und stand plötzlich am südlichen Ufer vor der ehemaligen Werfthalle. Trotz der späten Stunde brannte im Atelier der Malerin noch Licht. Ellen überlegte einen Moment. Gefahren, die vorher in der Luft gelegen hatten, waren inzwischen, einen Toten später, real geworden.

Wer etwas weiß, weiß jetzt zu viel.

Auch die Malerin wusste inzwischen zu viel. Sie musste sich so schnell wie möglich absetzen. Eine Auseinandersetzung mit den Typen in der Villa konnte sie niemals gewinnen, die besaßen unbegrenzte Mittel und keinerlei Hemmungen, sie einzusetzen. Es würde nicht laut werden, es gab keine Sprengfallen, keine laufenden Motoren, keine Suchscheinwerfer, es würde alles leise vor sich gehen.

Ellen trat an das große Schiebetor des Ateliers. Sie klopfte. Die Wild Horses von den Rolling Stones verstummten, das Tor schob sich einen Spalt auf. Als sie

Ellen erkannte, öffnete Sara Zieghaus in einem weiten, grauen Kaftan, der einem großen Nachthemd nicht unähnlich war. Erfreut bat sie Ellen herein und begrüßte sie mit einer herzlichen Umarmung.

»Dein Buch ist gut versteckt«, meinte sie, während sie das rote Plüschsofa und einen kleinen grauen Sessel von Büchern und Skizzenblöcken freiräumte. »Wenn du es abholen willst, finde ich es sofort.« Ihrer einladenden Handbewegung folgend, ließ Ellen sich auf der Samtcouch nieder, obwohl sie innerlich alles drängte, sofort in ihr Haus zurückzukehren, um endlich herauszufinden, was dort los war. Es gab keine Minute zu verlieren, alles sah nach einer grundlegenden Wende in Morettis falschem Filmprojekt aus.

Sie griff nach einem der beiden Gläser mit dem gut gekühlten Rivaner von der Saar, die Sara auf einen kleinen Tisch neben der Couch gestellt hatte. Anscheinend hatte Ellen sie bei der Arbeit an einem Frauenakt gestört, der dramatisch zwischen Bäumen unter einem Gewitter platziert war. Die Malerin säuberte sich ihre Hände mit scharf riechendem Verdünner, den sie auf einem großen Lappen voller Farbkleckse verteilte. Dann wusch sie sich mit Seife und trocknete ihre Hände sorgfältig ab.

»Alles an diesen Farben tut gut«, bemerkte sie, während sie sich auf den Sessel fallen ließ. »Nur der Gestank wird mein Leben um Jahre verkürzen.« Sie erhob das Glas. »Alles, was Spaß macht, verkürzt das Leben.« Ellen stieß mit ihr an.

»Bei mir ist es umgekehrt.« Sie lachten. »Wild Horses?«, fragte sie nach einer Weile, in der sie sich den Akt ansah, der ihr Blickfeld ausfüllte.

»So etwa.« Die Malerin schob die Staffelei mit dem Bild etwas zur Seite. »Eine gute Freundin.« Sie tranken einige Schlucke, ohne etwas zu sagen. Es lief keine Musik, das Licht war gedämpft, nur auf der Stelle, an der vorher die Staffelei gestanden hatte, lag der grelle Punkt einer Arbeitslampe.

Es herrschte kein Schweigen, das Spannung aufbaute, es herrschte Stille, die die Geräusche des Sees vor der Tür, der Vögel und einiger Schiffe, das Leben anderer Menschen und Geschöpfe der Aufmerksamkeit erschloss. Ellen empfand es als eine angenehme und entspannende vertraute Stille, in der der Duft der Farben die Atmosphäre tätiger Konzentration erzeugte. Ihr Motor, der bis hierher auf Hochtouren gelaufen war, trudelte in eine angenehme Ruhe aus, von der sie aber wusste, dass sie sie bald abrupt beenden musste. Sie würde der Frage nicht entgehen, wie sie sich gegen die tödliche Gefahr schützen wollte, die wenige Meter weiter jetzt auf sie wartete, wie sie auch vor zwei Stunden auf den Professor gewartet hatte.

»Vögel«, setzte sie laut ihren Gedankengang fort. Die Malerin blickte erstaunt auf. »Die Gefahr ist zu einer akuten Bedrohung geworden«, sagte Ellen, »die seltsamerweise mit präparierten Vögeln verbunden ist.«

»Ich hatte noch niemals Angst vor Vögeln.« Die Malerin lachte und prostete ihr zu.

»Du solltest es wirklich verdammt ernst nehmen«, sagte Ellen, »du hast gehört, worum es in Moskau ging. Darum geht es dort drüben.«

»Entspann Dich«, sagte die Malerin. Sie trat hinter Ellen an die Couch und begann, ihre Schultern zu massieren. »Hier bist du sicher, hier gibt es nur Farben, es gibt nur den See und es gibt nichts, als die Stille«, flüsterte sie, während sie Ellens Schultern knetete. Ihre Hände trafen jeden Punkt, von dem Spannungen über Ellens ganzen Körper ausstrahlten, die sich innerlich fallen ließ.

Sie fühlte sich schwer, sie fühlte, wie ihr Inneres sich belebte und mit dem Körper neu verband. Es war ein sanftes, drängendes Vergnügen, das ihre Besinnung und Stärke zu wecken versprach.

Saras Hände glitten tiefer in die Schulterblätter und fanden Punkte, von deren Existenz Ellen nichts geahnt hatte. Die Schultern, den Nacken, bis hinauf hinter die Ohren. Sie spürte, dass die Malerin schwer zu atmen begann und ahnte nichts Gutes. Die Hände fanden Punkte auf ihren Schlüsselbeinen und bewegten sich sanft und seidenweich in Richtung ihrer Brüste.

Ellens Blick lag erstarrt auf dem Frauenakt unter einem Gewitter. Maler, das galt sicher auch für Malerinnen, hatten einen gefährlich direkten Draht zu Seelentiefe und nackter Haut, das sollte man nicht unnötig herausfordern, gerade wenn man, wie sie, äußerst sensibel für Berührungen war.

Dabei hielt Ellen es ohne Sex nur begrenzte Zeit aus. Von Zeit zu Zeit kam sie sich vor wie ein Wal, der um zu atmen, in eine Welt auftauchen muss, die mit seinem normalen Leben nichts zu tun hat. Es geht eine gewisse Zeit ohne, zeitweise ziemlich lange sogar, aber eben nicht beliebig lange. Wir hängen am Sex, wir hängen an unserer verdammten Vergangenheit, wie die Wale an der schwierigen alten Zeit, als sie auf dem Land umherkriechen mussten, dachte sie. Ich will mich so wenig vermehren, wie ein Wal zurück aufs Land will, wenn er auftaucht, um Luft zu holen. Es ist nur leider lebensnotwendig. Aber eins war sicher, nicht jetzt, wo in ihrem Haus eine lebensgefährliche Situation auf sie wartete und nicht mit einer Frau.

Ellen setzte sich auf. Sie war nicht überrascht, aber berührt, unangenehm berührt und verwirrt. Sie erhob sich. Die Malerin griff zu ihrem Glas und ließ sich auf der Couch nieder, ohne irgendwelche Anzeichen von Verlegenheit zu zeigen. Sie lächelte Ellen an, der dieser Blick wie der beobachtende Blick auf eine Versuchsanordnung erschien.

Sie hatte genug Erlebnisse mit Männern gehabt, offenbar übte sie mit ihrer androgynen Erscheinung auch auf einige Frauen große Anziehung aus, hatte aber stets, wenn sich eine Situation in diese Richtung zu entwickeln schien, Abstand bewahrt. Nähe mit Männern war schon schwierig genug, Nähe mit Frauen eine Komplikation, zu der sie nicht die geringste Lust hatte.

Sie hatte es nicht probiert, sie hatte nicht das Bedürfnis danach und sie hatte ebenfalls kein Bedürfnis, den Moment kennenzulernen, der einer solchen Begegnung folgte.

Jetzt war sie irritiert, weil sie so sanft hinübergeglitten war, irritiert, weil es irgendwo in ihrem Innersten eine Region gab, die sich nicht abgestoßen fühlte. Diese zusätzliche Front wollte sie auf keinen Fall eröffnen. Die Malerin lächelte geduldig.

»Ich brauche meine Reisenotizen nicht zurück«, sagte Ellen. »Im Gegenteil, ich bitte dich, schnellstens damit von hier zu verschwinden. Du ahnst nicht, wozu die Kerle bei mir imstande sind, sie meinen es ernst und es hat bereits begonnen. Ich habe dir zu viel erzählt, du weißt zu viel, du bist in Gefahr, wirklich und wahrhaftig.«

»Ich weiß noch nicht genug«, sagte die Malerin. Sie breitete die Arme auf der Rückenlehne der Couch aus und lehnte sich zurück. »Ich habe von Moskau gehört, aber du bist damals viel tiefer vorgedrungen. Ich möchte tiefer mit dir vordringen, nach Usbekistan. Erzähl mir mehr.« Sie verschwand hinter den Regalen, in denen ihre Gemälde und Grafiken gelagert waren, und kehrte kurze Zeit später mit dem dicken, verschnürten Band von Ellens Reisenotizen zurück. Sie reichte ihn Ellen.

»Verzeih mir meine Zudringlichkeit, ich habe Schwierigkeiten, ein Ende zu finden, wenn ich einen Flow spüre, nicht nur beim Malen.« In ihrem Sessel fühlte Ellen sich sicher. Sie wusste in diesem Moment, dass sie keine Chance haben würde, dieser Frau etwas auszureden. Nachdem Sara ihr Glas nachgeschenkt hatte, schlug Ellen ihre Notizen auf.

46

Dreizehn Jahre zuvor; Nukus

Mit jedem Quadratzentimeter ihrer Haut fühlte Ellen sich an diesem Vormittag im leichten Wind in sandiger Luft bei 35° an ihre Kindheit erinnert. Nukus, der von Stalin gegründete sowjetische Außenposten in der zentralasiatischen Wüste, zog sich mit seinen schnurgeraden Straßen in einem Rechteckraster dahin. Der kleine Rucksack auf ihrem Rücken gab ihr das Gefühl, Besucher aus dem Weltall in einer fremden und doch so vertrauten Welt zu sein. Es kann mir nichts passieren, dachte sie, einmal an der Notbremse gezogen, und ich bin wieder zu Hause im wässrigen Berlin.

Zügig wanderte sie los. Um anzukommen, wollte sie Orte besuchen, die sie kannte, danach erst wollte sie sich mit der einzigen Freundin aus alten Tagen treffen, die sie von Berlin aus hatte erreichen können, Sascha Mirova, Arzttochter und heute Ärztin am Zentralkrankenhaus der usbekischen Teilrepublik Karakalpakien.

Viele der alten Bauten aus den Dreißigerjahren waren restauriert und gaben der heißen Wüstenstadt, die ihre meisten Bäume inzwischen verloren hatte, einen seltsam nostalgischen Glanz. Nach zwanzig Minuten sah sie das alte Riesenrad des Kinder- und Vergnügungsparks unweit des Museums und konnte es nicht fassen, dass es nach all den Jahren noch in Betrieb war. Ein unvergessliches Erlebnis ihrer Kindheit war es, mit dem Riesenrad aufzusteigen und beim Herunterschweben so laut zu schreien, wie es nur irgend ging. *Das ist ein Muss!*

Vor ihr lag das langgestreckte grün-weiße Schulgebäude. Der zweistöckige Schulbau war genauso, wie sie ihn noch kannte, runde Bögen, unter denen man bei den heißen Staub- oder den eiskalten Schneestürmen des Winters Schutz finden konnte. Aus dem Haupteingang drängte sich eine Gruppe von Mädchen in Schuluniformen, die nicht viel anders aussahen als die Schuluniformen zu ihrer Zeit aus braunen Pullovern und weißen Schürzen über braunen Röcken.

Die Mädchen blickten in ihre Richtung und tuschelten und lachten miteinander. Ellen hatte nicht vor, sich mit den Kindern anzufreunden. Sie suchte nach Spuren ihres Vaters.

Dass sie auf dem Friedhof in Nukus nicht suchen musste, hatte sie im Kontakt mit der hiesigen Kirchengemeinde bereits von Berlin aus geklärt. Für den Ort, der jetzt ihr Ziel war, gab es nichts, was sich vorher schon hätte klären lassen. Die Fabrik, das Testgelände, in dem zu Beginn wohl auch ihre Mutter und später dann ihr Vater an der Entwicklung eines neurochemischen Kampfstoffes beteiligt waren, nachdem sie das Forschungsinstitut in Moskau verlassen hatten. Da der vorherrschende Wind über der Stadt von Nordwest kommt, vermutete Ellen die Anlage im Südosten, wo die Bevölkerung der Stadt bei Chemieunfällen vor Unheil geschützt blieb.

Nach einer guten Stunde straffen Fußmarsches gelangte sie an einen endlosen Sicherheitszaun, eine Wand aus Beton, deren Platten in Waffelmuster gegossen, sich von Horizont zu Horizont erstreckten. Wo Teile herausgebrochen waren, hatte man neue, stabile hölzerne Absperrungen eingepasst. Die Mauern und das Holz waren mit Rollen von Stacheldraht gekrönt. Soweit sie auch wanderte, die Absperrungen konnte sie nicht überwinden, nicht einmal einen Blick konnte sie darüber werfen, auch ein Haupttor war nirgends zu erkennen. Der Weg dorthin, vermutete sie, hätte zu Fuß Tage dauern können. Gelegentlich ragte ein Bau im Innern so hoch, dass sie ihn sehen konnte, der Turm einer verrosteten Produktionsanlage aus Schlangen von Rohren, Druckkesseln und einem schlanken Kühlturm mit weit aufgefächerten Metallblättern, eine vom Wetter schwarz gefärbte Blechhalle ohne Fenster, schwarz angelaufene Rohrleitungen, nichts davon erschloss sich ihr in seiner Funktion.

Sie konnte sich erinnern, dass ihr Vater morgens oft von einem Kleinbus abgeholt wurde, später von einem hellgrünen Wolga-Personenwagen, wenn er zum Dienst in den Labors unterwegs war, irgendwo hier tief im Gelände, hinter den Absperrungen. Noch immer gab es nicht den kleinsten Hinweis auf ein Haupttor, an dem sie ihre Fragen loswerden oder sogar das Foto ihres Vaters vorzeigen konnte, das sie mit sich trug.

Sie kehrte um. Sorgfältig achtete sie darauf, auf dem Rückweg die linken Straßenseiten zu benutzen, aus denen inzwischen die Nachmittagsschatten hervorkrochen. Gegenüber von dem Café in der Ulitsa Chalkabad, wo sie endlich unter Schatten spendenden Platanen sitzen konnte, lag das kleine zweistöckige Haus, in dem sie elf Jahre gelebt hatte.

Unter den Momenten, an die sie sich wie an Standfotos erinnerte, gab es einen warmen Tag, an dem ihr Vater aus einem Fenster im Erdgeschoss lehnte und ihr zurief, zum Essen ins Haus zu kommen. Bei einem Sturz auf dem Fahrrad hatte sie sich Knie, Hände und Gesicht aufgeschürft und blutete heftig, welch ein Segen, jetzt zu Hause Essen und heilende Aufmerksamkeit zu genießen. Ihre Großmutter Olga, die im selben Haus lebte, servierte diesen Sonntag Gulasch mit Klecksen süßer Sahne.

An einem anderen Tag fuhr sie mit ihrem Vater in der kühlen Morgenluft in die Felsen des Ustyurt Plateaus, wo sie einige Stunden herumkletterten. Nach glücklichem Abstieg flog Ellen am Boden in seine Arme. Während er sie in der Luft herumwirbelte, rief sie ihm zu: »Ich kann aus tausend Metern Höhe in deine Arme springen und habe keine Angst.« Er strich ihr über den Kopf und sagte lächelnd: »Besser nicht.« Am Abend des gleichen Tages saßen sie zu Hause beieinander an Hausaufgaben aus der Schule, was niemals eine größere Angelegenheit war. »Du bist so viel schlauer als ich«, sagte er. »Ich weiß nicht wo das enden soll.«

»Ich helfe dir später bei deinen Arbeiten«, verkündete sie großmütig. Sein Gesicht verdüsterte sich. »Besser nicht.«

Ellen rührte in ihrem viel zu süßen Kaffee.

Wenn sie in ihrer Schuluniform nach Hause kam, manchmal, besonders stolz, mit rotem Halstuch, sprang sie, abgestützt am Geländer, die Stufen zur Eingangstür in einem einzigen Satz hoch. Im Eckzimmer im ersten Stock lag abends die Sonne, wenn nicht gerade die Platanen vor dem Haus, die es jetzt allerdings nicht mehr gab, voller Blüten waren.

Sie trank einige Schlucke von dem Kaffee und genoss die schläfrige Ruhe des frühen Nachmittags an dieser Ecke. Langsam verschwand der Geschmack der übermäßigen Süße aus ihrem Mund, die Luft in der Stadt schmeckte salzig, der Blick auf den Ort ihrer Kindheit brachte den Geschmack warmen Apfelkuchens zurück.

Das Haus brauchte dringend einen frischen Anstrich, sie war nicht einmal sicher, ob noch jemand darin wohnte. Ein handgroßer Fleck im Blechdach war durchgerostet. Ein alter Mann im Overall stieg von einem Fahrrad, er ging mühsam die Stufen hinauf und verschwand im Innern.

In wenigen Minuten war Ellen in der Cafeteria des karalkapakischen Zentralkrankenhauses mit ihrer Schulfreundin verabredet. Sie machte sich auf den Weg.

Das Riesenrad muss warten.

In der Cafeteria holte sie sich einen Salat und einen gebackenen Käse. Sie hatte die Mittagszeit in der Sonne verbracht und war müde, sie hatte Hunger und war durstig. Mit dem Essen und einem großen Glas Mineralwasser setzte sie sich an einen Tisch, von dem aus sie Überblick über den hellen Raum mit großen Glaswänden hatte, die den Blick auf einen kleinen Park im Innern des Komplexes freigaben.

Zehn Minuten nach der verabredeten Zeit stand eine schlanke rothaarige Frau ihres Alters im Eingang. Sie trug einen weißen Kittel, aus dessen oberer Tasche ein Stethoskop ragte. Mit einem einzigen Blick erkannten sie sich. Ellen sprang auf, die junge Ärztin lief auf sie zu. Sie fielen sich in die Arme und betrachteten sich einen atemlosen Moment lang aus Armeslänge.

»Lenotschka«, hauchte die junge Ärztin. Ellen brauchte einige Zeit, bis das Gesicht der jungen Frau, in ihrer Wahrnehmung dem Gesicht des kleinen energischen Mädchens wich, das in der letzten Klasse, die sie hier erlebt hatte, neben ihr saß.

»Sascha Mirova« sagte sie, um sich an den Klang des Namens zu gewöhnen.

»Wieder«, antwortete die. »Ein paar Jahre lang hatte ich einen anderen Namen, davon ist eine kleine

Tochter übrig geblieben.« Sie holte sich ein Glas Wasser. Als sie am Tisch saß, zeigte sie auf ihrem Handy das Foto eines rothaarigen Mädchens. »Eva« erklärte sie stolz. »Sie ist so alt, wie wir damals waren.«

»Du kannst dich glücklich schätzen«. Zum ersten Mal auf ihrer Reise begriff Ellen, dass ihre Kindheit nicht ein ferner Planet war, auf dem man mit dem richtigen Astronautenanzug landen und ihn als stillstehende Welt erkunden konnte. Sie spürte einen Zug von Wehmut dabei, zu erkennen, wie sich die in Erinnerungen konservierte Kindheit in etwas Lebendiges verändert hatte, das auf einem eigenen Weg älter geworden war.

»Ich weiß nicht.« Sascha lächelte. »Manchmal vielleicht. Sie ist ziemlich frech.« Sie blickte Ellen an. »Lenotschka«, sie machte eine Pause, »in deiner E-Mail heißt du anders, du bist verheiratet?«

»Nein, nein, Ellen ist eine deutsche Form von Jelena, mit dem Nachnamen ist es kompliziert.«

Ich hätte nie gedacht, dass ich sie so mag, dachte sie. Es war viel zu wenig Zeit, miteinander über alles zu reden, was nötig war.

Wo sollen wir anfangen?

»Die Stadt ist nackt geworden« sagte sie, »die Bäume sind verschwunden.«

»Ein großes Drama« erklärte Sascha, »der Wind hat das Salz überall verbreitet. Allem hier ist es genau wie dem See ergangen, das Salz reichert sich an: Im Boden und in den Körpern, die Bäume sterben, die Menschen werden krank.« Sie gab sich einen Ruck und blickte auf die Uhr. »Zurzeit bin ich rund um die Uhr im Einsatz, ich muss zurück. Am späten Nachmittag ist heute Schluss für mich, dann können wir uns mit etwas mehr Zeit auf einen Wein treffen.«

»Lass uns zu Beginn eine Runde im Riesenrad drehen.«

Sascha blickte sie erstaunt an. »Gern, wir verabreden uns telefonisch.« Sie trank ihr Wasser aus und blickte in Richtung des Eingangs. Dort wartete eine ältere Frau in einer hellgeblümten Bluse. »Du hast mir geschrieben, was du hier suchst. Ich habe zwei Verabredungen für dich organisiert«, sie winkte. Die Frau kam näher. »Wiktoria war 1981 Stationsschwester in unserer Kinderklinik.« Ellen reichte ihr die Hand. Die Frau lächelte sie glücklich an.

»Ich war der erste Mensch, den du auf der Welt erblickt hast, bevor du das getan hast, was du tun solltest: schreien wie am Spieß.« Sascha winkte zum Abschied und war im quirlenden Betrieb des Krankenhauses verschwunden. Schwester Wiktoria setzte sich auf den frei gewordenen Platz.

»Weißt du, warum ich mich an dich erinnere?« Ellen vergrub ihr Gesicht in dem großen Wasserglas, in dem es nicht mehr viel zu trinken gab. Sie fühlte, wie ihr Herz zu rasen begann. Sie schüttelte den Kopf. »Wegen deiner Mutter. Sie war eine so nette Frau.« Die Schwester machte eine Pause. »Niemals hätte ich ihr zugetraut, sich einen Monat nach deiner Geburt für immer aus dem Staub zu machen. Es gab große Aufregung darüber. Ich habe mich nur immer gefragt – bis heute eigentlich – welches schreckliche Unglück muss sie dazu veranlasst haben.« Es war nichts mehr in dem Glas, es gab keine Gelegenheit mehr für Ellen, ihre Tränen zu verstecken.

Sie sprang auf, um sich am Büfett ein neues Glas mit Wasser zu holen. Die Frage der Schwester konnte sie nicht beantworten.

Aus ihrer Brieftasche im Rucksack nestelte sie ein

Foto, das ihren Vater mit seiner Mutter zeigte. Sie schob ihr das Bild über den Tisch. Wiktoria blickte sie weiterhin an.

»Du warst ein wunderbares Baby Lenotschka, ich freue mich so sehr, dass ich dich noch einmal sehen darf. Wer dich sieht, hat in einer Sekunde deine Mutter erkannt. Wie schön du geworden bist! Eine schöne, selbstbewusste Frau aus Deutschland.« Sie legte ihre Hände auf Ellens Hand. Ellen spürte ihre feste Wärme, es tat ihr gut. Sie rückte das Bild näher zu Wiktoria herüber.

»Kennen Sie meinen Vater?«

Die alte Schwester schüttelte den Kopf. »Ihn habe ich vielleicht einmal gesehen, wenn ich mich richtig erinnere, aber die Frau jeden Tag, als deine Mutter noch bei uns war.«

»Meine Großmutter?«

»Eine angenehme, sanfte, umsichtige Frau. Sie hat deine Mutter in die Klinik gebracht. Sie hat hier gewartet. Sie hat sich rührend um euch beide gekümmert, deiner Mutter selbstgekochtes Essen gebracht, ein paar Mal auch Blumen.« Sie beugte sich näher zu Ellen herüber und sprach leise. »Deine Mutter war sehr nett zu deiner Großmutter. Die Blumen hat sie, wenn die Großmutter gegangen war, uns Schwestern geschenkt.«

»Und danach?« Ellen stellte die Frage, die sie ein Leben lang nicht einmal denken mochte. »Was geschah nach ihrem Verschwinden?«

»Als deine Mutter auf Reisen ging, warst du bei deiner Großmutter. Und als bekannt wurde, dass sie sich endgültig abgesetzt hatte, war dein Vater einen Tag später bei dir.«

Sie blickten sich schweigend an. Ellen merkte, wie ihr Tränen in die Augen liefen.

»Ich danke Ihnen so sehr«, sagte sie. Als sich die Schwester verabschiedete, umarmten sie sich.

An einem Stand im Aqua-Park holte Ellen am frühen Abend zwei große bunte Lollis und reichte ihrer Freundin Sascha einen davon. Mit dem belebenden Gefühl, etwas Verbotenes zu tun, steckte sie den Lolli in den Mund und ging mit vollen Backen die wenigen Schritte zur Kasse des Riesenrades hinüber.

»Hast du Familie?« fragte Sascha. Ellen hörte darin, dass sie die Antwort kannte. Ich hätte längst Fotos gezeigt, wenn es so wäre, dachte sie. Eine Gondel in Weiß und Blau näherte sich, sie stiegen ein. Sascha legte die Kette vor, es ging langsam nach oben.

»Es gibt zwei Arten von Familien« meinte Ellen, »die Vorher-Familie, die unabhängig davon existiert, ob es dich gibt.« Sie hatte so lange nicht den Magen in die Knie sinken gefühlt, sie flogen über der Stadt wie früher. Das alte kindliche Staunen gab es nicht mehr, aber ein neues Staunen über die Erinnerung war hinzugekommen. »Ohne Vorher-Familie ist es schwierig mit einer Danach-Familie.« Sie waren am Scheitelpunkt angekommen. Langsam flogen sie fast geradeaus, dann ging es hinunter.

Sascha griff nach Ellens Hand. Sie hielten sich aneinander fest, als ihre Mägen in die Kehlen stiegen, brüllten sie los – laut, so laut sie konnten. Es kam Ellen leise vor, viel leiser als früher, als ihr Gesicht beim Brüllen im Riesenrad rot anlief. Als sie nach einigen Runden unten ankamen, fühlten sich ihre Knie weicher an als zuvor.

Es war kühler geworden. Im Aqua-Park hatte das glückliche Kreischen der Kinder auf der Wasserrutschbahn nachgelassen, die letzten Wagen mit Sesamgebäck zogen davon. Sie gingen einige Schritte in Richtung Nordwesten, wo in einem langen eingeschossigen Bau ein Dutzend Spelunken untergebracht waren. Tief darin waren dunkle Abteilungen, in denen die russische Seele mit Wodka und Bier gepflegt wurde. Einiges vom leichten orientalischen abendlichen Genuss konnte man draußen sehen. Sie ließen sich im impressionistisch flirrenden Schatten einer Akazie auf einem großen Taptschan nieder, dem hochstehenden quadratischen orientalischen Bettgestell, und verspeisten jeder einen Fleischspieß bei einer großen Flasche leichtem »Altstadt«-Bier aus Samarkand. Als es dunkel geworden war, gingen sie noch einige Straßen gemeinsam.

»Wenn du morgen Abend nichts vorhast, lädt dich mein Onkel zum Essen bei seiner Familie ein. Er hat in den geheimen Entwicklungslabors von Nukus gearbeitet und deinen Vater gekannt.« Sie machte die Geste des Telefonierens, dann trennten sie sich, fast genau an der Stelle, an der sich früher auf dem Weg von der Schule nach Hause ihre Wege getrennt hatten.

47

Als Ellen den Keller der Villa betrat, saß Moretti breitbeinig in seinem Sessel und vertrieb sich die Zeit mit der Beobachtung der Bildschirme, auf denen Berichte aus den Etagen über ihnen übertragen wurden. Man konnte dort Schoch erneut sehen, wie er von einer Gruppe in der Kleidung der Dreißigerjahre begleitet wurde.

»Es war einfach zu langweilig«, bemerkte er.

»Noch keine Nachricht?«

»Nein, wir machen zunächst einmal genau da weiter, wo wir gestern aufgehört haben, und warten auf ein Signal aus der Klinik. Sehen Sie es sich an.«

» ... Svetotschkas Stimme legt ein wasserfarbenes Licht über ihre Umgebung. Sie liest mir einen Brief vor, den ich nicht vergessen darf. Vor dem warmen, zitternden, dunkelgrünen Lastwagen, mit dem ich sie zum Beginn ihrer großen Reise um die Welt an diesem kalten zweiten Oktober 1940 hoch in die Berge des Alai fahren werde, erklärt sie mir ...«, gab Schoch gerade eine Erinnerung wieder, mit der Ellen nichts anfangen konnte.

Moretti drehte die Lautstärke herunter. »Wir dringen nie zu der Szene vor, die sich am 25. September 1991 auf dem Flugfeld abgespielt hat.« Ellen betrachtete weiter das Bild, das den alten Mann im Rollstuhl neben seiner Urenkelin zeigte. »Wir nehmen alles auf«, stellte Moretti fest, »sie schreiben auf dem Schiff alles mit. Keine Ahnung, wer das auswerten soll.«

Ellen hörte nichts als das Rauschen des herabrieselnden Regens vor den hoch gelegenen Kellerfenstern. Der Sturm zerrte an den Bäumen. Sie hatte den Eindruck, auf einem der Monitore den Schatten eines dünnen Mannes mit langen Haaren zu erkennen. Sie konnte sich aber auch geirrt haben. Eine Weile betrachtete sie das Geschehen in der Villa und Moretti widmete sich wieder seinem Buch.

Das Telefon klingelte.

Bevor es ein zweites Mal klingeln konnte, hatte Moretti das Handy am Ohr. Aufmerksam hörte er zu. Sagte nichts anderes als »Verstanden« oder »Ja« und beendete dann das Gespräch. Mit kalkweißem Gesicht blickte er Ellen an. Es war deutlich, dass er sich aller Konsequenzen bewusst war, die sich nun ergaben.

»Und«, fragte sie?

»Er ist nicht mehr aus der Narkose erwacht. Wir brechen ab.« Er griff zu seinem Sprechfunkgerät.

Ellen hob die Hand. »Einen Moment. Es gibt doch noch Fragen an den alten Mann, deren Antworten lebenswichtig sein können.«

Noch hörte er ihr zu.

»Ich verspreche Ihnen, dass Sie in einer Stunde haben, wonach Sie suchen.«

Ich muss um jeden Preis diesen einen Moment verhindern, dachte sie, in dem alles endgültig verloren ist, was ich wissen muss. Er zögerte.

»Warum hat er das Projekt abgebrochen?« Ellen blickte auf einen der Monitore, auf denen man Schoch und seine Urenkelin in dem Musikzimmer erkennen konnte.

»Ich weiß es nicht. Vielleicht hat sich das Problem, das wir in einem zentralasiatischen Land lösen wollten, anderweitig bereinigen lassen und wir benötigen nicht mehr, was wir hier suchen. Es gibt immer mehrere Optionen.« Er hatte einen Juckreizanfall in der Nase, die er ausgiebig schnäuzte und rieb, eine Aktion, nach der seine Augen einen verschlagenen oder besser gierigen Ausdruck angenommen hatten. »Für künftige Fälle wäre es trotzdem nicht schlecht, fündig zu werden.«

Er erhob sich von seinem Bürostuhl und wanderte eine Weile in dem Kellerraum herum wie ein eingesperrter Boxer. »Also gut«, sagte er schließlich, »ich gebe Ihnen und einem kleinen Team noch eine Stunde, so lange reichen die Batterien für das Licht und die Technik drüben in der Villa. Die Stromgeneratoren müssen wir abziehen, alles andere ziehen wir auch ab.«

Er führte das Sprechfunkgerät an den Mund. Aus den im Haus und auf der »Zürich« verteilten Geräten und aus den eingesetzten Ohrhörern drang seine Stimme in die Köpfe aller Beteiligten. »Die Lkws, Team eins und Team zwei ziehen jetzt ab, das Projekt wird abgebrochen, die Straßensperrung wird aufgehoben. Die Villa, das Schiff und die Sicherheit sind weiter aktiv. Danach erfolgen Bereinigung und Aufbruch.«

»Ich werde mich umziehen und weiterhelfen«, erklärte Ellen.

Noch eine Stunde!

»Ich wünsche Ihnen viel Glück. Vielleicht finden Sie noch etwas heraus.«

»Sie sollten mir mehr erzählen«, sagte Ellen. »Wenn ich mit dem alten Mann rede, könnte es sinnvoll sein, zu wissen, wann ich weiter nachfragen muss.«

Moretti überlegte eine Weile, sein Schweigen schien die Atmosphäre im Raum immer dichter werden zu lassen. Es dauerte. Er blickte auf die Übersichten, die die Wände bedeckten. Schließlich deutete er auf den Bürostuhl am anderen Ende des Raumes, direkt vor der Tür zur Toilette.

»Sie haben recht, die Zeit sollten wir uns nehmen. Setzen Sie sich.« Er wiegte sich in seinem Stuhl hin und her. »Im Jahr 1989, als es noch die Sowjetunion gab, kam es im usbekischen Ferghana-Tal zu einer folgenschweren Prügelei zwischen Turkmenen und Usbeken. Aus einer Prügelei, wie sie Märkte mit Obst, Brot, Kuchen und Wein immer wieder sehen, wurde ein ausgewachsener Aufruhr zwischen beiden Bevölkerungsgruppen. Gorbatschow ließ hunderte Spezialisten der Truppen des Innenministeriums eingreifen, aber es wurde immer schlimmer. Dreihundert Tote später war immer noch nichts entschieden, bis der Koordinator dieses Projektes den Auftrag erhielt, das Spiel zu beenden, koste es, was es wolle. Zu diesem Zweck hat er etwas eingesetzt, was nie zuvor verwendet worden ist.«

An der Armlehne ihres rollenden Bürostuhls zog Moretti Ellen näher zu sich heran. »Es ist die Kraft der Zukunft, davon sind unsere Finanziers überzeugt.« Er blickte Ellen aus zusammengekniffenen Augen an. »Sie nennen es den ›Friedensstoff‹. Nach dessen Einsatz war der ganze Spuk im Ferghanatal von einem Tag auf den anderen beendet. Ein paar tausend Turkmenen wurden innerhalb weniger Tage mit großen Transportflugzeugen zurück auf die Krim gebracht, von wo Stalin sie 50 Jahre zuvor umgesiedelt hatte. Es war vorbei, ohne einen einzigen Protest und ohne weitere Verletzte. Inzwischen ist die insgesamt produzierte Menge des Kampfstoffes unauffindbar, obwohl es genügend Stoff ist, um einige Weltkriege zu entscheiden. Außer vielleicht ein paar tausendstel Gramm bei versprengten Spezialtruppen, existiert heute nichts mehr davon. Null! Die ganze Welt ist hinter seinem Verbleib her, uns Amerikaner eingeschlossen.«

Er stürzte aus dem Keller, um seinen Leuten Beine zu machen. Ellen ging hinüber in die Remise, um das türkisfarbene Seidenkleid aus den Dreißigerjahren wieder anzuziehen. Sie hatte dafür nur wenige Minuten. Durch das Dunkel kehrte sie danach wie durch einen unbeleuchteten Tunnel in die Villa zurück.

Im dem ehemaligen Lesesaal der Bibliothek im Erdgeschoss lag der alte Mann auf der Couch, den Kopf auf einer Armlehne, in der Hand eine brennende Zigarette mit langem Pappmundstück. In einem kleinen Sessel hatte sich seine Urenkelin daneben eingerichtet und hielt ihm von Zeit zu Zeit einen Aschenbecher hin. Eine aus der Remise mitgebrachte Stablampe in der Hand, setzte sich Ellen dazu.

»Was für ein Haus!«, stellte die junge Frau fest.

Ellen betrachtete sie in dem dünnen Licht aus den wenigen Lampen, die an der Decke noch funktionierten, nachdem der Strom aus den Generatorwagen von der Straße abgeklemmt worden war. Die Urenkelin war vermutlich nicht einmal zwanzig Jahre alt. Sie saß in einer Selbstsicherheit und Ruhe dort, als zöge sie ihre Kraft aus der Besonderheit des Urgroßvaters, den sie begleitete. Sie hatte ein klares, ein reines Gesicht, offen, erstaunt, umsichtig, aber nicht ängstlich, nicht einmal besorgt. Ihre Haare waren zu einem Knoten im Genick zusammengebunden. Sie trug Jeans und einen kurzärmeligen hellbraunen Pullover, der an der linken Seite eine kleine aufgesetzte Tasche mit einem Perlmuttknopf trug. Aus allem, was ihre Bewegungen und Blicke und die Sorglosigkeit ihres Auftretens zeigten, wurde klar, dass sie den Urgroßvater nicht zum ersten Mal auf einer Reise begleitete, in der er sein Können zeigen musste. Mit einiger Sicherheit war dies allerdings die größte Unternehmung dieser Art.

»Was für ein Mensch«, entgegnete Ellen.

Die Urenkelin lächelte. Sie streckte dem alten Mann den Aschenbecher entgegen. Ohne den Kopf zu bewegen, schnippte er die Asche darin ab. Über ihnen waren Schritte zu hören. Eines der Lichter im Lüster an der Decke erlosch. Bei Ellen kündigten sich die Kopfschmerzen an, die bei ihr mit der Dunkelheit in diesem Haus von Anfang an verbunden gewesen waren.

»Alles an ihm ist von seinem Gedächtnis bestimmt, sonst wäre es sicher viel einfacher für ihn.« Die Urenkelin schlug die Beine übereinander und rückte sich ein Kissen im Rücken zurecht. Ihr Urgroßvater auf seiner Couch blickte dem aufsteigenden Rauch aus seiner Zigarette hinterher. »Sein Leben lang hat er auf ein großes Glück gewartet, auf ein Ereignis, das in großartiger Weise mit einem Schlag alle Probleme löst. In allem, was er unternommen hat, hat ihn diese Hoffnung sorglos werden lassen. Außer dieser Hoffnung hatte er keinen anderen Plan für sein Leben.«

»Wie kann diese Planlosigkeit von seinem besonderen Gedächtnis verursacht sein?«

»Er wird von Bildern überwältigt, die ihn immer wieder davontreiben«, sagte die junge Frau. »Hinter Dingen und Zeichen tun sich für ihn unendlich viele weitere Wege auf, denen er immer wieder nachgeht. Er kann kaum begreifen, was er liest, weil er sich in den Bildern und Gefühlen verliert, die in jedem Satz für ihn aufflackern.«

Durch den Regen hörte man die gedämpften Geräusche eines nicht zu weit vorüberfahrenden Lastkahns.

»Helfen sie ihm, sein Leben zu organisieren?«, fragte Ellen. »Allein wird er es wohl kaum können.«

»Sie müssen sich vorstellen, wie es ist, wenn man sich mit seinem ganzen Körper erinnert«, antwortete die Urenkelin. »Niemand von denen, die alt genug sind, wird jemals den Ort vergessen, an dem er am elften September 2001 vom Einsturz der New Yorker Twin Towers erfuhr. Nicht in zehn Jahren, nicht in fünfzig Jahren. So ergeht es ihm mit jeder Silbe, mit jeder Zahl, mit jedem Erlebnis, sobald er sich erinnert. Wie soll ein Mensch so leben können? Wir kümmern uns sehr um ihn.« Sie wedelte den Rauch der Zigarette vor ihrem Gesicht beiseite. »Für die richtigen Pausen schwört er auf Mentholzigaretten.« Sie lächelte entschuldigend.

»Besitzen seine Kinder und Enkel dasselbe Talent?« Ellen hoffte, dass ihr beim Gespräch mit der Urenkelin etwas einfiel, was sie zu dem versteckten Erinnerungsort führen konnte. Schließlich ging es um einen Ort in diesem Haus, an dem der alte Mann sich als Kind einmal in Sicherheit gebracht hatte.

»Eine meiner Cousinen hat diese Eigenschaft zu einem kleinen Bruchteil geerbt. Sie hört Farben. Aber bei ihm hat es eine vollkommen andere Dimension als bei allen anderen. Egal, ob er etwas hört oder sieht oder fühlt oder denkt – alle Sinne reagieren mit. Wenn er sich vorstellt, dass er einen Eisbrocken in der Hand hält, wird diese Hand eiskalt. Wenn er sich vorstellt, die andere Hand auf einen Herd zu legen, wird diese Hand zur selben Zeit heiß.«

Intensiv sog Schoch an dem Mundstück seiner Zigarette, dass deren Spitze hell aufglühte. Er stieß den tief eingeatmeten Rauch langsam aus.

»Zwischen Realität und Fantasie kann er nicht unterscheiden – und diese Unterscheidung macht für ihn auch keinen Sinn, weil die Fantasie seinen Körper genauso verändert wie die Realität.« Er schnippte die Asche ab und legte den glimmenden Stummel hinein.

Sie drückte die Glut aus und stellte den Aschenbecher auf den Boden. Dann ergriff sie die Hände des alten Mannes.

»Ich stelle mir manchmal vor, dass früher, viel, viel früher, bevor sie lesen und schreiben und vielleicht sogar, bevor sie sprechen konnten, alle Menschen so waren. Er ist wahrscheinlich nicht der Erste einer neuen Sorte Mensch, eher ist er der Letzte von denen, denen alles unbegreiflich naheging.« Schoch drehte sich auf die Seite.

»Ist er glücklich bei dem, was hier mit ihm geschieht?«

»Was diese Männer, die plötzlich vor drei Jahren bei uns vor der Tür standen, mit ihm unternehmen, sieht er als das große Glück an, auf das er sein Leben lang gewartet hat, die ganze Familie wird davon eine Zeit lang gut leben.« Aus einer bereitstehenden Flasche goss sie ihm ein Glas Cola ein und reichte es ihm. Er leerte es mit vielen kleinen Schlucken. Das vorletzte Licht im Kronleuchter erlosch.

»Ich fürchte, er wird nicht überleben«, sagte die Urenkelin leise.

»Wieso das?«, fragte Ellen.

»Er wird schwächer. Wenn wir gefunden haben, was wir finden wollen, möchte er gehen. Das hat er mir gesagt. Es kann danach nichts mehr geben. Dies alles strengt ihn sehr an. Für uns sind es Worte, wenn wir sagen, er hat die Erinnerung an dieses Haus gelöscht, indem er es in seiner Vorstellung tief im Wasser versenkt hat. Für ihn ist das real, er muss tauchen. Seine Haut wird kalt. Er braucht viele Pausen, gestern hatte er Angst vor einem Fisch, der plötzlich in seiner Vorstellung aufgetaucht ist.«

Ellen erhob sich. »Ich werde suchen helfen«, sagte

sie und blickte der jungen Frau fest in die Augen, »ich verspreche es. Ich suche nach derselben Nacht.«

Dann verließ sie den ehemaligen Lesesaal, den jetzigen Gartensalon eines wiederhergestellten Palastes.

In jedem der Kronleuchter leuchteten noch zwei oder drei LED-Lampen, die von den Batterien in den kleinen daran hängenden Steuerkästen gespeist wurden. Ellen kam sich vor wie in einem leckgeschlagenen Schiff, dessen Licht nur noch den letzten Männern der Besatzung ihren Weg hinaus zeigen sollte. Die Stille und das dünne, kalte Licht zeugten davon, dass etwas schiefgegangen war. In ihrem Abendkleid war sie ein zurückgekehrter Luxuspassagier auf der panischen Suche nach einem wertvollen Schmuck. Im Flur erlosch eine von zwei Birnen im Kronleuchter. Sie hatte nicht mehr als eine halbe Stunde.

Sie versuchte, sich in den Sommer 1933 zu versetzen. Der Überfall der SA-Horden. Alle offensichtlich erkennbaren Verstecke für einen ausgewachsenen Mann und einen kleinen Jungen konnte sie ausschließen. Sie bewegte sich tiefer in den Flur durch die Salons, die einmal die Bibliothek beherbergt hatten. Viele der Möbel waren perfekt aufgemalte Illusionen, nichts, worin man sich heutzutage noch verstecken konnte. Ein Schrank, ein Vertiko, ein Bücherschrank im Herrenzimmer, alles zweidimensionale Bilder, an denen es nichts zu entdecken gab.

Ist das Versteck für immer verloren?

Auf einen Schlag erloschen die Kronleuchter im Musik- und im Herrensalon. Ellen stand in totaler Dunkelheit, in der plötzlich der Regen zehnmal so laut zu rauschen schien. Ihre Kopfschmerzen flammten auf. Sie zogen sich wie ein heißer Schnitt vom rechten Auge über die rechte Stirnseite und den Scheitel bis ins

Genick. Sie kannte das. Sie wusste, was bald folgen würde. Sie musste dorthin, wo es noch hell war. Nur weg in das Licht der Remise – oder sonst irgendwohin, nur weg.

Ich muss hierbleiben.

Die Chance ihres Lebens, die Trümmerstücke ihrer Familiengeschichte zusammenzusetzen, existierte vielleicht noch für zwanzig Minuten. Der Dachboden! Der Ort, der am weitesten von allem entfernt lag.

Wie erblindet tastete sie sich zur Treppe und in den oberen Flur, in dem noch eine letzte LED in einer Lampe glomm.

Wieder spürte sie, dass jemand hinter ihr war. Ganz deutlich.

Sie wusste, dass sie vor einem tödlichen Dilemma stand. Sollte es ihr gelingen, den richtigen Ort zu finden, und sollte der alte Mann sich erinnern, war bald darauf für die Männer im Netzwerk der Mithörer, Stenographen und Übersetzer alles gelaufen. Dann galt es nur noch, Geheimnisverrat zu verhindern, dann begann die Gefahr.

Sie hörte Schritte, die jemand bemüht war, leise zu halten. Sie hörte den alten Mann murmeln, unterbrochen von sanften, leisen Ermahnungen seiner Urenkelin. Sobald der alte Mann schwieg, und jetzt machte er eine Pause, spürte sie jemanden hinter sich.

Von Westen her schob sich eine Wolke vor den Mond. Ihre Kopfschmerzen explodierten, als auch im Flur die letzten Lichter erloschen. Es hielt sie nicht auf den Beinen, sie musste für einen Moment in die Knie gehen. Bei einem Schritt tiefer in die Dunkelheit hinein stieß sie an einen Menschen, der dort stand. Ihre Schmerzen füllten den Kopf mit glühendem Eisen. Ihr Nacken wurde zu Stein, ihr Blut wurde kalt wie flüssiger Stickstoff, der alles erstarren ließ, womit er in Berührung kam. Als sich nichts weiter tat, tastete sie sich mit den Händen voran.

Die Puppe!

Die verdammte beschissene sinnlose Kleiderpuppe, die ständig im Weg herumstand. Froh, endlich etwas unternehmen zu können, wuchtete sie das Teil mit beiden Armen hoch und quälte sich damit in den großen Terrassensalon, in dem sie noch vor wenigen Wochen die Sommermonate verbracht hatte.

Die Puppe trieb sie zum Wahnsinn. Um sie ein für allemal aus dem Weg zu haben, stellte sie sie an der südlichen Wand des großen Terrassensalons ab, das Gesicht mit den aufgemalten Augen zur Wand gedreht. Im matten Licht einer letzten winzigen batteriebetriebenen Leuchte in einer Wandlampe, streckte die Figur mit Hut und Nadelstreifenanzug in ziellos eleganter Geste den rechten Arm in Richtung der Terrasse.

Ellen ging hinaus, dort war es noch am hellsten, weil aus den aufreißenden Wolken jetzt sehr weit hinten über dem See ein voller Mond hervorleuchtete. Die Schatten einer Schar von Fledermäusen taumelten über die Terrasse hinweg in den Schutz der Bäume im dunkleren Osten, eine kompakte Wolke schob sich vor den Mond. Ellen sah die Nacht in der Nacht kommen, eine Eule löste sich aus dem Schatten einer dichten Buche. In diesem Moment wusste sie, dass sich ihr etwas Wichtiges offenbarte, aber sie begriff nicht, was es war.

48

Dreizehn Jahre zuvor; Nukus

Am Abend klopfte Ellen an die Tür der von ihrer Freundin angegebenen Adresse in der Ulitsa Dschumanasarova. Sascha hatte sie darauf vorbereitet, dass ihr Onkel, den Ellen vielleicht aus ihrer Kinderzeit von dem einen oder anderen Schulfest oder der Mai-Feier noch unter Vasili kannte, ein waschechter Russe, dessen Familie aus Kiew stammte, sich inzwischen Yussuf nannte und zum Islam konvertiert war. Ein Yussuf statt eines Vasili schreckte Ellen nicht im Geringsten. Wenn er ihr nur half, zu verstehen, was mit ihrem Vater geschehen war, oder wenigstens sein wirkliches Grab zu finden.

Ein kleiner, leicht übergewichtiger Mann mit einem usbekischen Käppi in Schwarz und Silber auf dem Kopf und einem langen silbernen Bart, der über ein knielanges hellblaues Hemd fiel, öffnete ihr die Tür.

»Lenotschka«, rief er mit ausgebreiteten Armen. Er roch intensiv nach frischem Waschmittel, die Kleidung, er selbst, der Bart, alles verströmte den sauberen Geruch nach einer sorgfältigen Vorbereitung auf einen großen Empfang.

»Yussuf«, sagte Ellen etwas unsicher.

Er nickte freudig. »Ich bin ein neuer Mensch, du glaubst es nicht.«

Alles, was von seiner Familie in Nukus greifbar war, war zu dem Familienessen eingeladen, das auf einem großen Teppich in der Mitte eines Innenhofes stattfand. Neben dem Onkel und ihrer Freundin Sascha waren Yussufs Tochter, eine dicke fröhliche Frau mit rosaroter Gesichtsfarbe, und seine Ehefrau, die Aisha genannt werden wollte, anwesend. Danach wurde Ellen noch von seinem Bruder, Saschas Vater, begrüßt, einem großen Mann mit grauem Haarkranz, an den sich Ellen noch als rothaarig erinnerte, und vom Enkel des Hausherrn, Mahmud, einem 25-jährigen, gut gekleideten Mann, der den gesamten Abend seine spiegelnde Sonnenbrille in den schwarzen Haaren auf dem Kopf trug.

Es wurde aufgetafelt, was die Küche hergab: Salate, eine große Schale mit Plow, Fleischbällchen und allem anderen, was sich an Obst und Gemüse gefunden hatte, gegrillte Spieße und Hühnchenteile. Man bediente sich mit den Fingern aus der großen Schale in der Mitte der Tafel und wickelte Salat und Fleisch in dünne Scheiben von Fladenbrot. Zu Trinken wurde für die sieben Personen Wasser und grüner Tee gereicht. Yussuf gab seinem Enkel einen Wink, worauf der eine Kiste mit großem, gut gekühltem Bier heranschleppte, was Yussuf zu der Bemerkung verleitete, »es gibt keinen Grund, unsere russische Herkunft zu verleugnen.« Er prostet den anderen zu, von denen nur sein Enkel dabeiblieb, Tee zu trinken.

»Wie kannst du dir die große Reise leisten«, fragte Yussuf mit vollem Mund seinen Gast. Ellen fühlte sich einer Prüfungsfrage ausgesetzt.

»Die UNESCO fördert eine Restaurierung des Ulug-Beg Observatoriums in Samarkand. Ich habe dort die letzten zwei Wochen gearbeitet.« Sie rollte sich ein Fladenbrot mit Salat und Stücken des Hühnerfleisches zusammen.

»Oh«, machte Yussuf. Sein Blick war auf seinen Enkel gerichtet. »Da kannst du was lernen. Mit fleißiger Arbeit kommt man um die Welt.« Dann wandte er sich wieder Ellen zu. »Du studierst Astronomie, hat mir Sascha berichtet. Erklär uns, wie dieses verdammte Observatorium in Samarkand ohne Teleskop funktionieren kann.« Ellen fühlte alle Blicke auf sich gerichtet. Sie wischte sich den Mund mit dem Handrücken ab und nahm einen großen Schluck von dem Bier.

»Der große gemauerte Bogen im Innern des Observatoriums ist ein riesiger Sextant, wie sie die Seefahrer nutzen, um ihre Position auf dem Meer durch das Anpeilen von Sternen zu bestimmen.«

»Und wozu, zum Teufel, musste es so unglaublich groß sein?«

»Je größer das Weltreich, desto größer die Gefahr, sich darin zu verlaufen.« Alle nickten heftig. Das war klar, sie hatten selbst noch ein großes Imperium erlebt. »Desto genauer muss man sich an den Sternen orientieren können, desto größer muss der Sextant sein, mit dem man sie anpeilt, um präzise Sternenkarten zu erhalten.« Sie goss sich einen Schluck aus der betauten Flasche nach. »In den Bauwerken der Menschen auf der Erde finden sich die Spuren der Himmelskörper. Ist das nicht ein Wunder?«

»Und was hast du dabei getan« fragte Yussuf.

»Ich habe Vitrinen ausgebessert, Wände gestrichen und neue Kacheln im Fußboden eingesetzt.«

Zum Nachtisch gab es unerträglich süße Gebäckstücke mit Mandeln. Yussuf lehnte sich zurück, er nickte Ellen zu.

»Du bist nicht gekommen, um uns Astronomie beizubringen. Du wolltest etwas anderes wissen«, er machte eine Handbewegung in die Runde »und das ist sehr persönlich.« Nicht lange, und die anderen Mitglieder seiner Familie verabschiedeten sich. Es war dunkel in dem Innenhof, einige Glühbirnen leuchteten auf und seine Frau entzündete einige Petroleumlampen. Dann waren sie allein. Yussuf erhob sich ächzend und lud Ellen ein, sich mit ihm auf einem Taptschan niederzulassen, der unter einem Bogengang an der Seite des Innenhofes stand. In der Mitte des Gestells befand sich eine Platte mit Weintrauben, Orangen, Datteln, Aprikosen und anderem Obst, eine betaute Flasche mit Cabernet aus Samarkand und eine Flasche Wodka daneben. »Ich kannte deinen Vater« begann Yussuf seine Rede. Er zog den Korken von der Flasche und goss beiden ein, dann lagerte er sich bequem auf den Teppichen und Kissen.

Ellen trank ihr Glas aus und goss sich ein kleines Glas Wodka ein. Yussuf registrierte ihren skeptischen Blick.

»Die Leute redeten eine Menge Unsinn. Je älter du wurdest, desto mehr verstummte das allgemeine Gemurmel, wenn du nicht anwesend warst. Ich habe deinen Vater und dich gemeinsam bei einigen Sommerfesten des Forschungsinstituts gesehen, lass es dir gesagt sein, du bist unverkennbar seine Tochter.« Er drückte kurz ihre Hand. Es war ihr nicht unangenehm. »Viel wichtiger für dich, wenn du nach seinen Spuren suchst, ist es aber, zu wissen, was in den Labors in Nukus eigentlich entwickelt wurde.« Schnaufend legte er sich auf die andere Seite. Ellen folgt ihm dabei, sonst hätte sie sich mit seinen Füßen weiter unterhalten müssen.

»Die Arbeitsteilung war damals so: In Moskau, im Staatlichen Institut für organische Chemie und Technologie, dem GOSNIIOKhT, wurden Wirkstoffe erforscht. Was militärisches Potenzial hatte, wurde in Nukus in vielen Testreihen zu einer chemischen Waffe entwickelt, an einem dritten Ort wurden die freigegebenen Kampfstoffchargen in großen Mengen produziert.« Ellen konnte nicht anders, als weiteren Wodka in sich hineinzuschütten.

Was um Gottes Willen hatte ihre Mutter veranlasst, sich auf diese teuflische Bahn zu begeben?

»Ausnahme war eine Substanz, die im Moskauer Akademie-Institut für Neurochemie entwickelt worden war«, fuhr Yussuf fort. »Sie lief in Nukus unter der Bezeichnung ›Präparat A-800‹.« Er knabberte an einer Rebe von Weintrauben. »A-800 wurde von einer ganz besonderen Mauer von Geheimhaltung umgeben. Dein Vater arbeitete daran, deshalb haben wir uns in den letzten Jahren vor 1991 kaum noch gesehen. Sie hatten eigene Labors, eine eigene Cafeteria, eigene Wohnungen. Die Wohnung, die du als deine Heimat kennst, war eigentlich die Wohnung deiner Großmutter. Er musste woanders hinter Zäunen wohnen und konnte dich nur tageweise besuchen.«

Ellen gab Yussuf einen Wink und klettert von dem Gerüst. *Bewegung!* Im Innern ihrer unberührten Kindheit wurde ein Gewirr von Würmern sichtbar. Es schüttelte sie, Kälte breitete sich auf ihrer Haut aus, sie drehte einige Runden vor dem großen Tor auf der Straße.

Nach einer Weile kehrte sie zurück, kletterte auf das Taptschan und ließ sich in den Teppichen und Kissen nieder. Und fror. Yussuf öffnet eine neue Flasche Weißwein.

»Ich habe gestern versucht, mir das Gelände des Labors und der Testanlagen anzusehen« berichtete sie. »Vergeblich. Es muss so riesig sein, dass ich den Eingang nicht fand.« Er goss ihr Wein nach. Zu Fuß gehe ich nicht mehr ins Hotel zurück, ich werde mir ein Taxi nehmen, nahm sie sich vor.

»Es ist riesig. Sei froh, dass du es nie gesehen hast. An allen Seiten umgeben von Laborbauten stand dort eine, im Lauf der Jahre schwarz angelaufene fußball-feldgroße Blechhalle mit tonnenförmigem Wellblech-dach, in der die Tiere für die Tests gehalten wurden. Tausende von Affen, Ratten, Schweinen oder anderen Tieren warteten darauf, in Testkäfigen unter freiem Himmel oder in den Labors verschiedensten Substan-zen ausgesetzt zu werden, über die Atemluft, die Haut oder die Nahrung. In der Umgebung hörte man ihren Lärm wie eine kleine aufgeregte Stadt, zänkisch, mü-de, laut, umherrasend, quiekend, fressend, kämpfend, schreiend, sich paarend. Ich habe mich oft gefragt, ob diese Tiere im Lärm ihrer täglichen Verrichtungen jemals die Schreie der Tiere aus den Versuchsfeldern als das Signal aus ihrer eigenen Zukunft begriffen ha-ben. Wir nannten die Halle damals den ›schwarzen Garten‹.« Er blickte Ellen über sein Weinglas fest in die Augen. »Keins der Tiere hatte natürlich eine Vor-stellung von dem, was ein Labor war, oder was es hieß, Gegenstand der Wissenschaft zu sein, sie hatten keinen Schimmer von Weltmächten, von Krieg oder Atomwaffen und hatten keine Chance zu begreifen, was die Welt mit ihnen anstellte. Wie wir ja auch.« Keine Yussuf-Verkleidung mehr, dachte sie. Ein Mann, der in einer Todesmaschinerie mitgearbeitet und sich radikal abgewendet hat. Für eine Sekunde sahen seine Augen stählern entschlossen aus.

»Ist das der Grund für Ihren neuen Namen« fragte sie.

»Ich habe wahrhaftig genug Wissenschaft für tau-send Leben betrieben, um zu wissen, dass der Weg in die Zukunft nicht durch Städte von Laboratorien führt. Je tiefer wir in die Fundamente der Natur vor-

477

dringen, desto sicherer zerstören wir uns. Ich glaube nicht, dass viele das besser beurteilen können als ich.« Durch eine Seitentür des Innenhofes blickte seine Frau. Er kletterte von dem großen Gestell herunter. Im Stehen trank Yussuf sein letztes Glas leer. »Der Islam hat die letzten 500 Jahre keine vernünftige Wissenschaft mehr zustande gebracht. Das ist ein guter Anfang, findest du nicht?« Er lachte.

Auf dem Weg zu dem großen geschnitzten Tor bei der Durchfahrt zum Hof hielt Ellen inne.

»Wo ist der dritte Ort?«, fragte sie.«

»Dort, wo die Kampfstoffe produziert wurden, war der Ort, wo es wirklich ernst wurde, die Laborstadt Kantubek auf ›Vozroshdenije‹, der ›Insel der Wiedergeburt‹ in dem verschwundenen Meer. Heute ist sie eine Ansammlung von Ruinen auf einem Felsenplateau in der Wüste.« Er schwenkte die halb leere zweite Flasche Wein in der Hand. »Auch dort gab es Tausende von Menschen, Tiere, Testfelder und Labors.«

»Ich werde dorthin fahren« verkündete Ellen.

»Das ist ein Weg durch die Wüste, durch die Reste getesteter Bio- und Chemiewaffen, die der Wind verteilt. Es ist eine gefährliche Tour.«

»Ich werde es tun, egal wie.«

»Du bist die Freundin meiner Nichte. Du kannst dir von mir ein Auto leihen, aber nur, wenn du einen Führer mitnimmst, der sich auskennt. Allein lasse ich dich dort nicht hin. Komm morgen Vormittag hierher. Mein Enkel wird dich bringen.«

49

Spuren der Himmelskörper finden sich in den Bauwerken des Menschen auf der Erde.

Ellen wusste, wo sie suchen musste.

Sie lief durch den Terrassensalon, durch den dunklen Flur des Obergeschosses, die Treppe hinunter und hinüber in die Remise, um sich in ihrer Küche mit einem rasiermesserscharfen Edelstahldolch auszurüsten, den Leo einmal zu einem Grillfest für die perfekten Filets angeschafft hatte. So schnell sie konnte, lief sie damit zurück in die Villa, durch den schachbrettartig gefliesten Flur hinab in den Keller, der verwaist dalag, weil Moretti damit beschäftigt schien, die Aufräumarbeiten voranzubringen. In seiner Kommandozentrale tauchten nur einige batteriebetriebene Notleuchten die Pläne an den Wänden in Dämmerlicht. Der Lichtkegel ihrer Lampe wanderte Zentimeter für Zentimeter über die große Wand, an der der Aufriss jeder Etage des Hauses aus dem Jahr 1963 klebte.

Das Erdgeschoss. Der Flur interessierte sie nicht. Die Zimmer interessierten sie nicht, die Treppe ebenfalls nicht. Der Lichtkegel blieb auf einem gezeichneten Quadrat haften, das sich in der Wand befand. Der Querschnitt eines der beiden großen Schornsteine, die seit langem totgelegt waren. Ellen suchte weiter, die Stablampe in der einen, das glänzende Grillmesser in der anderen Hand.

Es gab ein weiteres, größeres Rechteck.

Sie schwenkte den Lichtkegel auf den Plan des Kellergeschosses. Das Rechteck fand sich auch dort, und, wenn sie genau hinsah, ebenso im Obergeschoss – der Küchenfahrstuhl, mit dem die Menüs aus der Küche direkt in die Speisesalons transportiert werden konnten.

Es musste noch etwas anderes geben.

Es gab ein noch größeres Rechteck, dass sie bisher für einen totgelegten Kamin im Flur des Erdgeschosses gehalten hatte, dieses Rechteck war viel größer, als das des Küchenfahrstuhls. Es besaß keine Tür und seltsamerweise tauchte es in den Plänen lediglich im Erdgeschoss auf. Zwei Daumen breit entsprach im angegebenen Maßstab von 50:1 im Flur des Erdgeschosses einem Meter Abstand zur Tür des Gartensalons. Kurzerhand riss sie den Teil des Plans von der Wand.

Zurück im Erdgeschoss, verharrte sie vor der Wand zwischen dem Gartensalon und der gusseisernen Wendeltreppe am anderen Ende des Flurs. Wenn sie das Aufrissblatt richtig deutete, musste sich das, wonach sie suchte, einen Meter rechts neben der Tür zu dem ehemaligen Lesesaal der Bibliothek befinden.

Sie klopfte auf die Wand mit der kinogerecht perfekt imitierten hellen Holztäfelung. Es gab nichts Auffälliges, was sich daran feststellen ließ, keine Lücke, keinen Spalt, nicht einmal einen Wechsel in der Farbschattierung. Die Stuckornamente liefen durch, die Bodenleisten mit goldenen Zopfmustern liefen durch, die nach den Fotos aus der Festschrift vom Jahr 1932 aufgemalten Schnitzwerke der Täfelung und ihre künstlichen Schatten liefen durch.

Ellen schritt einen Meter vor der Wand ab, dann führte sie mit dem Messer einen kreuzförmigen Schnitt in die makellose Fläche, die gerade erst von den Filmleuten aufgebrachte Farbe blätterte ab, als sie weitere lange Schnitte in horizontaler Richtung führte. Sie versuchte die offenen Schnitte auseinanderzuziehen und blätterte Schichten um Schichten von Tapeten auf. Die dunklen Lederimitat-Tapeten von der Einrichtung der Bibliothek im Jahr 1982, die gelb-rot gestreiften Kalkstaubtapeten aus der Zeit, als die Ostberliner Verkehrsbetriebe hier ihre Büros besaßen.

Sie riss die Fladen aus den bewegten Zeiten der Villa von der Wand nach oben, nach unten. Sie schrie und stöhnte dabei, weil es unglaubliche Kraft kostete, in den immer wieder neu überklebten und überstrichenen Flächen in die Tiefe vorzudringen. Sie zog, sie riss, sie schnitt, sie ignorierte, was sonst in dem Haus geschah. Und sie merkte, dass sie keine Chance hatte, etwas hinter diesem Tapetenpanzer aus siebzig Jahren mit ihrem lächerlichen Grillmesser in der kurzen Zeit freizulegen, die ihr noch verblieb. Es musste etwas Stärkeres her.

Sie überlegte nicht lange, sondern lief hinüber zu der Remise, umrundete sie und riss ohne Schlüssel den dahinter gelegenen Werkzeug- und Fahrradverschlag auf. Das war es! Sie wog die Axt in der Hand. Das war das Richtige.

Im türkisfarbenen seidenen Abendkleid lief sie axtschwingend zurück in die Villa. Schon die ersten Schläge zeigten ihr, dass es schneller voranging. Die Schläge hallten durch das Haus, die Splitter der verhärteten Drachenhaut aus alten Tapeten flogen ihr um die Ohren. Dann war sie an einer Stelle auf dem Grund.

Eine kleine, geschnitzte hölzerne Fläche, die nicht überstrichen, sondern ursprünglich einmal lackiert gewesen war, ein nahezu unsichtbar eingelassenes Teil in der früher durchgängig getäfelten Wand in demselben Muster, das die Szenenbildner in meisterhafter Arbeit nach alten Fotos wiederhergestellt und darüber geklebt hatten. Nun hatte sie etwas, an dem ihre Hände eingreifen konnten, mit Reißen und Schneiden unter erneutem Einsatz des Grillmessers dauerte es noch einmal fünf Minuten, bis ihre Fingerspitzen blutig waren und ihr der Schweiß von Gesicht und Rücken floss. Aber es lag frei vor ihr, wonach sie gesucht hatte.

Wie aus der Wand herausgesprengt, inmitten von Staub, Müll und Tapetenfetzen, die den Flur bedeckten, lag die kleine, sorgfältig gearbeitete Tür eines Fahrstuhls vor ihr. Der kleine Fahrstuhl, von dem jedermann im Haus nur gerüchteweise gehört hatte, versteckt in der Täfelung, eingerichtet, um die Festgäste auf direktem Weg zu der Beobachtungsplattform zu bringen, von der man auf dem Dach die Sterne betrachten konnte, gebaut als Logenplatz für das Schauspiel der Sonnenfinsternis im Jahr 1887. Auf ihrem Weg zu den Sternen war die kleine Kabine im Inneren der Wand stecken geblieben. Der Knauf ließ sich drehen, die Tür ließ sich öffnen, nachdem Ellen mit den Füßen die Tapetensplitter auf dem Boden beiseitegeschoben hatte. Dahinter kam die winzige Kabine zum Vorschein, die außer zwei schlanken lederbezogen Bänken, einem Schuhkarton und einer in der Ecke liegenden Zeitschrift nichts enthielt. Durch den Lärm angelockt, hatten sich Schoch und seine Urenkelin auf den Weg durch das Haus gemacht. Jetzt standen sie direkt hinter ihr auf dem Gang. Seine Augen leuchteten.

Dies ist der Ort.

Es roch nach Leder und Staub. Zögerlich, etwas beklommen trat Ellen ein. Sie nahm die Zeitschrift zur Hand, ein amerikanisches LIFE Magazine vom 29. November 1963, das den ermordeten Präsidenten John F. Kennedy auf dem Titelbild zeigte. Offenbar hatte jemand nach diesem Mord letztmalig den Zugang zu der kleinen Kabine gefunden, vielleicht ihre damals einundzwanzigjährige Mutter, vielleicht ihre Großmutter, um die in der DDR verbotene Lektüre aus ihrem einstigen Traumland Amerika zu verstecken. Ellen setzte sich in eine Ecke der linken schmalen Bank, während sich Schoch auf der Bank gegenüber niederließ. Seine Urenkelin wartete geduldig in dem aufgeklappten kleinen Sessel, den sie die ganze Zeit mit sich herumgetragen hatte, zwischen dem Schutt des Flurs vor der kleinen Kabine, als der alte Mann zu reden begann.

50

Muynak, Usbekistan; 25. September 1991

Es ist so eng, dass ich mich kaum anziehen kann, wenn ich das Bett verlasse. Seit ich Svetotschkas schwangerer Tochter 1981 von Moskau in die usbekische Wüste gefolgt bin, lebe ich in diesem Zimmer im Museum von Nukus. Glücklicherweise ist das Museum, das mich mit seinen unendlichen Bildern umgibt, so viel größer als das Bauwerk, in dem es untergebracht ist. Der Direktor des Museums hat mir einen Posten im Archiv gegeben, von dem mehr als achtzigtausend Gemälde und andere Gegenstände zu verwalten sind und ich fühle hier, dass ich den Ort meines Lebens gefunden habe. Die Räume um mich können so winzig sein, wie sie wollen, ich halte mich die meiste Zeit in einem Raum auf, der keine Grenzen kennt.

In wenigen Minuten werde ich zu einem Mann ins Auto steigen, der mich nach Moskau bringen will. Dort kann ich die Zeit der Unruhe überstehen, die hier eingesetzt hat. Mich plagen Sorgen, dass diese Unruhe alles zerstören kann, was mich an Einmaligem umgibt. Auf meinem Weg durch das nächtliche Museum komme ich dem Wind näher, der draußen mit Sandstaub an den Wänden schleift. Immer wieder bleibe ich stehen und versinke in den Gemälden und den Fotografien, die die Wände der Gänge dicht bedecken.

In den letzten Tagen und Nächten bin ich durch das Museum gewandert, habe Stunden in der Galerie zugebracht, deren Wände Bild an Bild mit den Werken Alexander Volkovs bedeckt sind. So, stelle ich mir vor, sieht es in meinem Palast aus, Bilder, die zu weiteren

Bildern und zu Galerien von Bildern führen. Die Farben klingen wie dünne Glasscheiben in dem sandigen Wind. Sie singen manchmal schrill, einige schwingen tief. Ich durchstreife eine Sinfonie an Klängen und Geschmäckern und Düften, die mich an die freien Felder bei Abramtschevo im Moskauer Norden denken lassen, wo ich oft gewandert bin. Eine Weile verharre ich vor einer Serie von Fotografien, die Direktor Sawitsky zeigen, der vor sieben Jahren verstorben ist. Ich sehe und spüre und fühle ihn. Er ist ein Mann, wie eine gespannte Feder aus Stahl, die alles, was sie berührt, in Bewegung versetzt. Seine Stimme ist blaugrau, wie ein Tag vor dem Sturm, immer, egal, wo er ist.

Wenn ich früher durch das Museum ging, traf ich ihn selten, manchmal aber draußen in der Wüste. Es gab ihn immer nur in zwei Zuständen, in Bewegung oder in unerschütterlicher Ruhe, allein auf das konzentriert, was seine Augen sahen und seine Hände taten. Er war ein schmaler, zäher Mann, den seine Kleidung nicht interessierte, den nichts interessierte, was nicht mit dem Museum und seinen Sammlungen zu tun hatte. Das ist keine große Einschränkung, denn er sammelte alles, er hatte den Drang, das ganze Land, Karalkapakien, in seinem Museum zu versammeln, und, wenn seine Kräfte nicht zu schwach wären, die ganze Welt. Staunend stehe ich oft und beobachte ihn, er ist für mich ein Wunder, wie ich es für andere bin. Ich fühle mich ihm verwandt in seinem Fieber, die Bilder der Welt in sein Haus zu tragen. Er hat auf seinen Reisen in der gesamten Sowjetunion Dachböden und Keller durchsucht, Gemälde aus Isolierungen von Dächern geborgen, sie aus Verstecken in Lagern und zwischen Wänden gezogen, er hat die Maler in Gefängnissen befragt und ihre Verwandten, er ist tausende Kilometer mit Karawanen durch Zentralasien und die UdSSR gereist, bepackt mit Ballen von Zeichnungen und Kisten voller Gemälde. Es gab kein Ende für ihn, er brachte alles in den entlegensten Ort, den es in der Sowjetunion gab, hierher, in die in Sand und Wind auseinanderfließende Stadt, von der niemand vermutet, was hier angehäuft ist. Ich nehme mir ein Beispiel an ihm.

Es gibt einen fernen, sehr entlegenen Ort, an den hier niemand denkt, eine am Ufer eines Sees im Licht schwebende Villa unter Bäumen, die ich zu meinem Palast gemacht habe, zu einem Museum, das alles enthält, was ich aus der Welt mitbringe. Jedes Bild, jede Zahl, jede Musik, jeden Ton, jede Rede, alles was ich sehe, fühle, schmecke, höre, alles ist dort, weit, weit weg. Ob das Haus noch steht oder nicht, will ich nicht wissen. Dort an dem See halte ich mich in den letzten Jahren immer häufiger auf, um zu tun, was ich auch hier in dem Museum tue, mir die Schätze zu betrachten und sie zu ordnen. Ich bin glücklich, dass ich Svetotschkas Tochter 1981 hierher gefolgt bin. Ich bin glücklich, dass ich im Archiv des Museums einen Posten gefunden habe, ich bin glücklich, darin ein Zimmer zu bewohnen.

Tief in der Nacht gehe ich jetzt hinaus auf die Straße, wo das Auto auf mich wartet, dass mich zu dem Flieger bringen wird. Hier ist das Chaos ausgebrochen, in Moskau kann ich abwarten, wie sich alles entwickelt. Mikhail, der Sohn von Olga Dudova hat mich gebeten, ihn zu begleiten.

Das Mädchen hinter mir auf der Rückbank ist Svetotschkas Enkelin, hat mir Mikhail erzählt, seine Tochter. Viel mehr habe ich nicht erfahren. Seine Stimme umfasst viele Farben, als würde der Rauch aus unterschiedlichen Feuern sich im Wind darin vermischen. Immer wieder dominiert eine andere Farbe und vergeht dann. Ich bin mir sicher, dass er nicht genau weiß, was er wirklich will und, dass er Sorgen vor dem hat, was uns bei den Flugzeugen erwartet. Aber auch er freut sich darauf, bald in Moskau zu sein, das im Lauf der Fahrt, in den wenigen Worten, die er von sich gibt, immer mehr die Konturen einer heimatlichen Festung für ihn annimmt.

Nach mehreren Stunden der strapaziösen Fahrt treffen wir in Muynak ein. Mikhail stellt das Auto am Rand eines Flugfeldes ab, das winzig wirkt gegen die in den Himmel aufragenden Transportmaschinen, die dort warten. Sie sind so groß, dass man denken könnte, der halb aufgeschnittene Mond sei an ein Leitwerk einer der Maschinen montiert. Menschen laufen auf dem Flugfeld herum, wir stehen im Schatten des Mondlichts am Rand einer Ruine. Er schärft mir ein, egal, was geschehen würde, auf seine kleine Tochter zu achten. Er will in wenigen Minuten wieder bei uns sein, weshalb er sie nicht weckt, als er geht. Er lässt die Schlüssel stecken.

»Wenn Sie gezwungen sind, dass Auto zu verlassen, schließen Sie es ab, sie darf auf keinen Fall, niemals, das Auto verlassen!«, trägt er mir auf und geht.

Ich ziehe mich in den weißen, goldenen und blauen Palast zurück, den ich selbst in der weit entfernten Villa am See eingerichtet habe.

Eine der Maschinen startet, und noch immer ist ihr Vater nicht zurückgekehrt.

Sie schläft, ich warte. Es ist kalt. Von den Füßen her dringt Nässe zu mir durch, weil es eine der seltenen Nächte ist, in denen der Wind feinen Regen vor sich hertreibt. Als die zweite Maschine in der Luft ist, beschließe ich, nach ihrem Vater zu sehen. Ich ziehe die Handkurbeln der Fensterheber ab und verstaue sie im Gepäckraum, bevor ich das Auto von außen abschließe. Mit dem Wind, der mich vor sich her in Richtung der Flugzeuge treibt, betrete ich eine Arena des Schreckens. Während die dritte und die vierte Maschine auf die Startbahn rollen, frischt der Wind auf. Staub und Regen bilden einen Schleier vor mir, der viel von dem verhüllt, was dort geschieht: Nackte, weiße, weiche Menschen fliehen stumm in die Geröllfelder der Wüste, ich spüre den Schmerz mit ihnen.

Mein Blut schmeckt bitter, überall in meinem Körper, jeder Schritt, jeder Atemzug schmerzt wie eine Folter. Ich gehe voran, auf dem Beton liegen Menschen, die sich noch regen, sie sind damit beschäftigt, sich selbst umzubringen. Niemand kümmert sich um den anderen, auch nicht, um ihn zu retten. Ich sehe abgeworfene Kleidung, Mengen von im Wind tanzenden losgelassenen Handschuhen und verstreuten Schuhen, ich blicke auf durchschnittene Kehlen und in zerschnittene, tote Gesichter. Ich umrunde ausgebreitete Innereien und zerschmetterte Schädel.

Ich knie mich hin und übergebe mich, die Hände vor den Augen. Wie ein Blinder taste ich mich zurück. Alle Sinne sind blockiert, was ich gesehen habe, bringt mich um, ich schwöre mir, nichts davon in meinem Gedächtnis zu behalten.

Ich höre Schritte eines Menschen, der in meine Richtung läuft. Ich blinzele durch die winzige Lücke, die der Kragen meines Mantels, der Pelzschirm meiner Mütze und meine Hände offenlassen und sehe Mikhail, der uns hierher gefahren hat, in Richtung des Autos laufen, er öffnet es nicht. In einem großen

Bogen umrundet er es und verschwindet in einem dichten Gebüsch am Rand des Flugfeldes. Ich folge ihm dorthin, wo ich ihn schließlich blutüberströmt finde und auf seinen Wunsch mit Gürteln, die ich Toten abnehmen muss, an das türkisgrüne Gitter fessele.

Als Svetotschkas Enkelin und ich schließlich in dem Wolga unsere Fahrt beginnen, schluchzt sie verzweifelt auf, dann wird ihr Weinen immer lauter, bis sie alle paar Sekunden von Krämpfen geschüttelt wird. Noch lange, nachdem ich losgefahren bin, gibt das Mädchen auf der Rückbank, das sich an einen grau karierten Stofffisch schmiegt, keinen anderen Laut von sich als lautes, zuckendes, verzweifeltes Weinen, einmal unterbrochen von einem markerschütternden Schrei.

Ich kurve durch die Ruinen der Fischkonservenfabrik, bis wir die Straße erreichen. Es regnet nicht weniger, aber die Tropfen sind kleiner und kälter, fast wie Hagel geworden. Sie tanzen im Licht der Scheinwerfer wie aggressive Insektenschwärme, die darauf aus sind, einen Zugang in das Innere des Wagens zu finden. Beide Hände im Innern ihres karierten Stofffisches versenkt, schläft sie weinend in der Bewegung und der aufkommenden Wärme auf der Rückbank ein. Die nächsten Stunden und Tage sehe ich sie in den Pausen, die wir dann und wann einlegen, tränenlos schlafend oder mit entzündeten Augen in unbestimmte Ferne blickend. Zehn lange Tage sind wir unterwegs, wir essen und trinken und schweigen.

Mit einem Kugelschreiber habe ich mir die Moskauer Adresse, die Mikhail mir eingeschärft hat, auf die Hand geschrieben, sie soll das Einzige sein, das ich auf keinen Fall vergessen werde. Ich bestehe aus nichts als Bildern, ich lebe in Bildern, ich esse, höre, fühle und spüre Bilder. Bevor die Bilder der blutigen Nacht sich wie Geschwüre in meinem Körper ansiedeln, muss ich sie aus meinem Kopf verbannen. Diese Tage, in denen ich die kleine Tochter von Katja zu ihrer Großmutter nach Moskau bringe, sind die härtesten meines Lebens. Jede Sekunde verbringe ich damit, alles für immer zu vergessen, was mich an diesen Ort geführt hat.

Der alte Mann, der ihr so eng gegenüber saß, hatte
sie als Kind von dem weiten Betonfeld der Toten nach
Moskau gebracht. Er hatte ihr das Leben gerettet.

Ellen fragte sich, ob ein Mann wie er, ein Gedächtniskünstler, überhaupt in der Lage war, zu lügen, Geschichten zu erfinden. *Er hat mich gerettet.* An alles
andere aus der Nacht ihrer Alpträume durfte sie nicht
denken, nicht an das Betonfeld voller Toter, nicht an ihren gefesselten Vater, was immer der Grund dafür war.

Im chaotischen Sturm ihres Herzens öffnete Ellen
den Schuhkarton, der nichts anderes enthielt als einen Luftpostumschlag, dem man ansah, dass er lange
unterwegs gewesen und immer wieder gelesen worden
war. Sie entnahm einen Briefbogen aus dünnem Papier, das wie Seide in ihrer Hand lag. Auf der hellblau-
en Marmorierung verwaschener Tinte war nicht ein
einziges Zeichen zu erkennen. Wenn einmal darauf
geschrieben worden war, war davon nichts, aber auch
gar nichts mehr übrig.

Sie hörte auf dem Flur ein Geräusch, das nicht von
der Urenkelin kam. Es war schwer, in dem dunklen
Flur aus der dämmrigen Helligkeit des kleinen Fahrstuhls heraus etwas zu erkennen, aber sie glaubte, eine
reglose Gestalt hinter dem aufgeklappten Sessel zu sehen, in dem die junge Frau saß. Die Gestalt schien Teil
des imitierten Schnitzwerks der gezeichneten Täfelung
zu sein. Ein Schatten auf der Täfelung? Ellen schob
Umschlag und Briefbogen in die LIFE, die sie zu einer
lächerlichen Waffe zusammenrollte.

Schoch streckte seine Hand aus. Seine Urenkelin goss
ihm ein Glas Cola ein und reichte es ihm. Ellen konnte

die Flüssigkeit förmlich durch seine Kehle fließen sehen. Sie spähte konzentriert in das Dunkel des Flurs. Die unbewegliche Gestalt hinter der Urenkelin war ein Schatten in der Täfelung, anders konnte es nicht sein.

Schoch richtete seinen Blick durch die Wände der kleinen Fahrstuhlkabine in die endlose Erweiterung, die sich für ihn dahinter auftat. Darin mochten das dunkelrote Leder der Sitze, die detailreichen Schnitzereien und die fleckigen Spiegel an den getäfelten Wänden oder der Fahrstuhlhebel und sein Anzeigeblatt aus Messing eine unbegreifliche Rolle spielen. Dort in den Korridoren unendlich vergrößerter, tausendfach wiederholter, hier unscheinbar erscheinender, dort aber enorm ausgedehnter künstlicher Welten seiner Fantasie, reihten sich die Ereignisse dieser einen Nacht vor siebenundzwanzig Jahren mit immer weiteren Details aneinander. Die Fahrstuhlkabine war zu einer unendlichen Spiegelwelt erweitert worden, in der alles seinen Platz hatte, was er nun Schritt für Schritt beschrieb.

Ellen spürte, dass es noch Stunden so weitergehen konnte und sie spürte die Enge, als wäre sie eingemauert, sie schwebte in dem Zigarettengeruch und in dem seifigen Geruch nach einem Haarwaschmittel, die der alte Mann verströmte, der ihr hautnah gegenübersaß. Sie konnte keinen Atemzug tun ohne die reifliche Überlegung, seine Blickrichtung nicht zu ändern und seine Erinnerungen nicht umzulenken, sie konnte sich nicht bewegen, ohne peinlichst darauf zu achten, ihn nicht zu berühren, um nicht den fragilen Moment der Erinnerung zu zerstören.

Eingeklemmt, eingemauert, bewegungsunfähig, flach atmend kam sie sich in der Kabine vor, wie ein Stück der

Wand, wie ein Baustein einer alten Geschichte, in den Mauern ihres Hauses, eingeschlossen an einer Stelle, an der sie Hunderte mal vorübergegangen war. Worin sie saß, war kein vergessener Fahrstuhl hinauf aufs Dach, es war ein Fahrstuhl in die tiefsten Tiefen, Dutzende, Hunderte Stockwerke hinab, dorthin, wo alles Geschehen, wie in geologischen Schichten zusammengepresst, unvergänglich für immer vorhanden blieb.

Eine Gänsehaut lief über ihren Rücken, als in der engen Kabine plötzlich die Stimme ihres Vaters ertönte. Aus einem siebenundzwanzig Jahre entfernten, staubbedeckten Gebüsch in einem Kaff in der Wüste Usbekistans, am Rande eines Flugfeldes gefesselt, flüsterte er ihr zu. Gleichzeitig erkannte sie in dem Flur, im Rücken der Urenkelin, eine schlanke Gestalt, die in ihre Richtung blickte. Sie war kein Teil der Täfelung. Das Gesicht konnte sie nicht erkennen. So unbeweglich Ellen dorthin blickte, so unbeweglich blieb die Gestalt.

»Wo immer du mich aus dem unbegreiflichen Gedächtnis des alten Mannes hörst, meine Tochter, ich bin es, der zu dir spricht. Er wird sich von jetzt an um dich kümmern und dich zu deiner Großmutter nach Moskau in Sicherheit bringen.«

Ohne eine sichtbare Bewegung war die Gestalt im Flur verschwunden. Ellen glaubte, im Schutt Schritte zu vernehmen, aber sie war sich nicht sicher.

Sie musste sich auf das konzentrieren, was Schoch berichtete. Es war der Moment ihres Lebens, den sie ersehnt hatte, ohne sich je vorstellen zu können, dass es eines Tages so weit sein könnte. In seinem Bericht von der Nacht im September hatte er etwas geäußert, das ihr den Schweiß auf die Stirn trieb. Sie musste sich erinnern. Sie musste sich genau erinnern an das, was sie bei ihrer eigenen Reise gehört hatte.

Etwas ist ganz und gar anders, als ich mein Leben lang geglaubt habe.

Der alte Mann stöhnte mit der schmerzverzerrten Stimme ihres Vaters. Über Minuten gab er nur unterdrückte Schreie von sich. Ellen löste sich in Tränen auf. Dann auf einmal begann ihr Vater zu erzählen.

52

Der exakt halbierte Mond beleuchtete die Stadt und das Haus, das ich mit zwei schweren Taschen verließ. Ich stieg die kleine Treppe zur Straße herunter und blickte an mein Auto gelehnt von dort in den klaren Himmel. Ein halber Mond, dachte ich, wie passend, die halbe Welt war zerfallen, da reichte auch am Himmel ein halber Mond. Alles ist dabei auseinanderzufliegen. Und alles meinte in diesem Fall wirklich alles, die halbe Welt, die gesamte Sowjetunion löste sich auf. Meine Familie mit meiner Mutter, meiner Tochter und dem kleinen Haus in dem entlegenen Außenposten am Ende des Amurdarja löste sich auch auf. Das war mir seit Wochen klar.

Ich stellte mich in den Hauseingang, um mir eine Zigarette anzuzünden. Später im Auto würde ich mich damit zurückhalten, um meine Lenotschka nicht aufzuwecken. Am liebsten würde ich sie nachher schlafend ins Auto tragen und drei Stunden später noch immer schlafend in die Transportmaschine, die uns von dort nach Moskau bringen würde. Ich nahm einen tiefen Zug und blies den Rauch dem Mond entgegen. Nukus. Ich hatte den Vorposten des sowjetischen Militärs in der usbekischen Wüste vier Wochen nach der Geburt meiner Tochter zum ersten Mal betreten, um ihn jetzt mit ihr für immer zu verlassen. Aber wohin nun?

Es war kalt, ich wanderte einige Male die kleine Treppe vom Eingang bis zum Auto auf und ab und stieß dabei Dampfwolken aus, wie eine alte Lokomotive. In den nächsten Tagen wollten wir zunächst in

Moskau bei meiner Mutter Olga wohnen, aber dann? Schon jetzt, wenige Wochen nach dem Ende der sowjetischen Ordnung, hatte ich von Kollegen gehört, die nach Moskau zurückgekehrt waren, wie sich dort alles brutal verändert hatte. Mit dem Untergang der Idee des großen sowjetischen Reiches als einem Meilenstein auf dem Weg zu Menschheitsglück und Weltfrieden, hatten sich auch die Ordnungsideen im Kleinen aufgelöst. Schulen waren von einem Tag auf den anderen Orte von Brutalität, von Drogenkonsum und Drogenhandel geworden. Ich musste meine kleine Tochter in eine Welt zurückbringen, die mir vollkommen unbekannt war und deren Zukunft niemand kannte.

Ich schnippte die Zigarette auf die Straße, die Ordnung in dieser Stadt kümmerte mich jetzt nicht. Mit dem Schuhabsatz trat ich die kleine Glut breit und setzte mich hinter das Lenkrad ins Auto. So hart es sein würde, ich fühlte mich verpflichtet, meine kleine Lenotschka zu ihrer Mutter Jekaterina, das hieß, auf den Weg einer Umsiedlung zu bringen. Ein Leben in einem der abgeschnittenen Körperteile der toten UdSSR wollte ich ihr nicht zumuten.

Es gab nur ein Problem, ich kannte ihre Mutter nicht.

Jekaterina Mortkovic existiert nirgendwo, dachte ich. Ich wusste nicht, wie sie sich jetzt nannte oder wie sie wirklich hieß, ich wusste nicht, wo sie jetzt lebte, in Deutschland? In den USA? In Australien, Kanada, Großbritannien oder in der Schweiz? Ich hatte es trotz aller Bemühungen nicht herausfinden können und es war mir deutlich geworden, dass sie alles dafür getan hatte, dass es genauso war. Sie war und blieb für mich hinter einem Schleier des Geheimnisses verborgen.

Oben an ihrem kleinen Fenster, sah ich meine kleine Tochter stehen. Ich winkte ihr zu. Wir mussten los, aber ich wusste, dass es eine Weile dauern würde, bis sie unten bei mir war. Vielleicht zweimal hatte ich mich mit ihrer Mutter unterhalten, ich hatte sie wenige Male aus der Entfernung im Institut gesehen, wo sie als exotische Erscheinung gegolten hatte, aber ich wusste nichts von ihr, was über Neurochemie hinausgegangen wäre. Nichts von ihren Leidenschaften, nichts von ihren Ängsten oder ihren Zielen und nichts über ihre Familie und weniger als nichts, seit sie nach Lenotschkas Geburt verschwunden war.

Mein kleines Mädchen trat vor die Tür, als der Wind etwas auffrischte und feinen Sand mit sich brachte. Während sie auf die Rückbank kletterte, schloss ich die Haustür ab und steckte den Schlüssel ein. Wahrscheinlich war es eine lächerliche Hoffnung, aber ich wollte das Gefühl pflegen, ein Rest von Ordnung könnte alte Zeiten womöglich zurückbringen. Ich setzte mich ans Lenkrad und wir fuhren los. Im leichten Dunst von Benzin, der aus diesen Autos wohl niemals herauszubringen war, schlief Jelena auf der Rückbank ein.

Einen Weg gab es jedoch möglicherweise, Verbindung zu ihrer Mutter aufzunehmen, einen besonderen Mann, den ich selbst noch nie gesehen hatte. Wodurch auch immer begründet, mit Behutsamkeit und Sorgfalt hatte Jekaterina Mortkovic über diesen Mann dreizehn Jahre lang ihre schützende Hand gehalten und er hatte sie in kleinem oder größerem Abstand begleitet. Nach Jelenas Geburt hatte sie meiner Mutter Olga den Kontakt zu ihm vermittelt, wohl von dem schlechten Gewissen getrieben, dass sich jemand weiter um diesen besonderen Mann kümmern musste, wenn sie sich wenig später aus dem Staub gemacht hatte. Dieser Mann war ein seltsamer Mensch, der es auf längere Sicht nie fertiggebracht hatte, wirklich allein in seinem Alltag zurecht zu kommen.

Ich bog einige Male ab, bis ich vor dem großen Museum anhielt. Dort wartete eine Gestalt in einem unförmigen Fellmantel unter einer Pelzkappe mit flatternden Ohren. In einer unübersichtlich gewordenen Welt würde er für Lenotschka die einzige Brücke in ein besseres Leben sein, die Brücke zu allem, was es über ihre Mutter und ihre Familie zu wissen gab, weil dieser Veniamin Schoch, dem ich jetzt die Beifahrertüre aufhielt, ein Wunderkind war, das seit frühester Jugend nichts vergaß. Er würde uns nach Moskau begleiten, wo er bereits in den Sechziger- und Siebzigerjahren gelebt hatte.

Zum ersten Mal sah ich ihm ins Gesicht.

Er war ein alter Mann, der mich mit wachen Augen über einem großen Leberfleck auf der rechten Wange anblickte und schüchtern lächelte, als ich ihm die Hand reichte. Ihn als lebendige Versicherung für das künftige Leben meiner Tochter auf dem Beifahrersitz, verließen wir nach einigen Kilometern die Stadt in Richtung Nordwesten.

In der Wüstenstadt Muynak quälten wir uns fünf Stunden später durch tiefe Fahrspuren, die eine Reihe gigantischer Zugmaschinen mit ihren sechzehnachsigen Aufliegern durch den kleinen Ort gewühlt hatten. Lastkähne hatten sie von der Insel Vozroshdenije zu einer behelfsmäßigen Landungsbrücke gebracht und von dort waren sie viele Stunden durch die Sandwüste des ehemaligen Meeresbodens gepflügt.

Vier häuserblockgroße Transportmaschinen, mit denen wir in dieser Nacht herausgeflogen werden sollten, ragten über ihnen in den klaren Nachthimmel. Eine rollte bereits auf die Startbahn, ohne dass ein einziger Passagier an Bord gestiegen wäre. Bleiben drei, dachte ich. Es wird eng. Ich stieg aus, um zu erkunden, welche Maschine für uns vorgesehen war. Ich bemühte mich, leise zu sein, um Jelena nicht aufzuwecken. Es würde nicht lange dauern. Den Schlüssel ließ ich stecken, falls Schoch gezwungen sein sollte, den Wagen inzwischen anderswohin zu fahren.

Nach und nach trafen weitere dick eingehüllte Männer und Frauen ein. Einige hatten ihre Kinder mitgebracht, kaum einer trug mehr Gepäck als eine Tasche. Über dem Flugfeld hing der Lärm qualmender Zugmaschinen, die ihre schweren Aufleger in die offenen Heckklappen der riesigen AN 124 rangierten. Auf den Schwerlastanhängern ließen sich unter den olivgrünen Planen des Militärs nur Konturen erkennen. Zwei der Aufleger wurden in jede der Maschinen bugsiert. Ich wusste, was da abtransportiert wurde. Mein halbes Leben lang hatte ich mich damit befasst.

Ich blickte zurück zu den Ausläufern der stillgelegten Fischkonservenfabrik am Rand des Flugfeldes. Unter dem Vordach ließ ich meine kleine Lenotschka im Auto warten. Ich hoffte, dass sie noch immer schlief, wie bereits die ganze lange Fahrt von unserem Haus in Nukus hierher. Ich schwor mir, sie abzuholen, sobald klar war, wie es mit dem angekündigten Abtransport weitergehen sollte.

Von Norden her trübte sich der klare Nachthimmel zusehends ein, Wolkengebirge zogen am Horizont auf, es würde Sturm geben. Dann sind wir schon weit über dem Unwetter in der Luft, dachte ich.

So schnell es ging, musste ich Jelena in Sicherheit bringen, bevor das Chaos weiter um sich griff, deshalb waren wir in dieser Nacht hier. Auf diesem Flugfeld begann keine Reise, es fand kein Abschied statt, hier wurde eine Welt abgewickelt, die von einem Tag auf den anderen unvorhergesehen zerbrochen war. Ihre Bruchlinien umgaben uns urplötzlich von allen Seiten. Die Eisenbahn – zerbrochen, Jelenas Schule – zerbrochen, die Lebensplanung der nächsten Tage und Jahre – zerbrochen, das Institut, die Labors, die Fabrik, die Währung, die hilfreichen Nachbarschaften – alles zerbrochen. Unter meinen Füßen war mein Zuhause zum Ausland geworden.

Ich zog meinen Mantel fester um die Schultern und ging hinüber zu den Männern, die am Boden damit beschäftigt waren, im Bauch der Transporter die hineinbugsierten Tieflader zu sichern, die Tankvorgänge abzuschließen und die Hydraulik der riesigen Ladeklappen zu überwachen. Im Licht des halben Mondes schlossen die sich gemächlich wie die Mäuler übersättigter Fische. Alles lief mit geschäftiger Präzision ab, die großen Zugmaschinen brausten unter lautem Motorengeheul davon, während ich darauf wartete, dass ein Mann in der Uniform eines Piloten der Luftwaffe, der ein Klemmbrett in der Hand trug, Zeit für mich erübrigen konnte.

Am gestrigen Vormittag hatte man den Spitzenleuten des Instituts von zentraler Stelle angeboten, mit den letzten Transportmaschinen nach Moskau ausgeflogen zu werden. Zügig und unkompliziert, das war das Angebot. Nichts wie weg, dachten alle und nahmen das Angebot an, jetzt trafen sie nach und nach ein.

Die Bodenmannschaft beendete ihre Tätigkeiten und die Männer verschwanden einer nach dem anderen in den riesigen Transportern. Die erste Maschine schwang sich gerade in Richtung des sich nähernden Unwetters in die Luft. Als an der nächsten Maschine die Treppen eingezogen wurden, entrückte das matt erleuchtete Cockpit plötzlich in die unerreichbare Höhe des Sternenhimmels, während sich die erste Maschine im Dunkel des Nordostens verlor.

Ich wurde nervös. Mit einer Handbewegung machte mir der Offizier klar, dass ich noch einen Moment zu warten hatte. Inzwischen versammelten sich meine reisefertigen Kollegen um mich. Dr. Smerlov, der magenkranke Institutsdirektor presste einen Aktenkoffer aus Lederimitat an seinen Bauch. Ich fror. Um mich von innen zu erwärmen, dachte ich an meine zauberhafte kleine Lenotschka, mein ungewöhnliches Mädchen mit ihrem Drang nach mathematischen Kinderbüchern, mit ihrem unverrückbaren Ziel, einmal Wissenschaftlerin zu werden, mit ihrer wilden Entschlossenheit, auf alles zu klettern, was sich vor ihr erhob.

In dem kalten Wind von Norden, der mit der heraufziehenden Verdunkelung des Himmels auffrischte, umkreiste ich in ungeduldigen Runden den Mann mit dem Klemmbrett, der mir endlich sagen sollte, bei welcher Maschine wir an Bord gehen konnten.

Ich hielt mich für einen zwar nicht großartigen, aber doch intelligenten und leider wissenschaftlich viel zu wenig radikalen Forscher. Wenn ich morgens im Spiegel meinen großen runden Kopf unter den kurzen vollen blonden Haaren betrachtete, erwachte gelegentlich in mir der Wunsch nach einem mehr Respekt einflößenden Gesicht. Als ich vor sechsunddreißig Jahren in Moskau als Sohn eines russischen Lehrerpaares das Licht der Welt erblickt hatte, ließ ich mir bestimmt nicht träumen, einmal so viele Jahre meines

Lebens in der gottverlassenen Wüstengegend der usbekischen Sowjetrepublik zu verbringen, unweit des Meeres, das sich noch im Jahr meiner Ankunft in alle Richtungen endlos erstreckt hatte. Noch sehr gut konnte ich mich an tagelange Segeltouren erinnern, auf denen uns nichts anderes als Sonne und Meer unter die Augen kam. Damals lebten wir von Fischen, die ich an Bord zu einer scharfen Suppe kochte oder auf dem Rost über einer Gasflamme grillte. Petr, ein älterer Abteilungsleiter des Instituts, war beliebter Gast bei diesen Touren, weil er nach genügend Wodka in sein früheres Leben als Operntenor zurückfiel und nachts, vom endlosen Sternenhimmel über dem Schiff romantisch befeuert, Trinklieder aus der Oper »Ein Leben für den Zaren« zum Besten gibt.

Inzwischen waren, einer nach dem anderen, mehr als zwei Dutzend Mitarbeiter des Instituts eingetroffen, manche hatten ihre Frauen oder erwachsene Kinder mitgebracht. Der Mann mit dem Klemmbrett wandte sich uns kurz zu.

»Diese Maschinen fliegen nicht nach Moskau.« Schweigen breitete sich in dem Häufchen der Wartenden aus.

»Wohin geht's mit denen, Freundchen«, ließ sich der Institutsdirektor vernehmen.

»Ich darf euch gar nichts sagen. Jedenfalls geht's nicht nach Moskau und das ist schon mehr, als ihr wissen dürft.« Er wandte sich wieder ab, weil einige Verladespezialisten ihn beanspruchten.

»Ein Irrtum, anders kann es nicht sein«, stellte der Vizedirektor fest, ein brillanter dicklicher Wissenschaftler, der schwach genug gewesen war, die Aufgabe des Parteisekretärs zu übernehmen, »die Genossen haben uns doch wohl nicht mit dem Zauberwort

›nach Hause‹ in dieser beschissenen Nacht zu dieser beschissenen Zeit an diesen beschissenen Ort bestellt, damit wir ihnen zum Abschied winken?«

»Sie werden sich dabei etwas gedacht haben«, warf ein anderer ein.

»Beschissene Scheiße haben sie gedacht«, schimpfte der Vizedirektor. Alle lachten bitter. Dennoch warteten sie, vielleicht war es ja doch ein Irrtum. Ein greller Ton durchschnitt die Luft.

Er klang wie der sich immer heller aufschwingende Beginn des Gesanges eines unbekannten Vogels, nur viel lauter. Ich wusste, was jetzt kam. Ich wusste, dass meine schlimmsten Befürchtungen wahr wurden. Neben mir stand ein hagerer Abteilungsleiter des Instituts, der eine aufgebauschte Fellmütze auf dem Kopf trug, mit seiner siebzehnjährigen Tochter. Ich kannte sie von Sommerfesten der Institutsbelegschaft draußen auf der Insel im Meer. Irina war dick und vielleicht deshalb besonders schüchtern. Sie kramte aus ihrer Tasche ein Messer, in den sich bewegenden Lichtern des abhebenden dritten Transporters erkannte ich die Klinge in der Dunkelheit.

Mit derselben flüssigen Bewegung, mit der sie das Messer aus der Tasche nahm, zog sie es sich durch die Kehle, ohne auch nur den Bruchteil einer Sekunde innezuhalten. Blutüberströmt stürzte sie auf den Beton. Niemand drehte sich nach ihr um. Der Parteisekretär kniete auf dem eiskalten Boden. Er schlug seinen Kopf auf den Beton, bis es keine Bewegung mehr in seinem Körper gab. Irinas Messer machte die Runde. Ein Mann, den ich nicht kannte, tötete sich damit. Andere warfen ihre Taschen, ihre Schuhe, ihre Kleidung von sich und rannten wie von Panik getrieben in die Dunkelheit der eisigen Wüste, aus der inzwischen vom anschwellenden Wind winzige Regentropfen herangetrieben wurden.

Ich lief gegen den Wind davon in Richtung der Ruinen am Rand des Flugfeldes. Aus meiner Nase lief Blut. Im Laufen suchte ich nach einem Versteck, in dem ich mich verkriechen konnte. Ich blickte nach vorn, während ich mir mit der Hand das Blut und den Regen aus dem Gesicht wischte. Der Wolga, in dem wir gekommen waren, stand weit genug entfernt, ein starker Wind ging, winzige Tropfen des bösen Regens fielen. Das ist gut, dachte ich. Ohne zu atmen, versuchte ich, so viel Raum zwischen mich und die verbliebene Transportmaschine zu bringen, wie es nur irgendwie ging.

Hinter der Scheibe des Wolga erkannte ich das entsetzte bleiche Gesicht meiner Tochter. Schoch hatte offenbar den Wagen verlassen, um nach mir zu suchen, ein schrecklicher Fehler. Ich durfte jetzt das Auto auf keinen Fall öffnen, es gab etwas in der Luft, von dem nichts eindringen durfte.

Hinter dem Flughafengebäude fand ich ein Gebüsch, in das ich mich verkroch. Ich schnappte nach Luft, aber merkte, dass das Anhalten der Atmung nichts gebracht hatte, meine Hände, mein Gesicht, zu viel freiliegende Haut, um dem zu entgehen, was jetzt mit mir geschehen würde. Immerhin wenig genug Haut, dass ich es bis hierher hatte schaffen können. Ungeduldig zog ich mein Taschenmesser aus der Hosentasche und klappte es auf.

Die letzte Maschine hob sich in die Luft. In den dichten Wolken des Unwetters konnte ich ihre Lichter erkennen, bis nur noch die stürmische Stille des Regens über dem Flugfeld lag. Knisternde Büsche ruthenischen Salzkrautes tobten aus nordwestlicher

Richtung heran, sie überschlugen sich, sie lösten sich wieder voneinander, tanzten durch die Luft, rollten über die Ausläufer des Flugfeldes, wo einige sich an dort liegenden Körpern verhakten, während die Vorboten eines größeren Sturms an ihnen zerrten, der ein Gewitter oder ein Gebirge aus Staub vom Horizont anrollen ließ.

Ich setzte einen Schnitt in die rechte Seite meines Bauches und zog das Messer bis unter den Rippenbogen. Von Schmerzen zerrissen sah ich dabei zu, wie das Blut aus Leber und Bauch durch die dicke Kleidung sickerte, als es mich verließ. Ich sah meine Lenotschka dicht neben mir vorüber gehen. Ich hielt die Luft an und gab nicht das geringste Geräusch von mir, obwohl mich die Schmerzen zerfraßen. So durfte sie mich nicht sehen, dieses Bild hätte niemals ihren Kopf verlassen. Und ich durfte sie nicht der Gefahr aussetzen, länger zu bleiben, weil sie es nicht ertragen würde, mich hier zurück zu lassen. Ich konnte nicht mehr.

Ich wachte wieder auf, als Schoch neben mir hockte, um mir mit bleichem Gesicht langsam das Messer aus dem Bauch zu ziehen.

»Bring sie zu ihrer Großmutter nach Moskau«, flüsterte ich, »Suvorovskaya Ulitsa 37, dritter Aufgang, siebenter Stock, sie muss ihre Mutter finden.« Dann bat ich Schoch, mich zu fesseln und lehnte mich zurück an den grüngestrichenen Zaun des Flugfeldes, bis ich meine Arme in den beiden festgezogenen Gürteln nicht mehr bewegen konnte.

53

Unfähig, einen Gedanken zu fassen, hockt Ellen wie versteinert in der kleinen Fahrstuhlkabine. Sie sieht den totgeweihten Vater, sie ist dort, ihre eigenen Bilder von dieser Nacht lösen sich auf, das Erleben ihres Vaters wird zu ihren eigenen Erinnerungen, seine Schmerzen fressen sich in sie hinein. Die Erde beginnt schneller zu rotieren, viel schneller. Mit den Händen stemmt sie sich an den Wänden, mit den Füßen auf dem Boden fest, um nicht das Gleichgewicht zu verlieren.

Ihr ist hundeelend zumute, sie fühlt sich leer, sie fühlt sich ausgebrannt und schuldig am Tod ihres Vaters. Sie erblickt sich selbst mit seinen Augen, wie sie ihn verzweifelt sucht, während er sich nur wenige Schritte von ihr entfernt selbst zerfleischt und blutüberströmt im Regen liegt. *Ich hätte ihm beistehen können, aber ich war nicht dort. Ich bin diese wenigen Schritte nicht gegangen.*

Sie kann sehen, wie er sich direkt neben ihr am trostlosesten Ort der Welt allein auf dem Weg in den Tod befindet. Er hat sich auf schreckliche Weise umgebracht, er hat sich an ein Gitter fesseln lassen, um sich daran zu hindern, sich weiter zu zerstückeln. Der zeitlebens über ihr hängende Nebel der Erinnerung an diese Nacht verdichtet sich auf diesen einen Moment.

Ellen musste viel Kraft aufwenden, um den Blick von Schoch zu lassen, der sich gerade von ihrem Vater zurück in den alten Mann verwandelte, der mit der stillgelegten Fahrstuhlkabine auf ein verregnetes Flugfeld in einem zentralasiatischen Nirgendwo in die schlimmste Nacht seines Lebens zurückgekehrt war.

Auf der kleinen lederbezogenen Bank der Fahrstuhlkabine saß sie Schoch gegenüber wie in einer Sauna.

Sie hielt sich weiter an dem zusammengerollten Life Magazin Nr. 22 vom 29. November 1963 fest.

Geistesabwesend blätterte sie darin, bis der dünne Luftpostumschlag und der leere Briefbogen daraus auf den Boden segelten.

Schoch atmete schwer, er schwieg, seine Urenkelin reichte ihm ein Glas Cola in die Kabine, zur Stärkung nach einer großen Reise. Nachdem er das geleerte Glas zurückgereicht hatte, hob er den unbeschriebenen, blassblauen Briefbogen vom Boden der Kabine auf. Er faltete ihn auseinander. Nach einem Moment der Konzentration las er vor.

Berlin, im Juni 1933

Meine geliebte Svetotschka,

in diesen Tagen liegt ein wunderbarer Sommer über der Stadt und gleichzeitig dämmert eine düstere Zeit herauf. Ich werde mich in Kürze auf die Reise in die Vereinigten Staaten begeben, um bald wieder mit meinen Vorlesungen zu beginnen. Ich werde niemals hierher nach Berlin zurückkehren, obwohl ich das Haus meiner Eltern so liebe, das in einem wunderbaren Park direkt am Wasser gelegen ist. Hier herrscht der richtige Geist zum Leben und zum Studieren. Leider herrscht er nicht im Land.

Ich leide noch immer etwas unter meiner Krankheit, von der die Experten nun nicht mehr glauben, dass es Malaria war. In jedem Fall hatte meine Erkrankung auch etwas Gutes, weil ich in deiner liebevollen Pflege den Ansporn und die Kraft dafür fand, an meinem neuen, großen Buch zu arbeiten. Ich würde dieses Buch allerdings, jede Zeile und jeden Gedanken darin, dagegen eintauschen, dich in den Armen halten zu können.

Oft habe ich davon geträumt, mit dir tiefer und höher in die Berge des Alai vorzudringen, mit dir zu ruhen, zu wandern und zu klettern. Die Vorstellung, mit Haken und Seilen in der Felswand mit unserem Schicksal aneinandergebunden zu sein, hat mich über viele schreckliche Strecken der letzten Zeit am Leben gehalten. Eher komme ich wieder zu dir in das wunderbare, für mich so fremdartige, Ferghana-Tal nach Shaki Mardan, als dass ich je wieder nach Berlin zurückkehre. Ich wünsche mich zu dir, egal, wo auf der Welt. Ob das Schicksal für uns noch einmal die Chance dafür bereithält?

Sollte es so sein, so sollten wir Zeit miteinander haben, die so groß und so unbegrenzt und uneingeschränkt ist wie meine Liebe zu dir, sollten wir, viel zu spät natürlich, für einen reifen Professor wie mich, aber nicht zu spät für dich, jemals ein Kind zusammen haben, so lächerlich der Gedanke für dich vielleicht klingt und so furchtbar alles in der Welt dem im Moment zuwiderläuft, so schenke ich dir hiermit in aller Form mein Haus am Müggelsee in Berlin, wo du, ich ahne es, glücklicher sein könntest als ich es je gewesen bin.

Ich gebe diesen Brief dem jungen Veniamin Schoch mit. Als ein Wunder Gottes ist er der lebendige Beweis dafür, dass das unmöglich Erscheinende geschehen kann. Er braucht in seinem Leben einen guten Paten, kümmere dich bitte mit deiner liebevollen Vorsorge um ihn. Er weiß so viel von mir, dass er dir noch jahrelang von diesen Tagen in Berlin wird erzählen können.

In der Hoffnung auf das Unmögliche, in sehnsüchtiger Liebe,

Dein Kurt

Ellen spürte, dass ihr Tränen über die Wangen rollten. Welche unglaubliche, unmögliche Liebe hatten ihre Großeltern in schlimmen Zeiten um den Planeten gespannt. Der Unterschied in den Beziehungen zwischen ihren Großeltern und ihren Eltern hätte nicht größer sein könne. Eine unbegreifliche Liebe dort, unfassbare Ablehnung da.

Sorgsam nahm sie Schoch das leere Blatt aus der Hand und faltete es in den Umschlag, den sie zurück in das Life Magazin schob. 1963, das Jahr von Präsident Kennedys Ermordung, das Jahr, in dem die Fahrstuhlkabine zum letzten Mal betreten worden war. Die Zeitschrift und der leere Briefbogen mussten damals das Wichtigste gewesen sein, das es gab.

Das Produktionsteam hatte sich überlegt, wie der Junge in den Tagen seiner Anwesenheit in diesem Haus umhergelaufen sein konnte, die Gänge entlang, die Treppen, ins Bad, in die Küche. Aber sie konnten nicht einplanen, was sie nicht kannten. Die nur bis 1963 noch zugängliche Fahrstuhlkabine, angefüllt mit dem Geruch alten Leders, geölten Holzes, größer erscheinend durch die Spiegel in den angelaufenen Metallrahmen, verströmte einen Hauch von Präzision durch die Bedienungsinstrumente aus Messing und Verzierungen aus perfekt geschnitztem Holz. Das Kleinod eines gestrandeten Verkehrsmittels, versteckt hinter der gestreiften Kalktapete eines Ostberliner Verkehrsunternehmens, in der Zeit versackt, in der Wand vergessen.

Ellen verkündete eine kurze Pause und half Schoch aus dem engen Fahrstuhl in den zerstörten Flur. Sie murmelte etwas zu der Urenkelin.

»Eine Pause, nur einige Minuten. Ich bin gleich wieder bei Ihnen.«

Ellen schälte sich aus der Kabine, sie kletterte über den Schutt in den Flur hinaus und trommelte mit den Fäusten gegen die täuschenden Kulissenmalereien an den Wänden, als könnte ihr Vater, der mit seinem entsetzlichen Selbstmörderschicksal auf ewig irgendwo tief in Schochs unergründlichem Geist gefangen war, sie hören. Sie wusste, dass dies noch nicht das Ende war.

Ein über die Welt verzweigtes Netzwerk von Mithörern wartete gespannt auf die Informationen, derentwegen sie den ganzen Wahnsinn in ihrem Haus in Gang gesetzt hatten. Im Keller, auf der »Zürich«, bei den Finanziers, in dem gesamten mitschreibenden Netzwerk wo auch immer auf der Welt, würde man die Unterbrechung miterleben. *Es geht um so viel, es sind nur noch zehn Minuten und sie macht eine Pause?*

Ellen lief unter den goldenen Engeln die Treppe hinauf in den Salon mit der Terrasse. Sie musste den See im Blick haben, nicht in einer unbeweglichen Kabine, eng wie eine Telefonzelle, eingemauert sein. Sie atmete, sog die Luft in sich hinein, strich sich mit den Händen über den Kopf und das Gesicht. Alle Schleusen öffneten sich. Sie stieß einen Schrei aus, aber das reichte nicht. Sie musste weiter schreien, erst laut über den See, dann stumm. Rotz und Wasser flossen aus Nase und Augen, und sie ließ es fließen.

Ihr ganzes Leben hatte sie sich in eine enge Kabine eingemauert, begriff sie in diesem Moment, trotz aller vermeintlich unendlichen Freiheit zwischen den Sternen. Sie hatte ihre Gefühle kontrolliert wie die Schlüssel der Villa. An den Wendepunkten ihres Lebens war sie eingesperrt, im Wolga ihres Vaters, im plappernden Ätherraum in der Wohnung ihres Onkels und jetzt hier.

Was sollte sie hier noch? Der Drang, davonzulaufen, ihr Leben zu retten, von dem sie wusste, dass es auf dem Spiel stand, wurde übermächtig. Sie hatte tieferen Einblick in das Ende ihres Vaters erhalten, als sie verkraften konnte. Sie hatte von dem Massaker eines Massenselbstmords gehört, von dem sie nichts wissen wollte, seit sie auf der Suche nach ihrem Vater durch die herumliegenden Leichen geirrt war. Und plötzlich ließen sich ihre Gefühle nicht mehr kontrollieren. Die Sehnsucht nach der Geborgenheit, die sie in der Septembernacht 1991 verloren hatte, überwältigte sie.

Mein Vater hat meine Mutter nicht gekannt.

Die Wurzel ihrer jahrzehntelangen Einsamkeit lag in dem Geheimnis, das ihre Eltern umgab, die sich nicht gekannt hatten. Was war damals geschehen? Ein Verbrechen?

Ellen wischte sich das Gesicht ab, holte mehrmals tief Luft, und blickte lange auf den See hinaus, das Haus in ihrem Rücken. Schließlich, nach einer Zeit, die ihr unendlich lange zu sein schien, stieg sie wieder nach unten in das Bergwerk toxischer Erinnerungen, zu dem ihre Villa geworden war, in das von der Weltpolitik kontaminierte Haus, in dem sich irgendwo ein Irrer versteckte, der sie auf Geheiß der Initiatoren des Projektes »bereinigen« wollte. Davon war sie felsenfest überzeugt.

Sie wischte sich das Gesicht mit dem Ärmel ihres türkisfarbenen Kleides ab. Mit zögerlichen Schritten ging sie langsam über die Treppe zurück ins Erdgeschoss. In ihrem staubbedeckten Kleid fühlte sie sich wie der letzte Gast eines großen Festes, das mit einer Bombennacht beendet worden war. Hämmernde Kopfschmerzen versuchten in der Dunkelheit alles, sie daran zu hindern.

Vor der freigelegten Fahrstuhlkabine angekommen, half sie Schoch, wieder auf der zweiten roten Lederbank Platz zu nehmen und zwängte sich dann selbst zurück in die Kabine, die nach der handwerklichen Sorgfalt einer anderen Ära duftete. Eine Weile brauchte er noch, um eine seiner Zigaretten mit Pappmundstück aufzurauchen. Schließlich drückte er sie auf einer Untertasse aus, die ihm seine Urenkelin reichte. Schochs Gesicht glühte. Er nahm die Brille ab und rieb sich die Augen, dann setzte er sie wieder auf, die Augen blieben geschlossen. Ohne Pause, unvermittelt, redete er weiter.

»Zum Warten hole ich mir einen aufgeplatzten Koffer voller Papiere ins Auto. Er riecht stechend, wie alte Schuhe, die in einem Feuer liegen. Es ist dunkel. Noch immer fällt leichter Regen, der Wind aus südöstlicher Richtung hat aufgefrischt. Die Blätter, die ich hochwerfe, nachdem ich sie gelesen habe, fliegen weit. Aus der Spiegelwelt des Fahrstuhls kehren sie jetzt alle zu mir zurück. ›Präparat A 800: Verbringung, Lagerung und Sicherung der Verfügbarkeit‹«, las er die Überschrift des Papiers. Ellen konnte fühlen, wie es in allen Leitungen knisterte, über die in diesem Haus, auf der »Zürich«, in den Quartieren von Geheimdienstlern im Ruhestand und im aktiven Dienst mitgehört wurde.

Sie klatschen sich in die Hände – es funktioniert. Wir sind kurz davor. Sie konnte das Rauschen der Emotionen durch das Netz, die Gier, die aufkeimenden Egoismen und die Planungen für künftige große Geschäfte oder große Einsätze mit dem »Friedensstoff« förmlich auf ihrer Haut spüren. Welche neuen Kriege ließen sich anzetteln, welche alten Konflikte ließen sich endlich bereinigen! Dieses Mittel sollte alle Schwierigkeiten in der Welt, Schwierigkeiten mit widerspenstigen Menschen für immer aus dem Weg schaffen.

Ellen konnte das Gefühl nicht loswerden, das A-800 darüber hinaus mit ihr direkt etwas zu tun hatte, ganz persönlich, dass es eine Ebene des Geschehens gab, die ihr noch immer gänzlich verschlossen war.

»Inhaltsverzeichnis«, las er weiter aus seinem unfassbaren Gedächtnis vor. »1. Entwicklung, 2. Einsatz, 3. Transport, 4. Lagerungsort, 5. Sicherung, 6. Reaktivierung.«

Es gibt keine Zeit zum Überlegen, wusste Ellen. Sie war jetzt unmittelbar gefordert. Hier bahnte sich eine Katastrophe an, keine, die in Tausenden von Jahren ein roter Zwergstern aus dem All verursachen würde, sondern hier und jetzt. Und nur sie allein konnte sie verhindern.

Sie erhob sich und half Schoch beim Aufstehen, während er noch einige Sätze weiter redete. Sie geleitete ihn hinaus, er verstummte. Seine Urenkelin stützte ihn von der einen Seite, Ellen von der anderen. Sie gingen den mit Schutt übersäten Flur weiter hinunter bis in den Musiksalon, wo Ellen sie in bequeme Sessel dirigierte.

»Warten Sie hier«, bat sie. »Es ist etwas zu erledigen.« Alles wurde in dem Netzwerk verbreitet, ihre Worte, ihre Aktionen, ihr Bild, hineingezoomt in ihr Gesicht. Sie fühlte die Gewitter in den Leitungen. In einiger Entfernung auf dem See, nahe der »Zürich«, hörte sie das wütende Aufheulen von Bootsmotoren. Sie zögerte, sie war unentschlossen, sie brauchte jede Millisekunde, die Impulse durch ihr Hirn schlichen wie Schnecken in die Knoten, in denen Entscheidungen getroffen wurden. Es war alles so langsam und es war alles so schwierig. Das wichtigste Geheimnis um ihre Eltern, mit dem alles begonnen hatte, lag noch immer in Schochs Gehirn auf dem Boden eines tiefen Wassers. Ihre eigene Geschichte war noch nicht geklärt, das Elend der vergangenen siebenundzwanzig Jahre würde bis an ihr Lebensende weitergehen, sie würde weiter im Dunkeln tappen, dann aber ohne einen allwissenden Gedächtniskünstler. Wie sollte sie nach all den Anstrengungen jetzt mit diesem Loch in ihrer Seele weiterleben können, wo die Lösung doch so nah vor ihr lag?

Die Boote näherten sich. Sie kannten nun den Ort, sie wussten den Weg zu dem Dokument. Schoch war noch da und bereit, ihnen zu helfen.

Ellen stellte sich die Ehrengäste der Hauseröffnung im August 1887 vor. Sie standen an, jeweils zwei Gäste mit Champagnergläsern in der Hand durften im Fahrstuhl hinauf. Dann die nächsten beiden. Sie lachten aufgeregt. Manche nutzten die Minuten in der engen Kabine, um sich verbotenerweise zu küssen. Alle in der Hoffnung, dass sie dem dunklen, kalten Nebel am Erdboden mit dem Fahrstuhl zur Beobachtungsplattform auf dem Dach entkommen konnten. Auch dort umfing sie jedoch dichter kalter, dunkler Nebel einer Nacht, die mitten am Tag ausgebrochen war und kein äußeres Schauspiel bot, sondern Angst erzeugte.

Ellen lief zurück zu dem Schutthaufen aus Tapetenresten, gegenüber der Fahrstuhlkabine aus dem Jahr der letzten Berliner Sonnenfinsternis von 1887. Die aufgerissene Wand sah aus, als wäre ein dort eingemauerter Geist ausgebrochen.

So ganz falsch fand sie den Gedanken nicht. Sie wühlte in dem Schutt, bis sie die Axt in ihrer Hand schwingen konnte.

Mit dem ersten Schlag zertrümmerte sie die beiden sich gegenüberliegenden Spiegel und die unendlichen Welten, in die sie führten. Die Messinginstrumente flogen von der Wand, sie hebelte die Holzverschalungen von der Kabinenwand ab und zertrümmerte alles restlos. Sie schlug auf die Lederpolster ein, auf die Türen, auf die mit Messinglampen bestückte Decke. Während sie weiter wütete, hatte sie die Geräusche der Boote im Ohr. Nicht mehr lange, und eine Horde der Sicherheitsmänner würde an Land stürmen.

Handgroße Stücke, Größeres war nicht erlaubt, kein Detail durfte erkennbar bleiben. Mit dem Handrücken wischte sie sich den Schweiß von der Stirn. Nichts, nichts, nichts, nur das leichte Stahlgerüst einer Kabine in einem toten, gemauerten Schacht durfte sichtbar bleiben. Weitere Schläge. Sie musste sich vor herabfallenden Deckenteilen schützen.

Die Boote waren angelandet, Männer kamen vom Ufer hochgelaufen. Ellen verschnaufte für einige Sekunden. Sie hatte einen Krater in der Wand hinterlassen. Der kalte, nachtschwarze Nebel, der dabei gewesen war, aus der Fahrstuhlkabine in die ganze Welt zu quellen, war gebannt. Draußen herrschte die frühe Dämmerung eines bedeckten Tages nach dem Sonnenaufgang.

Sie musste verschwinden.

Die Tür der Villa öffnete sich. Sie lief die gusseiserne Wendeltreppe hinauf, im Gang im Obergeschoss zurück in ihren Salon mit der Terrasse. Sie stürzte hinaus in das Morgenlicht über dem See und der Terrasse. Es würde nicht gut mit ihr ausgehen. Daran gab es keinen Zweifel.

Sie sah ein halbes Dutzend Boote und weitere Männer des Sicherheitsteams. Als sie zurückblickte in den

Salon, stand dort die unbewegliche Kleiderpuppe. Sie trat näher heran. Die Puppe machte eine Bewegung, mit der sie ihr etwas Großes, leichtes, schwarz Glänzendes mit roter Kopfbedeckung in die Arme legte. Ellen hielt einen ausgestopften Vogel in den Händen, der sich seidig, leicht und kühl anfühlte. Seine toten Glasaugen sahen in die Ferne durch alle Wände des Raums hindurch, mit seinen meterweit ausgebreiteten Flügeln schien er in einer anderen Welt zu schweben. Für Sekundenbruchteile begannen in ihrem Kopf Erinnerungssterne zu funkeln.

Dann flüsterte ihr die Puppe etwas ins Ohr.

54

Dreizehn Jahre zuvor; Vozroshdenije

Um 05:00 Uhr früh starteten Ellen und ihr Begleiter mit einem beigefarbenen Allrad-angetriebenen Lada auf einer gut ausgebauten Straße von Nukus in Richtung Muynak. Nach etwa 100 Kilometern bogen sie links in die mit harten Saksaul-Sträuchern bewachsene Kysilkum auf eine unbefestigte Straße, um einem Kontrollpunkt auf der Straße nach Muynak zu entgehen. Der Fahrer gab Ellen ein Satellitenfoto, an dem man sich notdürftig orientieren konnte.

»Sie mögen es nicht, wenn man direkt in die Wüste fährt, schon gar nicht dorthin, wohin wir wollen und erst recht nicht mit einem Ausländer«, bemerkte Mahmud vom Fahrersitz. Auf dem scharfen Geröll wurde es eine Knochenschütteltour ohnegleichen. Schon längst schaffte es die Klimaanlage nicht mehr, die brütende Hitze auszugleichen. Sie öffneten sämtliche Fenster, der heiße, staubige salzige Fahrtwind verklebte die Haut und die Augen.

Die Wüste änderte ihr Aussehen, der Boden war mit dem feineren scharfkantigen Sand des ehemaligen Meeresbodens bedeckt, weiße Punkte von Muscheln bedeckten kleine Hügel, auf denen Büschel von hartem Gras wuchsen. Die Fahrt veränderte sich von einer Klettertour über Steine in gleitende Schlangenlinien beim Herumkurven um die allgegenwärtigen mannshohen Hügel.

Unaufhörlich erzählte ihr Begleiter von seiner aufstrebenden Fabrik für die Herstellung von Kunststofffensterrahmen. Außer ihm als Besitzer waren darin ein Meister und ein Arbeiter beschäftigt. Der Markt für Kunststofffenster sei das ganze Land, verkündete er, in jeder Stadt hatte er sich angesehen, was für ein Schund verbaut wurde, der Bedarf an ordentlich funktionierenden Fenstern war enorm und so ging es weiter unter der brennenden Sonne im Wellengang seiner Kurvenwege und im Salz, das sich in Augen und Mund festsetzte. Ellen war froh, dass nicht von ihr erwartet wurde, ihre Meinung zu seinen Expertisen abzugeben. Sie konzentrierte sich darauf, gelegentlich aus ihrer Wasserflasche zu trinken und nicht in Panik darüber zu geraten, dass ihr schlecht werden könnte.

Sie mussten einen Umweg nehmen und sich der Felsenansammlung von der südlichen ehemaligen Küste her nähern. Das war die einzige Stelle, an der der Weg direkt in Schlangenlinien in das befestigte Straßennetz auf der ehemaligen Insel führte. Gegen Mittag erreichten sie eine große Pyramide aufgeschichteter Steine.

In einem Serpentinenweg, der aus nichts als tief ausgefahrenem lockeren Sand bestand, unter dem achsbrechende Felsbrocken versteckt waren, schaukelten sie sich nach oben auf die ehemalige Insel. An einer übermäßigen Steigung mahlte sich der Lada immer tiefer in den Sand, bis der Unterboden auf Felsen saß. Zum Schieben war es viel zu schwer, vorwärts ging es keinen Millimeter. Wütend trat Mahmud aufs Gas als wäre seine Ehre infrage gestellt.

Sie saßen fest! Die Ehre des Fahrers und das Ziel ihrer Reise standen auf dem Spiel, wenn nicht viel mehr. Ellen dachte an umgestürzte Autos und zerbrochene Ölleitungen inmitten einer brennend heißen Wüste. Auf dem Weg hierher hatten sie nicht nur die rostigen Wracks vieler Schiffe gesehen, sondern auch das eine oder andere gestrandete Fahrzeug, ausgebrannt oder verrostet.

Ellen bat ihren Fahrer, das Auto von hinten zu schieben und den fehlenden Zusatzschub zu liefern, den sie nicht schaffen konnte. Er selbst erkannte, dass das ein möglicher Ausweg sein konnte; stolz stieg er vom Fahrersitz und Ellen übernahm.

Sie hatte nicht vor, weiter nach oben zu fahren. Obwohl er hinten schob, ließ sie mit sanfter Räderbewegung den Lada im Rückwärtsgang nach hinten gleiten.

»Vorsicht, wir rutschen!«, rief sie.

Er sprang beiseite. Der Wagen rollte langsam die Serpentine herunter, etwa zehn Meter tiefer brachte sie ihn auf festem Boden sanft zum Stehen. Wutschnaubend kam er heruntergelaufen.

»Er ist mir aus der Hand geglitten«, erklärte sie. Sie räumte den Fahrersitz. Jeder erkannte von unten, dass es mindestens drei andere ausgefahrene Serpentinen nach oben gab, vielleicht war er schlau genug, einen alternativen Weg in Angriff zu nehmen. Sonst lässt sich für sein Kunststofffenster-Imperium nichts Gutes erwarten, dachte sie.

Der Motor heult auf. Gerade gelang es ihr noch, in die Beifahrertür zu springen, dann kurvte er mit Vollgas eine der anderen Serpentinen empor. Sie landeten oben, wo in Sichtweite leicht überwachsene Betonstraßen zu erkennen waren.

»Gratuliere!« Er reagierte nicht auf ihr Lob, sondern blickte finster geradeaus. Es vergingen keine zehn Minuten und sie erreichten die Laborsiedlung südöstlich der Wohn- und Forschungsstadt Kantubek.

»Was suchen Sie eigentlich genau?« fragte er unwirsch.

»Meinen Vater«, erklärte Ellen.

»Und Sie meinen, der ist hier?« Er schien zu finden,

dass dies genau der richtige Moment für einen Lachanfall war. Er schob die spiegelnde Sonnenbrille in die salzverkrusteten Haare. »HIER?« Er schlug sich auf die Schenkel.

In dem Komplex verfallener Laborbauten bat sie ihn anzuhalten, weil sie sich umsehen wollte. Er fuhr das Auto in den Schatten eines großen verfallenen Plattenbaus, es war früher Nachmittag, der Himmel war von blassblauer Farbe, die in der Ferne ins Gelbliche verschwamm. Noch immer war es heiß. Jetzt waren auch die Steine und der Beton aufgeheizt, nur aus einzelnen Ruinen strömten muffige kühle Luftzüge. Hier oben auf der ›Insel‹ ging ein etwas stärkerer Wind, als unten im ›Meer‹.

»Mein Großvater lässt Ihnen ausrichten, auf keinen Fall die herumliegenden Glasflaschen oder anderes Zeug aus den Labors zu berühren.« Während Mahmud das sagte, blickte er in den Himmel und auf seine Uhr.

Das Satellitenfoto in der Hand, schnappte sich Ellen ihren Rucksack und setzte ihre Schritte auf den knirschenden Boden der Laborstadt, die vor langer Zeit von allen guten Geistern verlassen worden war. Sie war froh, dass sie das restliche Gepäck sicher im Hotel »Ideal« in Nukus deponiert hatte, als sie in einem der Laborräume im Erdgeschoss eines noch einigermaßen intakten dreistöckigen Plattenbaus stand. Der gekachelte Fußboden war von Splittern brauner Laborflaschen, von kleinen durchsichtigen Phiolen, von Scherben von Bechergläsern, Glaskolben und anderem Zeug bedeckt, das sich nicht mehr zuordnen ließ. Zerbrochene Abzüge, blecherne Regale mit leeren Tierbehältern lagen umgekippt auf dem Boden. Einzige feste und intakte Struktur war ein gemauerter

Labortisch, auf dessen Kante aus braunen Kacheln sich Ellen setzte und das Chaos, das hier eine perfide Ordnung abgelöst hatte, auf sich wirken ließ.

Was erwarte ich eigentlich zu finden?

Sicher nicht, dass mein Vater auftaucht, dachte sie. Sicher nicht, dass sein Grab hier zu finden ist. Sie erwartete an diesem Ort zu verstehen, worin ihre Eltern verstrickt gewesen waren. Nur wenn sie das begriff, wovon sie noch meilenweit entfernt war, würde sie überhaupt einen Hinweis auf das Schicksal ihres Vaters erkennen können.

Der späte Nachmittag war angebrochen, aber es würde noch lange hell bleiben. Ellen baumelte mit den Beinen von dem Labortisch. Sie stellte sich vor, dass ihr Vater in diesem Labor stand, Tierversuche überwachte und auswertete, Mischungsverhältnisse ermittelte, Versuchsreihen konzipierte und mit Glasgefäßen, Glasrohren und Schläuchen spätere großtechnische Herstellungsverfahren testete. Er lief hier im weißen Kittel umher, verfasste Laborprotokolle und Berichte über seine Fortschritte, ein Wissenschaftler im Labor.

Vor dem Haus wurde ein Motor angelassen, dann fuhr ein Auto los. Ellen stürzte zum Fenster und sah, wie der Lada eine Kurve zog und auf dem Weg zurückrollte, den sie gekommen waren.

Ist der wahnsinnig geworden?

Den Rucksack über der Schulter, rannte sie den Flur hinunter aus dem Eingang. Er gab Gas und bretterte die Betonstraße mit hoher Geschwindigkeit nach Süden zurück. Als sie schließlich in der Mitte der Straße stand, war nichts mehr zu hören, nur die Staubwolke, die er aufgewirbelt hatte, hing noch eine Weile giftig, wie ihr plötzlich schien, in der Luft.

Ich glaube es nicht!

Ihr Fahrer hatte sie in einer ausgestorbenen Stadt in einer durch Bio- und Chemiewaffen kontaminierten Felsenansammlung mutterseelenallein zurückgelassen. Sie drehte sich einmal um ihre Achse. Die Wahrscheinlichkeit, dass sich hier jemand fand, der ihr helfen konnte, lag bei null. Ihr blieb die Luft weg. Was war da eben geschehen?

Später saß sie auf der Eingangstreppe des Laborbaus, den sie eben durchstreift hatte. Ruhe bewahren! Welche Optionen gab es? Sie versuchte, die Anflüge von Panik zu unterdrücken, die sie schubweise befielen.

Es gab nur die folgenden Möglichkeiten: Der Spezialist für Kunststofffenster hatte aus tiefer Verletzung seiner männlichen Ehre eine spontane Entscheidung getroffen. Er wollte ihr eine Lektion erteilen und würde in einer halben Stunde wieder zurück sein. Ich werde ihm lächelnd aus dem Laborbau entgegentreten und so tun, als hätte ich seinen kleinen Ausflug nicht registriert – so könnte es sein. Sie glaubte nicht, dass es so war.

Die andere Möglichkeit war die spontane Entscheidung des verärgerten Fahrers, sie hier auf ewig sitzen zu lassen. Auch daran glaubte sie nicht. Neben dem Mietpreis für das Auto würde er seinem Großvater eine Menge Erklärungen dafür schulden, dass er ohne seinen Fahrgast zurückgekehrt war.

Blieb als finsterste und wahrscheinlichste Möglichkeit, dass dieses Ende von vornherein beabsichtigt gewesen war. Jetzt kam ihr der perfekte Geruch von Yussuf nach frisch gewaschener Kleidung noch verkleidungsmäßiger, noch kulissenhafter vor, als in einem ersten Eindruck gestern. Sie war nicht der Gast einer spontan einberufenen Familienfeier gewesen, sondern Zuschauer einer Inszenierung. Der große

Sinneswandel war eine Fata Morgana. Noch bis heute war alles geheim, was die Substanz A-800 betraf. Schon jetzt wusste sie zu viel davon, jemanden zu dieser Substanz herumschnüffeln zu lassen, war nicht tolerierbar. Einen besseren Ort, sie sang- und klanglos verschwinden zu lassen als den, den sie sich selbst gewählt hatte, konnte es nicht geben. Ein Unglück! Sie ist davongelaufen. Ich habe sie nicht mehr gefunden.

Von jeder Siedlung war sie etwa 200 Kilometer Wüstenstrecke entfernt, eine Distanz, die sie zu Fuß bei Tag unmöglich und mit den Vorräten, die sie bei sich hatte, auch bei Nacht nicht lebend überwinden konnte. Nur ein einziger größerer Ort befand sich in der Nähe, die Laborstadt Kantubek.

55

Kantubek

Als Ellen Kantubek erreichte, brach die Dämmerung an. Dunkel ist gut, dachte sie. Wenn es in dieser Stadt, die früher einmal zweitausend Einwohner hatte, noch immer menschliches Leben gibt, werde ich ein Licht erkennen. Sie betrat ein Areal von vierzig bis sechzig Wohnblocks sozialistischer Bauart und einigen kleineren Häusern, die weiter abseits im Norden standen. Wie die Laborbauten waren auch in der Wohnsiedlung die meisten Häuser zerfallen, manche wie Kartenhäuser komplett in sich zusammengeklappt. Bei vielen fehlten große Teile der Dächer, aus keinem der schwarzen massiven Schatten gegen den von einem Viertelmond erleuchteten Nachthimmel drang ein Licht.

Einen Funken nach dem anderen schaltete sich der Sternenhimmel ein. Ellen war zuversichtlich, irgendwo eine Ecke zu finden, in der sie ihren Schlafsack geschützt ausrollen konnte, und wenn es in dem Wrack des alten Ikarus-Busses war, an dem sie gerade vorüber kam. Nach und nach lief sie alle Straßen unter den umgeknickten Betonlichtmasten ab. Nirgendwo ein Licht. Dann eben weiter nach Norden.

Aus einem von vier kleinen Häusern drang ein Licht.

Sie bewegte sich einige Schritte zur Seite, um sicherzugehen, dass es nicht ein Reflex des Mondes war oder ein Stern wie der helle Sirius, der durch die Löcher einer Ruine schien. Nein, es war ein ruhiges, stilles Licht, das aus dem Innern eines kleinen Hauses drang. Je näher sie kam, desto deutlicher wurde, dass sich hier jemand häuslich eingerichtet hatte. Ein Idyll am verlorensten, giftigsten, tödlichsten Platz, vor dem die Welt durch kein Meer geschützt war. Wer auf diesem Felsenhügel in der Wüste nicht begriff, dass die Austrocknung des Meeres und die Verbreitung der Gifte aus dem Herzen der ›Insel der Wiedergeburt‹, bereits Vorboten für den Verfall des sowjetischen Imperiums darstellten, wird an keinem Ort irgendetwas je begreifen.

Im großen Abstand umkreiste Ellen das kleine einstöckige Haus, aus dessen Schornstein eine dünne Rauchfahne in den Himmel stieg.

Nach einem weiteren Schritt flammten drei grelle Strahler auf. Wie angewurzelt blieb Ellen stehen. Einer der Scheinwerfer bewegte sich, bis sie im Fokus stand, sie wurde aus dem Haus heraus beobachtet. Nur wenige Meter von ihr entfernt schwoll in dem Licht ein unaufhörliches Summen an. Es kam von einem vierrädrigen Anhänger. Genauer gesagt aus sechs Bienenstöcken, die darauf standen.

Aus dem Dunkel hinter einer Ecke des Hauses trat ein Mann ins Licht, der einen knöchellangen weißen Kittel trug. Langsam kam er näher. Ungelenk winkte Ellen ihm zu. Er gehörte zu derselben Generation von Wissenschaftlern am Ende der UdSSR, der sie auf ihrer Reise überall begegnet war. Auch er war um die 70 Jahre alt. Langsam, um keine falschen Reaktionen hervorzurufen, trat sie näher heran. Er war ein schlanker großer Mann mit festem grauem Haarschopf und einer Brille, deren Gestell zwei übergroße Gläser links und rechts von seiner Nase hielt, hinter denen sich kleine Augen bewegten.

»Lew«, stellte er sich vor.

»Jelena«.

»Was verschlägt Sie auf die Insel?« Er gab ihr die Hand.

»Man hat mich hier sitzenlassen«, gestand sie.

»Würde sie ein Tee beglücken?«, fragte er. Ob das warme Gefühl, das sie jetzt schon in Vorfreude durchströmte, gerechtfertigt war, würde sich zeigen. Noch wagte sie nicht, sich vollends angekommen zu fühlen.

Im Innern des Hauses legte Ellen den Rucksack ab. Sie setzte sich auf einen Stuhl an einem großen Tisch, der in der Mitte des Raumes Stapel von Papieren trug.

»Sie forschen hier?« fragte sie.

»Wie kommen Sie darauf?«

»Der weiße Kittel.«

»Das ist meine Berufskleidung.« Er lachte. »Jedes Jahr kommen zwanzig Ruinentouristen hier vorbei, wenn ich von jedem zehn Dollar für eine Tour einnehme, komme ich das Jahr über zurecht. Aber natürlich wollen alle unbedingt von einem ehemaligen Forscher geführt werden.« Er goss in einer großen Steingutkanne einen Tee auf. »Als alles zusammenbrach, habe ich mir an die fünfzig Kittel gesichert, gebügelt, direkt aus der Wäscherei.« Er stellte Ellen einen großen Topf hin und goss dampfenden Tee ein. »Mit Honig«, verkündete er stolz. Er goss sich selbst auch einen großen Topf voll. »Ich habe früher die Heizungs-, Sanitär- und Stromanlagen gewartet. Im allgemeinen Chaos habe ich mich vom blauen zum weißen Kittel befördert.« Ellen trank den Tee, die Aufregungen fielen von ihr ab.

»Wie lange leben Sie hier schon?« fragte sie über den Rand ihres Teetopfes.

»Seit 1985. Ich habe alles mitgemacht, die Blütezeit der Forschung und den Untergang. An den Amerikanern, die hier aufkreuzten, um aufzuräumen und sich umzusehen, habe ich mein Startkapital verdient.«

Yussuf war mit Sicherheit bewusst, dass jemand hier auf der Insel ein Reiseführer-Dasein fristet. Er hatte gesagt, ›mein Enkel bringt dich hin‹, besser hätte er gesagt, ›er liefert dich dort ab‹. Ellen fühlte sich wie in eine Geisterbahn versetzt, in der sich alle Sekunden die Perspektiven ruckartig ändern. Sie trank weiter bedächtig von dem Tee, der Honig darin schmeckte vorzüglich.

»Haben Sie keine Angst vor dem, was die Bienen hier einsammeln?« fragte sie.

»Sie sammeln ihren Nektar von Wermut- und Saksaul-Blüten. Wenn es überhaupt jemanden gibt, der vergiftetes von genießbarem Zeug unterscheiden kann, dann sind es Bienen.«

Ellen hörte nur mit halbem Ohr zu, ihr Blick fiel auf ein großes Foto an der Wand, das den Blick in eine andere Welt freigab. Darin blickte man auf eine Straße, in der Hunderte von Kindern dicht gedrängt den Betrachter anschauten. Ihre Gesichter erkannte man nicht, weil ihre Köpfe von Gasmasken mit riesenhaften Astronautenaugen bedeckt waren. Sie stand auf, um die Unterschrift zu lesen: Zivilschutzübung der Jungen Pioniere 1937. Verwirrt drehte sie sich nach ihrem Gastgeber um.

»Das Bild ist eine Erinnerung an den Albtraum, der in der Zukunft lauert. Ich will nie vergessen, welche Welt wir vorbereitet haben.« Lew ging zu einem Herd, in dem Holzscheite glühten. »Speck und Spiegeleier auf Holzdielenfeuer, es gibt nichts Leckereres.«

Als sie den Abendschmaus vertilgt hatten, kramte Ellen aus ihrem Rucksack eine Zwanzig-Dollar-Note, sie schob sie zu ihm herüber. »Auf die Führung verzichte ich.« Er zierte sich nicht weiter, das Geld verschwand in einer Blechschachtel in der Tischschublade. Er goss beiden ein Glas Met ein. Sie stießen mit den kleinen Gläsern an.

»Der Honig ist mein Feierabendglück in einer verrückten Welt« stellte er fest, »in die eine junge Frau wie Sie nicht gehört. Ich werde morgen zu einer Einkaufstour nach Muynak aufbrechen, ich nehme Sie mit. Wir müssen sehr früh losfahren, damit wir in der Wüste nicht in die Mittagshitze geraten. Gegen zwei Uhr nachts serviere ich das Frühstück. Aber vorher erklären Sie mir noch, was Sie hier wollen.«

»Ich suche meinen Vater, er hat bis 1991 an diesem Ort gearbeitet.«

»Ich bin es nicht« meint er, »und andere gibt's hier nicht. Schon ist die Suche beendet.« Er lachte. »So einfach ist das.« Ellen legte das Foto auf den Tisch, das sie mit ihrem Vater und ihrer Großmutter Olga zeigte.

»Das ist er, vielleicht erinnern Sie sich?« Er schob das Foto zurück, ohne es sich anzusehen.

»Nehmen Sie es mir nicht übel, ich brate Eier mit Speck, ich pflege die Bienen, ich sammle Honig, ich braue Met und breche Holzdielen aus alten Häusern, ich bringe Sie auch nach Muynak zurück, aber eins werde ich auf keinen Fall tun: Nicht einen Millimeter lasse ich mich in das hineinziehen, was hier früher abging. Wissenschaftlich fortgeschritten, mörderisch und streng geheim. Eine toxische Mischung, die heute noch wirkt. Es tut mir leid.«

Er schob sich seinen letzten Bissen Ei in den Mund. »Im Jahr 1991, als alles zusammenbrach, wurde die Operation Petschatj, ›Versiegelung‹, in Gang gesetzt, mit der die letzten Sowjetbehörden sicherstellen wollten, dass sämtliche technologischen und militärischen Geheimnisse aus den abdriftenden 14 Republiken in Russland landeten und nichts davon in den Republiken verblieb. Es war so wenig Zeit, es waren so viele

Geheimnisse und so viele Republiken, dass es keine Gelegenheit für vornehme Zurückhaltung gab. Das traf fast für alles zu, was hier betrieben wurde, besonders aber für einen hochgeheimen Stoff, von dem man sich die Entscheidung in einem künftigen Krieg erhoffte. Präparat A-800. Keiner, der sich mit diesem Kampfstoff auskannte, wäre immun gegen die lukrativen Angebote der Amerikaner gewesen, war man überzeugt. Das Zeug war fertig entwickelt und die Produktion abgeschlossen, von den Wissensträgern wurde keiner mehr benötigt.« Er setzte an, als wollte er noch mehr sagen, überlegte es sich dann aber offenbar anders. »Ich zeige Ihnen eine Couch, auf der Sie übernachten können. Nicht mehr lange und es gibt Frühstück.« Ellen nahm ihren Rucksack und folgte ihm. Im Erdgeschoss gab es ein weiteres Zimmer, das offenbar schon öfter den einen oder anderen Ruinentouristen gesehen hatte. So wie sie war, rollte sie sich in ihren Schlafsack. Nachdem sie die Petroleumlampe heruntergedreht hatte, sackte sie in den Schlaf wie ein Stein, der im Meer versinkt.

Am nächsten Morgen hielt Lew nach dem Frühstück zwei Gasmasken in der Hand.

»Wir nehmen eine Abkürzung, die uns durch alte Testfelder von Biowaffen führt. Dort haben die Amerikaner bei ihren Aufräumungsarbeiten Ende der Neunzigerjahre massenhaft tote Versuchstiere vergraben. An der Oberfläche vergehen die Sporen der Anthrax-Erreger schnell unter dem Sonnenlicht, im Boden können sie ewig überleben. Ein kleiner Windhauch und sie wirbeln durch die Nacht. Es ist sicherer, die hier aufzusetzen. Unter der Steilküste am alten Hafen wartet mein Wagen, so sparen wir ein paar Stunden auf dem Weg.« Lew reichte ihr einen langen weißen

Labormantel. »Ziehen sie den über, nachts ist es hier reichlich frisch.« Nach einigem Zögern streifte Ellen ihn über ihre Bluse und knöpfte ihn zu. Er reichte ihr bis auf die Schuhe. 500 Meter weiter südlich setzte sie ihre Gasmaske auf, bevor sie wie Gespenster aus ferner Zukunft hintereinander über die wilde Oberfläche des Felsplateaus marschierten.

Eine halbe Stunde später blickte sie von den Klippen der Steilküste in Richtung Osten in die Dunkelheit unter den Sternen, die abgelegte Gasmaske in der Hand. Lew verstaute beide Masken in einem Sack, den er sich über die Schulter warf. Vom Hafen führte eine Treppe die Steilküste hinunter bis auf den ehemaligen Meeresgrund. Ellen erinnerte sich, dass sie in den späten Achtzigerjahren eine letzte Boots- und Fischtour mit ihrem Vater unternommen hatte. Von ihrem Boot an einem Landungssteg vor der Steilküste aus betrachtet, befand sich dieser Hafen damals weit oben im Himmel, zu dem genau diese Treppe schon führte.

Sie stiegen in einen Kleintransporter WAZ 452, wie sie sie noch von den Straßen der Sowjetunion kannte. Auf der Ladefläche hüpften leere Plastikbehälter für frisches Wasser.

»Diesel und Wasser sind das einzige Problem«, erklärte Lew, während er den Gang einlegte und in Schlangenlinien in die Dunkelheit der Wüste fuhr. Als die Sonne vor ihnen im Osten aufging, legte er eine Pause ein. Aus einer Wodkaflasche ohne Etikett nahm er einen großen Zug Wasser und reichte Ellen eine zweite Flasche. Während sie die aufschraubte, umrundete er das Auto. Auf der anderen Seite schlug er geduldig sein Wasser in den Wüstenboden ab. Wenig später schwenkten sie auf die Fahrspur zurück, der sie weiter in östlicher Richtung folgten.

»Wir waren die Produktionsstätte« erklärt er, die Unterhaltung gestern hatte ihm offenbar keine Ruhe gelassen. »Damit Sie eine Ahnung davon bekommen, was hier auf dem Spiel steht: zweihundert Tonnen Präparat A-800, genug, um zwei Milliarden Menschen zehn Tage lang zu kontrollieren, wurde produziert, abtransportiert und ist anschließend verschwunden. Das treibt viele zum Wahnsinn.« Ellen legte ihren weißen Kittel sorgfältig zusammen, es wurde zu warm.

»Wie kann eine solche Menge verlorengehen?« fragte sie.

»Ausgeschaltete Wissensträger, eine in Auflösung befindliche Organisation.« Er zuckte mit den Schultern. »Jetzt, im Zeitalter von Drohnen, die das Zeug jedem Einzelnen tropfenweise ins Gesicht pusten können, wächst das Interesse wieder daran, was für alle, die sich damit befassen, Lebensgefahr bedeutet.«

»Gab es damals Überlebende?« Ellen kurbelte die Scheibe auf der Beifahrerseite so weit herunter, wie es ging, um sich im Fahrtwind zu erfrischen.

»Den einen oder anderen aus dem Institut auf der Insel habe ich einige Zeit bei mir gepflegt. Den Direktor des Programms fand ich schwerverletzt unter einem Flugzeug gefesselt. Als sie glaubten, es werde nicht mehr nach ihnen gesucht, haben sich dann alle nach und nach aus meinem Versteck verabschiedet, der Letzte nach drei Jahren.«

Die Anzahl in der Wüste gestrandeter Schiffswracks nahm zu, der ehemalige Hafen war nicht mehr weit. Schließlich tauchte im grellen östlichen Sonnenlicht am Horizont die Steilküste von Muynak auf.

»Ich habe dort einen guten Freund, von dem ich mein Wasser kaufe. Zum Erhalt der Freundschaft bringe ich ihm ein Glas Honig mit. Wenn Sie ihn bezahlen, frage ich, ob er sie zurück nach Nukus fahren kann.«

»Ich schätze, eine große Wahl habe ich nicht«, erwiderte Ellen. In einer ausgefahrenen Serpentine quälte sich der Kleinlaster die Steilküste hinauf, bis sie in Muynak durch die absurd breite Hauptstraße rollten. Vor einer lila gestrichenen Apotheke hielten sie an. Mit einem Glas Honig in der Hand verschwand Lew im Innern, um kurz darauf in Begleitung eines Mannes mit Fischermütze herauszukommen.

»Grigori nimmt Sie mit nach Nukus«, verkündete er, »für 50 Dollar.« Ellen nickte. Sie versprach, in einer Stunde abfahrtbereit hier zu sein, sie brauchte noch einige Zeit für einen Gang zum alten Flughafen. Die beiden machten sich daran, die leeren Wasserballons gegen frisch gefüllte auszutauschen.

Links von der Apotheke bog Ellen zu dem ehemaligen Flugfeld ab. Auch hier wusste sie nicht, wonach sie eigentlich suchen wollte. Sie hoffte, sich an mehr zu erinnern, wenn sie den Ort sah, an dem sie als kleines Mädchen die dunkelste Nacht ihres Lebens verbracht hatte. Ihr Herz arbeitete wie rasend. Es trieb ihren Puls an, überall in ihrem Körper pochten kleine Motoren.

Als das verfallene kleine Flughafengebäude vor ihr lag, hielt sie sich an der letzten Hauswand fest. Mit frischen Atemzügen setzte sie sich einige Minuten später wieder in Bewegung. Wie ein Skalpell, das in einen entzündeten Körperteil vordringt, näherte sie sich ihrer schlimmsten Erinnerung.

Nachdem sie das Gebäude erkundet hatte, ging sie in dem frühen Morgen weiter hinaus auf das Flugfeld, weiter und weiter in die Richtung, in die damals die großen Transportmaschinen in die Luft stiegen bis über die Landebahn hinaus und weiter in die Wüste. In einem mannshohen, weit auswuchernden stacheligen Saksaul-Gebüsch, wie sie die Wüste für weitere Hunderte von Kilometern bevölkerten, hatten sich ein Dutzend zerbröselnder Schuhe unauflösbar verfangen, als wäre an dieser Stelle ein Lieferwagen verunglückt.

Im Blick zurück erkannte sie alles und doch sah alles anders aus als in den Schreckensträumen, die sie mehr als zwanzig Jahre verfolgt hatten. Alles erschien in lächerlicher Größe, in der normalen ausgebleichten Farbe der Wüste, gehüllt in den bekannten Geruch nach Diesel, Sand und Salzstaub. Nichts sprang sie aus ihrer Erinnerung an, nichts trat aus dem Nebel in ihrem Kopf in das Bewusstsein.

Sie umrundete das Flughafengebäude. Auf der rechten Seite rankte sich ein struppiges Gebüsch an einem vor langer Zeit türkisgrün gestrichenen Gittertor, das hinaus auf das Flugfeld führte. Um sich alles genauer anzusehen, hockte sie sich nieder. Das Gebüsch war alt, mit Sicherheit war es an diesem Ort schon 1991 gewachsen. Sie blickte auf das Gitter, dessen Mitte ein großes Blech in der perspektivisch korrekten Form eines aufsteigenden Flugzeugs zierte.

56

Ellen befindet sich in unmittelbarer Lebensgefahr, begriff Tomas, als er die Mitteilung betrachtete, die ihn soeben über Telegram erreicht hatte.

Unter der hochgeschwenkten Heckklappe des dunkelblauen Ford-Mondeo Kombi, den er sich nach seiner Flucht aus der Sprachenschule an der Gertraudenbrücke in Mitte gemietet hatte, setzte er sich tiefer in den Schatten. Er hatte sich für das unauffälligste Auto entschieden, das man sich vorstellen konnte, ein Auto, mit dem man zeigte, dass ein Auto unwichtig ist. Auf dem Straßenparkplatz nahe der Kaiser-Friedrich-Gedächtniskirche im großen Tiergarten hatte er darin unter Ahornbäumen die Nacht verbracht. Soeben ging eine Mitteilung auf seinem Handy bei ihm ein.

Tomas sprang auf und schlug die Heckklappe zu. Es war kurz vor sieben Uhr, ein klarer Augustsonntag begann sich über der Stadt aufzuheizen. Die Telegram-Meldung enthielt ein Foto und einen kurzen Text.

Dieses Gesicht!

Einer der sechs alten Männer von den Parkbänken des Sana-Klinikums blickte Tomas aus einem schwarzweißen Archivfoto mit harten Augen an. Einer seiner ehemaligen, irgendwo weiter im Netz aktiven Kollegen hatte auf Tomas' Foto von dem Treffen der alten Männer den Mann erkannt, der aus der Tasse von der »Zürich« getrunken hatte.

Rostam Nurov war gebürtiger Usbeke, Jahrgang 1938, der seit 1962 in der Hierarchie des sowjetischen Geheimdienstes in den für Zentralasien zuständigen Abteilungen aufgestiegen war. Dreißig Jahre später hatte er den nationalen usbekischen Nachfolgedienst MXX aufgebaut, bis er 2008 friedlich in den Ruhestand gegangen war, weil er offenbar genügend kompromittierendes Material gesammelt hatte, um auch ohne formale Macht weiterhin unangreifbar zu sein. In seiner Zeit beim MXX hatte er sich den Ruf eines gnadenlosen Schlächters erworben, der es schätzte, persönlich an von ihm angeordneten Folterungen teilzunehmen.

Dieser Mann hat die weite Reise nach Berlin unternommen. Er verbringt seine Nächte auf einem Schiff gegenüber der Villa! Er geht in der Villa ein und aus.

Das war alles andere als gut.

Es war eine Katastrophe!

Bis zu seiner Abreise am kommenden Dienstag fühlte Tomas sich an seinen alten Auftrag gebunden, die Bewohner der Koffka-Villa zu schützen. Egal, wie explosiv er in dem Babelsberger Studio mit Ellen Koffka aneinandergeraten war. Das hier hatte nichts mit dem Aufwallen einer dem Moment geschuldeten heißen Liebesaffäre mit seiner Vermieterin zu tun. Jetzt ging es um Leben und Tod.

Ellen war in ihrem elektronisch blockierten Haus nicht erreichbar, es bestand keine Möglichkeit, sie zu warnen. Die aktuelle Gefahr ging von dem Vogelpräparator aus. Er war der Mann für die Drecksarbeit. Wenn man dem Ortungssignal des in seinem Motorrad versteckten Handys weiterhin trauen konnte, hatte er sich in den letzten 24 Stunden keinen Zentimeter von der Stelle bewegt. Tomas musste ihn in der leeren Fabrik in Strausberg stoppen.

Am Hansaplatz im Tiergarten bog er mit seinem Mondeo in die Altonaer Straße ein, mit der Absicht, am Großen Stern in die Straße des 17. Juni zu schwenken. Ehe er es so recht begriffen hatte war er in einem endlosen Stau gefangen, den eine vorüberziehende

Demonstration von Rollerblade-Fahrern verursachte. Es gab kein Vor und kein Zurück.

Der Tag heizte sich auf. Durch die heruntergefahrenen Scheiben wehte ein lauer Wind, der den Geruch nach heißem Asphalt und nach Staub mit sich brachte. Die Zeit lief ihm davon, auch wenn das Motorrad des Vogelpräparators wie festgewurzelt vor der leeren Fabrik zu stehen schien.

Tomas versuchte, sich zu beruhigen. Er ging ein paar Schritte um seinen Ford-Kombi herum. Er klappte die Rücksitze zurück in aufrechte Position, er sammelte die Abfälle einiger Bananen und Äpfel sowie zwei leere Kaffeebecher in eine Abfalltüte.

Es ging nicht voran.

Wieviel Rollerbladefahrer gab es eigentlich in dieser verfluchten Stadt? Oder hatten sie sich aus ganz Deutschland hier versammelt?

Tomas machte sich daran, seine Ledertasche zu sortieren. Er überprüfte die gebuchten Tickets für eine Bahnfahrt und die anschließenden Flüge von Frankfurt über Madrid nach Havanna. Dienstag früh um fünf Uhr musste er am Hauptbahnhof den ICE nach Frankfurt besteigen.

Havanna. Kuba.

Wenn ihn Gedanken an die Wurzellosigkeit seiner Gegenwart überwältigten, tat es gut, sich an das Ziel zu erinnern, das auf ihn wartete. Zwischen der sperrig zusammengefalteten Kuba-Karte mit kyrillischer Beschriftung fingerte er nach dem Foto aus seinem Regal. Er warf einen kurzen Blick darauf, um sich zu vergewissern, dass alles wirklich existierte, wohin er bald unterwegs sein würde.

Mit Ella und Neo hatte alles begonnen. Auf einer knochenbrechenden Schlaglochpiste von San Salgado nach Banes im Südosten Kubas hielten ihn in der abendlichen Dämmerung zwei sieben- bis zehnjährige Kinder an, deren Mutter von einem Kleinlaster angefahren worden war. Sie lag ohnmächtig im ausgedörrten Gras neben der Straße. Der Lastwagenfahrer war auf und davon.

Tomas legte den bewusstlosen Körper mit Hilfe der Kinder auf den Rücksitz. Die Kinder, auf dem Beifahrersitz zusammengekauert, wiesen ihm den Weg zu einem nahen Hospital.

Nach einigen Stunden Wartezeit forderte man ihn auf, die Kinder wieder nach Hause zu bringen. Die Behandlung der Mutter würde sehr viel mehr Zeit in Anspruch nehmen.

Auf der Rückfahrt erfuhr er ihre Namen, Ella und Neo. Die in einer hilfreichen Minute angenommene Verantwortung haftete nun wie festgewachsen auf seinen Schultern.

Fünfzehn Tage später wurde die Mutter nach viertägigem Koma einigermaßen wiederhergestellt entlassen und Tomas holte sie mit den Kindern aus dem Krankenhaus ab. Selten war er so ängstlicher Skepsis begegnet, wie sie die Mutter zeigte, als sie von seiner Hilfe hörte, noch nie im Leben hatte er später solche Dankbarkeit gespürt.

Im Haus der Grundschullehrerin Benita Karadag und ihrer beiden Kinder hatte Tomas zum ersten Mal in seinem Leben das Gefühl, in etwas angekommen zu sein, das einem Zuhause nahekam. Seither hielt er zu Mutter und Kindern den Kontakt und sorgte hin und wieder für Unterstützung. Familien müssen aus Schmerzen hervorgehen, dachte er, vielleicht galt das auch in diesem Fall.

Der letzte Rollerblader gab schließlich als Nachzügler die Straße frei. Die Kolonne setzte sich in Bewegung. Es war mittlerweile 9 Uhr, es roch nach heißem Blech und Abgasfahnen. Der Punkt vor der Fabrik in Strausberg hatte sich nicht bewegt.

Am Vormittag um zehn Uhr dreißig stöhnte Strausberg unter einem ausgewachsenen heißen Augustsonntag, als Tomas mit seinem Mondeo an der leeren Fabrik vorüberrollte. Er stellte das Auto ab und ging ein kleines Stück die Straße zurück, bis er im Hof stand. Die Fabrik, das ausgebleichte Schild »PGH-Reparaturservice«, die Ruine der Fabrikantenvilla, alles stand noch so da, wie er es kannte. Es gab keinen Wohnwagen mehr, das Fabriktor war unverschlossen. Noch immer zeigte die App, dass die Triumph nicht von der Stelle bewegt worden war, obwohl weit und breit keine Spur von ihr zu erkennen war. Tomas wanderte in der Halle umher, es gab noch den Arbeitstisch, aber kein Handwerkszeug, keinen kleinen Kühlschrank, keine Mikrowelle, keinen einzigen schwebenden Vogel.

Sven und seine Vögel waren ausgeflogen.

Tomas entleerte eine schwarze Mülltonne am Rande des Hofes. Zwischen ekeligen Resten der Vogelpräparationen entdeckte er schließlich das Handy, als er in seinem Rücken ein Geräusch hörte.

Ein halbwüchsiger Junge mit übermüdeten Augen in einem blassen Gesicht unter kistenförmiger Frisur glitt auf einem Skateboard in die Halle. Als er Tomas wahrnahm, klappte er sich das Board mit einem eleganten Schwung in die Armbeuge.

»Leer«, meinte Tomas, »er ist weg.«

»Sieht so aus«, erklärte der Junge. »Ein Glück.«

»Wieso? Hat er Ärger gemacht?« Unschlüssiges Schweigen.

»Er hatte sie nicht mehr alle.«

»Was ist passiert?«

»Wir haben uns hier umgesehen. Verrückt, was der hier gebaut hat.« Er blickte über seinen Rücken, als würde er dem Frieden noch immer nicht trauen. »Einer von uns hat sich einen Vogel aus einem Koffer gegriffen, sah aus wie eine Krähe mit einem roten Kopf. Dann ist der Kerl mit dem Zopf aufgetaucht.«

»Ich bin sicher, er kommt nicht wieder«, meinte Tomas.

»Hoffentlich«, antwortete der Junge. »Der war krass! Mit einem Teppichmesser in der Hand hat er meinen Kumpel gefragt, ob er auch präpariert werden möchte. Dem ist das Herz in die Hose gesackt. Ich hab' ihm zugerufen: ›Lauf, so weit du kannst.‹«

»Und?«

»Dann sind wir alle gerannt. Und mein Kumpel vorneweg, als wären Hunde hinter ihm her. Und dann kam das völlig Irre.«

»Was?«

»Er war später unauffindbar, verschwunden, bis ihn Stunden später ein paar Typen vom CVJM in Waldsieversdorf in der Nähe vom Klobichsee gefunden haben.«

»Wo ist der«, wollte Tomas wissen.

»Zwanzig Kilometer entfernt. Mein Kumpel ist fett und der Unsportlichste von allen, zum ersten Mal in seinem Leben ist er zwanzig Kilometer gerannt. Er war völlig fertig, vollgekotzt, blutig geschrammt von allen seinen Stürzen, trug nur noch einen Schuh und lag bewusstlos auf einem Waldweg.«

»Und jetzt?«

»Jetzt liegt er im Krankenhaus und kotzt.« Der Junge stellte sich auf sein Brett. »Ich werde wahnsinnig. Er ist wirklich so weit gelaufen, wie er konnte.«

»Wenn du den Müll in die Tonne zurückpackst, kannst du das Handy behalten«, bot Tomas ihm an. »Okay?«

»Okay!«

Tomas warf ihm das Handy hin. Er musste sich beeilen.

57

Ellen konnte keinen Finger regen, irgendwann übergab sie sich, wohin, war ihr egal. Danach nahm sie alle Kräfte zusammen, um ihre Augen zu öffnen.

Was sie sah, ergab keinen Sinn. Sie befand sich in einer mit Umzugskisten vollgestellten Version des Konferenzraumes in ihrer Remise und lag auf ihrem Bett.

Im Konferenzraum?

Nichts passte zusammen. Sie versuchte zu erkennen, was mit ihren Beinen und Armen geschehen war, die sie nicht bewegen konnte.

Sie war gefesselt.

Streifen zerschnittener T-Shirts waren um Hände und Füße geschnürt und an den vier Beinen des Bettes festgezurrt, sie konnte ihre rot angelaufenen Hände erkennen. Sie zerrte an ihren Fesseln. Vergeblich.

Die Welt war aus den Fugen geraten, aus verschiedensten Filmfantasien waren Teile in ihr Leben eingedrungen. Sie drehte den Kopf zur Seite, soweit es ging, um sich in den neben dem Bett stehenden Eimer zu übergeben.

Jemand fesselt mich und sorgt sich darum, dass ich nicht einfach nur vollgekotzt bin? Was ist los?

Sie drehte den Kopf zu allen Seiten, sie versuchte in den Nebeln und in den surrealen Arrangements, die sie umgaben, etwas zu erkennen, das Sinn machte. Vergeblich. Sie lauschte.

Es war nichts zu hören. Dann nahm sie Geräusche wahr, fern, auf einer Straße, rauschten Motoren vorbei, fern, auf einem Wasser, stießen Schiffe laute Töne aus. Oder waren es Tiere? Nein, Schiffe. Der See. Ihre Remise. Sie befand sich in vertrautem Gebiet, aber jemand war mit ihr noch nicht fertig.

Sie musste eine Weile geschlafen haben, denn ein neuer Impuls, sich zu übergeben, weckte sie auf. Sie schaffte es gerade noch, den Kopf über die Bettkante zu schieben, dann strömte bittere Galle in Wellen aus ihr heraus.

Es war nicht wichtig, wo sie war, begriff sie, es war nur wichtig, wie sie sich befreien konnte. Eins nach dem anderen. Zuerst die lächerlichen T-Shirt-Fesseln. Ihre Arme waren weit ausgestreckt, die Hände kribbelten taub und von jeder Blutzufuhr abgeklemmt. Zuerst die rechte Hand.

Mit Gewalt? Das machte alles nur schlimmer.

Die Geräusche im Innern der Remise waren nicht mehr zu ignorieren, jemand beschäftigte sich dort. Ihr kam eine schreckliche Figur in Erinnerung, ein langer schmaler Mann mit langen Haaren, der tote Vögel um sich verbreitete. Der Vogeljäger? Jemand, der Vögel präparierte, jemand, den sie in ihrem Haus mit einer Kleiderpuppe verwechselt hatte. Aber nichts passte zueinander.

Das letzte, an das sie sich erinnern konnte, war ihre Ankunft am Flughafen Schönefeld. Da gab es keinen Vogelfänger. Da gab es kein Bett in ihrem Konferenzraum.

Während sie den Geräuschen weiter nachlauschte, hatte sie es geschafft, einen Zipfel der Fessel um das rechte Handgelenk mit den Fingern der rechten Hand zu fassen zu kriegen. Sie nestelte daran und verdrillte einen Streifen und schob ihn millimeterweise durch einen Knoten zurück. Bloß nicht daran denken. Einfach die Finger ihre Arbeit erledigen lassen.

Die rechte Hand war frei. Dann die linke. Nach zwei Brechanfällen und einer Explosion von Kopfschmerzen waren auch die Füße frei. Sie lag einfach da und atmete, sie rollte sich soweit auf dem Bett zur Seite, dass sie nicht mehr mit ihrem Erbrochenen in Berührung kam, sie versuchte, sich zu beruhigen und keinen Laut von sich zu geben, während noch immer Geräusche aus der Küche oder dem Bad zu hören waren. Sie hielt den Atem an und blickte sich um.

Woher kommt der ganze Umzugskram?

Filmleute wollten ihr Haus ausräumen. Das musste es sein. Wer immer in der Küche zugange war, so, wie er sie hier aufbewahrt hatte, konnte er nicht ihr Freund sein.

Sie schnüffelte in die Luft. Es war nichts Chemisches zu riechen, niemand schien sich darauf vorzubereiten, sie zu präparieren wie den Vogel, den sie irgendwann gesehen hatte. Der Raum war erfüllt vom Gestank ihres Erbrochenen.

Als sich Schritte aus der Küche näherten, sprang ihr das Herz in die Kehle, beim nächsten Brechanfall würde es für immer stehen bleiben. Ellen schloss die Augen.

Als sie sie wieder öffnete, schwebte über ihr ein demoliertes Gesicht.

Das kann nicht sein.

Um schärfer zu sehen und endlich genau zu erkennen, wer sie da aus nächster Entfernung anblickte, verzog sie das Gesicht, in dem alles schmerzte. Es gab keinen Zweifel.

Der Bibliothekar.

Er hatte drüben zwischen seinen Büchern zu sitzen, wie einer der platten Silberfische, die dort in den Regalen lebten.

Aber mit welchem Gesicht!

Es war blau und grün und gelb angelaufen, schräg über der rechten Wange klebte ein großes Pflaster.

»Tomas?« Ihre Stimme schmerzte und war kaum zu verstehen.

»Ich bin es.«

»Was zum Teufel ist los?« Sie hustete und keuchte und konnte den Husten kaum wieder anhalten. Tomas hielt ihr einen Eimer hin, in den sie alles spuckte, was sie ausgehustet hatte, die Augen fest geschlossen. Sie wandte sich ab und ließ den Blick durch den Raum schweifen. Tomas hielt ihr einen Becher mit lauwarmem Pfefferminztee an die Lippen.

»Was ist los?«

»Alles ist gut.«

Ellen tastete mit den Händen umher. Die Welt war ihr sowas von unklar. Tomas gehörte nicht in ihren Konferenzraum, er gehörte nicht in die Nähe ihres Bettes. Oder doch? Er hatte sie gefesselt. Nichts passte zusammen.

Sie hustete wieder. Der Husten kam aus den äußersten Winkeln der Lunge, alles, was mit Atmen zu tun hatte, tat weh.

»Sag mir, was los ist.«

»Woran erinnerst du dich«, fragte er. »Was hast du zuletzt gesehen?«

»Ich habe gerade meinen Koffer vom Gepäckband in Schönefeld genommen. Ich bin damit losgezogen, neugierig auf das, was die Filmtypen aus meinem Haus inzwischen gemacht haben.«

»Und weiter? Noch mehr?«

»Nichts weiter! Nichts mehr. Boston, dann London, dann Schönefeld, dann das hier. Das ist alles.«

Tomas ließ sich in den einzigen der blauen Ledersessel fallen, der nicht mit Kartons vollgestellt war.

Was macht der bei mir in der Remise? Wie sieht der überhaupt aus?

Gut, die Remise war mit ihrem Umzugszeug vollgeräumt, das wusste sie. Auch das Bett gehörte hierher, solange in der Villa gedreht wurde.

»Hatte ich einen Unfall?« Das musste es sein. Ein Autounfall auf dem Weg zu dem Hollywood in ihrem Haus am Müggelseedamm. Tomas reichte ihr eine frische Tasse mit heißem Pfefferminztee.

Ellen übergab sich erneut. Immerhin habe ich mir den Eimer schon selbst vors Gesicht gehalten, dachte sie. *Ich mache Fortschritte.*

»Etwas Ähnliches wie einen Unfall«, sagte er vorsichtig und reichte ihr ein feuchtes Handtuch zum Abwischen des Gesichtes. Neben dem rechten Auge schmerzte auch etwas.

»Was jetzt – Unfall oder kein Unfall?« Sie spürte ihre Lebensgeister zurückkehren. Aus dem Nebel traten alle möglichen anderen Erinnerungen zutage, ein in Gold, Blau und Weiß schwebender Palast, ein alter Mann, festlich gekleidete Menschen zwischen Dinosaurierskeletten, die Schleier, die in ihrem Kopf wehten, bekamen Löcher. Noch passte nichts zusammen, aber das konnte noch werden.

»Etwas Ähnliches wie ein Unfall ist zum Beispiel ein …«, Tomas zögerte, » … deshalb musste ich dich fesseln.« Er schwieg.

Ellen blickte ihn entsetzt an. Was hatte er gesagt? »Weshalb? Was war los?«

»Ein Selbstmordversuch.« Sie starrte ihn regungslos an. »Ich werde dir ganz langsam erzählen, was geschehen ist, und du versuchst dich an das Letzte zu erinnern, was du gesehen hast.«

»Einen Schwarzspecht. Ein präparierter Vogel. Ich halte ihn in der Hand, er fühlt sich seidig an.« Stolz sah sie Tomas an. »Das war das Letzte. Davor gab's viel anderes Zeug, das ich noch zusammensetzen muss, aber der Schwarzspecht war das Letzte.« Sie ergriff seine Hand. »Erzähl mir alles ab dem Schwarzspecht.«

»Gut«, meinte Tomas, »den Vogel hattest du am Sonntag, den 12. August, vormittags in den Händen. Wir haben jetzt Montagnachmittag.«

»Ach du Scheiße.« Sie versuchte aufzustehen, legte sich aber sogleich mit hämmernden Kopfschmerzen wieder ins Bett. Tomas sah sie mit einem Blick an, der ihr unvertraut nah vorkam.

»Erinnerst du dich an uns?«, fragte er.

»An uns? Haben wir etwa …?« Ihr Blick wanderte nach innen, sie schloss die Augen ganz und ließ sich zurückfallen. »Oh ja«, flüsterte sie. »Die Couch in der Stasi-Kulisse. Ich werde wahnsinnig.« Sie griff nach seiner Hand. »Gib mir Zeit. Es fällt mir so viel wieder ein, ich glaube alle fünf Minuten kommt ein ganzer Tag angesegelt. Aber nach dem Vogel ist Schluss.«

»Ich bin gekommen, so schnell ich konnte. Hier herrschte intensiver Betrieb, die Technik wurde abgebaut, die Sicherheitsmänner packten ein, Kabel wurden eingerollt, Scheinwerfer eingepackt, Boote fuhren zwischen dem Hotelschiff und dem Ufer hin und her. Es regnete leicht, es war ein bedeckter Tag kurz nach der Mittagszeit. Dann sah ich dich.«

»Von den Tagen vorher fällt mir fast alles wieder ein«, sagte Ellen. Erneut versuchte sie, aufzustehen, diesmal kam sie bis in die Küche. Sie kehrte mit einem großen Glas Milch zurück, aus dem sie schluckweise trank. »Ich weiß, dass ich zwei sehr wichtige Fragen habe, eine an dich, eine andere an den alten Mann. Schoch? Richtig?«

»Du bist aus dem Haus gelaufen«, sagte Tomas.

»Niemand hat Notiz von dir genommen. Auf dem Weg zum Ufer hast du dein Seidenkleid aus den 30ern von dir geworfen, dann deinen Slip, dann deinen BH. Sobald du splitternackt warst, haben dich die meisten wahrgenommen. Manche haben geklatscht, bewundernde Rufe wurden laut. Du bist zum Ufer gelaufen und in den See gehechtet, als wäre eine Meute von Hunden hinter dir her. Alle sahen dir nach. Niemand kümmerte sich um mich.«

»Was sollte das?«

»Das habe ich mich auch gefragt. Du bist immer weiter hinausgeschwommen und dann untergetaucht. Je länger du unter Wasser warst, desto beängstigender wurde das alles. Die Filmleute hatten sich längst wieder ihren Arbeiten zugewandt, aber du tauchtest und tauchtest nicht auf. Dann bin ich hinterher und habe meine sämtlichen Schwimmrekorde gebrochen.« Tomas hielt ihre Hand weiter fest. »Dann kam das Schlimmste. Ich habe mit dir gekämpft. Du hast versucht, mich zu erwürgen, mich unter Wasser zu ziehen, mir die Finger in die Augen zu stechen, du hast Kräfte entfaltet, die ich für unmöglich gehalten hätte.« Tomas atmete schwer. »Ich musste dir schließlich die Luft abdrücken, bis du ohnmächtig wurdest, und habe dich dann an Land gezogen und in die Remise geschleift. Hier ging der Kampf für einige Stunden weiter. Du warst wild entschlossen, deinem Leben ein Ende zu setzen. Niemand anders war beteiligt. Nur du.« Nach einer Pause setzte er den Gedanken fort. »Sag du mir, was passiert ist.«

Ellens Augen hatten ihr Strahlen wiedergewonnen, langsam begann ihre Logik wieder zu funktionieren, auch wenn sie noch nicht alle Erinnerungen richtig einsortieren konnte.

»Ich wurde vergiftet«, sagte sie. *Das ist es, worum hier alles geht.* »Ich muss hinüber auf das Schiff zu Veniamin Schoch.«

58

Sie trank etwas, sie schlief, sie übergab sich und schlief wieder über Stunden, in denen Tomas an ihrer Seite saß. Gegen Mitternacht war es leer und leise in und um die Villa gegenüber. Alle Lastwagen waren abgezogen, nur die »Zürich« ankerte noch vor dem Ufer.

Ellen schlug ihre Augen so wach auf, dass sie meinte, es hätte ein lautes Klicken dabei geben müssen. Ihr Kopf war klar, sie konnte sich an alles erinnern, was geschehen war, bevor ihr der ausgestopfte Schwarzspecht in die Hand gelegt wurde. Was danach geschehen war, würde aus ihrer eigenen Erinnerung für immer ausgelöscht sein, dennoch gab es für sie kein Loch im Universum. Sie hatte den Vogel in der Hand gehabt, ihr war schlecht geworden und Tomas hatte Sie ins Bett gebracht, wo sie bis jetzt lag. Nichts wies zwingend darauf hin, dass sie drauf und dran gewesen war, in ein schwarzes Loch zu stürzen: Flucht, Selbstmord, Tod durch Ertrinken, Rettung, Kämpfe. Sollte Tomas einmal nicht mehr existieren, würden ihr irgendwann Zweifel kommen. Hatte es wirklich ein Loch gegeben?

»Ja«, sagte sie sich laut, »Ja, es gab dieses Loch. Und wir müssen auf das Schiff.« Sie stand auf, um sich anzuziehen. Noch etwas schwankend neben ihrem Bett stehend, konnte sie sich an alles erinnern, was Schoch von der Nacht im Herbst 1991 berichtet hatte. Und was sie selbst bei ihrer Reise vor dreizehn Jahren auf dem Flugfeld in Muynak gesehen und jetzt endlich verstanden hatte.

Gefesselt unter einem Flugzeug.

Ihr Vater hatte sich unter dem blechernen Abbild eines Flugzeuges fesseln lassen. Als sie vor dreizehn

Jahren dort stand, hatte sie nicht ahnen können, was an genau dieser Stelle im Herbst 1991 geschehen war. Lew, der Mann im weißen Kittel, hatte ihren Vater gerettet. Ihn hatte er in seinem Quartier auf dem Felsplateau Vozroshdenije drei Jahre gepflegt und versteckt. Lew kannte ihn, er wusste, dass ihr Vater der A-800 Programmdirektor gewesen war.

Programmdirektor.

Sie wusste nichts von ihrem Vater. Sie wusste nichts von ihren Eltern. Als Kind hatte sie ihrem Vater alles Vertrauen geschenkt, das sie vergeben konnte. Jetzt wusste sie, was geschehen war, er hatte sich selbst umbringen wollen. Schoch, der rote Faden der Familie, seitdem Ellens Großvater ihn 1933 in das Haus am Müggelsee gebracht hatte, war nicht sein Mörder, sondern sein Retter. Der Kampfstoff A-800 war das Mordinstrument, um ihren Vater und alle anderen auf dem Flugfeld sich selbst töten zu lassen.

Versiegelung! Alle Geheimnisse werden begraben!

Dieser Stoff des Irrsinns, von ihren Eltern mitentwickelt, getestet und produziert, war der Todfeind. Jedes Milligramm davon. Er hatte ihre Eltern verändert, er hatte sie selbst vergiftet, aber sie hatte dafür gesorgt, dass er nicht die Welt vergiften konnte.

Töte dich selbst, schien die Devise des neuen, schrecklichen Zeitalters zu sein. Einige Milligramm mögen irgendwo bei Spezialeinheiten noch existieren, hatte Moretti locker verkündet. Diese Milligramm hatten die ganze Zeit über ihr geschwebt, wie tote Vögel, wie tödliche tote Vögel.

Aber es gab noch etwas.

Die Frage, die sie vor 13 Jahren auf ihre Reise nach Usbekistan getrieben hatte, war noch immer ungeklärt. Welches Geheimnis umgab die Beziehung ihres

Vaters zu ihrer Mutter, das sie veranlasst hatte, nach der Geburt ihrer Tochter zu verschwinden?

»Wir müssen auf das Schiff.« Zwei Fragen, dachte sie. Sie musste die beiden wichtigsten Fragen stellen, die es überhaupt für sie gab. An Tomas und an Schoch. Tomas saß neben ihr in einem Sessel und sah ihr beim Anziehen zu. Sie hätte ihn fragen können. Nur hatte sie vergessen, was diese Fragen waren. Schoch hielt sich vielleicht noch auf der ausgeräumten »Zürich« auf, aber auch an die Frage für ihn konnte sie sich nicht mehr erinnern.

Sie zog sich die schwarzen Jeans an, die sie beim Besuch auf der Fischerinsel getragen hatte, statt eines Rollkragenpullovers streifte sie sich ein schwarzes T-Shirt über. Als sie sich auf dem Flur ihren Anorak überzog, und ihre Handtasche umhängte, spürte sie die schwere steinerne Kugel. Ihr Planet. *Lena*.

Sie legte die Hand um den kühlen Stein und wusste in diesem Moment, dass es in beiden Fragen, die sie stellen wollte, um ihren Vater ging, um das, was sie noch wissen musste. Sie ließ die Kugel zurück in ihre Ledertasche rollen, das Objekt, das ihr half, sich an ihren Vater zu erinnern.

»Ich kann nicht mitkommen«, verkündete Tomas. »Es ist falsch, hier eine Minute länger als unbedingt nötig zu bleiben, schon gar nicht auf das Schiff überzusetzen und denen wieder auf den Pelz zu rücken. Die kennen jetzt nur eine Maxime und die heißt ›Aufräumen‹. Abstand ist gefordert. Je weiter, desto besser.«

»Wir müssen mit meinem Boot übersetzen. Ich brauche deine Hilfe, es ist wirklich wichtig.« Sie umarmte ihn. »Bitte.« Sie erinnerte sich an alles. Sie hatten sich geliebt. Sie hatten miteinander geschlafen. Sie hatten sich verkracht, aber das durfte sein. Sie würde nächtelang, wochenlang mit ihm schlafen, nicht von seiner Seite weichen, wenn dies alles einmal vorbei war. Bald. »Ich muss dort hinüber.« Tomas löste sich aus der Umarmung.

»Ich habe noch zwei Stunden, dann muss ich mich um mich selbst kümmern.« Er drückte ihr einen Kuss auf die Stirn. »Also gut. In zwei Stunden sind wir wieder am Ufer.«

Gegen 01.30 Uhr am Dienstag morgen brachen sie auf. Die Villa lag still und weiß und dunkel vor ihnen, kein Licht war daran mehr zu erkennen. Sie liefen hinunter zum Seeufer. In der südlichen Ecke lag Ellens Ruderboot in einigen Metern Entfernung vom Ufer mit einer Kette an einem Pfosten befestigt. Tomas watete hinüber und zog es ans Ufer, wo Ellen das Zahlenschloss löste.

Als sie darin saßen, gab sie dem Boot einen Stoß und sie trieben auf den See in Richtung der »Zürich«, an der in der Dunkelheit nur noch wenige Lichter erkennbar waren. Tomas schlug eine große Kurve nach Süden ein, um sich dem Schiff von der anderen Seite zu nähern. Ellen befielen Anwandlungen, ins Wasser zu springen, selbst nach Schochs Gedächtnispalast zu tauchen, und sich für immer darin zu verlieren.

A-800! Noch immer schwirrten die giftigen Moleküle in ihr herum. Ellen schloss die Hand fest um die glatte Steinkugel in ihrer Tasche.

Ein stiller Vergnügungsdampfer, an dem noch einige bunte Glühbirnen leuchteten, trieb schläfrig dahin, eine Gruppe von Selbstbauschiffen, die aussahen wie abgeschraubte Balkons, ankerten in einer sonst leeren Bucht, der See atmete kaum in der Nacht.

Ellen wusste jetzt, was sie Tomas fragen wollte. Der Gedanke an die mögliche Antwort schnürte ihr die

Luft ab. Es war besser, sich der Frage auf einem Umweg zu nähern. Tomas blickte über seinen Rücken, um den Kurs des Ruderbootes im Auge zu behalten.

»Bist du bereit, etwas sehr Wichtiges über die Sterne zu hören, die über uns leuchten?«. Ellen folgte jeder seiner Bewegungen mit den Blicken. Irritiert wandte er sich ihr zu. »Etwas sehr Wichtiges für das, was wir gerade unternehmen.«

»Gern«. Sein Gesicht sagte, dass über Sterne zu reden in diesem Moment so ungefähr das Abseitigste war, was er sich vorstellen konnte.

»Viele Sterne im All sind rote Zwerge, die man mit bloßem Auge nicht sehen kann«, stellte Ellen fest. Es half nichts, sie musste ihre Schlussfolgerung aussprechen, auch wenn er sie in diesem Moment für völlig überdreht halten würde. »Millionen davon rasen in allen Richtungen allein durch das All.« Ihr Boot glitt südlich der »Zürich« in eine große Kurve, um sich von der anderen Seite wieder zu nähern.

Tomas bemühte sich, mit den Riemen möglichst wenig Geräusche im Wasser zu verursachen.

Ellen sprach leise. »Ich habe nach Sternen gesucht, die in vergangenen Zeiten an den Rändern unseres Sonnensystems Lawinen von Trümmern in Bewegung gesetzt haben und bin bei dieser Suche gescheitert. Unter Milliarden von Sternen gibt es keinen, dem wir unsere Katastrophen der Vergangenheit anhängen können.« Sie hielt inne. Das Boot hatte direkt an der Steuerbordseite des Hotelschiffs angelegt.

Tomas stieg auf die Bank, um es anzutäuen. Er stemmte sich hoch, dann streckte er die Hände aus und half Ellen an Bord. Es gab keine Geräusche, es lief kein Motor. Tief im Inneren hörte man einen Stromgenerator, das war alles. Was nun, fragte sein Gesicht.

Ellen kam ganz nah. Sie hatte sich überschätzt. Ihre Vergiftung war noch längst nicht überstanden. Sie fühlte, dass sie sich übergeben musste. Sie brauchte einen Raum, in dem sie vor zufälliger Entdeckung geschützt waren.

»Ein Apartment, wir müssen ein leeres Apartment finden«, flüsterte sie. Sie kannte sich aus. Sie drückte eine Tür auf, die in den Mittelgang führte, in dem jeder, der sich ihnen näherte auf zwanzig Meter Entfernung erkennbar war. »Nach hinten«, flüsterte sie. Sie durchquerten die leere Kaffeelounge, sahen im Vorbeigehen den leergeräumten Raum der Mithörer und Mitschreiber all dessen, was in der Villa gesagt worden war. Sie hatte bei der Anfahrt den Eindruck gehabt, dass es im hinteren Teil des Schiffes keine Lichter in den Apartments gegeben hatte.

Vorsichtig klinkte sie an der einen oder anderen Tür, vergeblich. Schließlich beim fünften Versuch wurden sie fündig und schlüpften in ein leeres, ungenutztes Apartment, in dem alles in schwarz-weiß gewürfelt, kariert oder gestreift war, von den Designbildern an den Wänden bis zur Bettwäsche. Ellen hatte keine Zeit, sich damit lange aufzuhalten. Sie stürzte ins Bad und übergab sich. Tomas wanderte unruhig im Zimmer auf und ab. Durch die Badezimmertür brachte Ellen ihre Geschichte zu Ende.

»Kannst du mich hören?«, fragte sie.

»Ich kann«, meldete sich Tomas. »Wir müssen bald wieder in See stechen.«

»Ich war überzeugt, meine wissenschaftliche Karriere wäre beendet«, setzte sie ihren Bericht fort, »bis ich begriff, dass ich dort draußen nach Sternen suchen muss, die uns entgegenrasen.« Ellen musste sich erneut übergeben, grüne, bittere Magenflüssigkeit. Ihr begann zu dämmern, dass sie mit der Vergiftung noch Wochen zu tun haben konnte. »Bist du noch da?«, fragte sie.

»Ja«, kam die Antwort mit einem Unterton der Unruhe.

»Ich habe ein superschnelles Sternenmonster gefunden, das in ferner Zukunft in unser Sonnensystem krachen wird.« Sie schwieg. Jetzt kam die Frage, vor der sie Angst hatte. Schon allein vor der Frage, wie dann erst vor der Antwort.

»Was ist deine Frage?«

Ellen atmete tief durch, es half nichts.

»So wie es im Himmel ist, habe ich begriffen, ist es hier unten. Du musst mir das Foto der alten Männer zeigen.«

»Es gibt ein einziges Foto, auf dem alle erkennbar sind«, antwortete er hinter der Tür des Bades.

»Das will ich sehen.« Ellen spülte sich den Mund aus und schöpfte sich kaltes Wasser ins Gesicht. Als sie in den schwarz-weißen Raum trat, hielt Tomas ihr sein Handy entgegen mit einem Foto, auf dem einige alte Männer dem Fotografen, der sich hoch über ihnen befinden musste, ihre Gesichter entgegenstreckten.

»Ruheständler des Kalten Krieges«, sagte er. »Sie sind gierig nach Geld oder Macht. Hier kann man sie gut erkennen. Sie sind es, die steuern, was da drüben in deinem Haus abging. Russen, Usbeken und Amerikaner, vermute ich!«

Ellen nahm das Handy entgegen, den Blick auf ihr Haus gerichtet, das hinter dem Wasser noch als schemenhafte Fata Morgana zu erkennen war. Dann erst blickte sie auf das Foto. Hinter all den Spuren von Alter, Leiden und Verbitterung in seinem Gesicht war der Mann in dem Rollstuhl unverkennbar. Gestern war sie Zeuge der Nachricht von seinem Tod in der Klinik geworden.

»Mein Vater ist nach der Katastrophe in meiner Kindheit nicht gestorben, er hat sich auch nicht Jahr um Jahr weiter von mir entfernt. Er hat sich genähert. Er ist hier in mein System gekracht.«

Ellen hatte das Gefühl, lebendigen Leibes auszutrocknen. Mit rasender Geschwindigkeit zog sich das Wasser aus ihrem Leben zurück, eine Wüste aus Salz und Sand und Wind hinterlassend. Nichts sonst. Die Wüste breitete sich von diesem Augenblick an aus – in eine trostlose Zukunft. Sie raste in die Vergangenheit über ihre letzten Jahre zwischen den Sternen und in Berlin hinaus, weiter zurück. Ihre Kindheit, deren glücklichste Momente, alles trocknete aus. Aus der großen verwüsteten Ebene ihres Lebens wehte der salzige Treibsand in alle Winkel ihres Herzens. Sie brauchte Wärme, sie brauchte Wasser, mehr als jemals zuvor in ihrem Leben.

In einem neuen Brechanfall stürzte sie ins Bad. Noch während sie vor dem Klobecken kniete, drehte sie die Dusche über der Wanne an. Als auch die nächste Kotzwelle ihren Körper verlassen hatte, hockte sie sich in die Wanne unter die schon heiß laufende Dusche. Sie wurde rot, wie ein gekochter Krebs. Sie hatte das Gefühl, eine Stunde geduscht zu haben, als sie fühlte, dass sich das Schiff in Bewegung setzte.

»Wir müssen zurück«, ließ sich Tomas vernehmen. »Sofort.«

»Es geht nicht«, keuchte Ellen. »Es geht auf keinen Fall. Geh du allein, ich bleibe hier.«

»Sie fahren ab. Du kommst nicht mehr von Bord.«

Die Arme eng um ihren Körper geschlungen, drehte sie die Dusche auf kalt. Sie zitterte, sie klapperte mit den Zähnen, aber sie gab keinen einzigen Laut von sich.

»Ich komme. Eine Sekunde« rief sie.

»Beeilung. Die Sicherheitsmänner kommen den Gang entlang.« Ellen schaffte es, sich in die Sachen zu fädeln, mit denen sie gekommen waren. Alles in ihr revoltierte, der Kopf, der Magen, die Seele. Sie fühlte sich an, wie die weite leere Wüste unter der großen See, ohne Leben und ohne Aussicht auf Leben. Sie stürmte aus dem Bad und riss Tomas mit sich.

»Los. Komm. Wir finden ein schnelleres Boot.« Sie liefen in den Gang in Richtung Heck. Hinter ihnen waren laufende Schritte zu hören. Ellen lief direkt neben ihm. »Mein Vater hat alles organisiert. Er war der Einzige, der ihnen das Flugfeld in der Septembernacht genau beschreiben konnte.« Sie stießen eine Zwischentür auf, hinter der der Gang weiter nach hinten führte. Ellen glaubte, dort hinten auf der dem Ufer zugewandten Backbordseite eine Reihe von Motorbooten an der Bordwand gesehen zu haben. Dorthin! Unter sägenden Kopfschmerzen redete sie weiter. Sie musste es Tomas sagen, es musste heraus. Er musste verstehen, warum sie ihn nicht begleiten würde. »Niemand anderes als mein Vater konnte von Schochs Anwesenheit in der damaligen Nacht wissen.«

Sie stürmten durch eine Tür auf eine kleine Plattform an der Backbordseite über dem Wasser, als sich das Schiff tatsächlich in südlicher Richtung in Bewegung setzte, zuerst langsam, dann schneller. Ellen schob Tomas voran, er sprang in ein Schlauchboot mit kräftigem Außenbordmotor, dann streckte er die Arme aus, um sie in Empfang zu nehmen. Ellen löste die Leinen, hielt das Boot aber noch fest. »Das bedeutet, dass mein Vater Schoch lange nach der schrecklichen

Nacht noch einmal getroffen haben muss, um alles vorzubereiten. Da war sein Erinnerungspalast, das Haus meines Großvaters, für den Gedächtniskünstler längst im See versunken.« Ruhig und professionell nahm Tomas das Zündschloss auseinander. Dann verband er Drähte, die Ellen nicht erkennen konnte und ließ den Motor an.

»Du must springen«, rief er. Ellen sprang nicht, sie schob das Boot ab, schnell trieb es hinter dem Hotelschiff davon.

»An diese spätere Begegnung wird Schoch sich überall und jederzeit erinnern können. Ich muss mit ihm reden. Ich muss wissen, womit der ganze Wahnsinn begonnen hat.« Sie war sicher, dass Tomas ihre letzten Worte nicht mehr gehört hatte. Er blickte zurück, hob einmal kurz seine Hand und fuhr dann in aufschäumender Kurve nach Norden in Richtung der Berliner Innenstadt.

Eine Gruppe von Security-Leuten stand auf der Heckplattform, sie zogen andere Boote zu sich heran, zwei folgten Tomas mit aufheulenden Motoren. Von Ellen, die eng an die Bordwand gepresst auf der seitlichen Plattform stand, nahmen sie keine Notiz. Die Aufregung, in die Tomas sie versetzte, reichte aus, um die Sicherheitsleute von ihr abzulenken. Der zentrale Flur war leer, sie schlüpfte zurück in das schwarz-weiß gemusterte Apartment und griff sich ihre Tasche, die sie an dem Lederriemen schräg um ihre Schulter band. Sie konnte sich keine Pause gönnen, dafür entfernte sich das Schiff zu schnell von ihrem Ufer.

Erneut schlich sie sich auf Zehenspitzen in den Gang hinaus. Sie versuchte sich zu erinnern, auf welcher Höhe der Backbordseite sie vor unendlich vielen Tagen Schoch und seine Urenkelin gesehen hatte.

Wenn sie noch an Bord waren, sollten sie dort sein. Sie klopfte an eine erste Tür, nichts tat sich. Auch an einer zweiten und einer dritten Tür antwortete niemand auf ihr Klopfen. Dann öffnete sich die erste Tür. Seine Urenkelin. Ellen drängte sich an ihr vorbei in das Apartment.

Die junge Frau hatte Tränen in den Augen.

»Ich habe nur eine einzige Frage«, erklärte Ellen. Leise und ohne jede hektische Bewegung trat sie an das Bett, in dem Schoch inzwischen lag. Er erkannte sie. Er ergriff ihre Hand, seine Urenkelin verhielt sich still. Dem alten Mann ging es nicht gut.

Ellen fühlte seinen Puls. Sie nahm die Hand des Greises und erschrak. Sie war glühend heiß, er musste hohes Fieber haben. Er blickte in eine unendliche Weite, in die Ellen ihm nicht folgen konnte. Sein Puls hämmerte in rasendem Rhythmus.

»Was ist los«, flüsterte Ellen. »Er hat Fieber.«

»Es ist etwas anderes«, sagte die Urenkelin. »Er ist unterwegs.« Sie setzte sich zu ihm aufs Bett.

»Wohin?«, fragte Ellen.

»Ich glaube, er ist dabei, in der Kysilkum auf einen Tafelberg zu steigen.«

»Wie bitte?«

»In der Wüste gab es vor langer Zeit Feueranbeter, die ihre Toten auf Tafelbergen in der Wüste in weithin sichtbaren, über viele Nächte lodernden Feuern bestatteten. In den letzten Jahren hat mein Urgroßvater oft davon geredet.« Die Urenkelin wischte sich mit dem Handrücken das Gesicht ab. Sie legte eine längere Pause ein.

»Er hat Fieber, ich fühle es.« Ellen konnte nicht glauben, was sie hörte.

»Er hat kein Fieber. Es ist brennend heiß in der Wüste. Sein Herz rast, weil er schon so weit hochgeklettert ist.« Die Urenkelin blieb ruhig. Sie schien genau zu wissen, was sie nicht ändern konnte.

»Wir müssen ihn retten«, sagte Ellen mit heiserer Stimme.

»Wir können ihm in seine mächtige, unbegreifliche Welt der Erinnerung und der Vorstellung nicht folgen. Wir müssen ihn dorthin lassen, wohin er will«, antwortete die Urenkelin.

Ellen behielt die Hand des alten Mannes in ihren Händen. Was sie dort fühlte, begriff sie jetzt, war eine Hitze, die auf der Haut lag, als würde die Sonne darauf brennen. Sie war überzeugt, dass sie bei besserem Licht einen beginnenden Sonnenbrand erkennen würde. Seine Pupillen hatten sich trotz der Dunkelheit zu winzigen Punkten zusammengezogen, er blickte in eine blendende Sonne. Veniamin Schoch atmete schwer. Sein Puls beruhigte sich langsam. *Er legt am Hang eine Pause ein.* Ellen versetzte sich in die Bilder, die von ihrer Kindheit geblieben waren. Der Tafelberg, auf den sie selbst mit ihrem Vater geklettert war, war vielleicht zweihundert Meter hoch und nur über steile Wege erreichbar gewesen. Die Urenkelin hielt ihr ein gelbes Seidentuch hin. Ellen legte es ihm auf die Stirn, um das Brennen der Sonne zu mildern.

Um sich zu beruhigen, blickte sie durch das wandgroße Fenster auf das Ufer, an dem ihre Villa nicht einmal mehr als heller Fleck zu erkennen war. Sie war aufgeregt, wie selten zuvor. Es hing soviel davon ab, dass sie mit ihrer Vermutung richtig lag. Alles. Sie wandte sich direkt an den alten Mann.

»Erzählen Sie von dem späteren Treffen mit meinem Vater.« Kein versunkenes Haus, kein Herumsuchen in Details, er muss sich nur erinnern, wie er es auf Dutzenden von Veranstaltungen in den letzten 27 Jahren getan hat.

»Es ist das Jahr 2003«, flüsterte der alte Mann mit geschlossenen Augen. »Ihr Vater sucht mich in Taschkent nach einer Veranstaltung auf, in der ich mir 100-stellige Zahlen merken soll. Er ist blass, er ist krank, sein Schädel ist kahl, seine Stimme bewegt sich gehetzt wie ein durstiges helles Tier in einer schwarzen Wüste.« Ellen musste ihr Ohr nah an seinen Mund bringen.

»Was will mein Vater von Ihnen?«

»Wir sitzen in einem Restaurant über einem kleinen Wasserfall, der Wasserstaub hat einen blumigen Geschmack, der mich den ganzen Abend nicht verlässt, wie der Geschmack von süßem Nektar und von dem bitteren Saft abgeschnittener Blumenstängel. Etwas stimmt mit dem Wasser des kleinen Wasserfalls nicht. Ihr Vater hat eine Botschaft für Sie.«

»Was sagt er?« Der alte Mann schwieg eine Weile. Sie hörten, wie sich draußen mit der Fahrt der »Zürich« die Geräuschkulisse des Müggelsees änderte. Auf dem Flur waren Schritte zu hören.

Er gab seiner Urenkelin ein Zeichen mit der Hand, seine Augen waren offen. Dann sprach er weiter, mit einer anderen Stimme, mit der Stimme ihres Vaters, die sich gehetzt anhörte, aber kraftvoller und weniger hilflos als seine Stimme aus der Nacht des 25. September 1991.

»Meine geliebte Lenotschka«, flüsterte der alte Mann mit der Stimme ihres Vaters, »ich weiß nicht, wieviel Zeit Veniamin bleibt, wenn er dir diese Nachricht überbringt, weil ich nicht weiß, wann das jemals sein wird. Ich weiß, dass meine erste Nachricht dich nicht erreicht haben kann, weil er sich an nichts aus der Zeit mehr erinnert, deshalb berichte ich von dem Wichtigsten, von dem Punkt, von dem unser Glück aber auch unser aller schreckliches Unglück seinen Ausgang nahm ...«.

Der alte Mann redete weiter, bis ihn die Kraft verließ. Was er erzählte, versetzte Ellen in einen toten, kalten Zustand, wie begraben von dem kalten Schlamm am Grund eines toten Gewässers. Sie legte ihm die Hand auf die Stirn, die sich brennend heiß anfühlte.

Schoch holte noch einmal tief Atem, er zog seine Urenkelin zu sich heran und hauchte ihr einen Kuss auf die Wange, dann streckte er sich auf dem Bett, eine Bewegung, in der er mit offenen Augen erstarrte. Die Urenkelin legte das Ohr an seinen Mund. Mit kalkweißem Gesicht blickte sie auf. Ellen griff nach seinem Puls. Es war nichts mehr zu spüren. Seine Haut kühlte sich ab. Sie warf einen Blick aus dem Fenster, die Nacht war eingebrochen, es war so dunkel, wie es auf dem See werden konnte. Es war keine angenehme Vorstellung, jetzt zurück zu schwimmen. Aber es ist eine notwendige Reinigung, dachte sie. Die Urenkelin rief den Arzt, Ellen umarmte sie, bevor sie aus dem Zimmer stürmte.

Es war so logisch, es war so konsequent, es war so entsetzlich vernichtend, was sie jetzt wusste. Irgendetwas jedoch, ganz tief verborgen, wurde von dem salzigen heißen Wind freigelegt, ein Faden, den sie in die Hand nahm. Kaum sichtbar, dünn, aber immer weiter unter dem Sand verlaufend. Vielleicht führte er zu einem anderen Ende für sie. Die nächsten Stunden würde sie sich daran festhalten müssen. Anders ging es nicht.

Durch den Mittelgang lief sie nach hinten, in der Mitte des Schiffes hechtete sie mit einem weiten

Sprung an der Backbordseite in den sich wie eine asphaltierte Fläche um sie ausbreitenden See. Wie ein abgeworfener schwarzer Flügel flatterte ihr Anorak hinter ihr davon.

59

Als es zu regnen begann, geriet sie keine fünfzig Meter vom Ufer entfernt in eine stählerne Klammer, in der sich ihr Hals unrettbar verfing. Sie war fast eine Stunde geschwommen, geschüttelt von Muskelkrämpfen und Brechanfällen, jetzt schnürte ihr etwas die Luft ab und zog sie unter Wasser. Die ganze Zeit hatte sie sich nur auf ihre Schwimmzüge konzentriert und sich keinen Gedanken an ihre Vergiftung oder an ihren Vater oder an die Vergangenheit oder an die Zukunft erlaubt. Nur schwimmen. Nur näher in Richtung der Lichter am Ufer. Keine Angst, keine Hoffnung, kein Schmerz sind zugelassen.

Direkt neben ihr tauchte ein mit Tang bedecktes Ding aus dem Wasser. Zehn Zentimeter vor ihrem Gesicht ragte der Vogelpräparator mit seinen langen Haaren wie ein mit Schlingpflanzen bewachsener Fisch aus der Seeoberfläche. Unter seinen dünnen angeklatschten Haaren erkannte sie für einen flüchtigen Moment die Tätowierung eines Adlerkopfes.

Es ist noch nicht vorbei.

Die knochige Gestalt bemühte sich, sie mit Händen wie Schraubstöcken und eisenharten Armen unter Wasser zu drücken. Schon völlig benommen, konnte Ellen einen Sekundenblick auf ihre Umgebung werfen. Sämtliche Boote waren vom Ufer verschwunden, es regnete in Strömen, die Wasseroberfläche des Sees kochte vor aufgeworfenen Blasen, sie steckte in der Mitte eines Universums aus grauem Wasser.

Eine samtige Lähmung legte sich auf ihren Geist, als würde das Gift in ihrem Körper ihr noch immer einen Selbstmord schmackhaft machen wollen. Oder war es etwas anderes, das in diesem tödlichen Moment ihre

Widerstandskraft untergrub und sie den Tod plötzlich als verdientes Schicksal empfinden ließ?

Nach dem, was sie an Bord der »Zürich« über ihren Vater erfahren und von seiner Stimme direkt gehört hatte, stand es jetzt viel schlimmer um sie, als jemals in den schlimmsten Zeiten der Verdrängung ihres Schicksals. Ihre Suche, von der sie sich die Befreiung versprochen hatte, hatte sie nicht befreit, sie hatte sie tiefer in den Abgrund gestürzt, viel tiefer. Was vorher noch hell erschienen war, hatte sich verdüstert, worauf sie ihr Vertrauen gestützt hatte, war zerbröselt. An Wissenschaft, an Forschung, an die Sterne war nicht mehr zu denken, niemals wieder.

Was sollte sie da oben über der Wasseroberfläche noch. Die Tiefe des Sees, wo die Bruchstücke von Schochs Erinnerungspalast lagerten war genau der richtige Ort für sie. Warum sich gegen den wehren, der ihr dabei half. Eine Hand drückte ihr den Kopf unter Wasser. Vor ihren geöffneten Augen trieb das wütende, bewachsene Gesicht des Verrückten.

Nein!

Sie schienen dem Ufer näher zu kommen, es waren vielleicht noch zwanzig Meter. Vielleicht zehn? Ihre Lunge brannte wie Feuer, die panische Angst, unter Wasser in dem Griff eingeschlossen zu sein, die Gewissheit, nicht mehr weit von ihrem Park, von ihrem Haus, von dem einzigen Ort zu sein, den sie ihr Zuhause nennen konnte, verlieh ihr Kraft. Ihre Beine spürten den Boden. Schon als Kind hatten ihre Mutter und Tomas sie stets beim Baden davor gewarnt, nah dem Ufer die nackten Füße auf den Seegrund aufzusetzen, weil dort der Schrott aus Jahrzehnten eingewachsen war, altes Geschirr, Flaschenscherben, Teile von Fahrrädern, Deckel von

Kochtöpfen. Zeug, was Bootsfahrer und Anwohner im See entsorgten.

Ein Rohr.

Ihre Hände ertasteten ein Stück der Ufermauer, ihre Füße, viel wichtiger, das Stück eines alten Wasserrohres. Es war nicht lang, nicht mehr als einen Meter. Alles ging sehr schnell. Ellen nahm den Gegendruck von ihrem Genick, ihr Kopf wurde tief unter Wasser gedrückt, so tief, dass sie mit den Händen das Rohr ertasten konnte. Diesmal konnte sie einen gezielten Stoß anbringen, sie musste nur einmal erkennen, wohin. Sie hustete. Sie spuckte und schluckte, sie musste sich unter Wasser erbrechen und schwamm mit dem Gesicht in ihrer eigenen, ekeligen Brühe. Ekel, Wut und Verzweiflung legte sie in einen blinden Versuch.

Als sie für eine Sekunde den Kopf über Wasser bekam, stieß sie einen Schrei aus, der so tief und voller Urgewalt aus ihrem Inneren hervordrang, als habe sie ein Leben lang darauf gewartet, ihn endlich aus sich herauszulassen. Sie hörte erst auf zu schreien, als ihr Kopf wieder unter Wasser gedrückt wurde. Genau dann stieß sie mit dem Rohr nach vorn und oben, sodass es wie ein abgeschossener Pfeil neben ihrem Kopf aus dem Wasser schoss und auf ein Hindernis traf. Der Druck von ihrem Kopf verschwand. Mit einem Sprung aus den Beinen und dem gequälten Körper schoss sie hoch aus dem Wasser, egal, dass sie dabei das Rohr aus der Hand verlor. Sie richtete sich an der niedrigen Ufermauer auf, vor ihr ragte die steinerne Bank in den nächtlichen Himmel, aus dem es heftig regnete.

Sie atmete, sie hustete, sie spuckte das schlammige Wasser und ihre eigene saure Magenbrühe heraus, bis sie mit zwei Schritten direkt vor der niedrigen Ufermauer im Wasser stand. Sven stand im Wasser, in einer Hand das Rohr, aus der linken Wange strömte Blut. Er stank nach Ellens Erbrochenem. Er zitterte vor Wut. Immer wieder wischte er sich über die Augen, um sie nicht aus dem Blick zu verlieren. Ellen zog sich an der Granitbank hoch, die in Griffweite stand. Die Wut machte ihren Gegner schneller, als sie befürchtet hatte.

Mit beiden Armen zog er sich über die Ufermauer an Land, in einer Hand noch immer das kurze Stahlrohr, das Ellen vom Grund gefischt hatte. Dann packte er sie am rechten Fußgelenk mit einem unauflösbaren Griff und zog sie zurück. Sie versuchte, hinter die Granitbank zu kriechen, was ihr stückweise gelang, weil sie sich an Weidenwurzeln, die aus dem Boden ragten, voran zog. Sie klemmte ihren Rücken an die Rückwand, der tonnenschwere Koloss wankte in dem von Wühlmäusen und Ratten ausgehöhlten Boden. Sie schob an der Bank in einem sich aufschaukelnden Rhythmus. In zäher Zeitlupe, stürzte das tonnenschwere Trumm in den ausgehöhlten Untergrund.

Ein Krachen, ein gellender, später in einem Wimmern verebbender Schrei. Den linken Arm und die linke Schulter zwischen der Bank und der über den ausgehöhlten Untergrund aufragenden niedrigen Ufermauer rettungslos zerschmettert, wand sich Sven halb am Ufer, halb im Wasser. Sein Arm musste unter dem tonnenschweren Gewicht mehrfach gebrochen und vollkommen zerquetscht sein. Wahnsinn leuchtete aus seinen Augen, aber noch hielt er in einem eisenharten Griff seine rechte Hand um ihren rechten Knöchel geklammert, als hinge sein Leben davon ab. Ruck für Ruck zog er sie näher zu sich.

Der Riemen ihrer Tasche, der bisher gehalten hatte, riss. Auf der Rutschbahn näher zu ihm, rutschte sie an der Tasche vorbei. Sie griff danach und spürte die steinerne Kugel darin, die sie die ganze Schwimm-tour über mit sich geschleppt hatte, ohne es so recht wahrzunehmen. Während sie weiter in seine Richtung rutschte, ohne etwas dagegen tun zu können, weil er die Kräfte eines Wahnsinnigen entwickelte, tastete sie nach der Kugel, bis sie sie mit ihrer rechten Hand pa-cken konnte.

Sie gab den Widerstand auf. Er zog sie näher zu sich heran und sie begriff, was er vorhatte. Er fletsch-te seine Zähne. Er wollte ihr die Kehle durchbeißen. Als sein Kopf in Reichweite war, schlug sie mit der Sodalith-Kugel zu. Irgendetwas krachte. Der Griff um ihren Knöchel wurde nicht lockerer. Wieder und wie-der schlug sie zu, die Kugel wurde glitschig von sei-nem Blut, sie klammerte sie fest mit ihrer Hand. Mit jedem Schlag verlor sie sich tiefer in der Ozeanwelt des fernen Planeten *Lena* und lief von der Küste des sichelförmigen Kontinentes zu den Gipfeln des Ge-birgszuges auf der Suche nach den Riesenteleskopen, durch die sie hoffte, sich aus der Ferne zu finden.

Auch als der Griff um ihren Fuß sich lockerte und je-de Kraft darin erstarb, schlug sie weiter zu, Stein und Blut in der Hand. Sie hatte das Gefühl, alles und alles zu zerschlagen, den Vater, die toten Vögel, die tödli-che Nacht ihrer Kindheit, die Bedrohung der Welt, die Wüste, die sich in ihr ausbreitete. Noch längst nicht war sie im Hochgebirge ihres Planeten bei den Tele-skopen angekommen, durch die man in neun Jahren sehen wird, was jetzt geschieht, als sie schluchzend ausgestreckt regungslos neben der gekippten Bank liegen blieb.

Sie zitterte und sie fror nach dem langen Schwimmen, sie brannte innerlich von der Vergiftung und der Überschwemmung ihres Körpers mit Adrenalin, von der völligen Erschöpfung und der Angst, aber auch der fremdartigen Hoffnung, den Verrückten getötet zu haben. Und die Freude darüber machte ihr noch mehr Angst vor dem, was sich aus ihrem Inneren jetzt offenbarte. Sie fühlte nichts anderes, als den dringenden Bedarf nach Wärme und Ruhe und sie war entschlossen, sich in den nächsten 24 Stunden keinen einzigen Zentimeter ihrem Haus zu nähern. Unter einem dichten Gebüsch am südlichen Rand ihres Grundstückes blieb sie auf trockenem Gras mit ausgestreckten Gliedern liegen, unfähig, einen Schritt zu gehen.

Nachdem sie eine gute Stunde dort gelegen hatte, erhob sie sich und bewegte sich in zeitlupenartiger Langsamkeit wie betäubt am Ufer weiter in südlicher Richtung.

60

Im Atelier der Malerin brannte Licht, das Tor stand einen Spalt weit offen, sie selbst war nicht zu entdecken. Wie in einem Alptraum gefangen, reinigte Ellen ihre steinerne Kugel in einem Strahl warmen Wassers von dem Blut und trocknete sie über der Spüle ab, bis sie glänzte und glatt in ihrer Hand lag.

Nachdem sie sich den Mund ausgewaschen hatte, wanderte sie in dem großen Raum umher und fand nach einigem Umherstöbern einen nach Farbe duftenden grauen Strickpullover, der ihr bis zu den Knien reichte. Sie stopfte ihre stinkende Klamotten in den halbgefüllten Müllsack, den sie anschließend verknotete. Mit einer angebrochenen Flasche Rioja am Mund fühlte sie sich nach einigen Schlucken wärmer und rollte die rote Samtcouch in die Mitte des Raumes, um sich darauf niederzulassen. Als sie im Liegen daran dachte, wie sich der Vogelmann draußen im Regen quälte oder mit zerschmettertem Körper und aufgeplatztem Kopf dort tot an ihrem Lieblingsplatz im Park lag, überfiel sie ein Brechreiz. Sie stürzte vor die Werfthalle und schaffte es nur knapp bis ans Ufer, wo sie unter größter Anstrengung den dünnen Rotwein und wenige Tropfen bitterer Galle herauswürgte. Erneut spülte sie sich den Mund unter fließendem Wasser aus, auch wenn das nicht helfen würde. Es ist alles zum unaufhörlichen Kotzen.

Habe ich einen Menschen erschlagen? Auch wenn es Notwehr war, sie vergaß die unbeherrschbare Wut nicht, mit der sie auf den Vogelmann eingeschlagen hatte. Immer und immer wieder. Das alles war grauenhaft und niemals hätte sie geglaubt, je wieder in eine so blutige Situation zu geraten. Das Schlimmste von allem war jedoch die Botschaft, die Schoch an Bord der »Zürich« mit der Stimme ihres Vaters wiedergegeben hatte. Ellen würde Wochen benötigen, ehe sie in der Lage war, das zerstörerische Geheimnis ihrer Eltern, von dem sie darin erfahren hatte, wirklich zu begreifen und über die herzzerreißende Einsamkeit ihrer Mutter hinwegzukommen, die daraus erwachsen war. Jetzt konnte sie nur bei Verstand bleiben, wenn sie es vergaß.

Sie wanderte im Atelier umher, weiter mit der Flasche Rioja in der Hand, mit der sie bereits einmal schlechte Erfahrungen gemacht hatte. Egal. Schlechte Erfahrungen hatten sie auch bisher selten davon abgehalten, etwas erneut zu versuchen.

Der Raum der alten Werfthalle übte auf Ellen eine ungewohnte, schwer erklärbare Anziehung aus. Die hoch über ihr angebrachten Stahlträger und stillgelegten Stahlseilwinden machten die Ansammlung der Bilder darunter zu dem mechanisch abgesenkten Fantasiereich einer Theaterdekoration. Feuer, Ruinen, zerstörte Wände, Explosionen, Gold und Blut schienen die wesentlichen Ingredienzien in Sara Zieghaus' Welt zu sein. Die Bilder hingen im südlichen Drittel der großen Halle an eng angeordneten Stellwänden, durch die sie sich wie durch ein Labyrinth drängen musste. Die nächtliche Gewaltexplosion, die Sara Zieghaus in Spanien zu ihrer Berufung als Malerin geführt hatte, zog sich durch viele ihrer Werke.

An einer abgestellten Staffelei entdeckte sie auf einer größeren Leinwand die Vorskizze zum Gemälde eines Hauses, das wie ein steinerner Basilisk an einem düsteren Wasser hockte, in dem sich Sterne spiegelten, die am Himmel nicht zu sehen waren. Der seltsame Kosmos der auf Leinwände, Zeichenkartons und Holz materialisierten inneren Bilder der Malerin umgab Ellen, als würde sie durch deren Hirn wandern, in dem plötzlich ihr Haus als versteinerter Drache einen Platz gefunden hatte. Sie war sich bewusst, dass sie in diesen Bildern umherwanderte, um Ablenkung von einer Gegenwart zu finden, die unerträglich war.

Auf einem an der Wand angebrachten langgestreckten Bord fand sie Saras Werkzeuge, Kästen mit Pinseln und Flaschen mit Farbverdünner, Gläser voller Stifte, Farbtuben und gereinigte Paletten. Vor einem Holzkasten mit sauber eingelegten Kreiden unterschiedlicher Farben blieb sie stehen. Sie drehte eine ungebrauchte weiße Kreide in der Hand und befand sich in den Kreidefelsen bei Dover an der englischen Südküste.

Nach einer anstrengenden Tour durch »The Tube«, einem steilen, engen, dunklen Tunnel in den bröseligen Kreidefelsen hatte sie mit anderen aus ihrer Berliner Gruppe von Kletterern die Umgebung erkundet. Dabei waren sie bei Fan Hole östlich von Dover auf eine Ausgrabung gestoßen, bei der man metertief unter einem Acker eine weite Anlage seltsamer großer Betonkörper aus dem Kalkschutt freigelegt hatte. Die riesigen Dinger waren »Sound Mirrors«, Horchgeräte, erfuhren sie, mit denen die britische Armee vom ersten Weltkrieg bis in die Dreißigerjahre die fernen unhörbaren Geräusche angreifender Flugzeuge erkennen konnte. Die Faszination, die sie damals gespürt hatte, hatte Ellen bis heute nicht verlassen. Die dort vergrabene und wiederentdeckte steingewordene Anstrengung, in fernem Flüstern die Vorzeichen für Feuer, Explosionen und Tod zu erkennen, hatte einfach zuviel mit ihrem eigenen unhörbaren inneren Flüstern zu tun.

Dieses Atelier wirkte auf sie wie die großen Betonohren zum Horchen in ihr eigenes Inneres. Welche Kämpfe und welche Gewalt hatte es sie gekostet, diese Sensoren in ihr Inneres freizulegen!

Jetzt ist es so laut, es ist kaum auszuhalten. Ich höre alles, ich sehe alle diese Bilder in mir.

Sie legte die blaue Steinkugel, die sie die ganze Zeit in ihrer Hand gedreht hatte, auf dem Sofa ab, nahm einen Holzkohlestift in die Hand und schob eine Staffelei mit einem daran befestigten Packen von Zeichenkarton in die Mitte des Raumes. Ich kann nicht anders, dachte sie zitternd. In den unteren linken Quadranten bohrte sie am Rand des Kartons einen schwarzen Holzkohlefleck, groß wie ein Zwei-Euro-Stück. Dieser Himmelskörper befand sich auf dem Weg, für immer aus dem Kosmos zu verschwinden.

Das Tor öffnete sich und wurde wieder geschlossen und Sara stand im Raum. Sie umarmten sich flüchtig. Während die Malerin sich daran machte, einen Jasmintee aufzubrühen, deutete sie auf den schwarzen Punkt.

»Interessant.«

»Ein Punkt im All«, stellte Ellen fest.

Länger als zehn Minuten war die Malerin schweigend mit dem Kochen des Wassers, dem Abwaschen zweier Tassen und dem Zelebrieren des Teeaufgießens beschäftigt, bis der exotische schmeichelnde Duft im Raum Ellen an lange Jasmintee-Nächte in Prüfungszeiten ihrer Studentenzeit erinnerte. Die Malerin trug die beiden Teetassen an ihren großen, mit Skizzenbüchern, Stiften und Farbtuben bedeckten Tisch.

»Du schwebst allein im Raum?«, murmelte sie fragend nach einer Weile. »Und dein Vater? Könnte er nach allem, was du mir erzählt hast, am Ende überlebt haben?«

»Er war in meinem Haus.« Ellen reckte die Hand-
flächen abwehrend hoch. »Ich kann nicht über ihn
reden.«

»Erzähle etwas, das dir hilft.« Die Malerin erhob
sich noch einmal, um aus einem Kühlschrank neben
der Spüle ein Kännchen Milch zu holen. »Erzähle von
etwas, das von der Gegenwart so weit entfernt ist, wie
du es brauchst.«

Ellen setzte sich zurück auf die Couch, rollte ihre
Kugel wieder in der Hand und schloss die Augen, um
auf das Flüstern in ihrem Inneren zu horchen.

»Mein Leben hat mit einer Reise meines Großvaters
begonnen, lange vor meiner Geburt.«

Sara, die jetzt in dem grauen Sessel saß, war damit
beschäftigt, von dem Tee nachzugießen.

»Zu Beginn des zwanzigsten Jahrhunderts hatte der
russische Zar eine Expedition von Psychologen nach
Usbekistan gesandt, die nach Intelligenztests an der
usbekischen Bevölkerung zu dem Urteil kamen, dass
bei deren unterentwickelter Intelligenz jeder Versuch
einer besseren Bildung verfehlt sein musste. Anlass
für die Expedition, an der mein Großvater 1932 teilnahm, war das Bestreben sowjetischer Bildungspoli-
tiker, diese alte Schmach zu korrigieren.«

Ellen fächelte sich den Dampf des heißen Tees ins
Gesicht. Das tat gut.

»Die Wissenschaftler legten der analphabetischen
Bevölkerung der Dörfer an den Berghängen des Alai
Gebirges Fragen und Muster vor, zu denen sie ihre
Meinung äußern sollten. Wenige Tage später erkrank-
te mein Großvater an einer Borreliose und musste
seine eigenen Forschungen abbrechen. Aus Mangel
an Lesestoff begann er auf dem Krankenlager im usbekischen Ferghana mit dem Schreiben seines Klas-

sikers »Principles of Gestalt-Psychology«, wozu ihn die zwanzig Jahre jüngere Ärztin Dr. Svetlana Mortkovic ermuntert hatte. Auf alten Fotos erkennt man eine atemberaubend schöne Frau in ihren 20ern, die ihre hellen Haare im Nacken zusammengebunden trug und eine faszinierende federnde Leichtigkeit ausstrahlte.« Ellen stopfte sich eine zusammengelegte karierte Wolldecke in den Rücken.

»Ich sehe ein Dutzend Bilder vor mir«, sagte die Malerin, während sie sich eine Gitanes ansteckte. »Die schöne Frau, wie sie jetzt vor mir auf dem Sofa liegt, die skeptischen Dörfler, das große Massiv des Gebirges, über dem sich raue Wetter zusammenziehen, die Karten mit Mustern auf dem Teppich einer Dorfhütte, die irritierten Männer mit bärtigen wettergegerbten Gesichtern und die von Wind und Regen zerzausten Wissenschaftler.« Sie wedelte mit dem Streichholz in der Luft, bis es erlosch.

»Warte ab, du wirst viel mehr zum Malen bekommen. In den Dreißigerjahren schrieb ihr mein Großvater wunderbare Liebesbriefe ins ferne sowjetische Hochgebirgstal«, erzählte Ellen weiter. »Im Jahr 1940 machte sich Svetotschka mit zweiunddreißig Jahren mitten in Krieg und stalinistischem Terror im Winter aus dem Ferghana-Tal zu ihm auf den Weg nach Amerika.«

Sie lehnte sich zurück, um sich den Bildern zu widmen, die dabei in ihrer Vorstellung entstanden.

»Sie wanderte über Pässe zwischen den Fünftausendern des Alai Gebirges nach Afghanistan und durchquerte in endlosen Eisenbahnreisen Britisch Indien bis nach Bombay. Nach monatelanger Überfahrt traf sie im August 1941 an Bord des überfüllten Soldatentransporters ›Empress of Scotland‹ in Boston ein.

Mein verheirateter Großvater lebte dann noch genau drei Monate. Von dem gemeinsamen Kind, meiner späteren Mutter, hat er vielleicht niemals erfahren.«

Ihr versagte die Stimme und sie musste einen heftigen Schluck von dem inzwischen abgekühlten, bitter gewordenen Tee nehmen. Dabei wurde sie von dem Gedanken überwältigt, dass diese wunderschöne junge Frau, in der sie so viel von sich erkannte, sich in einer Welt im Zusammenbruch entschlossen hatte, um den halben Erdball zu reisen, um einer Liebe zu folgen, einer Sehnsucht, die sicher viel mehr umfasste als nur die Sehnsucht nach diesem so viel älteren Mann, eine Sehnsucht nach einer anderen, offenen, bunten, fremden und unvorstellbar weit entfernten Welt. Gäbe es etwas, gäbe es eine Sehnsucht, gäbe es einen Mann, für den ich eine solche Planetenerkundung auf mich genommen hätte?

»Höchstens zu Fuß von Mitte nach Köpenick«, verkündete sie laut. Die Malerin warf ihr durch den gerade ausgeblasenen Zigarettenrauch einen verwirrten Blick zu. Ellen lachte kurz auf.

»Es ist nichts«, meinte sie, »mit mir ist alles in Ordnung. Das war nur ein Fazit über eine Liebe, deren unfassbare Stärke heute nicht zu begreifen ist. Ich könnte heulen angesichts der Kraft meiner jungen Großmutter in ihrer aus Hoffnung und Verrücktheit zusammengesetzten Sehnsucht, der ich meine Existenz verdanke.«

»Es wäre großartig, heute ihre Reise zu wiederholen.« Sara Zieghaus kniff ihre Augen zu Schlitzen zusammen und sog an ihrer Zigarette.

Ob ich jemals dazu die Kraft aufbringen würde, fragte sich Ellen.

»Mein Vater«, begann sie, ihr Herzschlag drehte

sich hoch, in ihren Ohren pochte nahender Schwindel und sie vollendete den Satz nicht.

»Hat er die Suche in deinem Haus in Gang gesetzt?«, fragte die Malerin. »War er der Drache aus deinem Märchen?« Sie strich ihre Zigarettenasche bedächtig in einem flachen Aluminiumaschenbecher ab.

Ellen konnte ihre Tränen nicht unterdrücken.

»Du zwingst mich, über meinen Vater zu reden.«

»Wozu hat er das alles unternommen?«, fragte die Malerin mit irritiertem Blick auf den schwarzen Fleck auf dem großen Skizzenkarton. Die Spitze ihrer Gitanes glühte auf, als sie daran sog.

»Sein halbes Leben lang hat er eine furchterregende Waffe entwickelt, über die er die Kontrolle zurück gewinnen wollte, ein Kampfstoff, mit dem die Menschheit in Sklaven und Herren geteilt und ein Alptraum über uns hereinbrechen würde.«

Sie legte eine Pause ein, in der sie sich vor den bemalten Karton stellte und lange schweigend den schwarzen Punkt musterte. »Der Alptraum absoluter Macht, verliehen von einer chemischen Substanz, die in unbegrenzten Mengen zur Verfügung steht.«

Die Malerin blickte sie ungläubig an.

»In der Geschichte, die du mir erzählt hast, geht es dem Drachen um etwas anderes.«

Ellen antwortete nicht. »Wozu hat er mit unfassbarer Kraft Himmel und Hölle in Bewegung gesetzt, wonach hat er mit einer ihn verzehrenden, aus Hoffnung und Verrücktheit zusammengesetzten Sehnsucht gesucht, um es zu schützen und sich seiner eigenen Bestimmung zu vergewissern? Wirklich nach einer Waffe?« Sie ließ den ausgeblasenen Rauch dicht vor ihrem Gesicht aufsteigen.

Die Erkenntnis traf Ellen wie ein Schlag.

Am Horizont schien für immer verloren geglaubtes kindliches Vertrauen zu ihrem Vater wieder heraufzudämmern. Er rückte ihr näher, als er es jemals in den letzten Jahrzehnten gewesen war, als sie in diesem Moment ihre eigene Verzweiflung an seiner einsamen Tragik messen musste. Ihr Bild von ihrem Vater klappte um, wie in einem der Wahrnehmungstests ihres Großvaters, bei denen sich mit einem Wimpernschlag das Bild einer alten Hexe in das einer eleganten Dame verwandelt.

Um sich zu retten, hat er seine Seele gesucht. Seit 27 Jahren!

Dieser Alptraum in ihrem Haus war das Signal der Liebe ihres Vaters, auf das sie siebenundzwanzig Jahre vergeblich gewartet hatte. Sie fühlte sich von ihrem eigenen kindlichen Vertrauen erlöst, das in all den Jahren in all den Zweifeln im Geheimen riesengroß geworden war wie ein Drache, der jetzt seine Seele gefunden hatte.

Ellen griff sich eine dunkelrote Kreide und ehe die erstaunte Malerin etwas sagen konnte, zeichnete sie von oben links bis unten rechts über zwei Drittel des Zeichenkartons einen großen roten Kreisausschnitt, den sie mit wilden roten Kreidestrichen füllte, bis der Stift in ihrer Hand aufgebraucht war und der Ausschnitt einer im Vergleich zu dem kleinen schwarzen Punkt gigantischen roten Kugel von dem Skizzenkarton leuchtete. Anschließend wischte sie sich mit einem buntfleckigen Tuch die rote Kreide und die Holzkohle von den Händen. Noch am heutigen Tag würde sie damit beginnen, ihre Veröffentlichung zu verfassen, sie war zurück bei den Sternen.

Er hat seine Seele gefunden.

«Du kannst hier auf der Couch schlafen«, sagte die

Malerin behutsam, während sie den Stummel ihrer Gitanes nachdrücklich in ihrem Aschenbecher ausdrückte und sich aus dem Sessel erhob. Als keine Reaktion kam, fuhr sie fort: »Du bist allein im Atelier, ich ziehe mich auf das Hausboot zurück.«

Ellen legte sich, wie sie war, auf die Couch. Plötzlich fror sie von innen heraus und zog sich die Wolldecke bis an den Hals.

»Schlaf gut.« Die Malerin löschte die letzten Lampen, die erste Helligkeit fiel durch die großen Fenster an der Nordseite der Halle, Ellens eigene Skizze war gut zu erkennen. Sie deutete in Richtung ihres Werkes, Sara Zieghaus verharrte vor dem geöffneten Rolltor.

»Er hat mich gerettet.«

Ellen ließ offen, ob sie ihren Vater meinte oder den weit draußen heranrasenden roten Zwergstern. Vielleicht wusste sie es selbst in diesem Augenblick nicht so genau.

Epilog

Sechs Wochen später

Dieser Sommer hatte das Unkraut des Nachbargrundstücks mit sommerlicher Hitze und warmem Regen verwöhnt. Es war schwer durchzukommen, als Ellen mit dem Gast versuchte, zu den Containern vorzudringen, in denen sich alles befand, was ihr Haus einmal ausgemacht hatte. Eine Machete wäre besser gewesen als der armlange Seitenschneider, den sie vor sich herschwang, um die Brennnesseln und Disteln beiseite zu mähen.

»12 000 Bände?«, vergewisserte sich der Mann aus dem Lateinamerika-Institut der Humboldt-Universität. Sie waren im Inneren der Wagenburg aus sechs großen Containern angekommen.

»Genau. Keines jünger als von 1990.« Ellen klopfte mit ihrem Seitenschneider gegen eine Aluminiumtür, bevor sie die Brennnesseln davor beiseite hackte und anschließend kurzentschlossen das Vorhängeschloss auftrennte. Gemeinsam zogen sie an den Türflügeln und rasierten damit weitere Büsche und Unkräuter ab. Ein letztes Mal verharrte Ellen kurz, um sich umzusehen, aber es gab niemanden, der sich näherte. In den letzten zehn Tagen hatte sie Tomas mehrfach benachrichtigt, dass zu diesem Zeitpunkt endgültig über seine Bibliothek zu entscheiden war. Sie hatte nichts mehr von ihm gehört.

Eine Wolke von trockenem Geruch nach den Klebemitteln gebundener Zeitschriftenjahrgänge trieb ihnen entgegen. Nichts hätte in dem wuchernden Dschungel stechender und brennender Pflanzen fremdartiger sein können als diese unvermittelte Öffnung in eine trockene Bücherwelt. Der Experte der Humboldt-Uni trat einen Schritt ins Innere, griff nach einem Band, blätterte und griff sich einen neuen Band.

Es war nicht mehr lange hin, bis die Dämmerung hereinbrechen würde. Der Experte sprang aus dem Container, in dem die kochende Hitze stand wie heißes Gelee.

»Es ist unglaublich«, murmelte er vor sich hin. Er wischte sich die Stirn. »Eine komplette Bibliothek, von der niemand etwas wusste.« Auf dem Rückweg zur Straße versuchten sie den bereits freigelegten Pfad zu nehmen.

»Zwei Container«, erklärte Ellen.

»Und der Rest?«, fragte der Experte.

»Mein Haushalt, Wasserrohre, die Küche, das Bad, ausrangierte Möbel. Die anderen vier Container enthalten meine Sachen«, sagte sie.

»Ach du grüne Neune«, murmelte der Experte.

Auf der Straße hüpften und stampften sie mit den Füßen, in der Hoffnung, Distelköpfe und Kletten von ihren Hosen zu schütteln.

»Was machen wir mit den Büchern?«, fragte der Experte.

»Ich schenke sie Ihnen«, erwiderte Ellen.

Er wiegte den Kopf und blickte zurück auf die im Unkraut blinkenden Container.

»Ich glaube, wir nehmen alles«, ließ er verlauten. »Ich muss einige Leute fragen, aber es wird wohl so sein.« Er streckte Ellen die Hand hin.

Als der Experte des Lateinamerika-Institutes gegangen war, kehrte Ellen vor den geöffneten Bücherbehälter zurück. Inmitten der überwucherten Container kam sie sich sehr klein, aber auch anregend befreit vor, umgeben von ihrer ausgesperrten Vergangenheit in Gestalt ungeordneten Krempels und veralteter Bücher. Sie sog die frische Luft des frühen Abends ein. Es war ein heißer Sommertag von der Art, wie jeder glaubte, sie nur aus seiner Jugend zu kennen.

Es fühlte sich wunderbar an, sich ihr bisheriges Leben von außen anzusehen. Sie spürte keinen Drang danach, alles, wie es gewesen war, aus den Brennnesseln hervorzuziehen und wieder einzubauen. Mit welchem Gewicht sie sich im Lauf ihres Lebens beschwert hatte, ließ sich an diesem Ort mit Händen greifen.

Geräuschlos summte ein Tesla heran und parkte auf dem Bürgersteig am Müggelseedamm. Mit dem Gang eines Storches durch einen unübersichtlichen Sumpf bahnte sich Leo seinen Weg zu ihr durch das Unkraut. Vorsichtig balancierte er zwei gefüllte Champagner-Gläser in einer Hand, eine geöffnete Flasche in der anderen.

»Auf dein Wohl!« Er streckte ihr ein Glas hin. »Unser Papier ist von den Gutachtern heute für die A&A Letters empfohlen worden, seit zwei Stunden ist es vorab im arXiv veröffentlicht.« Nach einem tiefen Schluck umarmten sie sich mit den Gläsern noch in der Hand. Ellen hauchte ihm einen Kuss auf die Wange. Der Duft seines Rasierwassers erinnerte sie an die Nacht in seiner Wohnung über dem stürmischen See. Sie war sich bewusst, dass sie es ohne seine Unterstützung niemals geschafft hätte, ihre Veröffentlichung am letztmöglichen Tag ihrer Bewerbung zu platzieren.

»Es hat sich gelohnt, zwei Wochen Tag und Nacht mit der Arbeit daran zu verbringen«, murmelte sie etwas hilflos, nachdem sie sich voneinander gelöst hatten. Leo stopfte sein sommerliches Leinenhemd zurück in den Hosenbund. »Die Reaktionen der Gutachter hinter den Kulissen lassen ein großes Ding erwarten.« Sie stießen mit ihren Gläsern an. »Sie werden eine Kerze anzünden, wenn sie dich für die Uni Potsdam gewinnen können.«

Ellen hielt das Glas in einen der letzten erreichbaren Sonnenstrahlen. »Ich werde mich von allem überflüssigem Zeug befreien, gerade bin ich die Bibliothek losgeworden.« Der Wind streichelte ihr die Haare. Sie bemerkte, wie Leo sie bewundernd ansah.

Aus dem geöffneten Büchercontainer trug er für sie einen kleinen Sessel zu einer Stelle mit plattgetretenem Unkraut und setzte sich in dem Container auf Tomas' Couch.

Ellen nahm einen tiefen Zug. Die sonnenhellen Flächen auf dem verwilderten Grundstück stiegen unmerklich an den Stämmen der Pappeln auf und ließen kühle dunkle Flecken am Boden zurück.

»Irgendwo da draußen wirft etwas einen Schatten auf uns.« Ellen machte es sich in dem bereitgestellten Sessel bequem.

»Und was sollte das sein?«, fragte Leo.

»Es ist eine schreckliche Geschichte. Meine Geschichte.« Sie erzählte von dem Nervenkampfstoff, der mit dem Schicksal ihrer Familie so eng verwoben war. »Es ist ziemlich schlimm.« Von der Straße näherte sich der Lärm schwerer Motoren.

»Erzähl«, forderte er sie auf.

»Ich habe mich zuletzt nur noch gefragt, wenn mein Vater damals überlebt hat, warum hat er sich 27 Jahre lang nicht gemeldet? Dafür gab es eigentlich nur zwei mögliche Gründe, er hatte kein Interesse an mir oder er wollte mich keinen Gefahren aussetzen. Daran habe ich all die Jahre herumgerätselt, bis ich erfahren habe, dass es einen dritten Grund gab.« Leo trank sein Glas aus und warf es mit großspuriger Geste in den Schutt am Rande des Geländes. »Stell dir zwei ganz normale Leben in der Forschung vor, wie dein Leben, wie mein Leben, in dem plötzlich eines Tages etwas Gravierendes nicht mehr stimmt.« Ellen rückte ihren Sessel zurück in einen Sonnenfleck. »Mein Vater spürte, dass er von dem einen oder anderen Kollegen gemieden wurde. Nach und nach wurden es mehr. Etwas schien sich herumzusprechen. Wenn er einen Raum betrat, verstummten die laufenden Gespräche. Ähnliches, vermutete er, fiel meiner Mutter auf. Vor allem aber wird sie damit beschäftigt gewesen sein, auf ihren Körper zu achten, denn immer öfter wurde ihr schlecht. Sie bekam Kotzanfälle, dann stellte sie fest, dass sie schwanger war.«

»Einfach so?«, fragte Leo.

»Es gab keinen Sex in der fraglichen Zeit, es gab Essen in der Kantine und Arbeit bis Mitternacht im Labor. Jetzt war sie schwanger. Einfach so.« Ellen goss sich nach, es gab nur noch ihr Glas. Sie hielt Leo die Champagnerflasche hin, aber er winkte ab. »Das Akademieinstitut für Neurochemie war ein gigantisches Institut, meine Eltern hatten sich vielleicht von fern gelegentlich gesehen, vielleicht einmal die Namen gehört, aber sie kannten sich nicht. Zu Beginn seiner Zeit am Institut musste jeder Wissenschaftler die grundsätzliche Bereitschaft erklären, an abgesicherten und kontrollierten Selbstversuchen teilzunehmen. Eines Tages stieß mein Vater im Zuge seiner persönlichen Nachforschungen auf von ihm und meiner Mutter unterzeichnete Formulare, nur so erfuhr er überhaupt von ihr. Es hatte einen Selbstversuch gegeben. Tage und Wochen vergingen, bis er sie ein einziges Mal ansprach. Sie brauchten eine Weile, um festzustellen, dass ihnen beiden am selben Tag im Dezember 1980 vierundzwanzig Stunden fehlten. Von der Institutsleitung in ihren Nachforschungen behindert, bohrten sie weiter, jeder für sich. Ihr Misstrauen gegen alles und jeden muss in dieser Zeit ins Unermessliche gewachsen sein.«

»Einen Selbstversuch künstlicher Befruchtung? Irgendwann in einer Nacht im Labor?«, fragte Leo entgeistert.

»Es ging um Neurochemie, nicht um Fruchtbarkeitsbiologie. Jemand hat den beiden daran teilnehmenden, einander nicht bekannten Wissenschaftlern Dr. Mikhail Dudov und Dr. Jekaterina Mortkovic, unter diesem Namen forschte sie damals in der UdSSR, den Stoff verabreicht.«

»Und?«

»Du kannst es dir denken.«

»Kann ich nicht.«

Ellen stöhnte auf. »Sie erhielten die Anordnung zum Geschlechtsverkehr. Der alte Mann war schon sehr schwach, als er sich an die Rede meines Vaters erinnerte. Ich konnte nicht alles verstehen.« Ellen spürte, wie ihr die Tränen in die Augen schossen.

»Und?«, fragte Leo.

»Ich bin mir nicht sicher.«

»Versuche es bitte.«

»Der ehemalige Kollege meiner Eltern hat mir in der Ruine ihres Instituts in Moskau die riesige Cafeteria gezeigt. Dort soll etwas Unsagbares geschehen sein. Bevor meine Mutter damals verschwand.« Ellen stand auf und drehte eine Runde durch das niedergetretene Unkraut, um sich das Gesicht am Ärmel ihrer Bluse abzutrocknen.

»Ich verstehe nicht«, Leo sah sie unglücklich an, als wolle er ihr um alles in der Welt in ihr Unglück folgen, wenn er nur verstehen konnte, was es war.

»Vor aller Augen.« Sie atmete tief aus.

»Wie bitte?« Leo kam herüber und hockte sich vor den Sessel, auf dem sie saß.

»Mein Vater vermutete, dass es ein Versuch war, zu testen, wieweit der Stoff, der später zur Waffe wurde, auch die am tiefsten verankerten kulturellen Hemmnisse überwindet. In diesem Sinn war es ein voller Erfolg.«

Nach einer längeren Pause stürzte es aus ihr heraus. »Alle im Institut wussten, was geschehen war, viele waren direkt Zeuge, niemand tat etwas, keiner erzählte je davon.« Leo ergriff Ellens Hände.

»Scheiße«, flüsterte er.

»Wissenschaft im Dienst der Weltpolitik zeigt der Menschheit nicht den Weg ins bunte Paradies. Sie führt in einen schwarzen Garten.« Ellen blickte düster, ihre strahlend blauen Augen befanden sich auf fernen Umlaufbahnen um einen kalten Stern ohne einen Funken wärmenden Lichtes, sie fühlten sich nicht an, wie Augen. Sie fühlten sich an, wie flüssiger Sauerstoff. »Meine Eltern wussten hinterher von nichts. Es gab nicht eine Sekunde der Liebe oder auch nur der Leidenschaft oder wenigstens der Lust, die mein Vater mit dem Moment meiner Entstehung verbinden konnte. Er vermutete, dass es meiner Mutter ebenso erging. Nichts. Dort, wo bei anderen Paaren wenigsten für einen Moment Nähe geherrscht hatte, klaffte bei meinen Eltern ein schwarzes Loch aus Vergessen, Misstrauen und Argwohn, Scham und Verletztheit und vielleicht auch einem unendlich traurigen Bedauern, um ihr Leben betrogen worden zu sein, das in meiner Mutter die Jahre bis zu ihrem Tod weiter um sich fraß. Mein Vater vermutete, ein abgewiesener Liebhaber meiner Mutter habe diese Aktion in die Wege geleitet. Nachdem sie die Wahrheit ansatzweise erfahren hatte, war es meiner Mutter unmöglich, auch nur eine einzige weitere Minute in dem Institut in Moskau zu verbleiben. Ihr Onkel, ein hohes Tier beim KGB, verschaffte ihr eine Arbeit in der am weitesten entfernten Außenstelle in der usbekischen Provinz, wo ich«, sie zögerte, »wo ich direkt aus dem Vergessen heraus geboren wurde, in einer Aktion, die für meine Mutter wohl eher der Entfernung eines Parasiten glich, als der Ankunft eines herbeigesehnten Kindes.«

»Mein Gott«, mehr konnte Leo nicht herausbringen. Eine Weile saßen sie eng beieinander auf dem kleinen Sessel.

»Mein Vater musste mich adoptieren, nachdem sich meine Mutter nach meiner Geburt abgesetzt hatte«, fuhr Ellen schließlich fort, »weil die genaueren Umstände meiner Erzeugung natürlich der Geheimhaltung unterlagen. Ich …« Ellen machte eine Pause. Sie musste sich den letzten Champagner eingießen und leerte das Glas in einem Zug. Wie Leo zuvor, warf sie das leere Glas in den Schutt auf dem verwilderten Grundstück. Sie hatte das deutliche Gefühl, dass das in diesem Moment genau das Richtige war. »Ich bin der lebende Beweis, dass das Zeug funktioniert.«

»Haben die anderen erfahren, wo es geblieben ist?«

»Niemand hat es erfahren. Schoch ist tot, was das Haus zu einer Kulisse macht, die keine Bedeutung mehr hat.« Ellen musste sich an den Armlehnen des Sessels festhalten, alles schien um sie her zu schwanken. »Irgendwo existiert der Stoff vielleicht wirklich noch, der Biografien in Trümmer zerlegt, aber wir sind raus. Wir brauchen nicht länger hinter jeder Erinnerungslücke einen Abgrund an Wahnsinn zu fürchten.« Sie stellten den Sessel zurück zwischen Tomas'

Habseligkeiten, mit vereinten Kräften verschlossen sie die Aluminiumflügel auch dieser Containertür, einige Distelköpfe verblieben im Innern. Ellen hakte ein neues Vorhängeschloss ein, verschloss auch den zweiten Büchercontainer und zog den Schlüssel ab.

Als der Lärm zu einem ohrenbetäubenden Erdbeben angeschwollen war, durchquerten sie das Gestrüpp, um auf die Straße zu gelangen, wo sie mit einem Mann sprach, dessen Hawaiihemd über einen hervorstehenden Bauch auf ausgebleichte Jeans hing. Er war aus dem Fahrerhaus einer von vier gelben Zugmaschinen gesprungen, an die jeweils ein Tieflader gekoppelt war. Sie deutete auf die Gruppe der links nebeneinander im Unkraut aufgereihten Container mit dem Inhalt ihres bisherigen Haushalts.

Der Mann gab ein Signal mit der Hand, ein Kranwagen fuhr heran und positionierte sich direkt in der Einfahrt. Vier Männer verteilten dicke Holzplatten, auf die sich die ausfahrenden hydraulischen Stützen absenkten.

Leo stand auf der Straße und traute seinen Augen nicht.

»Was um Gottes Willen, geht hier ab?«, fragte er, bereits auf dem Weg zu seinem Tesla

»Sperrmüll«, sagte Ellen, »Freiheit ist Freiheit von unnützem Zeug.« Sie hatte das Gefühl, ohne etwas, ohne sehr viel zu verlieren, konnte eine Befreiung für sie nicht wirklich zu etwas Neuem führen, auch wenn sie keine Ahnung hatte, was das sein würde.

Während sich die Container vom Boden lösten, dachte sie an die Malerin, die ihre Bestimmung erst nach dem Verlust ihrer mobilen Behausung gefunden hatte. Sie fühlte sich ihr in diesem Moment so nah, wie sie sich jemandem nah fühlen konnte, der sie in wenigen Augenblicken besser erkannt hatte als sie sich selbst in vielen Jahren.

Sie blickte hoch zum letzten schwebenden Container, während ihr bewusst wurde, wie sehr sie Sara Zieghaus dafür bewunderte. In der ausbalancierten Mischung von Fremdheit und Nähe war zu ihr eine Art von Vertrauen entstanden, die ihr bisher unbekannt gewesen war. Am besten, dachte sie, werde ich es genau bei dieser Balance belassen.

Als ein Tieflader wenig später den ersten Container auf Nimmerwiedersehen abtransportierte, ging sie zurück auf ihr Grundstück, um in ihrem Haus den vertrauten Anblick aus dem Terrassensalon über den See zu genießen. Ein kleiner Umweg führte sie an der auf ihre Veranlassung fest im Untergrund einbetonierten Granitbank vorbei. Von dem, was sie dort in ihrem Überlebenskampf angerichtet hatte, war schon am nächsten Morgen keine Spur mehr zu erkennen gewesen. Sie wollte nicht genau darüber nachdenken, wer dafür gesorgt haben könnte.

Sie lief durch den im letzten Tageslicht schwebenden Palast in Weiß, Gold und Blau, in dem inzwischen die ersten Folien von den Wänden und Ornamenten zu blättern begannen und der chemische Geruch der Klebstoffe zurückgekehrt war. Sie war sich nicht sicher, ob mit dem ganzen Spuk der alten Einrichtung auch ihre Angst vor der Dunkelheit in diesem Haus verschwunden war. Strom würde es erst nach dem Chaos der kommenden Renovierung geben.

Aus einem Beutel holte sie zwei Dutzend kleine Keramiknäpfe mit Teelichten. Die kommende Nacht wollte sie noch einmal in der Villa verbringen, die brennenden Teelichte, die sie jetzt in den Zimmern, im Salon, im Flur, in der ganzen blau, weiß, goldenen

Welt entzündete, würden sie sanft in die Dunkelheit begleiten. Als sie auf die Terrasse im Obergeschoss hinaus über den See trat, erkannte sie den Duft, den seit ihren Kindertagen paradoxe Realitäten für sie verströmt hatten. Sie drehte sich um.

Tomas.

Einige Sekunden standen sie sich sprachlos gegenüber, aber das Etwas in Ellen, das bei jedem unvorhergesehenen Ereignis die Prüfungsinstanz befragte, und bei allem, was geschah, sicherheitshalber die Bremse einlegte, hatte sie vor einigen Wochen besiegt. Sie flog ihm in die Arme. Sie spürte seinen Körper. Sie spürte diese unvergleichlich passende Umarmung, als wären sie beide aus einem einzigen Stück herausgeschnitten worden.

»Deine Bibliothek ist endgültig weg«, meldete sich das Etwas aus ihr noch einmal rechthaberisch zu Wort. Jawohl, dachte Ellen, alles hat seine alte Bedeutung verloren. Die Bibliothek und ihr eigener ausgeräumter Kram erschienen ihr in diesem Moment wie überflüssiger Abraum von der Freilegung des Erinnerungspalastes, in dem sie gelebt hatte, ohne davon zu ahnen.

»Gut so«, meinte Tomas, »es geht eh nicht mehr zurück.« Er trug zwei kleine Sessel aus dem Salon auf die Terrasse. Als sie dort saßen, versank die Sonne über der Stadt und er lehnte sich zu ihr herüber, um sie zärtlich zu küssen. Es dauerte länger als geplant.

Das beschädigte Etwas in Ellen drängte sie, ihn zu fragen, wo zum Teufel er die ganze Zeit gesteckt hatte, und warum zur Hölle er nie etwas hatte von sich hören lassen. Sie widerstand dem Druck.

»Ich habe im Südosten von Kuba nahe der nördlichen Küste bei El Salado ein Haus gekauft«, erklärte er, »besser gesagt, ein guter Freund dort hat es in meinem Auftrag gekauft.«

Ellen fand sich in der Situation gerade nicht zurecht. Hatte sie richtig gehört? Tomas hatte ständig von Kuba geredet, so wie sie ständig vom Weltall geredet hatte. Wer sollte erwarten, dass er sich tatsächlich dort aufhalten wollte?

»Ein Haus«, bestätigte sie tonlos.

»Es war früher einmal das großartige Haus eines Kapitäns, der im 19. Jahrhundert sein Geld mit Sklaventransporten gemacht hatte. Man hat von dort einen herrlichen Blick auf das Meer, aber es ist eine schreckliche Bruchbude.« Er hielt sich das kalte Glas an die Stirn. »Es wird sehr viel daran zu tun sein.«

»Ein Haus«, wiederholte sich Ellen. »Du hast dir ein Haus auf Kuba zugelegt?«

»Ich habe hier am Wasser in einem Haus gelebt, in dem viel zu tun war, bald lebe ich dort in einem. So viel anders ist das nicht.« Tomas nahm ihre Hand, um sie in das Terrassenzimmer ziehen, wo die schwellende, geblümte Couch aus den Dreißigerjahren auf sie wartete, die die Szenenbildner hinterlassen hatten. Ellen entzog sich seinem Griff. Sie schob ihm den kleinen Sessel direkt ans Gitter der Terrasse und zog ihren daneben. Sie legten die Füße auf das Geländer, sodass die Silhouette der Stadt wie ein Scherenschnitt vor ihnen lag.

»Es gibt zu viel zu erzählen«, sagte sie. »Ich kann das unmöglich alles mit ins Bett nehmen.« In einem größeren Boot trieb ein Pärchen vor ihnen auf dem See vorüber. Sie hatten keine Mühe, ihre Zigaretten mit einem einzigen Streichholz zu entzünden, dessen ruhig leuchtende Flamme gut zu erkennen war. Ellen berichtete ihm, was sie inzwischen über ihre Eltern und über ihren Vater erfahren hatte. Beide saßen eine Weile schweigend nebeneinander. Tomas war kalkweiß im Gesicht.

»Deinem Vater verdanken wir das ganze Theater?«
Er machte eine ausladende Geste, die das Nachbargrundstück einschloss.

»Sieht so aus.« Sie wischte sich die Nase ab. »Heule
ich etwa?« Sie konnte sich nicht erinnern, wann sie zuletzt so geheult hatte. Sie wehrte seinen Versuch ab, sie
zu umarmen. »Danke. Da muss ich durch. Er hat sich
und er hat auch mich gerettet, ich muss mit allem klar-
kommen, was damit verbunden ist.« Sie schniefte laut.

Tomas lehnte sich Ellen gegenüber an das Gitter der
Brüstung. In seinem Rücken traten im klaren Himmel
langsam die Sterne hervor, Wind kam auf.

»Ich weiß, er war in diesem Haus, ich weiß, er hat
mich gesehen, ich weiß, er hat in mir meine Mutter
wiedererkannt. Ich habe mich immer gefragt, warum
das Projekt von ihm vorzeitig abgebrochen wurde.
Die Antwort ist, es hatte sein Ziel erreicht.«

»Er hatte seine Tochter gesehen?«

»Bevor er mich vor 27 Jahren im Auto zurückließ,
hatte er mir versprochen: Was immer geschieht, ich
werde kommen.« Dieses Versprechen hat ihn seither am Leben erhalten. Er wusste nichts von meiner
Mutter, auch nicht, woher sie kam oder wer ihr Vater
war. Für ihn existierte keine Möglichkeit, seine Tochter zu finden, weil einer der beiden Wege nur durch
Gebirge und Ozeane über meinen Großvater zu mir
führte und vom KGB unter Verschluss gehalten wurde. Den anderen Weg hat er gewählt. Obwohl Schoch
meiner Mutter über mehr als zwanzig Jahre sehr nah
war, existierte sie seit dem Herbst 1991 für ihn nicht
mehr. Nur an diesem Ort konnte er sich an sie erinnern. Mein Vater hat Schoch aufgesammelt und ihn
in seinen Gedächtnispalast verfrachtet, in das Haus
des Psychologen im fernen Berlin, bei dem er 1933

für wenige Tage gewohnt hat. Er wollte soviel über meine Mutter erfahren, dass er mich finden konnte.« Ellen legte die Hand über die Augen. »Vermute ich.«

»Und in dieser Villa hat er dann erfahren …« Tomas hielt inne. Eine Weile lauschten sie schweigend dem auffrischenden Wind. » … dass meine Mutter Koffka hieß und in der Vermieterin der Villa seine Tochter erkannt«, setzte Ellen den Satz fort.

Immer tiefer versanken sie in den Blick, in die Empfindungen und Erwartungen des anderen, in einer Nähe zueinander, die jedes Molekül einschloss.

»Es ist komplett verrückt«, flüsterte Ellen schließlich heiser, »dass du dir ein Haus auf Kuba angelacht hast.« Sie ergriff seine Hand und während über Berlin die Nacht einbrach, küssten sie sich endlich so, wie sie es sich wochenlang gewünscht hatte. Bevor sie im Haus verschwanden, warf Ellen einen Blick zurück auf die Terrasse. Es kam ihr vor, als sei ihr Haus von dem See, der sich dort draußen erstreckte, freigegeben und aus seinen Einzelteilen neu zusammengefügt worden. Wie ich selbst, dachte sie.

Der Wind frischte weiter auf, die offenen Terrassentüren bewegten sich, wie sie es seit einhundertfünfzig Jahren an diesem Ort taten, wenn der warme Spätsommerwind von Westen über das kabbelige Wasser flog, das nichts verbarg, wonach sie hätte suchen müssen.

Nachwort

Der heraufziehende Frühling in Mecklenburg leuchtet gelb vor meinem Fenster auf den Feldern, auf den Bäumen liegt ein grüner Schimmer, über den Wegen hängt Sandstaub in der stillen Luft. In den Nachrichten herrscht Krieg.

Noch im Dezember letzten Jahres hatte ich mich entschlossen, gegen jeden Trend der Zeit die Ölheizung zu modernisieren und einen Tank für einen Dreijahresbedarf im Garten zu vergraben. Die Region, aus der das Gas kommt, hielt ich im Herbst 2021 für krisenanfälliger, als die, aus der wir das Öl beziehen. Aber ein richtiger Krieg?

Niemals.

Jetzt ist er da. In Ost und West aus Quellen gespeist, deren Existenz nur die wenigsten noch auf dem Schirm hatten. Davon handelt dieses Buch.

Von den unfassbaren Gefahren, die in einer heilen Welt unvermittelt aus vergessenen Quellen zutage treten.

Unter Leitung des weltbekannten Neuropsychologen Alexander Lurija unternahmen sowjetische Psychologen im Jahr 1932 eine Forschungsreise nach Usbekistan. Einziger internationaler Teilnehmer war Kurt Koffka, ein deutscher Gestaltpsychologe aus Berlin.

Was, so habe ich mich gefragt, wäre geschehen, wenn Kurt Koffka im usbekischen Ferghanatal seine große Liebe gefunden hätte? Was wäre in den damals bevorstehenden Katastrophen der Weltpolitik mit dieser Liebe geschehen?

Vieles an dieser Geschichte ist erfunden, aber einige Personen und ihre Werke sind real und die in der Geschichte beschriebenen erstaunlichen Phänomene sind ebenfalls real.

Warum Kurt Koffka, habe ich mich gefragt. Was hat mich an diesem jüdischen deutsch-amerikanischen Gestaltphilosophen so fasziniert? Seine Leidenschaft für das Bergsteigen? Seine lebenslange Vorliebe für Dachshunde? Seine Erkenntnis, dass »das Ganze nicht die Summe seiner Teile ist, dass es auch nicht mehr ist als die Summe seiner Teile, sondern, dass das Ganze etwas vollständig anderes ist als die Summe seiner Teile«?

Lange konnte ich es nicht genau sagen.

Die Reisen, um für diese Geschichte zu recherchieren, haben mich nach Usbekistan in das Ferghanatal geführt, in die entlegene sowjetische Wüstenstadt Nukus mit einem der erstaunlichsten Museen der Welt und in die Wüste, über der einmal auf einer Fläche von der Größe der Schweiz das Meer des Aralsees in der Sonne glitzerte. Zwei Jahre später war Northampton im US-Bundesstaat Massachusetts mein Ziel, wo Kurt Koffka bis zu seinem Tod im Jahr 1941 am Smith College gelehrt hat. In diesem etwas verschlafenen, sehr jungen, sehr weiblichen College-Städtchen überfiel mich die Erkenntnis, dass es der »Koffka-Ring« ist, der mich so fasziniert.

Dieser Ring ist Gegenstand einer der Wahrnehmungstäuschungen, mit denen sich Koffka zeitlebens befasste. Darin sah er keineswegs nur optische Täuschungen. Darin offenbarten sich vielmehr für ihn die verborgenen Eigenschaften unseres Erkenntnisapparates.

Der »Koffka-Ring« ist ein einheitlich grauer Ringstreifen. Vor schwarz-weiß geteiltem Hintergrund bewahrt er seine einheitlich graue Identität. Trennt man ihn in zwei Hälften, die vor dem schwarzen und dem weißen Hintergrund liegen, ist die Ringhälfte auf schwarzem Feld eindeutig heller, die auf weißer Fläche deutlich dunkler als die andere Ringhälfte. Unvorstellbar, dass die Ringteile tatsächlich von identischer Farbe sein sollten. Ab einer Lücke von 5 mm Weite verschwindet der Eindruck eines einheitlichen Ringes vor dem schwarz-weißen Hintergrund und zwei deutlich verschiedenfarbige Teile erscheinen.

Auf welche Besonderheit unserer Wahrnehmung deutet das hin?

Es sind die höheren Funktionen unseres Großhirns, die vor schwarz-weißem Hintergrund einen einheitlich grauen Ring erkennen. Geht die Gesamtgestalt des Ringes verloren, bestimmen die Sinnesorgane unsere Wahrnehmung und sorgen für einen stärkeren Kontrast der Teile vor ihrem Hintergrund. Um die Teile besonders hervorzuheben, verfälschen die Sinne den wahren Sachverhalt.

5 Millimeter!

Das ist die Distanz, die unser Verstand noch überbrücken kann, um das große Ganze zu erkennen.

Lächerliche 5 Millimeter!

Bei größerem Abstand der Teile voneinander ist unser Verstand heillos überfordert und die direkte Umgebung bestimmt unsere Wahrnehmung. Mit dieser winzigen Spannkraft des menschlichen Verstandes wollen wir die Welt beherrschen?

Im gegenwärtig tobenden Krieg zwischen den auseinandergebrochenen Teilen der UdSSR, Russland und Ukraine, fühle ich mich schmerzlich an die in unserem Wahrnehmungsapparat fest verdrahtete Unfähigkeit erinnert, die der »Koffka-Ring« offenbart.

Die Geschichte von Kurt Koffkas (fiktiver) Enkelin hat mich acht Jahre beschäftigt. Viele Bücher und lange Gespräche mit vertrauten Personen haben mir dabei wertvolle Hilfe geleistet. Besonders erwähnen will ich Lothar Strüh, der in mehreren Runden des Lektorats wesentliche Anregungen gab und meine Frau Margarethe, die es mir ermöglichte, mich mehr, als es oft für die Organisation des täglichen Lebens erträglich war, auf diese Geschichte zu konzentrieren. Besonderer Dank für die geduldig eingebrachte astrophysikalische Expertise gilt Ralf-Dieter Scholz, dem Potsdamer Entdecker von WISE J072003.20-084651.2, dem roten Zwergstern, der später als Scholz' Stern weltberühmt wurde. Die astrophysikalische Hypothese der Heldin Ellen Koffka stützt sich auf die Entdeckung, dass Scholz' Stern vor 70 000 Jahren den Rand unseres Sonnensystems durchquert hat und dabei großes Chaos verursachte. Besonderer Dank gilt auch der Restauratorin Claudia Boerger, die mir ihre Zeit für Informationen zur Köpenicker Villa Miether widmete.

Aber auch der genius loci verschiedener Orte spielte eine hilfreiche Rolle. Das unglaubliche, in der Geschichte erwähnte Museum für russische Avantgarde in Nukus in Usbekistan, die inspirierende Villa Leopoldine in Brüssel, das Schreibidyll in Ano Koriakana auf Korfu und mein geistiger Ruhepol nahe der Schliemannstadt Neubukow, vor dem sich jetzt gelb das Mecklenburger Land erstreckt.

Mecklenburg, im Mai 2022

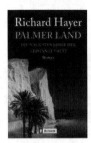